ଅଶୋକ ଚନ୍ଦନ
ଗଳ୍ପ ସମଗ୍ର

ଅଶୋକ ଚନ୍ଦନ
ଗଳ୍ପ ସମଗ୍ର

BLACK EAGLE BOOKS
2021

BLACK EAGLE BOOKS

USA address:
7464 Wisdom Lane
Dublin, OH 43016

India address:
E/312, Trident Galaxy, Kalinga Nagar,
Bhubaneswar-751003, Odisha, India

E-mail: info@blackeaglebooks.org
Website: www.blackeaglebooks.org

First International Edition Published by
BLACK EAGLE BOOKS, 2021

GALPA SAMAGRA
by **Ashok Chandan**

Cover & Interior Design: Ezy's Publication

ISBN- 978-1-64560-189-0 (Paperback)

Printed in the United States of America

ଚନ୍ଦନର ଗନ୍ଧ

କଇଳାଶ ପଟ୍ଟନାୟକ

॥୧॥

ଜୀବନର ପ୍ରଥମ ପ୍ରକାଶିତ ଗଳ୍ପ, ସେ ପୁଣି ଗୋଟିଏ ବୈଦେଶିକ ପୃଷ୍ଠଭୂମିରେ, ଏକ ଆନ୍ତର୍ଜାତିକ ବହୁଚର୍ଚ୍ଚିତ ବିଷୟକୁ ନେଇ ! ତମେତ ମ୍ୟାଜିକ୍ କରିଦେଲ ଅଶୋକ ! କେତେ ବା ବୟସ ତୁମର, ସତର ! ସତର ବର୍ଷର ତରୁଣଟିଏର ମନରେ ଯେତେବେଳେ ବୋହିବାକଥା ମଳୟ, ଫୁଟିବା କଥା ଫୁଲ, ଉଡ଼ିବୁଲିବା କଥା ମଧୁର ସ୍ୱପ୍ନ... ସେତେବେଳେ ତମେ ଶୁଣୁଚ ସାଇରନର ଶବ୍ଦ, ଦେଖୁଚ ନିର୍ଯ୍ୟାତନାର ରୂପ ! କେମିତି ଲେଖକ ହେ ତମେ ? କୋଡ଼ିଏ ବର୍ଷଧରି ଚାଲିଥିବା ଭିଏତ୍‌ନାମ ଯୁଦ୍ଧ, ସେତେବେଳେ ଚଉଦବର୍ଷର ପୁରୁଣା ଆନ୍ତର୍ଜାତିକ ଉଦ୍‌ବେଗ ପାଲୋଟି ଗଲଣି । ପୃଥିବୀର ମିଡିଆର ପ୍ରଥମ ସମ୍ବାଦ ସେଇ... ତାକୁଇ ନେଇ ତମେ ଲେଖିଲ 'ସାଇଗନ୍' ! ୧୯୬୯ ମସିହା 'ଚେତାବନୀ'ର ପୂଜାସଂଖ୍ୟାରେ ତାହା ସ୍ଥାନପାଇ (ଭୂମିକା, ଅଶୋକ ଅସରନ୍ତି) ଲୋକଲୋଚନକୁ ଆଣିଲା ତମକୁ !

'ବ୍ୟତିକ୍ରମ' ହିଁ ଷ୍ଟାଇଲ ବୋଲି ନିର୍ଦ୍ଧାରଣ କରିଥାଆନ୍ତି ଅନେକେ । ପ୍ରଚଳିତ କାହାଣୀଧାରାରେ ଏ ଭିଏତ୍‌ନାମୀ ଚରିତ୍ର, ଗୃହଯୁଦ୍ଧ, ଆନ୍ତର୍ଜାତିକ ସମର୍ଥନ ଏସବୁ ଭିତରେ ଯେଉଁ ବ୍ୟତିକ୍ରମ ତମେ କାହାଣୀରେ ଦେଖାଇଲ, ସେଇତ ତିଆରିକଲା ଗୋଟିଏ

ମ୍ୟାଜିକ୍- ଗଳ୍ପର ପରିଚିତ ମଞ୍ଚର ଡ୍ରପସ୍କ୍ରିନକୁ ସାମାନ୍ୟ ଖୋଲି ଉହୁଙ୍କି ଆସିଲା ତରୁଣ ମୁହଁଟିଏ- ସେ ତମେ !

'ଚନ୍ଦନ' ସେ ପର୍ଯ୍ୟନ୍ତ ଚନ୍ଦନରେ ରୂପାନ୍ତରିତ ହୋଇନଥାଏ ଯେପର୍ଯ୍ୟନ୍ତ ତା'ର ପରିପକ୍ୱତା ଆସିନଥାଏ। ପରିପକ୍ୱତା ଭରିଦିଏ ଗନ୍ଧ। ଯୋଉ ଗନ୍ଧ ସୃଷ୍ଟିକରେ ଚନ୍ଦନର ନିଜସ୍ୱ ଏକ ପରିଚିତି !

ପରିପକ୍ୱତା ନ ଆସିବା ପର୍ଯ୍ୟନ୍ତ ଚନ୍ଦନ ହେଇପାରେ ଏକଗଛ, ହେଇପାରେ ଜଣେ ମଣିଷ- ପରିଚିତି ବିହୀନ, ନିଜସ୍ୱତାହୀନ, ଜଣେ କେହି ସାଧାରଣ !

ହେଲେ ଯୋଉ 'ଚନ୍ଦନ' ଆଜି ଚର୍ଚ୍ଚିତ, ଯୋଉ ଚନ୍ଦନ ଆଜି ସ୍ମରିତ, ସେ ଜଣେ କେହି ସାଧାରଣ ନୁହଁ, ଆଉ ପାଞ୍ଚଜଣଙ୍କ ପରି ନୁହଁ, ଭିଡ଼ ଭିତରର କୌଣସି ମୁହଁ ନୁହଁ, ମଞ୍ଚର ପରଦାରୁ ବାହାରକୁ ମୁହଁ ଦେଖାଇଥିବା ସେ ତମେ ! ଅଶୋକ, କେହିବି 'ଦ୍ୱିତୀୟ ପ୍ରଜାପତି' ଆଉ ପାଞ୍ଚଜଣଙ୍କ ପରି ଦୁଶନ୍ତି ନାହିଁ, ହୁଅନ୍ତି ଭିଡ଼ ନିୟନ୍ତା ଗୋଟିଏ ମୁହଁ।

ଚନ୍ଦନ ଭିତରେ ସେ ପରିପକ୍ୱତା କୋଉଭାବେ ଆସିଥିଲା କେଜାଣି, ସେତ ସର୍ଜନର ରହସ୍ୟ ! ସେ ପରିପକ୍ୱତାର ଛୁଆଁରେ ଗଛ ଯେମିତି ହୁଏ ଗନ୍ଧବହ, ତମେ ସେମିତି ପାଲଟିଗଲ ଯଶବହ। ତିଆରି ହେଇଗଲା ତମର ଏକ ପରିଚିତି !

ସେ ପରିପକ୍ୱତା ଜଣାପଡ଼ିଚି ତମର ଦୃଷ୍ଟିଭଙ୍ଗୀରେ- ମାନୁଷ୍ୟିକ- ସମ୍ପର୍କ, ସାମାଜିକ ଚଳଣି, ବ୍ୟକ୍ତି ମଣିଷର ଭାବପ୍ରବଣତା, ତାର ଯାନ୍ତ୍ରିକ ଜୀବନଯାପନ- ସବୁକିଛିର ପ୍ରତିକ୍ରିୟା ତମ ଦୃଷ୍ଟିକୁ ଶାଣିତ କରିଚି, କରିଚି ମନଭେଦୀ ! ତମ ଭିତରର କଥା-ପୁରୁଷଟି ସବୁ କିଛି ଦେଖୁଚି। ଦେଖୁଚି ଆଉ ତାକୁ ତଉଲିବସୁଚି। ତଉଲୁଚି ଆଉ ତାକୁ ରୂପ ଦଉଚି। ଦେଖୁ ଦେଖୁ ସେ କଥାପୁରୁଷ ପରିପକ୍ୱ ହଉଚି, ତଉଲୁ ତଉଲୁ ସେ ପରିପକ୍ୱ ହଉଚି, ରୂପ ଦଉ ଦଉ ସେ ପରିପକ୍ୱ ହଉଚି। ଏଇ ପରିପକ୍ୱତାରୁ ତା ଭିତରେ ଭରିଯାଉଚି ଗନ୍ଧ, ସୃଷ୍ଟି ହଉଚି ତାର ନିଜସ୍ୱ ପରିଚିତି, ତମ କଥା ପୁରୁଷର ପରିଚିତି ମାନେ ଆଉ କଣ, ତମରି ଆତ୍ମପରିଚିତି ! 'ଉଦୟନାଥ ଚନ୍ଦନଙ୍କ ପୁଅ' ପରି ପୁରୁଣା ପରିଚିତିର ସୀମିତତାକୁ ଦୂରେଇ ଦେଇ ତିଆରି କରିଚି ବିସ୍ତାରିତ, ବିଭୂତିବନ୍ତ, ବିମୁଗ୍ଧକର ଏକ ପରିଚିତି-କଥାକାର ଅଶୋକ ଚନ୍ଦନ (୩୧.୦୫.୧୯୫୨-୧୭.୦୫.୧୯୮୪)।

॥ ୨ ॥

ସତର ଅଠର ବର୍ଷର ସାହିତ୍ୟ ସାଧନାରେ ଜଣେ ଲେଖିବ ବା କେତେ ? ପଚାଶ ପାଖାପାଖି ଗଳ୍ପ, କିଛି କବିତା, ଏଇ ତ ? ତାରି ଭିତରେ 'ସାଇଗନ'ର ଗୁଳିର

ଶବ୍ଦ କି ବାରୁଦର ଗନ୍ଧ ତମେ ଖାଲି ଦେଖିବ ନାହିଁ? ଏ ବୟସ, ଏ ସଂସାର ତମକୁ ଦେଖାଇଥିବ ନାରୀ ପୁରୁଷର ମନଲୋଭା ଆବେଗ ମଥିତ ସମ୍ପର୍କକୁ। ସେଇ ସମ୍ପର୍କ, ଦେହ ଓ ମନର ଖେଳ- ଏ ସବୁତ ଜଣେ ଅବଶ୍ୟ ଲେଖିବ। ଲେଖିବ ଓ ଲେଖୁଲେଖୁ ତାହା ତାର 'ହସ୍ତବଳା'- ଗଳ୍ପର 'ଅଭ୍ୟାସ' ବଢ଼ାଇବ।

ତମର ଲେଖାଲେଖି ବେଳେ ଅଶୋକ, ତମର ସହଯାତ୍ରୀ କନ୍‌ହେଇ (ଲାଲ ଦାସ) ଥିଲେ 'ଦେବୀ' ପାଇଁ ପାଗଳ, ଜଗଦୀଶ (ମହାନ୍ତି) ମଧ୍ୟ ନିରନ୍ତର ଖୋଜି ହଉଥିଲେ 'ଗୌତମୀ'କୁ। ଆଉ ତାରି ଭିତରେ ମିତା କି ଶେଲି-ଶେଫାଳୀଙ୍କ ପାଇଁ ତମେ ଆବେଗାପ୍ଲୁତ ହେବା ଥିଲା ସ୍ୱାଭାବିକ!

ବେଳେବେଳେ ଏଇ ଆବେଗାପ୍ଲୁତ ଅବସ୍ଥାରୁ ଜନ୍ମନିଏ ଆତ୍ମ ବିଶ୍ଳେଷଣ। କଥାକାର ତମେ ଅଶୋକ, ଚରିତ୍ରକୁ ନାନାଭାବେ ଦେଖାଇ ଚମତ୍କାରିତା ସୃଷ୍ଟିକରିବା ତମର ଧର୍ମ। ମିତା, ସଂଘମିତ୍ରା ଆଉ ଝରଣାମାନଙ୍କୁ ନେଇ ଯୋଉ ଚିତ୍ତ-ଖେଳ ଘଟିଛି 'ଅନ୍ୟପାପ'ରେ, ସେ ଖେଳରୁ କଥା ନାୟକ 'ଯନ୍ତ୍ରଣା' ଭୋଗେ ଆଉ ବୁଝେ ସେ ଯନ୍ତ୍ରଣା 'ଆତ୍ମପ୍ରବଞ୍ଚନା'ର! ଏଇ ଆତ୍ମପ୍ରବଞ୍ଚନାର ଅନୁଭବ ଆବେଗର, ଆନନ୍ଦର ବାତାବରଣରୁ ଧୀରେ ସନ୍ତର୍ପଣରେ ବାହାରି ଆସେ ଓ ଅନ୍ୟପାପର ସମଗ୍ର ଭୂମିକୁ ଦୋହଲେଇ ଦେଇଥାଏ।

ଶାନ୍ତ ସ୍ଥିରତାରୁ ଦ୍ୱିଧା-ଦୋଳନର ଏ ପରିବର୍ତ୍ତନ ଭିତରେ ତମର ଗଳ୍ପ କଳା-ସୁମଣ୍ଡିତ ହେଇଯାଉଥାଏ।

'ମିତାଲୀ ଯେପରି ଆଦ୍ୟ ମୌସୁମୀର ଅସରାଏ ଅଣଅକ୍ତିଆର ବର୍ଷା' ବୋଲି ତମ ଗଳ୍ପ 'କୋଣାର୍କ'ର ନାୟିକାକୁ ତମେ ଚିହ୍ନାଇଚ। ଅଥଚ ତାପରେ... ଆଶା କରିବା କଥା ସେଇ ଅଣଅକ୍ତିଆର ବର୍ଷା ସମ୍ପୂର୍ଣ୍ଣ ଭିଜାଇଦବ ପାଠକମାନଙ୍କୁ ତାର କଳାକାରିତାରେ! ଅଶୋକ, କହିନଥିଲି ତମ ପ୍ରଥମଗପରୁ ହିଁ ତମେ ମ୍ୟାଜିକ୍ କରି ଓଡ଼ିଆ ଗଳ୍ପ ପାଠକମାନଙ୍କୁ ଜଳକା କରିଦେଇଥିଲ! କୋଣାର୍କର ପାଠକମାନେ କିନ୍ତୁ ରୋମାଣ୍ଟିକତାର ବାତାବରଣରୁ ସହସା ଛିଟ୍‌କି ପଡୁଛନ୍ତି ଯେତେବେଳେ ମିତାଲି କହୁଚି କଥାନାୟକକୁ, 'ଅଜୟ ତୁମେ ଖାଲି ବଞ୍ଚିଛ। ଜୀଇଁବାର କଳାରେ ତୁମେ ସମ୍ପୂର୍ଣ୍ଣ ଅନଭିଜ୍ଞ'। - କାହାକୁ 'ଜୀଇବାର କଳା' ବୋଲି କହୁଚି ମିତାଲୀ? ରୁଗ୍‌ଣ ଅତୀତ ସତ୍ତ୍ୱେ ତାର ସେଇ ବେପରୁଆପଣକୁ ନା ଦୁଇ ଯୁବକ ଯୁବତୀଙ୍କ ଏ ନୈକଟ୍ୟ ଓ ନିର୍ଜନ ସାନ୍ନିଧ୍ୟକୁ ଅଜୟର ଅଣଦେଖା କରିବାକୁ? ଏଦ୍ୱନ୍ଦ୍ୱ ଏକ ଆଶ୍ଚର୍ଯ୍ୟ ଦ୍ୱନ୍ଦ୍ୱ ଅଶୋକ, ଆତ୍ମକୈନ୍ଦ୍ରିକ ନାୟକ ଓ ଉନ୍ମନା ଏ ଉର୍ବଶୀର ମନୋଜ ଦୂରତା- ପ୍ରଥମାବସ୍ଥାର ରୋମାଣ୍ଟିକ ବାତାବରଣକୁ ଝଲକାଏ ବିଦ୍ୟୁତ୍ ଭଳି ତମେ ବାହାର କରିଆଣି ସ୍ତମ୍ଭିତ

କରିଦେଇ ପାଠକମାନଙ୍କୁ। ବିପରୀତାତ୍ମକତାରେ କୁଆଡ଼େ 'ସୌନ୍ଦର୍ଯ୍ୟ'ର ପରିପ୍ରକାଶ ଘଟେ- 'କଳା' ର ତତ୍ତ୍ୱଜ୍ଞମାନେ ଏପରି କିଛି କହିଛନ୍ତି। ତମର ଏ କୋଣାର୍କ, ଶିଳାର ସୌନ୍ଦର୍ଯ୍ୟ ନୁହେଁ କଳାର ସୌନ୍ଦର୍ଯ୍ୟକୁ ପ୍ରତିଷ୍ଠିତ କରିଚି କେଡ଼େ ଅନୁପମଭାବରେ!

ସେମିତି ଅନୁପମ ଭାବରେ ସ୍ଥିତିଗତ ସହସା ପରିବର୍ତ୍ତନ କରି ଯୌନତାର ଯବନିକା କେଡ଼େ ସହଜରେ ତମେ ପକାଇଦିଅ ଅଶୋକ! 'ଶ୍ମଶାନ' ଗଳ୍ପର ଶେଷ ଦୁଇ ତିନି ଧାଡ଼ି ଭିତରେ ଏ ପରିବର୍ତ୍ତନ କେତେ ଅଭାବନୀୟ ଭାବେ ଆସିଚି, ' ଘର ସାମ୍‌ନାରେ ଝାଉଁଗଛ ଓ ଲୋକଟା ମଧ୍ୟରେ ଇଲିମା କୌଣସି ଅସାମଞ୍ଜସ୍ୟ ଲକ୍ଷ୍ୟ କରିପାରୁନଥିଲେ। ସେ କଠୋର ସ୍ୱରରେ ପଚାରିଲେ,

; ତୁମେ ଶ୍ମଶାନ ଦେଖିଛ

: ନା।

: ଏଇ ଦେଖ।

ଇଲିମା କିନ୍ତୁ ନିଜ ନଗ୍ନତା ସମ୍ପର୍କରେ ଆଦୌ ସଚେତନ ନଥିଲେ।' ଆହା, ଏଡ଼େ ନିଷ୍ଠୁର ତମେ! ଇଲିମାର ନିଜ ଦେହ ସମ୍ପର୍କରେ ଯେଉଁ କ୍ଷୋଭ, ଯାହା ତାରି ଭାଷାରେ, 'ଅନେକ କାମନାର କବର' - ସେ କବରକୁ ନେଇ ତମେ କଳା ସୃଷ୍ଟି କରିଚ କିନ୍ତୁ ତାକୁ ଚିରଦିନ ଅଭିଶପ୍ତ କରିରଖିଦେଇଚ। ତମ ନିଜ ଚରିତ୍ର ସିଏ, ତାର ଏକାକୀତ୍ୱ, ତାର ସନ୍ତାପ, ତାର କ୍ଷୋଭ ସିନା ସେ ହାଡୁଆ ଲୋକ ନିଜ ଝାଳଗନ୍ଧ ଆଉ ପାଇରିଆ ମୁହଁର 'ଜାନ୍ତବ ଅତ୍ୟାଚାର' ଭିତରେ ବୁଝିପାରିନଥିଲା, ହେଲେ ତମେ? ତମେ ତ ଲେଖକ! ସେ ଅସହାୟାକୁ ମା' ଟିଏ କରିଦେଇଥିଲେ ହେଇନଥାନ୍ତା? 'ଶାବକ'ଟିଏ ପାଇବାକୁ ତାର ଯୋଉ ଆକୁଳତା ତାକୁ କଣ ପୂରଣ କରିପାରିନଥାନ୍ତ! ଲୋକଟାକୁ ରୁକ୍ଷଗଣ୍ଡି ଝାଉଁଗଛରେ ପ୍ରତିକୀତ କରି ପୁଣି 'ଶାବକ'ଟିଏର କାତର ଯାଚଞ୍ଚା ଭିତରେ ଇଲିମାର ଅସହାୟତା କେତେ କରୁଣ କଳାସିଦ୍ଧିରେ ତମେ ବ୍ୟକ୍ତ କରିଚ! ତମର ଏ ନାୟିକା ତମ ଗପର ସଫଳତାଠୁ ବି ବଡ଼ ହେଇଯାଇଚି ତାର ଅସହାୟ ଆକୁଳତାରେ!

ନାରୀ ପୁରୁଷର ସମ୍ପର୍କ କେତେରଙ୍ଗରେ ବୁଣିହେଇ ଯାଇଚି ତମ ଗଳ୍ପମାନଙ୍କରେ। ଅଶୋକ! ଏତେ କମ୍ ବୟସରେ ଏମିତି ପର୍ଯ୍ୟବେକ୍ଷଣ ଶକ୍ତି!!

॥ ୩ ॥

ଯୌବନର ସେ ଅନନ୍ତ ଉତ୍ସାହ, ମନର ସେ ଅଫୁରନ୍ତ ପୁଲକ, ହୃଦୟର ସେ ଅମାପ ଆବେଗ କାହାରିକୁ ଚିରକାଳ ବାନ୍ଧିରଖିପାରନ୍ତି ନାଇଁ। ସ୍ନାୟୁର ସହରରୁ ମୁକ୍ତିଲୋଡ଼େ ତମ କଥାପୁରୁଷ ଅଶୋକ! ନୂଆଭୂମିର ଅନ୍ୱେଷଣରେ ସେ ହୁଏ ଆଗ୍ରହୀ।

ଅଭିଜ୍ଞତା ଆଉ ଅନୁଭୂତି ତାକୁ ଦେଖାନ୍ତି ପୃଥିବୀକୁ ନୂଆକରି, ଜୀବନକୁ ଭିନ୍ନ କରି। ନିର୍ଦ୍ଦିଷ୍ଟ ବନ୍ଧନ କେହି ତାକୁ ଅଟକାଇ ପାରେନାହିଁ ଚିରକାଳ। 'ଅଜ୍ଞାତବାସ' ଭିତରେ ସେଇ ଭାବନାର ପ୍ରତିଫଳନ। ପରିଚିତ ସାହିର ସହର, ଧାଡ଼ିଧାଡ଼ି ଖପରୁଲି ଘର, କୃଷ୍ଣଚୂଡ଼ାର ସହରରୁ ଅଜ୍ଞାତବାସରେ ଥିବା ନାୟକ, ବିଫଳପ୍ରେମରେ ଅଜ୍ଞାତବାସ କରିଥିବା ନାୟକ ସମାପ୍ତିରେ କହୁଚି, 'ମୁଁ ବି ଯାଉଚି ନିରାଶ୍ରିତ ପୋକଟି ପରି ମଣିଷମାନଙ୍କ ଶୋଭାଯାତ୍ରାରେ ହଜିଯିବି। କେତେଦିନ ମୋତେ ଏ କୋଠରୀର କାନ୍ଥମାନେ ଭୟ ଦେଖାଉଥିବେ?' କୋଠରୀର କାନ୍ଥମାନେ ଯୋଉ ଆବଦ୍ଧତାର ଇଙ୍ଗିତ ଦିଅନ୍ତି, ପ୍ରେମର ବିଫଳତା ଯେଉଁ କାନ୍ଥମାନଙ୍କରେ ପ୍ରତିଫଳିତ, ସେଠୁ ତମର ନାୟକ ମୁକ୍ତି ଚାହେଁ- ମୁକ୍ତିଚାହେଁ ଓ 'ଜୀବନର ବୃହତ୍ତରତା'କୁ ଖୋଜେ। ସେଇ ବୃହତ୍ତରତାରେ ସାମିଲ ହେବାକୁ ମନକରେ। ପ୍ରେମର ବିଫଳତା ତମ ନାୟକକୁ 'ନିରାଶ୍ରିତ ପୋକ' ତୁଲ୍ୟ କରିଦେଇଚି। ସେ ବୁଝିପାରୁଚି ନିରାଶ୍ରିତ ହେବା ହୁଏତ ତା'ର ଭବିତବ୍ୟ ନୁହେଁ-କୋଠରୀର କାନ୍ଥଘେର ଯଦି ତାର ପ୍ରେମର ସୀମିତ ପୃଥିବୀ ହୁଏ, ସେଠି ବେଶୀଦିନ ରହିବା ତା ପକ୍ଷେ ସମ୍ଭବ ନୁହେଁ। ଅତଏବ ତମର 'ଅଜ୍ଞାତବାସ' ଅଶୋକ, ଧୀରେ ଧୀରେ ଭିନ୍ନ ଏକ ବାସ, ଭିନ୍ନ ଏକ ଉଦ୍‌ଭାସରେ ପରିଣତ ହେଉଚି!

ବିଫଳପ୍ରେମରେ ସଙ୍କୁଚିତ କଥାପୁରୁଷର ବନ୍ଧନମୁକ୍ତିର ଆକାଂକ୍ଷା ଖାଲି ବ୍ୟକ୍ତିଗତ କାରଣରୁ ନୁହେଁ, ଅଛି ତାର ଅନ୍ୟ ଏକ କାରଣ ବି। ସେ କାରଣ ପ୍ରତିଫଳିତ ହୋଇଚି 'ଆମ ସହରର ନାୟକ' ଗଳ୍ପରେ 'ସହରମାନେ ଏମିତି ଏକ ଜନବସତି, ଯେଉଁଠି ଆବାଳ ବୃଦ୍ଧବନିତା ପରସ୍ପରକୁ ଜାଣିବାର ସୁଯୋଗରୁ ବଞ୍ଚିତ। ଅତଏବ ସେଇଠି ପ୍ରତ୍ୟେକ ନିଜ ପଡ଼ୋଶୀ ଓ ସହକର୍ମୀମାନଙ୍କୁ ନେଇ ସୀମିତ ପୃଥିବୀଟିଏ ଗଢ଼ନ୍ତି।' ଯୋଉ ସୀମାବଦ୍ଧତା 'ଅଜ୍ଞାତବାସ'ରେ ତମ ନାୟକକୁ କଷ୍ଟ ଦେଇଥିଲା, ସେଇ ସୀମାବଦ୍ଧତା ଏଠିବି ପ୍ରଦର୍ଶିତ। 'ପରସ୍ପରକୁ ଜାଣିବାର ସୁଯୋଗରୁ ବଞ୍ଚିତ' ସହରୀ ଲୋକମାନଙ୍କ 'ସୀମିତ ପୃଥିବୀ' କାହିଁକିବା ତାକୁ ତେଣୁ ଭଲ ଲାଗିବ?

ସୀମିତତା ମାନେ ହିଁ ତ ସଂକୀର୍ଣ୍ଣତା। ଯୋଉ ସଂକୀର୍ଣ୍ଣତା ବରଣ କରିଆଣେ ସ୍ୱାର୍ଥକୁ, ବ୍ୟକ୍ତି ସର୍ବସ୍ୱତାକୁ। କେମିତି ସେଠି ନାୟକ ତମର ଖୋଜିପାରିବ ଉଦାର ଦୃଷ୍ଟିଭଙ୍ଗୀ, ବିଶ୍ୱଜନୀନତା କି ମାନବ କଲ୍ୟାଣକୁ?

ଅଶୋକ, ଏଇ କ୍ଷୋଭ କଣ ତମକୁ ଅନୁପ୍ରେରିତ କରିଚି 'ମାନଚିତ୍ର' ଲେଖାଇବାକୁ? ଦୁଇପର୍ଯ୍ୟାୟର ଏଗଳ୍ପ, କୁହାଯାଇପାରେ ଦୁଇ ସ୍ୱତନ୍ତ୍ର ଗଳ୍ପ- ଇଙ୍ଗିତାତ୍ମକଭାବେ ସଂଯୁକ୍ତ, ଏକୀକୃତ ଓ ପରସ୍ପର ପୂରକ। ଓଡ଼ିଶା-୧ ହେଉଛି 'ମାନଚିତ୍ର' ଗଳ୍ପର ପ୍ରଥମ ପର୍ଯ୍ୟାୟ। ଗିରିଜନ ମାନଙ୍କର ସହଜ ସରଳ ଜୀବନଧାରା

ସେଠି ତମ ଦ୍ୱାରା ବିଧୃତ। ସଭ୍ୟତାର ଅବଦାନ ନଳକୂପ କି ସ୍କୁଲଘର ପାଇଁ ସେମାନଙ୍କ ସ୍ୱାଭାବିକ କୁଣ୍ଠା। ସେମାନଙ୍କର ସେଇ କୁଣ୍ଠାର ଶେଷଉଚ୍ଚାରଣ, 'ଆମର କିଛି ଦରକାର ନାହିଁ ସର୍କାର। ତୁମେ ଚାଲିଯାଅ।' ତଥାକଥିତ ଭୌତିକ ଉନ୍ନତିର ମାର୍ଗ ଯୋଉ କଥା ପଦକରେ ବନ୍ଦ ହେଇ ଯାଇଚି। 'ମାନଚିତ୍ର'ର ଅପର ପର୍ଯ୍ୟାୟଟି ଓଡ଼ିଶା-୨। ସେଠି ଅଶୋକ ତମେ ଦେଖାଇଚ ସହରୀ ମଣିଷ ମାନଙ୍କ ଛଦ୍ମ ଜୀବନଧାରା, ଛଳନାର ଉଜ୍ଜ୍ୱଳରୂପକୁ। ସେ ଓଡ଼ିଶାରେ ରେଳଓ୍ୱାଗନର ତାଲା ଭାଙ୍ଗି ସିମେଣ୍ଟ ଚୋରି କରାଯାଇପାରେ, ସେଠି ଆଦିବାସୀ ଝିଅଙ୍କୁ ଅନ୍ୟରାଜ୍ୟକୁ ଚାଲାଣ କରାଯାଇପାରେ ଆଉ ସେଠିବି ମିଛ ପ୍ରତିଶ୍ରୁତିର ଆକାଶଛୁଆଁ ରାଜନୀତିକ ଭାଷଣ ଦିଆଯାଇ ମଧୁରଭାବେ ସ୍ୱାର୍ଥହାସଲ କରାଯାଇପାରେ! ଓଡ଼ିଶା-୧ରେ ଗିରିଜନମାନେ ସଭ୍ୟତାର ଅବଦାନକୁ ଅନୁସରଣ କରି ଯେଉଁ ଆଗତ ବିପନ୍ନତାର ଆଶଙ୍କା କରିଛନ୍ତି, ସେଇ ବିପନ୍ନତା ଓଡ଼ିଶା-୨ରେ ଅଶୋକ! ତମେ ଜଳଜଳ କରି ଦେଖାଇଦେଇଚ।

ବିପନ୍ନତାର ଅନ୍ୟ ଏକ ଚିତ୍ର ତମର ଏମିତି ଯେ, ଆର୍ଥିକ ଦୁଃସ୍ଥିତିରେ ଅସଫଳ ଓକିଲ ଓ ଅସହାୟ ବାପାଟିଏ ନିଜ ଝିଅକୁ କେଉଁ ଅମରବାବୁଙ୍କ ସହ ସହରକୁ ଇଣ୍ଟରଭ୍ୟୁ ପାଇଁ ଛାଡ଼ି ଦେଇଛନ୍ତି। ସୁଚେତା, ତମ କଥା-ନାୟିକା ସେଠି ବାଧହେଇଚି ଦେହଦାନ କରିବାକୁ। 'ବଜ୍ରାହତ' ତମର ଖାଲି ଗଳ୍ପଟିଏ ନୁହଁ ଅଶୋକ, ସାମାଜିକ ବିଷମତା ଓ ସାମାଜିକ ଦୁଃସ୍ଥିତି ବିରୋଧରେ ସତେ ଯେମିତି ଏକ ବଜ୍ରାଘାତ। ପ୍ରାୟ ମୌନ ସେ ଗଳ୍ପ ନାୟିକାର ମୌନତା ଭିତରେ ବି ତମେ ବଡ଼ ଆଶ୍ଚର୍ଯ୍ୟ ସୁନ୍ଦର ବିନ୍ୟାସରେ ଭରିଦେଇଚ ପ୍ରତିବାଦ ଓ ପ୍ରତିକ୍ରିୟାର ମୁଖରତାକୁ।

ସାମାଜିକ ବିପନ୍ନତା ଛଡ଼ା ତମେ ଅଶୋକ ଠିକ୍ ଲକ୍ଷ୍ୟ କରିଚ ବ୍ୟକ୍ତିଗତ ବିପନ୍ନତାକୁ। ସମକାଳର ଗୋଟିଏ ପାରିବାରିକ ଚିତ୍ର ଦେଇଚ ତମେ 'ତରଙ୍ଗ' ଗଳ୍ପରେ। 'ଏଇ ସୁବ୍ରତ, ବିନତା, ସଞ୍ଜୟ, ରୀତାକୁ ନେଇ ଅବିନାଶଙ୍କ ସୁଖୀ ପରିବାର। ହସ ନାହିଁ, ଆବେଗ ନାହିଁ କେବଳ ଏକ ଯାନ୍ତ୍ରିକ ଗତାନୁଗତିକତା'।- ଏ ଉଦ୍ଧୃତିର ପ୍ରଥମଧାଡ଼ି ପଢ଼ି ଯେଉଁ ପାଠକ ମନେମନେ 'ସୁଖୀ ପାରିବାର'ର ଯେଉଁ ସୁଖ ଓ ଆନନ୍ଦର ଆକଳନ କରିଥିବ ସେ ପର ମୁହୂର୍ତ୍ତରେ ନିଦାରୁଣ ଆଘାତ ପାଇବ ସେ ସୁଖୀ ପରିବାରର 'ଯାନ୍ତ୍ରିକ ଗତାନୁଗତିକତା'କୁ ଜାଣି। ଅଶୋକ ଧାଡ଼ିଟିଏର ଅନ୍ତରରେ ଯେ କେତେବଡ଼ ବିରୋଧାଭାସ ତିଆରି କରିଦେଲ! ଏ 'ସୁଖୀ ପରିବାର' ଏମିତିଏକ ପରିବାର ଯେଉଁଠି କାହାରି ମନ ବୁଝିବାକୁ କାହାରି ବେଳ ନାହିଁ। କେବଳଏକ ନିତ୍ୟ ପ୍ରାତ୍ୟହିକ ଗତାନୁଗତିକ ଚଳଣିରେ ସଭିଏଁ ଚାଲିଛନ୍ତି। ଅନିବାଶ ବାବୁଙ୍କ ପରି ପରିବାରର ମୁଣ୍ଡିଆଳର ଯତ୍ନ ଆଉ ଚର୍ଚ୍ଚା କେମିତିବା ହେଉଥିବ- ବୟସ୍କର ମନ

ପଢ଼ିବା, ତାକୁ ସାନ୍ନିଧ୍ୟ ଦେବା ଲାଗି ଏପରିବାରରେ କାହାରିବି ସମୟ ନାହିଁ। ଆଉ ତାଙ୍କ ଜନ୍ମଦିନର ତାରିଖ ମନେରଖିବା ତ ବିଡ଼ମ୍ବନା ମାତ୍ର !

ଅଶୋକ ! ଅବିନାଶବାବୁଙ୍କୁ ବଡ଼ ସହଜ ଭାବେ ତମେ କରିପାରିଚ ଜଣେ ପ୍ରତିକୀ ଚରିତ୍ର !

॥୪॥

ସାମାଜିକ ବିପନ୍ନତାର ଏଇ ସ୍ଥିତିକୁ ଭାଙ୍ଗିଦେବାକୁ, ସମତାର ପୃଥିବୀଟିଏ ଗଢ଼ିବାକୁ, ଶୋଷଣର ପଥରୋଧ କରିବାକୁ ତମେ ଅଶୋକ ବହୁଗଳ୍ପରେ ଏକ ସାମ୍ୟବାଦୀ ପଥକୁ ବାଛିନେଇଚ। ଯେଉଁ ଲଳିତ କଥାପୁରୁଷଟି ମିତା ଆଦିଙ୍କ ଦେହର ଲାବଣ୍ୟରେ ମୁଗ୍ଧ ହେଉଥିଲା, ବାଘର ପ୍ରତୀକ ଭିତରେ ଯୌନତାକୁ ଦର୍ଶାଉଥିଲା, କୃଷ୍ଣଚୂଡ଼ାର ଉଜ୍ଜ୍ୱଳ ରଙ୍ଗରେ ଗଳ୍ପମାନଙ୍କୁ ରୋମାଣ୍ଟିକ କରି ଗଢ଼ି ତୋଳୁଥିଲା-ସେଇ ରୋମାଣ୍ଟିକ ଉଚ୍ଛ୍ୱାସରୁ କେଡ଼େ ସନ୍ତର୍ପଣରେ ମୁଣ୍ଡ ଟେକିଥିଲା ବାସ୍ତବତାର ନିଷ୍ଠୁରଜୀବନ ! ଏଇ ନିଷ୍ଠୁର ଜୀବନର ଚିତ୍ର ଆଙ୍କୁ ଆଙ୍କୁ ତମେ ହୁଏତ ଭାବିଚ କେଉଁ ମାର୍ଗରେ ହେବ ଜୀବନର ସୁନ୍ଦର ବିକାଶ ! ସ୍ରଷ୍ଟାତମେ, ପୁରୋଦ୍ରଷ୍ଟା। ଦେଖିଥିବ ତମେ ଅନେକ ମାର୍ଗ, ବାଛିଚ ଗୋଟିଏ; ସାମ୍ୟବାଦୀ ମାର୍ଗ। ସେଇ ସାମ୍ୟବାଦ ତେଣୁ କଳାଭୂଷିତ ହେଇ ଚାଲିଆସିଚି ତମର କୌଣସି ଗପରେ। 'ୟୁରାନିୟମ'ର ଶ୍ରମିକମାନଙ୍କୁ ଏକଜୁଟ କରିବାର ପରିକଳ୍ପନା ଭିତରେ କି 'ଅନ୍ଧାରରସ୍ୱର' ପରି ଗଳ୍ପରେ କମ୍ରେଡ଼ ଶଙ୍କରର ସାନ୍ନିଧ୍ୟରେ ! ସେଇ କୋମଳ ମନର ସ୍ୱପ୍ନିଳ କଥାପୁରୁଷ ତମର ପ୍ରେମ, ଦେହ, କାମନାର ଉଚ୍ଛ୍ୱାସକୁ ଭୁଲିଯାଇଚି। 'ଅନ୍ଧାରର ସ୍ୱର' ଭିତରେ ଉଗ୍ରପନ୍ଥୀ ସାଜିଛି। ସାମାଜିକ ସୁସ୍ଥତାପାଇଁ ସେ ଧରିଛି ବନ୍ଧୁକ। କମ୍ରେଡ଼ ଜୋଶେଫ୍‌ଙ୍କ ପରି ବିପ୍ଲବୀ ପୁଲିସ ଗୁଳିରେ ମରିଗଲାପରେ ତମେତ ଅଶୋକ ତାଙ୍କୁ ରକ୍ତବୀର୍ଯ୍ୟ କରିଦେଇଚ। ଜୋଶେଫର ଅନୁଗତ ବିଜନ ମନରେ ଏଇ ସଂକଳ୍ପଟି ଭରିଦେଇଯେ, "ସେ ବଞ୍ଚିରହିବ। ବିପ୍ଳବର ପ୍ରତୀକ୍ଷା କରିବ। ସେ ଇତିହାସରେ [ର] ଆଖିପରି ସଜାଗ, ସଚେତନ, ଅନୁସନ୍ଧିତ୍ସୁ ରହିବ।"

ଜୀବନର ଜଟିଳତାକୁ ପ୍ରେମର ମଧୁରତା ଭିତରେ ଅଶୋକ, ତମେ ଆଙ୍କିବାର ଚେଷ୍ଟା କରିଚ। ଜଣେ ପ୍ରକୃତ ଶିଳ୍ପୀର ସହାନୁଭୂତି ନେଇ ତମ ଚରିତ୍ରମାନଙ୍କୁ ଗଢ଼ିଚ।

॥ ୫ ॥

ଅଶୋକ ! ତମ ଶିଳ୍ପୀ ଆଖିରେ ସ୍ୱର୍ଗ ଯେମିତି ସୁନ୍ଦର, ନର୍କ ବି ସେମିତି। ପ୍ରେମିକ ପୁରୁଷଟିଏ ଯେତିକି ତାତ୍ପର୍ଯ୍ୟପୂର୍ଣ୍ଣ, ସେତିକିବି କେଉଁ ନିଷ୍ଠୁର ଆତତାୟୀ। କଳାକାର ତମେ, ମନର ସୁବିଶାଳ ଦିଗନ୍ତକୁ ଏମିତି ଲିପାପୋଛା ସୁନ୍ଦରକରି ସଜେଇ ରଖିଥାଅ ଯେ; ପାଠକଟିଏ ଠିକ୍ ଠିକ୍ ଠଉରେଇ ନପାରିଲେ ଶାଳଗ୍ରାମକୁ ଟୋଳାଏ

ମାଟି ଭାବି ବସିବା ଅସମ୍ଭବ ନୁହେଁ! ତମର ବାହାଦୁରିତ ସେଇଠି। ଖୋଜୁଥାଉ ପାଠକ, ପଢୁଥାଉ ଗପ, ହଉଥାଉ ଧନ୍ଦି!

ସେଇ ଖୋଜିହେବା ଭିତରେ, ପଢ଼ିବା ଭିତରେ କି ଧନ୍ଦିହେବା ଭିତରେ ପାଠକ ପାଏ ସେ ପରିପକ୍ୱତାକୁ, ସେଇ ମୌଳିକତାକୁ, ସେଇ ଗନ୍ଧକୁ ଯେଉଁ ଗୁଡ଼ିକର ଛୁଆଁରେ ଅଶୋକ! ତମେ ଦେଖେଇ ପାରିଛି ତମର ଅସ୍ମିତା-ତମର ପରିଚିତି - ତମର ଗନ୍ଧ! ସେ ଗନ୍ଧ ଏତେ ତୀବ୍ର ଯେ ଆଜିବି କରୁଛି ପାଠକମାନଙ୍କୁ ସଙ୍କ୍ରମିତ!

ତମ ମୃତ୍ୟୁର ଠିକ୍ ପରବର୍ଷ ତମ ପରିବାର ଲୋକଙ୍କ ସହଯୋଗିତାରେ ସନ୍ଦୀପନୀ, ଭୁବନେଶ୍ୱର କର୍ତ୍ତୃକ ପ୍ରକାଶପାଏ 'ଅଶୋକ ଏବଂ ଅଶୋକ' (୧୯୮୫)। ସେଥିରେ ସଂଗୃହୀତ ହେଇଥିଲା ତମର ୪୯ଟି ଗଳ୍ପ। ସେଥିର ସୂଚନା ଅନୁଯାୟୀ ସେ ପାଣ୍ଡୁଲିପିର 'ଅନ୍ଧପଦାତିକ' ଅଂଶଟି କୁଆଡ଼େ ତମରି ହାତରେ ହେଇଥିଲା ପ୍ରସ୍ତୁତ ଓ 'ମାନଚିତ୍ର' ଅଂଶଟି ଉଦ୍ୟୋକ୍ତାମାନଙ୍କ ଦ୍ୱାରା ସଂକଳିତ। ପରେ ପରେ ତମ ଗଳ୍ପର ଅନ୍ୟଦୁଇ ସଂଗ୍ରହ ପ୍ରକାଶ ପାଇଥିଲା, ପୁନଶ୍ଚ ଅଶୋକ (୨୦୦୦) ଆଉ ଅଶୋକ ଅସରନ୍ତି (୨୦୧୨)।

ପୁଣିଥରେ ତମଗଳ୍ପର ସ୍ୱାଦ ପାଠକଙ୍କୁ ଚଖାଇବା ଲାଗି ଉଦ୍ୟମ କରିଚନ୍ତି 'ବ୍ଲାକ୍ ଇଗଲ ବୁକ୍‌ସ'। ତମର ଏ 'ଗଳ୍ପ ସମଗ୍ର', ଭଲ ଲେଖକଙ୍କୁ ପାଠକମାନଙ୍କ ପାଖରେ ପହଞ୍ଚାଇବାର 'ବ୍ଲାକ ଇଗଲ ବୁକ୍‌ସ'ର ପତିଶ୍ରୁତିକୁ ପୁଣିଥରେ ସତ କରିଦିଏ!

■

ଡିଅରପାର୍କ, ଶାନ୍ତିନିକେତନ-୭୩୧୨୩୫
kailashpattnaik@gmail.com

ସୂଚିପତ୍ର

ଅଜ୍ଞାତବାସ

ମୁଁ କୌଣସି ବାଜିରେ ହାରିନାହିଁ; ବରଂ ମୋର ସାନ୍ନିଧ୍ୟରୁ ଅପସୃୟମାନ ପରାଜିତ ମୁହଁମାନଙ୍କୁ ଦେଖି ତାଚ୍ଛଲ୍ୟ କରିଛି, ଯଦିଓ ସେ ମୁହଁମାନେ ଏକଦା ମୋର ଏକାନ୍ତ ଆତ୍ମୀୟ ଥିଲେ। ମୁଁ ହଠାତ୍ ତାଙ୍କ ଘୃଣିତ ଉପସ୍ଥିତିରେ କ୍ଳାନ୍ତ ହୋଇପଡ଼ିଲି ଓ ଏହି ମାନସିକ ଅବସ୍ଥା ମୋର ଆତ୍ମ-ନିର୍ବାସନ ପାଇଁ ଦାୟୀ। ବୁଝିଲରେ ନିର୍ବୋଧ ଦଳ, ନା ମୁଁ ତୁମକୁ ଭୟ କରୁଛି ନା ସଙ୍କୋଚ କରୁଛି ଏବଂ କହିବା ବାହୁଲ୍ୟ ଯେ, ମୁଁ ସେ ସମସ୍ତ ମାନସିକ ବିକାରକୁ ମୋର ସୁଦୂର ଛୋଟ ସହରରେ ଛାଡ଼ି ଆସିଛି।

ଅନେକ ଅଜ୍ଞାତ ମୁହଁ ମୋର ଚତୁର୍ଦ୍ଦିଗରେ। ଏହି ମୁହଁମାନଙ୍କର ଆତ୍ମୀୟତା ପାଇଁ ମୁଁ ଏକ ବିଫଳ ପ୍ରଚେଷ୍ଟା କରି ଆସୁଛି ବେଶ୍ କିଛି ଦିନ ହେଲା। ଅଗତ୍ୟା ଗୋଟିଏ ମୁହଁ ଚିହ୍ନା ମନେହେଲେ ଆପେ ମୋର ଉତ୍ସୁକ ଆଖିମାନେ ସେଠି ସ୍ଥିର ହୋଇ ଯାଉଛନ୍ତି; ଅଥଚ କୌଣସି ହାସ୍ୟକର ପରିସ୍ଥିତି ସୃଷ୍ଟି ହେବା ଆଗରୁ ଲଜ୍ଜିତ ଓ ବ୍ୟର୍ଥ ଆଖିମାନେ ଫେରି ଆସୁଛନ୍ତି ପକ୍ଷ୍ମତଳ ନିରାପତ୍ତାକୁ। ଏ ଆଖିମାନଙ୍କୁ ମୋର ଦୟା ଆସୁଛି। ଏମାନେ ତ ମୋତେ ମୋର ପରିଚିତ ସହର, ତା'ର ଧାଡ଼ି ଧାଡ଼ି ଖପରୁଲି, ଧାଡ଼ି ଧାଡ଼ି କୃଷ୍ଣଚୂଡ଼ା ଓ ନିର୍ଜନ ରାସ୍ତାରୁ ଏହି ଅଜ୍ଞାତ ଇଲାକାକୁ ଟାଣି ଆଣିଛନ୍ତି। ଆପେ କ୍ଳାନ୍ତ ହେଲେ ବୋଧହୁଏ ଏହି ଅସହାୟତାରୁ ମୁକ୍ତି ପାଇଁ କାକୁସ୍ଥ ହେବେ। ଆଃ... ଏ ଆଖିମାନଙ୍କ ସହିତ ମୋର ଛାତି ତଳର କେଉଁ ଅଂଶ ସଂଲଗ୍ନ ହୋଇଛି, ଯେଉଁଠି ବ୍ୟର୍ଥତା ଗୋଟିଏ ଦାରୁଣ ହିଂସ୍ର ସୂଚ୍ୟଗ୍ର ହୋଇପାରେ। ଅନେକ ଅପରିଚିତ ମୁହଁର ଜ୍ୟାମିତି ମଧ୍ୟରେ ମୁଁ ହୁଏତ ନିଜ ମୁହଁର ପରିଚିତ ଜ୍ୟାମିତି ଭୁଲିଗଲିଣି। କିମ୍ବା ଖୁବ୍ ଅଳ୍ପଦିନ ଭିତରେ ସମ୍ପୂର୍ଣ୍ଣ ଭୁଲିଯିବା ଅସମ୍ଭବ ନୁହେଁ।

କିଏ ମୋ ହାତକୁ ଦେବ ଦର୍ପଣଟିଏ ?

ପଳାତକର କ୍ଳାନ୍ତିରେ ମୋର ପାଦମାନେ ଅବଶ। ମୁଁ ନିଜେ ନିର୍ଦ୍ଦିଷ୍ଟ ଭାବେ ସ୍ଥିର କରିପାରୁନି କିଏ ମୋତେ ପରିଚିତ ସହର ଓ ନିକାଞ୍ଚନ କୋଠରିରୁ ଏଠାକୁ ଟାଣି

ଆଣିଲା- ଅନୁସନ୍ଧିତ୍ସୁ ଚକ୍ଷୁଯୁଗଳ ନା' ଦିଗ୍‌ବିଜୟୀ ପଦଯୁଗଳ ? ପଳାତକ ପାଦମାନେ ଗତାନୁଗତିକତାରୁ ହୁଏତ ଏକ ଗଳିରାସ୍ତା ଖୋଜି ଖସି ଯାଆନ୍ତି, କିନ୍ତୁ ସେଇ ଅପରିଚିତ ରାସ୍ତାର ଗୋଜିଆ ପଥରମାନଙ୍କରେ ଆହତ ବା ଚୌଡ଼ା କଂକ୍ରିଟ୍ ରାସ୍ତା ପରିକ୍ରମାରେ ଅଧା ହୋଇଗଲେ ଅସହ୍ୟ ଯନ୍ତ୍ରଣାରେ ଅକର୍ମଣ୍ୟ ହୋଇପଡ଼ନ୍ତି। ହେ ମୋର ପଳାତକ ପାଦମାନେ, ତୁମର କ୍ଳାନ୍ତି କିପରି କ୍ରମଶଃ ସଂକ୍ରମିତ ହେଉଛି ମୋର ହୃତ୍‌ପିଣ୍ଡକୁ ?

ଏଇ ଅଜ୍ଞାତ କୁଳଶୀଳ ମୁହଁମାନଙ୍କର ଗହଳି ଭିତରେ ମୁଁ ଯଦି ହଜିଯାଏ ! ସତରେ ମୁଁ କେମିତି ଉଚ୍ଚାରଣ କରିବି ମୋର ନାଆଁ ? କାହାକୁ ବା ମୋର ପରିଚୟ ଦେବି ? ମୋର ଜିହ୍ୱା ବି ନିରବ। ଏହି ଜିହ୍ୱା ସାହାଯ୍ୟରେ ମୁଁ ଶତଶତ କାନକୁ ଶ୍ରାବ୍ୟ ଅଶ୍ରାବ୍ୟ ଭାଷଣରେ ଘାଏଲ କରିଥିଲି। ଆଜି ତା'ର ବି ଅସହାୟ ନିରବତା। ବନ୍ଧ ପଶୁର ଅସ୍ଫୁଟ ସଂଳାପ ପରି ମୋ ଦାନ୍ତ କଳରେ ଶବ୍ଦମାନେ ପେଶି ହୋଇ ଚୁରମାର୍ ହେଉଛନ୍ତି। ଅନ୍ୟାନ୍ୟ ଜିହ୍ୱାମାନଙ୍କୁ ଉପାଡ଼ି ତାଙ୍କର ବାଚାଳତାକୁ ବନ୍ଦ କରିଦେବାକୁ ମନ ହେଉଛି। ମୁଁ ଜାଣେ ଯଦିଓ ଏ ଇଚ୍ଛା ବଳବତୀ ତଥାପି ନିଷ୍ଫଳ। ହୁଏତ ସେମାନେ ମୋତେ ଉପହାସ କରୁଛନ୍ତି ବା ଅବୋଧ୍ୟ ଭାଷାରେ ଅଭିସମ୍ପାତ ବର୍ଷଣ କରୁଛନ୍ତି। ଏକ ଜାନ୍ତବ ହିଂସ୍ରତାରେ ମୋର ବଦ୍ଧମୁଷ୍ଟି କ୍ରମଶଃ ଶିଥିଳ ହୋଇଯାଉଛି। କାହିଁକି କେଜାଣି କୌଣସି ଅଶ୍ଳୀଳ ସଙ୍ଗୀତ ଗାଇ କିମ୍ବା ନିଜର ନଆଁକୁ ବାରମ୍ବାର ଉଚ୍ଚାରଣ କରି ନିଜର ଉପସ୍ଥିତି ଅନ୍ୟମାନଙ୍କୁ ସୂଚେଇ ଦେବାକୁ ଇଚ୍ଛା ହେଉଛି। ଅଥଚ ଅସମର୍ଥ ଜିହ୍ୱାର ନିରବତା ବି ଯନ୍ତ୍ରଣାର ନାଗଫେଣୀ ହୋଇ ମୋର ହୃଦୟର କେଉଁ ଅଳିନ୍ଦକୁ ରକ୍ତାକ୍ତ କରୁଛି।

କୋଳାହଳ ମୋତେ ସହସ୍ର କୁକୁରଙ୍କ ମୁନିଆଁ ଦାନ୍ତ ପରି ଆକ୍ରମଣ କରୁଛି। ମୁଁ ମୋର ଛାଇକୁ ବ୍ୟସ୍ତ ପଦପାତରେ କ୍ଷତାକ୍ତ କରି ଭିଡ଼ ଠେଲି ଠେଲି ନିରୁଦ୍ଦିଷ୍ଟ ଭାବେ ଆଗେଇଛି ଓ ଅନୁଗାମୀ ଘୃଣ୍ୟ ଛାଇମାନଙ୍କ ପ୍ରତି ଆକ୍ରୋଶରେ ମୋର ମନ ଭିତରଟା ବିଷାକ୍ତ ହୋଇ ଉଠିଲାଣି। କେତେ ଟନ୍ ବାରୁଦରେ ଏହି ନିର୍ବୋଧ ସହର ବାସିନ୍ଦା ଓ ତାଙ୍କର ଉଦ୍ଧତ ପ୍ରାସାଦମାନଙ୍କୁ ଧୂଳିସାତ୍ କରିହେବ ?

ଆଃ... ମୋର ପରିଚିତ ସହର, ନିଶ୍ଚୁପ୍ ସାହିର ସହର, ଧାଡ଼ି ଧାଡ଼ି ଖପରୁଲିର ସହର, ଧାଡ଼ି ଧାଡ଼ି କୃଷ୍ଣଚୂଡ଼ାର ସହରରୁ ବ୍ୟବଧାନ ଯୋଜନ ଯୋଜନ...।

ମୋର ଧାଡ଼ି ଧାଡ଼ି କୃଷ୍ଣଚୂଡ଼ାର ସହର କ୍ରମକ୍ଷୟିଷ୍ଣୁ ସ୍ମୃତିର ଭଗ୍ନାଂଶ ଏବଂ ଏଠି ଖାଲି ମଣିଷଙ୍କ ଧାଡ଼ି। ଅଥଚ କୌଣସି ଧାଡ଼ିରେ ମୁଁ ନିଜକୁ ସାମିଲ କରି ନେବାକୁ ପ୍ରସ୍ତୁତ ନୁହେଁ। କେଉଁ ଧାଡ଼ି ? ବସ୍ ଷ୍ଟପର ଉତ୍କଣ୍ଠିତ ଧାଡ଼ି, ସିନେମାହଲ୍‌ର ଉତ୍ତେଜିତ ଧାଡ଼ି, ରେସନ୍ ଦୋକାନର ଅପେକ୍ଷମାଣ ଧାଡ଼ି- କେଉଁ ଧାଡ଼ିରେ ଆଶ୍ରୟ ନେଇ ମୁଁ

ସ୍ୱସ୍ତିରେ ନିଃଶ୍ୱାସ ମାରିବି ? ରାସ୍ତାର ଖୁନ୍ଦାଖୁନ୍ଦି ଭିଡ଼ ସହରର ସମସ୍ତ ପ୍ରେକ୍ଷାଗୃହ, କଫି ହାଉସ୍, ପାର୍କକୁ ସଂକ୍ରମିତ। ମୁଁ ସେ ଅପରିଚିତ ମୁହଁମାନଙ୍କର ଶୋଭାଯାତ୍ରାରୁ ଫେରିଯାଉଛି, ଫେରିଯାଉଛି, ଫେରିଯାଉଛି।

ଅପରିଚିତ ମୁହଁମାନଙ୍କର ଶୋଭାଯାତ୍ରାରୁ ଫେରି ଆସିଲି ଏଠାକୁ, ଯେଉଁଠି ଏକ ଆହତ ସରୀସୃପ ବା ଆତଙ୍କିତ ଜିଆ ପରି ମାଂସପେଶୀର ସଂକୋଚନ ପ୍ରସାରଣ ପରେ ମୋତେ କେତୋଟି ପାହାଚ ଅତିକ୍ରମ କରିବାକୁ ହେଲା ଏବଂ ମୁଁ ସର୍ବଶେଷ ପାହାଚରେ ଅଣ୍ଟା ସଳଖି ଠିଆ ହୋଇ ଅନ୍ୟ ପାହାଚମାନଙ୍କରେ ଛେପ ପକାଇଲି ଓ ସେଇଥିରେ ମୋର ବିରକ୍ତି କ୍ରୋଧ ଘୃଣା ପ୍ରଶମିତ ହେଲା ଏବଂ ତା'ପରେ ଦିନରେ ଅନ୍ଧାର, ରାତିରେ ଅନ୍ଧାର, ଅନ୍ଧାର ନୁହେଁ ଯେ ଏକ ରୁଗ୍‌ଣ ପାଂଶୁଳତା ପରି ସିଗ୍ରେଟ୍ ଧୂଆଁ ମେଘ ହୋଇ ମୋର କୋଠରିର ବାୟୁମଣ୍ଡଳକୁ ଭାରାକ୍ରାନ୍ତ କରି ମୋର ନିଃଶ୍ୱାସ ପ୍ରଶ୍ୱାସର ଗତିକୁ ବି ଦୟନୀୟ କରି ଦେଇଛି। ଏ ରୁଗ୍‌ଣତା ମଧ୍ୟରେ ମୋର ଦୀନ ଅସ୍ତିତ୍ୱ କମ୍ବଳ ତଳେ କମ୍ପିତ ଛଟପଟ ହୋଇ ଶୀତକୁ ଧିକ୍‌କାର କରୁଛି। କିଛି ନହେଲେ ଉଦ୍ୟମ ତ କରୁଛି ଏଇ ନିଃସଙ୍ଗ କୋଠରିରେ କେତୋଟି ପୁରାତନ ପରିଚିତ ମୁହଁ ଅନେକ ତ୍ରିଭୁଜ ଅଙ୍କନ କରୁଛନ୍ତି, ଯାହାର ତୀକ୍ଷ୍ଣ କୋଣମାନେ ମୋତେ ଦଂଶନରେ ଅଧୀର କରୁଛନ୍ତି ଓ ଆଉ କେତୋଟି ମୁହଁ ଚକ୍ର ଗତିରେ ଘୂର୍ଣ୍ଣାୟମାନ। ମୁଁ ଯାହାର କେନ୍ଦ୍ରବିନ୍ଦୁ କିମ୍ବା ଏପରିକି ପରିଧିରେ ଗୋଟିଏ ବିନ୍ଦୁ ହେବାକୁ ଶତଧା ଚେଷ୍ଟିତ।

ସୁଲେଖା ଦାସ, ତୁମର ସାନ୍ନିଧ୍ୟ ଓ ସ୍ମୃତି ଉଭୟ ମୋ ପାଇଁ ଅସହ୍ୟ। ମୁଁ ଜାଣେ ତୁମେ ମୋତେ ଯଥେଷ୍ଟ ପ୍ରେମ କର ଏବଂ ବୋଧହୁଏ ସେଇଥିପାଇଁ ମୋର ଦେହକୁ ଗୋଟିଏ ନିର୍ଜୀବ ଗଛର ଡାଳ ଭାବି ଅତ୍ୟାଚାର କରିଚାଲ। ତୁମେ ଏଠି ଉପସ୍ଥିତ ଥିଲେ ଦେଖନ୍ତ ପ୍ରତିଶୋଧର ବହ୍ନି ମୋର ଆଖି ଓ ମୁହଁକୁ ଲାଲ କରି ଦେଲାଣି। ଯେଉଁ ଆକାଶକୁ ତୁମେ ତୁଚ୍ଛାଟାରେ ହାତ ଠାରି ଦେଖାଇ ଦିଅ, ସେଇଠି ଦଳେ କୁତ୍ସିତ ମେଘ ଭେଳା ବାନ୍ଧିଲେଣି, ଯେଉଁ ଲନ୍‌ରେ ତୁମେ ଅଶ୍ଳୀଳ ଭଙ୍ଗୀରେ ଗଡ଼ିଯାଅ ସେଇଠି ନାଗଫେଣା ବୁଦା ରୋପଣ କରିବାକୁ ମୁଁ ମାଳିକୁ ଆଦେଶ ଦେଇଛି। (ତୁମଦ୍ୱାରା ଆବିଷ୍କୃତ ହେବାର ଆଶଙ୍କା ଏଯାଏ ମୋ ମନରୁ ଯାଇନି।)

ତୁମର ବିପୁଳ ବକ୍ଷସମ୍ପଦକୁ ନେଇ ତୁମେ କୌଣସି ବ୍ରା' କମ୍ପାନୀର ବିଜ୍ଞାପନ ମଡ଼େଲ୍ ହୋଇପାର, ପ୍ରେମିକା ନୁହେଁ। ତୁମ ବାପାଙ୍କ ରଙ୍ଗ ଛଡ଼ା କୋଠାର କୋଲାପ୍‌ସିବଲ୍ ଗେଟ୍ ଠେଲି ଭିତରକୁ ପଶିଲେ, ମୋତେ କେମିତି ଜେଲ୍ ଯିବା ପରି ଲାଗେ। ସେଇ ଘୃଣ୍ୟ ଦିନମାନ ମନେ ପଡ଼ୁଛି, ଯେତେବେଳେ ତୁମର ଗ୍ରେ'

ହାଉଣ୍ଡ ପ୍ରତି କୃତଜ୍ଞତା ଜଣାଉଥିଲି । ତୁମର ଦୁଷ୍ଟ ସାନ ଭାଇ ଯାହାର ମୁହଁ ସହିତ ତୁମ ମୁହଁର ଅଦ୍ଭୁତପୂର୍ବ ସାମଞ୍ଜସ୍ୟ ଥିଲା, ତାକୁ ଚକୋଲେଟ୍ ଯାଚୁଥିଲି । ଖବରକାଗଜ ପଢୁଥିବା ତୁମର ବାପାଙ୍କୁ ଅନିଚ୍ଛା ସତ୍ତ୍ୱେ ନମସ୍କାର କରୁଥିଲି । ତୁମର ଅସୁନ୍ଦରୀ ବୋଉଙ୍କୁ ମୋର ସ୍ୱାସ୍ଥ୍ୟ ସମ୍ପର୍କରେ ଖବର ଦେଉଥିଲି, ଏବଂ ତା'ପରେ ତୁମର ସ୍ୱାସ୍ଥ୍ୟବତୀ ସାନ ଭଉଣୀର କାନ୍ଧରେ ହାତ ଥୋଇ ସିଡ଼ିରେ ତୁମ କୋଠରି ଯାଏ ଉଠୁଥିଲି ।

ଲେଖା, ଏ ସମସ୍ତ ବିରକ୍ତିକର ଅନୁଭୂତିର ପୁନରାବୃତ୍ତି ଆପାତତଃ ମୁଁ ଚାହୁଁନାହିଁ । ଏବେ ମୋର ମନେ ହେଉଛି ଯେ ତୁମର ବାପା, ସାନ ଭାଇ, ଗ୍ରେ' ହାଉଣ୍ଡ କୁକୁର ସମସ୍ତେ ମୋର ପ୍ରେମର ପ୍ରତିଦ୍ୱନ୍ଦ୍ୱୀ ଓ ତୁମର ବୋଉ, ସାନଭଉଣୀ ସମସ୍ତେ ମୋର ପ୍ରେମର ଅନ୍ତରାୟ ।

ମୁଁ ଜାଣେ, ତୁମର ରଙ୍ଗଛଡ଼ା କୋଠାରେ ଚକଚକିଆ ରଙ୍ଗ ଦେବାପାଇଁ ତୁମ ବାପାଙ୍କ ସାମର୍ଥ୍ୟ ଅଛି । ସେ ତୁମର ସତୀତ୍ୱ ବି' ଜାହିର କରିପାରିବେ, ଏଇଥିରେ ତୁମର ହିମ୍ମତ ନଥିବା କଥା କାରଣ ବାଥରୁମ୍‌ର ଦରଜା ବନ୍ଦ କରିଥିଲ ତୁମେ, ତୁମର ଅନ୍ତର୍ବାସ ବି ତୁମେ ମୋର ବିନା ସାହାଯ୍ୟରେ ଖୋଲିଥିଲ । ତା' ସତ୍ତ୍ୱେ ବି ତୁମେ କିଛିଟା ବିରତି ପରେ ବେଶ୍ ସହଜ ଭାବରେ ସାନ୍ଧ୍ୟ ଆରତି ଦେବା ପାଇଁ ଚାଲି ଯାଇଥିଲ; ସତେ ଯେପରି ମୁଁ ତୁମର ସାନ୍ଧ୍ୟ କାମନାର ଜାଳ । ମୁଁ ଏ ପ୍ରେମାଭିନୟ ଚାହେଁ ନାହିଁ । ବରଂ ଲେଖା, ତୁମ ସାଥିରେ କେବେ ଦେଖା ହେଲେ ତମର ପରସ୍ତ ନିର୍ମୋକକୁ ଉତାରି ଦେବାକୁ ମୁଁ ପ୍ରତିଜ୍ଞାବଦ୍ଧ ।

ତୁମ ପରେ ତୁମର ସ୍ମୃତି ବି ମୋତେ ଯଥେଷ୍ଟ ରକ୍ତାକ୍ତ କରିସାରିଲାଣି ସୁଲେଖା ଦାସ । ତୁମେ ମୋଠାରୁ ଦୂରେଇ ଯାଅ ପ୍ଲିଜ୍... ।

ବୋଉ ! ସୁସଜ୍ଜିତ ଅସ୍ଥି ଉପରେ ପାତଳ ଚର୍ମର ଆଚ୍ଛାଦନ, ମୋର ବୋଉ । ମୁହଁର ହନୁହାଡ଼ମାନଙ୍କ କୋଟର ତଳେ ଯେଉଁ ଦୁଇଟି କୁଲୁକୁଲୁ ଆଖି, ମୁଁ ସେ ଆଖିମାନଙ୍କୁ ପ୍ରଚୁର ଭଲ ପାଏ । କିନ୍ତୁ ତା'ର ଏକ ଚୁମ୍ବକୀୟ ଆକର୍ଷଣ ଅଛି ଓ ତାହା ଜଞ୍ଜିରଠାରୁ ବି ଶକ୍ତ । ବୋଉର ମମତାର ସ୍ୱର୍ଣ୍ଣ ଜଞ୍ଜିରରେ ବନ୍ଦୀ ହୋଇ ମୁଁ ବସ୍ତୁତଃ ଅକର୍ମଣ୍ୟ ହୋଇ ପଡ଼ିଥିଲି । ବେଶ୍ କିଛି ବର୍ଷ ଧରି ଶକ୍ତି ସଂଗ୍ରହ କରିଥିବା ମୋର ମେରୁଦଣ୍ଡ ବୋଉ ସାମ୍ନାରେ ଅସହାୟ ହୋଇ ନଇଁପଡ଼େ । ମୁଁ ନିରୀହ ପୋଷା ବିଲେଇ ପରି ସଙ୍କୁଚିତ ହୋଇପଡ଼େ ।

ତୃତୀୟ ମୁହଁ ବାପାଙ୍କର ।

ବାପା ? ବାପା ନାମକ ଜଣେ ସୁଉଚ୍ଚ ବଳିଷ୍ଠ ମାଂସପେଶୀର ବ୍ୟକ୍ତି ମନେ ପଡ଼ିଲେ ମୁଁ ହଠାତ୍ ନିଜର ମନକୁ ଯନ୍ତ୍ରଣାଦାୟକ ରୋମନ୍ଥନରୁ ନିବୃତ୍ତ କରିନିଏ ।

ମୁହଁର ମାଂସପେଶୀର କୁତ୍ସିତ କୁଞ୍ଚନ ଏବଂ ଭୂଲତା ଓ ପତାତଳର ଆଖିମାନଙ୍କର କୁଶଳ ଚାଳନା ମଧ୍ୟରେ ଧାତବ ଓଠମାନଙ୍କରୁ ଯେଉଁ କେତୋଟି ଶବ୍ଦ ଖସି ପଡ଼େ, ସେସବୁ ଘୃଣିତ ଆଦେଶ। ଆଜ୍ଞାଧୀନ ପରି ମୋତେ ତା'ର ଅକ୍ଷର ଅକ୍ଷର ମାନି ନେବାକୁ ହୁଏ। ସେଇଥିପାଇଁ ମୋର ବ୍ୟକ୍ତିତ୍ୱ ଯେ କେତେଥର ରକ୍ତାକ୍ତ ହୁଏ, ମନ ଯେ କେତେଟା କ୍ଷତ ବିକ୍ଷତ ହୁଏ; ତାହା ବାପାଙ୍କ ଅଚିନ୍ତନୀୟ। ମୁଁ ଭୀରୁ କ୍ରୀତଦାସ ପରି ବାପାଙ୍କ ସାମ୍ନାରେ ନିଜକୁ ସଁପି ଦିଏ।

ସୁଦୂର ସହରରେ ଯେଉଁ କେତୋଟି ମୁହଁ ଧୀରେ ଧୀରେ ସ୍ମୃତିକୁ ନିଶ୍ଚିହ୍ନ ହୋଇ ଆସୁଛନ୍ତି; ତା' ବୋଧହୁଏ ବାପା, ବୋଉ ଓ ଲେଖାର। ମୋତେ ଆଉ ରକ୍ତାକ୍ତ କରନା।

ବାପା।

ବୋଉ।

ସୁଲେଖା ଦାସ।

ଅଥଚ ଯେଉଁ ଗୋଟିଏ ମୁହଁ ଅଲାତଚକ୍ର ଅଙ୍କନ କରି ମୋତେ ତା'ର କେନ୍ଦ୍ରବିନ୍ଦୁ ବା ପରିଧିର ବିନ୍ଦୁଟିଏ ହେବାକୁ ଆକୃଷ୍ଟ କରୁଛି, ସେ ମୁହଁ ମିତାର... ମୋ ଠୁଁ ବୟସ୍କା, ଅଧିକ ସ୍ୱାସ୍ଥ୍ୟ ସମ୍ପଦର ଅଧିକାରିଣୀ ମିତା।

ପୋକଟିଏ। ନିରୀହ ନିରାଶ୍ରିତ ପୋକଟି ବିଚରାର ଉଦ୍ୟମ, ମୋତେ ସହାନୁଭୂତିରେ ଲୋତକାର୍ଦ୍ର କରିଦେଲା ଏବଂ ସେ ଖଣ୍ଡ ଖଣ୍ଡ ଅଧାଜଳା ସିଗ୍ରେଟ୍, ସିଗ୍ରେଟ୍ ଖୋଳ, ଚିରା ଚିଠିପତ୍ର, ଯାବତୀୟ ଆବର୍ଜନା ଭିତରେ ବାଟ ଖୋଜୁଥିଲା, ବାଟ: ଅଥଚ ତା'ର ଆଖିର ଆଶା, ଛୋଟ ଛୋଟ ପାଦର ସମ୍ଭାବନା ସବୁ ବ୍ୟର୍ଥ ହୋଇଗଲା ଓ ସେ ସ୍ତୂପୀକୃତ ଅଳିଆରେ ନିରୁଦ୍ଦିଷ୍ଟ ହେଲା। ଆଃ...

... ମୋର ପରିଚିତ ସାହିର ସହର, ଧାଡ଼ି ଧାଡ଼ି ଖପରୁଲିର ସହର, ଧାଡ଼ି ଧାଡ଼ି କୃଷ୍ଣଚୂଡ଼ାର ସହରରୁ ବ୍ୟବଧାନ ଯୋଜନ ଯୋଜନ...

ମିତା, ତୁମେ ମନେ ପଡ଼ିଲେ ବିଦାୟକାଳୀନ ବେଦନାରେ ଅଶ୍ରୁଳ ତୁମର ଦୁଇଟି ଆଖି ହିଁ ମନେ ପଡୁଛି। ଆଉ ମୁଁ ଭଲ କରି ତୁମ ମୁହଁର ଆକୃତି କଳ୍ପନା କରିପାରୁନାହିଁ। ତୁମଠୁଁ ବିଚ୍ଛିନ୍ନ ହେବାପରେ ମୁଁ ତୁମର ଠିକଣା ବି ଭୁଲି ଯାଇଛି। ତୁମ ସୁଖୀ ଥାଅ ମିତା, ତୁମର ଅନୁଚ୍ଚ ଖପରୁଲି ତଳେ, ଧାଡ଼ି ଧାଡ଼ି ପୁଷ୍ପିତ କୃଷ୍ଣଚୂଡ଼ାର ବର୍ଣ୍ଣାଢ଼୍ୟତାରେ ମୁଗ୍ଧ ହୋଇ ନିର୍ଜନତାର ଆଶ୍ଳେଷ ଭିତରେ। ଅଥଚ ଦେଖତ, ମୋତେ ଏଇ କୋଠରିର ଚାରିକାନ୍ଥ କେମିତି ଭୟ ଦେଖାଉଛନ୍ତି, ମୁଁ ଗତରାତିର ବିକଳାଙ୍ଗ ସ୍ୱପ୍ନରେ ଯେଉଁ ଜ୍ୱାଳାମୁଖୀ ଡ୍ରାଗନ୍‌ର ସ୍ୱରୂପ ଦେଖିଥିଲି, ସେ ଛବି ସାମ୍ନା କାନ୍ଥରେ ବାରମ୍ବାର ଆଙ୍କିହେଉଛି। ଏ ସ୍ୱରୂପ ନିର୍ଜନତାର, ସ୍ମୃତିର, ନା ଅସହାୟତାର, ମୁଁ ଠିକ୍ କରି ପାରୁନି।

ମିତା, ତୁମେ ଯଦି ସାନ୍ନିଧ୍ୟରେ ଥାଆନ୍ତ ମୁଁ ପ୍ରତିଶ୍ରୁତି ଦେଉଛି, ମୋର ଝର୍କା ଦେଇ ଦୃଶ୍ୟବାନ ଅସଂଖ୍ୟ ମଣିଷଙ୍କୁ ମୁଁ ପାପୁଲିରେ କ୍ୟାପଷ୍ଟେନ୍ ଟବାକୋ ପରି ଦଳି ଦିଅନ୍ତି।

ତୁମ ସହିତ ମୋର ସମ୍ପର୍କକୁ ସମସ୍ତେ ଅବୈଧ ସମ୍ପର୍କ କହୁଥିଲେ ନୁହେଁ? ମୋର ବୈଧ ସମ୍ପର୍କୀୟ ବାପା, ବୋଉ ଏପରିକି ଛଳନାମୟୀ ସୁଲେଖା ଦାସ ସମସ୍ତେ ଭୁଲି ହୋଇ ଯାଉଥିବା ବେଳେ ତୁମେ ମୋର ମନେ ରହିଯାଇଛ, ସେଇତକ ହିଁ ସାନ୍ତ୍ୱନା। ବୈଧତାର ବିକାରକୁ ମୁଁ ଖାତିର କରେନା। ଖାଲି ମନେ ଥାଉ ତୁମର ମୁହଁ ଏବଂ ତୁମର ଓ ମୋର ମୁହଁକୁ ନିକଟବର୍ତ୍ତୀ କରିଥିବା ବିଗତ ଦିନ କେତୋଟି।

ମିତା, ତୁମର ଉପଗଳିର ଅନୁଚ୍ଚ ଖପରଲିରେ ପାଦଦେବା ମାତ୍ରେ ମୁଁ ଅନ୍ଧ ହୋଇ ଯାଉଥିଲି। ଯେଉଁ ଗୋଟିଏ ଉତ୍ତପ୍ତ ହାତ ମୋତେ ତୁମ ସହିତ ସଂଲଗ୍ନ କରୁଥିଲା, ସେ ହାତ ବି ମୋର ମନେ ପଡ଼େନା। ମୋ ପାଇଁ ତାହା ଥିଲା ଖାଲି ଏକ ଚୁମ୍ବକ ଯାହାର ସତ୍ତା ନୁହେଁ ଆକର୍ଷଣ ମୁଁ ଅନୁଭବ କରୁଥିଲି। ସେ ଏକ ପାଲଟଣା ଜାହାଜ ଓ ମୁଁ ଥିଲି ତା'ର କପ୍ତାନ। ସହଯାତ୍ରିଣୀ ଏକମାତ୍ର ତୁମେ। ତୁମେ ଦୁହେଁ ଅବଚ୍ଛିନ୍ନ ହେଲେ କପ୍ତାନ ବିଚରାର ମାନଚିତ୍ରରେ ବୋଧହୁଏ କାଳି ଢାଳି ଯାଉଥିଲା, ଦିଗ ନିର୍ଣ୍ଣୟକାରୀ ଯନ୍ତ୍ରର ଚୁମ୍ବକ ହୁଏ ତ ଅଚଳ ହୋଇ ପଡୁଥିଲା ଏବଂ ଆମେ ଖାଲି ଭାସି ଯାଉଥିଲେ, ଦ୍ୱୀପାନ୍ତର, ଦଣ୍ଡରେ ଦଣ୍ଡିତ ଦୁଇଟି ଅପରାଧୀ ପରି।

ଉପକୂଳର କୌଣସି ବନ୍ଦର ଆମର ଉପସ୍ଥିତିକୁ ସ୍ୱୀକାର କରିପାରୁ ନଥିଲେ, ସହ୍ୟ କରି ପାରୁ ନଥିଲେ। ବରଂ ଈର୍ଷାକାତର ହେଉଥିଲେ, ଘୃଣା କରୁଥିଲେ, ଆମର ସମ୍ପର୍କକୁ ଅବୈଧ ଆଖ୍ୟା ଦେଉଥିଲେ।

ମିତା, ସେ ସମ୍ପର୍କର ସ୍ମୃତି ବି ଏବେ ଯନ୍ତ୍ରଣାଦାୟକ। ଯେଉଁ ଆବର୍ଜନା ସ୍ତୂପ ପୋକଟିକୁ ନିରୁଦ୍ଦିଷ୍ଟ କରିଛି ସେଇଠି ପଡ଼ିଛି ମୋର ଅର୍ଦ୍ଧ ଦଗ୍ଧ ଡାଏରୀ ଓ ମୁଁ ଖାଲି ପଢୁଛି, 'ମୋଠୁଁ ବୟସ୍କା, ଅଧିକ ସ୍ୱାସ୍ଥ୍ୟ-ସମ୍ପଦର ଅଧିକାରିଣୀ, ମୋର ବନ୍ଧୁମାନଙ୍କ ମତରେ ଚରିତ୍ରହୀନା ନୀଚ ନାରୀ ମିତା ମୋତେ ଆଜି ନିଜକୁ ହଜେଇ ଦେବାର ଏକ ଅଭୁତପୂର୍ବ କଳା ଶିଖେଇ ଦେଲା'... ବାକି ସବୁ ଦଗ୍ଧୀଭୂତ। ଏହା ବୋଧହୁଏ ଆମ ସମ୍ପର୍କର ପ୍ରଥମ ଦିନର ଲିପିବଦ୍ଧ ଇତିହାସ। ସତରେ ମିତା! ମୁଁ ବି ଯାଉଛି ନିରାଶ୍ରିତ ପୋକଟି ପରି ମଣିଷମାନଙ୍କ ଶୋଭାଯାତ୍ରାରେ ହଜିଯିବି। କେତେଦିନ ମୋତେ ଏ କୋଠରିର କାନ୍ଥମାନେ ଭୟ ଦେଖାଉଥିବେ କହ ତ!

■

ଅନୁଚ୍ଚାରିତ

ଶେଲି ସହ ଶେଷଥର ଦେଖା ହୋଇଥିଲା ତା' ସହରରେ। ଛ'ମାସ ତଳେ। ତା' ସହରରେ ଚଉଡ଼ା ରାସ୍ତା, ରାସ୍ତା ଦୁଇ କଡ଼େ ଧାଡ଼ି ଧାଡ଼ି ଦେବଦାରୁ ଗଛ, ଗଛରେ ବୋଝେ ପତ୍ର, ପତ୍ର ତଳେ ସାମାନ୍ୟ ସବୁଜ ଅନ୍ଧାର, ଅନ୍ଧାର: ଦୁର୍ବୋଧ୍ୟ ଶେଲି ପରି। ଶେଲି ପରି ଝିଅଟିଏ ମିଳିବା ମୁସ୍କିଲ୍। ମୋର ତା' ସହିତ ଦେଖା ହେଲାବେଳେ ସନ୍ଧ୍ୟା। ବସ୍‌ଷ୍ଟାଣ୍ଡ। ଅନେକ ମଣିଷ, ମୋଟର। କୋଳାହଳ। ତା' ଭିତରେ ଶାନ୍ତ, ଚୁପ୍‌ଚାପ୍ ଝିଅଟିଏ। ନଖ କାମୁଡ଼ି, ନଇଁଲା ଆଖିରେ ହୁଏତ ନିଜ ଚପଲର ରଙ୍ଗକୁ ମନେ ମନେ ତାରିଫ କରୁଥିଲା ଶେଲି। ତାକୁ ଖୁସି କରିବା ପାଇଁ ମୁଁ କହିଲି, ତୁମକୁ ଦେଖିବାକୁ ବହୁଦିନରୁ ଇଚ୍ଛା ଥିଲା। ସେ କିଛି କହିଲାନି। ସେମିତି ଛିଡ଼ା ହୋଇ ଚାରିଆଡ଼କୁ ଆଖି ବୁଲାଇଲା। ତା'ପରେ ଆଗକୁ ପାଦ ବଢ଼ାଇ କହିଲା, ଯିବା। ବସ୍‌ଷ୍ଟାଣ୍ଡରୁ ତା' ହଷ୍ଟେଲ ଅନ୍ୟୁନ ତିନି ମାଇଲ। ମୁଁ ରିକ୍ସା ଡାକିବାକୁ ଯାଉଥିଲି, ସେ ମନା କଲା। କହିଲା- ଆମକୁ ବୋହିନେଲାବେଳେ ରିକ୍ସାବାଲାର ପିଠିକୁ ମୁଁ ଚାହିଁ ପାରିବିନି।

- କାହିଁକି ?

- ତା'ର ହାଡୁଆ ପିଠି ମୋତେ ଭାରତର ମାନଚିତ୍ର ପରି ଦିଶିବ।

ଏ ଭିତରେ ଶେଲି ବେଶ୍ ବୁଦ୍ଧିମତୀ ହୋଇଗଲାଣି। ମୁଁ ତା'ର ଲମ୍ବା ବାଳ ଓ ଗଛର ଗହଳ ପତ୍ରକୁ ସମ୍ପର୍କିତ କରି ଭଞ୍ଜୀୟ ସଙ୍ଗୀତରୁ ଧାଡ଼ିଏ ମନେ ପକାଇବାକୁ ଚେଷ୍ଟା କରୁଥିଲି। ହଠାତ୍ ସେ କହିଲା, ଏତେ ଲୋକ !

- ଚିହ୍ନା ବି।

- ସମସ୍ତେ ଜାଣନ୍ତି।

- କ'ଣ ? ମୁଁ କିଛି ନ ଜାଣିଲା ପରି ପଚାରିଲି।

- ଆମ ସମ୍ପର୍କ ?

- ତୁମେ ମୋ ସାଙ୍ଗରେ ଥିଲେ, ଏ ସମସ୍ତ ଲୋକ ମୋତେ ଗଛପତ୍ର ପରି ଲାଗନ୍ତି।

ମୋ କଥା ହୁଏତ ତା' ମନକୁ ପାଇଲା। ସେ ଜୋର୍‌ରେ ପାଦ ପକାଇବାକୁ ଆରମ୍ଭ କଲା। ତିନି ମାଇଲ। ମୋତେ ଖୁସି ଲାଗୁଥାଏ, ଅନ୍ତତଃ ଦୁଇଘଣ୍ଟା ପାଇଁ ତା' ସାନ୍ନିଧ୍ୟ। ସେ ସାମାନ୍ୟ ଅଟକି ଠୁଙ୍ଗାଏ ଚିନାବାଦାମ କିଣି ମୋ ହାତକୁ ବଢ଼ାଇ ଦେଲା। ମୁଁ ଚୁପ୍‌ଚାପ୍ ଚିନାବାଦାମ ଖାଉଥାଏ। ଶେଲି ଦେହରୁ ଏକ ଚମତ୍କାର ବାସ୍ନା ବାହାରୁଥାଏ। ମୁଁ ତା'ର ନୂଆ ଶାଢ଼ିକୁ ସପ୍ରଶଂସ ଆଖିରେ ଚାହିଁଥାଏ। ସେ ପ୍ରଥମେ କହିଲା, ମୋ ଶାଢ଼ି କେମିତି ହୋଇଛି ?

- ଶାଢ଼ି ? ତୁମେ କିଛି ନ ପିନ୍ଧିଲେ ମୋ ଆଖିକୁ ବେଶି ସୁନ୍ଦର ଦିଶିବ।

- ଧେତ୍, ନିଜେ ତ କିଛି କିଣି ଦେବନି।

ମୁଁ ତା' ହାତକୁ କିଛି ଚିନାବାଦାମ୍ ବଢ଼େଇ ଦେଇ କହିଲି, ବାହା ହେବା ପରେ। ସେ ସାମ୍ନାରେ ସାପ କିମ୍ବା ତା' ବୋଉକୁ ଦେଖିବା ପରି ଚମକି ପଡ଼ିଲା। ନୂଆ କଥା। ଅନ୍ୟଦିନ ସେ ହୁଏତ ଏ କଥା ଆଗ ଉଠାଇଥାଆନ୍ତା। ହଠାତ୍ ମାଳେ ଷ୍ଟ୍ରୀଟ୍ ଲାଇଟ୍ ଜଳିଉଠିଲା। ଏଥର ଶେଲିର ଝାଳମଖା ମୁହଁ ଆହୁରି ସୁନ୍ଦର ଦେଖାଗଲା।

- ଶେଲି, ସିନେମା ଯିବା ?

- ଥାଉ, ମୋର ପ୍ରେମ କରିବା ଶିଖିବାକୁ ନାହିଁ।

- ଅନ୍ତତଃ ମୁଁ ଶିଖିବି। ମୁଁ କହିଲି।

- ତୁମେ ତ ମୋତେ ଶିଖେଇଛ।

- ନା, ତୁମେ ମୋତେ ଆଗ ଭଲ ପାଇଲ।

ମୁଁ କହିସାରି ତା' ମୁହଁକୁ ଚାହିଁଲି। ତା'ର ସଫା କପାଳରେ ଗୋଟିଏ ରେଖା ବି କୁଞ୍ଚିତ ହେଲା ନାହିଁ। ଆଖିରେ ବି ଆଶ୍ଚର୍ଯ୍ୟ ହେବାର ଭାବ ନାହିଁ। ସେ ସ୍ୱାଭାବିକ ସ୍ୱରରେ କହିଲା।

- ସେତେବେଳେ ତୁମେ ଭଲ କବିତା ଲେଖୁଥିଲ।

- ତେବେ ତୁମେ ବିଷ୍ଣୁ ଦେ'ଙ୍କ ପ୍ରେମରେ ପଡ଼ିଲନି ?

- ନାଇଁମ, ଭଲ ପାଠ ବି ପଢୁଥିଲ।

- ତୁମେ ସୁଭାଷ ବୋଷଙ୍କ ସମସାମୟିକ ହେବା ଉଚିତ ଥିଲା।

ଏଥର ସେ ହୁଏତ ସାମାନ୍ୟ ରାଗିଲା। ମୁଁ ନିର୍ବିକାର ଭାବେ ଖଣ୍ଡିଏ ସିଗ୍ରେଟରେ ନିଆଁ ଲଗାଇଲି। ଶେଲି ରାଗିଲା ଆଖିରେ ମୋ ମୁହଁକୁ ଚାହିଁଲା। କିନ୍ତୁ ତା' ଆଖିରେ ରାଗ ଅପେକ୍ଷା ବିରକ୍ତିର ଭାବ ବେଶି। ମୁଁ ଅଧାଜଳା ସିଗ୍ରେଟ୍‌କୁ ଫୋପାଡ଼ି

ଦେଲି। ସେ ହାତ ବଢ଼ାଇ ମୋ ଛାତି ପକେଟ୍‌ରୁ ସମଗ୍ର ପ୍ୟାକେଟ୍‌ଟା କାଢ଼ି ନର୍ଦ୍ଦମାକୁ ଫୋପାଡ଼ି ଦେଇ ଅଭିଭାବିକା ସୁଲଭ ଭଙ୍ଗୀରେ କହିଲା, କ୍ୟାନସର୍ ହେବ।

- ନା, ତୁମକୁ ବିଧବା ହେବାକୁ ମୁଁ ଦେବି ନାହିଁ।

- ତୁମେ କ'ଣ ମୋତେ ବାହା ହେବ କି ?

- ଆଉ ?

- ବିଚାରୀ କଳ୍ପନା ?

ଶେଲି ସବୁକିଛି ଖବର ରଖିଛି। ତା' ସାଙ୍ଗମାନଙ୍କ ସହିତ ପଦେ କଥା ହେଲେ ବି ସେ ସନ୍ଦେହ କରେ। ସନ୍ଦେହ କରିବା ଝିଅମାନଙ୍କ ଜନ୍ମଗତ। ଆମେ ଦୁହେଁ ଗୋଟିଏ ସହରରେ ରହିବାବେଳେ ତା'ର ଏଇ ଗୁଣ ମୋତେ ଭଲ ଲାଗୁଥିଲା, କିନ୍ତୁ ଦୀର୍ଘଦିନ ଅଲଗା ରହିବା ପରେ ଏମିତି ସନ୍ଦେହ ଅନେକ ଦୁର୍ଘଟଣାର କାରଣ ହୋଇପାରେ। ମୁଁ ସଫେଇ ଦେଲେ ସେ ଆହୁରି ସନ୍ଦେହ କରିବ। ଥାଉ। ମୁଁ ତାକୁ ଆଶ୍ୱାସନା ଦେବା ପରି କହିଲି, ଚିଠି ଦେବ।

- ନା।

- କାହିଁକି ?

- ମୋତେ ଲେଖି ଆସେ ନାହିଁ।

- ମୁଁ ତୁମକୁ ବ୍ଲାକ୍‌ମେଲ୍ କରିବି ବୋଲି ଡରୁଛ ?

- ନା, ପଢ଼ାପଢ଼ି ବ୍ୟାଘାତ ହେବ।

- ଆଃ...

ମୁଁ ଭୁଲ୍‌ରେ ସିଗ୍ରେଟ୍ ପାଇଁ ପକେଟ ଅଣ୍ଡାଳି ବ୍ୟର୍ଥ ହେଲି। ଶେଲି କହିଲା- ମୁଁ ଏଥର ଗୋଲ୍ଡ଼ ମେଡାଲ୍ ପାଇବି।

- କେମିତି ଜାଣିଲ ?

- ଇମ୍ପ୍ରେସନ୍।

- ତୁମ କ୍ଲାସରେ କ'ଣ ଆଉ ସୁନ୍ଦରୀ ଝିଅ ନାହାନ୍ତି ?

ଶେଲି ମୋ ପ୍ରଶ୍ନର ଉତ୍ତର ଦେଲା ନାହିଁ। ମୁଁ ତା'ର ହାତକୁ ଟାଣି ଆଣି ଘଣ୍ଟା ଦେଖିଲି। ସାଢ଼େ ସାତ। ମାତ୍ର କେତୋଟି ମିନିଟ୍ ପରି ଲାଗିଲା। ମୁଁ ଆଇନ୍‌ଷ୍ଟାଇନ୍‌କୁ ମନେ ମନେ ସାଧୁବାଦ ଜଣାଇଲି। ସେ ପଚାରିଲା,

- ତୁମର ଘଣ୍ଟା ନାହିଁ ?

- ହଜିଗଲା। ବାହାହେଲେ ମିଳିବ... ଯୌତୁକ।

- କିଏ ଦେବ ?

- ତୁମ ବାପା।

- ମୁଁ କ'ଣ ତୁମକୁ ବାହା ହେବି କି? ପ୍ରଥମେ ତୁମେ ବଡ଼ ଚାକିରିଟିଏ କର ଓ ତୁମର ସାନ ସହର ଛାଡ଼ି ବଡ଼ ଜାଗାରେ ଘର ଖଣ୍ଡିଏ କର।

- ବୁଢ଼ୀ ହୋଇଯିବ।

ଶେଲି ସାମାନ୍ୟ ହସି ନିଜକୁ ନିଜେ ଚାହିଁଲା। ତା'ପରେ ପୁଣି ମୋତେ ବୁଝେଇ କହିଲା, ଶୀଘ୍ର ଭଲ ଚାକିରିଟିଏ କର।

- ତୁମେ ଚିଫ୍ ସକ୍ରେଟାରୀଙ୍କୁ ବାହା ହଉନ?

- ଧେତ୍।

ଏଠି ସାମାନ୍ୟ ଅନ୍ଧାର। ବୋଧହୁଏ ବାର୍‌ଲାଇଟ୍ ଭାଙ୍ଗି ଯାଇଛି। ଶେଲି ଲୁଚିବା ପରି ମୋତେ ଲାଗି ଛିଡ଼ା ହୋଇପଡ଼ିଲା। ଗୋଟିଏ ସ୍କୁଟରରେ କେହି ଜଣେ ଭଦ୍ରଲୋକ ଓ ଭଦ୍ରମହିଳା ଚାଲିଗଲେ। ବୋଧହୁଏ ଶେଲିର ଚିହ୍ନା।

- ଆମ ସାର୍।

- କ୍ଷତି କ'ଣ? ସେମାନେ ତ ଦୁଇଜଣ।

- କିନ୍ତୁ ସ୍ୱାମୀ, ସ୍ତ୍ରୀ।

- ଆଉ ଆମେ?

- ଖାଲି ଚିହ୍ନା।

ମୁଁ ଭୁଲି ଯାଇଥିଲି ଯେ ସେ ମୋର ଏତେଟା ପାଖରେ। ତା' ଗାଲରେ ମୁଁ ସାମାନ୍ୟ ଖୁମ୍ପି ଦେଲି। ସେ ହଠାତ୍ ଡେଇଁପଡ଼ି ରାଗିଲା ପରି କହିଲା, ଅଭଦ୍ର। ଏତେବେଳଯାଏ ତା'ର ଏଇ ଗାଳି ଟିକକ ଶୁଣିବା ପାଇଁ ମୁଁ ଅପେକ୍ଷା କରିଥିଲି। ବୋଧହୁଏ ଏଇତକ ପାଇଁ ତିନି ମାଇଲ। ଶେଲିର ହଷ୍ଟେଲ ଦିଶିଲାଣି। ମୁଁ ରାଗିବାର ଅଭିନୟ କରି କହିଲି, ଯାଉଛି। ଅଥଚ ସେ ମୋର ହାତ ଟାଣି ଧରିଲା। ତା'ର ହାତ ସାମାନ୍ୟ କମ୍ପୁଥାଏ। ମୁଁ ନିର୍ବାକ୍ ହୋଇ କିଛି ସମୟ ଅନୁଭବ କଲି ତା'ର କମ୍ପନର ରୋମାଞ୍ଚ। ଝାପ୍‌ସା ଦିଶୁଥିବା ତା'ର ମୁହଁ ବି ଅଭାବନୀୟ ଭାବେ ଗମ୍ଭୀର। ହୁଏତ ଶେଲି କିଛି କହିବାକୁ ଚାହୁଁଛି; ଅଥଚ ଅନୁଚ୍ଚାରିତ ଶବ୍ଦମାନଙ୍କ ଭିଡ଼ରେ ତା'ର ସମଗ୍ର ଦେହ ଥରି ଉଠୁଛି। ଅଗତ୍ୟା ସେ କହିଲା,

- ଆମେ ବାହା ହୋଇପାରିବାନି।

- କାହିଁକି?

- ପ୍ଲିଜ୍। କାରଣ କହିବାକୁ ମୋତେ ବାଧ୍ୟ କରନି।

ମୁଁ କିଛି ସମୟ ବାଧ୍ୟ ହୋଇ ନୀରବ ରହିଲି। ଶେଲି ଅଭିନୟ କରି ଜାଣେ

ନାହିଁ। ଏତେ ଦିନର ସମ୍ପର୍କ ସେ କ'ଣ ସତରେ ଛିନ୍ନ କରିଦେବାକୁ ଚାହେଁ। ମୋର ଆଦୌ ବିଶ୍ୱାସ ହେଉ ନଥିଲା। ହୁଏତ ସେ ଏବେ ଅନ୍ୟ କାହାକୁ ଭଲ ପାଉଛି ଏବଂ ତା'ର ସ୍ୱାଚ୍ଛନ୍ଦ୍ୟରେ ହସ୍ତକ୍ଷେପ କରିବା ଅଧିକାର ମୋର ନାହିଁ। ମୁଁ ଅପେକ୍ଷା କରିବି ତା' ମନ ପରିବର୍ତ୍ତନ ହେବାଯାଏ। ମୁଁ ଚୁପ୍‌ଚାପ୍ ଫେରି ଆସୁଥିଲି। ଅଥଚ ସେ ନିଜେ ପଛରୁ ଡାକିଲା।

- ଶୁଣ, ଚାଲି ଯାଉଛ ?

- ହଁ।

- ହଷ୍ଟେଲକୁ ଯିବ ?

- କାହିଁକି ? ମୋର ଚିଠି...

- ସେଗୁଡ଼ିକ ଥାଉ। ମୋର ଫଟୋଟିଏ ଦେବି। ମନେ ରଖିବ।

ମୁଁ ତା'ର ପଛେ ପଛେ ଯଥେଷ୍ଟ ବ୍ୟବଧାନ ରଖି ଚାଲିଲି। ତା'ଠାରେ ଏତେ ଶୀଘ୍ର ଏତେଟା ପରିବର୍ତ୍ତନ ମୋର କଳ୍ପନାନୀତ। ଝିଅମାନଙ୍କ ପାଖରେ ସବୁ ସମ୍ଭବ। ହଷ୍ଟେଲ୍ ଫାଟକ ସାମ୍ନାରେ ଛିଡ଼ା ହୋଇ ମୁଁ କହିଲି, ପାଞ୍ଚ ମିନିଟ୍।

ସତକୁ ସତ ପାଞ୍ଚ ମିନିଟ୍ ଭିତରେ ସେ ତା' ରୁମ୍‌ରୁ ଫେରି ଆସି ମୋ ହାତକୁ ଫଟୋଟିଏ ବଢ଼ାଇ ଦେଲା। ଏବେ ଆଉ ତା' ମୁହଁରେ କୌଣସି ଗାମ୍ଭୀର୍ଯ୍ୟ ନାହିଁ। ହୁଏତ ଏତେବେଳଯାଏ ସେ ମୋ ସାଙ୍ଗରେ ଥଟ୍ଟା କରୁଥିଲା। ସେ ଲଘୁ ସ୍ୱରରେ ପଚାରିଲା, ମୁଁ ଫଟୋରେ କେମିତି ଦିଶୁଛି ?

- ବିଧବାଟିଏ ପରି।

- ମିଛ।

ତା'ର ସାଙ୍ଗଟିଏ ଗୋଟିଏ କପ୍ ଚା' ମୋ ହାତରେ ଧରାଇ ଦେଲା। ମୁଁ ଚୁପ୍‌ଚାପ୍ ଚା' ପିଇ ତା'ର ଗତିବିଧି ଲକ୍ଷ୍ୟ କରୁଥାଏ। ସେଇ ଶେଲି। ନଖ କାମୁଡ଼ି ନଇଁଲା ଆଖିରେ ତଳକୁ ଚାହିଁଛି। ମୁଁ ଖାଲି ଚା' କପଟା ତା' ହାତକୁ ବଢ଼ାଇ ଦେଇ କହିଲି, ଯାଉଛି।

ହଠାତ୍ ଚା' କପ୍‌ଟା ତା' ହାତରୁ ତଳେ ଖସି ପଡ଼ିଲା। ଅଥଚ ଭାଙ୍ଗିଲାନି। ଶେଲି ହାତରେ ଚା' କପ୍‌ଟିଏ ବି ଭାଙ୍ଗିବନି।

■

ଅନ୍ଧ ପଦାତିକ

ବଡ଼ ସହର କଥା ଭିନ୍ନ। ଏମିତି ଛୋଟ ସହରରେ ଚୋରି ହୁଏ, ପ୍ରାୟ ରାତି ବାରଟାରୁ ତିନିଟା ଭିତରେ। କାରଣ ଏଠି ସିନେମା ହଲ୍‌ଟିଏ ନାହିଁ ଯେ ସେକେଣ୍ଡ ସୋ ଭାଙ୍ଗିଲା ବେଳକୁ ରାତି ବାରଟା ହୋଇଥିବ ଓ ଲୋକେ ଘରକୁ ଫେରୁଥିବେ। ସେଠି ଚୋରି ହୁଏ ପ୍ରାୟ ପାହାନ୍ତା ପ୍ରହରରେ। ଏଠି ଲୋକେ ଶେଯକୁ ଯାଆନ୍ତି ପ୍ରାୟ ଦଶଟା ବେଳକୁ ଓ ଚୋରି ସମୟ ବେଳକୁ ସେମାନେ ନିଘୋଡ଼ ନିଦରେ ଶୋଇ ସ୍ୱପ୍ନ ଦେଖୁଥାଆନ୍ତି। ଇନ୍ସପେକ୍ଟରଙ୍କ ବିଶ୍ଲେଷଣକୁ ମନେ ମନେ ତାରିଫ କଲା ୫୪ ନମ୍ବର କନେଷ୍ଟବଳ ସମଶେର୍। ତା'ର ରାତ୍ରି ବିଟରୁ ଡ୍ୟୁଟି। ଅଗତ୍ୟା ତା'ର ମନେ ପଡ଼ିଲା ନିଜ ଡ୍ୟୁଟି। ମଧ୍ୟରାତ୍ରିର ନିର୍ଜନ ସଡ଼କରେ ନିଜର ଉପସ୍ଥିତିକୁ ଜାହିର କରିବାକୁ ଆପେ ଆପେ ସେ ପକେଟରୁ ହୁଇସିଲ୍‌ଟିଏ ବାହାର କରି ଲମ୍ବା ସିଟିଟିଏ ମାରିଲା। ତାକୁ ତାଳଦେଇ କାନ୍ଦିଉଠିଲା ମା' ପେଟ ତଳେ ଶୋଇଥିବା ଛୋଟ ଶିଶୁଟିଏ। ଭୁକି ଉଠିଲେ ଦଳେ ବୁଲା କୁକୁର। କାଶି ଉଠିଲା ସବୁଦିନ ହୋଟେଲର ପିଣ୍ଡା ଉପରେ ଶୋଉଥିବା ପରିଚିତ ଭିକାରିଟି। ଦେବଦାରୁ ଗଛରେ ବସିଥିବା କେତୋଟି ବାଦୁଡ଼ି ଡେଣା ଫଡ଼୍ ଫଡ଼୍ କରି ଉଠିଲେ। ରାତି କମ୍ପି ଉଠିଲା କିଛିକ୍ଷଣ ପାଇଁ। ଏତିକି ତ ସମଶେର୍‌ର କାମ। ଖରା, ବର୍ଷା, ଶୀତ ସବୁଦିନ ଛୋଟ ସହରଟିର ପରିଚିତ ରାସ୍ତାରେ ପାଞ୍ଚ ଛଅ ଥର ମାର୍ଚ୍ଚ। ସମଶେର୍ ଥରେ ଥରେ ନିଜକୁ ଅଭିଶପ୍ତ ବୋଲି ଭାବେ। ବନ୍ଦ ହୋଟେଲ ବା ପାନ ଦୋକାନରୁ ବେଞ୍ଚ ଗୋଟାକରେ କିଛି ସମୟ ବସି ଦୀର୍ଘଶ୍ୱାସଟିଏ ମାରେ। ତା'ପରେ ପକେଟରୁ ବିଡ଼ି ଖଣ୍ଡିଏ ବାହାର କରି ଓଠରେ ଚାପିଧରେ। ଅଥଚ ବିଡ଼ିରେ ନିଆଁ ଧରାଇବା କଥା ଭୁଲିଯାଏ। ମନେପଡ଼େ କେବଳ ପୁରୁଣା କଥା।

ସମଶେର୍ ଏକଦା ପକେଟମାର୍ ଥିଲା। ଠିକ୍‌କରି ମନେ ନାହିଁ ତା'ର ବୟସ ସେତେବେଳେ କେତେ ହେବ। ତା' ବାପା କଂସେଇ ଥିଲା। ଦିନେ ମାଂସ କାଟିଲାବେଳେ ସେ କାଟି ପକେଇଲା ତା'ର ବୁଢ଼ା ଆଙ୍ଗୁଠି। ତା'ପରେ ତା'ର କ'ଣ

ହେଲା କେଜାଣି ସେଇ ହାତରେ ଘା'ରେ ହିଁ ତା'ର ମୃତ୍ୟୁ ହେଲା। ସମସ୍ତେ କହିଲେ, ପାପ। ପାପୀ ଲୋକର ପୁଅ ହେଲେ ପକେଟ୍‌ମାର ବା ଚୋର ହେବାକୁ ପଡ଼ିବ ବୋଲି ସମଶେର୍‌ର କାହିଁକି ଧାରଣା ହୋଇଥିଲା। ବୁଢ଼ୀମା'ଙ୍କୁ ପୋଷିବା ଭାର ତା'ର। ପ୍ରଥମଦିନ ସେ ପହଞ୍ଚିଲା ହାଟରେ। ଆଶ୍ଚର୍ଯ୍ୟ କଥା, ତା'ର ଛାତିରେ ସାମାନ୍ୟତମ କମ୍ପନ ମଧ୍ୟ ନଥିଲା। ପାପୀ ଲୋକର ପୁଅ ତ। ଗାଉଁଲୀ ଲୋକଟିଏ କାଠ କେବିନ ପାଖରେ ମୁଗ୍ଧ ହୋଇ ଚା' ପିଉଥାଏ। ବୋଧହୁଏ ଜୀବନରେ ପ୍ରଥମ ଥର। ତା'ର ଆଖିମାନେ ତୃପ୍ତିରେ ବୁଜି ହୋଇଯାଉ ଥାଆନ୍ତି। ସମଶେର୍ ନିରେଖି ଦେଖିଲା, ତା'ର ଅଣ୍ଟାରେ ଖୋସା ହୋଇଥିବା କେତୋଟି ମୋଡ଼ା ମକଚା ନୋଟ୍‌ର କିୟଦଂଶ। ସେ ଲୋକଟାର ଦେହ ସଂଲଗ୍ନ ହୋଇ ଛିଡ଼ା ହେଲା ଗ୍ଲାସେ ପାଣି ପାଇଁ। ବାଁ ହାତଟା ବଢ଼ିଗଲା ଲୋକଟିର ଅଣ୍ଟା ପାଖକୁ। ସବୁକିଛି ଘଟିଗଲା ଗୋଟିଏ ମୁହୂର୍ତ୍ତ ଭିତରେ। ସାମାନ୍ୟତମ ଉତ୍କଣ୍ଠା ବା ଆଶଙ୍କା ନଥିଲା ସମଶେର୍‌ର। ତା'ପରେ ସେ ଗହଳି ଭିତରେ ହଜିଗଲା। ଗଣିଲା, ଛ'ଟଙ୍କା। ଦୁଇ କେ.ଜି ଚାଉଳ, କିଛି ପରିବା, ଡାଲି କିଛି ଓ ଲୁଣ। ଘରକୁ ଫେରିବା ବେଳେ ତା' ପାଦ ତଳେ ଲାଗୁ ନଥାଏ। ତା' ଜୀବନରେ ପ୍ରଥମ ରୋଜଗାର। ସ୍ୱାଧୀନ ଓ ସ୍ୱାବଲମ୍ବୀ ହେବାର ଗର୍ବରେ ସେ ଫାଟି ପଡୁଥାଏ। ତା'ପରେ ଅନେକ ଥର। କେଉଁ ଗାଉଁଲୀ ମାଛବାଲୀର ପଣତକାନିରୁ, କେଉଁ କିରାଣୀର ପଞ୍ଜାବୀ ପକେଟରୁ, ମେଳା, ମନ୍ଦିର ପାଖରେ ଭିଡ଼ କରୁଥିବା ଲୋକଙ୍କ ପାଖରୁ। ସବୁ ଘଟଣା ସମଶେର୍‌ର ଠିକ୍ ଠିକ୍ ମନେ ପଡ଼େନାହିଁ।

ଦିନେ କିନ୍ତୁ ସମଶେର୍‌ର ଏକ ଭିନ୍ନ ଅନୁଭୂତି ହୋଇଥିଲା। ସହରର ଟୋକାମାନେ ଥିଏଟର କରୁଥାନ୍ତି। ଟିକେଟ ଘର ଆଗରେ ଭୀଷଣ ଭିଡ଼। ସମଶେର୍ ପାଇଁ ଅପୂର୍ବ ସୁଯୋଗ। ଯୋଗ ଦେଖି ସେ ଜଣେ ମହିଳାଙ୍କ ସୁଦୃଶ୍ୟ ପର୍ସଟିଏ ଟାଣି ଆଣି ନିଜର ସାର୍ଟ ତଳେ ଗଳାଇ ଦେଲା। ରାତି ପ୍ରାୟ ଆଠଟା ହୋଇଥାଏ। ସମଶେର୍ ଫେରି ଆସିଲା ଘରକୁ। ବୋଉ ଅନ୍ୟ କୋଠରିରେ ଶୋଇ ଧଇଁ କାଶରେ ବ୍ୟତିବ୍ୟସ୍ତ ହୋଇପଡ଼ିଥାଏ। ନିଜ କୋଠରିର ଦ୍ୱାର ବନ୍ଦ କରି ସେ ଦଉଡ଼ିଆ ଖଟ ଉପରେ ଗଡ଼ିଗଲା। ମଖମଲୀ ପର୍ସଟି ତା' ଛାତିକୁ ସ୍ପର୍ଶ କରି ବେଶ୍ ରୋମାଞ୍ଚିତ କରୁଥାଏ। ସେ ପର୍ସଟି କାଢ଼ି ଖୋଲିଲା। ଏକ ଚମତ୍କାର ବାସ୍ନାରେ ତା'ର କୋଠରି ପୂରି ଉଠିଲା। ଯତ୍ନରେ ସମଶେର ଟାଣି ଆଣିଲା ଗୋଟିଏ ସୁନ୍ଦର ରୁମାଲ୍। ତା'ପରେ ତିନିଖଣ୍ଡ ଦଶଟଙ୍କିଆ ନୋଟ୍। ଅଥଚ ତାକୁ ହଜି ହଜି ଗଲା ପରି ଲାଗୁଥାଏ। ଏଇ ଅପରିଚିତ ବାସ୍ନାରେ ଆମୋଦିତ ହୋଇ ସେ ତା' ଦିନକର ମୋଟା ରୋଜଗାର କଥା ଚିନ୍ତା କରିପାରୁ ନଥିଲା। ପ୍ରଥମ ଥର ପାଇଁ ସମଶେର୍ ତା' ଛାତି ତଳେ ଏକ ଶୂନ୍ୟତା

ଅନୁଭବ କଲା । ତା' ପରଦିନ ଇଦ୍ । ସମଶେର୍ ଆକୁଳ ହୋଇ ଅପେକ୍ଷା କରିବ ଇଦ୍‌ର ଜହ୍ନକୁ । ମସଜିଦ୍‌କୁ ଯିବ ମାଆ ସାଙ୍ଗରେ ।

ତା'ର ମା' ମରିଗଲା ବେଳକୁ ସମଶେର୍ ଥିଲା ଜେଲ୍‌ରେ । ସହରରେ କ'ଣ ଗୋଟିଏ ସଭା ହେଉଥାଏ । ମଞ୍ଚ ଉପରେ ଛିଡ଼ା ହୋଇ ଜଣେ ଲୋକ ଭାଷଣ ଦେଉଥାଏ । ସାହସ କରି ସମଶେର୍ ଚାଲିଗଲା ପ୍ରଥମ ଧାଡ଼ିକୁ । ତା' ପାଖରେ ବସିଥିବା ମୋଟା ମାରଓ୍ୱାଡ଼ି ଲୋକଟାର ପଞ୍ଜାବୀ ପକେଟ୍ ସାମାନ୍ୟ ଓଜନରେ ତଳକୁ ଝୁଲି ପଡ଼ିଥାଏ । ଅତି ସାବଧାନତା ସହକାରେ ସମଶେର୍ ତା'ର ଅଭ୍ୟସ୍ତ ବାଁ ହାତକୁ ବଢ଼ାଇ ଦେଲା । ଟାଣି ଆଣୁଥିଲା ତାଡ଼ାଏ ନୋଟ୍ । ଅଥଚ ସାମାନ୍ୟ ଥରିଗଲା ତା'ର ହାତ । ଏତେ ପଇସା କ'ଣ କରିବ ସିଏ ? ହୁଏତ କିଛିଦିନ ପରେ ସହରର ସଭାମାନଙ୍କରେ ପ୍ରଥମ ଧାଡ଼ିରେ ବସିବ କିମ୍ବା ସମସ୍ତଙ୍କ ସାମ୍ନାରେ ଏମିତି ଭାଷଣ ଦେବ । ହଠାତ୍ ସଣ୍ଢୁଆସି ପରି ହାତଟିଏ ଚାପି ଧରିଲା ତା' ହାତକୁ । ମୁଣ୍ଡ ନୁଆଁଇ ଛିଡ଼ା ହୋଇପଡ଼ିଲା ସମଶେର୍ । ନିର୍ଦ୍ଦୋଷ ବୋଲି ଅଭିନୟ କରିବାକୁ ତା'ର ଆଦୌ ଇଚ୍ଛା ହେଲାନି, ହୁଏତ ଆଜି ତା'ର ବ୍ୟବସାୟିକ ସିଦ୍ଧି ମାନସିକ ବିକାର ଯୋଗୁଁ ବିଫଳ ହୋଇଯାଇଛି । ପ୍ରଚଣ୍ଡ ମାଡ଼ରେ ସମଶେର୍‌ର ଚେତା ବୁଡ଼ିଗଲା ।

ହୋସ୍ ଫେରିବା ବେଳକୁ ସେ ଶୋଇଥାଏ ଗୋଟିଏ ଅନ୍ଧାର କୋଠରିର ପଥର ଚଟାଣ ଉପରେ । ପ୍ରଥମେ ସେ କେଉଁଠି ବୋଲି ଜାଣିପାରୁ ନଥିଲା । ଆଖିପତାମାନ ବେଶ୍ ଓଜନ ଲାଗୁଥାଏ । ଯନ୍ତ୍ରଣାରେ ସେ ଚାହିଁଲାବେଳକୁ ତା' ସାମ୍ନାରେ କେତୋଟି ଶକ୍ତ ଲୁହା ରେଲିଙ୍ଗ ଦିଶିଲା । ପୋଲିସ୍ ହାଜତ୍ । ତା' ପରଦିନ ଯାକ ସେ ସେମିତି ଶୋଇ ରହିଲା । ଗୁରୁଣ୍ଡିଗଲା ଗୋଟିଏ କଣରେ ଥିବା ମାଠିଆ ପାଖକୁ । ଦୁଇ ଆଞ୍ଜୁଳା ପାଣି ପିଇସାରି ପୁଣି ସେ ନିଶ୍ଚେତ ହୋଇ ପଡ଼ିଗଲା । ଦୁଇଦିନ ପରେ ସକାଳୁ ଗେଟ୍ ଖୋଲି ଭିତରକୁ କନେଷ୍ଟବଲଟିଏ ପଶିଲା । ସେ ସମଶେର୍‌ର ଚିରା ସାର୍ଟର କଲର ଟାଣି ତାକୁ ସିଧା କରି ଛିଡ଼ା କରିଦେଲା । ତା'ପରେ ଆଗେଇଲା ଗେଟ୍ ଆଡ଼କୁ । ସମଶେର୍ ତା' ପଛେ ପଛେ ଯନ୍ତ୍ର ପରି ଚାଲିଥାଏ । ବାରଣ୍ଡାରେ କିଛି ସମୟ ଚାଲିବା ପରେ ସେ ସମଶେର୍‌କୁ ଝୁଙ୍କାରିଲା ପରି କହିଲା, 'ଯା' ।

ପଡ଼ିଶା ଘରୁ ସମଶେର୍ ଶୁଣିଲା, ତା'ର ମା' ମରିଯାଇଛି । ସେ କାନ୍ଦି ପାରିନଥିଲା; ବରଂ ତା' ମୁଣ୍ଡରୁ ଗୋଟିଏ ବିରାଟ ବୋଝ ଉତୁରି ଯାଇଥିଲା ସେଦିନ । ଦୀର୍ଘଦିନ ଶଯ୍ୟାଶାୟୀ ହୋଇ ତିଳେ ତିଳେ ମରିବା ଅପେକ୍ଷା ବିଚାରୀ ମୁକ୍ତି ପାଇ ଯାଇଥିଲା । ସମଶେର୍ କେବଳ ଦୀର୍ଘଶ୍ୱାସଟିଏ ଛାଡ଼ି ସାହିର ଧୂଳି ରାସ୍ତା ଦେଇ ନିଃଶବ୍ଦରେ ପାଦ ବଢ଼ାଇଥିଲା । ତା'ପରେ ରାଜରାସ୍ତା ଏବଂ ଭିନ୍ନ ଏକ ସହର ।

ସମଶେର୍ ଚମକି ପଡ଼ିଲା ପରି ଓଠରେ ବିଡ଼ିରେ ନିଆଁ ଧରାଇଲା । ଯନ୍ତ୍ରବତ୍ ବେଞ୍ଚରୁ ଉଠିଲା ଏବଂ ଆଗେଇ ଗଲା ବାଁ ପଟ ଗଳି ରାସ୍ତାରେ । ପରିଚିତ ରାସ୍ତା । ବନ୍ଦ ଝର୍କା, ଦର୍ଜା ଦେଇ ଭିତରୁ ଲୋକଙ୍କ ଭାରି ନିଃଶ୍ୱାସପ୍ରଶ୍ୱାସର ଶବ୍ଦ ଶୁଭୁଥାଏ । ଆପେ ଆପେ ସମଶେର୍‌ର ଜୋତା ଅଟକିଯାଏ ଗୋଟିଏ ନୁଆଁଣିଆ ଖପରଲି ସାମ୍ନାରେ । ସେ ଉଠିଯାଏ ଦୁଇଟି ପାହାଚ । ବଢ଼ାଇଦିଏ ଅଭ୍ୟସ୍ତ ହାତ ଦ୍ୱାରରେ ମୃତ୍ୟୁ ଆଘାତ ଦେବାକୁ । ଖୋଲିଯାଏ ଜାଉଁଳି କବାଟରୁ ସାମାନ୍ୟ । ସମଶେର୍ ଲୁହା ଖଣ୍ଡିଏ ଭଳି ଟାଣି ହୋଇଯାଏ କୌଣସି ପରିଚିତ ଚୁମ୍ବକର ଆକର୍ଷଣରେ ।

ମାଳତୀ ସବୁଦିନ ଅପେକ୍ଷା କରିଥାଏ । ଏଇ କ୍ଷୁଦ୍ର ସହରରେ ଏତେ ରାତିଯାଏ ଉଜାଗର ମାତ୍ର ଦୁଇଜଣ । ମାଳତୀ ବାହା ହୋଇ କିଛିଦିନ ତା' ସ୍ୱାମୀ ଘରେ କଟାଇଥିଲା । ଅଥଚ ଦୁର୍ଭାଗ୍ୟକୁ ବିଚାରୀର ପ୍ରୌଢ଼ ସ୍ୱାମୀ କଲେରାରେ ମରିଗଲା । ମାଳତୀ ବାଧ୍ୟ ହୋଇ ଫେରି ଆସିଲା ତା'ର ବୋଉ ଏବଂ ମାଇଚିଆ ଭାଇ ପାଖକୁ । ଏକ ବିଚିତ୍ର ପରିସ୍ଥିତିରେ ସମଶେର୍ ସାଙ୍ଗରେ ତା'ର ଦେଖା ହୋଇଥିଲା । ଦିନେ ରାତି ଅନ୍ୟୂନ ଗୋଟିଏ ବେଳକୁ ତା' ଘରୁ ଗୋଟିଏ ମଣିଷ ଅତି ସନ୍ତର୍ପଣରେ ବାହାରି ଚାଲିଯାଉଥିଲା । ସମଶେର୍ ତାକୁ ଅନୁସରଣ କରି କିଛି ଆଗେଇ ଯିବା ପରେ ହଠାତ୍ ସେ ଅନ୍ଧାରରେ କେଉଁଠି ଅଦୃଶ୍ୟ ହୋଇଯାଇଥିଲା ।

ସେ ଘରେ ହୁଏତ ଚୋର ପଶିଥିଲା । ସମଶେର୍ ଫେରି ଆସିଲା ଘର ପାଖକୁ ଏବଂ ଦର୍ଜାରେ ଜୋର୍‌ରେ ଆଘାତ ଦେଲା । କମା ହୋଇଥିବା ଲଣ୍ଠନକୁ ତେଜି ଦେଇ ଯିଏ ନିର୍ଭୀକ ଭାବେ ଦ୍ୱାର ଖୋଲିଲା, ସିଏ ଜଣେ ନାରୀ । ସମଶେର୍‌କୁ ଅବାକ୍ କରିଦେବା ପାଇଁ ଏଇ ମଧ୍ୟରାତ୍ରିର ଦୃଶ୍ୟଟି ଯଥେଷ୍ଟ ଥିଲା । ସେ ନିର୍ବାକ୍ ହୋଇ ଛିଡ଼ା ହୋଇଥିଲା । ସେ ନାରୀ ସମଶେର୍ କିଛି କହିବା ଆଗରୁ ଅତି ନିର୍ବିକାର ଭାବେ କହିଲା, 'ରାତି ବହୁତ ହେଲାଣି । ଆଜି ଆପଣ ଯାଆନ୍ତୁ ।' ସମଶେର୍ ପାଟିରୁ ଖସି ପଡ଼ିଲା, 'ମୁଁ କିନ୍ତୁ... ।' ତା'ପରେ ସେ କୌଣସି ଶବ୍ଦ ଖୋଜି ପାଇଲାନି । ନାରୀଟି ଆଉ କୌଣସି ଗୌରଚନ୍ଦ୍ରିକା ନକରି ସମଶେର୍‌ର ଅବାକ ଆଖିମାନଙ୍କୁ ଚାହିଁ, ନିଜର କାନ୍ଧକୁ ଆନ୍ଦୋଳିତ କରି ସାମାନ୍ୟ ଅଶ୍ଳୀଳ ଇଙ୍ଗିତ ଦେଇ କହିଲା, 'ଆଚ୍ଛା ଆସନ୍ତୁ ।'

ସମଶେର୍‌ର ପାଇଁ ଅନେକ ଦିନ ଏ ଦୃଶ୍ୟର ପୁନରାବୃତ୍ତି ହୋଇଛି । ଧୀରେ ଧୀରେ ମାଳତୀ ସହିତ ତା'ର ଆତ୍ମୀୟତା ବଢ଼ିଯାଇଛି । ସକାଳ ହେବା ଆଗରୁ ସମଶେର୍ ଓହ୍ଲାଇ ଯାଏ ଦିଇଟି ପାହାଚ । ତା'ପରେ ଗଳି ରାସ୍ତା । ଶେଷଥର ପାଇଁ ପଛକୁ ଚାହିଁ କହେ, 'ଚେଷ୍ଟା କରିବି ।' ମାଳତୀ ତା' ସାଙ୍ଗରେ ଘର ସଂସାର କରିବାକୁ ରାଜି

ହୋଇଛି। ତା'ର ବୋଉ ଓ ମାଇଚିଆ ଭାଇର ବି ଏଥିରେ କୌଣସି ଆପତ୍ତି ନାହିଁ। ଅଥଚ ମାଳତୀର ଭାଇ ପାଇଁ ଆଗ ଖଣ୍ଡିଏ ଚାକିରି ଆବଶ୍ୟକ। ବିଚାରୀ ମାଳତୀ ନିଜର ଆୟରେ ଗୋଟିଏ ରୋଗିଣୀ ବୁଢ଼ୀ ଓ କର୍ମକୋଢ଼ୀ ଭାଇକୁ ପୋଷୁଛି। ଏବେ ସମଶେର୍‌କୁ ବାହା ହୋଇ ପୋଲିସ୍ ବାରାକ୍‌ରେ ତା'ର ଘରକୁ ଚାଲି ଆସିଲେ ମାଳତୀ ଉପରେ ପରାଙ୍ଗପୁଷ୍ଟ ଲତା ପରି ମାଡ଼ିଥିବା ବୁଢ଼ୀ ଓ ସେ ମାଇଚିଆର ଚେର ମରିଯିବ।

ଅନିଦ୍ରାରେ ସମଶେର୍‌ର ଆଖି ମାଡ଼ି ମାଡ଼ି ପଡୁଥାଏ। ପାଦ ଟଳମଳ ହେଉଥାଏ। ହାଇଟିଏ ମାରି ମନକୁ ମନ ସେ କହେ, ଆଜିକାଲି ଚାକିରିଟିଏ ମିଳିବା କେତେ କଷ୍ଟକର।

ତାକୁ କନେଷ୍ଟବଲ ଚାକିରି ପାଇବା ପାଇଁ ଉପୁରି ଦେବାକୁ ପଡ଼ିନଥିଲା। ମା'ର ମୃତ୍ୟୁ ପରେ ଏଇ ଛୋଟ ସହରକୁ ଆସି ଏଠି ଚାକିରିଟିଏ ପାଇବା ଯାଏ ସେ ପକେଟ୍‌ମାର କରିବା ଛାଡ଼ିବ କି ନାହିଁ ଠିକ୍ କରି ନଥିଲା। ଏ ଅପରିଚିତ ସହରରେ ପହଞ୍ଚିବା ପରେ ସମଶେର୍ ଅନେକଟା ନିର୍ବାକ୍ ହୋଇଯାଇଥିଲା। ବାଁ ହାତର ରୋଜଗାରରେ ଡାହାଣ ହାତରେ ପେଟ ଭରିବାକୁ ତା'ର ଇଚ୍ଛା ହେଉ ନଥାଏ। ଏବେ ସହରରେ ସବୁଠୁଁ ବଡ଼ ଲୁଗା ଦୋକାନ ହୋଇଥିବା କୋଠା ସେତେବେଳେ ନଥିଲା। ସେ ସ୍ଥାନରେ ଥିଲା ଗୋଟିଏ ଛୋଟ କାଠ କେବିନ୍। ସବୁକିଛି ପାଞ୍ଚଣା ଦୁଇ ପଇସାରେ ମିଳୁଥିବା ଗୋଟିଏ ମନୋହରୀ ଦୋକାନ। ସେଇ ଦୋକାନର ଗୋଟିଏ ଭଙ୍ଗା କାଠ ବେଞ୍ଚରେ ମୁମୂର୍ଷୁ ପରି ଦୁଇଦିନ ଧରି ବସି ରହି ସମଶେର୍ କେବଳ ଜୁଳୁଜୁଳୁ ହୋଇ ଗ୍ରାହକମାନଙ୍କୁ ଚାହୁଁଥାଏ। କାହାରି ପକେଟରେ ହାତ ମାରି ତାକୁ ସର୍ବସ୍ୱାନ୍ତ କରିବାକୁ ସମଶେର୍‌ର କୌଣସି ବଳବତୀ ଇଚ୍ଛା ନଥାଏ।

ଅଥଚ ଆଖି ଆଗରେ ଘଟିଗଲା ତା' ଜୀବନର ଏକମାତ୍ର ଐତିହାସିକ ଘଟଣାଟି। ପ୍ରାଇମେରୀ ସ୍କୁଲର ଝିଅଟିଏ ବୋଧହୁଏ ବୋଉ ପାଖରେ କନ୍ଦାକଟା କରି କିଛି ପଇସା ନେଇ ଆସିଥାଏ ବେଲୁନ୍ କିଣିବା ପାଇଁ। ତା'ର ଆଖି ତଳୁ ଲୁହ ଦାଗ ଶୁଖି ନଥାଏ। ଅଗତ୍ୟା ଗୋଟିଏ ଛିଣ୍ଡା ପେଣ୍ଟ ପିନ୍ଧା ହୀନ ସ୍ୱାସ୍ଥ୍ୟ ଯୁବକ ଝିଅଟିକୁ ଲାଗି କରି ଛିଡ଼ା ହେଲା। ସମଶେର୍ ତା' ହାତକୁ ଖପ୍‌କିନା ଧରି ପକାଇବା ବେଳକୁ ଝିଅର ସରୁ ସୁନା ଚେନ୍ ଲୋକଟା ହାତକୁ ଚାଲି ଆସିଥାଏ। ସେ ଖାଲି ଶୁଣୁଥାଏ ଲୋକଟି ଉପରେ ବର୍ଷି ଯାଉଥିଲା ମାଡ଼ର ଶବ୍ଦ। ତା' ଦେହ ଭୟରେ ଶୀତେଇ ଉଠୁଥାଏ।

ଲୋକଟିକୁ ଟାଣି ଟାଣି ସମସ୍ତେ ଶୋଭାଯାତ୍ରା କରି ଥାନାକୁ ଚାଲିଲେ। ସମଶେର୍ ସେମାନଙ୍କ ପଛେ ପଛେ ମେଷ ଶାବକ ପରି ଚାଲିଥାଏ। ଥାନାରବାବୁ ଜୋର୍‌ରେ ପାଟିଟିଏ କଲେ, 'କିଏ ?' ହଠାତ୍ ଗୁଡ଼ାଏ ହାତ ବଢ଼ି ଆସିଲା ତା'

ଆଡ଼କୁ। ଜନଗହଳି ଦୁଇଭାଗ ହୋଇ ତା' ପାଇଁ ସରୁ ରାସ୍ତାଟିଏ ହୋଇଗଲା। ଟାଣି ହେଲା ପରି କୁଣ୍ଠିତ ପାଦରେ ସମଶେର୍ ଥାନାବାବୁଙ୍କ ପାଖକୁ ଗଲା। ପ୍ରଥମେ ସେ ତାକୁ ପାଦରୁ ମୁଣ୍ଡଯାଏ ନିରେଖି ଗଲେ। ତା'ପରେ ନିଶରେ ହାତ ମାରି କହିଲେ, 'ଗୁଡ୍।'

ସମଶେର୍ କିଛି ବୁଝିପାରିଲାନି। ଧୀରେ ଧୀରେ ଥାନା ଜନଶୂନ୍ୟ ହୋଇଗଲା। ଲୁହା ରେଲିଂଲଗା କୋଠରି ଭିତରୁ ସେ ଲୋକଟା ସମଶେରକୁ ଅସହାୟ ଆଖିରେ ଚାହିଁଥାଏ।

ସମଶେର୍ ଏକ ନୂତନ ସଂସାର ଦେଖିଲା।ବାବୁଙ୍କର ଘରେ ବେଶି କାମ ନାହିଁ। ଗୋଟିଏ ବୋଲି ପାଞ୍ଚବର୍ଷର ପୁଅ। ସାଇକେଲ୍‌ରେ ନେଇ ତାକୁ ସ୍କୁଲରେ ଛାଡ଼ିବା, ବାସନ ମାଜିବା, ବଜାର ସଉଦା କରିବା ବ୍ୟତୀତ ସମଶେରର ଅନ୍ୟ କିଛି କାମ ନଥିଲା। ଦୁଇଓଳି ପେଟ ପୂରାଇ ଖାଇବାକୁ ମିଳିଯାଉଥିଲା। ତା'ର ପୁରାତନ ସହରର ଅପରିଷ୍କାର କୋଠରିରେ ଛାଡ଼ି ଆସିଥିବା ମଖମଲି ପର୍ସ, ଗୋଟିଏ ରଙ୍ଗିନ ରୁମାଲରେ ପରିଚିତ ବାସ୍ନାକୁ ସମଶେର୍ ପୁଣି ଏଠି ଖୋଜି ପାଇଥିଲା। ପ୍ରଥମ ଦିନ ହିଁବାବୁଙ୍କ ସ୍ତ୍ରୀ ତା' ହାତକୁ ବଢ଼ାଇ ଦେଇଥିଲେ ବାବୁଙ୍କ ହଳେ ପୁରୁଣା ପୋଷାକ। ସମଶେରକୁ ସ୍ୱପ୍ନ ଦେଖିଲା ଭଳି ଲାଗୁଥାଏ। କୃତଜ୍ଞତାରେ ସେ ବାବୁଙ୍କ ସ୍ତ୍ରୀଙ୍କୁ ଡାକିଲା, ମା'।

ଅଭ୍ୟାସରେ ପଡ଼ିଯାଏ ସବୁକିଛି।

ବାବୁ ସେଦିନ ସକାଳୁ ଗୋଟିଏ ମର୍ଡ଼ର କେସ୍‌ର ଅନୁସନ୍ଧାନ ପାଇଁ କେଉଁ ଦୂର ଗାଁକୁ ସାଇକେଲରେ ଯାଇଥାନ୍ତି। ରାତି ନ'ଟା ଯାଏ ଅପେକ୍ଷା କରି ମା' ଖାଇ ଦେଇ ବେଡରୁମ୍‌କୁ ପଶିଲେ। ସମଶେର୍ ଖାଇସାରି ବାହାର ଘରେ ଶୋଇ ପଡ଼ିଥାଏ।

'ସମଶେର୍!' ସେ ଚମକି ପଡ଼ିଲା ନିଦରେ। ଝାପ୍‌ସା ଝାପ୍‌ସା ମା'ଙ୍କର ମୁହଁ ଦିଶୁଥାଏ। ସମଶେର୍ ଧଡ଼ପଡ଼ ହୋଇ ବସି ପଡ଼ିଲା। ଏଥର ସେ ସମଶେରକୁ ସ୍ଥିର ହୋଇ ଚାହିଁଲେ। ସମଶେର୍ ଆମୋଦିତ ହୋଇ ପଡ଼ିଥାଏ ତନ୍ଦ୍ରା ଏବଂ ଏକ ପରିଚିତ ବାସ୍ନାରେ। ମା' ଅଗତ୍ୟା କହି ଉଠିଲେ, 'ସମଶେର୍ ମତେ ଏକା ଭୟ ଲାଗୁଛି। ଆ' ଏଠି ଶୋଇବୁ।'

ବାଧ୍ୟ ଶିଶୁଟିଏ ପରି ସମଶେର୍ ଅଜଣା ଆଶଙ୍କାରେ ଥରି ଉଠିଲା। ସେହି ପରିଚିତ ବାସ୍ନାଟି ତାକୁ ଟାଣିନେଲା ବାବୁଙ୍କ ବେଡ୍‌ରୁମ୍‌କୁ।

ତା' ପରଦିନ ସକାଳୁ ବାବୁ ଫେରି ଆସିଲେ। ସମଶେର୍ ତାଙ୍କ ଆଖିକୁ ସିଧା ଚାହିଁପାରୁ ନଥାଏ। ଅଥଚ ସନ୍ଧ୍ୟାବେଳେ ବାବୁ ନିଜେ ତାକୁ ପାଖକୁ ଡାକିଲେ। ତାଙ୍କ

ଘନ ଭ୍ରୂଲତା ତଳକୁ ଖଞ୍ଜା ହୋଇଥିବା ଆଖି ଦୁଇଟି ଆତ୍ମୀୟ ଦିଶୁଥିଲେ। ତଥାପି ସମଶେର୍ ଭୟରେ ଥରୁଥାଏ। ବାବୁ କିଛି ସମୟ ତାକୁ ଚାହିଁବା ପରେ କହିଲେ, 'ଚାକିରି କରିବୁ?'

ସେ ନିରୁତ୍ତର ରହିଥିଲା।

ସମଶେର୍ ପକେଟରୁ ଚାବି କାଢ଼ି ଦ୍ୱାରରେ ଝୁଲୁଥିବା ତାଲାଟି ଖୋଲିଲା। କୋଠରି ଭିତର ସେତେବେଳେ ଅନ୍ଧାର ଥାଏ। ସେ ଶୂନ୍ୟ ଅନ୍ଧାରକୁ ତା'ର କ୍ଳାନ୍ତ ପାଦ ବଢ଼ାଇଲା। ମାଳତୀ ହୁଏତ ଗୋଟିଏ ଦୈନନ୍ଦିନ ଦୁଃସ୍ୱପ୍ନର ଅଭିଶପ୍ତ ନାୟିକା। ଆଗାମୀ ସକାଳ ପାଖରେ ଅବଶ୍ୟମ୍ଭାବୀ ପରାଜୟର ଆଶଙ୍କାରେ ବାହାର ଦୁନିଆ ସହିତ ଏକମାତ୍ର ସମ୍ପର୍କ ଜାଉଁଳି କବାଟକୁ ସମଶେର୍ ବନ୍ଦ କରିଦିଏ।

■

ଅନ୍ଧାରର ସ୍ୱର

ଅନ୍ଧାରର କଳା କାନ୍‌ଭାସ୍ ଉପରେ କ୍ରମୋଽପି ଉଜ୍ୱଳ ହୋଇ ଉଠୁଥିବା ପୀତବିନ୍ଦୁଟି ଜହ୍ନର ଅଶୁଚି ପ୍ରସବର ଆଭାସ।

ଜାରଜ ଜହ୍ନ।

କମ୍ରେଡ୍... କମ୍ରେଡ୍ ଶଙ୍କର...

ବାଷ୍ଟାର୍ଡ଼ ଶୁଣିବନି। ଯେତେ ଡାକିଲେ ବି ଆଦୌ ଶୁଣିବନି। କୁତ୍ତାମାନେ ବ୍ୟର୍ଥ ହୋଇ ଫେରିଗଲେଣି। ଗୁଳି ଚାଳନା ବି ବନ୍ଦ ହୋଇଗଲାଣି। ଏଷ୍ଟାବ୍ଲିଶମେଣ୍ଟର ଦଲାଲ, ତୁମ ଗୁଳିରେ ମୋ ଜୀବନ ଯିବ ନାହିଁରେ। ଆବେ କୁତ୍ତାମାନେ ମୋର ବା କି ଅପରାଧ ?

କୌଣସି ସଧବା କୁଳବଧୂର ସୀମନ୍ତ ସିନ୍ଦୂରକୁ ବେଖାତିର କରି ମୁଁ ତାକୁ ରତିଭିକ୍ଷା ବା ବଳତ୍କାର କରିନାହିଁ।

କୌଣସି ମୁନାଫାଖୋର କଳାବଜାରୀର ଶୁଭ ଲାଭ ଅଙ୍କିତ ଟ୍ରେଜେରୀ ଭାଙ୍ଗି ମୁଁ କେସ୍ ଚୋରି କରିବାର ଧୂର୍ତ୍ତତା କରି ନାହିଁ।

କୌଣସି ଅପ୍ରାପ୍ତ ବୟସ୍କା କିଶୋରୀକୁ ଦେହ ଦାନ କରିବାକୁ ବାଧ୍ୟ କରିନାହିଁ।

ତଥାପି ତୁମର ଗୁଳି ମୋତେ ଲକ୍ଷ୍ୟ କରି ଛୁଟି ଆସିଥିଲା। କୁତ୍ତାମାନେ, ତୁମେ ନିଜେ କ'ଣ ନିରପରାଧ ?

ନଖ ଦନ୍ତହୀନ ଅନ୍ଧାରର ବିଶାଳ ଶରୀର ନିଶ୍ଚୁପ ହୋଇ ଘୁମେଇ ପଡ଼ିଛି। ତା'ର ଲୋମଶ ଦେହକୁ କଦାଚିତ୍ ଅସ୍ତବ୍ୟସ୍ତ କରୁଥିବା ରୁଗ୍‌ଣ ପବନ ବି କେତେବେଳକୁ ଅଧା ହେଲାଣି। ଯିବି କି ? ଆଲୋକିତ ଛକ ଉପରେ ଛିଡ଼ା ହୋଇ କଣ୍ଠ ଫଟାଇ ସ୍ଲୋଗାନ ଗାଇବି। କିମ୍ବା ହାତ ବୋମାରେ କୁତ୍ତାମାନଙ୍କର ଖପୁରୀ ଉଡ଼େଇ ଦେବି। ନା'ରେ ଦଲାଲମାନେ, ମୁଁ ତୁମକୁ କ୍ଷମା କଲି।

ଟୁକୁରାଏ ରୁଟି ବା ଟୋପାଏ ପେଜ ପାଇଁ ତୁମେ ସବୁ ମୁଣ୍ଡ ବିକିଛ ଓ ତୁମର

ଛିଦ୍ରହୀନ ମସ୍ତିଷ୍କରେ ଆଲୋକ ପ୍ରବେଶ ପାଇଁ ଏତେ ଟିକେ ବି ସୁଯୋଗ ନାହିଁ। ବରଂ ତୁମମାନଙ୍କୁ ଦୟା ଆସେରେ ପୋଷାମନା କୁତ୍ତାଦଳ। ତୁମେ ବି ଏଇ ଦେଶର ଅସହାୟ ନାଗରିକ।

ସାପ ଓ ସନ୍ୟାସୀ କିମ୍ବା ମାଙ୍କଡ଼ ଓ ମହାପୁରୁଷର ଦେଶ ଭାରତରେ ଆଉ ସନ୍ନ୍ୟାସୀ କିମ୍ବା ମହାପୁରୁଷ ଜନ୍ମ ହେଉନାହାନ୍ତି। କେବେ ବିଷଧର ଓ ମର୍କଟମାନେ ଯଥାକ୍ରମେ ଦଂଶନର ଶିକାର ଖୋଜିବା ଓ ନିର୍ବିକାର ଭାବେ ଡାହିମାଙ୍କୁଡ଼ି ଖେଳିବା ଏକ ସର୍ବସାଧାରଣ ସତ୍ୟ। ମୋର ବାପା ଚାହିଁଥିଲେ ମୁଁ ସନ୍ନ୍ୟାସୀ କିମ୍ବା ମହାପୁରୁଷ ହେଲେ ସମ୍ଭ୍ରାନ୍ତର ବଟବୃକ୍ଷ ମୂଳରେ ପାଣି ଢାଳି ପାରିବି; ହେଲାନାହିଁ। ଅତଏବ ବେଶ୍ କିଛି ଦିନ ଡାହିମାଙ୍କୁଡ଼ି ଖେଳିଲି, ଗୋଟିଏ ଡାହିରୁ ଅନ୍ୟ ଡାହିକୁ ଡେଇଁ ପଡ଼ିବାରେ ଆନନ୍ଦ ଥିଲା, ଅଥଚ ଅନ୍ୟ ଡାହିରେ ପହଞ୍ଚିବା ପରେ ନିଜକୁ ନିର୍ବୋଧ ପରି ଲାଗିଲା ଯେତେବେଳେ ମୁଁ ରାସ୍ତାରେ ଅନ୍ୟମାନଙ୍କ ସ୍ଲୋଗାନ ଶୁଣିଲି ଓ କାହିଁକି କେଜାଣି ଏ ଧାବମାନ ଅନିସନ୍ଧିତ୍ସୁ ସରୀସୃପମାନଙ୍କୁ ଚାହିଁଚାହିଁ ମୋର ଘଟାନ୍ତର ହେଲା।

ବୋଉଲୋ, ବୋଧହୁଏ ମୁଁ ମର୍କଟଟିଏ ହୋଇ ଜନ୍ମ ନେଇଥିଲି। ଅସ୍ପଷ୍ଟ ମନେ ପଡୁଛି- ତୋର ଅର୍ଦ୍ଧାନ୍ଧାର ପ୍ରକୋଷ୍ଠ ଯେଉଁଠି ଦେଢ଼ଫୁଟ ଉଚ୍ଚ ଠାକୁରଟିଏ ବାସ କରୁଥିଲେ। ସେ ଘର ଭିତରେ ପଶି ତୁ ଗୁଣୁଗୁଣୁ ହୋଇ କୌଣସି ମନ୍ତ୍ର ଆବୃତ୍ତି କରୁଥିବା ବେଳେ ମୁଁ ଆହାର ପାଇଁ ବାହାରେ ଅପେକ୍ଷା କରୁଥିଲି। ତୋର ଛାତିରେ ଓହଳି ପଡ଼ିବାବେଳେ ଆମେ ବାଡ଼ିପଟ ଆମ୍ବଗଛର ମାଈମାଙ୍କଡ଼ ଓ ତା'ର ସନ୍ତାନର ଆନ୍ତରିକ ମୁଦ୍ରାକୁ ହିଁ ଅନୁକରଣ କରୁଥିଲି। ତା'ପରେ ଛୋଟ ମାଙ୍କଡ଼ଟିର ଡାହିମାଙ୍କୁଡ଼ି ଖେଳ ପରି ପିଜୁଳି ଗଛ, ପାଚେରି, ବାରଣ୍ଡା ସାରା ଡେଇଁ ବୁଲୁଥିଲି।

ଯେଉଁଦିନ ବାପା ମୋର କାନ୍ଧରେ ବସ୍ତାନୀଟିଏ ଓହଳାଇ ଦେଲେ ଏବଂ ରନ୍ଧାମୁଣ୍ଡିଆ ମାଷ୍ଟରକୁ ହାତଯୋଡ଼ି ପ୍ରଣାମ କରିବାକୁ ବାଧ୍ୟ କଲେ; ସେଦିନ ମୋର ମନେ ହେଉଥିଲା ମୁଁ ଗୋଟିଏ ବୁଢ଼ା ହନୁମାଙ୍କଡ଼କୁ ନିଜର ଗୁରୁ କରୁଛି।

ସେ ବି' କହିଲା କୁଆଡ଼େ ଆମର ପୂର୍ବ ପୁରୁଷମାନେ ମାଙ୍କଡ଼ ଥିଲେ। ସେତେବେଳକୁ ବାଡ଼ି ଆମ୍ବଗଛର ଛୋଟ ମାଙ୍କଡ଼ଟି ଗୋଟିଏ ସମର୍ଥ ମାଙ୍କଡ଼ରେ ପରିଣତ ହୋଇସାରିଥିଲା ଓ ବିନା ଉଦ୍ୟମରେ ଗଛର ଶୀର୍ଷକୁ ଉଠି ପାରୁଥିଲା। ମୋର କାହିଁକି ତାକୁ ଅନୁକରଣ କରିବାକୁ ପ୍ରଚଣ୍ଡ ଇଚ୍ଛା ହେଉଥିଲା। ବସ୍ତୁତଃ ସେ ମୋର ଏକମାତ୍ର ଆଦର୍ଶ ହୋଇପଡ଼ିଥିଲା।

ଗୋଟିଏ ମାଙ୍କଡ଼ କୌଣସି ତୈଳାକ୍ତ ଖୁମ୍ବରେ ପ୍ରଥମ ମିନିଟରେ ଏକ ଫୁଟ ଖସିଯାଉଥିବା... ସମସ୍ୟାର ସମାଧାନ କରି କରି ମୁଁ ଧୋତି ପଞ୍ଜାବୀ ପିନ୍ଧା ମାଙ୍କଡ଼ର

ଶିଷ୍ୟତ୍ୱରୁ କୋଟ୍ ଟାଇପିନ୍ଧା ମାଙ୍କଡ଼ର ଶିକ୍ଷତ୍ୱକୁ ଉତ୍ତୀର୍ଣ୍ଣ ହେଲି। ଏଥର ଶେଷୋକ୍ତ ମାଙ୍କଡ଼ଟି କହିବାକୁ ଆରମ୍ଭ କଲା, ପୃଥିବୀର ସମସ୍ତ ଗରିଲା, ସିପାଞ୍ଜି ଦିନେ ନା ଦିନେ ମଣିଷ ସ୍ତରକୁ ଉନ୍ନୀତ ହେବେ।

ଏତେବେଳଯାଏ ମୁଁ ମଣିଷର ସଂଜ୍ଞା ଜାଣି ନଥିଲି। ଏବେ ବି ମଣିଷ ନାଆଁରେ ପରିଚିତ ଦୁଇଗୋଡ଼ିଆ ପଶୁମାନଙ୍କୁ ଦେଖିଲେ ମୁଁ ତାଙ୍କର ଗତିବିଧିରେ ମର୍କଟତ୍ୱର ଆବିଷ୍କାର କରିବାକୁ ଆଗ୍ରହୀ ହୋଇପଡ଼େ। ନୂତନ ସନ୍ଦେଶଟି ଶୁଣି ସାରିବା ପରେ ମୁଁ ବି ମନେ ମନେ ସ୍ଥିର କରି ନେଲି ଯେ ପୃଥିବୀର ସମସ୍ତ ମଣିଷ ବି ମାଙ୍କଡ଼ ହୋଇଯିବା ଅସମ୍ଭବ ନୁହେଁ।

ବାଷ୍ଟାର୍ଡ଼ ଶଙ୍କର।

କମ୍ରେଡ଼ ଶଙ୍କର, କେବଳ ତୋରି ପାଇଁ ମୁଁ ମୋର ସନ୍ତୁଷ୍ଟ ମର୍କଟ ଜୀବନରୁ ଅସନ୍ତୁଷ୍ଟ ବିଷଧର ଜୀବନକୁ ରୂପାନ୍ତରିତ ହେଲି।

କହିଦେବି କି ଶଙ୍କରକୁ ?

ଶଙ୍କର, ସେଇ ସମର୍ଥ ମାଙ୍କଡ଼କୁ ମୁଁ ଆଉଦିନେ ଏକ ଭିନ୍ନ ଅବସ୍ଥାରେ ଆବିଷ୍କାର କଲି। ମୁଁ ଠିକ୍ କରି ଜାଣେନା ଆମ୍ବଗଛରେ କେଉଁଠୁ ଆଉ ଜଣେ ନୂତନ ଅତିଥିର ଆବିର୍ଭାବ ହୋଇଛି। ଏକଦା ଶିଶୁ ଅବସ୍ଥାରେ ଥିବାବେଳେ ସେଇ ମାଙ୍କଡ଼କୁ ସ୍ତନ୍ୟଦାନ କରୁଥିବା ମାଈ ମାଙ୍କଡ଼ ପରି ନୂତନ ଅତିଥିଟି। ସମର୍ଥ ମାଙ୍କଡ଼ ତା' ସହିତ ବୀଭତ୍ସ ରତିକ୍ରୀଡ଼ାରେ ମଗ୍ନ ଥିଲା। ସେମାନଙ୍କୁ ସେଇ ଅସଙ୍ଗତ ଅବସ୍ଥାରେ ବାରମ୍ବାର ଲକ୍ଷ୍ୟ କରିବା ମୋର ଏକ ଦୈନନ୍ଦିନ ଅଭ୍ୟାସ ହୋଇଯାଇଥିଲା। କିପରି ଏକ ଅଜ୍ଞାତ ରୋମାଞ୍ଚ ମୋର ଲୋମକୂପରେ ଉତ୍ତେଜନାର ଉତ୍ତାପ କରି ଦେଉଥିଲା। ମୋର ଅନୁକରଣୀୟ ମର୍କଟର ଏ କେଉଁ ନୂତନ ସନ୍ଦେଶ ?

ଶଙ୍କର, ଠିକ୍ ସେତେବେଳେ ତୋର ପ୍ରାପ୍ତ ବୟସ୍କା ଭଉଣୀ ଗୀତାକୁ ତୁ ଚିହ୍ନେଇ ଦେଲୁ। ଆମର ଆନ୍ତରିକତା କିଛିଦିନ ଭିତରେ ବେଶ୍ ଜମି ଉଠିଲା। ତମର ବାଡ଼ିପଟର ଗୋଟିଏ କୋଠରିରେ ମୁଁ ବି ଦିନେ ଗୀତାକୁ ବିବସ୍ତ୍ର କଲି। ମୋର ମନେ ହେଲା ପୃଥିବୀର ଏକ ବିଶେଷ ଆକର୍ଷଣୀୟ ରହସ୍ୟ ମୋର ଗୋଚର ବାହାରେ ରହି ଯାଇଥିଲା। ମୁଁ ଗୀତାକୁ ଆଲିଙ୍ଗନ କଲେଇଁ ଚେତନା ହରାଉଥିଲି। ନିର୍ଲ୍ଲଜୀ ଗୀତା ବି ମୋତେ ଯଥେଷ୍ଟ ଉତ୍ସାହିତ କରୁଥିଲା ଓ ସାମାନ୍ୟ ସୁଯୋଗ ପାଇଲେ ପୂର୍ବ କର୍ମର ପୁନରାବୃତ୍ତି ପାଇଁ ସାନୁନୟ ଅନୁରୋଧ କରୁଥିଲା। ଆମ ବାଡ଼ି ପଟର ମର୍କଟ ଯୁଗଳ ଯେପରି ଗୋଟିଏ ଡାହିରେ ବସି ପରସ୍ପରର କୁତ୍ସିତ ମୁହଁକୁ ଚାହିଁ ରହୁଥିଲେ ତଦ୍ରୂପ ମୁଁ ଓ ଗୀତା ନିର୍ଜନ ପାର୍କ ବା କଲେଜ ବାରଣ୍ଡାରେ ଘଣ୍ଟା ଘଣ୍ଟା ଧରି ଆଳାପ କରୁଥିଲୁ।

ଶଙ୍କର, ତୁ ଏ ସମ୍ପର୍କକୁ ପ୍ରେମ, ପ୍ରଣୟ ବା ଅନ୍ୟ କିଛି କହିପାରୁ।

ଏମିତି ଦିନେ ମାଛି ଅନ୍ଧାରବେଳେ ଆମେ ଦୁହେଁ ଗୋଟିଏ ନିର୍ଜନ ରାସ୍ତାରେ ଘରକୁ ଫେରିବାବେଳେ କେତୋଟି କୁତ୍ତା ଆମକୁ ଅତର୍କିତ ଆକ୍ରମଣ କଲେ। ମୁଁ ଗୀତାର ଅନ୍ତିମ ବିକଳ ଚିତ୍କାର ଶୁଣି ବେହୋସ ହୋଇଗଲି ଓ ତା' ପରଦିନ ସହରର ଗୋଟିଏ ଅପରିଚ୍ଛନ୍ନ ଗଳିରେ ନିଜକୁ ଆବିଷ୍କାର କଲି। ବେଶ୍ କିଛିଦିନ ମୁଁ ଲଜ୍ଜାରେ ଗୀତାକୁ ସାକ୍ଷାତ କଲି ନାହିଁ। କିନ୍ତୁ ଶଙ୍କର, ତୋତେ ନିର୍ବିଚଳ ଦେଖି ମୁଁ ଧରି ନେଇଥିଲି ଯେ ଗୀତା ସୁସ୍ଥ ଓ ନିରାପଦ। ସେହି ଦିନୁ ଗୀତା ସହିତ ମୋ ସମ୍ପର୍କର ପୂର୍ଣ୍ଣଚ୍ଛେଦ।

ତା'ପରେ ଅନେକଥର ମୁଁ ଗୀତାକୁ ମୋର ଅପରିଚିତ ଲୋକମାନଙ୍କ ସହିତ ନିହାତି ଆତ୍ମୀୟ ପରି ଦାମୀ କାର୍ ଓ ରେସ୍ତୋରାଁମାନଙ୍କରେ ଦେଖିଛି। ବକ୍ଷ ଗହ୍ୱରରେ ମୁଁ ଏକ ଶୂନ୍ୟସ୍ଥାନ ଅନୁଭବ କଲି। ମୁଣ୍ଡ ଭିତରେ ଅସହ୍ୟ ଯନ୍ତ୍ରଣାରେ ବିକଳ ହୋଇପଡ଼ିଲି। କିନ୍ତୁ ଗୀତାକୁ ନା କେବେ ସାମ୍ନା କରି ପାରିଲି ନା ତାକୁ କିଛି ମୁହଁ ଖୋଲି କହି ପାରିଲି। କେବଳ ଦୂରରୁ ଦେଖେଁ, ଏକ ନୂତନ ଗୀତା, ତା'ର ନୂତନ କଳେବର ଓ ତା'ର ନୂତନ ଆତ୍ମୀୟମାନଙ୍କୁ।

ସେଇଦିନଠୁଁ ମୁଁ ଆଉ କେବେ ଆମ ବାଡ଼ି ପଟର ଆମ୍ବଗଛ କିମ୍ବା ମାଙ୍କଡ଼ମାନଙ୍କୁ ଆଖି ଉଠାଇ ଚାହିଁ ନାହିଁ। ଯେପରି ମୋର ସମସ୍ତ ସାହସିକତାକୁ ସେ ଦିନର କୁତ୍ତାମାନେ ଚୁରମାର୍ କରିଦେଲେ। ଏକ ହିଂସ୍ର ଆକ୍ରୋଶରେ ମୋର ମନ ଜଳି ଉଠୁଥିଲା।

ପ୍ରିୟ ବନ୍ଧୁ ଶଙ୍କର, ତୁ ଅନ୍ଧାର ଭିତରେ ଏବେ ଯେଉଁ ସହଜଲଭ୍ୟା ନାରୀକୁ ଆଶ୍ଳେଷରେ ଅଣନିଃଶ୍ୱାସ କରୁଥିବୁ; ସେ ହୁଏତ ତୋରି ଭଉଣୀ ପରି କୌଣସି ଅଭିଶପ୍ତା ଯିଏ ଖଣ୍ଡିଏ ଶସ୍ତା ଶାଢ଼ି ଆଉ ଖଣ୍ଡିଏ ରୁଟି ପାଇଁ ଦେହ ଦାନ କରୁଛି। ତୁ ଖାଲି ତୋର ଗେହ୍ଲେଇ ଭଉଣୀକୁ ଥରୁଟେ ସୁବିଧା ହେଲେ ଆଖି ଖୋଲି ଦେଖିବୁ, ତା'ର ଦାମୀ ଶାଢ଼ିର ରଙ୍ଗ ଓ ତୁମର ଚାଳ ଛପରହୀନ ଘର ଭିତରେ କେତେ ପାର୍ଥକ୍ୟ।

ନା... ଶଙ୍କର ଥାଉ, ତୁ କିଛି ଜାଣିବା ଆବଶ୍ୟକ ନାହିଁ। ଆମ ପରି ବିଷଧରମାନଙ୍କ ପାଇଁ ମା', ଭଉଣୀ, ପ୍ରେମିକାର କିଛି ଅର୍ଥ ହୁଏନା। ଜହ୍ନ ଉଠିଲାଣି। ଆ... ଏଥର ଖୁବ୍ ଦୂରକୁ ଯିବାକୁ ଅଛି। ତୋର ଆଶ୍ଳେଷର ନାରୀ ହୁଏତ ହାଲିଆ ହୋଇ ପଡ଼ିଥିବ। ବିଚାରୀକୁ ଥକିବାକୁ ସମୟ ଦେ।

ଗୀତା ସତରେ ତୁ ମୋ ପାଇଁ ଛାତି ତଳର ଦରଜ ହୋଇ ରହିଗଲୁ। ଯେଉଁ କୁତ୍ତାମାନେ ଆମକୁ ପରସ୍ପରଠାରୁ ବିଚ୍ଛିନ୍ନ କଲେ, ମୁଁ ସହରର ଗୋଟିଏ ଦୋଛକି ରାସ୍ତାରେ ବସି ତାଙ୍କ ଜ୍ଞାତି ପରିଜନଙ୍କ ଡେଙ୍ଗା ଡେଙ୍ଗା ଇମାରତ୍, ବେଗବାନ୍ ମଟର, ଅଳଙ୍କାର ଆଚ୍ଛାଦିତ ମା', ଭଉଣୀ, ପତ୍ନୀ, ପ୍ରେମିକାମାନଙ୍କୁ ଦେଖିଲି। ପ୍ରତିଶୋଧ

ପାଇଁ ମୋର ସ୍ନାୟୁ, ମସ୍ତିଷ୍କ, ଇନ୍ଦ୍ରିୟକୁ ଏକତ୍ରିତ କଲି । ଚିତ୍କାର କରି କୁତ୍ତାମାନଙ୍କର ଗୋପନୀୟ ଅପରାଧକୁ ରାସ୍ତାରେ ସମସ୍ତ ଲୋକଙ୍କୁ ଜଣାଇ ଦେବାକୁ କିମ୍ବା ତାଙ୍କର ଘୃଣ୍ୟ ଦେହମାନଙ୍କୁ ସ୍ତୁପୀକୃତ କରି ଅଗ୍ନିସଂଯୋଗ କରିବାର ପ୍ରଚଣ୍ଡ ଇଚ୍ଛା ହେଉଥିଲା ।

ଠିକ୍ ସେତେବେଳେ ଶଙ୍କର ମୋ ହାତରେ ଧରେଇ ଦେଲା ଗୋଟିଏ କ୍ଷୁଦ୍ର ଅସ୍ତ୍ର, ଯାହା ଅଗ୍ନିଉଦ୍‌ଗିରଣ କରିପାରେ, ଶବ୍ଦ କରିପାରେ, କୁତ୍ତାମାନଙ୍କୁ ଆହତ ବା ପଦାନତ କରିପାରେ । ବୋଧହୁଏ ଏଇଠୁ ମୋର ମର୍କଟ ଜୀବନର କରୁଣ ଅବସାନ ଓ ବିଷଧର ଜୀବନର ଅୟମାରମ୍ଭ । ମୁଁ ମର୍କଟରୁ ମହାପୁରୁଷ ହୋଇ ପାରିଥାନ୍ତି... ହେଲା ନାହିଁ ।

ସମସ୍ତଙ୍କୁ ଆତଙ୍କିତ କରି ବିସ୍ଫୋରଣ ଓ ଅଗ୍ନ୍ୟୁଦ୍‌ଗିରଣ କରିପାରୁ ଥିବା ଅସ୍ତ୍ର ମୋର ବାହୁର ପେଶୀମାନଙ୍କୁ ସବଳ କରିଦେଲା, ମସ୍ତିଷ୍କ ଭିତରେ ଏକ ନୂତନ ଆଶାର ବୀଜ ବପନ କଲା, ଛାତି ତଳେ ଏକ ନୂତନ ସାହସ ଆଣିଦେଲା । ମୁଁ ପ୍ରଥମ କରି ଅନୁଭବ କଲି ଯେ ମୁଁ ଚକ୍ଷୁସ୍ରବା ପାଲଟି ଯାଇଛି । ବାହାର ପୃଥିବୀର ସମସ୍ତ ଘଟଣା ଅଘଟଣାକୁ କେବଳ କୁଳୁକୁଳୁ ଚାହିଁ ରହୁଛି ଏବଂ ଆବଶ୍ୟକ ପଡ଼ିଲେ ଅବ୍ୟର୍ଥ ଚୋଟ ମାରି ଶିଖିଛି । ମୋର ଆକ୍ରମଣରୁ ଆଜିଯାଏ କୌଣସି କୁତ୍ତା ବର୍ତ୍ତି ନାହାନ୍ତି ।

ବାପା ମୋତେ ମହାପୁରୁଷ ହୋଇ ଆଭିଜାତ୍ୟର ଅଶ୍ୱତ୍‌ଥ ମୂଳରେ ପାଣି ଢାଳିବାକୁ ତୁମେ ସ୍ୱପ୍ନ ଦେଖୁଥିଲ ନା ? ଆଜି ତୁମର ପୁଅ ବିଷକ୍ଷର ହୋଇ ଶତାଧିକ ଆଭିଜାତ୍ୟର ଅଶ୍ୱତ୍‌ଥ ମୂଳରେ ବିଷୋଦ୍‌ଗାର କରୁଛି । ତୁମର ସ୍ୱପ୍ନ ସବୁ ଭାଙ୍ଗିରୁଜି ଗଲେ । ବାପା, ସ୍ୱପ୍ନମାନଙ୍କର କେବେ ମରାମତି ହୋଇପାରେ ନାହିଁ । ସବୁଠୁ ଅସଲ କଥା ହେଲା ତୁମର ସ୍ୱପ୍ନ ଓ ମୋର ସ୍ୱପ୍ନମାନେ ବିପରୀତ ଧର୍ମୀ ହୋଇ ପଡ଼ିଲେ ।

ଗୀତା, ତୁ ବି ଆଜି ଖୁବ୍ ମନେ ପଡୁଛୁ । ଦିନେ ତୁ ମାତୃତ୍ୱର କଳ୍ପନାରେ ବିଭୋର ହୋଇ ନିଜର କଳ୍ପିତ ଜିଦ୍‌ଖୋର୍ ସନ୍ତାନ ପାଇଁ ଜହ୍ନ ମାଗିବାର ଦୃଶ୍ୟର ଅବତାରଣା କରୁଥିଲୁ । ମୁଁ ତାକୁ 'ମର୍କଟର ଜହ୍ନାଭିଳାଷ' ବୋଲି ହସରେ ଉଡ଼େଇ ଦେଇଥିଲି । ତୋର ରୂପଜୀବୀ ଜୀବନରେ ହୁଏତ ମୁଁ ଏକ ଅବଲୁପ୍ତ ଅପସୃୟମାନ ମୁହଁ । ମୋର ବିଷଧର ସଖା ଶଙ୍କର, ଶୀଘ୍ର ଆ । ଜହ୍ନ ଉଠିଲାଣି । ଗୋଲ ଜହ୍ନ ବି ଆଜି ଗୋଟିଏ ହାତବୋମା ପରି ହିଂସ୍ର ଓ ଆକର୍ଷଣୀୟ ଦିଶୁଛି ।

■

ଅନୁସାର, ବିସର୍ଗ

ଧୀରୁ ଭାବି ନଥିଲା ଯେ ବସ୍ତିଟା ସାରା ଚୁପ୍‌ଚାପ୍ ହୋଇ ତାକୁ ମାଡ଼ି ମାଡ଼ି ପଡ଼ିବ। ବୋଧହୁଏ ଆଉ କେହି ନିକଟରେ ନାହାଁନ୍ତି। ନିଜର ସମବୟସ୍କ ପିଲାମାନଙ୍କୁ ଧୀରୁ ଭୟ କରେ। ସେମାନେ ଯେତେ ଡାକିଲେ ବି ପାଖ ପଶେ ନାହିଁ। ଅନେକ ଥର ସେମାନେ ତା' ଉପରକୁ ଟେକା ଫିଙ୍ଗିଛନ୍ତି, ତାକୁ ଆକ୍ରମଣ କରିଛନ୍ତି, ବିଭିନ୍ନ ଗାଳିଗୁଲଜ କରିଛନ୍ତି। କିନ୍ତୁ ଧୀରୁ ସେମାନଙ୍କ କଥା ମାନିନାହିଁ। ସେମାନେ ତାକୁ ବାରମ୍ବାର 'ମାଇଚିଆ' କହି ଚିଡ଼ାଇବା ଧୀରୁ ଆଦୌ ସହ୍ୟ କରିପାରେ ନାହିଁ। ରାଗରେ ତା'ର ଦାନ୍ତ କଡ଼ମଡ଼ କରି ଉଠେ। ଅସହାୟ ହୋଇ ସେ କେବଳ କାନ୍ଦି ପକାଏ। ଲୁହ ପୋଛି ଦେବା ପାଇଁ ପାଖରେ କେହି ନାହାନ୍ତି। ଧୀରୁ ଗାଲ ଉପରେ ପାପୁଲି ମାରିଲା। ନା ଆଜି ସେ କାନ୍ଦି ପାରୁନି। ଅଗତ୍ୟା ଗୋଟିଏ ରେଳ ଇଞ୍ଜିନ ହ୍ୱିସିଲ୍ ବଜାଇ ବେପରୁଆ ଭାବେ ପାଖ ରେଳ ଲାଇନ୍‌ରେ ଚାଲିଗଲା। ଅପରାହ୍ନର ଦରଶୁଆ ପକ୍ଷୀମାନେ ପାଖ ତିନ୍ତୁଳି ଗଛରେ ଚମକି ପଡ଼ି ପୁଣି ହଜିଗଲେ। ଧୀରୁ ନିଜକୁ କେନ୍ଦ୍ର କରି ଏକ ବିରାଟ କୋଳାହଳ ଚାହୁଁଥିଲା। ନୀରବତା ଧୀରେ ଧୀରେ ଅସହ୍ୟ ହୋଇପଡୁଛି। ସତେ ଯେମିତି ନୀରବତାର ନଖ ଦାନ୍ତମାନେ ତାକୁ ରକ୍ତାକ୍ତ କରି ପକାଉଛନ୍ତି।

ନା, ସେମାନେ କେହି ଆସୁନାହାନ୍ତି। ବୋଧହୁଏ ଧୀରୁ ସେହି ପେଟୁ, କଳା, ଛିଣ୍ଡା ପେଣ୍ଟ ପିନ୍ଧା ଅସନା ପିଲାମାନଙ୍କୁ ଘୃଣା କରେ। ହୁଏତ ସେମାନେ ତାକୁ ବସ୍ତିର ବୈରାଗୀ ଭୋଇ ପରି ମାରି ପକାଇବେ। ବୈରାଗୀ କଥା ମନେ ପଡ଼ିବା ପରେ ଧୀରୁର ଦେହ ଭୟରେ କମ୍ପି ଉଠିଲା। ନିର୍ଜନତା, ଧୀରୁର ଆଖି ସାମ୍ନାରେ ବୈରାଗୀ ଭୋଇର ମସ୍ତକହୀନ ଭୂତର ରୂପ ନେଉଥିଲା ଓ ତା'ର ଭୟଙ୍କର ହାତମାନେ ଧୀରୁର ବେକକୁ ଚାପି ଧରୁଥିଲେ। ଯନ୍ତ୍ରଣାରେ ସେ ଚିତ୍କାର କରି ଉଠିଲା ଓ ଜୋର୍‌ରେ କାନ୍ଦି ପକାଇଲା। ସାମାନ୍ୟ ସାନ୍ତ୍ୱନା ଦେବାପାଇଁ ପାଖରେ କେହି ନାହାନ୍ତି।

ଆଜି ହୀରା ବି ନାହିଁ।

ଏତେବେଳେ ହୀରା ତା'ର ସବୁ ଦିନର ସାଥୀ।

କାଲି ରାତି ସାରା ତା'ର ସ୍ୱାମୀ ମଦ ପିଇ ପାଟି କରୁଥିଲା। ହୀରା କୁଆଡ଼େ ଗୋଟିଏ ଟ୍ରକ୍ ଡ୍ରାଇଭର ସାଥିରେ ପଳାଇ ଯାଇଛି। ସେ ଯଦି ଏଥର ନ ଫେରେ, ବୋଧହୁଏ ଧୀରୁ ବି ବସ୍ତି ଛାଡ଼ି ଚାଲିଯିବ ଓ ସହର ସାରା ତାକୁ ଖୋଜିବ।

ରାସ୍ତାକୁ ମାଡ଼ି ଆସିଥିବା ନର୍ଦ୍ଦମା ଉପରେ କେତୋଟି ବୁଲା କୁତି କଳି କରୁଥିଲେ। ଏମାନଙ୍କଠାରୁ ବସ୍ତିର ଲୋକମାନେ ଆଦୌ ଭିନ୍ନ ନୁହଁନ୍ତି। ସେମାନେ ବି ପ୍ରତି ରାତିରେ ମଦ ପିଇ କଳି କରନ୍ତି। ତା'ପରେ କ୍ଲାନ୍ତ ହୋଇ ତା' ବାପା ବୋଉ ପରି ସନ୍ତସନ୍ତିଆ ଚଟାଣ ଉପରେ ଶୋଇ ପଡ଼ନ୍ତି। ସେମାନେ ଶୋଇଥିବା ଘରକୁ ଯିବା ପାଇଁ ଧୀରୁର ସାହସ ହୁଏ ନାହିଁ। ବାପାର ନାଲି ଆଖି ଓ ବୋଉର ବିକୃତ ମୁହଁକୁ ଧୀରୁର ପ୍ରଚୁର ଭୟ। ବୋଧହୁଏ ବାପା ତାକୁ ସୁବିଧା ଦେଖି ମାରିଦେବ କିମ୍ବା ବୈରାଗୀ ଭୋଇ ପରି ମରିଗଲା ପରେ ଡରେଇବ। ପ୍ରଥମେ ଧୀରୁ ତା' ବୋଉକୁ ଭଲ ପାଉଥିଲା। କିନ୍ତୁ ଆଜିକାଲି ସେ ବି ତା' ଆଡ଼କୁ ଚାହେଁ ନାହିଁ। ସେ ଦୁହେଁ ମରିଗଲେ ହୁଏତ ଧୀରୁର ମନରେ ଶାନ୍ତି ଆସିବ।

ଏ ବସ୍ତିରେ ହୀରା ଏକା ଭିନ୍ନ ମଣିଷ।

ତା' ଦେହର ରଙ୍ଗ ଅନ୍ୟମାନଙ୍କଠାରୁ ଭିନ୍ନ। ହୀରା କେବେ ତା'ର ଗୋରା ତକ୍ ତକ୍ ଦେହରେ ଧୂଳି ଟିକିଏ ବି ଲାଗିବାକୁ ଦିଏନାହିଁ। ଅନ୍ୟମାନଙ୍କ ପରି ଚିରା ମସିଆ ଲୁଗା ପିନ୍ଧେ ନାହିଁ। ହୀରାର ଗଭାରେ ସବୁବେଳେ ଗୋଲାପ ବା ମଲ୍ଲୀ ଫୁଲର ଗଜରା। ସମସ୍ତେ କହନ୍ତି, ସେ କୁଆଡ଼େ ବେଶ୍ୟା। ଧୀରୁ ପ୍ରଥମେ ଭାବିଥିଲା ବେଶ୍ୟା ହେବାଟା ଭଲ। ଏ ବସ୍ତିର ସବୁ ମାଇକିନିଆ ବେଶ୍ୟା ହୋଇଥିଲେ, ସେମାନେ ହୀରା ପରି ପରିଷ୍କାର ଓ ସୁନ୍ଦରୀ ହୋଇଥାଆନ୍ତେ। କିନ୍ତୁ ସବୁ ମାଇକିନା ବେଶ୍ୟା ହୋଇପାରନ୍ତି ନାହିଁ। ହୀରା ପ୍ରତି ସନ୍ଧ୍ୟାରେ କୌଣସି ଟ୍ରକ୍ ଡ୍ରାଇଭର ବା ରେଳଷ୍ଟେସନର କୁଲି ସହିତ ପଳାଏ। ତା'ର ସ୍ୱାମୀ ରାତି ସାରା ମଦ ପିଇ ପାଟି କରେ। ହୀରାର ସ୍ୱାମୀକୁ ଧୀରୁ ପ୍ରଚୁର ଘୃଣା କରେ। ତା'ର ହାଡୁଆ ଦେହକୁ କେଉଁ ମୁହୂର୍ତ୍ତରେ ଜୀବନ ହାରି ଯିବ। ଏ ବସ୍ତିର ବୈରାଗୀ ଭୋଇ ନ ମରି ସେ ଲୋକଟା ମରି ଯାଇଥିଲେ ଏଠୁ ଅନ୍ତତଃ ପ୍ରତିଦିନର କୋଳାହଳ ଅନେକଟା କମିଯାଇଥାନ୍ତା। ଧୀରୁ ମନେ ମନେ କଳ୍ପନା କରେ କେମିତି ସେ ହୀରାର ଅଯୋଗ୍ୟ ସ୍ୱାମୀକୁ ରେଳ ଇଞ୍ଜିନ ସାମ୍ନାକୁ ଠେଲିଦେବ କିମ୍ବା ମଦ ପିଇ ଶୋଇଥିବାବେଳେ ତା' ମୁଣ୍ଡ ଉପରେ ଗୋଟିଏ ପଥର କଚାଡ଼ି ଦେବ। ତା'ପରେ ହୁଏତ ବିଚାରୀ ହୀରା ନିଶ୍ଚିନ୍ତ ହେବ। ଧୀରୁ ଠିକ୍ କଲା

ସେ ବଡ଼ ହୋଇ ଏମିତି ଗୋଟିଏ ବେଶ୍ୟାକୁ ବାହା ହେବ। କିନ୍ତୁ ତା'ର ଦେହର ରଙ୍ଗ ଓ ଚିରା କୁର୍ତ୍ତାକୁ ଚାହିଁ ଶଙ୍କିଗଲା। ବୋଧହୁଏ ତା'ର ଆଖିକୁ ଲୁହ ଆସିଗଲା।

ଧୀରୁ ନିଜକୁ ନିଜେ ସାନ୍ତ୍ୱନା ଦେଲା। ହୀରା ବସ୍ତି ଭିତରେ ଏକା ତାକୁ ଭଲ ପାଏ। ସେ ତାକୁ ଗୋଟିଏ ଗୁଡ଼ି କିଣିଦେବ ବୋଲି ପ୍ରତିଶ୍ରୁତି ଦେଇଛି। ଦିନେ, ଏମିତି ନିର୍ଜନ ଅପରାହ୍ନ ବେଳେ ଧୀରୁ ଲମ୍ବା ବାଉଁଶରେ ଟେଲିଫୋନ ତାରରେ ଲାଗିଥିବା ଗୋଟିଏ ଗୁଡ଼ିକୁ ଆଣିବାକୁ ଚେଷ୍ଟା କରୁଥିଲା। ସେ ନିଜେ ଜାଣି ନଥିଲା ଯେ ହୀରା କେତେବେଳକୁ ତାକୁ ପଛପଟୁ ଦେଖୁଛି। ସେ ହୀରାକୁ ଚାହିଁ ସାମାନ୍ୟ ଲାଜେଇ ଯାଇଥିଲା। ହୀରା ତା' ପାଖକୁ ଲାଗି ଆସି ତାକୁ କିଛି ସମୟ ନିରେଖି ଦେଖିଲା। ସଙ୍କୋଚରେ ଧୀରୁ ଅନ୍ୟପଟକୁ ମୁହଁ ବୁଲେଇ ନେବା ବେଳକୁ ସେ ଖାଲି ଶୁଣିଲା, 'ମାଇଚିଆ'। ଧୀରୁ ଚମକି ପଡ଼ିଲା। ବସ୍ତିର ଅନ୍ୟ ପିଲାମାନଙ୍କ ପରି ହୀରା ବି ତାକୁ ଗାଳି ଦେଉଛି। ସେ ଜୋର୍‌ରେ କାନ୍ଦି ଉଠିଲା। ହୀରା ତା'ର ସୁନ୍ଦର ହାତରେ ଧୀରୁର ଲୁହ ପୋଛି ତାକୁ ଗୋଟିଏ ଦଶ ପଇସି ଦେଲା ଓ ହସି ହସି ଗୋଟିଏ ନୂଆ ଗୁଡ଼ିଟିଏ କିଣିଦେବ ବୋଲି କହିଲା। ହସିଲେ ହୀରା ଖୁବ୍ ସୁନ୍ଦର ଦିଶେ। ତା'ର ଗାଲରେ ଦୁଇଟି ଭଉଁରୀ ଫୁଟି ଉଠେ। ଧୀରୁ ସେଦିନ ହିଁ ପ୍ରଥମେ ଭାବିଥିଲା ଯେ ସେ ଯଦି ହୀରା ପରି ଗୋଟିଏ ବେଶ୍ୟାକୁ ବାହା ହେବ; ତେବେ ସବୁଦିନ ଏମିତି ପଇସା ପାଇବ। ତାକୁ ବସ୍ତିର ଅସନା ଲୋକଙ୍କ ସହିତ ଧାଡ଼ିବାନ୍ଧି କାରଖାନାକୁ କାମ କରି ଯିବାକୁ ପଡ଼ିବ ନାହିଁ। ସେ ଅଲଗା ଗୋଟିଏ ଘର ତିଆରି କରିବ ଓ ଘର ସାମ୍ନାରେ ବଗିଚା କରି ମଲ୍ଲୀ ଓ ଗୋଲାପ ଗଛ ଲଗାଇବ। ତା'ର ସ୍ତ୍ରୀ ପାଇଁ ମଲ୍ଲୀ ଫୁଲର ଗଜରା ତିଆରି କରିବ। ସତରେ ବେଶ୍ୟାମାନେ କେତେ ଭଲ।

ସେଦିନ ରାତିସାରା ଧୀରୁ ଶୋଇପାରି ନଥିଲା। ଛପରର କଣା ଦେଇ ଘର ଭିତରେ ପଡୁଥିବା ମେଞ୍ଚାଏ ଜହ୍ନ ଆଲୁଅକୁ ପାପୁଲି ଉପରେ ପକାଇ ନିଜର ଭାଗ୍ୟରେଖା ପଢ଼ିବାକୁ ବୃଥା ଉଦ୍ୟମ କରିଥିଲା। ତା'ପରେ ଦୁଇଦିନ ପାଇଁ ଧୀରୁ ହୀରାକୁ ଦେଖିନାହିଁ। ତା' ଘର ଉପରେ ନଜର ରଖିଛି। କିନ୍ତୁ ହୀରା ଆସି ନାହିଁ। ଦିନେ ଅପରାହ୍ନରେ ଏମିତି ସବୁଆଡ଼େ ନିର୍ଜନ ହୋଇଯିବା ପରେ ଧୀରୁ ହୀରାର ଘରକୁ ଗଲା। ବୋଧହୁଏ କାଲି ରାତିରେ ସେ ଫେରି ଆସିଛି; କାରଣ ରାତି ସାରା ହୀରାର ରୁଗ୍‌ଣ ସ୍ୱାମୀ ଚୁପ୍‌ଚାପ୍ ଥିଲା। ଧୀରୁ ଘର ପଛପଟେ ପାଣି ଓଜଡ଼ା ହେବାର ଶବ୍ଦ ଶୁଣି ସ୍ଥିର ହୋଇଗଲା। ସେ ପାଖକୁ ଯାଇ ଦେଖିଲାବେଳକୁ କେରପାଲ ଉହାଡ଼ରେ ହୀରା ନଗ୍ନ ଦେହରେ ଗାଧୋଉଛି। ଧୀରୁ ହୀରାର ଗୋରା ତକ୍‌ତକ୍ ଦେହ ଉପରୁ ଆଖି ଫେରାଇ ଆଣି ପାରିଲା ନାହିଁ। ସେ ସେମିତି ମୁଗ୍ଧ ହୋଇ ଛିଡ଼ା ହୋଇ ରହିଲା। ଯେମିତି ତା' ଆଖି

ସାମ୍ନାରେ କୌଣସି ଅବୈଧ ଘଟଣା ଘଟୁଛି କିମ୍ବା ସେ ସ୍ୱପ୍ନ ଦେଖୁଛି। ସେ ସ୍ୱପ୍ନରେ ଦେଖୁଥିବା ସୁନ୍ଦରୀ ଝିଅମାନଙ୍କ ଚେହେରା ସହିତ ହୀରାକୁ ତୁଳନା କଲା। ସେ ପୃଥିବୀରେ ଦେଖିଥିବା ଅନେକ ସୁନ୍ଦର ଜିନିଷମାନଙ୍କ ଭିତରୁ ହୀରା ଅନ୍ୟତମ ବୋଲି ସ୍ୱୀକାର କଲା। ହୀରା ତାକୁ ଆଢୁଆଳରେ ଦେଖି ପାରି ସାମାନ୍ୟ ହସିଲା। ଧୀରୁ ଲାଜରେ ଫେରି ଆସୁଥିଲା। ଅଥଚ ହୀରା ହସି ହସି କହିଲା, 'ମାଇଚିଆ'। ସେଦିନ କିନ୍ତୁ ଧୀରୁ କାନ୍ଦି ପାରିଲା ନାହିଁ। ସେ ବି ହୀରା ସହିତ ହସି ପକାଇଲା। ଓଦା ଶାଢ଼ି ପିନ୍ଧି ହୀରା ବାହାରି ଆସିଲା। ସେତେବେଳେ ସେ ଖୁବ୍ ସୁନ୍ଦରୀ ଦିଶୁଥାଏ। ଧୀରୁ ନିର୍ବୋଧ ପରି ତା' ମୁହଁ ଉପରେ ଜମିଥିବା ଟୋପା ଟୋପା ପାଣିକୁ ଚାହିଁଥାଏ। ହୀରା ଘର ଭିତରକୁ ଯାଇ ଗୋଟିଏ ଚାରିଣି ଆଣି ଧୀରୁର ପାପୁଲିରେ ଥୋଇଦେଇ କହିଲା, 'ଗୁଡ଼ି କିଣିବୁ'। ତା'ପରେ ହୀରା ତା'ର ବାଁ ହାତରେ ଧୀରୁକୁ ଠେଲି ଦେଇଥିଲା। ଧୀରୁ ଟିକିଏ ବି ଦୁଃଖ କରି ନଥିଲା। ତା'ପରେ ଅନେକ ଥର ସେ ହୀରାର ନଗ୍ନ ଦେହକୁ ସ୍ୱପ୍ନରେ ଦେଖିଛି। ହୀରା ସହିତ ଏ ବସ୍ତି ଛାଡ଼ି ପଳେଇଯିବାକୁ ବାରମ୍ବାର ସ୍ଥିର କରିଛି; କିନ୍ତୁ ତାକୁ ସାମ୍ନାସାମ୍ନି ଦେଖିବା ପରେ କିଛି କହିପାରି ନାହିଁ।

ଆଉ ଦିନେ ଧୀରୁ ସନ୍ଧ୍ୟାବେଳେ ଶୋଇ ପଡ଼ିଥାଏ। ତା' ବାପା ବୋଉ କେହି କାମରୁ ଫେରି ନଥାନ୍ତି। ହଠାତ୍ ସେ କାହାରି ସ୍ପର୍ଶରେ ଚମକି ପଡ଼ିଲା। ହୀରା ! ହୀରା ତା'ର ଖଟ ଉପରେ ବସି ତା'ର ନୁଖୁରା ବାଳ ଉପରେ ଆଙ୍ଗୁଳି ଚଳାଉଛି। ଧୀରୁ ଶୋଇ ପଡ଼ିଥିବାର ଛଳନା କଲା। ଏମିତି ସୁଖ ସେ ବୋଧହୁଏ ଜୀବନରେ ପ୍ରଥମ ଥର ପାଇଁ ଅନୁଭବ କରୁଛି। ଧୀରୁ ତା'ର ବୋଉକୁ ମନେ ପକାଇଲା। ଅସ୍ଥି କଙ୍କାଳସାର ଗୋଟିଏ ହାଡୁଆ ମୁହଁ। ଦୁଇଟି ଶିରାଳ ହାତ ଓ ଅପରିଷ୍କାର ପାପୁଲି। ଧୀରୁର ନାକ ଘୃଣାରେ କୁଞ୍ଚିତ ହୋଇ ଉଠିଲା। ତା' ବୋଉ ଯଦି ହୀରା ଭଳି ସୁନ୍ଦରୀ ହୋଇଥାଆନ୍ତା ! ଧୀରୁ ମନେ ମନେ ସ୍ଥିର କଲା ଏଇ ମୁହୂର୍ତ୍ତରେ ସେ ହୀରାକୁ ବାହା ହେବା ପାଇଁ କହିବ। ସେ ମନା କଲେ ତା'ର ପାଦ ଧରି ଅନୁନୟ କରିବ। ଧୀରୁ ନିଜର ମୁହଁ ଉପରେ ହୀରାର ତତଲା ନିଃଶ୍ୱାସକୁ ଉପଭୋଗ କରୁଥାଏ। ହୀରାର ଦେହରୁ ଏ ଚମତ୍କାର ବାସ୍ନା ବାହାରୁ ଥାଏ। ହଠାତ୍ ଘରକୁ ତା'ର ବୋଉ ପଶିଆସିଲା। ଧୀରୁ କିଛି ନ ଜାଣିଲା ପରି ଖଟରୁ ଧଡ଼ପଡ଼ ହୋଇ ଉଠି ପଡ଼ିଲା। କିନ୍ତୁ ତା' ବୋଉ ରଣଚଣ୍ଡୀ ପରି ପାଟି କରି ଉଠିଲା, 'କିଲୋ ଡାହାଣୀ ମୋ ପୁଅ ଉପରେ ଆଖି'। ଧୀରୁ ଭାବିଲା ତା' ବୋଉ ହୀରାକୁ ଗାଳି ଦେଉଛି, ସେ ଅସ୍ଥି ଚର୍ମସାର ପେଟିନୀଟାକୁ ଟାଙ୍ଗିଆରେ ଦି'ଗଡ଼ କରିଦେବାକୁ ତା'ର ଇଛା ହେଉଥିଲା। ସେ ମନେ ପକାଇଲା ଅଗଣାରେ ଗୋଟିଏ ବିରାଟ ପଥର ଅଛି ଓ ତା' ବାପାର ଟାଙ୍ଗିଆ ଅନ୍ୟ କୋଠରିରେ

ଅଛି । ସେତେବେଳେ ହୀରା ବଡ଼ପାଟିରେ କାନ୍ଦି ଉଠିଲା । ତା' ବୋଉ ତଥାପି ଅବୋଧ୍ୟ ଭାଷାରେ କ'ଣ ଗୁଡ଼ାଏ ପାଟି କରୁଥାଏ । ଧୀରୁର ଆଖିକୁ ବି ଲୁହ ଆସିଗଲା । ପ୍ରତିଥର ପରି ସେ ରାଗରେ କାନ୍ଦି ପକାଇଲା । ତା'ର ମଦୁଆ ସ୍ୱାମୀ ଯେତେ ଗାଳି ଦେଲେ ବି ହୀରା କେବେ କାନ୍ଦିବା ଧୀରୁ ଆଗରୁ ଜାଣି ନଥିଲା । କିନ୍ତୁ ଆଜି ହୀରା ସେମିତି କାନ୍ଦି କାନ୍ଦି ଘରୁ ବାହାରିଗଲା । ଧୀରୁ ଅଗଣାରେ କେବଳ ତା' ବାପାର ମଦୁଆ ପାଟି ଶୁଣିଲା, 'କିଲୋ, କାଲି କେତେ ଟଙ୍କା ପାଇଲୁ ?' ତା'ପରେ ଏକ ଶ୍ରୁତିକଟୁ ଅଟ୍ଟହାସ୍ୟ ।

ଧୀରୁ ଭାବିଲା ତା' ବାପା ବୋଉ ଯଦି ରେଳଚକ ତଳେ ଛତୁ ହୋଇ ଯାଆନ୍ତେ, ସେ ହୀରା ସହିତ ପଳାଇ ଯାଆନ୍ତା । ସେଦିନଠୁ ହୀରା ଆଉ ତାଙ୍କ ଘରକୁ ଆସି ନାହିଁ । ସେମିତି ମୁଣ୍ଡରେ ଫୁଲ ମାରି, ରଙ୍ଗ ବେରଙ୍ଗ ଶାଢ଼ି ପିନ୍ଧି ରାସ୍ତା ଉପରେ ଚାଲିଯାଇଛି । କେହି ନଥିବାବେଳେ ଧୀରୁକୁ ପାଖକୁ ଡାକି ତା'ର ପାପୁଲିରେ ଗୋଟିଏ ଦଶ ପଇସି ବା ଚାରିଣୀ ଥୋଇ ଦେଇଛି ।

ଆଜି ହୀରା ନାହିଁ । ଅଗତ୍ୟା ଧୀରୁ ଏକ ଅଜବ ଚିନ୍ତାରେ ଆକ୍ରାନ୍ତ ହୋଇପଡ଼ିଲା । ଯେପରି ତା'ର ସଂସାରରେ ହୀରା ବ୍ୟତୀତ ଆଉ କେହି ନାହାନ୍ତି । ଏ ବସ୍ତିର ଲୋକମାନେ, ତା'ର ବାପା, ବୋଉ, ହୀରାର ସ୍ୱାମୀ ସମସ୍ତେ ତା'ର ଶତ୍ରୁ । ସେମାନେ ତାକୁ ବୈରାଗୀ ଭୋଇ ପରି ମାରିଦେବାକୁ ଚକ୍ରାନ୍ତ କରୁଛନ୍ତି ।

ମନ୍ତ୍ରମୁଗ୍ଧ ପରି ଧୀରୁ ରାସ୍ତା ଉପରକୁ ବାହାରି ଆସିଲା । ରାସ୍ତାରେ କଳି କରୁଥିବା କୁକୁରମାନେ ତାକୁ ଦେଖି ଛିନ୍ନଛତ୍ର ହୋଇ ଦଉଡ଼ି ପଳାଇଲେ । ଧୀରୁର ନାକରେ ଗୋଟିଏ ବିଚିକିଟିଆ ଗନ୍ଧ ବାଜୁଥାଏ । ଏ ଗନ୍ଧରେ ଯେପରି ତା'ର ନିଃଶ୍ୱାସ ବନ୍ଦ ହୋଇଯିବ । ସେ ମନେ ମନେ ହୀରାର ସାନ୍ନିଧ୍ୟ କାମନା କରୁଥାଏ । ତା' ଦେହର ବାସ୍ନାରେ ହୁଏତ ଧୀରୁ ଏ ଗନ୍ଧରୁ ତ୍ରାହି ପାଇବ । ଏ ନିଃସଙ୍ଗତା ଦୂରେଇ ଯିବ । ଧୀରୁ ମନେ ମନେ ସ୍ଥିର କଲା, ସେ ଆଜି ବସ୍ତି ଛାଡ଼ି ସହର ସାରା ହୀରାକୁ ଖୋଜିବ ଓ ତାକୁ ନପାଇଲେ ଏଠାକୁ ଆଉ କେବେ ଫେରିବ ନାହିଁ କିମ୍ବା ରେଳଲାଇନ ଉପରେ ଆତ୍ମହତ୍ୟା କରିବ ।

ହଠାତ୍ ଗୋଟିଏ ଟ୍ରକ୍ ଧକେଇ ଧକେଇ ତା' ପାଖରେ ଅଟକି ଗଲା ଏବଂ ଧୀରୁକୁ ଆଶ୍ଚର୍ଯ୍ୟ କରି ହୀରା ଟ୍ରକ୍‌ର ସାମ୍ନା ସିଟ୍‌ରୁ ତଳକୁ ଡେଇଁପଡ଼ିଲା । ସେ ନିର୍ବିକାର ଭାବେ ଧୀରୁ ପାଖକୁ ଆସିଲା । ତା'ର ବେଶଭୂଷା ଅସଜଡ଼ିତ । ଆଖି ଦୁଇଟି ଫୁଲି ଯାଇଥାଏ । ମୁହଁ ଉପରେ ଅନେକ କ୍ଷତ । ବୋଧହୁଏ କିଛି ସମୟ ଆଗରୁ ସେଥିରୁ ରକ୍ତ ଝରୁଥିଲା । ଆଜି ତା'ର ମୁଣ୍ଡରେ ଫୁଲ ନାହିଁ । ଶାଢ଼ି ସ୍ଥାନେ ସ୍ଥାନେ ଚିରି ଯାଇଛି । ହାତରେ ପଟେ ବି ଚୁଡ଼ି ନାହିଁ । ଯେପରି କେହି ତା' ଉପରେ ଅତ୍ୟାଚାର କରିଛି । ସେ

ଧୀରୁର ହାତ ଧରି ତା' ଘରକୁ ଡାକିନେଲା। ଧୀରୁ ନିରୀହ ମେଷଶାବକ ପରି ତାକୁ ଅନୁସରଣ କରୁଥାଏ। ହୁଏତ ଆଜି ବି ହୀରା ତାକୁ ପଇସା ଦେବ, ଦଶ ପଇସା ବା ଚାରେଣୀ। କିନ୍ତୁ ଘର ଭିତରେ ହୀରା ତା' ମୁହଁକୁ ସିଧା ଚାହିଁଲା। ତା'ପରେ ପାଗଳି ପରି ଧୀରୁକୁ ଆଲିଙ୍ଗନ କରି ବଡ଼ ପାଟିରେ କାନ୍ଦି ଉଠିଲା। ଧୀରୁ ତା' ସହିତ କାନ୍ଦି ପାରୁ ନଥିଲେ ବି ଯନ୍ତ୍ରଣାରେ ଅସ୍ଥିର ହୋଇ ପଡୁଥିଲା। ତା'ର ଛାତି ଭିତରେ କିଏ ଜଣେ ହୁଏତ ଅନ୍ୟ ଏକ ଧୀରୁ ଲୁହଲୁହାଣ ହୋଇ ପଡ଼ିଥିଲା।

ଅନ୍ୟ ପାପ

ମୋର ତୃତୀୟ ସମ୍ପର୍କ।

ମିତାର ନିମନ୍ତ୍ରଣ ଏଡ଼ି ହୁଏନି। ଚିଠି ଲେଖିଲାବେଳେ କିଛି ନୈଶ୍ଚିତ୍ୟକୁ ଆଖି ଆଗରେ ଦେଖିଲା ପରି ଗଭୀର ଆତ୍ମ-ବିଶ୍ୱାସରେ ତା'ର ଆଖିମାନେ ହୁଏତ ଉଜ୍ଜ୍ୱଳ ଦିଶୁଥିବେ। ଚିଠିର ଗୋଲ ହସ୍ତାକ୍ଷର, ନିର୍ଭୁଲ ବନାନ, ସିଧା ଧାଡ଼ି ମଧ୍ୟରେ ମିତାର ଆତ୍ମ-ବିଶ୍ୱାସ ସୁସ୍ପଷ୍ଟ। ମୁଁ ଜାଣେ। ଅତଏବ ପ୍ରାୟ ତିନିଶ' ମାଇଲ୍‌ର ଦୂରତ୍ୱକୁ ମୁଁ କମେଇ ଆଣେ ପରସ୍ପରର ହାତ ପାଆନ୍ତାକୁ। ମୋର ମିତା। ଦୈନନ୍ଦିନ ବସ୍‌ଯାତ୍ରା ଜନିତ ଭିଡ଼ର ସ୍ପର୍ଶ କମ୍ପନ ଓ ଶିହରଣ ବ୍ୟତୀତ ତା'ର କୁମାରୀତ୍ୱ ଅକ୍ଷୁଣ୍ଣ। ମିତାର ଯୌବନ ଉପେକ୍ଷିତ। ଅପେକ୍ଷମାଣ।

ମୋର ଦ୍ୱିତୀୟ ସମ୍ପର୍କ।

ଆମର ଉଭୟ ପଟେ ଡେଙ୍ଗା ବୁକ୍ ସେଲ୍‌ଫ। ଯେମିତି ପୁସ୍ତକର ଅରଣ୍ୟରେ ମୁଁ ଓ ମିତା ନିର୍ବାସିତ। ନିରାପଦ।

: ସଂଘମିତ୍ରା ?

ମିତା ଉଚ୍ଚାରଣ କଲା ଓ ନୀରବ ହୋଇଗଲା। କେବଳ ଉଚ୍ଚାରଣର ଭଙ୍ଗୀରେ ଏକ ବାଙ୍ମୟ ପ୍ରଶ୍ନ। ଅତଏବ ମୋତେ ସଂଘମିତ୍ରା ସହିତ ମୋ ସମ୍ପର୍କର ଅବତାରଣା କରିବାକୁ ପଡ଼ିବ।

: ମିତା ମୋତେ ପ୍ରେମ କରେ। ମୋ ପାଇଁ ତା'ର ନିଷ୍ପାପ ମୁହଁ ଏକ ନିଶ୍ଚିତ ଆକର୍ଷଣ।

: ଉ...।

ମାନସିକ ଅସ୍ୱସ୍ତିରେ ମିତା ଚିତ୍କାର କରେ। ମୁଁ ନୀରବ ରହେ।

: ତୁମେ ମୋତେ ଠକି ଦେଇପାର ?

ମିତାର ନିର୍ବୋଧ ପ୍ରଶ୍ନ। ସେ ପଚାରି ଦେଲା ଓ ଭୟରେ ଏପଟ ସେପଟ ଚାହିଁଲା।

ସେଲଫ୍‌ରୁ ମୋଟା ବହିଟିଏ କାଢ଼ି ପୃଷ୍ଠା ଖେଳାଇଲା । ଅନ୍ୟ ବହିମାନଙ୍କର ନାଆଁ ପଢ଼ିବାକୁ ଲାଗିଲା ।

: ମିତା ଜାଣେ ମୋ ସହିତ ତା'ର ବିବାହ ଅସମ୍ଭବ । କେବଳ ଏକ ସମ୍ପର୍କ । ଆକର୍ଷଣ । ତା'ର ବୈଧତା ସମ୍ପର୍କରେ ମୁଁ ଚିନ୍ତିତ ନୁହେଁ । ମିତା ଅସୀମ ବିଶ୍ୱାସରେ ନିଃଶ୍ୱାସ ମାରିଲା । ବହିର ପୃଷ୍ଠାମାନେ ସ୍ୱୀକାର କରି ଫଡ଼ ଫଡ଼ ହେଲେ । ସେ ବହି ନିର୍ଦ୍ଦିଷ୍ଟ ସ୍ଥାନରେ ରଖିଦେଲା ଏବଂ ତା'ର ଲମ୍ବା ବେଣୀକୁ ପଛପଟକୁ ଛାଟି ଦେଲା । ତା'ର କେଶର ଆଘ୍ରାଣ ମୋତେ ଆପ୍ୟାୟିତ କରି ନିରୁଦ୍ଦିଷ୍ଟ ହେଲା । ମୁଁ ମୁଣ୍ଡରେ ସାମାନ୍ୟ ଯନ୍ତ୍ରଣା ଅନୁଭବ କରୁଥିଲି । ଏ ଯନ୍ତ୍ରଣା ନିରର୍ଥକ ନୁହେଁ । ଆତ୍ମପ୍ରବଞ୍ଚନାର ଯନ୍ତ୍ରଣା । ମୁଣ୍ଡ ଯଦି ଟିକ୍ ଟିକ୍ ହୋଇ ଭାଙ୍ଗି ଯାଆନ୍ତା ? ସଂଘମିତ୍ରା ମୋର ଛାତିର ଦରଜ । ଏଇ ଚାରିଟି ଅକ୍ଷରର ନାଆଁକୁ ସ୍ମରଣ କଲେ କୌଣସି ଅଙ୍ଗରେ ମୁଁ କ୍ଷତାକ୍ତ ଅନୁଭବ କରେ । ମିତା ବସ୍ତୁତଃ ମୋର ପ୍ରେମିକା ନୁହେଁ । ତା'ର ନିରାପରାଧ ଆଖିମାନେ କେବେ ମୋ ଆଖିରୁ କିଛି ଖୋଜି ନାହିଁ । ମୋ ଭଉଣୀର ବାନ୍ଧବୀ ସଂଘମିତ୍ରା । ମୋ ସହିତ ସିନେମା ଯିବା, ସନ୍ଧ୍ୟାବେଳେ ପାର୍କରେ ବସିବା, ଘଣ୍ଟା ଘଣ୍ଟା ଧରି ବାର୍ତ୍ତାଳାପ କରିବାଟାକୁ ସମସ୍ତେ ରଙ୍ଗଦେଇ ଅନ୍ୟାର୍ଥ କରନ୍ତି ଏବଂ ମୋର ଦୁର୍ବଳତା ସହଜାତ । ମନେ ପଡ଼େ, ସମସ୍ତଙ୍କ ଦୃଷ୍ଟି ଆକର୍ଷଣ କରୁଥିବା କୌଣସି କାନ୍ଥରେ ମିତା ଓ ମୋର ନାଆଁ ମଝିରେ ଜୋଡା ଚିହ୍ନ ଦେଇଥିଲି ମୁଁ ନିଜେ । ମିତା ବି ସଂଘମିତ୍ରାକୁ ସନ୍ଦେହ କରେ । ଆଉ ତା'ର ସନ୍ଦେହ ଦ୍ୱିଗୁଣିତ । ଏଇତକ ମୋର ତୃପ୍ତି । ନାରୀ ସମ୍ପର୍କରେ ଏହା ମୋର ପ୍ରଥମ ହିପୋକ୍ରିସୀ । ପ୍ରଥମ ପ୍ରବଞ୍ଚନା ।

ମୋର ପ୍ରଥମ ସମ୍ପର୍କ । ଦ୍ୱିତୀୟ ପ୍ରବଞ୍ଚନା ।

ମିତାର ଅନ୍ୟ ପ୍ରଶ୍ନ: ଆଜି ଲାଇବ୍ରେରୀ ବାରଣ୍ଡାରେ ତୁମେ ମୋ ସହିତ ଯାହାକୁ ଚିହ୍ନେଇ ଦେଲ... ? ଝରଣା ?

ମୋର ସ୍ୱାଭାବିକ ଉତ୍ତର: ମୋର ଦୂର ସମ୍ପର୍କୀୟା ଆତ୍ମୀୟା ।

ମିତା ବିଶ୍ୱାସ କରିଗଲା । ମୋ ସହିତ ଝରଣାର ସମ୍ପର୍କ ଯେଉଁମାନଙ୍କୁ ସନ୍ଦେହୀ କରିଛି; ସମସ୍ତଙ୍କୁ ମୁଁ ଏଇ ଉତ୍ତର ଦେଇଛି । ସେମାନେ ସନ୍ତୁଷ୍ଟ । କାରଣ ସବୁ ସ୍ଥଳରେ ମୁଁ ଦେଖିଛି ତାଙ୍କର କୁଟୀଳ ହୋଇଯାଇଥିବା ଭ୍ରୁମାନେ ପୂର୍ବ ସ୍ଥିତାବସ୍ଥାକୁ ଫେରି ଆସିଛନ୍ତି । ବିଶେଷତଃ ତିନୋଟି ନିର୍ବୋଧ ମୁହଁ ମନେ ପଡ଼ିଲେ ସେମାନଙ୍କୁ ମୋର ଦୟା ହୁଏ । ଝରଣାର ବାପା, ବୋଉ ଓ ପ୍ରସ୍ତାବିତ ସ୍ୱାମୀ ବିଜୟ । ଖୋପରେ ନଖ ଓ ପାଟିରେ ଦାନ୍ତକୁ ଲୁଚାଇ ନେଇଥିବା ବାଘକୁ ଏମାନେ ବିଶ୍ୱାସ କରିପାରନ୍ତି । ଦୁଗ୍ଧ ପୋଷ୍ୟ ସାପର ବିଷ ନଥାଏ ବୋଲି ଅପାତତଃ ତାଙ୍କର ଧାରଣା । ଝରଣାର ବାପା

ଭାଗ୍ୟବାଦୀ ଓ ହସ୍ତରେଖା ଗଣାନାରେ ଧୁରନ୍ଧର । ହସ୍ତରେଖାରୁ ମୋର ଚାରିତ୍ରିକ ମହତ୍ୱ ସମ୍ପର୍କରେ ସେ ନିଶ୍ଚିତ । ତା'ର ବୋଉ ମୃତାବସ୍ଥା । ମୋ ସହିତ ତାଙ୍କର ମୃତପୁତ୍ରର ନାସା ଗଠନର ଅଦ୍ଭୁତ ସାମଞ୍ଜସ୍ୟ ଯୋଗୁ ଝରଣା ସହିତ ମୋର କୌଣସି ଅବୈଧ ସମ୍ପର୍କ ଅସମ୍ଭବ ବୋଲି ତାଙ୍କର ଧାରଣା । ଆଉ ଝରଣାର ପ୍ରସ୍ତାବିତ ପତି ବିଜୟ ମୋର ଅନ୍ତରଙ୍ଗ । ଝରଣା ମୋର ଦୂର ସମ୍ପର୍କୀୟ ଆତ୍ମୀୟା ବୋଲି ସେ ବିନା ଦ୍ୱିଧାରେ ବିଶ୍ୱାସ କରେ ଓ ଅନ୍ୟତ୍ର ପ୍ରଚାର କରେ ।

ମୁଁ ଝରଣା ଘରେ ବଡ଼ ପାଟିରେ ତା'ର ନାଆଁ ଧରି ଡାକିପାରେ । ତା'ର ନୂଆ କରି ଘର ଯୋଗ୍ୟ ହୋଇଥିବା ଭଉଣୀର କାନମୋଡ଼ି ପାରେ ଓ ଝରଣା ସହିତ ନିକାଞ୍ଚନରେ ବାର୍ତ୍ତାଳାପ କରିପାରେ । କୋଠରିକୁ କେହି ପଶି ଆସୁଥିବା ଦେଖିଲେ ଚୁମା ଦେବା ପାଇଁ ମୋ ମୁହଁ ପାଖକୁ ନଇଁ ଆସୁଥିବା ଝରଣାର ଓଠ ଉଚ୍ଚାରଣ କରେ: 'ଇସ୍ ତୁମ ଆଖିରେ ଗୋଟିଏ ପୋକ' ବା ସେ କହି ଆସୁଥିବା ଅଶ୍ଳୀଳ ଶବ୍ଦମାନେ ଅଗତ୍ୟା ସାଧୁ ଶବ୍ଦରେ ପରିଣତ ହୁଅନ୍ତି ।

ଝରଣାକୁ ଆଲିଙ୍ଗନ କଲେ ମୁଁ ଅନୁଭବ କରେ ଯେପରି ମୋର ଆଶ୍ଳେଷରେ ଏକ ମୂର୍ତ୍ତିମନ୍ତ ଛଳନାର ରୂପାନ୍ତର ଝରଣା । ମିତାର: ହଠାତ୍ ଅନ୍ୟମନସ୍କ ହୋଇଗଲେ ଯେ' ମଧ୍ୟରେ ମୁଁ ସଚେତନ ହେଲି ।

ନିଜକୁ ନିର୍ଯାତିତ କରି ମୋତେ କେଉଁ ଆନନ୍ଦ ଦେବ ମିତା ? ମୁଁ ଏଥର କ୍ଳାନ୍ତ । ଆଉ ସ୍ପୃହା ନାହିଁ ।

ମିତା ସହିତ ତା' ଘରଯାଏ ସହଯାତ୍ରାବେଳେ ମୁଁ ନିଜକୁ ଏକ ପୋଷାମନା ପଶୁ ପରି ଅନୁଭବ କରୁଥିଲି । ଆଶ୍ଚର୍ଯ୍ୟ ହେଲି, ମିତାର ପ୍ରକୋଷ୍ଠରେ ମୋର ଆବକ୍ଷ ଚିତ୍ର ! ସାମାନ୍ୟ ବାର୍ତ୍ତାଳାପ ଓ କୁଶଳ ସମାଚାର ପରେ ମିତାର ବାପାଙ୍କ କ୍ଲବ ଯିବାକୁ ଓ ବୋଉର ସିନେମା ଯିବାକୁ ମନ ହେଲା । ମୁଁ ଏମାନଙ୍କୁ ଘୃଣା କରେ । ଯେପରି ଝରଣାର ପିତାମାତାଙ୍କୁ ମୋର ଦୟା ହୁଏ ।

: ଏ ଚା' ପିଇବ ?

ମୁଁ ମନା କଲି । ମିତା ପ୍ରତିବାଦ କରେନା । ମୋ ସାମ୍ନାରେ ପ୍ରତିବାଦ ତା'ର ସ୍ୱଭାବ ବିରୁଦ୍ଧ । ମତେ ଅଯଥା ଉଷ୍ଣମ କରିବାପାଇଁ ତା'ର ଉଦ୍ୟମ ସହିତ ମୁଁ ଏକମତ ହେଲିନି । ହୋଇ ପାରିଲିନି । ଅଥଚ ତା'ର ପ୍ରତିବାଦ ନାହିଁ । ମୋର କାହିଁକି ମନ ହେଲା ମିତା ମୋର ସବୁ କଥାରେ ପ୍ରତିବାଦ କରୁ, ବାଧା ଦେଉ । ଅନ୍ତତଃ ପ୍ରତିବାଦ କରି ଶିଖୁ, ବାଧା ଦେଇ ଜାଣୁ । ମୁଁ ନିଜେ କହିଲି: ଚା' ପିଇବି ।

ଏଥର ମୋର ସାନ୍ନିଧ୍ୟ ଛାଡ଼ି ଉଠିଯିବାକୁ ମିତାର ଇଚ୍ଛା ନଥିଲା । ମୁଁ ମୋର

ଇଚ୍ଛାର ପୁନରାବୃତ୍ତି କଲି ଓ ସେ ବାଧ ହୋଇ ଉଠିଲା। ମୁଁ କାନ୍ଥରେ ଟଙ୍ଗା ହୋଇଥିବା କ୍ରୁଶବିଦ୍ଧ ଯୀଶୁଖ୍ରୀଷ୍ଟ ଓ ଅକର୍ମଣ୍ୟ ଜଗନ୍ନାଥଙ୍କୁ ଚାହିଁଲି। ସେମାନେ ନିର୍ଲିପ୍ତ। ମୁଁ କ୍ଷମା ମାଗିବା ପରି ଟି'ପୟରେ ହାମୁଡ଼େଇ ପଡ଼ିଲି। ମିତା ଚା' କପ୍ ଟି'ପୟରେ ରଖିଲା ଓ ପାଖକୁ ଲାଗି ବସିଲା। ମୋର ପ୍ରସାରିତ ପାପୁଲିକୁ ଦେଖି ସେ କହିଲା,

: ଖୁବ୍ ହିଂସ୍ର ଦିଶୁଛ।

: ଅର୍ଥାତ୍ ?

: ନଖ।

ମୁଁ ମୋର ଅଜାଣତରେ ବଢ଼ି ଯାଇଥିବା ନଖମାନଙ୍କୁ ଦେଖିଲି, ଉଠିଗଲି ଆଲମାରି ପାଖକୁ ଓ ନେଲ୍‌କଟର୍‌ଟିଏ ଆଣି ନଖ କାଟିବା ଆରମ୍ଭ କଲି। ମିତା ମୋର ଗତିବିଧି ଲକ୍ଷ୍ୟ କରୁଥିଲା, ଚା' ଥଣ୍ଡା ହେଉଥିଲା ଏବଂ ମୁଁ ହିଂସ୍ରରୁ ଅହିଂସ୍ର ହେଉଥିଲି। ଏଥର ବି ମିତା ପ୍ରତିବାଦ କଲାନି। ଏମିତି ଝିଅମାନଙ୍କୁ ମୋର ଦୟା ହୁଏ। ଯେପରି ଝରଣାକୁ ମୋତେ ଘୃଣା ଲାଗେ।

ମୁଁ ହିଂସ୍ର ହେବାକୁ ଚାହିଁଲିନି। ଉଷୁମ ହେବାକୁ ମନା କଲି। ରେଡ଼ିଓରେ ବୀଣାର ବେହାଗ ଅନୁରଣିତ। ଏ କେଉଁ ରାଗ ହୋଇପାରେ ଦୀପକ୍ ନା ମଲ୍ଲାର ?

ମୁଁ ଯଦି ଶୀତାର୍ତ୍ତ, ମୋର ରକ୍ତରେ ଶୀତର ଶିଥିଳତା। କ୍ଷୟଷ୍ଟୁ ରୁଗ୍‌ଣ ଦେହ ମୋର ଶୀତ-ସଙ୍କୁଳ ! ମୋର ଶୀତ ସନ୍ତପ୍ତ ଚେତନାରେ ନିଆଁ ଜାଳି ଦେବାକୁ ଏ କି ଦୀପକ୍ ? ଅଥବା ବୈଶାଖର ଛିନା ପଡ଼ିଆ ପରି ଚିରୁଲା ବିରୁଲା ଫାଟି ଯାଇଥିବା ରୌଦ୍ର-ଦଗ୍‌ଧ ମିତାକୁ ସନ୍ତାପିତ କରିବାକୁ ଏ ମେଘମଲ୍ଲାର ?

ନିରର୍ଥକ ଜିଜ୍ଞାସାରେ ମୁଁ ଅଥୟ। ଅଗତ୍ୟା ମନେ ହେଲା ମୋର ଭିନ୍ନ ବ୍ୟକ୍ତିତ୍ୱମାନଙ୍କ, ଅନ୍ୟ ମୁହଁମାନଙ୍କୁ ମିତାକୁ ଚିହ୍ନେଇ ଦେବାକୁ। ନିଜକୁ ଖୋଲି ଧରିବାକୁ। ନିଜର ଚେତନାକୁ ଅସଂକୃତ କରିବାକୁ। ନିଜର ବିବର୍ତ୍ତିତ ଚେତନାର ସ୍ୱରୂପ ଦେଖିବାକୁ। ବିବର୍ତ୍ତିତ ଚେତନାର ସ୍ୱର ଶୁଣିବାକୁ।

ମୁଁ ଉଠିଗଲି। ଫ୍ରିଜ୍ ଖୋଲିଲି। ମିତାର ବାପାଙ୍କ ପାନୀୟ ବୋତଲଟିଏ ନିଃଶେଷ କଲି। ଏଥର ବି ସେ ପ୍ରତିବାଦ କଲାନି।

ପ୍ରସାରିତ ବାହୁ-ମିତା ମୋତେ ଏକ କ୍ରୁଶବିଦ୍ଧ ପରି ଦିଶୁଛି। ମୋର ଅନ୍ୟାନ୍ୟ ବ୍ୟକ୍ତିତ୍ୱମାନେ ଯେପରି ମୋତେ କ୍ରୁଶବିଦ୍ଧ କରିବାକୁ ଠେଲି ଠେଲି ନେଉଛନ୍ତି। ମୁଁ ଅକର୍ମଣ୍ୟ। କ୍ରୁଶ ସାମ୍ନାରେ ଆଣ୍ଠୁମାଡ଼ି ମୁଁ ମୋର ପାପମାନଙ୍କର କନଫେସନ୍ କରିବି ଏଥର,

: ପ୍ରଭୁ, ମୁଁ ପାପର ସଂଜ୍ଞା ଜାଣିନି। ମୁଁ ଖାଲି ତୁମର ଦେହରେ ଲୀନ ହୋଇ

ଯିବାକୁ ଚାହେଁ। କ୍ରୁଶ ବିଦ୍ଧ ହେବାକୁ ମୋର ଆପାତତଃ ଆକାଂକ୍ଷା। ମୁଁ କେବଳ ଅନୁଭବ କରୁଛି ମୁଁ ପାପୀ।

ମୋର କ୍ଷୀଣ ମନେ ପଡୁଛି ଯେପରି ମୋତେ କ୍ରୁଶ ସାଦରେ ଆଲିଙ୍ଗନ କରି ନେଉଛି। ମୋର ଭିନ୍ନ ବ୍ୟକ୍ତିତ୍ୱମାନେ ମୋତେ କ୍ରୁଶବିଦ୍ଧ କରୁଛନ୍ତି। ମୋର ଦେହ ନିଷ୍ପନ୍ଦ ହୋଇ କ୍ରୁଶରେ ଝୁଲି ପଡୁଛି।

ବୀଣାର ବେହାଗ ଶୁଭୁଛି ଯେ! ସ୍ୱର କ୍ରମଶଃ କରୁଣରୁ କଠୋର ହେଉଛି। ଆବେଗ ହେଉଛି ଉତ୍ତେଜନା। ହୁଏତ ତାରରେ ଚାଲୁଥିବା ଆଙ୍ଗୁଳିମାନେ ହିଂସ୍ର ସରୀସୃପ। ତାରମାନେ ଛିଣ୍ଡିଗଲେ କି ଆଉ ? ରକ୍ତାକ୍ତ ଆଙ୍ଗୁଳିମାନଙ୍କରେ ତଥାପି କ୍ଳାନ୍ତି ନାହିଁ। ସ୍ୱର ଏଥର ସ୍ୱର ନୁହେଁ। ସାମିଲ ହୋଇଛି ଯନ୍ତ୍ରଣା କାତର କ୍ରନ୍ଦନ। ପାଶବିକ ହୁଁକାର। କ୍ଳାନ୍ତିର ହତାଶା। ମୃତ୍ୟୁର କାରୁଣ୍ୟ।

କ୍ରୁଶବିଦ୍ଧ 'ମୁଁ ମାନେ।'

ଏ ନିର୍ବାଣ ନା ଅନ୍ୟ ପାପ ?

■

ଅନ୍ୟ ଗ୍ରହର ମଣିଷ

ଭିନ୍ନ ସ୍ଥାନ, ଭିନ୍ନ ମଣିଷ।

ଡ୍ରାଇଭର ହର୍ନ ଦେବା ଆଗରୁ ଯେଉଁ ଲୋକଟି ଗେଟ୍ ଖୋଲିଲା, ସୁଦୀପ୍ ତା' ଉପରେ ମନେ ମନେ ବିରକ୍ତ ହୋଇ ସାରିଥିଲା। ମଣିଷ ପକ୍ଷରେ ଏତେଟା ଦୟନୀୟତା ଅଶୋଭନୀୟ ଏବଂ ଅସହ୍ୟ ହୋଇ ସାରିଥିଲା। ଖୋଲି ସାରିଥିଲା ଏକମାତ୍ର ସୁଟ୍ ଥିବା ବଙ୍ଗଳାର ସମସ୍ତ ଦ୍ୱାର ଓ ଝରକା। ସଲିମ ହୋଲଡ୍ ଅଲ୍‌ଟି ଭିତରକୁ ସେଇ ଲୋକଟା ସହିତ ଟେକି ଆଣିବା ବେଳକୁ ସୁଦୀପ୍ ଆଖି ବୁଲାଇ ନେଇଥିଲା ବଙ୍ଗଳାର ଚାରିଆଡ଼େ। ନାତିଉଚ୍ଚ ମୁଣ୍ଡିଆ ଉପରେ ପୁରୁଣା ବଙ୍ଗଳାଟିଏ। ଚୌକିଦାର ବୋଧହୁଏ ସ୍ଥାନୀୟ ଏବଂ ଅବୈତନିକ। ଅଗଣାରେ କେତୋଟି ସୁସ୍ଥ ସବଳ କୁକୁଡ଼ା ଓ ଗୋଟିଏ କଅଁଳ ବାଛୁରୀ। ଡ୍ରାଇଭର ସଲିମ୍ ବଡ଼ ପାଟିରେ ଚୌକିଦାରକୁ ପଚାରୁଥାଏ, 'ପାଣି ଅଛି ?' ସୁଦୀପ ଶୁଣିପାରେ ନାହିଁ ତା'ର ଉତ୍ତର। ସୁଟ୍ ଭିତରେ ଗୋଟିଏ ପରିଷ୍କାର ଶେଯ ଏବଂ ଦୁଇଟି ଚଉକି ମଝିରେ ବେତ ଟି' ପୟ।

କ'ଣ କରୁଥିବ ଏବେ ବୋଉ ? ରୋଷେଇ ଘରେ ଚୁଲି ଲାଗି ସାରିଥିବ। ହୁଏତ ବୋଉ ରାତିର ରନ୍ଧାରନ୍ଧି ବିଷୟରେ ଚାକର ଟୋକାକୁ ଉପଦେଶ ଦେଉଥିବ।

ସୁଦୀପ୍ ଚାହୁଁଥିଲା କିଛି ସମୟ ପାଇଁ ସଲିମ୍ ଓ ଚୌକିଦାର ତା' ଦୃଷ୍ଟିର ଅନ୍ତରାଳକୁ ଚାଲିଯାନ୍ତୁ। ସେମାନେ ପରସ୍ପର ଭିତରେ ବନ୍ଧୁତା ଓ ବାର୍ତ୍ତାଳାପ ଜମାନ୍ତୁ। ସଲିମ୍ ପଚାରୁ ଚୌକିଦାରର କେତୋଟି କୁକୁଡ଼ା ଓ କେତୋଟି ଛୁଆପିଲା କିମ୍ବା ତା'ର ଆୟର ପରିମାଣ, ଏବଂ ଲାଜେଇଲା ଭଳି ଚୌକିଦାର ଅନୁସନ୍ଧାନ କରୁ, ବାବୁ କେଉଁଠୁ ଆସିଛନ୍ତି କିମ୍ବା ସଲିମ୍ କେତେବର୍ଷ ହେଲା ଚାକିରି କଲାଣି। ନୂତନ ସମ୍ପର୍କଟିଏ ସୃଷ୍ଟି ହେଉ। ଅଥଚ ସୁଦୀପ୍ ପାଇଁ ଥରେ ପୃଥିବୀର ସମସ୍ତ ମଣିଷ ଘୃଣ୍ୟ ହୋଇ ଯାଆନ୍ତି। ଅନ୍ୟ କେହି ତା' ସହିତ କିଛି ନିଅଣ୍ଟିଆ ସ୍ଥାନରେ ବାୟୁମଣ୍ଡଳରେ ନିଃଶ୍ୱାସ ପ୍ରଶ୍ୱାସ ନେଉ, ସୁଦୀପ୍ କାହିଁକି ସହ୍ୟକରି ପାରେନାହିଁ। ଚୌକିଦାର ଏବଂ ସଲିମ୍

ଯାଆନ୍ତୁ ଏବେ। ଘେରାଏ ବୁଲିଆସନ୍ତୁ। ସୁଦୀପ ଯାହା ଚାହେଁ, ଅନେକ ସମୟରେ କହି ପକାଏ। ସେ ସଲିମ୍ ପ୍ରତି ବିରକ୍ତି, କ୍ରୋଧ ବା ଘୃଣା ଭାବ ପ୍ରକାଶ ନକରି ଅଭିଭାବକ ଭଙ୍ଗୀରେ କହିଲା, 'ମୋତେ ଘଣ୍ଟାଏ ପରେ ଡାକିବ। ସନ୍ଧ୍ୟା ସାତଟା।'

ତା' ଜେଜେଙ୍କ ଅମଳର କାନ୍ଥ ଘଣ୍ଟାରେ କ'ଣ ଏବେ ଠିକ୍ ଛ'ଟା ବାଜୁଥିବ ? ସାନ ଭାଇମାନେ ଇସ୍ତ୍ରୀ ପୋଷାକ ପିନ୍ଧି ସିନେମା ଦେଖି ବାହାରିଥିବେ। ପରିଚିତ କୋଠରିର ବନ୍ଧନୀରୁ ବେପରୁଆ ପାଦ କାଢ଼ି ବାହାରି ଯାଉଥିବେ। ଅଥଚ ସୁଦୀପ ଏବେ ଫେରିଯିବାକୁ ଚାହେଁ ତା'ର ପିଲାବେଳର ପଢ଼ା କୋଠରିଟିକୁ, ଏବେ ବି ଯେଉଁଠି ଅଧାଚିରା ବହିର ପୁସ୍ତକଟିଏ ଅଛି। ତା' ଭିତରେ ହୁଏତ ଲୁଚି ରହିଥିବା ତା' ହାତ ଲେଖା ଖଣ୍ଡିଏ ଦୁଇଖଣ୍ଡ ଚିଠି, ଯାହା ସେ ତା'ର କୌଣସି କଳ୍ପିତ ପ୍ରେମିକା ପାଖକୁ ଲେଖିଥିଲା।

ବଙ୍ଗଳା ଚାରିକଡ଼େ ବୁଲି ଯାଇଥିବା ରାସ୍ତାରେ ଏବେ କେତୋଟି ଛୋଟ ଛୁଆ ଖେଳୁଛନ୍ତି। ବୋଧହୁଏ ଚୌକିଦାରର ପିଲାମାନେ। ପିଲାଙ୍କର ଓ ଚୌକିଦାରର ଶାରୀରିକ ବର୍ଣ୍ଣ ସମ୍ପୂର୍ଣ୍ଣ ବିପରୀତ। ହୁଏତ ଚୌକିଦାରର ସ୍ତ୍ରୀ ନିହାତି ସୁନ୍ଦରୀ। ବୟସ ହୁଏତ ଅନ୍ୟୂନ ତିରିଶ। ସୁଦୀପଠୁ ଚାରିବର୍ଷ ବଡ଼।

ବୋଉ ଏବେ ବି ତା'ର ଜନ୍ମଦିନରେ କେତେ କ'ଣ ପୂଜା କରେ। ତା'ର ଜନ୍ମଦିନରେ ସୁଦୀପ୍ ଅନୁଭବ କରେ ଯେପରି ସେ ଗୋଟିଏ ଅବୋଧ୍ୟ ଶିଶୁ ହୋଇଯାଇଛି। ଘରେ ନଥିଲେ କାହା ପାଖରେ ବା ସେ ଅବାଧ୍ୟ ହେବ। କୌଣସି କାରଣ ନଥିଲେ ବି ସେ ତା'ର ସମସ୍ତ ଟୁର୍ ପ୍ରୋଗ୍ରାମ ବାତିଲ କରିଦିଏ। ଏକାନ୍ତ ଜିଦ୍‌ଖୋର ଭଳି କୌଣସି ବନ୍ଧୁ ବା ସହକର୍ମୀଙ୍କୁ ସିନେମା ଦେଖିବା କିମ୍ବା ମଦ ପିଇବା ପାଇଁ ବାଧ୍ୟ କରେ।

ଏଠି ସନ୍ଧ୍ୟା ଚିକ୍ ଚିକ୍ କଳା ପୋଷା ବିଲେଇଟିଏ ଭଳି ସ୍ପର୍ଶକାତର। ନିଜ ଶେଯ ବି ସୁଦୀପ୍‌ର ଆଖିରେ ଦିଶେ ନାହିଁ। ଅନ୍ଧାରରେ ତା' ଆଖି ଦୁଇଟି ବ୍ୟତୀତ ହୁଏତ ସବୁ ହଜି ଯାଇଛି। କାଲି ସକାଳୁ ତାକୁ ଏ ଅଞ୍ଚଳର କେତୋଟି ଆଦିବାସୀ ଗାଁ ବୁଲି ଲୋକଙ୍କୁ ପଚାରି ଏବଂ ସମ୍ଭବତଃ ଆଖିରେ ଦେଖି ବୁଝିବାକୁ ହେବ ଖାଦ୍ୟ ପଦାର୍ଥର ପୁଷ୍ଟିକରତା। ସେଇ ସମ୍ବନ୍ଧୀୟ ବିଶ୍ୱସଂସ୍ଥା ପାଖରେ ତାକୁ ଦାଖଲ କରିବାକୁ ପଡ଼ିବ ଗୋଟିଏ ରିପୋର୍ଟ। ମନଗଢ଼ା କଥାକୁ ଡାଏରୀସ୍ଥ କରିଦେଲେ ବି ପରିଶେଷରେ ତାହା ରିପୋର୍ଟଟିଏ ହୋଇଯାଏ। ଜିପ୍‌ଟିଏ, ଜଣେ ଡ୍ରାଇଭର, ଚାରି ଅଙ୍କର ବେତନ। ମାସରେ ପଚିଶ ଦିନ ଟୁର୍। ମନ୍ଦ ନୁହେଁ। ବୋଉ ପ୍ରଥମେ ମନା କରୁଥିଲା। ବାପା ଚାକିରି ବଜାର ଅନୁଧ୍ୟାନ କରି କହିଲେ ଯାଉ। ସୁଦୀପ୍ ବାପାଙ୍କୁ କୃତଜ୍ଞତା ଜଣାଇ

ପାରିନଥିଲା ବା ବୋଉକୁ ବିରକ୍ତ ହୋଇ ନଥିଲା। ଘର ଏବଂ ଘରୋଇ ସହରରୁ ସାମୟିକ ମୁକ୍ତି ଅପରିହାର୍ଯ୍ୟ।

ନିଜ ସହରରେ ଅନ୍ଧାର ଭିନ୍ନ ଲାଗେ। ସୁଦୀପ୍‌ର ଘର ଥିବା ଗଳିରେ ମାଳେ ବାରଲାଇଟ୍ ଜଳିଉଠେ। ଝର୍କା ଦେଇ ସେ ପାଖେ ଯେଉଁଠି ସାମାନ୍ୟ ଟିକିଏ ଅନ୍ଧାର ସେଠି କିଏ ଜଣେ ପରିସ୍ରା କରୁଛି କିମ୍ବା କୁକୁରଟିଏ କୋଉଠୁ ଉଠେଇ ଆଣିଥିବା ପତ୍ର ଚାଟୁଛି। ଗଳି ରାସ୍ତାରେ କିଛି ଲୋକ କ୍ଳାନ୍ତ ହୋଇ ଘରକୁ ଫେରୁଥାନ୍ତି ଆଉ କେତେଜଣ ବେଶ୍ ଫୁର୍ତ୍ତିରେ ଅନ୍ୟ ଦିଗକୁ ମୁହେଁଇଥାନ୍ତି। ସୁଦୀପ୍‌କୁ ବି ଦିନେ ସେମାନଙ୍କ ସହିତ ସାମିଲ ହେବାକୁ ପଡ଼େ। ଚିହ୍ନା ଲୋକଙ୍କୁ ମୁହଁ ଲୁଚେଇବା ପାଇଁ ଅନ୍ଧାରର ଅନେକଟା ଆବଶ୍ୟକତା ଥାଏ, ଯାହା ସେ ନିଜ ସହରରେ ପାଏ ନାହିଁ।

ସଲିମ୍‌ର ପୁରୁଣା ଘଣ୍ଟା ବୋଧହୁଏ ଠିକ୍ ଚାଲୁ ନଥିଲା। ଶେଯରେ ଗଡ଼ି ଗଡ଼ି ସୁଦୀପ୍ ଦେଖିଲା ଲଣ୍ଠନଟିଏ ପାଖେଇ ଆସୁଛି। ଚୌକିଦାର ଓ ସଲିମ୍। ଉଭୟେ କୋଠରିକୁ ପଶିବା ପରେ ପରେ ଚୌକିଦାରର 'ବାବୁ' ଡାକ ଓ ସାମାନ୍ୟ ଗନ୍ଧରୁ ସୁଦୀପ୍ ଜାଣି ପାରିଲା ସେମାନେ ପିଇଛନ୍ତି। ଟି'ପୟ ଉପରେ ଲଣ୍ଠନଟିଏ ରଖୁଥିବା ଚୌକିଦାରକୁ ସୁଦୀପ୍ ପଚାରିଲା, 'ରନ୍ଧା ରନ୍ଧି ଚାଲିଛି।' ଚୌକିଦାର ମୁଣ୍ଡ ନୁଆଁଇ କହିଲା, 'ସାର'। ତା'ପରେ ମୁଣ୍ଡ ଟେକି ପୁଣି ଟିକିଏ ହସି ଦେଇ ସଲିମ୍ ମୁହଁକୁ ଚାହିଁଲା। ଉଭୟେ ଯେମିତି କିଛି କହିବା ପାଇଁ ପରସ୍ପରଠାରୁ ଅନୁମତି ଚାହୁଁଥିଲେ। ଚୌକିଦାର ଏଥର ସାମାନ୍ୟ ଲାଜେଇଲା ଭଳି ହେଲା। ସୁଦୀପ୍ ପଚାରିଲା, "କ'ଣ ଦରକାର, ପଇସା ?" ଚୌକିଦାର ଏବେ ବୋଧହୁଏ କିଛିଟା ସାହସ ପାଇଲା। ସେ ବାଁ ହାତରେ କାନ ଆଉଁସି କହିଲା, "ବାବୁ, କାଲି ପାଖ ଗାଁ ବଜାର କି ନା, ସେ କହୁଥିଲା ଖଣ୍ଡିଏ ସାବୁନ କିଣିବ।" ସୁଦୀପ୍ କିଛି ବୁଝି ନପାରି ପଚାରିଦେଲା, 'କିଏ ?' ଚୌକିଦାର ପୁଣି ଲାଜେଇ ଗଲା। ସଲିମ୍ ଏଥର ଝର୍କା ଦେଇ ଅନ୍ଧାରକୁ ଦେଖି କହିଲା, 'ତା' ସ୍ତ୍ରୀ ରାନ୍ଧୁଛି।' ସୁଦୀପ୍ ମୁରବୀ ଭଙ୍ଗୀରେ କହିଲା, 'ଆଚ୍ଛା ଯାଅ, ଶୀଘ୍ର କାମ ସାର।' ଏକମାତ୍ର ଲଣ୍ଠନଟି ପୁଣି ଫେରିଗଲା ରୋଷେଇ ଘର ଆଡ଼କୁ। କୋଠରିଟି ସାମାନ୍ୟ ଆଲୋକିତ ଦିଶୁଛି। ସୁଦୀପ୍ ଝର୍କା ଦେଇ ଚାହିଁ ଦେଖିଲା। କେତୋଟି ଗଛ ଆଡୁଆଳରୁ ଜହ୍ନ ଉଠି ଆସୁଛି। ଜହ୍ନରାତି ଓ ନିର୍ଜନତା ସହିତ ଯୋଗସୂତ୍ର ସ୍ଥାପନ କରିବା ଓ କରିପାରିବା ପାଇଁ ଏକ ସ୍ୱତନ୍ତ୍ର ବୟସ ଅଛି। ଏମିତି ମୁହୂର୍ତ୍ତମାନଙ୍କରେ ନିର୍ଜନ କୋଠରି ଭିତରେ ଅନ୍ୟଜଣଙ୍କ ଉପସ୍ଥିତିର ଆବଶ୍ୟକତା ଅନୁଭବ କରିବା ସୁଦୀପ୍ ପକ୍ଷରେ ସ୍ୱାଭାବିକ। ସେ ଦୀର୍ଘଶ୍ୱାସଟିଏ ଛାଡ଼ିଲା ଏବଂ ବେଶ୍ ଶୁଣିପାରିଲା ତା'ର ମୃଦୁ ଶବ୍ଦ। କେମିତି ଏକ ଶୂନ୍ୟତା ଯେପରି ତାକୁ ଅସଂଖ୍ୟ ଅଦୃଶ୍ୟ ସ୍ରୋତରେ

କବଳିତ କରି ନେଉଛି। ଲଣ୍ଠନଟି ପୁଣି ପାଖେଇ ଆସୁଛି। ପ୍ରଥମେ ଚୌକିଦାର ଲଣ୍ଠନକୁ ଟି'ପୟରେ ଥୋଇଲା, ପୁଣି ଫେରିଗଲା ବାରଣ୍ଡାକୁ ଏବଂ ନେଇ ଆସିଲା ରାତ୍ରି ଭୋଜନ। ବୋଧହୁଏ ତା' ସ୍ତ୍ରୀ ବାରଣ୍ଡାରେ ଛିଡ଼ା ହୋଇଛି। ସୁଦୀପ୍ ସ୍ପଷ୍ଟ ଶୁଣି ପାରୁଥିଲା ଚୁଡ଼ିର ରୁଣୁଝୁଣୁ।

ଘରେ ତା' ନିଜ କୋଠରିରୁ ଅନ୍ୟ କୋଠରିମାନଙ୍କଠାରୁ ପୃଥକ କରୁଥିବା ପାତଳ ପରଦାରେ ଅନ୍ୟ ପଟରେ ଚୁଡ଼ିର ଶବ୍ଦ ଶୁଣିଲେ ସୁଦୀପ୍ ସହଜରେ ଅନୁମାନ କରିପାରେ ବାହାରେ କିଏ ଚଳପ୍ରଚଳ ହେଉଛି- ବୋଉ, ଭାଉଜ କିମ୍ବା ଭଉଣୀ। 'ଜଳ ତରଙ୍ଗ' ସୁଦୀପ୍‌ର ସବୁଠୁ ପ୍ରିୟ, ବୋଧହୁଏ ଚୁଡ଼ିର ରୁଣୁଝୁଣୁ ସହିତ ତା'ର ସାମଞ୍ଜସ୍ୟ ଯୋଗୁଁ। ଯାତ୍ରାଜନିତ କ୍ଳାନ୍ତିରେ ସୁଦୀପ୍‌ର ଆଖିପତା ଲାଗି ଆସୁଥାଏ। ଚୌକିଦାର ଅଇଁଠା ବାସନ ଉଠାଇବା ବେଳକୁ ସେ ଶେଯରେ ଗଡ଼ି ସାରିଥାଏ। ଲଣ୍ଠନଟି ସାମାନ୍ୟ କମାଇ ଚୌକିଦାର ତାକୁ ବିରକ୍ତ ନକରି ଦ୍ୱାର ଆଉଜାଇ ନେଲା। କେଜାଣି ରାତି କେତେଟା ହେବ। କୋଠରି ଭିତରେ କାହାର ଉପସ୍ଥିତିରେ ସୁଦୀପ୍ ଚମକି ପଡ଼ିଲା। ସାମ୍ନାରେ ତା'ର ଗୋଟିଏ ନାରୀମୂର୍ତ୍ତି। ପରିଚିତ ଚୁଡ଼ିଶବ୍ଦରୁ ସୁଦୀପ୍ ଅନୁମାନ କଲା, ସେ ଚୌକିଦାରର ସ୍ତ୍ରୀ। ଏତେ ରାତିରେ ତା'ର କୋଠରିରେ ଗୋଟିଏ ନାରୀର ଅନଧିକାର ପ୍ରବେଶରେ ସୁଦୀପ୍ ମନେ ମନେ ବିରକ୍ତ ହେଉଥିଲେ ବି ତାକୁ ଚାଲିଯିବା ପାଇଁ କହି ପାରିଲାନି। ଜୀବନରେ ପ୍ରଥମ ଥର ପାଇଁ ସମ୍ମୁଖୀନ ହେଉଥିବା ଏଇ ଅଜବ ଘଟଣାରେ ସେ ଅନେକଟା ନିର୍ବାକ୍ ହୋଇ ପଡ଼ିଥିଲା। ଅନ୍ୟ ଉପାୟ ନ ଦେଖି ସେ ପୁଣି ଶୋଇ ରହିବାର ଛଳନା କଲା। ଅଥଚ ସ୍ତ୍ରୀ ଲୋକଟି କୋଠରିରୁ ଚାଲିଯିବାର କୌଣସି ଉପକ୍ରମ କରୁନାହିଁ। ସୁଦୀପ୍ ଚିତ୍କାର କଲେ ବି ମାତାଲ ହୋଇ ଶୋଇଥିବା ସଲିମ୍ ବା ଚୌକିଦାର କେହି ଉଠିବେନି। ବରଂ ଚିତ୍କାର କଲେ ସୁଦୀପ୍ ପକ୍ଷରେ ଅନେକଟା ଭୀରୁତା ହେବ। ହୁଏତ ଚୌକିଦାରର ପ୍ରଚ୍ଛନ୍ନ ସମ୍ମତି ଥିବ। ତାକୁ ଆଶ୍ଚର୍ଯ୍ୟ କରି ସ୍ତ୍ରୀ ଲୋକଟି ସୁଦୀପ୍‌ର ଶେଯରେ ବସିପଡ଼ି ଚାପା କଣ୍ଠରେ କହିଲା, 'ବାବୁ, ଗୋଡ଼ ମୋଡ଼ି ଦେବି ?' ଏବଂ ସୁଦୀପ୍‌ର ଉତ୍ତରକୁ ଅପେକ୍ଷା ନ କରି ସେ ହାତ ଦୁଇଟି ବଢ଼ାଇ ଦେଲା ତା'ର ପାଦ ଆଗକୁ। ବହୁତ ଦିନ ହେଲା ସୁଦୀପ୍ କୌଣସି ନାରୀର ସ୍ପର୍ଶ ଅନୁଭବ କରିନଥିଲା। କେବେ କେମିତି ସେ ଅସୁସ୍ଥ ହୋଇପଡ଼ିଲେ ବୋଉ ବା ଭଉଣୀ ମୁଣ୍ଡ ଚିପି ଦିଅନ୍ତି। ସ୍ତ୍ରୀ ଲୋକଟିର କଅଁଳ ପାପୁଲିର ମୃଦୁଚାପ ଉପଭୋଗ୍ୟ ହେଲେ ବି ଅଗତ୍ୟା ସୁଦୀପ୍ ଧଡ଼ପଡ଼ ହୋଇ ଉଠିବସିଲା। ଅଜଣା ଆଶଙ୍କା ଓ ଉତ୍ତେଜନାରେ ତା'ର ଦେହ କମ୍ପି ଉଠୁଥିଲା। ନାଭି ମୁଣ୍ଡରୁ ବକ୍ଷ ଗହ୍ୱରଯାଏ ପ୍ରବାହିତ ଏକ ସିତ୍କାରରେ ତା'ର ନିଃଶ୍ୱାସ ପ୍ରଶ୍ୱାସ ପ୍ରଖର ହୋଇ ଉଠୁଥାଏ।

ଥରିଲା କଣ୍ଠରେ ସେ କହିଲା, "କାଲି ବଜାରରେ କ'ଣ କିଣିବ ପରା।" ସ୍ତ୍ରୀ ଲୋକଟି ସମ୍ମତିରେ ମୁଣ୍ଡ ତଳକୁ କଲା। ସୁଦୀପ୍ ତକିଆ ତଳୁ ପର୍ସଟି ବାହାର କରି ଖଣ୍ଡିଏ ପାଞ୍ଚ ଟଙ୍କିଆ ନୋଟ୍ ତା' ହାତକୁ ବଢ଼ାଇ ଦେଲା। ତଥାପି ସେ ଶେଯରୁ ଉଠିବାର କୌଣସି ଉଦ୍ୟମ କରୁ ନଥିବାରୁ ସୁଦୀପ୍ ଆଦେଶ ଦେବାଭଳି କହିଲା, "ଯାଅ"। ଏଥର ବାଧ୍ୟ ହୋଇ ସେ ଉଠିଲା ଏବଂ ଦ୍ୱାର ଆଡ଼କୁ ଆଗେଇଲା। ସେଇ ଅପସୃୟମାଣ ନାରୀମୂର୍ତ୍ତିକୁ ଚାହିଁ ସୁଦୀପ୍ ମନେ କରୁଥିଲା ତା'ର ଭାଉଜଙ୍କ ନିଖୁଣ ଗଢ଼ଣକୁ। କାହିଁକି କେଜାଣି ସ୍ତ୍ରୀ ଲୋକଟା ପ୍ରତି ତା'ର ସହାନୁଭୂତି ଆସୁଥିଲା। ସୁଦୀପ୍ ଯନ୍ତ୍ରଚାଳିତ ପରି ଉଠିଯାଇ କୋଠରିର ଦ୍ୱାର ଭିତରପଟୁ ବନ୍ଦ କଲା।

ଦରଜାରେ ସଲିମ୍‌ର ବାରମ୍ବାର ନକ୍ ପରେ ସୁଦୀପ୍‌ର ନିଦ ଭାଙ୍ଗିବା ବେଳକୁ ସକାଳ ପ୍ରାୟ ଆଠଟା ହୋଇ ସାରିଥାଏ। ନିତ୍ୟକର୍ମ, ବ୍ରେକ୍‌ଫାଷ୍ଟ ସରିବା ବେଳକୁ ପ୍ରାୟ ନଅଟା। ବଜାର ସଉଦା ପାଇଁ ସଲିମ୍ ବରାଦ ମୁତାବକ ସୁଦୀପ୍ ଚୌକିଦାରକୁ କୋଡ଼ିଏଟି ଟଙ୍କା ବଢ଼ାଇ ଦେଲା। ଆଜି କେତୋଟି ଆଦିବାସୀ ଗାଁ ବୁଲି ଲୋକଙ୍କ ଖାଦ୍ୟର ପୁଷ୍ଟିକରତା ସମ୍ପର୍କରେ ତାକୁ ଅନୁଧ୍ୟାନ କରିବାକୁ ପଡ଼ିବ। ସଲିମ୍ ଜିପ୍ ଷ୍ଟାର୍ଟ କରିବା ବେଳକୁ ଚୌକିଦାର ଏବଂ ତା' ସ୍ତ୍ରୀ ମଧ୍ୟ ବଜାରକୁ ବାହାରି ପଡ଼ିଥାନ୍ତି। ଦୁର୍ଗମ ରାସ୍ତା ଦେଇ ସଲିମ୍ ବେଶ୍ ସନ୍ତର୍ପଣରେ ଡ୍ରାଇଭିଙ୍ଗ କରୁଥାଏ। ପ୍ରାୟ ଘଣ୍ଟାଏ ପରେ ଜିପ୍‌ଟି ଗୋଟିଏ ଗାଁ ମୁଣ୍ଡରେ ପହଞ୍ଚିଲା। ଜିପ୍ ଅଟକିବା କ୍ଷଣି ଦଳେ ଲୋକ ଜମିଗଲେ। ଏମିତି ହୀନସ୍ୱାସ୍ଥ୍ୟ ଲୋକଙ୍କୁ ସୁଦୀପ୍‌ର ମନରେ ଏକ ଅଜବ ଭାବ ସୃଷ୍ଟି ହେଉଥାଏ। ତାକୁ ଲାଗୁଥାଏ ଭାରତବର୍ଷର ଏହି ନିରନ୍ନ ନାଗରିକମାନଙ୍କ ଖାଦ୍ୟର ପୁଷ୍ଟିକରତା ଅନୁଧ୍ୟାନ କରିବା ଏକ କରୁଣ ପ୍ରହସନ। ସୁଦୀପ୍ ଜିପ୍‌ରେ ବସି ବସି ଚାରିଆଡ଼କୁ ଆଖି ବୁଲାଉଥାଏ। ସଲିମ୍ ଜଣେ ଦୁଇଜଣ ବୟସ୍କ ଲୋକଙ୍କୁ ତାଙ୍କ ଆଗମନର ତାତ୍ପର୍ଯ୍ୟ ବୁଝାଉଥାଏ। ଅଗତ୍ୟା ସେଇ ବୟସ୍କ ଲୋକମାନେ ସୁଦୀପ୍‌କୁ ହାତଯୋଡ଼ି ଦଣ୍ଡବତ କଲେ। ସୁଦୀପ୍ ଜିପ୍‌ରୁ ଓହ୍ଲାଇଲା। ପୁରୁଖା କେଇଜଣ ତା' ସାଙ୍ଗରେ ଗାଁ ଭିତରକୁ ଆଗେଇଲେ। ତଥାପି ଜିପ୍ ପାଖରୁ ଭିଡ଼ ଜମି ନଥାଏ।

ମଧ୍ୟବୟସ୍କ ଲୋକଟିଏ ସୁଦୀପ୍‌କୁ ଦେଖାଇ ଦେଲା ଖଜୁରୀ ଗଛଟିକୁ। ଗଛର ବାହୁଙ୍ଗାମାନଙ୍କ ତଳକୁ ଗୋଟିଏ ମାଠିଆ ଝୁଲୁଥାଏ। ସୁଦୀପ୍ ପ୍ରଥମେ ବୁଝିପାରି ନଥିଲା କ'ଣ ହେଉଥିବ ସେଥିରୁ। ଲୋକଟି ପାଖରେ ଛିଡ଼ା ହୋଇଥିବା ପ୍ରାୟ ପନ୍ଦର ବର୍ଷର ପିଲାଟିଏ ତା' ନିଜ ଅଣ୍ଟା ଓ ଗଛ ସହିତ ବାନ୍ଧି ଦେଲା ଗୋଟିଏ ଶକ୍ତ ଦଉଡ଼ି। ତା'ପରେ ପ୍ରାୟ ପାଞ୍ଚମିନିଟ ଭିତରେ ଉଠିଗଲା ଉପରକୁ ଓ ମାଠିଆଟିକୁ ସାମାନ୍ୟ ପରିଶ୍ରମରେ କାଢ଼ି ଆଣିଲା। ତା' ହାତରୁ ମାଠିଆ ଆଣି ସୁଦୀପ୍‌କୁ ପାଖେଇ ଛିଡ଼ାହେଲା

ଲୋକଟା। ସୁଦୀପ୍ ମୁହଁ ପାଖକୁ ନେଇ ମାଠିଆ ଭିତରକୁ ଚାହିଁଲା। ଅସହ୍ୟ ଗନ୍ଧରେ ହଠାତ୍ ସେ ପ୍ରାୟ ଅଣନିଃଶ୍ୱାସୀ ହୋଇ ପଡ଼ିଲା। ଅଥଚ ନିର୍ବିକାର ଭାବେ ଲୋକଟି କହିଲା, "ବାବୁ, ଏଇଟା ତାଡ଼ି।" ସୁଦୀପ୍ ମାଠିଆ ଭିତରକୁ ଚାହିଁ ଦେଖିଲା ଆଉଥରେ। ବୋଧହୁଏ ମାଠିଆଟି ଅନେକ ଦିନ ହେଲା ପରିଷ୍କାର ହୋଇ ନାହିଁ। ସେ ଖବରକାଗଜରେ ପଢ଼ିଥିବା ସମ୍ବାଦମାନଙ୍କୁ ମନେ ପକାଇଲା, ଏମିତି ମଦ ପିଇ କେତେଲୋକ ଚକ୍ଷୁଶକ୍ତି ହରେଇଛନ୍ତି। କେବେ କେମିତି ଅନେକ ମୃତ୍ୟୁମୁଖରେ ପଡ଼ିଛନ୍ତି। ସୁଦୀପ୍ ଗାଁର ଧୂଳି ରାସ୍ତାରେ ଆଗେଇଲା। ପଛକୁ ଲେଉଟି ଦେଖିଲାବେଳକୁ ମାଠିଆରୁ ଗୋଟିଏ ଆଲୁମିନିୟମ୍ ଗ୍ଲାସରେ ଢାଳି ସେଇ ମଧ୍ୟବୟସ୍କ ଲୋକଟି ଏବଂ ଗଛରୁ ଓହ୍ଲାଇଥିବା ପିଲା ତାଡ଼ି ପିଉଛନ୍ତି। ଏଇନେ ତାଙ୍କ ପାଖରେ ଛିଡ଼ା ହୋଇଛି ବୁଢ଼ୀଟିଏ। ମୁଣ୍ଡରେ ତା'ର ଗୋଟିଏ ବଡ଼ ଟୋକେଇ। ଦୁଇଜଣଯାକ ବୁଢ଼ୀ ସାମ୍ନାରେ ଗାମୁଛା ପତାଇ ଦେଲେ ଓ ସେ ଓଜାଡ଼ି ଦେଲା କିଛି ମୁଢ଼ି ଏବଂ ସେଇ ମଧ୍ୟବୟସ୍କ ଲୋକଟି ଭର୍ତ୍ତି ହୋଇଥିବା ଆଲୁମିନିୟମ୍ ଗ୍ଲାସଟି ବଢ଼ାଇ ଦେଲା ବୁଢ଼ୀ ହାତକୁ। ମାଠିଆ ଓହ୍ଲାଇଥିବା ପିଲା ଏବେ ଗୋଟିଏ ଦୁର୍ବୋଧ ଗୀତ ଗାଇବା ଆରମ୍ଭ କଲାଣି। ବୁଢ଼ୀ ଗ୍ଲାସଟି ଶେଷ କଲାବେଳକୁ ଲୋକଟି ପାଟିକରି ଉଠିଲା, 'ଆ... ତାଡ଼ି, ମୁଢ଼ି, ବୁଢ଼ୀ... ଆ...' ହୁଏତ କୌଣସି ଗୀତର ଘୋଷା। ସୁଦୀପ୍ ସେମାନଙ୍କ ଆଡୁ ମୁହଁ ଫେରାଇ ଆଣିଲା। ତଥାପି ସେମାନଙ୍କୁ ବିକୃତ ସ୍ୱର ନିରବଚ୍ଛିନ୍ନ।

ଜିପ୍‌କୁ ଧରି ଦଳେ ଲଙ୍ଗଳା, ପେଟୁ ପିଲା ଛିଡ଼ା ହୋଇଥାନ୍ତି। ସଲିମ୍ ଏକୁଟିଆ ଜିପ୍‌ରେ ବସିଥାଏ ଏବଂ କେତେବେଳେ କେମିତି ପାଖ ଘର ଆଡ଼କୁ ଚାହିଁଥାଏ। ସୁଦୀପ୍ ନିରେଖି ଦେଖିଲା ବେଳକୁ ସେ ଘରର ଅଗଣାରୁ ଦଳେ ଆଦିବାସୀ ତରୁଣୀ ଜିପ୍ ଏବଂ ସଲିମ୍‌କୁ ଉତ୍ସୁକ ଆଖିରେ ଚାହିଁଛନ୍ତି। ସୁଦୀପ୍ ବଡ଼ପାଟିରେ ଡାକିଲା, 'ସଲିମ୍'। ଯନ୍ତ୍ରଚାଳିତ ପରି ସଲିମ୍ ଆସିଲା। ଦଳେ ଛୁଆ ଜିପ୍‌କୁ ଘେରି ଛିଡ଼ା ହୋଇଥାନ୍ତି ଏବଂ ଆଉ ଦଳେ ସଲିମ୍‌କୁ ଅନୁସରଣ କରି ସୁଦୀପ୍ ପାଖକୁ ଚାଲି ଆସିଲେ। ସେଇ ତରୁଣୀମାନେ ଏବେ ସୁଦୀପ୍ ଉପରେ ଦୃଷ୍ଟି ନିବଦ୍ଧ କରିଛନ୍ତି। ସୁଦୀପ୍ ଅନୁଭବ କରୁଥାଏ, ଯେପରି ସେ ଏକ ଅନ୍ୟ ଗ୍ରହର ମଣିଷ।

ସଲିମ୍‌ର ସାମାନ୍ୟ ଧମକରେ ସେହି ହୀନସ୍ୱାସ୍ଥ୍ୟ ଶିଶୁଦଳ ଛିନ୍ନଛତ୍ର ହୋଇ ଗାଆଁ ମଝିରେ 'ଶ୍ରାବଣ ମାସରେ ଭାଙ୍ଗେ ନଡ଼ିଆ' ଅନୁରୂପ ବିଲର ହିଡ଼ ତଳମାନଙ୍କରେ ଆତ୍ମଗୋପନ କଲେ। ସୁଦୀପ୍ ଓ ସଲିମ୍‌କୁ ବାଟ କଢ଼ାଇ ନେଉଥିବା ଏକମାତ୍ର କଙ୍କାଳସାର ମଣିଷର ବୟସ ଅନୁମାନ କରିବା ମୁସ୍କିଲ୍। ତା' ମୁହଁର କୁଞ୍ଚିତ ରେଖାମାନଙ୍କୁ ଚାହିଁ ସୁଦୀପ୍ ଅନୁଭବ କରୁଥିଲା ଯେପରି ସେ ମଣିଷ ନୁହେଁ, ଗୋଟିଏ

ପ୍ରାଗ୍ ଐତିହାସିକ ଜୀବ । ସଂକୀର୍ଣ୍ଣ ହିଡ଼ ଉପରେ କିଛି ଦୂର ଆଗେଇବା ପରେ ସେମାନେ ଖଜୁରୀ ଗଛର ବାହୁଙ୍ଗା ଆଚ୍ଛାଦିତ ଗୋଟିଏ ଘରେ ପହଞ୍ଚିଲେ । ଘର ଭିତରକୁ ପଶିବାବେଳେ ସୁଦୀପ୍ ଭାବୁଥିଲା ଯେପରି ସେ କୌଣସି ଅଜ୍ଞାତ ଗୁମ୍ଫାରେ ପ୍ରବେଶ କରୁଛି । ସଲିମ୍ ସାଙ୍ଗରେ ସାମାନ୍ୟ ବାର୍ତ୍ତାଳାପ ପରେ ଲୋକଟି ଘର କୋଣରେ ସଯତ୍ନ ରକ୍ଷିତ ଗୋଟିଏ ହାଣ୍ଡିରେ ଘୋଡ଼ଣା ଉଠାଇଦେଲା । ହଠାତ୍ ଏକ ବିକୃତ ଗନ୍ଧରେ ସୁଦୀପ୍‌ର ନାସା କୁଞ୍ଚିତ ହୋଇ ପଡ଼ିଲା । ତଥାପି ସୁଦୀପ୍ ହାଣ୍ଡି ଭିତରକୁ ଦେଖିଲା, ପ୍ରାୟ ପଚି ଆସୁଥିବା ପେଜୁଆ ଭାତ । ସୁଦୀପ୍ ଲୋକଟିର ମୁହଁକୁ ପ୍ରଶ୍ନିଳ ଆଖିରେ ଚାହିଁଲା ଏବଂ ବୁଝିପାରିଲା ପରି ସେ କହିଲା, "ବାବୁ ଏହା 'କୁଷ୍ନା' । ରନ୍ଧାଭାତକୁ ଏମିତି ଘୋଡ଼ାଇ ରଖିବା ପରେ ଏଥିରେ ସାତ ପ୍ରକାର ଚେରିମୂଳିର 'ରାନୁ' ମିଶିଯାଏ..." ଲୋକଟି ହୁଏତ ଆଉ କ'ଣ କହିଥାନ୍ତା ଅଥଚ ସୁଦୀପ୍ କ୍ଷୀପ୍ର ପାଦରେ ଘର ବାହାରକୁ ଚାଲି ଆସିଲା । ହଳଦିଆ ଅନ୍ଧାରରେ ସାମାନ୍ୟ ଉଜ୍ଜଳ ଦିଶୁଥିବା ଲୋକଟିର ମୁହଁରେ ଏବେ ଅସହାୟତାର ସ୍ପଷ୍ଟ ଛାପ । ସେ ତା'ର ଶିରାଳ ହାତ ଲମ୍ବାଇ ସୁଦୀପ୍‌କୁ ଦେଖାଇ ଦେଲା ଦିଗ୍‌ବଳୟ ଯାଏ । ବିସ୍ତାରିତ ଚିରୁଲା ଫାଟିଯାଇ ଥିବା ବିଲକୁ । ଲୋକଟିର କୋହମିଶା ଦୀର୍ଘଶ୍ୱାସରୁ ସୁଦୀପ୍ ଅନୁମାନ କଲା ହୁଏତ ସେ କୌଣସି ମୁହୂର୍ତ୍ତରେ କାନ୍ଦି ପକାଇବ ।

ବଙ୍ଗଳାର ଉନ୍ମୁକ୍ତ ଗେଟରେ ଜିପ୍ ପ୍ରବେଶ କଲାବେଳକୁ ସୁଦୀପ୍‌ର ମନ ଗୁଡ଼ାଏ ଅସଂଲଗ୍ନ ଚିନ୍ତାରେ ଭାରାକ୍ରାନ୍ତ ହୋଇପଡ଼ିଥିଲା । ଟି'ପୟଟିରେ ମଧ୍ୟାହ୍ନ ଭୋଜନ ସଜାଇ ରଖିବାବେଳକୁ ଚୌକିଦାରର ସ୍ତ୍ରୀକୁ ସୁଦୀପ୍ କଣେଇ ଚାହିଁଲା । ବିନା ଅନ୍ତର୍ବାସରେ ପରିହିତ ପାତଳ ଶାଢ଼ିର ଆଚରଣ ଦେଇ ତା'ର ଅବୟବ ବେଶ୍ ଆକର୍ଷଣୀୟ ଦିଶୁଥାଏ । ଶସ୍ତା ତେଲର ଆଘ୍ରାଣ, ଅଦ୍ଭୁତ କେଶ ପ୍ରସାଧନ ଓ ନୂଆ କରି ରିବନ୍‌ର ପରିପାଟୀ ଏବଂ ତା'ର ମୁହଁରେ ଲାଗି ରହିଥିବା ହସରେ ସୁଦୀପ୍ ଆମୋଦିତ ହୋଇ ପଡ଼ିଥିଲା । କୌଣସି ଭାବପ୍ରବଣତାକୁ ପ୍ରଶ୍ରୟ ନଦେଇ ଭୋଜନ ଶେଷ କରି ସେ କ୍ଳାନ୍ତ ହୋଇ ଶେଯରେ ଗଡ଼ିଗଲା । ବାହାରୁ ଚୌକିଦାର ସ୍ତ୍ରୀ ଓ ସଲିମ୍‌ର ଚାପାକଣ୍ଠର ବାର୍ତ୍ତାଳାପ ଓ ହସ ତାକୁ ଅସ୍ପଷ୍ଟ ଶୁଭୁଥାଏ ।

ପ୍ରାୟ ପାଞ୍ଚଟା ବେଳକୁ ସୁଦୀପ୍ ଆଖି ମଳି ମଳି ଉଠିଲା । ଖଣ୍ଡିଏ ସିଗ୍ରେଟ୍‌ର ନିଆଁ ଲଗେଇ ବାରଣ୍ଡାରେ ଇଜି ଚେୟାରରେ ବସି ତନ୍ଦ୍ରାଚ୍ଛନ୍ନ ଭାବରେ ବସିଥାଏ । ସେ ସମ୍ପୂର୍ଣ୍ଣ ସଚେତନ ହେବା ବେଳକୁ ଚୌକିଦାର ଗେଟ୍ ଦେଇ ବଙ୍ଗଳା ଆଡ଼କୁ ମୁହାଁଇଥାଏ । ତା'ର ପାଦ ଦୁଇଟି ଠିକ୍ ପଡୁ ନଥାଏ ଏବଂ ତାକୁ ଅନୁସରଣ କରି ଅନୁରୂପ ଅବସ୍ଥାରେ ଟଳି ଟଳି ଅଚିହ୍ନା ଆଦିବାସୀ ଯୁବତୀଟିଏ ଆସୁଥାଏ । ସେମାନେ

ପାଖେଇ ଆସିଲା ପରେ ସୁଦୀପ୍ ଦେଖିଲା ଚୌକିଦାର ହାତରେ ଦୁଇଟି କୁକୁଡ଼ା। ଜୀଅନ୍ତା କୁକୁଡ଼ାଟି ଛଟପଟ ହୋଇ କକ୍‌କକ୍ ଶବ୍ଦ କରୁଥାଏ। ଅଥଚ ଅନ୍ୟଟି ମୃତ। ତା' ପର ଦେଇ ଟୋପା ଟୋପା ରକ୍ତ ବାରଣ୍ଡା ଉପରେ ଖସି ପଡୁଥାଏ। ଚୌକିଦାର କିଛି କହିବା ଆଗରୁ ଆଗନ୍ତୁକା ଯୁବତୀଟି ସୁଦୀପ୍‌ର ସାମ୍ନାସାମ୍ନି ନିର୍ଭୀକ ଭାବରେ ଛିଡ଼ା ହେଲା ଏବଂ ଉନ୍ମାଦିନୀ ପରି ତା' କପାଳର ସିନ୍ଦୂର ଟୋପାକୁ ପାପୁଲିରେ ପୋଛି ଦେଇ ପାଟିକରି ଉଠିଲା, 'ବାବୁ, ମୋତେ ନେବୁ ପରା ନେ...'

ସୁଦୀପ୍‌କୁ ଲାଗୁଥାଏ ଯେପରି କୌଣସି ସ୍ୱପ୍ନ ଦେଖୁଛି କିମ୍ବା ସେ କୌଣସି ଉଦ୍‌ଭଟ ନାଟକର ଗୋଟିଏ ଦୁର୍ବୋଧ୍ୟ ଦୃଶ୍ୟର ଏକମାତ୍ର ଦର୍ଶକ। ସେ ଅଗତ୍ୟା କୋଠରିକୁ ପଶି ଯାଇଥିଲା। ଅଥଚ ସଲିମ୍ ପ୍ରାୟ ଦୌଡ଼ି ଆସିଲା ତା' ପାଖକୁ। ଥରିଲା ସ୍ୱରରେ ସେ ସୁଦୀପ୍‌କୁ ବୁଝାଇ ଦେଲା, 'ବାବୁ, ଆପଣ ବଜାର ପାଇଁ ଚୌକିଦାରକୁ ଦେଇଥିବା ଟଙ୍କାରେ ସେ କେଉଁ କୁକୁଡ଼ାଟି କିଣିଥିଲା, ତାହା କୁକୁଡ଼ା ଲଢ଼େଇରେ ଜିଣିଲା ଏବଂ ପରାଜିତ ଲୋକଟି ବାଜିରେ ତା' ସ୍ତ୍ରୀକୁ ହାରି ଯାଇଛି।' ସୁଦୀପ୍ ସଲିମ୍ ଉଦ୍ଦେଶ୍ୟରେ ମାତ୍ର ଗୋଟିଏ ଶବ୍ଦ ଉଚ୍ଚାରଣ କଲା, 'ଯିବା'।

ସୁଦୀପ୍‌ର ଜିପ୍ ବଙ୍ଗଳାର ଗେଟ୍ ଅତିକ୍ରମ କରୁଥିବା ବେଳକୁ ଚୌକିଦାର, ତା' ସ୍ତ୍ରୀ ଓ ସେଇ ଯୁବତୀଟି ନିର୍ବାକ୍ ହୋଇ ଚାହିଁ ରହିଥାନ୍ତି। ଯୁବତୀର କପାଳରେ ନେସି ହୋଇଥିବା ସିନ୍ଦୂର ଓ ସୂର୍ଯ୍ୟାସ୍ତର ରଙ୍ଗ ମଧ୍ୟରେ ସୁଦୀପ୍ କୌଣସି ପାର୍ଥକ୍ୟ ଦେଖିପାରୁ ନଥାଏ। ଭିନ୍ନ ସ୍ଥାନ, ଭିନ୍ନ ମଣିଷ।

■

ଅମରେଶ ସମ୍ପର୍କରେ ଏକ ଅସମାପ୍ତ ଗଳ୍ପ

ଏମିତି ନୁହେଁ ଯେ ଅମରେଶକୁ ନିର୍ଜନତା ଭଲ ଲାଗେନି, ଯଦିଓ ତାର ସାରା ରାତି କଡ଼ ଲେଉଟାଇଲେ କଟ୍‌କଟ୍ କରୁଥିବା ଗୋଟିଏ ପାଞ୍ଚଫୁଟ ଲମ୍ବର ହୁଲି ଡଙ୍ଗା ପରି ଦଉଡ଼ିଆ ଖଟରେ କଟିଯାଏ। ତାର ଦେହ ଓ ଖଟ ମଧ୍ୟରେ କେବଳ ଖଣ୍ଡିଏ ପାତଳ ବେଡ୍‌ସିଟ, ଏଣୁ ତା ପିଠି ସାରା ଦଉଡ଼ି ଚିହ୍ନର ଛାପା, ତା ମୁଣ୍ଡକୁ ଆଶ୍ରୟ ଦେଇଥିବା କଠିଣ ତକିଆ ଝାଳରେ ତିନ୍ତି ଯାଇଥାଏ ଏବଂ ତକିଆର ବିଚିକିଟିଆ ଗନ୍ଧ ଅମରେଶକୁ ତା ନିଜର ଅସ୍ତିତ୍ୱକୁ ଆଘ୍ରାଣ କରିବାକୁ ଏକ ଚମତ୍କାର ସୁଯୋଗ ଦିଏ। ନତୁବା ସେ ଦର୍ପଣର ଆଶ୍ରୟ ନେଇଥାନ୍ତା ନିଜ ସମ୍ପର୍କରେ ସଚେତନ ହେବାକୁ। ଦର୍ପଣ ଦେଖିବାକୁ ତାକୁ ଥରେ ଥରେ ଭଲ ଲାଗେ। ଅମରେଶ ଧନୁ ପରି ଖଟରେ କୁଣ୍ଡଳୀଟିଏ କରେ ଏବଂ ଠିକ୍ ସେତିକିବେଳେ ହିଁ ସେ ଅନ୍ୟମନସ୍କ ହୋଇପଡ଼େ। ସେ କେବେ ତର୍ଜମା କରିନି ସେନ୍ସ୍ୟୁସେଟିକ୍ ନା ସମ୍ପୂର୍ଣ୍ଣ ଭାବେ ନିଃସଙ୍ଗ। କଲେଜ ଜୀବନରେ ମନସ୍ତତ୍ତ୍ୱ ପଢୁଥିବା ବନ୍ଧୁମାନଙ୍କର ତା ସମ୍ପର୍କରେ ମନ୍ତବ୍ୟକୁ ସେ ଏତେଟା ଗୁରୁତ୍ୱ ଦେଇନି।

ବହୁଦିନ ପରେ ଲାଇବ୍ରେରୀରେ ଓଲଟାଉଥିବା ପ୍ରାଣୀ ବିଜ୍ଞାନ ସମ୍ପର୍କୀୟ ଗୋଟିଏ ବିଦେଶୀ ମାଗାଜିନ୍‌ର କେତୋଟି ପୃଷ୍ଠା ତାର ମନେପଡ଼ିଗଲା। ଜରାୟୁରେ କ୍ରମବର୍ଦ୍ଧିଷ୍ଣୁ ଭ୍ରୂଣର ରଙ୍ଗୀନ ଫଟୋମାନେ ଏବେ ବି ତା ସ୍ମୃତିରେ ସଜୀବ। ଅମରେଶ ମନେ ମନେ ଫଟୋଗ୍ରାଫରକୁ ତାରିଫ କରିବାରେ କାର୍ପଣ୍ୟ କରିନଥିଲା। ଯଦିଓ ପରେ ପରେ ପରାଗ ସଙ୍ଗମ ସମ୍ପର୍କରେ ପ୍ରଗଳ୍‌ଭା ଅଧ୍ୟାପିକାଙ୍କ କ୍ଲାସରେ ଉପସ୍ଥିତ ରହିବା ତା ପାଖରେ ଯଥେଷ୍ଟ ଆତ୍ମସନ୍ତୋଷର ଖୋରାକ୍ ଥିଲା। ସେ ମନେ କରୁଥିଲା ତା' ସାମ୍ନାରେ ଚକ୍ ଚକ୍ କରୁଥିବା ନାରୀଟିଏ କ୍ଷୀଣ କଟି ଗୋଟିଏ କମ୍ପିତ ଭ୍ରୂଣକୁ ସ୍ଥାନ ଦେବା ପରେ ସ୍ଫୀତ ହେଉଛି। ଅଥଚ ସେ ବର୍ଷ ବର୍ଷ ଧରି ମେଟରନିଟୀ ଲିଭ୍‌ରେ ଯାଆନ୍ତିନି। ଅମରେଶକୁ ଭଲ ଲାଗିଥାନ୍ତା ତାକୁ ମା' ରୂପରେ ଦେଖିବାକୁ, କାରଣ ତାହା ହୁଏ ତ

ତାଙ୍କର ଉଚ୍ଚ ଗତିକୁ ମନ୍ଥର କରି ଚାଲିବା ଭଙ୍ଗୀରେ ଆଣି ଦେଇଥାନ୍ତା ଏକ ଚମତ୍କାର ସାବଲୀଳତା ।

ନିୟମିତ ଡାଏରୀ ଲେଖିବାକୁ ଅମରେଶର ଧୈର୍ଯ୍ୟ ନଥାଏ, କାରଣ ତା ଡାଏରୀର ପ୍ରତ୍ୟେକ ପୃଷ୍ଠାରେ ଭର୍ତ୍ତି ହୋଇଥାଏ ଗୁଡ଼ାଏ ଏଣୁତେଣୁ ରେଖା ଓ ଅଭ୍ୟସ୍ତ ହାତରୁ ଆଲୁରୁ ବାଲୁରୁ ଚିତ୍ର । ନତୁବା ସେ ଲେଖିଥାନ୍ତା, "ସମ୍ପୂର୍ଣ୍ଣ ରବିବାର, କ୍ରମବର୍ଦ୍ଧିଷ୍ଣୁ ଭ୍ରୂଣଟିଏ ପରି ଖଟରେ ଛାଟିପିଟି ହୋଇ ବିତିଗଲା ।" ଛୋଟ ଝର୍କାଟି ଯାହା ତା'ର କୋଠରିରେ ବିଞ୍ଛିଦିଏ ସାମାନ୍ୟ ସୂର୍ଯ୍ୟାଲୋକ ବା କେବେ କେମିତି କିଛିଟା ଜ୍ୟୋତ୍ସ୍ନା । ଅମରେଶ ପାଇଁ ତାହା ଯେମିତି ବାହାର ଦୁନିଆ ସହିତ ଏକମାତ୍ର ଯୋଗସୂତ୍ରର ନାଭି । ଅଥଚ ସେ ବହୁ ସମୟରେ ଝର୍କାଟି ଖୋଲା ରଖିବାକୁ ଭୁଲିଯାଏ । ସହର ତଳିର ଗଳି ରାସ୍ତାରେ ଗହଳି ଓ କୋଳାହଳ ଉପରେ ନିର୍ଭରଶୀଳ ୱାର ପ୍ରାୟତଃ ବଢ଼ିଥାଏ, ନଚେତ୍ କଦାଚିତ୍ ଆଉଜା ହୋଇଥାଏ । ଯେହେତୁ ବାହାରେ ଚଳପ୍ରଚଳ ହେଉଥିବା ମଣିଷମାନଙ୍କ ସହିତ ଅମରେଶର କୌଣସି ସମ୍ପର୍କ ନ ଥାଏ ।

ଛାତ୍ର ଜୀବନରେ ଅମରେଶର ଗୁଡ଼ାଏ ସମୟ ଲାଇବ୍ରେରୀରେ କଟି ଯାଉଥିଲା କାରଣ କ୍ଲାସରୁମ୍‌ରେ ଚାରୋଟି କାନ୍ଥ ମଧ୍ୟରେ ବନ୍ଦୀ ହୋଇ ରହିବାକୁ ଏବଂ କୌଣସି ଚନ୍ଦା ମୁଣ୍ଡିଆ ଅଧ୍ୟାପକ ବା ପ୍ରଗଲ୍‌ଭା ଅଧ୍ୟାପିକାର ବଶ୍ୟତା ସ୍ୱୀକାର କରିବାକୁ ତାକୁ ଭଲ ଲାଗୁ ନ ଥିଲା । ସାମ୍ନାରେ ଖୋଲା ହୋଇ ପଡ଼ିଥିବା ମୋଟା ବହିମାନଙ୍କରେ ନିଜ ନିଜ ଝାଲୁଆ ମୁହଁ ପୋତି ବସିଥିବା ଝିଅମାନେ ଅନେକ ସମୟରେ ତା' ଆଡ଼କୁ ଶୂନ୍ୟ ଦୃଷ୍ଟିରେ ଚାହାନ୍ତି । ସେତେବେଳେ (ଅମରେଶ ତା ଛାତିର କେଉଁ କନ୍ଦିରେ) ଏକ ଅଜବ ଶୂନ୍ୟତା ଅନୁଭବ କରେ । ସେମାନଙ୍କର ସେମିତି ଚାହିଁବାରେ ସେ ଅନେକ ସମୟରେ କିଛିଟା ଅର୍ଥ ବି ଖୋଜିଛି । ଅଥଚ ଅମରେଶ ତାର ନିଜସ୍ୱ ନିରୀହ ସୁଖକୁ ଅନ୍ୟ କାହାରି ସହିତ ବାଣ୍ଟି ଦେଇନି । ସେହି ସମୟ ମାନଙ୍କରେ ସେ କେଇଟି ଧାଡ଼ି କବିତା ନିଜ ଡାଏରୀରେ ଟିପି ଦେବାକୁ ଇଚ୍ଛା କରିଛି ଅଥଚ ପାରିନି । ଏକଦା ତାର ସହପାଠୀମାନେ ତା ମଧ୍ୟରେ ଏକ ସୁପ୍ତ କବି ପ୍ରତିଭାର ସନ୍ଧାନ କରିଥିଲେ ଏବଂ ସେ ବିଷୟରେ ଅନେକ ତର୍କ ବିତର୍କ ମଧ୍ୟ ହୋଇଥିଲା । ଯଦିଓ ଅମରେଶ ମନରେ ଅନେକ ସମୟରେ କବି କବି ଭାବ ଆସିଛି, ତଥାପି ସେ କାଗଜ କଲମ ନେଇ ଲେଖି ବସିଲାବେଳେ କେବଳ ଗୁଡ଼ାଏ ଆଜେବାଜେ ଗାର ହିଁ ଟାରି ହୋଇଯାଇଛି, ଯାହା ତାହାକୁ କେତେବେଳେ ଖଣ୍ଡିଏ ଭସା ବାଦଲ ଓ କେତେବେଳେ ଗୋଟିଏ ସ୍ତନ ପରି ଦିଶେ ।

ଅମରେଶ ଓଦା ଦିଆସିଲି ଓ ଅନିଚ୍ଛୁକ କାଠି ସହିତ ସଂଘର୍ଷ କରି ଭବ୍ୟ ଉଦ୍ୟମରେ ଅଧାଟଣା ହୋଇଥିବା ସିଗ୍ରେଟ୍ ଖଣ୍ଡିକରେ ନିଆଁ ଲଗାଇଲା । ଧୀରେ

ଧୀରେ କୋଠରିରେ ଧୂଆଁ ଭର୍ତ୍ତି ହୋଇଗଲା ଏବଂ ସେ ନିଃଶ୍ୱାସ ପ୍ରକ୍ରିୟାରେ ସାମାନ୍ୟ ଯନ୍ତଣା ଅନୁଭବ କଲା । କୋଠରିର ସମସ୍ତ ଆସବାବ ତାକୁ ଅସ୍ପଷ୍ଟ ଦିଶିଲେ । ଅଗତ୍ୟା ଅମରେଶର ଦେହ ଶିହରି ଉଠିଲା ଏବଂ କୋଠରିର ମଳିଚିଆ କାନ୍ଥମାନେ ଜୀବନ୍ତ ଓ ମାଂସଳ ହୋଇ କମ୍ପି ଉଠିଲେ । ଏତେ ବେଳଯାଏ ଆଉଜା ହୋଇଥିବା ଦ୍ୱାର ଝଲକାଏ ହାଲୁକା ପବନରେ ଖୋଲିଗଲା ଏବଂ ଅପଠିତ ଖବରକାଗଜ ପଦାରୁ ଏକ ମର୍ମର ଶୁଣାଗଲା । କ୍ରମେ ସମସ୍ତ କୋଠରୀକୁ ଆଚ୍ଛନ୍ନ କରି ଆସୁଥିଲା କମ୍ପିତ ଉତ୍ତେଜନା ।

ଧୀରେ ଧୀରେ ପରିବର୍ତ୍ତିତ ଭ୍ରୂଣଟି ତାର ଗୋଡ଼ ଦୁଇଟା ଲମ୍ବାଇ ଦେଲା ଏବଂ ଅମରେଶ ଅଜାଣତରେ ଗୋଡ଼ ଦୁଇଟିକୁ ଘୋଷାରି ଘୋଷାରି କୋଠରି ବାହାରେ ଛିଡ଼ା ହେଲା, ଯେପରି ଉତ୍ତୀର୍ଣ୍ଣ ରାତିର ଏଇ ମୁହୂର୍ତ୍ତରେ କୌଣସି ଅବିବାହିତା ପ୍ରୌଢ଼ା ଦ୍ୱାରା ସଦ୍ୟ ପ୍ରସୂତ । କୁକୁରଟିଏ କେଉଁଠି ଖୁବ୍ ଜୋରରେ ଭୁକି ଉଠିଲା । ଅମରେଶ ଅନୁଭବ କଲା ଯେପରି ସେ ତା ନିଜ ଶବ୍ଦର ପ୍ରତିଧ୍ୱନି ହିଁ ଶୁଣୁଛି, ଯଦିଓ ସେତେବେଳେ ତା ଓଠରେ ସାମାନ୍ୟତମ ସ୍ପନ୍ଦନ ନଥିଲା ।

ଅମରେଶ ମା’ ପାଖରୁ ଶୁଣିଥିଲା ଯେ ଜନ୍ମ ପରେ ସେ ଆଦୌ କାନ୍ଦି ନଥିଲା, ଏଣୁ ସମ୍ମିଳିତ ନାରୀ ମହଲ ଓ ଧାଈ ତାକୁ ମୃତ ବୋଲି ଧରି ନେଇଥିଲେ । ସେ ପରେ ଏହାକୁ ଏକ ବଧେଇ ବୋଲି ବ୍ୟାଖ୍ୟା କରିଥିଲା ।

ମଧ୍ୟରାତି କେତେବେଳୁ ଅତିକ୍ରାନ୍ତ । ଅମରେଶ ଦ୍ୱାର ପାଖରେ ଚୁପ୍‌ଚାପ୍ ଛିଡ଼ା ହୋଇଥାଏ । କୋଠରିର ଏକମାତ୍ର ଜଙ୍କଲଗା ଟ୍ରଙ୍କ ଉପରେ ରଖା ହୋଇଥିବା ଟେବୁଲ୍ କ୍ଲକ୍‌ର ନିରବଚ୍ଛିନ୍ନ ଟିକ୍‌ଟିକ୍ ଅଗତ୍ୟା ତା ମନରେ ଭୟ ସଞ୍ଚାର କଲା, ଯେପରି କେହି ଜଣେ ଅଜଣା ଶତ୍ରୁ ତା ସହିତ ଏକ ଟାଇମ୍ ବମ୍ ସଂଯୁକ୍ତ କରି ଦେଇଛି । ସେ ସମ୍ପୂର୍ଣ୍ଣ ଖୋଲି ଯାଇଥିବା ଦ୍ୱାର କୋଠରିର ଅନ୍ଧାରକୁ ଚାହିଁ ମନେ ମନେ ଲଜ୍ଜିତ ହୋଇପଡ଼ିଲା ଏବଂ ଦ୍ରୁତ ଗତିରେ ପାଦ ବଢ଼ାଇଲା ।

ଅଜାଣତରେ ଅମରେଶ ଗୋଟିଏ ଅଧା ତିଆରି ବହୁ ମହଲା କୋଠା ସାମ୍ନାରେ ଛିଡ଼ା ହୋଇଯାଇଥିଲା । ଆଖପାଖରେ କୁକୁର ଛୁଆଟିଏ ବି ନଥିଲେ । ସମଗ୍ର କୋଠାଟି ଗୋଟିଏ ଚର୍ଚ୍ଚିତ ପ୍ରାଚୀନ ସ୍ଥାପତ୍ୟ ପରି ଦିଶୁଥାଏ । ଦିନରେ କାମ ଚାଲିଥିବାବେଳେ ଅମରେଶ ବ୍ୟସ୍ତ ରେଜା କୁଲି ମିସ୍ତ୍ରୀମାନଙ୍କୁ କେବେ କେମିତି ଚାହିଁ ଦେଖୁଛି । ଭିନ୍ନଭିନ୍ନ ଉଚ୍ଚତାରେ କାମ କରୁଥିବା ସଂକ୍ଷିପ୍ତ ପୋଷାକରେ ରେଜାମାନଙ୍କ ଦେହରେ ଚକ୍‌ଚକ୍ କରୁଥିବା ଝାଳବିନ୍ଦୁ ତାକୁ ମନେପକେଇ ଦିଅନ୍ତି ପିଲାବେଳେ ଏକ୍‌ସକରସନ୍‌ରେ ଦେଖିଥିବା ବର୍ଷାଧୌତ କୋଣାର୍କ । ଅଫିସରୁ ଫେରିଲା ବେଳକୁ ଦିନେ ଅମରେଶ ବେଶ୍ ଫୂର୍ତ୍ତିରେ ଥାଏ । ସେଦିନ ଠିକ୍ ପାଞ୍ଚଟାବେଳେ, ସେ ଅଫିସ ଛାଡ଼ିଥିଲା ଏବଂ

ଅନ୍ୟଦିନମାନଙ୍କ ପରି ଉପରିସ୍ଥ କର୍ତ୍ତାଙ୍କ ରେସିଡେନ୍‌ସକୁ ବୋଝେ ଫାଇଲ୍ ବୋହି ଯିବାର କୌଣସି ଆବଶ୍ୟକତା ନଥିଲା। ସେହି ଅର୍ଦ୍ଧନିର୍ମିତ ପ୍ରାସାଦ ପାଖରେ ନୂଆ ଖୋଲିଥିବା ପାନ ଦୋକାନ ସାମ୍ନାରେ ସେ ଅଟକି ଯାଇଥିଲା କିଛି ସମୟ ଏବଂ କ୍ଲାନ୍ତ ମିସ୍ତ୍ରୀ, ରେଜାମାନଙ୍କ ଉପରେ ଦୃଷ୍ଟି ନିବଦ୍ଧ କରି ଅନ୍ୟମନସ୍କ ଭାବେ ଦୋକାନୀକୁ ବରାଦ କରିସାରିଥିଲା ଖଣ୍ଡେ ଜର୍ଦ୍ଦା ପାନ ଓ ଗୋଟିଏ ପ୍ୟାକେଟ୍ ଚାରମିନାର। ପାଖ ଟି'ଷ୍ଟଲ୍‌ର ବେଞ୍ଚରେ ବସି କେତେଜଣ ରେଜା ଟୋକା ଚା' ବାଲା ସହିତ ଟାହିଟାପରା ହେଉଥାନ୍ତି। ପାନବାଲା ଉଦ୍ଦେଶ୍ୟରେ ଅମରେଶ କହିଲା, "ଆଉ କିଛି ଅଛି ?" ପାନବାଲା ପ୍ରଥମେ ସିଗ୍ରେଟ୍ ଓ ପରେ ପାନ ସହିତ ଗୋଟିଏ କାଗଜ ପୁଡ଼ିଆ ତା ହାତକୁ ବଢ଼ାଇ ଦେଲା। ଅମରେଶ ପୁଡ଼ିଆଟି ଫେରାଇ ଦେଇ କହିଲା, "ରେଡ଼ିମେଡ୍"। ଦୋକାନୀ ଏଥର ଖାଲି ବିଦେଶୀ ସିଗ୍ରେଟ୍ ଖୋଳରୁ ଖଣ୍ଡିଏ ସିଗ୍ରେଟ୍ କାଢ଼ି ତାକୁ ଦେଇ କହିଲା, "ଅନ୍ୟ ଜିନିଷ ସେଠି ମିଳେ" ଏବଂ ଇଙ୍ଗିତରେ ଟି ଷ୍ଟଲକୁ ଦେଖାଇ ଦେଲା। ଅମରେଶ ସାମ୍ନା କାଠ ବେଞ୍ଚରେ ବସିପଡ଼ି 'ରେଡ଼ିମେଡ଼' ସିଗ୍ରେଟ୍‌ରେ ଝୁଲୁଥିବା ଦଉଡ଼ି କତାରୁ ନିଆଁ ଲଗାଇଲା। ବାସ୍ନାରେ ଦୁଇଜଣ ରେଜା ତାକୁ ସିଧାସଳଖ ଚାହିଁଲେ। ଅମରେଶ ପକେଟରୁ ନୂଆ ଦଶଟଙ୍କିଆ ନୋଟଖଣ୍ଡିଏ କାଢ଼ି ଦୋକାନୀକୁ ଚଢ଼ାଇ ଦେଲାବେଳକୁ ତା ପାଟିରୁ ଆପେ ଆପେ ଖସି ପଡ଼ିଲା- "ଦୁଇଜଣରୁ କିଏ ଯିବ ? ନିର୍ବିକାର ଭାବେ ଦୋକାନୀ ସାମାନ୍ୟ ସ୍ୱର ବଢ଼ାଇ ଡାକିଲା- 'ଏ ବିନୋଦିନୀ।' ସେମାନଙ୍କ ମଧ୍ୟରୁ ଜଣେ ବଡ଼ ପାଟିରେ ହସି ହସି ଉଠିଗଲା ରାସ୍ତା ଆର କଡ଼ର ପାନ ଦୋକାନକୁ। କେଜାଣି କେତେବେଳୁ ଷ୍ଟ୍ରୀଟ୍ ଲାଇଟ୍ ଜଳି ସାରିଥାଏ। ଅଳ୍ପ କିଛି ସମୟ ପରେ ବିନୋଦିନୀ ଅଧାଉଠା କାନ୍ଥ ଆଢୁଆଳକୁ ଚାଲିଗଲା। ଅମରେଶ ପାତଳ ଅନ୍ଧାରରେ କ୍ରମଶଃ ଲୁଚିଯାଉଥିବା ଝିଅଟିକୁ ନିର୍ବାକ ହୋଇ ଚାହିଁଥାଏ। ପାନ ଦୋକାନୀ ତା ଉଦ୍ଦେଶ୍ୟରେ କହିଲା, 'ଯାଆନ୍ତୁ' ଏବଂ ପାଞ୍ଚଟି ଟଙ୍କା ଅମରେଶକୁ ବଢ଼ାଇ ଦେଲା, 'ବାକି ମୋର କମିଶନ୍।'

ବିନୋଦିନୀ ସିଲିଂ ପଡ଼ି ନଥିବା ଗୋଟିଏ କୋଠରିର ବାଲିଗଦା ଉପରେ ମୁହଁ ପୋତି ଚୁପ୍‌ଚାପ୍ ବସିଥାଏ ଓ କେତେ ଗୋଡ଼ି ଗୋଟାଇ ଏପଟ ସେପଟ ଫୋପାଡୁଥାଏ। ଅମରେଶ ଆଉ ଖଣ୍ଡିଏ ସିଗ୍ରେଟ୍ ଲଗାଇ କାନ୍ଥରେ ଦେହଭରା ଦେଇ ଛିଡ଼ା ହେଲା। ଗୋଟିଏ ଗୋଡ଼ି ତାର ସିଧା ଛାତିରେ ବାଜିଲା, ଯଦିଓ ସେ ତାର ଛାତିରେ ବା ନାଭିତଳେ କୌଣସି ସ୍ପନ୍ଦନ ଅନୁଭବ କରୁନଥାଏ। ବିନୋଦିନୀ ଏଥର ତାର ନାଲି ବ୍ଲାଉଜ୍ ଖଣ୍ଡିକ ଖୋଲି ଦୂରକୁ ଫୋପାଡ଼ି ଦେଲା। ହୁଏତ ଇତି ମଧ୍ୟରେ ତାର ଧୈର୍ଯ୍ୟଚ୍ୟୁତି ହୋଇସାରିଥାଏ। ଫିକା ଅନ୍ଧାରରେ ଅମରେଶ ବେଶ୍ ଅନୁଭବ କରିପାରୁଥାଏ

ବିନୋଦିନୀର ଅର୍ଦ୍ଧନଗ୍ନ ଦେହର ବିଦ୍ରୋହ ଏବଂ ଅଦୂରରେ ପଡ଼ିଥିବା ନାଲି ବ୍ଲାଉଜ୍ ହାଲୁକା ପବନରେ ଧୀରେ ଧୀରେ ତା ଆଡ଼କୁ ଉଡ଼ି ଆସୁଥାଏ। ଅଗତ୍ୟା ଅମରେଶ ତାର ଗଢ଼ା କୋଠରିରେ ଟଙ୍ଗା ହୋଇଥିବା ଗେରୁଆ ଆଲ୍‌ଖାଲା ପରିହିତ ମହାପୁରୁଷଙ୍କ ପରି ହାତ ଦୁଇଟି ଛାଡ଼ି ଉପରେ ଛକି ଧରି ସିଧା ସଳଖ ଛିଡ଼ା ହେଲା। ତା ଉଚ୍ଚ ପାଟିରେ ଅନେକ ବିନୋଦିନୀମାନଙ୍କୁ ଏକା ଥରକେ କହିବାକୁ ମନ ହେଉଥାଏ "ତୁମର ନାଲି ବ୍ଲାଉଜମାନଙ୍କୁ ପତାକା କରି ଶୋଭାଯାତ୍ରାରେ ରାଜରାସ୍ତା ଅତିକ୍ରମ କଲେ ସମଗ୍ର ସହରବାସୀ ହୁଏ ତ ତୁମର ଦେହ ଓ ପେଟର ଇନ୍‌କିଲାବ ଶୁଣି ପାରନ୍ତେ।" ଅଥଚ ଅମରେଶ କିଛି କହିଲାନି। କେବଳ ପାଞ୍ଚଟଙ୍କିଆ ନୋଟ୍ ଖଣ୍ଡିକ ତାର ଉପରକୁ ଫୋପାଡ଼ି ଦେଇ ଚାଲିଆସିଲା। ତଥାପି ସେଦିନ ତାର ଫୂର୍ତ୍ତି ଭାବ ଅକ୍ଷୁଣ୍ଣ ଥାଏ। ସେ କୋଠରିକୁ ଫେରି ଆସିଲା ଓ ଉଭୟ ଝର୍କା ଦ୍ୱାର ଖୋଲି ଦେଇ ଗୋଟିଏ ରସାଳ ନଭେଲ୍ ପଢ଼ିବା ଆରମ୍ଭ କରି ଦେଇଥିଲା।

ଏମିତି ନୁହେଁ ଯେ ଅମରେଶ ଆଗରୁ କୌଣସି ନାରୀ ସମ୍ପର୍କରେ ଆସି ନଥିଲା। ସେତେବେଳେ ବୋଉ ସେ ପଢୁଥିବା ସହରଠାରୁ ଦୂରରେ ଗୋଟିଏ ଛୋଟ ଗାର୍ଲସ ସ୍କୁଲର ହେଡ୍ ମିଷ୍ଟ୍ରେସ୍ ଥାଏ। ଲମ୍ବା ଛୁଟି ପଡ଼ିଲେ ବା କଲେଜରେ ଦୀର୍ଘ ଦିନ ପାଇଁ ଷ୍ଟ୍ରାଇକ୍ ହେଲେ ଅମରେଶ ବୋଉ ପାଖରୁ ଚାଲିଯାଏ। ବୋଉର କ୍ୱାର୍ଟର ହାଇସ୍କୁଲ କ୍ୟାମ୍ପସ୍ ଭିତରେ ଓ ତାକୁ ଲାଗି ଅନ୍ୟାନ୍ୟ ମିଷ୍ଟ୍ରେସ୍‌ମାନଙ୍କ ପାଇଁ ଧାଡ଼ିଏ କ୍ୱାଟର୍ସ। କଲ୍ୟାଣୀ ମାଉସୀ ବୋଉର ସବୁଠୁ ଆତ୍ମୀୟା। ତାଙ୍କର ବୟସ ସଠିକ୍ ଜାଣିବା ମୁସ୍କିଲ୍; ଯଦିଓ ସେ ସ୍କୁଲର ସିନିଅରମୋଷ୍ଟ ମିଷ୍ଟ୍ରେସ୍ ଓ ଅନ୍ୟମାନେ ତାଙ୍କଠୁଁ ବୟସ୍କା ଦିଶନ୍ତି। ତାଙ୍କ କ୍ୱାଟର ପଛପଟକୁ ହଷ୍ଟେଲ ଓ ହଷ୍ଟେଲର ଗୋଟିଏ କଡ଼କୁ ଝିଅମାନଙ୍କ ପାଇଁ ଛାତଦ୍ୱାର ନଥିବା ଧାଡ଼ିଏ ବାଥରୁମ୍। ସାମାନ୍ୟ ସମୟ ପାଇଲେ କଲ୍ୟାଣୀ ମାଉସୀ ତାଙ୍କ ଘରକୁ ଆସି ଅମରେଶ ସହରରେ ଦେଖିଥିବା ନୂଆ ସିନେମା ଇତ୍ୟାଦି ସମ୍ପର୍କରେ ଆଲୋଚନା କରନ୍ତି। ସବୁବେଳେ ସେ ଦାମୀ ଶାଢ଼ି ପିନ୍ଧି ଯାତ୍ରା ଦେଖିବାକୁ ବାହାରିଥିବା ପରି ସଜାଡ଼ି ହୋଇଥାନ୍ତି। ମୁହଁରେ ବହୁତ ସୁଗନ୍ଧିତ କ୍ରିମ୍, ପାଉଡ଼ରର ପ୍ରଲେପ। ବୋଉ ରୋଷେଇ ଘରେ ବ୍ୟସ୍ତ ଥିବାବେଳେ ଅମରେଶ ଶୋଇଥାଏ ନ ହେଲେ ପଢୁଥାଏ କିମ୍ବା କ'ଣ ଗୁଡ଼ାଏ ଭାବୁଥାଏ। କଲ୍ୟାଣୀ ମାଉସୀ ସିଧା ତା କୋଠରିକୁ ପଶିଆସି ଖଟରେ ବସି ପଡ଼ନ୍ତି ଓ ତା ହାତରୁ ନଭେଲଟି ଟାଣି ନିଅନ୍ତି। ପ୍ରଥମେ ନଭେଲର ଥିବା ଅର୍ଦ୍ଧନଗ୍ନ ନାରୀ ଚିତ୍ରକୁ ଲୁଚାଇବାକୁ ଅମରେଶ ଉଦ୍ୟମ କରୁଥିଲା ଅଥଚ ପରେ ତାର ଲାଜ ଛାଡ଼ିଗଲା। କେବେ କେମିତି ସେ ନଭେଲର ବିଷୟବସ୍ତୁ ମଧ୍ୟ ପଚାରି ଦିଅନ୍ତି ଓ ଅମରେଶ ସଙ୍କୋଚ ଲାଗିଲେ ବି ସବୁ କିଛି କହିଯାଏ। ତାକୁ

ସବୁଠୁ ଆଶ୍ଚର୍ଯ୍ୟ ଲାଗେ ବୋଉ ଯେତେବେଳେ ହଠାତ୍ ଘରକୁ ପଶିଆସେ କଲ୍ୟାଣୀ ମାଉସୀ ସଞ୍ଜତ ହୋଇ ବସି ପଡ଼ନ୍ତି କିମ୍ବା ହଠାତ୍ ବିଷୟବସ୍ତୁ ବଦଳାଇ ଦେଇ ଅମରେଶର ପଢ଼ାପଢ଼ି, କଲେଜ ଷ୍ଟ୍ରାଇକ୍ ବା କ୍ୟାରିଅର୍ ସମ୍ପର୍କରେ ଆଲୋଚନା ଆରମ୍ଭ କରି ଦିଅନ୍ତ। ବୋଉ ଚାଲିଯିବା ପରେ ପୁଣି ସେ ଅମରେଶକୁ ଦୁଷ୍ଟ ଆଖିରେ ଚାହାନ୍ତି ଓ ଏକଦା ତାଙ୍କ ଘରର ବାଡ଼ ଡେଇଁବାକୁ ଉଦ୍ୟମ କରୁଥିବା ମଦ୍ୟପ ବା ସ୍କୁଲର ଝିଅମାନଙ୍କ ପାଖକୁ ଆସୁଥିବା ବଜାରୀ ଟୋକାଙ୍କ ଚିଠିମାନଙ୍କ ବିଷୟରେ କହନ୍ତି। ଅମରେଶ ସବୁକିଛି ଚୁପଚାପ୍ ଶୁଣେ, ଅଥଚ ତାଙ୍କ ଅସଲଗ୍ନ ବ୍ୟବହାର ଓ କଥାବାର୍ତ୍ତାରୁ କିଛି ବୁଝି ପାରେନି।

ବିଶେଷତଃ ରବିବାର ଦିନମାନଙ୍କରେ କଲ୍ୟାଣୀ ମାଉସୀ ମଧ୍ୟାହ୍ନ ଭୋଜନ ପାଇଁ ଅମରେଶକୁ ଡାକନ୍ତି। ତାଙ୍କ ଘରେ ରେକର୍ଡ଼ ଶୁଣିବା ଅମରେଶ ପାଇଁ ଏକ ଆକର୍ଷଣ। ଅଥଚ ଆଉଦିନେ ସେ ଅନ୍ୟ ବିଶେଷ ଆକର୍ଷଣୀୟ ଦୃଶ୍ୟ କଲ୍ୟାଣୀ ମାଉସୀଙ୍କ ଘରୁ ଆବିଷ୍କାର କଲା। ତାଙ୍କ ଡ୍ରଇଁ ରୁମ୍‌ର ଝର୍କା ଦେଇ ହଷ୍ଟେଲରେ ସ୍ନାନରତା କିଶୋରୀମାନଙ୍କ ଅସଞ୍ଜତ ଅବସ୍ଥା। ଅଥଚ ସେ ଆଦୌ କଳ୍ପନା କରିନଥିଲା ତାର ଏଇ ଦୁର୍ବଳତା ସମ୍ପର୍କରେ କଲ୍ୟାଣୀ ମାଉସୀ ସଚେତନ। ସେ ରେକର୍ଡ଼ ଶୁଣି ଶୁଣି ବାଥରୁମ୍ ମାନଙ୍କରେ ଦୃଷ୍ଟି ନିବଦ୍ଧ କରିଥିବା ସମୟରେ ଦିନେ କଲ୍ୟାଣୀ ମାଉସୀ ଅଗତ୍ୟା ତାର ପିଠି ଆପୁଡ଼େଇ କେବଳ ଗୋଟିଏ ଅର୍ଥପୂର୍ଣ୍ଣ ଶବ୍ଦ ଉଚ୍ଚାରଣ କରିଥିଲେ, "ଛି!" ଅଥଚ ସେଥିରୁ ତାକୁ ନିବୃତ୍ତ କରିବାକୁ ଆଉ ପଦିଏ ବି କହି ନଥିଲେ। ଅମରେଶ ସାମାନ୍ୟ ଲାଜେଇ ଯାଇଥିଲେ ବି କିଛି ଦେଖି ନ ଦେଖିବା ପରି ଆଉ ଗୋଟିଏ ରେକର୍ଡ଼ ବଦଳାଇ ଦେଇଥିଲା।

ଦିନେ ସ୍କୁଲ ପିଅନ୍ ବୋଉ ହାତକୁ ଦରଖାସ୍ତଟିଏ ବଢ଼ାଇ ଦେଇ କହିଲା "ଦିଦିଙ୍କୁ ଭାରି ଜ୍ୱର।" ଆଖି ବୁଲାଇ ନେଇ ଅମରେଶ ଉଦ୍ଦେଶ୍ୟରେ କହିଲା, "ଯା।" କଲ୍ୟାଣୀ ମାଉସୀ ମୁହଁମାଡ଼ି ଶେଯରେ ଶୋଇଥାନ୍ତି। ତାଙ୍କର ଅସଂଯତ କେଶବାସ ଦେଖି ଅମରେଶ ବେଡ୍ ରୁମ୍‌ର ଦର୍ଜା ଆଉଜାଇ ଡ୍ରଇଂ ରୁମ୍‌କୁ ଫେରି ଆସୁଥିଲା, ଅଥଚ ସେ ପଛପଟୁ ଡାକିଲେ, "ଅମୁ, ଶୁଣ। ମୋର ମୁଣ୍ଡ ଭାରି ଦରଜ। ବସ।" ଏକମାତ୍ର ଶେଯ ବ୍ୟତୀତ ତା ପାଇଁ ବସିବାକୁ ଆଉ କୌଣସି ସ୍ଥାନ ନଥିଲା। ସେ ବାଧ୍ୟ ହୋଇ ବସିଲା ଓ ପଚାରିଦେଲା ବି, "ମାଉସୀ, କିଛି ମେଡ଼ିସିନ୍ ଆଣିବି?" ଅଥଚ କଲ୍ୟାଣୀ ମାଉସୀ ମୁହଁମାଡ଼ି ଶୋଇଥିବା ଅବସ୍ଥାରେ କହିଲେ, "ତକିଆ ତଳେ ଭିକ୍ସ ଥିବ ଦେଖ।" ପ୍ରଥମ ଥର ଅମରେଶ ପାଇଁ ତାଙ୍କ କଣ୍ଠସ୍ୱର ଏକାନ୍ତ କରୁଣ ଥିଲା। କଲ୍ୟାଣୀ ମାଉସୀ କଡ଼ ଲେଉଟାଇ ସାରିଥାନ୍ତି। ସେ ମନ୍ତ୍ରବତ୍ ତକିଆ ତଳୁ ଭିକ୍ସ

କାଢ଼ିଲା ଏବଂ ମେଞ୍ଚାଏ ଭିକ୍ସ ତାଙ୍କ କପାଳରେ ଘଷିଲା । ସବୁବେଳେ ସୁସଜ୍ଜିତ ରହୁଥିବା କଲ୍ୟାଣୀ ମାଉସୀ ଅମରେଶକୁ ଅନେକଟା ଭିନ୍ନ ଦିଶୁଥିଲେ । ଲୋଚାକୋଚା ଶାଢ଼ି ଖଣ୍ଡିକ ବ୍ୟତୀତ ତାଙ୍କ ଦେହରେ ବ୍ଲାଉଜ ଖଣ୍ଡିଏ ବି ନଥିଲା । ତାଙ୍କର ସୁଗଠିତ ଅବୟବ ଅମରେଶ ମନରେ ଏକ ଅଦ୍ଭୁତ ସ୍ପନ୍ଦନ ଆଣି ଦେଉଥିଲା । ହଠାତ୍ କଲ୍ୟାଣୀ ମାଉସୀଙ୍କ ଆଖି ଦୁଇଟି ଛଳଛଳ ହୋଇ ଆସିଲା । ଅମରେଶ ଭାବିଲା, ବୋଧହୁଏ ଭିକ୍ସ ପାଇଁ ତାଙ୍କର ଆଖି ପୋଡୁଥିବ । କିନ୍ତୁ ସେ ପୁଣି ମୁହଁମାଡ଼ି ଶୋଇଗଲେ । ଅମରେଶ ଫେରିଯିବା ପାଇଁ ଚିନ୍ତା କରୁଥିଲା । ଅଥଚ ସେ ପୁଣି ଭିଡ଼ି ମୋଡ଼ି ହୋଇ କହିଲେ, "ଅମୁ, ପିଠି ଭାରି ଦରଜ ।" ଇତିମଧ୍ୟରେ ତାଙ୍କର ନଗ୍ନ ପିଠି ଆଡ଼କୁ ଆପେ ଆପେ ଅମରେଶର ହାତ ଦୁଇଟି ଟାଣି ହୋଇଯାଇଥିଲା । ସେଦିନ ପ୍ରଥମଥର ପାଇଁ ସେ ଅନୁଭବ କରିଥିଲା କଲ୍ୟାଣୀ ମାଉସୀଙ୍କ ଦେହର କୋମଳତା ଓ ଚୁମ୍ବକୀୟ ଆକର୍ଷଣ । ଧୀରେ ଧୀରେ ପାପୁଲି ଦୁଇଟି ତାଙ୍କର ପିଠିରୁ ସୁଗଠିତ ନିତମ୍ବ ଯାଏ ବୁଲି ଆସିଲା । ଅମରେଶ ଅନୁଭବ କରୁଥାଏ ଯେପରି ପାପୁଲି ଦେଇ ସମଗ୍ର ଦେହକୁ ଏକ ବିଚିତ୍ର ଶିହରଣ ତଡ଼ିତ୍ ପ୍ରବାହିତ ହେଉଛି । ଇତିମଧ୍ୟରେ କେତେବେଳ ବିତି ଯାଇଥିଲା କେଜାଣି । ଅଗତ୍ୟା ସ୍ପ୍ରିଙ୍ଗଲଗା କଣ୍ଢେଇଟିଏ ପରି କଲ୍ୟାଣୀ ମାଉସୀ ବସିପଡ଼ି କଇଁ କଇଁ କାନ୍ଦି ଉଠିଲେ । ଭୟ ଓ ଆଶଙ୍କାରେ ଚମକି ପଡ଼ି ଅମରେଶ ଛିଡ଼ା ହୋଇପଡ଼ିଲା । ଏକ ଅଜବ ଉତ୍ତେଜନାରେ ତାର ଦେହ ଥରୁଥାଏ । ସେ ହୁଏ ତ ଦୌଡ଼ି ପଳାଇ ଯାଇଥାନ୍ତା, ଅଥଚ କଲ୍ୟାଣୀ ମାଉସୀ ତାକୁ ଜୋର୍‌ରେ ନିଜ ଆଡ଼କୁ ଟାଣି ନେଇ କାନ୍ଦି କାନ୍ଦି କହିଲେ, "ତୁମେ ମୋ ପୁଅ ପରି ଅମୁ ।" ତା'ପରେ ସେ ଅମରେଶର ମୁହଁସାରା ଅସଂଖ୍ୟ ଚୁମାରେ ଛାଇ ଦେଇଥିଲେ । ସେଦିନ ସେ କଲ୍ୟାଣୀ ମାଉସୀଙ୍କ ଲୁହର ଲୁଣିଆ ସ୍ୱାଦ ନିଜ ଜିଭରେ ଚାଖିଥିଲା, ଯେମିତି ସେ ଗୋଟିଏ ସମ୍ପୂର୍ଣ୍ଣ ସମୁଦ୍ରକୁ ଶୋଷି ଦେଉଛି ।

ତା' ପରଦିନ ଅମରେଶ କଲେଜ ହଷ୍ଟେଲକୁ ଫେରି ଆସିଲା ଏବଂ ବୋଉର ଟ୍ରାନ୍ସଫର ପରେ ପରେ କଲ୍ୟାଣୀ ମାଉସୀକୁ ଅନେକଟା ଭୁଲି ଯାଇଥିଲା ମଧ୍ୟ ।

ଅମରେଶ ଓଠ ଦୁଇଟିରେ ପବନର ଏକ ଅଜବ ସ୍ୱାଦ ଅନୁଭବ କଲା । କେଉଁ ଋତୁ କେଜାଣି । ଇକୋଲୋଜିକାଲ୍ ଇମ୍‌ବାଲାନ୍ସ ଯୋଗୁଁ ଋତୁଚକ୍ର ଅନେକଟା ବଦଳି ଗଲାଣି । ଏଇନେ ସେ କୁଆଡ଼େ ଯିବ ଯେ ? ପାଟି ମେଲା କରି ସେ ପବନର ମିଠାଳିଆ ସ୍ୱାଦ ଚାଖିଲା । କମ୍ ପତ୍ର ଥିବା ନିମ ଗଛର ଛାଇ ରାସ୍ତା ଉପରେ ଅନେକ ଆବ୍‌ଷ୍ଟ୍ରାକ୍ଟ ଆର୍ଟ । ସେଦିନ ଯେମିତି ଜହ୍ନ ଆଲୁଅରେ ଭାସୁଥିବା ଖଣ୍ଡିଏ ହାଲୁକା ମେଘ ପାଲଟି ଯାଇଛି ।

ଏଇନେ କଲ୍ୟାଣୀ ମାଉସୀ ଏକ ସହରରେ। ତାଙ୍କ ସହିତ ଦେଖା ହୋଇଥିଲା ମଧ୍ୟ ଏକ ବିଚିତ୍ର ପରିସ୍ଥିତିରେ। ଅଫିସରୁ ଫେରିଲାପରେ ସେ ଡାହାଣପଟ ଫୁଟ୍‌ଫାଥରେ ଅନ୍ୟମନସ୍କ ହୋଇ ଚାଲୁଥାଏ। ଶାଢ଼ି ଦୋକାନମାନଙ୍କର ସୋ କେସରେ ଚମତ୍କାର ମଡ଼େଲମାନଙ୍କୁ ଦେଖିବାକୁ ଅମରେଶର ସେଦିନ ପ୍ରବଳ ଇଚ୍ଛା ହୋଇଥିଲା। ସେ କେତେବେଳେ କେଉଁଠି ଅଟକି ଯାଉଥାଏ ମିନିଟିଏ ଅଧେ। ଭାଓଲେଟ୍ ଅମରେଶର ପ୍ରିୟ ରଙ୍ଗ। ସେଇ ରଙ୍ଗର ବଡ଼ ପାଟନ ଥିବା ଶାଢ଼ି ପିନ୍ଧା ମଡ଼େଲକୁ ଅମରେଶ ଅନେକଟା ମୁଗ୍ଧ ହେଇ ଚାହିଁଥାଏ। କେତେବେଳୁ ତା ଓଠ ସହ ସିଗ୍ରେଟ୍‌ଟିଏ ବି ମୋଡ଼ି ହୋଇ ଯାଇଥାଏ ଅଜାଣତରେ। ହଠାତ୍ ସେ ପରିଚିତ ସ୍ୱରଟିଏ ଶୁଣି ଚମକି ପଡ଼ିଲା। "ୟୁ ହାଭ୍ ଗୁଡ୍ ଚଏସ୍।" ଅମରେଶ ଚାହିଁବା ବେଳକୁ କଲ୍ୟାଣୀ ମାଉସୀ ଦୋକାନର ପାହାଚ ଉପରେ ଛିଡ଼ା ହୋଇଥାନ୍ତି। ତାଙ୍କର ସେଇ ରହସ୍ୟମୟ ଦୁଷ୍ଟ ହସ। ସେ ସାମାନ୍ୟ ଲାଜେଇ ଯାଇଥିଲା। "ଅମୁ, ମୁଁ ଜାଣିଥିଲି, ତୁମେ ଏ ସହରରେ ଅଛ।" ତଥାପି ଅମରେଶ କିଛି କହିଲାନି। କୌଣସି ନାଟକର କାହାଣୀ ମାଉସୀଙ୍କ ଚରିତ୍ରକୁ ଧରି ରଖିବା ଅସମ୍ଭବ। ଚାରିବର୍ଷର ବ୍ୟବଧାନ ପରେ ବି ସେ ଠିକ୍ ସେମିତି। ସଯତ୍ନ ପ୍ରସାଧନ। ନୂଆ ଡିଜାଇନ ଶାଢ଼ି। ଫେସନେବଲ୍ ବାସ୍କେଟରେ ପେପର ପ୍ୟାକେଟ୍‌ସ।

– "ଅମୁ, ତମ ଅଫିସକୁ ଥରେ ଦି'ଥର ରିଙ୍ଗ ମଧ କରିଥିଲି।" ଏଥର ନିଜର ଅନ୍ୟମନସ୍କତା ପାଇଁ ଅମରେଶ ସାମାନ୍ୟ ଦୋଷୀ ଅନୁଭବ କଲା। "ହଁ ମାଉସୀ। ବୋଉ ବି ମତେ ତମ କଥା କହିଥିଲା। ମୁଁ ଠିକଣା ଜାଣି ନଥିଲି।"

ବାସ୍ତବିକ ସେ ଗୋଟିଏ ମିଛ କହିଲା, ଅଥଚ ଅନୁତାପ କଲା ନାହିଁ। ଏମିତି ଏକ ଅଦ୍ଭୁତ ନାରୀ ଚରିତ୍ର ସହିତ ସମ୍ପର୍କ ପାଇଁ ଅମରେଶର ସାମର୍ଥ୍ୟ ନଥିଲା।

– "ତଥାପି, ନାଓ ୟୁ ଆର୍ ଫ୍ରି। ଚାଲ, ଆମ ଘରଆଡ଼ୁ ବୁଲି ଆସିବା।"

ଅମରେଶର ଦେହ ସେମିତି ଶୀତରେ ଶିରଶିରେଇ ଉଠିଲା। ଶୀତଦିନରେ ଅସାବଧାନତା ଯୋଗୁଁ ଅଦିନିଆ ବର୍ଷାରେ ତିନ୍ତିଗଲେ ଠିକ୍ ସେମିତି ଲାଗେ। ସ୍ୱୀକାରୋକ୍ତିରେ ଯେଉଁ ଶବ୍ଦ କେଇଟା ତା ମୁହଁରୁ ବାହାରିଲା ତା' ଉପରେ ଅମରେଶର କର୍ତ୍ତୃତ୍ୱ ନ ଥିଲା। କିନ୍ତୁ ପରେ ପରେ କଲ୍ୟାଣୀ ମାଉସୀ ସହିତ ପାଦ ମିଳାଇ ଚାଲିବାକୁ ଲାଗିଲା। ତଥାପି ମଡ଼େଲମାନଙ୍କୁ କଣେଇ ଚାହିଁବାର ଲୋଭ ସେ ଛାଡ଼ି ପାରି ନଥିଲା। ଚାଲିରେ ତାଙ୍କର ଏକ ଚମତ୍କାର ଦାମ୍ଭିକତା ଥିଲା ଅଥଚ ଅମରେଶ ଚାରିବର୍ଷ ତଳେ ଯେଉଁ ଅସହାୟ ନାରୀଟିକୁ ଶେଷଥର ଦେଖିଥିଲା, ସେ ଅନେକଟା ଭିନ୍ନ। ସୋ' ରୁମ୍‌ମାନେ ସରିଆସିବା ଯାଏ କଲ୍ୟାଣୀ ମାଉସୀ ଚୁପ୍‌ଚାପ୍ ଥିଲେ।

- "ଅମୁ, ଏଇ ମଡ଼େଲମାନଙ୍କୁ ଦେଖିବା କ'ଣ ତୁମର ଗୋଟିଏ ହବି?" ଅମରେଶ ପ୍ରଥମେ ତା'ର ଉତ୍ତରରେ ପ୍ରତ୍ୟେକ ଶବ୍ଦକୁ ତନଖିଲା। ତା'ପରେ ସଂକ୍ଷେପରେ କହିଲା

- "ନୋ, ନେସେସିଟି, ଏଇ ରାସ୍ତାରେ ମୁଁ ଅଫିସରୁ ଘରକୁ ଫେରେ।"

- "ତଥାପି, ତୁମକୁ ଆଜି ମୁଁ ଗୋଟିଏ ଅଜବ ଦୃଶ୍ୟ ଦେଖେଇବି। ତା ପରେ ହୁଏ ତ ତୁମେ ଏଇ ହବିକୁ ସବୁଦିନ ପାଇଁ ଭୁଲିଯିବ।" କହି ସାରିବା ପରେ କଲ୍ୟାଣୀ ମାଉସୀ ତା ଉପରେ ହସ ବିଞ୍ଚିଥିଲେ। ସେମିତି ସେ ହସର ଏକ ନିର୍ଦ୍ଦିଷ୍ଟ ରଙ୍ଗ ଓ ରୂପ ନଥିଲେ ମଧ୍ୟ ତାହା ଅମରେଶଙ୍କୁ ଏକାନ୍ତ ଭାବେ କବଳିତ କରିଦେଲା। ସେମାନେ ଗୋଟିଏ କଲୋନୀର ସଂକୀର୍ଣ୍ଣ ରାସ୍ତାରେ ଚାଲୁଥାନ୍ତି। କେତେବେଳେ କେମିତି ରିକ୍ସା କି ସ୍କୁଟରଟିଏ ଆସିଲେ ସେମାନେ ନିକଟେଇ ଯାଉଥିଲେ ଓ କେତେବେଳେ କେମିତି ଦେହକୁ ଦେହ ଲାଗି ଯାଉଥିଲା ମଧ୍ୟ। ଅମରେଶ କିଛି ମନେ ରଖିପାରୁ ନ ଥାଏ। କଲ୍ୟାଣୀ ମାଉସୀ ଦୀର୍ଘ ନୀରବତା ପରେ ଗୋଟିଏ ମାତ୍ର ଶବ୍ଦ ଉଚ୍ଚାରଣ କଲେ, "ଏଇଠି।" ସେମାନେ ସେତେବେଳେ ଗୋଟିଏ ଆଲୋକିତ ଶିଡ଼ି ପାଖରେ ଛିଡ଼ା ହୋଇଥିଲେ। ଫ୍ଲାଟ ଘର। ତାଙ୍କଠାରୁ ଗୋଟିଏ ପାହାଚର ବ୍ୟବଧାନ ରଖି ଅମରେଶ ଶିଡ଼ିରେ ଚଢ଼ିଲା। ମନେ ନାହିଁ କେତୋଟି ପାହାଚ ଓ ଦୁଆର ପରେ ସେମାନେ ଗୋଟିଏ ସୁସଜ୍ଜିତ କୋଠରିରେ ପହଞ୍ଚିଲେ। ତାଙ୍କର ବେଡ୍‌ରୁମ୍। କଲ୍ୟାଣୀ ମାଉସୀ ବାସ୍କେଟର ପେପର ପ୍ୟାକେଟମାନଙ୍କୁ ଖଟରେ ଫୋପାଡ଼ି ଦେଇ ଅମରେଶଙ୍କୁ ବସିବାକୁ କହିଲେ। ଡ୍ରେସିଂ ଟେବୁଲର ଟୁଲ୍ ଟାଣି ଅମରେଶ ବସିଲା। ତାପରେ ସେ କେବଳ ଗୋଟିଏ ପ୍ୟାକେଟ ଧରି ବାଥରୁମକୁ ଗଲେ। ସେଇ ରହସ୍ୟମୟ ହସ ଟିକେ ତାଙ୍କ ଓଠରେ ଲାଗି ରହିଥାଏ।

ସାମ୍ନା ଦର୍ପଣରେ ଅମରେଶ ନିଜକୁ ଦେଖୁଥାଏ। ଅନେକଟା ଅଡୁଆ ଲାଗିଲେ ବି ସେ ସନ୍ତୁଷ୍ଟ ଥାଏ। କେମିତି ଏକ ରୁକ୍ଷତା ଆସିଗଲାଣି ତାର ଚେହେରାରେ। ସପ୍ତାହେ ହେଲା ଦାଢ଼ିକଟା ହୋଇନାହିଁ। ଆଖି ଦୁଇଟା କେଜାଣି କାହିଁକି ଅଫିସରୁ ଫେରିଲାବେଳକୁ ଲାଲ୍ ଦିଶୁଥାଏ। କିଛି ସମୟ ପରେ ବାଥରୁମ୍‌ର ଦ୍ୱାର ଖୋଲିଲା ଏବଂ ଦର୍ପଣରେ ନିଜ ସହିତ ଅମରେଶ ଯାହାକୁ ଦେଖିଲା, ସେ କ'ଣ କଲ୍ୟାଣୀ ମାଉସୀ? ସେ ଏତେ ଦିନ ଧରି ଯେପରି ତାଙ୍କର ମୁହଁ ଦେଖି ନଥିଲା। ଏମିତି ଏକ ମୁହଁ। ଯେମିତି ଅନେକ ରଙ୍ଗ ଅଦ୍ଭୁତ ଭାବେ ବିନ୍ୟାସ କରା ହୋଇଥିବା ଗୋଟିଏ କାନ୍‌ଭାସ୍। ହସ, କାନ୍ଦ, ସଙ୍କୋଚ, ଅସହାୟତାର କୌଣସି ଚିହ୍ନବର୍ଣ୍ଣ ନାହିଁ। ତଥାପି କେଉଁଠି ପ୍ରତିଧ୍ୱନିତ ହେଲା ପରି ଅମରେଶଙ୍କୁ ଶୁଭିଲା, "ମଡ଼େଲ ଦେଖିବା ତୁମ

ହବିପରା ଦେଖ। କିନ୍ତୁ ଏ ମଡ଼େଲ୍ ପାରିସ୍ ପ୍ଲାଷ୍ଟରର ନୁହେଁ, ରକ୍ତ ମାଂସର ତିଆରି। ଯାହା ତମେ ନ ଛୁଇଁଲେ ଅନୁଭବ କରି ପାରିବନି।" ଅଥଚ କଲ୍ୟାଣୀ ମାଉସୀ ଏକ ନିଃଶ୍ୱାସରେ ଏତିକି କହି ରହିଗଲେ, କିନ୍ତୁ ତାଙ୍କର ଆଖି ଦୁଇଟିରୁ ଦୁଇଧାର ଲୁହ ଝରି ଆସିଲା। ଏଥର ଅମରେଶ ଅସଲ ପାର୍ଥକ୍ୟ ବୁଝିପାରିଲା, ସୋ' କେସ୍‌ର ମଡ଼େଲମାନଙ୍କ ଆଖିରେ ଲୁହ ନଥାଏ। ଅମରେଶର ଠିକ୍ ମନେ ନାହିଁ ସେ କଲ୍ୟାଣୀ ମାଉସୀଙ୍କ କ୍ୱାର୍ଟରରୁ କେମିତି ଫେରି ଆସିଥିଲା। କ୍ୱାର୍ଟର ନମ୍ବର ତାର ମନେ ରହେ ନାହିଁ। ଅଥଚ ଫ୍ଲାଟର ତଳ ଘରେ ଥିବା ସୌଖୀନ ଗୃହସ୍ଥଙ୍କ ବଗିଚାରେ ଅନେକ ସୂର୍ଯ୍ୟମୁଖୀ ଓ ଗୋଟିଏ ବିପର୍ଯ୍ୟସ୍ତ ଝାଉଁ ଗଛ ତାର ମନେ ପଡ଼ିଗଲା ଏବଂ ଆହୁରି ମନେ ଥିଲା, "ଅମୁ, ଆସୁଥିବ।" ସେହି ଦୁଇଟି ଶବ୍ଦ ମଧ୍ୟରେ ଆତ୍ମୀୟ ଅନୁରୋଧଟିଏ ଛପି ରହିଥିଲା ଯେମିତି।

ଏଇନେ ସେ କେଉଁଠି ଯେ ?

ରାତି ଅନ୍ଧାର ଗଳି ରାସ୍ତାରେ ଜହ୍ନର ଉପସ୍ଥିତି ସମ୍ପର୍କରେ ଅମରେଶ ଅନ୍ତତଃ ସଚେତନ ଥିଲା। ଅଥଚ ଏଠିତ ଅନେକ ଜହ୍ନ। ଗଳିଟିଏ ନାଳ ପରି ଯେମିତି ମିଶି ଯାଇଛି ଗୋଟିଏ କଂକ୍ରିଟ ଢ଼ଳା ହ୍ରଦରେ। ହଠାତ୍ ଅମରେଶର ଅନଭ୍ୟସ୍ତ ଆଖିରେ ଅସଂଖ୍ୟ ଘୂର୍ଣ୍ଣାୟମାନ ରଙ୍ଗୀନ ବୃତ୍ତ ହିଁ ଦିଶିଲା। ହୁଏ ତ ଅନେକ ଜହ୍ନର ସମାବେଶ। ତାର ପରିଚିତ ଛକ। ଏଠୁ ଉତ୍ତରକୁ ତାର ସବୁଠୁ ପରିଚିତ ରାସ୍ତା। ରାସ୍ତାଟି ଅମରେଶ ପାଇଁ ଗୋଟିଏ ଦନ୍ତୁରିତ ଗ୍ରୀଲର ଭୟାବହ ଆସେ। ସେ ଅଫିସ ଗଲାବେଳେ ବାମକୁ ଚାହେଁ। ପ୍ରଥମେ ମାର୍କେଟ ବିଲଡିଙ୍ଗର ସୋ'କେସ୍‌ରେ ସୁବେଶିନୀମାନେ ଚକ୍‌ଚକ୍ ଟିଣର ନୂତନ ହୋଡ଼ିଙ୍ଗସ୍। ସେଗୁଡ଼ିକ ଯେଉଁଠି ଶେଷହୁଏ ସେଇଠୁ ଆରମ୍ଭ ହୁଏ ବଡ଼ ବଡ଼ କୋଠା ଥିବା ଅଫିସ। ତା'ପରେ ସାମ୍ନାରେ ବିସ୍ତୀର୍ଣ୍ଣ ଲନ୍ ଓ ଚଉଡ଼ା ଗୋଡ଼ି ବିଛା ରାସ୍ତା ଥିବା ରେସିଡେନ୍‌ସିଆଲ୍ ଓ ବିଲଡିଙ୍ଗସ୍ । ସେମିତି ଘର ସାମ୍ନାରେ ଅମରେଶ ମଣିଷ ଅପେକ୍ଷା ବିଭିନ୍ନ ରଙ୍ଗର କାର୍ ହିଁ ଦେଖେ। ନେମ୍‌ପ୍ଲେଟ୍ ପଢ଼ିବା ଅମରେଶର ଅଭ୍ୟାସ ବାହାରେ। ବରଂ ସେ ଉଚ୍ଚ ଅନୁଚ୍ଚ ପାଚେରିମାନଙ୍କରେ ସୁସଜ୍ଜିତ ଓ ଖାମଖିଆଲୀ ଭାବରେ ଲେଖା ହୋଇଥିବା ସ୍ଲୋଗାନ ଇତ୍ୟାଦି ପଢ଼େ। କେବେ ଓଡ଼ିଶା ବନ୍ଦ। କେଉଁ ତାରିଖରେ ଅମଲାମାନଙ୍କ ରାଲି। କେଉଁ ଦିନ ସହରରେ କେଉଁ ଛାତ୍ର ସଂଘର ପ୍ରତିବାଦ ସଭା। କେଉଁ ବିଭାଗୀୟ ନିର୍ଦ୍ଦେଶକ ଓ କଲେଜ ଅଧ୍ୟାପିକା ନାମ ମଝିରେ ଯୋଗ ଚିହ୍ନ। କେଉଁ ଅଫିସରଙ୍କ ବିଭିନ୍ନ କାମ ପାଇଁ ଉତ୍କୋଚର ତାଲିକା। ସବୁ ପଢ଼ି ସାରିଲେ ଅମରେଶର ମନରେ କ୍ଷୀଣ ପ୍ରତିବାଦଟିଏ ଗଜେଇ ଉଠେ ତ କେତେବେଳେ ରୋମାଣ୍ଟିକ୍ ସ୍କାଣ୍ଡାଲଟିଏ ଜାଣିଲେ ସେ ସାମାନ୍ୟ ଉତ୍ତେଜନା ଅନୁଭବ

କରେ। ଏଇ ଟିକିଏ ପ୍ରତିବାଦ ଏବଂ ସାମାନ୍ୟ ଉତ୍ତେଜନା ଭିତରେ ସେ ଯେପରି ବଞ୍ଚିଛି ଏବଂ ବଞ୍ଚିଯିବ ମଧ୍ୟ। ଏଇନେ ସେ ରାସ୍ତାରେ ପାଦ ବଢ଼ାଇବା ପାଇଁ ଅମରେଶର କାଣିଚାଏ ସ୍ପୃହା ବି ନଥିଲା।

ଦକ୍ଷିଣକୁ ଯେଉଁ ରାସ୍ତାଟି ଯାଇଛି ଯାହା ଗୋଟିଏ ସିନେମା ହଲ୍‌ରେ ସରେ। କେବେ ଦିନେ ଅଫିସରୁ ଫେରିଲାବେଳେ ଅମରେଶକୁ ଯଥେଷ୍ଟ ଫୂର୍ତ୍ତି ଲାଗୁଥାଏ। ସେ କିଛି ଚିନ୍ତା କରିବା ଆଗରୁ ସେ ରାସ୍ତାରେ ପାଦ ଦେଇଥିଲା। ସେକେଣ୍ଡ ସୋ ଆରମ୍ଭ ହେବାକୁ ଆଉ ଦୁଇଘଣ୍ଟା ବାକି। ପ୍ରଥମେ ସେ ସିନେମା ହଲ ସଂଯୁକ୍ତ କ୍ୟାଣ୍ଟିନରେ ଧାଡ଼ି ବାନ୍ଧି ଛିଡ଼ା ହେଲା, କୁପନ କିଣିଲା, କାଉଣ୍ଟରରୁ ଚା' ନେଲା ଏବଂ ଏକା ଏକା ଚା' ପିଇଲା। ଅନ୍ୟମାନଙ୍କ ପରି। ତା'ପରେ ଟିକେଟ କାଉଣ୍ଟର ଆଗରେ ଲମ୍ବିଥିବା କ୍ରମବର୍ଦ୍ଧିଷ୍ଣୁ ଧାଡ଼ିରେ ମିଶିଗଲା। ଅନ୍ୟମାନଙ୍କ ସହ ଜାକିଜୁକି ହୋଇ ଠେଲାପେଲା ହେଇ। ସିଗ୍ରେଟ୍ ଟାଣିଲା। ଏଇନେ ସମସ୍ତଙ୍କ ଗୋଟିଏ ଆକାଂକ୍ଷା, ଟିକେଟ ଖଣ୍ଡିଏ ନେଇ ତିନି ଘଣ୍ଟା ସ୍ୱପ୍ନ ଦେଖିବାକୁ। ଅମରେଶ ସେମାନଙ୍କଠୁ ନିଜକୁ ଭିନ୍ନ କରିପାରୁ ନଥିଲା। ତା' ଆଗରେ ଅନ୍ୟୂନ ପନ୍ଦର ଜଣ ଓ ପଛରେ ଅଗଣନ ଶିଶୁପାଳଙ୍କ ସହିତ ଅମରେଶ ମଧ୍ୟ ଫେରିଲା। କାଉଣ୍ଟର ବନ୍ଦ। ସେ ଆଉ ଖଣ୍ଡିଏ ସିଗ୍ରେଟ୍ ଟାଣିଲା ଓ ପାନ ଦୋକାନରେ ଦୁଇଟି ହଲ୍‌ର ଲାଉଞ୍ଜ, ସେ ବୁଲି ଆଗତମାନ ଫିଲ୍ମମାନଙ୍କ ପୋଷ୍ଟର ଦେଖିଲା। ଏତେବେଳେ ତାକୁ ପରିସ୍ରା ଲାଗିଲା ଓ ସେ ଜେଣ୍ଟସ୍ ଲୋଭାଟେରୀରେ ଯାଇ ପରିସ୍ରା କଲା। ତାର ବାମକୁ ଜଣେ ପେଟୁ ଓ ଚନ୍ଦା ଲୋକ ଯିଏ ପରିସ୍ରା କଲାବେଳେ ମଧ୍ୟ ଏକନିଷ୍ଠ। ଅଥଚ ତାର ଡାହାଣ କଡ଼େ ଥିବା ତରୁଣଟି ସହିତ ଅମରେଶର ଦୃଷ୍ଟି ବିନିମୟ ହେଲା। ଦୁହେଁ ପରସ୍ପରକୁ ଚାହିଁ ସାମାନ୍ୟ ହସିଲେ ଓ ଲାଜେଇଲେ। ହଲ୍ ଭିତରେ ଶସ୍ତା ଓ ଦାମି ଏସେନ୍ସ, ସିଗ୍ରେଟ ଓ ଝାଳ ଗନ୍ଧର ଅପୂର୍ବ ସମ୍ମିଶ୍ରଣ। ହଲ୍ ଧୀରେ ଧୀରେ ଅନ୍ଧାର ହେଲା ଓ ଦର୍ଶକମାନଙ୍କ ହ୍ୱିସିଲ୍, ତାଳିମାଡ଼ ଓ ସମ୍ମିଳିତ ହସରେ ହଲ୍ କମ୍ପି ଉଠିଲା। ଠିକ୍ ଏତେବେଳେ ହିଁ ଅମରେଶ ଏକୁଟିଆ ଅନୁଭବ କଲା। ତାଳି, ହସ, ହ୍ୱିସିଲ ପାଇଁ ତାର ମନ ସମ୍ପୂର୍ଣ୍ଣ ଅନିଚ୍ଛୁକ। ସେ ଚୌକିରୁ ଡେଇଁ ପଡ଼ିବା ପରି ଉଠି ଆସିଲା ବାହାରକୁ। ହଲ୍‌ର ପ୍ରାଚୀର ଓ ଖୋଲା ନର୍ଦ୍ଦମା ମଧ୍ୟରେ ଯାଇଥିବା ବଙ୍କା ଏବଂ ସଂକୀର୍ଣ୍ଣ ରାସ୍ତାଟି କୁଆଡ଼େ ଯାଇଛି ଅମରେଶକୁ ଅଜଣା ନୁହେଁ। ଗୁଡ଼ାଏ ସିଗ୍ରେଟ୍ ଧୂଆଁ ଫୁସ୍‌ଫୁସ୍‌ରେ ଭର୍ତ୍ତି କଲା ପରେ ତାର ପାଦମାନେ ଆପେ ସେ ଗଳି ରାସ୍ତାରେ ଆଗକୁ ମୁହାଁଇଲା। ପ୍ରଥମେ ଘଞ୍ଚ ଅମରୀବଣ। ତା'ପରେ ସ୍ତୂପୀକୃତ ଅନ୍ଧାର ପରି ଦିଶୁଥିବା ଗୁଡ଼ାଏ ଘର। ପ୍ରତ୍ୟେକର ଆକୃତି ଅନ୍ୟଠୁଁ ପୃଥକ୍। ଏଠି ଅସଂଖ୍ୟ ବିନୋଦିନୀ। ରୁଜ୍ ବୋଳା ହାଡୁଆ ଗାଲ। ଶୀର୍ଣ୍ଣକାୟା। ଅମରେଶ

ଥମକି ଛିଡ଼ା ହେଲା ଓ ଦୀର୍ଘଶ୍ୱାସଟିଏ ଛାଡ଼ିଲା ଏବଂ ସେଇ ଦୀର୍ଘଶ୍ୱାସ କୌଣସି ଆଦର୍ଶବାଦର କାନ୍ଧରେ ଧକ୍କା ଖାଇ ତାକୁ ହାବେଲୀଟିଏ ପରି ପଛକୁ ଠେଲି ଦେଲା ଯେମିତି। ଏଇନେ ସେଇ ଉପଗଳିରେ ଦେହ ଓ ପେଟର କ୍ଷୁଧାର ଝାଞ୍ଜି। ପବନରେ ଅସହାୟ ଗୁଡ଼ିଟିଏ ପରି ଉଡ଼ିବାକୁ ଅମରେଶର ଇଚ୍ଛା ନ ଥିଲା। ସେ ଛକରେ ଛିଡ଼ା ହୋଇ ସିଗ୍ରେଟ୍ ଫୁଙ୍କି ଚାଲିଥାଏ। ଇତିମଧ୍ୟରେ ଗୋଟିଏ ଦିଟି ଦୂରାଗତ ନାଇଟ୍ ବସ୍ ସେଠି ଯାତ୍ରୀମାନଙ୍କୁ ଛାଡ଼ି ଯାଇଥାନ୍ତି। ସେମାନଙ୍କ କୋଳାହଳରେ ଅମରେଶ ଓ ନିର୍ଜନତା ମଧ୍ୟରେ ହୋଇଥିବା ସନ୍ଧିପତ୍ର ଯେମିତି ଟୁକୁରା ଟୁକୁରା ହୋଇ ଚିରିଗଲା।

ଏଇନେ ସେ ମଧ୍ୟ ଯେମିତି କୌଣସି ବସ୍‌ରୁ ଓହ୍ଲାଇଲା। ସିଗ୍ରେଟ୍ ଓ ଝାଳଗନ୍ଧ। କୋଳାହଳ। ଅଗତ୍ୟା ଅମରେଶ ତାର ମୁଣ୍ଡରେ ଏକ ଅସହ୍ୟ ଯନ୍ତ୍ରଣା ଅନୁଭବ କଲା, ଯେମିତି ତାହା କୌଣସି ମୁହୂର୍ତ୍ତରେ ବୋମାଟିଏ ପରି ଫୁଟିଯିବ। ତା' ଦେହର ଉତ୍ତାପ ବଢ଼ି ବଢ଼ି ଚାଲିଲା ଏବଂ ଛାତି ଭିତରୁ ବାଟ ନ ପାଇ ଚାପି ହୋଇଥିବା ଅଗଣନ ଦୀର୍ଘଶ୍ୱାସ ତାକୁ ଅଣନିଶ୍ୱାସୀ କରିଦେଲା। ଏଇନେ ତା ପାଇଁ ଆବଶ୍ୟକ କେବଳ ଗୋଟିଏ ଜହ୍ନ ଓ କିଛି ସ୍ୱାଦିଷ୍ଟ ପବନ। ଅମରେଶ ପଶ୍ଚିମକୁ ଚାହିଁଲା। ସେଇ ରାସ୍ତା ଯାହା ସହିତ ସେ କଲ୍ୟାଣୀ ମାଉସୀ ଘର ଯାଏ ପରିଚିତ। ତାର ଦେହସାରା ଯନ୍ତ୍ରଣାରେ ଫାଟି ପଡୁଥାଏ। ଅମରେଶ ଧଇଁସଇଁ ହୋଇ ଦୌଡ଼ିଲା। ଏଇ ଘର। ନା ସେଇ ଘର। ନା ଏଠି ଅନ୍ଧାର ଶିଡ଼ି। ନା' ଶେଷରେ ସେଇ ପରିଚିତ ଆଲୋକିତ ଶିଡ଼ି। ଅମରେଶ ପାହାଚ ଉପରେ ଡେଇଁ ଡେଇଁ ଉପରକୁ ଉଠିଗଲା। ଦ୍ୱାର ନକ୍। ଏକକାଳୀନ ସେ ଦ୍ୱାରକୁ ପଛ କରି ଗୁଡ଼ାଏ ଦୀର୍ଘଶ୍ୱାସ ଛାଡ଼ିଲା ଏବଂ ଦ୍ୱାର ଫିଟିବା କ୍ଷଣି ହାବେଲୀଟିଏ ପରି କୋଠରିକୁ ଠେଲି ହୋଇଗଲା।

ପୁଣି ସେଇ ଦ୍ୱାର। ଏଠି କମ୍ପନ ନୁହେଁ ଆମନ୍ତ୍ରଣ। ଅମରେଶ ଆସିଥିଲା ଯନ୍ତ୍ରଣାର ଜଳନ୍ତା ପ୍ରଲେପ ବୋଲି ହୋଇ, ଅଥଚ ଏଠି ଶୀତଳ ଆଶ୍ଳେଷ। ଅମରେଶ ତାର ଅସ୍ତବ୍ୟସ୍ତ କେଶରେ ଅନୁଭବ କରୁଥିଲା କେତୋଟି ଅଙ୍ଗୁଳିର ସ୍ପର୍ଶ। ତାର ଛାତି ପିଠି ଓ ଅଣ୍ଟାରେ ଚାପି ହୋଇ ଥିଲା ଦୁଇଟି କଅଁଳ ପାପୁଲି। କାହିଁ କଲ୍ୟାଣୀ ମାଉସୀ? କେବଳ କେତୋଟି ଆଙ୍ଗୁଳି। ଦୁଇଟି ପାପୁଲି। ଦୀର୍ଘଶ୍ୱାସ। ସେ କିଛି ଦେଖିପାରୁ ନ ଥାଏ। କେବଳ ଅନୁଭବ କରୁଥାଏ ଏକ ଆତ୍ମୀୟ ସ୍ପର୍ଶକାତରତା।

ଚାରିବର୍ଷ ତଳେ କଲ୍ୟାଣୀ ମାଉସୀ ଯେଉଁ ଜ୍ୱରରେ ଆକ୍ରାନ୍ତ ହୋଇଥିଲେ, ତାର କେତୋଟି ଜୀବଣୁ ବୋଧହୁଏ ଏଯାଏ ଅମରେଶର ଦେହରେ ସଜୀବ ଥିଲେ। ତାର ଦେହର ସମସ୍ତ ଲୋହିତ କଣିକାରେ ପୁଷ୍ଟ ହୋଇ ସେମାନେ ଯେମିତି ତାକୁ ଏକାନ୍ତ ଅସହାୟ କରି ଦେଇଥିଲେ। ■

ଆଲବମ୍

କେତେଟା ତେଲ ଚିକିଟା ବେଞ୍ଚ। ଦି'ଟା ଟେବୁଲ। ଧୂଆଁ ଉଠୁଥିବା ଚୁଲି ପାଖରେ ବସି ଲୋଳିତ ଚର୍ମ ଲୋକଟିଏ ଚା' ଛାଣୁଥିଲା। ସେଇଠାରୁ ନୋଳିଆ ବସ୍ତିର ଆରମ୍ଭ। ସମୁଦ୍ରରୁ ଫେରି ଆସୁଥିବା ଦି'ଜଣ ଧୀବର ଆଲୁମିନିୟମ ଗ୍ଲାସରେ ଚା' ପିଉଥିଲେ। ରାସ୍ତାରେ କେଇଟା ଲଙ୍ଗଳା ପିଲା ଖେଳୁଥିଲେ। ଆଇଁଷିଣିଆ ମାଛ ଗନ୍ଧ ପବନକୁ ଆଚ୍ଛନ୍ନ କରି ରଖିଥିଲା। ଦି'କପ୍ ସ୍ପେଶାଲ ଚା' ପାଇଁ ସ୍ମିତା ଆଦେଶ ଦେଲା। ଅରୁଣ ସିଗାରେଟ୍‌ର ଗୁଳା ଝାଡ଼ି ସାମାନ୍ୟ କାଶିଲା। ସେମାନେ ବିଳାସୀ ପାମ୍ ବିଚ୍ ହୋଟେଲରେ ବୋର୍ଡ଼ର। ହୁଏତ କିଛି ସନ୍ଧାନ କରୁଥିଲେ ସେଇ ଶସ୍ତା ଚା' ଦୋକାନରେ। ପ୍ରାଚୁର୍ଯ୍ୟରେ ରୁଦ୍ଧଶ୍ୱାସ ହୋଇ ସେମାନେ ହୁଏତ ଦେଖୁଥିଲେ ନିଜର ରୂପକଳ୍ପ। ତାଙ୍କର ଦୃଷ୍ଟିକୋଣ ଯେପରି ଏକାନ୍ତ ରୁଗ୍ଣ। ଆଖିରେ ଅଜଣା ଆଶଙ୍କା। ଲୋକଟି ଅସନା କପ୍ ପ୍ଲେଟରେ ଚା' ଥୋଇ ଦେଇଗଲା।

- ମୋତେ ଖୁବ୍ ଭୟ ଲାଗୁଛି ଅରୁଣ।
- କ'ଣ ଆଜି ନୂଆ ?
- ତା' ନୁହେଁ।
- ତେବେ !
- ସେ ସ୍ୱପ୍ନ।
- 'ଭଲଗାର୍'। ମୁଁ ସ୍ୱପ୍ନରେ ବିଶ୍ୱାସ କରେନା।
- ତାହା ସ୍ୱପ୍ନ ନୁହେଁ ଅରୁଣ। ଏବେ ବି ସେମାନଙ୍କ ଅଶରୀରୀ ଛାୟାମାନେ ମୋତେ ଭୟଭୀତ କରୁଛନ୍ତି। ତାଙ୍କର ମୁନିଆ ମୁନିଆ ନଖ ଦେଖାଇ ଅଟ୍ଟହାସ କରୁଛନ୍ତି। ଆଲବମ୍‌ର ଫଟୋଗୁଡ଼ିକୁ ନଷ୍ଟ କରି ଦେବାକୁ ଅନେକ ଚେଷ୍ଟା କରିଥିଲି। ପାରିଲିନି। ଆଜି କାହିଁକି ସେସବୁ ବହୁତ ମନେ ପଡୁଛି। ସେମାନେ କେମିତି ମୋତେ କଣ୍ଢେଇ କରି ଖେଳୁଛନ୍ତି। ମୁଁ ମରିଯିବି ଅରୁଣ। ରିଏଲି ଆଇ ଉଇଲ ଡାଏ...।

- ତୁମେ ଉତ୍ତେଜିତ ହୋଇ ପଡୁଛ ସ୍ମିତା। ନିଜର ପ୍ରତିଶ୍ରୁତି ଭୁଲି ଯାଇଛ।
- ଆଇ ଆମ୍ ସରି ଅରୁଣ। କିନ୍ତୁ ସେ ଲୋକଟା...
- କିଏ ବିଜୟ ମହାନ୍ତି ?
- ନା, ବିଜନ୍।
- କାଠ କଣ୍ଟ୍ରାକ୍ଟର ବିଜନ୍ ସାନ୍ୟାଲ୍।
- ଓଃ, ତମେ ନା ନାଆଁ ଏତେ ନିର୍ଭୟରେ ଉଚ୍ଚାରଣ କରି ପାରୁଛ।
- ଲୋକଟା ବାସ୍ତବିକ- ସେ ମୋ ଜୀବନର ଏକ ଅଶୁଭ ଗ୍ରହ।

ସେମାନେ ନିରବ ହେଲେ। ବାହାର ବେଞ୍ଚରେ ବସିଥିବା ନୋଳିଆ ଦି'ଜଣ ବଡ଼ ପାଟି କରି ହସୁଥିଲେ। ପରସ୍ପରକୁ ନିଜର ପରାକ୍ରମର କାହାଣୀ ଶୁଣାଉଥିଲେ। ପରାଜୟ ପାଇଁ ସେମାନଙ୍କର ଜୀବନ ନୁହେଁ। ମଣିଷ ହାରେନା, ବରଂ ମୃତ୍ୟୁକୁ ବରିନିଏ। ସ୍ମିତା ଅରୁଣର ମୁହଁକୁ ଚାହିଁ ବସିବାକୁ ଚେଷ୍ଟା କଲା। ଅରୁଣ ଧୀର ସ୍ୱରରେ କହିଲା, ଏମାନେ ଭାଗ୍ୟର ଆବ୍‌ଷ୍ଟ୍ରାକ୍‌ସନ୍‌ରେ ବିଶ୍ୱାସ କରୁଥାଇ ପାରନ୍ତି। କିନ୍ତୁ ନିଜେ ନିଜ ଭାଗ୍ୟର ନିର୍ମାତା। ଏମାନେ ମଣିଷ। ଜୀବନ ମାନେ ଇ ତ ସଂଗ୍ରାମ।

ଅରୁଣ ଓ ସ୍ମିତା ସେମାନଙ୍କୁ ଶୂନ୍ୟ ଦୃଷ୍ଟିରେ ଚାହିଁଥିଲେ। ସେମାନେ ଅଦୃଶ୍ୟ ହେବା ପରେ ସ୍ମିତା ଦୀର୍ଘଶ୍ୱାସ ଛାଡ଼ିଲା। ତାଙ୍କର କଥାବାର୍ତ୍ତା ଯେପରି ତା' ମନରେ ସାନ୍ତ୍ୱନାର ସେତୁବନ୍ଧ ତିଆରି କରିଥିଲା ଓ ତାହା ହଠାତ୍ ଭୁଶୁଡ଼ିଗଲା। ସ୍ମିତା ବେଗ୍‌ରୁ ପଇସା କାଢ଼ିଲା।

- ଯିବା ଅରୁଣ।
- ନିଜକୁ ଟିକିଏ ହାଲୁକା କରିବାକୁ ଚେଷ୍ଟା କର ସ୍ମିତା। ଚାଲ ସମୁଦ୍ରକୂଳ ଆଡୁ ଘେରାଏ ବୁଲି ଆସିବା।
- ମୁଁ ସେଇ ଶୂନ୍ୟତାକୁ ସହ୍ୟ କରି ପାରିବି ନାହିଁ। ବରଂ ହୋଟେଲକୁ ଫେରିଯିବା ଆସ।
- ବିଜନ୍ ସାନ୍ୟାଲ୍ ଏବେ କ'ଣ କରୁଛି ?
- ହୋଟେଲକୁ ଚାଲ। ତା' ନାଆଁ ଉଚ୍ଚାରଣ କରିବାକୁ ବି ମୁଁ ଭୟ କରୁଛି। କିଛି ଶକ୍ତି ସଂଗ୍ରହ କରିବାକୁ ପଡ଼ିବ।

ଅରୁଣ ଓ ସ୍ମିତା ଗୋଟିଏ ଅଣ୍ଡାକୃତି ଟେବୁଲର ଦି' ପାଖରେ ସାମ୍ନାସାମ୍ନି ବସିଥିଲେ। ଅରୁଣ 'ଲାଇଫ୍' ମାଗାଜିନ୍‌ର ପୃଷ୍ଠା ଖେଳାଉଥିଲା। ସ୍ମିତା ବେଲ୍ ବଜାଇ ଦି' ପେଗ୍ ହ୍ୱିସ୍କି ପାଇଁ ଆଦେଶ ଦେଲା। ରେଡ଼ିଓଗ୍ରାମରୁ ହାଲୁକା ମ୍ୟୁଜିକ୍ ଭାସି ଆସୁଥାଏ। ବୟ ପାନୀୟ ଥୋଇଦେଇ ଗଲା। ସ୍ମିତା ଅରୁଣ ହାତକୁ ପେଗ୍‌ଟିଏ ବଢ଼ାଇ

ଦେଲା। ସେମାନେ ଆଖି ମିଳାଇ ଟୋଷ୍ଟ ନେଲେ। ଅରୁଣ ପୁଣି ମାଗାଜିନ୍ ଉପରକୁ ମୁହଁ ଫେରାଇଲା। ପାଖରେ ବସିଥିବା ଦି'ଜଣ ହିପ୍‌ପୀ ତରୁଣ ତରୁଣୀଙ୍କୁ ସ୍ମିତା ନିର୍ବୋଧ ଆଖିରେ ଚାହିଁଥିଲା। ତରୁଣୀ ସିଗାରେଟ୍ ଟାଣି ତରୁଣଟିର ମୁହଁକୁ ଧୂଆଁ ଛାଡୁଥିଲା। ଦିହେଁ ଉଚ୍ଚ ପାଟିରେ ହସୁଥିଲେ। ଅଗତ୍ୟା ଅରୁଣ ଆନନ୍ଦରେ ଚିତ୍କାର କରି ଉଠିଲା।

- ହାର୍ଟ ଚେଞ୍ଜ କରିବାର ଭାରତୀୟ ଡାକ୍ତରଙ୍କ ଅଭୂତପୂର୍ବ ସାଫଲ୍ୟ।

- 'ଲାଭ ?' ହିପ୍‌ପୀ ତରୁଣଟି ପ୍ରତିବାଦ କଲା କଣ୍ଠରେ କହିଲା।

- ଆପଣ ଜୀବନରେ ବିଶ୍ୱାସ କରନ୍ତି ?

- ମୁଁ... ମୁଁ... ୟେସ୍ ଆଇ ବିଲିଭ୍ ଇନ୍ ଲାଇଫ୍।

- ଷ୍ଟ୍ରେଞ୍ଜ୍ !

- ଏଥିରେ ଆଶ୍ଚର୍ଯ୍ୟ ହେବାର କ'ଣ ଅଛି ?

- ଉଇ ଆର୍ ଅଲ୍ ଚେଞ୍ଜ୍ - ବାସ୍ତବରେ ଆମେ ଯେ ମୃତ।

- ଆପଣ କ'ଣ ସିନିକ୍ ? ଅରୁଣର କଣ୍ଠରେ ଉତ୍କଣ୍ଠା।

- ନୋ। ମୁଁ ଜୀବନକୁ ଜାଣେ ମୃତ୍ୟୁର ଆପେକ୍ଷିକ ବୋଲି। ଏଣୁ ମୁଁ ଜୀବନବାଦୀ ନୁହେଁ। ମୁଁ ବିଶ୍ୱାସ କରେ ମୁହୂର୍ତ୍ତରେ। ହଁ ହଁ, ମୁହୂର୍ତ୍ତ ମୋମେଣ୍ଟ ଏଟ୍ ହ୍ୟାଣ୍ଡ।

ତରୁଣୀଟି ନିଜ ବନ୍ଧୁକୁ ସମର୍ଥନ କରି ହସୁଥିଲା। ସେମାନେ ଟୋଷ୍ଟ ନେଉଥିଲେ। ଜୀବନ ବୀମା ଏଜେଣ୍ଟ ଅରୁଣ ହୁଏତ ସେମାନଙ୍କ ସହ ଏକମତ ହୋଇପାରୁ ନଥିଲା। ସ୍ମିତାର କିନ୍ତୁ ଧୈର୍ଯ୍ୟଚ୍ୟୁତ ଘଟିଥିଲା। ଅରୁଣ ବିରକ୍ତିରେ ମୁଣ୍ଡ ନୁଆଁଇ 'ଲାଇଫ୍' ପଢୁଥିଲା। ସ୍ମିତା ଉଠିଗଲା ରୁମ୍‌କୁ।

ବାହାରେ ଯେତେ ଭିନ୍ନ ଦିଶିଲେ ବି ସେ ନିଜକୁ ନିଜେ ବିଶ୍ୱାସ କରିପାରୁ ନଥିଲା। ଶେଯରେ ମୁହଁ ଜାକି ସ୍ମିତା କାନ୍ଦୁଥିଲା। ଆଜି ସେମାନେ କାହିଁକି ବହୁତ ମନେ ପଡୁଥିଲେ। ବିଜୟ ମହାନ୍ତି ହୁଏତ ଓଠରେ ସିଗାରେଟ ଚାପି କବିତାର ପାଣ୍ଡୁଲିପି ଖେଳାଉ ଥିବ ବା ଉଚ୍ଚ ସ୍ୱରରେ ଆବୃତ୍ତି କରୁଥିବ କୌଣସି ଗଳ୍ପର ଅଂଶ। ଆଉ ବିଜନ୍ ସାନ୍ୟାଲ୍ ! ଲୋକଟା ଏକ ମସ୍ତବଡ଼ ଖେଳୁଆଡ଼। ପ୍ରଥମ ଦିନ ତା' ସହିତ ଦେଖା ହେଲାବେଳେ ସେ କେତେ ତରୁଣ ଦିଶୁଥିଲା। ଭାଇଙ୍କ ସାମ୍ନାରେ ବସି ତାକୁ ଅସହାୟ ଆଖିରେ ଚାହିଁଥିଲା। କାଠ କଣ୍ଟ୍ରାକ୍ଟର ବିଜନ୍ ଶିକାର ବି କରି ଜାଣେ, ସ୍ମିତା ଖୁବ୍ ପରେ ଜାଣିଲା। ସେତେବେଳେ ସେମାନେ ଅନେକ ଦୂର ଆଗେଇ ଯାଇଥିଲେ। ପଛରେ ଉପେକ୍ଷା କରି ଛାଡ଼ି ଆସିଥିବା ମାଇଲ ଖୁଣ୍ଟମାନଙ୍କୁ ଆଉଥରେ ସାମ୍ନା କରିବାକୁ ସ୍ମିତାର ସାହସ ନଥିଲା। ନିର୍ଜନ ଫରେଷ୍ଟ ରେଷ୍ଟ ସେଡ଼ରେ ବିଜନ ସ୍ମିତାକୁ ବନ୍ଧୁକ

ଚଳେଇବା ଶିଖେଇଥିଲା । ଲୋକଟା ନିର୍ଦ୍ଧୁମ ପିଇ ବି ଷାଠିଏ ମାଇଲ୍ ସ୍ପିଡ଼୍‌ରେ ଡ୍ରାଇଭ୍ କରିପାରେ । ବେପରୁଆ ଗୀତ ଗାଇପାରେ । ବିଜନ୍ ସାନ୍ୟାଲ୍ ବିଜୟ ମହାନ୍ତିର ଆଣ୍ଟି-ଥେସିସ୍ । ସେ ଖୁବ୍ ପ୍ରାକ୍‌ଟିକାଲ । ଆଉ ଅରୁଣ ? ତା'ର ଦୃଷ୍ଟିକୋଣ ଗୋଟାସାରା କମର୍ସିଆଲ୍ । ବିଜନ୍ ଫୂର୍ତ୍ତି କରି ଜାଣେ । କିନ୍ତୁ ତା' ସହିତ ବ୍ୟାଙ୍କ ବାଲାନ୍ସର ନିର୍ଭୁଲ ହିସାବ ରଖିପାରେ । ବିଜୟ ମହାନ୍ତି । ଥରେ ଥରେ ଲୋକଟାକୁ ଦୟା କରିବାକୁ ଇଚ୍ଛା ହୁଏ ସ୍ମିତାର । ସେ କିନ୍ତୁ ବିଜୟକୁ ସମ୍ମାନ କରୁଥିଲା । ସେ ନିଜେଇ ତ ଉପଯାଚିକା ହୋଇ ତା'ର ଦ୍ୱାରରେ ଠିଆ ହୋଇଥିବା ବିଜୟ ତାକୁ ସସମ୍ମାନେ ଫେରାଇ ନେଲା । ବିଜୟ କହେ ତାକୁ କାବ୍ୟ ନାୟିକା କରିହୁଏ, ପ୍ରଣୟିନୀ ନୁହେଁ । ସେଦିନ ସ୍ମିତା ଆଶ୍ଚର୍ଯ୍ୟ ହୋଇ ନଥିଲା । ସେ ଆହତ ହୋଇଥିଲା, କିନ୍ତୁ ପ୍ରତିଶୋଧ ପାଇଁ ମନ ବଳାଇ ନଥିଲା । ତା'ର ଦି'ଟା ଉଜ୍ଜ୍ୱଳ ଆଖିକୁ ସ୍ମିତା ଅନେକଟା ଭୟ ବି କରେ । ବସ୍ତୁତଃ ତା' ଦୃଷ୍ଟିରେ ବିଜୟ ଏକ ସହଜ ମଣିଷ ନୁହେଁ ।

ସେ ଛାତିରେ ସାମାନ୍ୟ ଯନ୍ତ୍ରଣା ଅନୁଭବ କଲା । ନିଜ ଅଜାଣତରେ କାନ୍ଦିଥିଲା ମଧ୍ୟ । ସେଲ୍‌ଫରୁ ସାନ ବୋତଲଟିଏ କାଢ଼ି ସେଥିରୁ ସାମାନ୍ୟ ଉଦରସ୍ଥ କରିବା ପରେ ପୁଣି ଶେଯରେ ପଡ଼ିଗଲା ।

କ'ଣ କରୁଥିବ ଏବେ ବିଜନ୍ ସାନ୍ୟାଲ୍ ?

କୌଣସି ନିର୍ଜନ ଡାକ ବଙ୍ଗଳାରେ କିଛି ବିଦେଶୀ ପାନୀୟ ଗର୍ଭସାତ୍ କରି ନ୍ୟୁଡ୍ ଚିତ୍ରରେ ଭରା ଆଲବମ୍ ପୃଷ୍ଠା ଓଲଟାଉଥିବ । ସ୍ମିତା ବି ? ଏକଦା ତା' ସାମ୍ନାରେ ଅନେକ ସ୍ନାୟୁ- ଉତ୍ତେଜିତ ମୁଦ୍ରାରେ ଠିଆ ହୋଇଥିଲା ଓ ବିଜନ ତାକୁ କ୍ୟାମେରାରେ ଧରି ରଖୁଥିଲା । କେଉଁ ଆଦିବାସୀ ଯୁବତୀର ଉଲଗ୍ନ ଦେହରେ ସ୍ୱାସ୍ଥ୍ୟର ପ୍ରାଚୁର୍ଯ୍ୟ ଦେଖି ବି ବିଜନ ଦିନଗୋଟାକର ଲାଭ କ୍ଷତି ହିସାବ କରିପାରେ ।

ଅରୁଣ ତଳୁ ଆସିନି । ସେ ମାତାଲ ହୋଇ ଟେବୁଲରେ ମୁଣ୍ଡ ଦେଇ ଶୋଇଥିବ କିମ୍ବା ହିପ୍‌ପୀ ତରୁଣଟି ସହିତ ଏଣୁତେଣୁ ଯୁକ୍ତି କରୁଥିବ । ସେ ଯୁକ୍ତିରେ ବିଶ୍ୱାସ କରେ । ଖୁବ୍ ସୁନ୍ଦର ଅଭିନୟ କରୁଥିଲା ଅରୁଣ । ଷ୍ଟେଜରେ ସେମାନଙ୍କର ବନ୍ଧୁତା । ଏହି ଅଭିନୟ ହିଁ ଅରୁଣକୁ ସାହାଯ୍ୟ କରିଥିଲା ଜୀବନ ବୀମା ଏଜେଣ୍ଟ ରୂପେ ବିଶେଷ ସାଫଲ୍ୟ ଅର୍ଜନ କରିବାରେ । ଏଠାକୁ ଚେଞ୍ଜରେ ଆସିବା ପୂର୍ବରୁ ତା' ସହିତ ସ୍ମିତାର ଦେଖା ହୋଇଥିଲା କୌଣସି ରେଲ୍ ଷ୍ଟେସନ୍‌ର ୱେଟିଙ୍ଗ ରୁମ୍‌ରେ । ଅରୁଣ ହାତରେ ସେତେବେଳେ କିଛି ସମୟ ଥିଲା ଏବଂ ସ୍ମିତା ନିଜଠାରୁ ନିଜକୁ ନିର୍ବାସିତ କରିବାର ଉଦ୍ୟମ କରୁଥିଲା । ସେ ହଠାତ୍ ଅରୁଣକୁ ଏକ ମିଳିତ ଏକ୍ସକର୍‌ସନ୍‌ର ସଜେସନ୍ ଦେଇଥିଲା । କଳେ ସିଗାରେଟ୍ ଧୂଆଁ ଛାଡ଼ି ସେ ସମ୍ମତି ଜଣାଇଲା ।

ମୁଁ ଜୀବନ ନୁହେଁ, ମୁହୂର୍ତ୍ତରେ ବିଶ୍ୱାସ କରେ। ଜୀବନ ନୁହେଁ, ମୁହୂର୍ତ୍ତ। ହିପ୍‌ପୀ ତରୁଣଟିର କଥା ସ୍ମିତାର ବାରମ୍ବାର ମନେ ପଡୁଥିଲା।

ଅରୁଣ ସେଦିନ ଝର୍କା ଦେଇ ରାସ୍ତାକୁ ଚାହିଁ ନିରବତା ଭଙ୍ଗ କରିଥିଲା।

- ଆମେ ମ୍ୟାରେଜ୍ କରିବା ସ୍ମିତା।
- ମୁଁ ସେଇ ବନ୍ଧନରେ ବିଶ୍ୱାସ କରେନା। ସ୍ମିତାର ସହଜ ଉତ୍ତର।
- ମୁଁ କିନ୍ତୁ...
- ଓଃ ଅରୁଣ, ବିବାହ ଏକ ଛଳନା।
- ମୁଁ କିନ୍ତୁ କହୁଥିଲି ତୁମର ଭଲ ପାଇଁ।
- ଲୋଡ଼ା ଗୋଟିଏ ସର୍ତ୍ତ।
- ସେ ପୁଣି କ'ଣ ?
- ତୁମର ଅତୀତକୁ ତୁମକୁ ଭୁଲି ଯିବାକୁ ହେବ।
- ଚେଷ୍ଟା କରିବି।

ତା'ପରେ ସେମାନେ ଉଠିଲେ। ଏଇ ହୋଟେଲର ଗୋଟିଏ ରୁମ୍‌ରେ ସମସ୍ତେ ଜାଣନ୍ତି ତାଙ୍କୁ ସ୍ୱାମୀ ସ୍ତ୍ରୀ ବୋଲି। ସ୍ମିତା କଲେଜକୁ ନିଜର ଇସ୍ତଫା ପତ୍ର ପଠାଇ ଦେଇଛି। ସେ ଅନେକ ଉଦ୍ୟମ କରିଥିଲା ସେମାନଙ୍କୁ ଭୁଲିବା ପାଇଁ। କିନ୍ତୁ ସବୁ ବିଫଳ।

ସ୍ମିତା ଛାତିରେ ଆହୁରି ବେଦନା ଅନୁଭବ କଲା। ସାମାନ୍ୟ କାଶିଲା ଏବଂ ଶକ୍ତି ସଂଗ୍ରହ କରି ଉଠିଲା। ଆଲମାରିରୁ ଟାଣି ଆଣିଲା ଅଦୃଶ୍ୟ ଆଲବମ୍‌ଟିଏ। ଖୋଲି ଦେଖିଲା। ବାପା ରାଗରେ ମୁହଁ ବୁଲାଇ ଦେଉଛନ୍ତି। ଭାଇ ବିରକ୍ତିରେ ଚାହିଁଛନ୍ତି। ବୋଉର ଦୁଇଟା ଆଖି ଓଦା ଓଦା ଦିଶୁଛି। ବିଜନ୍ ସାନ୍ୟାଲ୍ କାନ୍ଧରେ ବନ୍ଧୁକ ପକାଇ ଜିପ୍‌ର ଷ୍ଟାର୍ଟ ଦେଉଛି। ବିଜୟ ମହାନ୍ତି ଉଦାସ। ଅରୁଣ ହସୁଛି। ଯେପରି ସେ ଆଗରେ ଅନେକ ବହୁମୂଲ୍ୟ ମଣିମୁକ୍ତା ଦେଖୁଛି।

ସ୍ମିତା ରାଗରେ ଆଲବମ୍‌କୁ ତଳେ କଚାଡ଼ି ଦେଲା। ଲାଇଟର୍ ଜଳାଇ ଅଗ୍ନି ସଂଯୋଗ କଲା। ମଣିଷ ଜନ୍ମ ପରାଜୟ ପାଇଁ ନୁହେଁ। ଜୀବନ ଅନର୍ଥକ ମୁହୂର୍ତ୍ତ ସତ୍ୟ। ଜୀବନ ନୁହେଁ ମୁହୂର୍ତ୍ତ। ପରାଜୟ ନୁହେଁ ବିଜୟ। ଧୀବରମାନେ ଓ ହିପ୍‌ପୀ ତରୁଣ ତରୁଣୀ ବେଦମ୍ ହସୁଥିଲେ। ତାଙ୍କୁ ଅଟ୍ଟହାସ କରୁଥିଲେ।

ଅରୁଣ ଡାକୁଛି।

ସ୍ମିତା ବି ପାଟି କରି ହସିଲା। ଆଲବମ୍ କିନ୍ତୁ ସମ୍ପୂର୍ଣ୍ଣ ଜଳି ଯାଇଥିଲା। ଜଳୁ।

■

ଆବର୍ତ୍ତନ

॥ ୧ ॥

ଗୋଟିଏ ମାଙ୍କଡ଼ କୌଣସି ତୈଳାକ୍ତ ସ୍ତମ୍ଭକୁ ଆରୋହଣ କରୁଥିଲା। ସେ ପ୍ରଥମ ତିନିଫୁଟ୍ ଉର୍ଦ୍ଧ୍ୱକୁ ଉଠିଯାଇ ଦ୍ୱିତୀୟ ମିନିଟରେ ଏକଫୁଟ ନିମ୍ନକୁ ଖସି ପଡୁଥିଲା...।

: ଖମ୍ବର ଶୀର୍ଷକୁ ଚଢ଼ି ମାଙ୍କଡ଼ଟି କେତେ ଖୁସି ହୋଇଥିବ କଳନା କରି ପାରୁଛ ସ୍ମିତା ?

: ବାସ୍ତବିକ।

: ଏବଂ ସେ ଦିନଟି ତୁମେ ମନେ କରିବ, ଯେଉଁଦିନ ମୋ ନେକ୍‌ଟାଇ ରଙ୍ଗର ବ୍ଲାଉଜ୍ ପିନ୍ଧିଥିବ ଓ ଓଠକୁ ଉପହାସ କରୁଥିବ। ମୋର ଛାତିର ଗୋଲାପ କୋରକକୁ ପ୍ରତିହିଂସାରେ ଦଳି ଦେଇଥିବ।

: ଦୁଷ୍ଟ !

॥ ୨ ॥

ମୂର୍ଚ୍ଛିତା ସାପଟିଏ ଦେଖି ଶାଗୁଣାଟିଏ ବେଶ୍ ଖୁସିରେ ଶାବକମାନଙ୍କର ଆହାର ନିମିତ୍ତ ଗୋଟାଇ ନେଇଥିଲା ଓ ଆତ୍ମତୃପ୍ତିରେ ଆକାଶର ନିଥର ନୀଳିମାକୁ ପକ୍ଷାଘାତରେ ଆତଙ୍କିତ କରିଥିଲା। ତତ୍ପରେ ସାନ୍ତ୍ୱନା ସାପ ସତେଜ ହୋଇଥିଲା ଓ ଶାବକମାନଙ୍କୁ ଗ୍ରାସ କରିଥିଲା...

: ସ୍ମିତା !

: ଉଁ।

: ମନେ ପଡୁଛି ଦେହକୁ ଦେହାତୀତ ଓ ଅସ୍ତିକୁ ନାସ୍ତି କରୁଥିବା ଅନ୍ଧାରରେ ସାପ କୁଣ୍ଡଳୀର ବନ୍ଧନୀ !

॥ ୩ ॥

ପିଲାଏ, ଗୋଟିଏ ଗାଁରେ ଦୁଇଟି ବିରାଡ଼ି ଥିଲେ। ସେମାନେ ଖଣ୍ଡିଏ ପିଠା ଭାଗ କରିବା ପାଇଁ କଜିଆ କରି ଗୋଟିଏ ମାଙ୍କଡ଼ର ସାହାଯ୍ୟ ପାଇଁ ଯାଇଥିଲେ। ବିରାଡ଼ି ଦୁଇଟିଙ୍କୁ ପ୍ରତାରଣା କରି ମାଙ୍କଡ଼ ପିଠାକୁ ଆତ୍ମସାତ୍ କରିଥିଲା...

ମନେ ପଡୁଛି ସ୍ମିତା, ବିଗତ ଯୌବନ ପ୍ରଫେସର ଚୌଧୁରୀ ମୋତେ ଏବଂ ଶରତ (ପେତୃମକୁ ବାଗ୍‌ଲୋ ବୋଲି ଦାବି କରୁଥିଲା)କୁ ଶାଶ୍ୱତ ପ୍ରେମର ସଂଜ୍ଞା ବୁଝାଉଥିଲେ।

: ମନେ କରି ଲାଭଟା ଯେ କ'ଣ ?

: ଆହତ ହେଲ, ମୁଁ କିନ୍ତୁ ଯେଉଁଦିନ ତୁମକୁ ଶୀତ ସାୟାହ୍ନର ସାତଟା ପଞ୍ଚାବନରେ ପ୍ରଫେସର ଚୌଧୁରୀଙ୍କୁ ସରକାରୀ ଭାସଭବନରେ ସବାନ୍ଧବେ ଆବିଷ୍କାର କରିଥିଲେ, ସେଦିନ ତୁମ ଘଞ୍ଚ ଲାଲ ରଙ୍ଗର (ମୋ ନେକଟାଇ ଫିକା ସବୁଜ ରଙ୍ଗର) ବ୍ଲାଉଜ ତଳକୁ ଭୂମିକମ୍ପର କୋଳାହଳ ବେଶ୍ ଅନୁଭବ କରି ହେଉଥିଲା।

■

ଆକାଶ

ଅନନ୍ତ ଆକାଶର ବିସ୍ତୀର୍ଣ୍ଣ ଶୂନ୍ୟତାରେ ଯଦି ଅଧିକ ଅମଳକ୍ଷମ ଟାଇଚୁଙ୍ଗ ଧାନ ରୋପଣ କରାଯାଇ ପାରନ୍ତା...

ଶୁଭେନ୍ଦୁ ହସିଲା।

ଏକଦା ବିଶ୍ୱବିଦ୍ୟାଳୟର ଗର୍ବ କଳାକାର - ସମ୍ପ୍ରତି ବେକାର ଶୁଭେନ୍ଦୁ ମୋହନ ସମସ୍ତ କଳ୍ପନା, ଆଶା, ସମ୍ଭାବନାକୁ ତୁଚ୍ଛ ବାଲିଗରଡ଼ା ପରି ନୈରାଶ୍ୟର ବିଶାଳ ହ୍ରଦରେ ନିକ୍ଷେପ କରି ସାରିଥିଲା।

ଅନ୍ତତଃ ତା'ର ଜୀବନରେ ନୈରାଶ୍ୟ ଯେ ଏକାନ୍ତ ଭାବେ ପ୍ରାକୃତିକ। ଧଳା କାନଭାସରେ ପେନ୍‌ସିଲ୍ ଗାର ପରି ଫିକା ଫିକା ସ୍ମୃତିମାନଙ୍କ ଉଦ୍ଦେଶ୍ୟରେ ହାଏଦରୀ ବିଡ଼ି ଖଣ୍ଡକ ଟାଣି କେଉଁ ପ୍ରାଗ୍ ଐତିହାସିକ ଜୀବର ମେଲା ପାଟି ପରି କୋଠରିର ଦୁଇଟି ଭଗ୍ନ ଉରୁ ଚଉକି ବ୍ୟର୍ଥ ପ୍ରେମିକର ହତାଶାର ଆତ୍ମହତ୍ୟା କରୁଥିବା ମୃତ ଶବର ଗାମ୍ଭୀର୍ଯ୍ୟ ନେଇ ଗୋଟିଏ କୋଣରେ ଟଙ୍ଗା ହୋଇଥିବା କଳଙ୍କିଲଗା ଏକ ଭାଓଲିନ୍ ଓ ଖଣ୍ଡିଏ ଦଦରା ଖଟିଆକୁ ନିକୋଟିନ୍ ଗନ୍ଧରେ ଆମୋଦିତ କରି ସେ କେଉଁ ଶାସ୍ତ୍ରୀୟ ସଙ୍ଗୀତର ଅଶାସ୍ତ୍ରୀୟ ସୁର୍ ଧରିଥିଲା।

ସଙ୍ଗୀତ ?

ଏ ସଙ୍ଗୀତ ବିପକ୍ଷରେ ନା ବିଫଳତା ବିପକ୍ଷରେ ? ନିଜ ଭାବନାରେ ନିଜେ ଶଙ୍କି ଯାଉଥିଲା ଶୁଭେନ୍ଦୁ।

ପ୍ରିୟତମା ଉଷା ଓ ପ୍ରିୟତମ ସଙ୍ଗୀତ। ଅନେକ ଚେଷ୍ଟା କରି ମଧ୍ୟ ଏ ଦୁହିଁଙ୍କୁ ସେ ଦୋଷୀ କରିପାରୁ ନଥିଲା।

ଅଥଚ ବେକାର ଶୁଭେନ୍ଦୁର ସମସ୍ତ ବହ୍ନିମାନ କାମନାକୁ ଆଲିଙ୍ଗନ କରି ନିଜକୁ ଶତଧା ବିଦୀର୍ଣ୍ଣ କରିଥିବା ଉଷା ଆଜି ତିନିଟି ସନ୍ତାନର ଜନନୀର ଆଜି ସନ୍ତାନ ସମ୍ଭବା। ଆଷ୍ଟ୍ରେ ବ୍ୟବହୃତ ହେଉଥିବା ଟିଣ ଡବାରେ ସେ ଅଧଜଳା ବିଡ଼ିକୁ ଫିଙ୍ଗି ଦେଲା।

ଧୂମ୍ର କୁଣ୍ଡଳୀ ଧୀରେ ଧୀରେ ଉଠି ବାୟୁମଣ୍ଡଳରେ ମିଶି ଯାଉଥିଲା।

ସକାଳୁ ସୁବ୍ରତ ଚାକିରି ଉଦ୍ଦେଶ୍ୟରେ ଯାଇଛି। ବାହାର ଦରଜା ବାହାରୁ ବନ୍ଦ ଅଛି। ଇତିମଧ୍ୟରେ ଘର ମାଲିକ ହୁଏତ ଘରର ଏମୁଣ୍ଡରୁ ସେ ମୁଣ୍ଡ ପୁଣି ସେ ମୁଣ୍ଡରୁ ଏ ମୁଣ୍ଡ ଯାଏ ପଦଚାରଣ କରୁଥିଲା ଶୁଭେନ୍ଦୁ।

ଦକ୍ଷିଣପଟ ଝର୍କା ଦେଇ ସେ ଚାହିଁଲା ଦୂର ଦିଗ୍‌ବଳୟର ପୁଞ୍ଜୀଭୂତ ଅନ୍ଧାରକୁ, ସାମାନ୍ୟ ଗ୍ରାସ କରୁଥିବା ହାରିକେନ୍ ବତୀକୁ। ନୈରାଶ୍ୟର ନିର୍ମମ ନିଗଡ଼ରେ ତା' ଯେପରି ଶୁଭେନ୍ଦୁର ସତ୍ତା। ତା'ର ସ୍ଥିତି ସମ୍ବନ୍ଧରେ ସେ କିପରି ଏକ ପ୍ରକାର ଉଦାସ ହୋଇ ଉଠିଥିଲା।

କୌଣସି ଅନ୍ଧାରୀ ଘରର ଛାତରୁ ଡେଣା ଝାଡ଼ି ଉଡ଼ି ଯାଉଥିବା କେତୋଟି ଚେମେଣିଆ ପରି ତା'ର କେଇଟି ନିରାଡ଼ମ୍ବର ଦୀର୍ଘଶ୍ୱାସ ନିସ୍ପନ୍ଦ ବାୟୁମଣ୍ଡଳରେ ନିଜର ସତ୍ତା ହରାଇଲା।

ହାୟ ଆକାଶ! ହାୟରେ ଶୂନ୍ୟତା!

ଖଣ୍ଡିଆ ହାଏଦରୀ ଚିଡ଼ିଟି ଟିଣ ଡବାରେ କୁହୁଳୁଥିଲା କେବଳ... କେଉଁ ଅଜଣା ଶିଳ୍ପୀର ବେହେଲାରୁ ବିକ୍ଷିପ୍ତ ରାଗ ବି ଭାସି ଆସୁଥିଲା।

■

ଆମ ସହରର ନାୟକ

ସହରମାନେ ଏମିତି ଏକ ଜନବସତି, ଯେଉଁଠି ଆବାଳ ବୃଦ୍ଧବନିତା ପରସ୍ପରକୁ ଜାଣିବାର ସୁଯୋଗରୁ ବଞ୍ଚିତ। ଅତଏବ ସେଇଠି ପ୍ରତ୍ୟେକ ନିଜ ପଡ଼ୋଶୀ ଓ ସହକର୍ମୀମାନଙ୍କୁ ନେଇ ସୀମିତ ପୃଥିବୀଟିଏ ଗଢ଼ନ୍ତି। ଅଥଚ ଆମ ସହର କଥା ଭିନ୍ନ। ଏହା ବିଜ୍ଞାପିତ ଅଞ୍ଚଳ ବୋଲି ଘୋଷିତ। ଏହାର ନିର୍ବାଚିତ ଲୋକ ପ୍ରତିନିଧିଙ୍କୁ କୁହାଯାଏ 'ନଗରପାଳ' ଏବଂ କହିବା ବାହୁଲ୍ୟ ମାତ୍ର ଜାତି, ଧର୍ମ, ସାମାଜିକ ପ୍ରତିଷ୍ଠା, ବୃଦ୍ଧ ତରୁଣ ନିର୍ବିଶେଷରେ ସମସ୍ତେ ସମସ୍ତଙ୍କ ପରିଚିତ। ଦାଦା, ଖୁଡ଼ୀ, ମଉସା, ପିଉସୀ ପରି ସମ୍ପର୍କ। ବୟସ୍କ ପ୍ରୌଢ଼ ଜଣେ କୌଣସି ତରୁଣଙ୍କୁ ଅପସଂସ୍କୃତିର ଭାଷା ପ୍ରୟୋଗକରି ସମ୍ବୋଧନ କଲେ ବି କେହି ତା' ଉପରେ ଗୁରୁତ୍ୱ ଦିଅନ୍ତି ନାହିଁ। ୧୯୪୭ 'ମର୍ଜର' ପରେ ଆମ ସହର ସ୍ୱାଧୀନ ଭାରତର ମାନଚିତ୍ରରେ ସ୍ଥାନ ପାଉଥିଲା। ଜାତୀୟ ଆନ୍ଦୋଳନକୁ ପରୋକ୍ଷରେ ସାହାଯ୍ୟ କରୁଥିଲେ ବୋଲି ଏ ଯୁଗର ନେତାମାନେ ନିର୍ବାଚନ ସଭାରେ ଆମର ତତ୍କାଳୀନ ମହାରାଜାଙ୍କ ଗୁଣଗାନ କରିଥାନ୍ତି।

ସମ୍ପ୍ରତି ପୂର୍ବଜମାନେ ସହରର ସମସ୍ତ ଭାର ଆମ ତରୁଣମାନଙ୍କ ଉପରେ ନ୍ୟସ୍ତ କରି ସନ୍ତୁଷ୍ଟ। ଦୀର୍ଘଦିନ ଆମ ସହର ଜଣେ ଜଣେ ତରୁଣ ନଗରପାଳଙ୍କ ଦ୍ୱାରା ଶାସିତ।

ସହରର ସମସ୍ତ ରାସ୍ତା ସିଧା ଓ ପ୍ରଶସ୍ତ। ପ୍ରତ୍ୟେକ ରାସ୍ତା ଅନ୍ୟ ରାସ୍ତା ସହିତ ସମକୋଣରେ ମିଶେ। ଘରମାନେ ପୁରୁଣା ହେଲେ ବି ଆଭିଜାତ୍ୟ ସମ୍ପନ୍ନ। ଏବେବି କୌଣସି ଧସି ପଡ଼ିଥିବା କାନ୍ଥକୁ ଦେଖିଲେ ମନେହୁଏ- ହୁଏତ ପ୍ରତି ଇଟା ଖଣ୍ଡରେ ଆମ ସହରର ଇତିହାସ ଲିପିବଦ୍ଧ ଥିଲା। 'ମର୍ଜର' ଆଗର ବୃଦ୍ଧମାନେ କହନ୍ତି, ଇଲେକ୍‌ଟ୍ରିସିଟି, ପାଇପ୍‌ରେ ଜଳଯୋଗାଣ, ଛାପାଖାନା ଏକଦା ଥିଲା ଏ ସହରର ଗର୍ବ। ଏବେବି କୌଣସି ଆଗନ୍ତୁକ ଆମ ସହରରେ ପାଦ ଦେଲେ ଯଥାଶୀଘ୍ର ହୃଦୟଙ୍ଗମ କରିପାରିବେ, ଏଠି ଲୋକଙ୍କର ମୁଣ୍ଡପିଛା ଆୟ ଜାତୀୟ ହାରର ଊର୍ଦ୍ଧ୍ୱରେ। ଅଥଚ

ସେମିତି ଉତ୍ସୁକ ଆଗନ୍ତୁକଟିଏ ପାଇଲେ ତାଙ୍କୁ ଗୋଟିଏ ସ୍ଥାନକୁ ନେଇ ଯାଆନ୍ତି। ଯଦି ମାନବବୋଧ ପ୍ରତି ତାଙ୍କର ସମ୍ମାନ ଥାଏ, ସେ ମାତ୍ର ଗୋଟାଏ ମୁହୂର୍ତ୍ତରେ ଅନୁଭବ କରିପାରନ୍ତେ ଯେ ଏ ସହରର ଇତିହାସ ଓ ସାମ୍ପ୍ରତିକ ଜୀବନଯାତ୍ରା ବେଶ୍ ଉଦାରବାଦୀ। ଆଗନ୍ତୁକ ସହରର ପଶ୍ଚିମକୁ ଥିବା ପୋଖରୀ ହୁଡ଼ାରେ ଛିଡ଼ା ହୋଇ ମୋତେ ପ୍ରଶ୍ନିଳ ଆଖିରେ ଚାହିଁଲେ ମୁଁ ତାଙ୍କୁ ହାତ ବଢ଼ାଇ ଦେଖାଇ ଦିଅନ୍ତି ପୋଖରୀର ଦୀପସ୍ତମ୍ଭ ଓ ସେଥିରେ ସ୍ଥାପିତ ଏକ ଆବକ୍ଷ ପ୍ରତିମୂର୍ତ୍ତିକୁ। ଆଗନ୍ତୁକ ପଚାରନ୍ତି, ସେ କିଏ? ମୁଁ କାହିଁକି ଆମ ସହରର ଯେ କେହିବି ଏ ପ୍ରଶ୍ନର ଉତ୍ତର ଦେଇ ପାରିବେ। ସେ ଲୋକଟା ଥିଲା ଗୋଟାଏ ଦୁର୍ଦ୍ଦାନ୍ତ ତସ୍କର। ରାଜାଙ୍କର ପୋଲିସ୍ ବାହିନୀକୁ କାବୁ କରି ସେ ଅନେକଥର ଖସି ଯାଉଥିଲା। ସ୍ୱୟଂ ରାଜା ତା' କୌଶଳରେ ମୁଗ୍ଧ। ଅବଶେଷରେ ତାକୁ ଗୁଳି କରି ମରାଗଲା। କିନ୍ତୁ ଉଦାରବାଦୀ ରାଜା ତା'ର ସ୍ମୃତିକୁ ବଞ୍ଚାଇ ରଖିବା ପାଇଁ ଏଠି ଏ ପ୍ରତିମୂର୍ତ୍ତି ସ୍ଥାପନ କରିଛନ୍ତି। ଆଗନ୍ତୁକ ନିଶ୍ଚିତ ଭାବରେ ସ୍ୱୀକାର କରିବେ ଯେ ବିଶ୍ୱ ଇତିହାସରେ ଏମିତି ଦୃଷ୍ଟାନ୍ତ ବିରଳ।

ସହରର ମୁଖ୍ୟ ବଜାରରୁ ସିଧାସଳଖ ଅନ୍ୟୁନ ଏକ କିଲୋମିଟର ପରେ ପଡ଼େ ଉପରୋକ୍ତ ପୋଖରୀଟି। ଏବେ ପ୍ରାୟ ବିବର୍ଜିତ। ରାସ୍ତା ଦୁଇକଡ଼େ ଚାଷଜମି। ଚାଲିଗଲା ବେଳେ ଯେ କୌଣସି ଲୋକର ଆଖି ପଡ଼ିଯିବ ଜମିମାନଙ୍କ ଭିତରେ ଅର୍ଦ୍ଧେକ ପୋତା ହୋଇ ପଡ଼ିଥିବା ଭଙ୍ଗା ପଥର ମୂର୍ତ୍ତିମାନଙ୍କ ଉପରେ। ସେଗୁଡ଼ିକର କାରୁକାର୍ଯ୍ୟ ବା ପ୍ରତ୍ନତାତ୍ତ୍ୱିକ ବିଶେଷତ୍ୱ ପ୍ରତି ଆମ ସହରବାସୀ ନିସ୍ପୃହ। ପୋଖରୀ ହୁଡ଼ାକୁ ଦେଖିଲେ ଯେ କେହି ଅନୁମାନ କରିପାରିବ ଏକ ସୁରକ୍ଷିତ ଗଡ଼ର ପ୍ରାଚୀରର ଧ୍ୱଂସାବଶେଷ। ପୋଖରୀ ଭିତରେ ଖାଲି ଦଳ, ଏଣୁ ଋତୁଚକ୍ର ସହିତ ତାଳ ଦେଇ ପ୍ରଚୁର ନୀଳକଇଁ ବା ପଦ୍ମଫୁଲ। ଏ ଇଲାକାର ମୁଖ୍ୟ ଆକର୍ଷଣ ପୋଖରୀ ସଂଲଗ୍ନ ଏକ ସମତଳ ପଡ଼ିଆ, ଯାହାର ଚାରିପଟେ ଗୋଟିଏ ଥୁଣ୍ଟା କାଠଚମ୍ପା ଗଛ ଓ ତା'ର ତଳେ ସିମେଣ୍ଟ ବେଞ୍ଚ। ଏହା ବୋଧହୁଏ ରାଜପରିବାରର ପ୍ରମୋଦ ଉଦ୍ୟାନ ଥିଲା, କାରଣ ଏବେବି କେତୋଟି ହରିଣ ମୟୂର ଓଟପକ୍ଷୀ ମୂର୍ତ୍ତିର ଭଗ୍ନାବଶେଷ ଦୃଷ୍ଟିଗୋଚର ହୁଏ। ସମ୍ପ୍ରତି ଆମ ସହରର କେଇଜଣ ସୌଖୀନ ଲୋକଙ୍କ ସାଧ୍ୟ ଆଡ୍‌ଡ଼ା ପାଇଁ ଏହା ଏକ ଉପଯୁକ୍ତ 'ରିଟ୍ରାଟ୍'।

ଧରାଯାଉ ଅକ୍ଟୋବରର ଏକ ନାତିଶୀତୋଷ୍ଣ ସନ୍ଧ୍ୟା। ସହର ପଟୁ ପବନର ଗତି ପଶ୍ଚିମ ଦିଗୁ ନହେଲେ ବି ଇଲାକାକୁ ଠେଲିଦେଇ ଆସନ୍ତି ସୌଖୀନ କେତେଜଣ। ଆମ ସହରରେ 'ଜେନେରେସନ୍ ଗ୍ୟାପ୍' ବୋଲି କିଛି ନାହିଁ। ଏଣୁ ଯେଉଁ ପାଞ୍ଚ ଛଅ ଜଣ ଆସି ସାମ୍ନାସାମ୍ନି ଦୁଇଟି ସିମେଣ୍ଟ ବେଞ୍ଚ ଅଧିକାର କରନ୍ତି; ସେମାନଙ୍କ ମଧ୍ୟରେ ବୟସର ତାରତମ୍ୟ ଯଥେଷ୍ଟ। (କେତୋଟି ଚରିତ୍ରର ଅବତାରଣା କଲେ ମନ୍ଦ

ହେବନି।) ଫିନ୍ ଫିନ୍ ମଠା ପଞ୍ଜାବୀ ପିନ୍ଧି ଧଳା ବାଳକୁ କୃତ୍ରିମ ଉପାୟରେ ରଙ୍ଗ କରିଥିବା ସୁସ୍ଥ ସବଳ ଅଥଚ ପଚାଶ ବର୍ଷର ପ୍ରୌଢ଼ ରଜନୀକାନ୍ତ। ସେ ଏକଦା ଜଣେ ସଫଳ ଅଭିନେତା ଓ ଶାସ୍ତ୍ରୀୟ ସଙ୍ଗୀତରେ ପାରଙ୍ଗମ କଳାକାର ଥିଲେ। ଏମିତି ଏକ ଦଳର ସେ ନିର୍ଦ୍ଦ୍ୱନ୍ଦ୍ୱ ଦଳପତି। ଆଉ ଦୁଇଜଣ ବେକାର। ପିଲାବେଳୁ ଏମ୍.ଏ. ଯାଏ ସହପାଠୀ। ଆମର ଆମ ସହରର କ୍ରିକେଟ୍ ଟିମ୍‌ର ଅଧିନାୟକ ଓ ଅନ୍ୟଜଣକ ମୁକ୍ତି ଅପେକ୍ଷାରେ ଥିବା କୌଣସି ଏକ ଚଳଚ୍ଚିତ୍ରର ଜନୈକ ଅଭିନେତା ବୋଲି କହେ। ଅବଶ୍ୟ ଆମ ସହରରେ ମଞ୍ଚସ୍ଥ ଅନେକ ନାଟକରେ ସୁଭାଷ ଅଭିନୟ କରିଛି। ଆଉ ଜଣେ ଚଷମା ପରିହିତ ପଇଁତ୍ରିଶ ବର୍ଷର ଅବିବାହିତ 'ଯୁବକ'। ସେ ସର୍ବଦା ଚାରମିନାର ସିଗ୍ରେଟ ଟାଣନ୍ତି ଏବଂ ତାକୁ ଦିଆସିଲି ବ୍ୟବହାର କରିବାକୁ ପଡ଼େ ନାହିଁ, କାରଣ ଖଣ୍ଡିଏ ସିଗ୍ରେଟ ଲିଭି ଆସିବା ବେଳକୁ ସେଇ ନିଆଁରେ ଆଉ ଖଣ୍ଡିଏ ସିଗ୍ରେଟ ଲଗାନ୍ତି। ଏହି ନିହାରବାବୁ ଜଣେ କବି ଓ ନିଜ ଉଦ୍ୟମରେ ସେ ଗୋଟିଏ କବିତା ସଂକଳନ ପ୍ରକାଶ କରିଛନ୍ତି। ଆଉ ଜଣେ ଖଦଡ଼ ପାଇଜାମା ପଞ୍ଜାବୀ ପରିହିତ ଯୁବନେତା। ମୁହଁରେ ସାମାନ୍ୟ ଅର୍ଚ୍ଚିତ ଶ୍ମଶ୍ରୁ। ସେ ନିଜ ସହର ଏପରିକି ରାଜ୍ୟ, ଦେଶ ଅପେକ୍ଷା ଆନ୍ତର୍ଜାତିକ ସମସ୍ୟାମାନଙ୍କ ସମ୍ପର୍କରେ ସାମାନ୍ୟ ସୁଯୋଗ ପାଇଲେ ମୁଖର ହୋଇ ଉଠନ୍ତି। ଦିନେ ନା ଦିନେ ସେ ଆମ ନିର୍ବାଚନ ମଣ୍ଡଳୀର ପ୍ରତିନିଧି ହେବାକୁ ବଦ୍ଧପରିକର। ନୀଳାଚଳବାବୁ କେବଳ ଏକ ବାମପନ୍ଥୀ ଦଳର ଟିକେଟକୁ ନିଘା ରଖିଛନ୍ତି।

ରଜନୀକାନ୍ତ, ଅମର, ସୁଭାଷ, ନିହାରବାବୁ, ନୀଳାଚଳବାବୁ ଦୁଇଟି ସିମେଣ୍ଟ ବେଞ୍ଚରେ ସାମ୍ନାସାମ୍ନି ବସିଥିଲେ ମଧ୍ୟ ସମସ୍ତେ ପ୍ରାୟ ନୀରବ ଥାନ୍ତି। ଯଦିଓ ସୁଭାଷ ପାଟିରୁ କେତେବେଳେ କେମିତି ପୁରୁଣା ସିନେମା ସଙ୍ଗୀତରୁ ପଦିଏ ଖସି ପଡୁଥାଏ। ନିହାରବାବୁ ଥୁଣ୍ଟା କାଠଚମ୍ପା ଗଛକୁ ଚାହିଁ କ'ଣ ଚିନ୍ତା କରୁଥାନ୍ତି। ନୀଳାଚଳବାବୁ ଦାଢ଼ି ସାଉଁଳି ଆସିବାବେଳକୁ ତାଙ୍କ ନାସାଗ୍ରକୁ ସ୍ପର୍ଶ କରେ ଏକ ମୃଦୁ ଏସେନ୍ସର ସୁଗନ୍ଧ। ସେ ସିଧାସଳଖ ରଜନୀକାନ୍ତଙ୍କୁ ଦେଖନ୍ତି ଓ କହି ପକାନ୍ତି, "ସାମନ୍ତବାଦୀ ରାହୁର ଛାୟା ଏଯାଏ ବି ଆପଣଙ୍କୁ କବଳିତ କରି ରଖିଛି।" ରଜନୀବାବୁ ସାମାନ୍ୟ ହସି ଦିଅନ୍ତି, ଅନେକଟା ବେଖାତିର ଭାବରେ। ସମସ୍ତଙ୍କୁ ଦେଖିଲେ ଯେ କେହି କହିଦେଇପାରିବ ଯେମିତି ଏମାନେ ସମସ୍ତେ କାହାକୁ ଅପେକ୍ଷା କରିଛନ୍ତି। ସତକୁ ସତ କିଛି ସମୟ ପରେ ଦୂରରୁ ଗୋଟିଏ ସ୍କୁଟରର ଶବ୍ଦ ଶୁଭେ। ପ୍ରାୟ ସମସ୍ତେ ଏକକାଳୀନ ଖୁସି ହୋଇ ପଡ଼ନ୍ତି। ସିମେଣ୍ଟ ବେଞ୍ଚ ପାଖଯାଏ ସ୍କୁଟରଟି ମାଡ଼ି ଆସେ ଓ ଷ୍ଟାର୍ଟ ବନ୍ଦ କରି ଓହ୍ଲାଇ ଆସେ ରମେଶ। ସଦ୍ୟ ଇସ୍ତ୍ରୀ କରା ପୋଷାକରେ କୋଉଠି

ଦାଗଟିଏ ବି ନାହିଁ। ବାପା ସହରର ପ୍ରତିଷ୍ଠିତ ବ୍ୟବସାୟୀ। ସମସ୍ତଙ୍କ ମଝିରେ ରମେଶ ପାଇଁ ଆଗରୁ ସ୍ଥାନ ସଂରକ୍ଷିତ ହୋଇଥାଏ। ପକେଟରୁ ରୁମାଲ କାଢ଼ି ସେ ବେଞ୍ଚ ଉପରେ ବିଛାଇ ତା' ଉପରେ ସନ୍ତର୍ପଣରେ ବସିଯାଏ। ସିଗ୍ରେଟ କେସ୍‌ରୁ ଖଣ୍ଡିଏ ଦାମୀ ସିଗ୍ରେଟ କାଢ଼ି ଅଗ୍ନିସଂଯୋଗ କରେ ଓ ପ୍ରଥମେ ରଜନୀବାବୁଙ୍କୁ ଓ ପରେ ନିହାରବାବୁଙ୍କୁ ଚାହିଁ ମୁରୁକି ହସେ। ଅଗତ୍ୟା ସୁଭାଷର ହାତ ବଢ଼ିଆସେ ରମେଶ ପାଖକୁ। ରମେଶ ପକେଟରୁ ପୁଡ଼ିଆଟିଏ କାଢ଼ି ଥୋଇଦିଏ ସୁଭାଷର ପାପୁଲିରେ। ଇତିମଧ୍ୟରେ ନିହାରବାବୁ ସମସ୍ତଙ୍କ ହାତକୁ ଖଣ୍ଡିଏ ଲେଖାଏଁ ସୁଗ୍ରେଟ ବଢ଼ାଇ ଦେଇଥାନ୍ତି ଏବଂ ସେମାନେ ଆଙ୍ଗୁଠି ସାହାଯ୍ୟରେ ଟବାକୋରୁ ସିଗ୍ରେଟ୍ କାଢୁଥାନ୍ତି। ସୁଭାଷ ପୁଡ଼ିଆରୁ କାଢ଼ି ଗଞ୍ଜେଇର କେତୋଟି କଳିରୁ ବାଆଁ ପାପୁଲିରେ ରଖି ଡାହାଣ ହାତର ବୃଦ୍ଧାଙ୍ଗୁଳି ସାହାଯ୍ୟରେ ଦଳୁଥାଏ। କିନ୍ତୁ କିଛି ସମୟ ପରେ ଅନ୍ୟ ସମସ୍ତେ ତା' ଆଡ଼କୁ ହାତ ବଢ଼ାଇ ଦିଅନ୍ତି ଏବଂ ସୁଭାଷ ସମସ୍ତଙ୍କୁ ଚୂର୍ଣ୍ଣ ଗଞ୍ଜେଇରୁ କିଛି କିଛି ବଢ଼ାଇଦିଏ। ସମସ୍ତେ ଟବାକୋ ନିଷ୍କାସିତ ସିଗ୍ରେଟରେ ଗଞ୍ଜେଇ ପୂରାନ୍ତି। ସମସ୍ତଙ୍କ ବ୍ୟସ୍ତତା ଦେଖି ସୁଭାଷ ହସି ହସି କହେ, 'ଭାବୁଛି ଗଞ୍ଜେଇ ଭର୍ତ୍ତି ସିଗ୍ରେଟ ପ୍ରସ୍ତୁତ କରିବା ପାଇଁ ଗୋଟିଏ 'କଟେଜ ଇଣ୍ଡଷ୍ଟ୍ରୀ' କରିବି। ରମେଶ, ଲୋନ୍ ମିଳିବ ତ ?' ସମସ୍ତେ ସମସ୍ୱରରେ ହସି ଉଠନ୍ତି। ସୁଭାଷ ଜିନ୍‌ପ୍ୟାଣ୍ଟ ପକେଟରୁ କାଢ଼ି ଆଣେ ଗୋଟିଏ ଚାରିଇଞ୍ଚ ଦୀର୍ଘ ଚିଲମ ଏବଂ ସେଥିରେ ବି ଗଞ୍ଜେଇ ଭର୍ତ୍ତି ହୁଏ। ସମସ୍ତେ ଓଠ ସନ୍ଧିରେ ଜାକି ଧରନ୍ତି ପରସ୍ପରର ସିଗ୍ରେଟ୍‌କୁ ଏବଂ ପୋଖତ ନିହାରବାବୁ ଗୋଟିଏ ମାତ୍ର ଦିଆସିଲି କାଠି ଜାଳି ଅକ୍ଟୋବରର ମୃଦୁ ପବନ ସତ୍ତ୍ୱେ ସବୁ ସିଗ୍ରେଟ୍ ସମେତ ଚିଲମରେ ଅଗ୍ନି ସଂଯୋଗ କରନ୍ତି। ପୁଣି ନୀରବତା। ଖାଲି କେତେବେଳେ କେମିତି ନିହାରବାବୁ କାଶି ଉଠନ୍ତି।

ଏ ଚରିତ୍ରମାନଙ୍କ ପ୍ରତି ସହରବାସୀଙ୍କ କୌଣସି ଆକ୍ରୋଶ ନାହିଁ। ଏମାନେ ସମସ୍ତେ ବନ୍ଧୁ ଓ ପରସ୍ପର ପ୍ରତି ସେମାନଙ୍କର ପ୍ରଗାଢ଼ ବିଶ୍ୱାସ। 'ଧୂପ' ଆସର ପରେ ରଜନୀକାନ୍ତ ତାଙ୍କର ଚଳନୀୟ କଣ୍ଠରେ ଆରମ୍ଭ କରନ୍ତି... 'ସରି ଆସୁଥିଲା ଚନ୍ଦ୍ର ନିଶା... ଆ... ଆ... ରେ ମୋନାଲିସା''... ଏବଂ ତାଙ୍କର ଠିକ୍ କାଶି ଉଠିବା ବେଳକୁ ସୁଭାଷ ଆପତ୍ତି କରି ଉଠେ, "ମାମୁ, ମୋନାଲିସା ନୁହେଁ ମଦାଳସା।"

ରଜନୀବାବୁ କାଶ ବନ୍ଦ କରି ଅନେକଟା ବିଦ୍ରୂପରେ ହସି ଉଠନ୍ତି। ଅବଶ୍ୟ ତାଙ୍କର ପ୍ରଚ୍ଛନ୍ନ ବିଦ୍ରୂପ ସୁଭାଷ ପାଇଁ ଉଦ୍ଦିଷ୍ଟ ନୁହେଁ। ସମସ୍ତଙ୍କୁ କିଛି ନୀତିଶିକ୍ଷା ବା ତତ୍ତ୍ୱ ବଖାଣିବା ଭଙ୍ଗୀରେ ସେ ସଳଖି ବସନ୍ତି। ତା'ପରେ ଅନେକଟା ବହିଲେଖା ଭାଷାରେ କହନ୍ତି, ତୁମେ ଭୁଲ୍ ବୁଝୁଛ, ସୁଭାଷ। ମଦାଳସାମାନଙ୍କ ଯୁଗ ଏବେ ଅତୀତ। ଯେ କୌଣସି ନାରୀକୁ ଏବେ ଦେଖିଲେ ଅନୁଭବ କରିପାରିବ ଯେପରି ତା'ର ଗତିରେ

ଭଙ୍ଗୀୟ ମଦାଳସାର ଛନ୍ଦ ନାହିଁ, ବରଂ ଅଛି ଏକ ଦୂରନ୍ତ କାରୁଣ୍ୟ। ତା' ମୁହଁର ହସରେ ମଧ୍ୟ କାର୍ପଣ୍ୟ।" ରଜନୀବାବୁ କୃତ୍ରିମ କାଶର ଅଭିନୟ ମଧ୍ୟରେ ନିଜର ବକ୍ତବ୍ୟ ଶେଷ କରନ୍ତି, ଯେହେତୁ କୌଣସି ନାରୀର ଚଳନ ଭଙ୍ଗୀ ଓ ହସ ମଧ୍ୟରେ ଯୋଗସୂତ୍ର ସ୍ଥାପନ କରିବାର କଷ୍ଟ ବହନ ପାଇଁ ସେ ଅସମର୍ଥ ହୋଇ ପଡ଼ନ୍ତି। ଅଥଚ ବକ୍ତବ୍ୟରେ ବ୍ୟବହୃତ ଶବ୍ଦମାନଙ୍କରେ ଆକୃଷ୍ଟ ହୋଇ ନିହାରବାବୁ ସବୁକିଛି ଶୁଣି ପକାଇଥାନ୍ତି। ସେ ଦିଗ୍‌ବଳୟକୁ ଚାହିଁ ପଚାରନ୍ତି, "ରଜନୀବାବୁ, ଅଭିନେତା ଜୀବନରେ ଆପଣ ତ ଅନେକ ମଦାଳସାଙ୍କ ସମ୍ପର୍କରେ ଆସିଥିବେ?"

ରଜନୀକାନ୍ତ ଗଭୀର ଭାବରେ ପାର୍କର ଚତୁର୍ଦ୍ଦିଗରେ ଆଖି ପହଁରାଇ ଆଣନ୍ତି। ସେ ଯେପରି ଅନ୍ୟ କେତୋଟି ଫାଙ୍କା ସିମେଣ୍ଟ ବେଞ୍ଚ ଓ ଥୁଣ୍ଟା କାଠଚମ୍ପା ଗଛମାନଙ୍କରେ ସେଇ ପ୍ରଶ୍ନର ଉତ୍ତର ଖୋଜୁଛନ୍ତି। ଇତିମଧ୍ୟରେ ରମେଶ ପକେଟରୁ କାଢ଼ି ଗୋଟିଏ ଖୋଳଲଗା ଟାବ୍‌ଲେଟ୍ ବଢ଼ାଇଦିଏ ସୁଭାଷର ହାତକୁ। ଅଥଚ ସୁଭାଷର ହାତରେ ପଡ଼ିବା ଆଗରୁ ଅମର ବାଜପରି ଝାମ୍ପି ନେଇ ଖୋଳଟିରେ ଟାବଲେଟ୍‌କୁ ଦୁଇ ଭାଗ କରେ। ଅମର ଓ ସୁଭାଷ ଫାଳେ ଫାଳେ ପାଟିରେ ପକାନ୍ତି। ନିହାରବାବୁ ଦାବି କରିବା ଭଙ୍ଗୀରେ ରମେଶକୁ ଚାହାନ୍ତି। ରମେଶ କୈଫିୟତ ଦେବା ପରି କହେ, "ମେନ୍ ଡେକ୍ସ ଆମ ସହରରେ ଆଉଟ୍ ଅଫ୍ ଷ୍ଟକ୍। ମାତ୍ର ଗୋଟିଏ ମିଳିଲା।" ଏତେବେଳେ ରଜନୀକାନ୍ତ ଦୂରର ଏକମାତ୍ର କୃଷ୍ଣଚୂଡ଼ା ଗଛରେ ଦୃଷ୍ଟି ନିବଦ୍ଧ କରିଥାନ୍ତି। ଧୀରେ ଧୀରେ ତାଙ୍କ ମୁଖ ଉଜ୍ଜ୍ୱଳ ହୋଇଉଠେ, ଯେପରି ସେ କୃଷ୍ଣଚୂଡ଼ା ଗଛରେ ହିଁ ତାଙ୍କର ଉତ୍ତର ପାଇଛନ୍ତି। ସେ ନିହାରବାବୁଙ୍କୁ ଚାହିଁ କହନ୍ତି, 'ମଦାଳସା? ତିନିବର୍ଷ ହେଲା ବିଚାରୀ ମଲାଣି।' ସୁଭାଷ କୌତୁକ କଲା ପରି ପଚାରେ, 'କ'ଣ ମାଇଁ?' ରଜନୀବାବୁ କୃତ୍ରିମ କ୍ରୋଧରେ ସୁଧାରି ପକାନ୍ତି, 'ନା, ତୁମେ ତାକୁ ଜାଣିନ। ତିଳୋତ୍ତମା।'

ଏଥର ଏକକାଳୀନ ସମସ୍ତେ ଉଦ୍‌ଗ୍ରୀବ ହୋଇ ପଡ଼ନ୍ତି। କାରଣ ତାଙ୍କ ମଧ୍ୟରେ 'ମର୍ଜର' ପୂର୍ବବର୍ତ୍ତୀ ସହରର ଇତିହାସ ସମ୍ପର୍କରେ ଅଭିଜ୍ଞ ଏକମାତ୍ର ବ୍ୟକ୍ତି ରଜନୀକାନ୍ତ। ସମସ୍ତେ ଜାଣନ୍ତି ସେ ଏବେ କୌଣସି ଦୀର୍ଘ ଉପାଖ୍ୟାନ ଆରମ୍ଭ କରିବେ, ଯଦିଓ ତା'ର ସତ୍ୟାସତ୍ୟ ସମ୍ପର୍କରେ ସମସ୍ତେ ସନ୍ଦିହାନ। ତଥାପି ଆମ ସହରର ଅନ୍ୟତମ ବିଶେଷତ୍ୱ ମଧ୍ୟରେ ଏହା ବି ଗୋଟିଏ। ଏଠି ଆମ ସମସାମୟିକ ସମସ୍ତେ 'ମର୍ଜର' ପୂର୍ବର ସତ ଓ ମିଛ ଘଟଣା ମଧ୍ୟରେ କିଛି ପାର୍ଥକ୍ୟ ଦେଖନ୍ତି ନାହିଁ, ଯଦି ତାହା ତତ୍କାଳୀନ କୌଣସି ବ୍ୟକ୍ତିବିଶେଷ ଦ୍ୱାରା ବର୍ଣ୍ଣିତ। ରଜନୀବାବୁଙ୍କର ଏକମାତ୍ର ବ୍ୟତିକ୍ରମ ଯେ ସେ ବର୍ଣ୍ଣନା କରୁଥିବା ସମସ୍ତ ଲଳିତ

ଉପାଖ୍ୟାନର ନାୟକ ସେ ନିଜେ।   "ତୁମେ କେବେ ଅସ୍ତ ଯାଉଥିବା ଜହ୍ନକୁ ଦେଖିଛ ? ରାତିର ଶେଷ ପ୍ରହରକୁ ଶ୍ଳଥ ପାଦରେ ଅଙ୍କାବଙ୍କା ରାସ୍ତା ଦେଇ କ୍ରମଶଃ ଅପସରି ଯାଉଥିବା କୌଣସି ନାରୀକୁ ଦେଖିବା ସୁଯୋଗ ତୁମର କେବେ ଆସି ନଥିବ। ତିଳୋତ୍ତମା ଥିଲା ସେମିତି ଅନେକ ଦୃଶ୍ୟର ନାୟିକା।" ରଜନୀବାବୁ ନିର୍ଦ୍ଦିଷ୍ଟ କାହା ଉଦ୍ଦେଶ୍ୟରେ କହିବା ଅପେକ୍ଷା ଅନେକଟା ନାଟକର ସଂଳାପ ପରି କହିଲେ। ସୁଭାଷ ପଚାରିଦେଲା, "ମାମୁ, ଏ କ'ଣ କୌଣସି ମିଳନାନ୍ତକ ନାଟକର ଅନ୍ତିମ ଦୃଶ୍ୟ ?" ରଜନୀବାବୁ ବିନା ଗୌର ଚନ୍ଦ୍ରିକାରେ କହିଲେ, "ଅଫ୍ ଦି ଷ୍ଟେଜ୍"। ଇତିମଧ୍ୟରେ ସମସ୍ତେ ଅନ୍ୟମନସ୍କ ହୋଇ ସାରିଥାନ୍ତି। ରଜନୀବାବୁଙ୍କ ଅନୁଭୂତିର ସତ୍ୟାସତ୍ୟ ତର୍ଜମା କରିବାକୁ ସମସ୍ତେ ବୀତସ୍ପୃହ। ପ୍ରଥମେ ଉଠେ ରମେଶ। କାହାକୁ କିଛି ନକହି ସେ ସ୍କୁଟର ଷ୍ଟାର୍ଟ କରେ ଏବଂ ହଳଦିଆରୁ କ୍ରମଶଃ କଳା ହୋଇ ଆସୁଥିବା ଅନ୍ଧାର ଯୋଗୁ ସ୍କୁଟରର ଲାଇଟ୍ ଜାଳେ। ପାର୍କରୁ ମୁଖ୍ୟ ସଡ଼କଯାଏ ଖାଲଢିପ ରାସ୍ତା। ରମେଶ ସଡ଼କରେ ପହଞ୍ଚିବା ବେଳକୁ, ଅନ୍ୟମାନେ ବି ଉଠନ୍ତି। ପାଖାପାଖି ଚାଲୁଥିଲେ ବି ଯୁକ୍ତିତର୍କ ବା ବାର୍ତ୍ତାଳାପ ପ୍ରାୟ ଦୁଇ ଦୁଇ ଜଣରେ ସୀମିତ ଥାଏ ଏବଂ କେହି କେମିତି ରାସ୍ତାକୁ ନଦେଖି ମଧ୍ୟ ଗାଁ ରାସ୍ତାରେ ଅଭ୍ୟସ୍ତ ମେଣ୍ଢା ପରି ଟଳି ଟଳି ଚାଲୁଥାନ୍ତି।

ରମେଶର ସ୍କୁଟର ଯେଉଁଠି ଅଟକେ, ସେଇଠି ଧାଡ଼ିଏ ଦୋକାନ ଓ ଗୋଟିଏ ଅନ୍ଧାରୁଆ ତେନ୍ତୁଳିଗଛ। ସେ କାଠ କ୍ୟାବିନର ପାନ ଦୋକାନୀ ହାତରୁ ଖଣ୍ଡିଏ ସିଗ୍ରେଟ୍ ଆଣି ଝୁଲୁଥିବା କତା ଦଉଡ଼ିରୁ ନିଆଁ ଲଗାଏ ଏବଂ ଅସ୍ପଷ୍ଟ ସ୍ୱରରେ ଗାଉଥିବା ଗୀତର ଘୋଷା ବନ୍ଦ କରି କହେ, "ନନା, ଦି' ଖଣ୍ଡ ପାନ।" 'ନନା' ମାନେ ଗୋଟିଏ ମଧ୍ୟବୟସ୍କ ଲୋକ। ଛପା ଲୁଙ୍ଗି ଓ ନାଲି ଗଞ୍ଜି ଉପରେ ନନା ଘୋଡ଼େଇ ହୋଇଥାଏ ଖଣ୍ଡିଏ ନୀଳ ଓଢ଼ଣୀ। ଲମ୍ବା ବାଳ ଖୋସା ପରି ପଛକୁ ବନ୍ଧା ହୋଇଥାଏ ଗୋଟିଏ ମଲ୍ଲୀ ଫୁଲର ଗଜରା। କାନରେ ପଥରବସା ଦୁଇଟି କାନଫୁଲ। କଥା କହିଲାବେଳେ ନନା କଣ୍ଠ ଲହରାଇ ବିନା କାରଣରେ ମୁରୁକି ହସିଦିଏ। କେତେବେଳେ କେମିତି ଇସାରା କଲାପରି ବାଁ ଆଖି ଆପେ ଆପେ ବନ୍ଦ ହୋଇଯାଏ। ନନା ହାତରୁ ପାନ ନେଇ ସାରିବା ପରେ ରମେଶ ବସିଯାଏ ପାଖ ଚା' ଦୋକାନରେ କି ମନୋହରୀ ଦୋକାନରେ, ନନା ଜାଣିପାରେ ନାହିଁ। ସ୍କୁଟର ଦେଖି ସେ ଖାଲି ଅନୁମାନ କରେ, ବାବୁ ଅଛନ୍ତି। ଅଥଚ ରମେଶ ମନୋହରୀ ଦୋକାନ ଏବଂ ତେନ୍ତୁଳି ଗଛ ମଝିରେ ଲମ୍ବି ଯାଇଥିବା ସରୁ ରାସ୍ତାରେ ଚାଲିଯାଏ। ଘରଟି ପୁରୁଣା ହେଲେ ବି ବାସିନ୍ଦାଙ୍କ ଯତ୍ନର ପ୍ରମାଣ ମିଳେ ସାମ୍ନା ବଗିଚାରୁ। ବାଉଁଶ ତାଟିରେ ତିଆରି ଗେଟ୍ ଖୋଲିବା

ବେଳେ ରମେଶ ଘଣ୍ଟା ଦେଖେ, ସାଢ଼େ ସାତ। ତାକୁ କବାଟରେ ନକ୍ କରିବାକୁ ପଡ଼େ ନାହିଁ ଏବଂ ସେ ପର୍ଦ୍ଦା ଆଡ଼େଇ ସାମ୍ନା କୋଠରିରେ ପଶେ।

ସୁଲତା ଭାଉଜ ବ୍ୟସ୍ତ ଥାନ୍ତି କେଉଁ ଅଜ୍ଞାନ ଆତ୍ମୀୟଙ୍କ ପାଇଁ ସ୍ୱେଟର ବୁଣିବାରେ। ଲୀନା ଖଣ୍ଡିଏ ମାଗାଜିନ୍‌ର ପୃଷ୍ଠାରେ ଆଖି ବୁଲାଉଥାଏ। ସୁଲତା ରମେଶ ଆଡ଼କୁ ନ ଚାହିଁ କହିଲେ, 'ବସ'। ରମେଶ ବସିସାରି ବିନା ଦ୍ୱିଧାରେ କହିଲା, 'କପେ ଚା'। ଲୀନା ଉଠିଗଲା ରୋଷେଇ ଘରକୁ। ସୁଲତା ଦେବୀ ସ୍ଥାନୀୟ ଗାର୍ଲସ ହାଇସ୍କୁଲର ଶିକ୍ଷୟତ୍ରୀ। ଲୀନା ତାଙ୍କର ଛାତ୍ରୀ। ଜଣେ ଚିହ୍ନା ଅଫିସର ଆମ ସହରରୁ ତାଙ୍କ ବଦଳି ପରେ ଲୀନାକୁ ସୁଲତା ତତ୍ତ୍ୱାବଧାନରେ ଛାଡ଼ି ଯାଇଛନ୍ତି। ଥରୁଟେ ମେଟ୍ରିକୁଲେସନ୍‌ରେ ଫେଲ୍ ହେବା ପରେ ସେ ସୁଲତାଙ୍କ ତତ୍ତ୍ୱାବଧାନରେ। ଅନେକ ବନ୍ଧୁ କଦାଚିତ ସନ୍ଧ୍ୟାଟିଏ ବିତାଇ ଦିଅନ୍ତି ସୁଲତା ଦେବୀଙ୍କ ସାନ୍ନିଧ୍ୟରେ। ଅଥଚ ରମେଶ ସହିତ ତାଙ୍କର ମାତ୍ରାଧିକ୍ୟ ଆତ୍ମୀୟତାକୁ ସମସ୍ତେ ପରୋକ୍ଷରେ ଈର୍ଷା କରନ୍ତି। ଲୀନା ଚା' କପ୍ ରମେଶ ହାତକୁ ବଢ଼ାଇ ଦେଲା ଏବଂ ସୁଲତାଙ୍କ ବ୍ୟସ୍ତତାର ସୁଯୋଗ ନେଇ ରମେଶ ମୁଗ୍ଧ ହୋଇ ଚାହିଁଥିଲା ଅପସୃୟମାନ ଲୀନାର ନିଖୁଣ ଗଢ଼ଣକୁ। ରମେଶ ଲୀନା କଥା ହିଁ ଭାବୁଥାଏ। ରମେଶ, ତା'ର ଯେକୌଣସି ବନ୍ଧୁ କିମ୍ବା ସୁଲତା ଦେବୀଙ୍କ କୌଣସି ଆତ୍ମୀୟ ତାଙ୍କ ଘରକୁ ଆସିଲେ ଲୀନା ସିଧାସଳଖ ତା'ର ପଢ଼ା କୋଠରିକୁ ଚାଲିଯାଏ। ସମୟ ଅସମୟ ସମ୍ପର୍କରେ ତା'ର କୌଣସି ଦ୍ୱିଧା ବା ଅଭିଯୋଗ ନଥାଏ। ଉପରେ ପଡ଼ି କୌଣସି ପ୍ରଶ୍ନ ପଚାରିଲେ ଲୀନା କେବଳ 'ହଁ' କିମ୍ବା 'ନାହିଁ'ରେ ଉତ୍ତର ଦେବାଟା ରମେଶକୁ ଅସହ୍ୟ ଲାଗେ। ଅମର ଲୀନାର ଏପରି ବ୍ୟବହାରରେ ବିରକ୍ତି ପ୍ରକାଶ କରି କହିଥିଲା, 'ସି ଡିଜର୍ଭସ ଏ ହାର୍ଟଲେସ୍ ରେପ୍'। ରମେଶ କିଛି କହି ନଥିଲେ ମଧ ଅମରର ଔଦ୍ଧତ୍ୟରେ ମନେ ମନେ କ୍ରୁଦ୍ଧ ହୋଇ ପଡ଼ିଥିଲା।

ଆମ ସହର ସହିତ ଜନ୍ମଗତ ସମ୍ପର୍କ ନଥିଲେ ମଧ୍ୟ ଏଠାକୁ ଆସୁଥିବା ବାହାର ଲୋମାନେ ତା'ର ମାୟାରେ ପଡ଼ିଯାନ୍ତି। ସରକାରୀ ଚାକିରିଆଙ୍କ ପାଇଁ ପୃଥକ୍ କୌଣସି କଲୋନୀ ଆମ ସହର ସହିତ ସଂଲଗ୍ନ ନୁହେଁ। ଏକଦା ରାଜକାର୍ଯ୍ୟରେ ବ୍ୟବହୃତ ହେଉଥିବା ପୁରୁଣା ଘରମାନେ ମରାମତି ଓ ପୁନର୍ଗଠିତ ହୋଇ ଏବେ ସରକାରୀ କ୍ୱାର୍ଟର୍ସରେ ପରିଣତ ହୋଇଛି। ଅଫିସ୍‌ମାନେ ବି ପ୍ରାୟ ସେମିତି। ମୂଳ ଜନବସତି ସହିତ ସଂଲଗ୍ନ ହୋଇଥିବାରୁ କ୍ୱାର୍ଟରମାନଙ୍କର ଜୀବନଯାତ୍ରା ଓ ସହର ବାସିନ୍ଦାଙ୍କ ଦୁଃଖସୁଖ ଅଙ୍ଗାଙ୍ଗୀ ଭାବେ ଜଡ଼ିତ। ଭାବାନ୍ତର ମଧରେ ରମେଶର ଚା' ସରି ଆସିଥାଏ। ସୁଲତା ତା'ର ଆଖିକୁ ଦେଖି କୁହନ୍ତି, 'ଆଖିମାନେ କାହିଁକି ଲାଲ ଦିଶୁଛନ୍ତି ଯେ? ପୁଣି ଡ୍ରଗ୍‌ସ?' ରମେଶ ନିରୁତ୍ତର ରହେ, କାରଣ ସୁଲତା ଭାଉଜଙ୍କ ପାଖରେ

ଯେକୌଣସି ସ୍ୱାଧୀନତା ନେଇ ହେବ। ଜିପ୍ ଦୁର୍ଘଟଣାରେ ସ୍ୱାମୀଙ୍କ ମୃତ୍ୟୁ ପରେ ସୁଲତା ଆମ ସହରର ସମସ୍ତଙ୍କ ସହାନୁଭୂତିର ପାତ୍ରୀ ହୋଇ ପଡ଼ିଥିଲେ ଏବଂ ସେ ସୁଯୋଗ ନେଇ ଅନେକଙ୍କ ଆତ୍ମୀୟତା ବି ବଢ଼ି ଯାଇଥିଲା ତାଙ୍କ ସହିତ। ସେ ରମେଶ ଅନେକ ପ୍ରଶ୍ରୟ ଦେଇଛନ୍ତି। ଆଉ କେବେ କେମିତି ରମେଶ ବି ତାଙ୍କ ହାତକୁ ବଢ଼ାଇଦିଏ ଗୋଟିଏ ଷ୍ଟ୍ରିପ୍ ସ୍ଲିପିଙ୍ଗ୍ ଟାବଲେଟ୍। ରମେଶ ଆଖି ବୁଜି ଚିନ୍ତା କରୁଥିଲା, ସୁଲତା ଭାଉଜଙ୍କ ସହିତ ଲୀନାର ସମ୍ପର୍କ। ଦିନେ ଦିନେ ରାତିରେ ନିହାତି ଏକୁଟିଆ ଲାଗିଲେ ସେ ଏଠିକୁ ଚାଲିଆସେ। ବେଡରୁମ୍ ଯାଏ ତା'ର ଅବାଧ ପ୍ରବେଶ। ମଧ୍ୟରାତ୍ରିରେ ବି ସେ ଅନେକଥର ଆସିଛି। ସାମାନ୍ୟ ନକ୍‌ରେ ଦ୍ୱାର ଖୋଲିଯାଏ। ଲୀନା ତା'ର ପଢ଼ା କୋଠରିରେ। ସୁଲତା ଭାଉଜ ଅସଂଜତ ଅବସ୍ଥାରେ ଶେଯରେ ଶୋଇଥାନ୍ତି। ତାଙ୍କ ଶେଯରେ ବସି ରମେଶ ଦେଖେ ଏତେ ରାତିଯାଏ ଲୀନା ପାଇଁ ଉଦ୍ଦିଷ୍ଟ ଶେଯର ବେଡ଼ସିଟ୍ ଲୋଚାକୋଚା ହୋଇନାହିଁ। ହୁଏତ ଏ ଯାଏ ଅବ୍ୟବହୃତ। ଅଥଚ ସୁଲତା ଭାଉଜଙ୍କ ଶେଯର ସାମଗ୍ରିକ ଉତ୍ତାପରେ ସେ ଅନୁଭବ କରେ ତାଙ୍କ ବ୍ୟତୀତ ଆଉ ଜଣକର ଉତ୍ତାପ। ରମେଶ ତା' କପାଳରେ ସୁଲତା ଭାଉଜଙ୍କ ଆଙ୍ଗୁଳି ସ୍ପର୍ଶ ଅନୁଭବ କରି ଆଖି ଖୋଲେ। ତାଙ୍କ ଆଙ୍ଗୁଳି ଚାଳନାରେ ସେ ଯେମିତି ସୂଚାଇ ଦିଅନ୍ତି ଅନେକ ଅକୁହା ଭାଷା। ରମେଶ ବୁଝିଯାଏ। ସେ ଠିକ୍ କରି ଜାଣେ ଅନ୍ୟ ସମସ୍ତଙ୍କଠାରୁ ସେ ସୁଲତା ଭାଉଜଙ୍କ ବେଶି ଆତ୍ମୀୟ ଏବଂ ତାଙ୍କର ତା'ଠାରେ ଏକ ଅବୈଧ ଦାବି ଅଛି। ରମେଶ ସୋଫାରୁ ଉଠେ। ସୁଲତା ଭାଉଜଙ୍କ ବେଡ଼ରୁମ୍ ଅପେକ୍ଷା ଅଧିକ ଗୋପନୀୟ ଓ ଆପଣାର ସ୍ଥାନ ରମେଶ ପାଇଁ ବୋଧହୁଏ ଏ ସହରରେ ନାହିଁ, ଯଦିଓ ସେ ଭିତରେ ଲୁକ୍କାୟିତ ଅନେକ ରହସ୍ୟ ତା' ପାଇଁ ଅବୋଧ୍ୟ। ରାତି ପ୍ରାୟ ଦଶଟା ବେଳକୁ ଦ୍ୱାର ବନ୍ଦ କଲାବେଳେ ସୁଲତା ଭାଉଜ ନିରାସକ୍ତ ଭାବେ କହନ୍ତି 'ରମେଶ, କାଲିଠୁ ଆମ କ୍ୱାର୍ଟର ମରାମତି ହେବ। ପାଚେରି, ରୋଷେଇ ଘର ବାଥରୁମ୍ ପାଇଁ ଟଙ୍କା ଗ୍ରାଣ୍ଟ ହୋଇଛି।'

ଯେକୌଣସି ସକାଳରେ ଆମ ସହରର ଦୃଶ୍ୟ ସମ୍ପୂର୍ଣ୍ଣ ଭିନ୍ନ। ସହରର ପୁନର୍ନିର୍ମାଣ ପାଇଁ ତତ୍ପର କେତେଜଣ ବେଶ୍ ବ୍ୟସ୍ତ ହୋଇପଡ଼ନ୍ତି ସକାଳମାନଙ୍କରେ। ସହରର ପ୍ରଗତି ସମ୍ପର୍କରେ ମୁଖର ହେବା ପାଇଁ ନୀଳାଚଳବାବୁ ଓ ତାଙ୍କର ଏକାଧିକ ଅନୁରକ୍ତ ତରୁଣ ତେନ୍ତୁଳି ଗଛ ପାଖ ପାନ ଦୋକାନ ସାମ୍ନାରେ ଭିଡ଼ କରନ୍ତି। ଭାଷଣ ପ୍ରସଙ୍ଗରେ କାହାର ବାକ୍‌ଯନ୍ତ୍ର ମାତ୍ରାଧିକ କ୍ଳାନ୍ତ ହୋଇ ପଡ଼ିଲେ ସେ ନନା ଆଡ଼କୁ ହାତ ବଢ଼ାଇ ଦିଅନ୍ତି। ନନା ବଢ଼ାଇ ଦିଏ ଖଣ୍ଡିଏ ପାନ ଏବଂ ଉଧାରି ଖାତା ବାହାର କରି ବକ୍ତାଙ୍କ ପାଇଁ ଉଦ୍ଦିଷ୍ଟ ପୃଷ୍ଠାରେ ଟାଣିଦିଏ ଗାରଟିଏ। ଏତେବେଳେ ଅମର

କାନ୍ଧରେ କ୍ରିକେଟ୍ ବ୍ୟାଟଟିଏ ପକାଇ ପହଞ୍ଚେ। ନନା ତା' ହାତକୁ ଖଣ୍ଡିଏ ସିଗ୍ରେଟ୍ ବଢ଼ାଇ ଦିଏ। ନୀଳାଚଳବାବୁଙ୍କୁ ନ ଚିହ୍ନିଲା ପରି ଅମର ଚାଲିଯାଏ, ଦୋକାନମାନଙ୍କ ପଛରେ ଅମରୀ ବୁଦା ଅଧ୍ୟୁଷିତ ପଡ଼ିଆର ନିଅଣ୍ଟିଆ ଫାଙ୍କା ସ୍ଥାନକୁ।

ଅଥଚ ସେଦିନର ମୁଖ୍ୟ ଆକର୍ଷଣ ହୋଇ ପଡ଼ିଲେ ଖୋଦ୍ ରଜନୀକାନ୍ତ। ଠିକ୍ ଥିଲା ପୋଷାକର ଇସ୍ତ୍ରୀ ଓ ଏବେବି ତାଙ୍କ ମୁହଁରୁ ଅସ୍ପଷ୍ଟ ଶୁଭୁଥିଲା କୌଣସି ଶାସ୍ତ୍ରୀୟ ସଙ୍ଗୀତର କେତୋଟି ଶବ୍ଦ। ରଜନୀବାବୁଙ୍କ ଅନୁଗାମୀ କେତେଜଣ ସ୍ୱାସ୍ଥ୍ୟବତୀ ରେଜା ଏବଂ ସମସ୍ତଙ୍କ ମୁଣ୍ଡରେ ଥିଲା ଗୋଟି କରି ସିମେଣ୍ଟ ବସ୍ତା। ନୀଳାଚଳବାବୁ ନିଜର ଅସମ୍ପୂର୍ଣ୍ଣ ବକ୍ତବ୍ୟ ବନ୍ଦ କରି ପାଟି କରି ଉଠିଲେ, 'ମାମୁ, କେଉଁଠି ?' ରଜନୀବାବୁ ସାମାନ୍ୟ ଗତି ମନ୍ଥର କଲେ। ଗାର୍ଲ ସ୍କୁଲର କ୍ୱାର୍ଟର୍ସ। ରଜନୀବାବୁ ହୁଏତ ସେଠି ଛିଡ଼ା ହୋଇ ନଥାନ୍ତେ। ଅଥଚ ନୀଳାଚଳବାବୁ ତାଙ୍କ ପଛକୁ ସାମାନ୍ୟ ଚାହିଁ ପଚାରି ବସିଲେ, ଟେଣ୍ଡରର ପରିମାଣ, ଲେବରମାନଙ୍କ ସଂଖ୍ୟା, କାମ କରିବାର ସମ୍ଭାବ୍ୟ ତାରିଖ। ଅନୁଗାମିନୀ ରେଜାମାନେ ରଜନୀବାବୁଙ୍କ ପଛରେ ଧାଡ଼ିବାନ୍ଧି ଛିଡ଼ା ହୋଇ ସାରିଥିଲେ। ସେମାନଙ୍କର ସ୍ୱଚ୍ଛ ବୃତ୍ତ ଅବୟବରେ ନୀଳାଚଳବାବୁଙ୍କ ଅନୁରକ୍ତ ଶାବକମାନେ ଦୃଷ୍ଟି ନିବଦ୍ଧ କରିଥିଲେ। ହୁଏତ କାହା ଜଣକର ଅଶ୍ଳୀଳ ଇଙ୍ଗିତ ରଜନୀବାବୁଙ୍କ ଦୃଷ୍ଟି ଏଡ଼ାଇ ପାରିଲା ନାହିଁ। ସେ ନୀଳାଚଳବାବୁଙ୍କ 'ସନ୍ଧ୍ୟାରେ ଦେଖାହେବ' କହି ପୁଣି ଗତି ବଢ଼ାଇ ଦେଲେ ସେଇ ଅମରୀ ବୁଦା ଅଧ୍ୟୁଷିତ ପଡ଼ିଆ ଦେଇ। ନୀଳାଚଳବାବୁଙ୍କ ମୁଗ୍ଧ ସ୍ତାବକମାନେ କେବଳ ପଡ଼ିଆରୁ ଶୁଣିଲେ, 'ହାଓ ଇଜ୍ ଦ୍ୟାଟ୍' ? ରଜନୀବାବୁଙ୍କ ସଦଳବଳ ଆଗମନରେ ଅମର ହୁଏତ ଆଉଟ୍ ହୋଇଯାଇଛି।

ସୁଲତା ଦେବୀ କେବେ ଅତିଥି ଚର୍ଚ୍ଚାରେ କାର୍ପଣ୍ୟ କରିନାହାନ୍ତି। ରଜନୀବାବୁ ଯେତେବେଳେ ପ୍ରଥମଥର ତାଙ୍କ ଦ୍ୱାରରେ ନକ୍ କଲେ, ସେତେବେଳେ ସୁଲତା ବାଥରୁମ୍‌ରେ ଥିଲେ। ଦ୍ୱାର ଖୋଲିଲା ଲୀନା। ଏବଂ ସୁଲତା ଦେବୀ ଆଗରୁ ଜାଣିଲା ପରି ଲୀନା ଉଦ୍ଦେଶ୍ୟରେ ବାଥରୁମ୍‌ରୁ କହିଲେ, 'ରଜନୀବାବୁ ତ' ? ଚା' ଦେ।' ରଜନୀବାବୁ କିଛି ସମୟ ଏକା ଏକା ବସି ରହିଲେ। ଲୀନା ଚା' ଦେଇଗଲା। ସେ ରଜନୀବାବୁଙ୍କୁ ତା' ବାପାଙ୍କ ସହିତ ଦେଖିଛି। ଲୀନା ଚାଲି ଯାଉଥିବାବେଳେ ରଜନୀବାବୁ ପଛରୁ ଡାକିଲେ 'ଶୁଣ'। ଲୀନା ସମ୍ଭ୍ରମରେ ଛିଡ଼ା ହୋଇଗଲା। ଅଥଚ ରଜନୀବାବୁ କ'ଣ କହିବେ ବୁଝି ନପାରି କେବଳ ତାକୁ ଚାହିଁ ରହିଲେ। ଏତେବେଳେ ସୁଲତା ଦେବୀ ବାଥ୍‌ରୁମ୍‌ରୁ ଫେରିଲେ। ମୁକ୍ତି ପାଇ ତରତର ହୋଇ ଲୀନା ଚାଲିଗଲା। ମାତ୍ର ଦୁଇଦିନ ଭିତରେ ପାଚେରି, ରୋଷେଇ ଘର ଓ ବାଥରୁମ୍‌ର ସବୁ କାମ ସରିଯିବ। ସୁଲତା ଦେବୀ ଭିତର ଦ୍ୱାର ଦେଇ ରଜନୀବାବୁଙ୍କୁ ହାତ ଲମ୍ୱାଇ ଦେଖାଇ ଦେଲେ

ପାଟି ଆଁ କରିଥିବା ବାଥରୁମ୍ କାନ୍ଥକୁ। ହୁଏତ ବାଥରୁମ୍‌ର ଚାରିକାନ୍ଥର ବନ୍ଧନୀ ଭିତରେ ସୁଲତା ଦେବୀଙ୍କ ଅବୟବକୁ କଳ୍ପନା କରୁଥିଲେ। ରଜନୀବାବୁଙ୍କ ଅନ୍ୟମନସ୍କତା ମଧ୍ୟରେ ସୁଲତା ହଠାତ୍ ବ୍ୟସ୍ତ ହୋଇ ଉଠିଲେ। ସମୟ ପ୍ରାୟ ସାଢ଼େ ନ'ଟା ହେବ। ସେ ସ୍କୁଲ ଯିବେ। ରଜନୀବାବୁ ଅନେକଟା ଅନିଚ୍ଛା ସତ୍ତ୍ୱେ ଉଠିଲେ।

ସୁଲତା ଦେବୀ ସ୍କୁଲ ଯିବାବେଳେ ଫିକା ନୀଳ ଶାଢ଼ିଟିଏ ପିନ୍ଧିଥିଲେ। ରଜନୀବାବୁ ବାହାରେ ମିସ୍ତ୍ରୀ ଓ ରେଜାମାନଙ୍କୁ କ'ଣ ବୁଝାଉଥିଲେ। ଅଗତ୍ୟା ସେ ଦ୍ୱାରଆଡ଼ୁ ଆଖି ବୁଲାଇ ଆଣିଲେ। ଏକା ଏକା ଲୀନା ଦ୍ୱାରକୁ ଆଉଜି ଛିଡ଼ା ହୋଇଥାଏ। ରଜନୀବାବୁ ଇଟା, ସିମେଣ୍ଟର ଆଲୋଚନା ଛାଡ଼ି ହୁଏତ କୌଣସି ମଧ୍ୟଯୁଗୀୟ ନାୟିକାର ଉଦାସ ଆଖି ଦୁଇଟିକୁ ମନେ କରୁଥିଲେ। ଲୀନା ସାମାନ୍ୟ ଅପ୍ରତିଭ ହୋଇ ପଡ଼ିଲା। ଅଥଚ ସ୍ୱଭାବ ସୁଲଭ ଚଞ୍ଚଳତାର ଅଭଦ୍ରାମି ହେବ ବୋଲି ଧୀରେ ଧୀରେ ଦ୍ୱାର ବନ୍ଦ କଲା। ମଧ୍ୟାହ୍ନ ଭୋଜନ ବେଳକୁ ରଜନୀବାବୁ ଆଉଥରେ ଦ୍ୱାରରେ ମୃଦୁ ଆଘାତ କଲେ। ତାଙ୍କର ଭାବ ଭଙ୍ଗୀରେ ଅନେକଟା ବ୍ୟସ୍ତତା ଥିଲା। ଲୀନା ଦ୍ୱାର ଖୋଲିଲା ଏବଂ ଆଶ୍ଚର୍ଯ୍ୟବାଚକ ଚିହ୍ନଟିଏ ପରି ଛିଡ଼ା ହୋଇ କହିଲା, 'ବସନ୍ତୁ'। ରଜନୀବାବୁ ବସିଲେନି। ସେ ବାଥରୁମ୍ ଆଡ଼କୁ ଆଗେଇ ଯାଉଥିଲେ। ଅଥଚ ଲୀନା ତାଙ୍କ ଆଗରୁ ଦୌଡ଼ିଯାଇ ବାଥରୁମ୍‌ରୁ ବୋଝେ ଅନ୍ତର୍ବାସ ଧରି ବେଡ୍ ରୁମ୍‌କୁ ପଶିଗଲା। ରଜନୀବାବୁ ତାକୁ କଣେଇ ଚାହିଁଲେ। ତା'ର ଚଞ୍ଚଳତାରେ କୌଣସି ବିରକ୍ତି ନଥିଲା, ବରଂ ଚଞ୍ଚଳମିଶା ସୌଜନ୍ୟରେ ସେ ମୁଗ୍ଧ ହୋଇ ପଡ଼ିଥିଲେ। ବାଥରୁମ୍‌ର ଦୈର୍ଘ୍ୟ, ପ୍ରସ୍ଥ ସମ୍ପର୍କରେ ଆନୁମାନିକ ହିସାବ କରିସାରି ସେ ଡ୍ରଇଂ ରୁମ୍‌ରେ ଅପେକ୍ଷା କରିଥିବା ଲୀନା ଉଦ୍ଦେଶ୍ୟରେ କହିଲେ, 'ଗ୍ଲାସେ ପାଣି।' ଲୀନା ରୋଷେଇ ଘରକୁ ଯିବାବେଳେ ସେ ବସି ସାରିଥିଲେ। ଲୀନା ତାଙ୍କ ହାତକୁ ପାଣି ବଢ଼ାଇ ଦେବାବେଳେ ରଜନୀବାବୁ କହିଲେ, 'ବସ'। ଆଜ୍ଞାଧୀନ ପରି ଲୀନା ବସିଲା। ସେ ପେପରୱେଟ୍ ଓ ପୁରୁଣା ମାଗାଜିନ୍‌ମାନଙ୍କୁ ଏପଟ ସେପଟ କରୁଥାଏ। ରଜନୀବାବୁ ତାକୁ ନିରେଖି ଦେଖୁଥିଲେ। କୌଣସି ନାଟକର ଦୃଶ୍ୟରେ ଲୀନାର ଭୂମିକାରେ ଅଭିନୟ କରୁଥିବା ନାୟିକାର ପରବର୍ତ୍ତୀ ସଂଳାପ କ'ଣ ହୋଇପାରେ ବୋଲି କଳ୍ପନା କରୁଥିଲେ। ଅଥଚ ଲୀନା କିଛି କହିଲାନି। ରଜନୀବାବୁ ନିଜେ ନିଜେ କହିଲେ, 'ଏକା ଏକା ଦ୍ୱିପ୍ରହରବେଳେ ତୁମକୁ ତ ବହୁତ ବୋର୍ ଲାଗୁଥିବ।' ଲୀନା ସାମାନ୍ୟ ମୁଣ୍ଡ ହଲାଇଲା। ସେମିତି ବୋଧହୁଏ ରଜନୀବାବୁଙ୍କ ପାଇଁ ଯଥେଷ୍ଟ ସୂଚନା ଥିଲା। ଏକଦା ଆମ ସହରର ଖ୍ୟାତନାମା ଅଭିନେତା ରଜନୀକାନ୍ତ ବିଗତ ନାଟକମାନଙ୍କ ଦୃଶ୍ୟାବଳୀରେ ଅନେକ ଉଦାସ ନାୟିକାଙ୍କର ମନୋରଞ୍ଜନ କରିବାପାଇଁ ଉଦ୍ଦିଷ୍ଟ ମୁଖସ୍ଥ ସଂଳାପମାନଙ୍କ ପୁନରାବୃତ୍ତି କରିବାକୁ ପ୍ରସ୍ତୁତ ହୋଇଗଲେ।

ରଜନୀବାବୁ ଥରେ କହିବାକୁ ଆରମ୍ଭ କଲେ ସେ ସବୁ କିଛି ଭୁଲି ଯାଆନ୍ତି। ସ୍ଥାନ, କାଳ, ପାତ୍ର। ଅବଶ୍ୟ ସ୍ଥାନ ସମ୍ପର୍କରେ ସେ ନିଶ୍ଚିନ୍ତ, ବାହାରେ କେତେଜଣ ରେଜା ମିସ୍ତ୍ରୀଙ୍କ ବ୍ୟତୀତ ଆଉ କେହି ନାହାନ୍ତି ଏବଂ ପରଦା ଆଢୁଆଳରେ ସେ ଓ ଲୀନା। କାଳ ଏକ ଉଦାସ ମଧ୍ୟାହ୍ନ। ପାତ୍ରୀ ଲୀନା, ଯିଏ ଭାବଭଙ୍ଗୀରେ ସୂଚେଇ ଦେଇଛି ତା'ର ସମ୍ମତି। ଯଦିଓ ରଜନୀବାବୁ ଯାହାକିଛି ଆତ୍ମକେନ୍ଦ୍ରିକ ଲଳିତ ଉପାଖ୍ୟାନର ଅବତାରଣା କରୁଥିଲେ। ତାହା ବହିଲେଖା ମାଧ୍ୟମରେ ପ୍ରକାଶିତ ହେଉ ନଥିଲେ ଅନେକଟା ଅସଂଗତ ହୋଇଥାନ୍ତା। ମନ୍ଦ ନୁହେଁ ପ୍ରଥମ ମଧ୍ୟାହ୍ନ। ଏପରି ଅନେକ ମଧ୍ୟାହ୍ନ ଚଳପ୍ରଚଳ। ଆମ ଉଦାରବାଦୀ ସହରରେ ବନ୍ଧୁତା ପାଇଁ ବୟସ ପ୍ରତିବନ୍ଧକ ନୁହେଁ। ଅଥଚ ସୁଲତା ଦେବୀ ସ୍କୁଲରୁ ଫେରିବାବେଳକୁ ତାଙ୍କ କ୍ୱାର୍ଟରରେ ସବୁକିଛି ଠିକ୍ ଠାକ୍ ଥାଏ, କେବଳ ଗୋଟାଏ ମାତ୍ର ବ୍ୟତିକ୍ରମ ବ୍ୟତୀତ। ସେ ଦ୍ୱାରରେ ନକ୍ କଲାବେଳକୁ ଲୀନା ଶୋଇ ପଡ଼ିଥାଏ। ଏବଂ ଆଖି ମଳି ମଳି ଦ୍ୱାର ଖୋଲେ। ସୁଲତା ଖାଇ ଥରେ ତାକୁ କହିଥିଲେ, 'ଲୀନା ପରୀକ୍ଷା ପାଖେଇ ଆସୁଛି।' ଏବେ ବି ରମେଶ ଆସୁଛି। କପେ ଚା' ପାଇଁ ଲୀନା ରୋଷେଇ ଘରକୁ ଯିବାବେଳେ ସେ ସୁଲତା ଦେବୀଙ୍କ ହାତକୁ ବଢ଼ାଇ ଦିଏ ସ୍ଲିପିଂ ଟାବଲେଟ୍‌ର ଗୋଟିଏ ଷ୍ଟ୍ରିପ୍। ବାକି ସବୁ ଗତାନୁଗତିକ। ରମେଶ ସହିତ ବେଡ୍‌ରୁମ୍‌ରେ କେତୋଟି ଅନ୍ତରଙ୍ଗ ମୁହୂର୍ତ୍ତ। ଏବଂ ସେ ଫେରିଯିବା ପରେ ସୁଲତା ଶୂନ୍ୟ କାନ୍ଥକୁ ଚାହିଁ ଅପେକ୍ଷା କରନ୍ତି ଲୀନାକୁ। ଦିନେ ସେ ପଶି ଯାଇଥିଲେ ତା'ର ପଢ଼ା କୋଠରିକୁ। ଅଥଚ ଯେଉଁ ଦୃଶ୍ୟ ତାଙ୍କ ପାଇଁ ଏକାନ୍ତ ଅସ୍ୱାଭାବିକ। ଲୀନା ଟେବୁଲର ଗୋଟିଏ ଶୂନ୍ୟ କାଗଜରେ ଆଲୁରୁ ବାଲୁରୁ ଗୁଡ଼ାଏ ରେଖା ଟାଣୁଛି। ସୁଲତା ତା' ମୁହଁକୁ ଚାହିଁଲେ, ଆଖିରୁ ବୋହିଆସି ଗାଲ ଉପରେ କେଇଧାର ଲୁହ ଶୁଖି ଯାଇଛି। ସୁଲତା ଏଥିପାଇଁ ନିଜକୁ ହିଁ ଦାୟୀ କରୁଥିଲେ। ସେ ଲୀନାକୁ ପଢ଼ା କୋଠରିରୁ ବାଧ କରି ବେଡ୍‌ରୁମ୍‌କୁ ଟାଣି ଆଣିଲେ। ଏବଂ ନିଜର ଅସ୍ତବ୍ୟସ୍ତ ଶେଯ ଉପରେ ଲୀନା ସହିତ କଚାଡ଼ି ହୋଇପଡ଼ିଲେ। ସୁଲତା ତାକୁ ଅନେକଟା ଜାବୁଡ଼ି ଧରିଥିଲେ। ଶେଯରେ ପଡ଼ିବାକ୍ଷଣି ଲୀନା ଚାପା କଣ୍ଠରେ କାନ୍ଦି ଉଠିଲା। ଏତେବେଳଯାଏ ସୁଲତା ବୁଝିପାରି ନଥିଲେ, ସେ କ'ଣ କରୁଛନ୍ତି। ଅଥଚ ପର ମୁହୂର୍ତ୍ତରେ ସେଇ ପରିଚିତ ସାନ୍ନିଧ୍ୟର ଉତ୍ତାପରେ ଆପେ ଆପେ ତାଙ୍କର ନିଃଶ୍ୱାସ ପ୍ରଶ୍ୱାସ ସେ ପ୍ରଖର ହୋଇ ଉଠିଲା। ହୁଏତ ଲୀନାର ଗାଲରୁ ଶୁଖିଲା ଲୁହକୁ ଧୋଇଦେବା ପାଇଁ ସେ ତାକୁ ଛାଇଗଲେ ଅଗଣନ ଚୁମ୍ବନରେ। ଲୀନାର ଆଖି ଦୁଇଟି ସବୁଦିନ ପାଇଁ ବନ୍ଦ ହୋଇ ଆସୁଥାଏ।

ଇତିମଧ୍ୟରେ ସମସ୍ତ ସନ୍ଧ୍ୟାକାଳୀନ ଦୃଶ୍ୟରେ କିଛିଟା ପରିବର୍ତ୍ତନ ହୋଇଛି।

ଅମର, ସୁଭାଷ, ନୀଳାଚଳବାବୁ, ନିହାରବାବୁ, ରମେଶ ସମସ୍ତ ପ୍ରଥମେ ଏମିତି ଅସ୍ୱାଭାବିକତାରେ ବ୍ୟଗ୍ର ହୋଇ ପଡ଼ିଥିଲେ, ଅଥଚ ପରେ ପ୍ରାୟ ସମସ୍ତେ 'ଧୂପ' ଆସରରେ ରଜନୀବାବୁଙ୍କ ଅନୁପସ୍ଥିତିକୁ ଗୁରୁତ୍ୱ ଦେଇ ନଥିଲେ। ଅମରର ମତରେ ମାମୁ କଣ୍ଟ୍ରାକ୍ଟରୀରେ ବ୍ୟସ୍ତ ଥିବେ, କିନ୍ତୁ ସୁଭାଷ ଅନୁସାରେ ମାମୁ ଋତୁ ପରିବର୍ତ୍ତନ ଜନିତ ସାନ୍ଧ୍ୟ ପବନରେ ଫ୍ଳୁ ହୋଇପାରେ ବୋଲି ଭୟ କରୁଥିବେ। ନୀଳାଚଳବାବୁ କହନ୍ତି, 'ହୁଏତ ସେ ତାଙ୍କର ଝିଅର ବାହାଘର ପାଇଁ ବ୍ୟସ୍ତ ଥିବେ।' ନିହାରବାବୁ ଏଥିସହିତ ଏକମତ ହୁଅନ୍ତି, କିନ୍ତୁ ରମେଶର କୌଣସି ମତ ନଥିଲା।

ରମେଶ ସବୁକିଛି ଜାଣିଲା ଯେଉଁ ଦିନ ସେ ସୁଲତା ଭାଉଜଙ୍କ କ୍ୱାର୍ଟରକୁ ଗଲା। ରାତି ପ୍ରାୟ ନଅଟା ହୋଇଥାଏ। ଶୀତଦିନ ବୋଲି ରାତି ବେଶି ଜଣାପଡୁଥାଏ। ରମେଶ ନକ୍ କରିବାର ବହୁତ ପରେ ଦ୍ୱାର ଖୋଲିଲା। ଖୋଲିଲେ ନିଜେ ସୁଲତା। ରମେଶ ସବୁଦିନ ପରି ସୋଫାରେ ବସିଲା। ବେଡ୍‌ରୁମ୍‌କୁ ଯିବାର କୌଣସି ଉପକ୍ରମ ନକରି ପାଖକୁ ଲାଗି ବସିଗଲେ ସୁଲତା। ରମେଶ ତାଙ୍କୁ ଦେଖିଲା। ସୁଲତା କିଛି ଗୋଟେ ଗୋପନୀୟ କଥା କହିବା ପରି ପ୍ରଥମେ ରମେଶର କାନ ପାଖକୁ ମୁଣ୍ଡ ନୁଆଁଇ ଆଣିଲେ। ରମେଶ ଆଶା କରିଥିଲା ଗୋଟିଏ ଉଷ୍ମ ଚୁମ୍ବନ। ଅଥଚ ସୁଲତା କହିଲେ, 'ଲୀନା ଅସୁସ୍ଥ'। ରମେଶ କେବଳ ତା' ଗାଲ ଉପରେ ଅନୁଭବ କଲା ଗୋଟିଏ ଦୀର୍ଘଶ୍ୱାସର ଉତ୍ତାପ। କିଛି ବୁଝି ନପାରିଲା ଭଳି ସେ ପଚାରି ଦେଲା, 'ପରୀକ୍ଷା ଆଉ କେତେଦିନ ରହିଲା' ? ସୁଲତା ବେଶି କିଛି ଉତ୍ତର ନଦେଇ ଉଠିଗଲେ ଲାଇଟ୍ ଅଫ୍ କରିବାକୁ। ଏତେବେଳଯାଏ ସେ ସ୍କୁଲକୁ ଯିବାବେଳେ ପିନ୍ଧିଥିବା ଶାଢ଼ି ବଦଳାଇ ନାହାନ୍ତି। ଅନ୍ଧାର ଭିତରେ ସେ ରମେଶର ଦେହ ଛୁଆଁ ହୋଇ ବସିଲେ। ପୁଣି ସବୁ ଗତାନୁଗତିକ, ଯାନ୍ତ୍ରିକ ପୁନରାବୃତ୍ତି। ଅନ୍ଧାରର ତନ୍ତୁମାନଙ୍କୁ ଆନ୍ଦୋଳିତ କରି ରମେଶର ଦାନ୍ତ ସନ୍ଧିରୁ କେବଳ ଗୋଟିଏ ମାତ୍ର ଶବ୍ଦ ଶୁଭିଲା, ବାଷ୍ଟାର୍ଡ଼। ରାତିରେ ଫେରିବାବେଳେ ରମେଶ ପାଦ ଠିକ୍ କରି ପଡୁ ନଥାଏ। ସେ ପଡ଼ିଆ ଅମରୀ ବୁଦା ଆଢୁଆଳରେ ଲୁଚିଯିବା ଯାଏ ସୁଲତା ଦେବୀ ଚୁପ୍‌ଚାପ୍ ପାଖରେ ଛିଡ଼ା ହୋଇଥାନ୍ତି।

ପରଦିନ ରବିବାସରୀୟ ସକାଳ। ରମେଶ, ଅମର, ସୁଭାଷ, ନିହାରବାବୁ, ନୀଳାଚଳବାବୁ ସମସ୍ତେ ସପ୍ତାହର ଗୋଟିଏ ସକାଳ ଏକତ୍ର ଅତିବାହିତ କରନ୍ତି। ଏହି ଆସରରେ ମଧ୍ୟ ରଜନୀବାବୁଙ୍କ ଅନୁପସ୍ଥିତି ଅସ୍ୱାଭାବିକ। ଆମ ସହରର ଏହି ପ୍ରତିପତ୍ତିଶାଳୀ ଦଳର ସଭ୍ୟମାନଙ୍କ ହୁକୁମ ତାଲିମ କରିବାକୁ ପାଖାପାଖି ଦୁଇଜଣ ପଇଁତରା ମାରୁଥାନ୍ତି। ଆସରର ସ୍ଥାନ ସହରର ସବୁଠୁ ଜନାକୀର୍ଣ୍ଣ ଛକ। ସୁସଜ୍ଜିତ କ୍ୟାବିନ୍‌ମାନଙ୍କରେ କେତେଜଣ ବ୍ୟସ୍ତ ପାନ ଦୋକାନୀ, ସିନେମା ଗୀତର ସୁରଧରି

ଗ୍ରାହକମାନଙ୍କ ଚର୍ଚ୍ଚା କରୁଥିବା କେତୋଟି ହୋଟେଲ ବୟ। ଚିହ୍ନା ଲୋକ ସବୁ ସାମ୍ନାର ଡେଲି ମାର୍କେଟରେ ବ୍ୟସ୍ତ। ଅଚିହ୍ନା ଲୋକମାନେ ବସ୍‌ଷ୍ଟାଣ୍ଡ ପଟୁ ଆସୁଛନ୍ତି କିମ୍ବା ସେପଟକୁ ମୁହେଁଇଛନ୍ତି। ଅନ୍ୟ ସମସ୍ତେ ବେଶ୍ ମୁଖର ଥିବାବେଳେ ରମେଶ ଜଣେ ଅନ୍ୟମନସ୍କ ଶ୍ରୋତାପରି ଛିଡ଼ା ହୋଇଥାଏ। ତା'ର ଆଖି ଥାଏ ଦୂର ରାସ୍ତାକୁ। ଏବେ ସମସ୍ତେ ଦୂର ରାସ୍ତାକୁ ଚାହିଁଲେ। ଖୁବ୍ ତରତର ହୋଇ ସେପଟୁ ରଜନୀବାବୁ ଆସୁଛନ୍ତି। ଯେମିତି ବସ୍‌ରେ ତାଙ୍କର କୁଆଡ଼େ ଯିବାର ଅଛି। ସେ ସମସ୍ତଙ୍କୁ ଟପି ଚାଲିଯାଇଥାନ୍ତେ। ରମେଶର ମୁହଁର ପେଶୀମାନେ ଅଜବ ଭାବରେ କଠୋର ହୋଇ ଆସୁଥାଏ। ଅଥଚ ସୁଭାଷ ତାଙ୍କୁ ପ୍ରଥମେ ଡାକିଲା, 'ମାମୁ, କୁଆଡ଼େ ଏତେ ବ୍ୟସ୍ତ ଯେ?' ସାମାନ୍ୟ ପଛକୁ ଫେରି ଆସି ସେ କହିଲେ, 'ରବିବାର, ଲେବରର ପେମେଣ୍ଟ।' ଅଗତ୍ୟା ରମେଶ ତାଙ୍କ ସାମ୍ନାକୁ ଆଗେଇ ଗଲା। ଏବଂ କେହି କିଛି ବୁଝିପାରିବା ଆଗରୁ ସେ ରଜନୀବାବୁଙ୍କ ମୁହଁରେ ଗୋଟାଏ ଶକ୍ତ ଚାପୁଡ଼ା ମାରିଲା।

ରଜନୀବାବୁ ମୁଣ୍ଡ ତଳକୁ କରିବା ବେଳେ ତାଙ୍କର ପାଟିରୁ କେତୋଟି କୃତ୍ରିମ ଦାନ୍ତ ସଫା ପିଚୁ ରାସ୍ତା ଉପରେ ଖସି ପଡ଼ିଲା। ଏବଂ ରମେଶର ଦାନ୍ତ ସନ୍ଧିରୁ ଅସ୍ପଷ୍ଟ ଶୁଭିଲା ମାତ୍ର ଗୋଟିଏ ଶବ୍ଦ, 'ବାଷ୍ଟାର୍ଡ଼'।

■

ଇଚ୍ଛାର ଅରଣ୍ୟ

କିଶୋରଟି ଅନୁଭବ କଲା ଯେପରି ଦୁଇଟି କଅଁଳ ହାତ ତା' ଛାତିକୁ ଦୁଇପଟୁ ଚାପି ଧରିଛି। ସାମାନ୍ୟ ରୋମାଞ୍ଚ ଓ ଶିହରଣ। ସେ ନିଃଶ୍ୱାସ ନେଲା। ଗୋଟିଏ ଗତିଶୀଳ ସିହ୍ରାରର ସ୍ରୋତ ପ୍ରଥମେ ତା'ର ଛାତିକୁ ନିମ୍ନାଂଶରୁ କ୍ରମଶଃ ଅନ୍ୟାନ୍ୟ ଅଙ୍ଗକୁ ପ୍ରସାରିତ ହେଲା। ତା'ର ହାତମାନେ ଥରି ଉଠି ସ୍ଥିର ହୋଇଗଲେ। ସେ ଛିଡ଼ା ହୋଇଥିବା ସ୍ଥାନରେ ସାମାନ୍ୟ ଦୋହଲିଗଲା। ଲୋମମୂଳମାନଙ୍କରେ କିପରି ଏକ ଉତ୍ତାପ ଜାତ ହେଲା। କିଶୋରଟି ଭାବିଲା, ଏହା ଏକ ନିରର୍ଥକ କୋହ। ପର ମୁହୂର୍ତ୍ତରେ ସେ ଦୀର୍ଘଶ୍ୱାସ ତ୍ୟାଗ କଲା। ଆଜିକାଲି ତା'ର ସମସ୍ତ କୋହ ବାଷ୍ପାକୁଳ ଦୀର୍ଘଶ୍ୱାସରେ ପରିଣତ ହେଉଛନ୍ତି ଓ ଆଖିମାନେ ଓଦା, କଣ୍ଠ ନାଳୀ ଶୁଖିଲା ହୋଇ ଯାଉଛି। ସେ କୋଠରିର ସମସ୍ତ କାନ୍ଥ ଓ ଛାତକୁ ଅସହାୟ ଆଖିରେ ଚାହିଁଲା। ଝର୍କା ଗ୍ରୀଲ୍‌ର କାରୁକାର୍ଯ୍ୟକୁ ଅନୁକରଣ କରି ଶୂନ୍ୟରେ ଆଙ୍ଗୁଳି ବୁଲାଇଲା। ସମସ୍ତ ଆସବାବ ସମ୍ପର୍କରେ, ତାଙ୍କ ରଙ୍ଗ, ବ୍ୟବହାର ଆଦି ବିଷୟରେ ଚିନ୍ତା କଲା। ତା'ର ମନେ ହେଲା ଯେପରି କୋଠରିର ବିସ୍ତୃତି ବଢ଼ି ବଢ଼ି ଚାଲିଛି ଓ ସେ କ୍ଷୁଦ୍ରତର ହୋଇଯାଉଛି। ଏହା ପ୍ରତି ଅପରାହ୍ନର ଅନୁଭୂତି। ଏତେବେଳେ ତା'ର କୋହ ଓ ଦୀର୍ଘଶ୍ୱାସର ସଂଖ୍ୟା ଶତଗୁଣିତ ହୁଏ... ଓ ସାମ୍ନା ବଗିଚାରେ ଥିବା ଏକ ନିର୍ଦ୍ଦିଷ୍ଟ ଫୁଲଗଛ ପାଖରେ ଦିଶେ ଏକ ଛାଇ... ଏ ସାମ୍ନା ବଗିଚାରେ ଥିବା ଏକ ନିର୍ଦ୍ଦିଷ୍ଟ ଫୁଲଗଛ ପାଖରେ ଦିଶେ ଏକ ଛାଇ। ସେଇ ଅସ୍ପଷ୍ଟ ପ୍ରତିମୂର୍ତ୍ତି ତା' ବୟସର ଜଣେ କିଶୋରୀ। କିଶୋରୀଟି ବି ବଗିଚାର ଗେଟ୍ ଆରପାଖେ ଛିଡ଼ା ହୋଇ ତାକୁ ଥରେ ହାତ ହଲାଇ ଡାକିଥିଲା। ସେ ଆସିନି। କିଶୋରଟି ତା'ର ଆଖିପତାମାନଙ୍କୁ ମିଟି ମିଟି କଲା। ନିରର୍ଥକନ୍ତ ଏଠୁ ଫୁଟିଥିବା ଫୁଲର ରଙ୍ଗ ବି ଠିକ୍ ବାରି ହେଉନି। ସେ ସାତଟି ରଙ୍ଗକୁ ସ୍ମରଣ କଲା ଓ ଅଯଥା ସାମଞ୍ଜସ୍ୟ ଖୋଜି ବସିଲା। ଆଖିମାନଙ୍କ ପ୍ରତି ହଠାତ୍ ତା'ର ଅବିଶ୍ୱାସ ଆସିଲା। ହୁଏତ ଫୁଲର ବାସ୍ନାରୁ ଜାଣି ହେବ ତାହା କି ଫୁଲ। ନାଃ...। ସେ ବଗିଚାର ପବନ

ତା'ର ଝର୍କା ଯାଏ ପହଞ୍ଚି ପାରୁନି, ହୋଇପାରେ ତାଙ୍କ ବଗିଚାର ପବନରେ କିଶୋରୀଟିର ଅନାବାଦୀ ମାଲିକାନା, କିଶୋରୀ ସମ୍ପୂର୍ଣ୍ଣ ନୀରବ। ବାୟୁମଣ୍ଡଳ ନିସ୍ତରଙ୍ଗ। ହୁଏତ ତା'ର ଦେହସାରା ଶତଶତ ଗତିଶୀଳ ସିହ୍ଲାର ଓ କୋହମାନେ ବାରମ୍ବାର ଦୀର୍ଘଶ୍ୱାସ ପାଲଟି ଯାଉଛନ୍ତି। ବଗିଚାର ଠିକ୍ ଉପରେ କେତୋଟି ନିର୍ବିକାର ଚିଲ ଚକ୍କର କାଟି ଉଡୁଛନ୍ତି। ସେମାନେ କିଶୋରଟିର ମତିଗତି ବା ଉପସ୍ଥିତି ପ୍ରତି ଯେପରି ଆଦୌ ସହନଶୀଳ ନୁହଁନ୍ତି। ସେ ଖୁବ୍ କ୍ଳାନ୍ତ ଅନୁଭବ କଲା।

ସନ୍ଧ୍ୟା, ପ୍ରଥମ କିଶୋରଟି ନିଷ୍ପ୍ରଭ ଆଲୋକରେ କାନ୍ଥର ପେଣ୍ଟିଂକୁ ଚାହିଁଲା। ଦୁଇଟି ନିର୍ବିଘ୍ନ ପାହାଡ଼, ପାଖକୁ କେତୋଟି ବେପରୁଆ ତାଳ ଗଛ, ଅନ୍ୟ କେତୋଟି ବିକ୍ଷିପ୍ତ ବୁଦା, ଗୋଟିଏ ଗ୍ରାମ୍ୟ ପଥ। ଦୁଇଟି ପାହାଡ଼ ମଝିରେ ଲାଲ ଦିଶୁଥିବା ଅଂଶକୁ ଲକ୍ଷ୍ୟ କରି ଧରି ନେବାକୁ ହେବ ଯେ ତାହା ଅସ୍ତଗାମୀ ସୂର୍ଯ୍ୟର ଅବଶିଷ୍ଟାଂଶ। ବାହାରର ସନ୍ଧ୍ୟାଠାରୁ ଏ ସନ୍ଧ୍ୟା ଭିନ୍ନ। ପାହାଡ଼ ନୁହେଁ, ସାମ୍ନା ପ୍ରାସାଦ ପଛରେ ସୂର୍ଯ୍ୟାସ୍ତ।

କିଶୋରଟିର ହାତ ଦୁଇଟି ମୁଠା ହୋଇଆସିଲା। ଛାତି ସାମାନ୍ୟ ଶକ୍ତ ଅନୁଭୂତ ହେଲା ଏବଂ ନିଶ୍ୱାସ ପ୍ରଶ୍ୱାସର ଗତି ପ୍ରଖର ହେଉଥିଲା। ସେ ସନ୍ତର୍ପଣରେ ଚାହିଁଲା ଉତ୍ତର ଦକ୍ଷିଣ ନୈଋତ ଈଶାଣ ଓ ସାମ୍ନା କୋଠାର ଗେଟ୍ ଖୋଲି ଭିତରକୁ ପ୍ରବେଶ କଲା। ଆଗରେ ବଗିଚା। ଅରଣ୍ୟୋପମ ବଗିଚା। ତା'ପରେ ସେ ଏକ ନିର୍ଦ୍ଦିଷ୍ଟ କୋଣକୁ ଆଗେଇ କିଛି ସମୟ ପରେ କିଶୋରୀ ଠିଆ ହୋଇଥିବା ଫୁଲଗଛ ପାଖରେ ପହଞ୍ଚିଲା। ଅସମ୍ଭବ ଅଥର୍ବତା। ତା'ର ସଜାଗ ଘ୍ରାଣେନ୍ଦ୍ରିୟ ଅନୁଭବ କଲା ସାମାନ୍ୟ ପରିଚିତ ବାସ୍ନା। ଶ୍ରବଣେନ୍ଦ୍ରିୟ ଅନ୍ଧାରରେ ଅପାରଗତା ପ୍ରକାଶ କଲା। କିଶୋରଟି ହାତ ବଢ଼ାଇ ସ୍ପର୍ଶ କଲା କେତୋଟି କୋମଳ ପଦାର୍ଥ। ଗୁଡ଼ାଏ ଫୁଲ। ତା'ର ହାତମାନେ ଥରି ଉଠିଲେ ଓ ଧୀରେ ଧୀରେ ମୁଠା ହେବାକୁ ଆରମ୍ଭ କଲେ। ଏତେବେଳେ କିଶୋରୀଟି ଜୋର୍‌ରେ ହସିଲା ଓ କେତୋଟି ବାଦୁଡ଼ି ପୁଣି ଉଡ଼ି ଗଲେ। ଏଥର ସେ ଅନୁଭବ କଲା ତା'ର ନାଭିରୁ ଛାତିଯାଏ ତୀବ୍ର ଭାବରେ କମ୍ପୁଛି। ସେ ହୁଏତ ଅସାଡ଼ ହୋଇ ପଡ଼ିଯାଇଥାନ୍ତା। ମାତ୍ର ହସି ହସି ନୟାନ୍ତ ଓ ଧଇଁସଇ ହେବା ପରେ ସେ ଚୁପ୍‌ଚାପ୍ ଫେରି ଆସିଲା।

ନିଜ କୃତ କର୍ମରେ କିଶୋରୀଟି ଚମକି ପଡ଼ିଲା। ହୁଏତ ଫୁଲଗୁଡ଼ିକୁ ଖାଲି ସ୍ପର୍ଶ ବା ଆଘ୍ରାଣ କରି ଫେରିଆସି ହୋଇଥାନ୍ତା। ବେଶିହେଲେ ଯତ୍ନରେ ଛିଣ୍ଡାଇ ନିଜ କୋଠରିକୁ ଆଣି ଚିହ୍ନି ହୋଇଥାନ୍ତା। ସେ ତାହା ନକରି କେତୋଟି ହାତମାନଙ୍କରେ ଫୁଲଗୁଡ଼ିକୁ ନଷ୍ଟ କରି ଫେରି ଆସିଲା। ସବୁଠୁଁ ଆଶ୍ଚର୍ଯ୍ୟ, ସେ ଜାଣିନି ଫୁଲର ନାଆଁ, ଫଳର ରଙ୍ଗ। ସେ କୌଣସି ଅପରାଧ କଲାପରି ମନେ କରୁଥିଲା। ଅତଏବ ଚୁପ୍‌ଚାପ

ନିଜର ଆଲୋକିତ କୋଠରିର ନିରାପଦ ବନ୍ଧନୀକୁ ଫେରିଆସି ଦ୍ୱାର ବନ୍ଦ କଲା। ତା'ର ପାପୁଲିମାନେ ଅଠାଳିଆ। ସେ ଦେଖିଲା, ଅନେକ ହରିତ୍ ରେଣୁ। ଫୁଲର ପରାଗ। ସବୁ ଫୁଲରେ ପରାଗ ଥାଏ। କିଶୋରୀଟି ନିଜ ପାପୁଲିକୁ ଗୁରୁତର ଅପରାଧରେ ଅଭିଯୁକ୍ତ ଆସାମୀ ପରି ଚାହିଁଥିଲା। ହୁଏତ ସେ କାହାର ତଣ୍ଟି ଚିପି ହତ୍ୟା କରିଛି ଓ ତା' ହାତ ରକ୍ତାକ୍ତ। ପରାଗ ରେଣୁମାନଙ୍କୁ ଆଘ୍ରାଣ କରି ସେ ସମ୍ବିତ୍ ଫେରି ଆସିଲା ପରି ସିଧା ଛିଡ଼ା ହେଲା ଓ ମୁରୁକେଇ ହସିଲା। ତା'ର ଆଖିମାନେ ହଠାତ୍ ଜଳି ଉଠି କୋଠରିର ଆଲୋକକୁ ଉପହାସ କରେ। ତା'ର କିୟତ୍ ପ୍ରସାରିତ ଓଠମାନେ ବିସ୍ତୃତ ହେଉଥିଲେ ଓ ଅଟ୍ଟହାସ୍ୟରେ ଦିଆଲ୍ କମ୍ପି ଉଠୁଥିଲା। ଜାନ୍ତବ ପରିତୃପ୍ତି। ପୁନଶ୍ଚ କିଶୋରଟିର ଆଖିରେ ବିନ୍ଦୁ ବିନ୍ଦୁ ଲୁହ। ସେ ଅନୁଭବ କଲା ଏକ ତଡ଼ିତ୍ ତା'ର ନାଭି ପିଣ୍ଡରୁ ବାହାରି ଦେହସାରା ଜାଲି ଦେଉଛି। ଯନ୍ତ୍ରଣାରେ ତା'ର ମୁଖ ବିକୃତ ହୋଇଗଲା।

ଅନୁଭବ: ସହରର କେଉଁଠି ନିଆଁ ଲାଗି ଯାଇଛି କି? ଅଥବା ସାମ୍ନା କୋଠା ହଠାତ୍ ଏକ ଆଗ୍ନେୟଗିରିରେ ପରିଣତ ହୋଇଛି। ହୁଏତ କିଶୋରୀଟି ନିରୀହ କୋଇଲିଟିଏ ପରି ଖୁବ୍ ଦୂରରେ ଆମ୍ର କୁଞ୍ଜର ସବୁଜ ସାନ୍ତ୍ୱନାକୁ ଉଡ଼ି ଯାଉଥିବ। ନାଃ...

କିଶୋରୀର କୋଳରେ ଅନେକ ଥର ବିରାଡ଼ିଟି ଖେଳୁଥାଏ। ନିର୍ବାକ ହୋଇ ବସିଥିବା କିଶୋରର ଝର୍କା ପାଖରେ ଆଜି ସେ ବାରମ୍ବାର ଡିଆଁ ଡେଇଁ କରୁଛି ଧୋବ ବିରାଡ଼ିର ଲୋମଶ ଦେହରେ କେତୋଟି କଳା ଦାଗ। କିଶୋରଟି ସନ୍ତର୍ପଣରେ ଅନୁଧାବନ କରି ତାକୁ ଧରିବାକୁ ଚେଷ୍ଟା କରୁଥିଲା। ଅଥଚ ବିରାଡ଼ିଟି ବାରମ୍ବାର ଖସି ଯାଉଥିଲା। ହତୋତ୍ସାହିତ କିଶୋର କ୍ଳାନ୍ତିରେ ଚଉକି ଉପରେ ବସି ପଡ଼ିଲା। କିଛି ଦୂରରେ ବିରାଡ଼ିଟି ତାକୁ ସ୍ଥିର ଆଖିରେ ଚାହିଁ ରହିଛି। ସେ ବିରାଡ଼ିକୁ ହାତ ଠାରି ପାଖକୁ ଡାକିଲା ଓ ବିରାଡ଼ିଟି ବାଧ୍ୟ ଶିଶୁ ପରି ତା'ର ଚଉକି ତଳେ ଛିଡ଼ା ହେଲା, ଏଥିପାଇଁ କିଶୋରଟି ଉତ୍ତେଜନାରେ ବନ୍ଦ ହୋଇଯାଇଥିବା ତା'ର ଦାନ୍ତମାନଙ୍କୁ ଖୋଲି ହସିବାର ଅଭିନୟ ଓ ରକ୍ତ ପ୍ରବାହ ଯୋଗୁ ଦପ୍ ଦପ୍ କରୁଥିବା ଆଖିର ଅବସ୍ଥାର ପରିବର୍ତ୍ତନ କରିବାକୁ ପଡ଼ିଥିଲା। ଏଥର ବିରାଡ଼ିର ନିର୍ବୋଧ ଆଖି- ପିତୁଳାମାନଙ୍କୁ ଚାହିଁ ସେ ନିଜ ମୁଣ୍ଡ ଭିତରେ ଏକ ଅସହଣୀୟ ଯନ୍ତ୍ରଣା ଅନୁଭବ କଲା। କିଏ ଯେପରି ତା'ର ମୁଣ୍ଡକୁ ଜୋର୍‌ରେ ଚାପି ଧରୁଛି। ତା'ର ହାତ ଦୁଇଟି ହିଂସ୍ର ସରୀସୃପ ପରି ଲମ୍ବିଗଲା। ବିରାଡ଼ିଟି ତିଳେ ହେଲେ ପ୍ରତିବାଦ ବା ପଳାୟନ ପାଇଁ ଉଦ୍ୟମ ନକରି ଧରାଦେଲା। ସେ ବରଂ କିଶୋରର ଛାତି ଉପରକୁ ଉଠି କୃତଜ୍ଞତାରେ ଦେହ ଘଷୁଥିଲା। ସ୍ପର୍ଶ କରି ତା'ର ଲୋମଶ ଦେହରେ ପ୍ରବାହିତ ସିକ୍ତାରମାନଙ୍କୁ ଗଣାଯାଇପରେ।

କିଶୋରଟି ଏବେ ପୁଣି ଅନୁଭବ କଲା ଏକ ତଡ଼ିତ୍ ତା'ର ନାଭି ପିଣ୍ଡରୁ ବାହାରି ଦେହସାରା ଜାଳି ଦେଉଛି ଏବଂ ତା'ର ମୁଠା ଶକ୍ତ ହୋଇ ଆସୁଛି।

ଅନୁଗତ ବିରାଡ଼ିର ସ୍ନେହାର୍ଦ୍ର ଆଳାପ ଧୀରେ ଧୀରେ ବାଷ୍ପରୁଦ୍ଧ ଚିତ୍କାରରେ ପରିଣତ ହେଉଥିଲା। ତା'ର ବେକରେ କିଶୋରୀଟିର ଆଙ୍ଗୁଳିମାନେ ଦୃଢ଼ ଭାବରେ ଛନ୍ଦି ହେଉଥିଲେ। ଯେତେବେଳେ ସେ କ୍ଳାନ୍ତ ହୋଇ ବନ୍ଧନ ଶିଥିଳ କଲା, ସେତେବେଳେ ବିରାଡ଼ିଟିର ନିସ୍ପନ୍ଦ ଦେହ ଚଟାଣରେ ଖସି ପଡ଼ିଲା। ତା'ର ଦୁଇଟି ବିସ୍ଫାରିତ ଡୋଳାକୁ କିଶୋରୀଟି କିଛି ସମୟ ନିର୍ନିମେଶ ଆଖିରେ ଚାହିଁ ରହିଲା, ଯେପରି ସେ ଲିପିବଦ୍ଧ କୌଣସି ଅଜଣା ଭାଷାକୁ ପଢ଼ିବାକୁ ଚେଷ୍ଟିତ। ନାଃ...। ତା'ର ହୃତ୍‌ପିଣ୍ଡର ଗତି ହଠାତ୍ ବଢ଼ି ଚାଲିଥିଲା। ସେ ଝର୍କା ଦେଇ ସାମ୍ନା ବଗିଚାକୁ ଚାହିଁ କିଛି ଖୋଜୁଥିଲା। ତା'ପରେ ସେ କୋଠରିର ଚାରିକାନ୍ଥ ଓ ଛାତକୁ ଚାହିଁଲା। ଦ୍ୱାର ବନ୍ଦ ଅଛି କି ନାହିଁ ପରୀକ୍ଷା କଲା। ତା'ର କପାଳରେ ବିନ୍ଦୁ ବିନ୍ଦୁ ଝାଳ। ହୁଏତ ସେ କୌଣସି ହିଂସ୍ର ଜନ୍ତୁର ହାବୁଡ଼ରୁ ଖସି ଯାଇଛି। କିଶୋରଟି ଆଖିବୁଜି ବିରାଡ଼ିର ଶବକୁ ହାତରେ ଉଠାଇଲା ଓ ଝର୍କା ଦେଇ ଫିଙ୍ଗିଦେଲା।

ସେଇ ନିରୀହ ବୁଲ୍‌ବୁଲ୍‌ର ଯନ୍ତ୍ରଣାକୁ ନିଜ ଛାତି ଭିତରେ ଅନୁଭବ କଲା କିଶୋରଟି। ଆଃ...। ବୁଲ୍‌ବୁଲ୍‌ର ହୃଦୟରୁ ଟୋପା ଟୋପା ରକ୍ତ ଗୋଲାପର ଶିରା ପ୍ରଶିରାରେ ପ୍ରବେଶ କରିଥିବ ଓ ଯନ୍ତ୍ରଣାକାତର ବୁଲ୍‌ବୁଲ୍‌ର ଜୀବନରେ ଯବନିକା। ତା'ର ଝର୍କା ପାଖ ବଗିଚାରେ ଫୁଟିଥିବା ଏକାଟିଆ ଗୋଲାପ ଫୁଲକୁ ଚାହିଁ କିଶୋରଟି ଭାବପ୍ରବଣ ହୋଇ ପଡ଼ିଥିଲା। ଫୁଲଟିକୁ ଛିଣ୍ଡେଇ ପାଦତଳେ ଦଳି ଦେବାକୁ ତା'ର ଇଚ୍ଛା ହେଲା। ସେ ଝର୍କା ଦେଇ ହାତ ବଢ଼ାଇଲା। ଫୁଲଟି ଯେପରି ମଥା ହଲାଇ ମନା କଲା। ହାତ ପାଉନି। ହଠାତ୍ ସେ ମୁଣ୍ଡରେ ଗୋଟିଏ କଅଁଳ ହାତର ସ୍ପର୍ଶ ଅନୁଭବ କଲା। ବୋଉ। ଫ୍ଲାୱାର ଭେସ୍ ଭଳି ହାତଟି ଲମ୍ବି ଆସିଛି କିଶୋରର ମୁଣ୍ଡକୁ। ତା'ର କପାଳର ଥୋପି ଥୋପି ଝାଳକୁ ବୋଉ କାନିରେ ପୋଛି ଦେଲେ।

ଗୋଲାପୀ ରଙ୍ଗର ନଖ ଓ ଗୋଲାପର ପାଖୁଡ଼ାମାନଙ୍କୁ ଏକାଥରକେ ସ୍ମରଣ କରି କିଶୋରଟି ପୁଣି ଥରି ଉଠିଲା। ଏ ଯନ୍ତ୍ରଣା ରକ୍ତାକ୍ତ ବୁଲ୍‌ବୁଲ୍‌ର ଯନ୍ତ୍ରଣା। ସେ ଠିଆ ହୋଇ ବୋଉର ମୁହଁ, ସାମ୍ନା କୋଠା ଓ ଝର୍କା ପାଖର ଫୁଲକୁ ଚାହିଁଲା। ବିଚରା ତା'ର କି ଆନନ୍ଦ? କିଶୋରଟିର ମୁଖ ବିକୃତ, ଯେପରି କୌଣସି ଅଦେଖା ଅଙ୍ଗରୁ ଗୁଡ଼ାଏ ରକ୍ତ କ୍ଷରିତ ହେଉଛି ଓ ତାହା ଟେବୁଲ୍‌ର ଫ୍ଲାୱାର ଭେସ୍‌ର ପ୍ଲାଷ୍ଟିକ୍ ଫୁଲମାନଙ୍କରେ ଜମି ରହିଛି। ଫୁଲ ଖଚିତ ଫ୍ଲାୱାର ଭେସ୍ ଅଯଥା ବୋଉର ହାତ ପରି

ଦିଶୁଛି। ସେ ଭେସ୍‌କୁ ଚାହିଁଲା ନାହିଁ ତ- ଫୋପାଡ଼ି ଦେଲା ଚଟାଣକୁ ଓ ଖଣ୍ଡ ଖଣ୍ଡ ପୋର୍ସେଲିନ୍ ଏବଂ ଦଳିତ ଗୋଲାପ ପାଖୁଡ଼ାକୁ ଚାହିଁ ଅଟ୍ଟହାସ କରି ଉଠିଲା।

ଅନୁଭବ: ଅଗ୍ନି ଅଗ୍ନି ଅରଣ୍ୟ। ଏକ ଖରସ୍ରୋତା ଝରଣା। ସ୍ରୋତ ମଝିରେ ଏକାଟିଆ ଶିଳାଖଣ୍ଡରେ କିଶୋରଟି ସ୍ୱୟଂ ଦଣ୍ଡାୟମାନ। ଜଳପତନ ବଢ଼ି ବଢ଼ି ଚାଲିଛି ଓ ଧୀରେ ଧୀରେ ପାଦ ଓ ତଦୁର୍ଦ୍ଧ୍ୱ ଅଙ୍ଗ ଜଳମଗ୍ନ ହେଉଛି। କିଶୋରଟି ଖୁବ୍ ଜୋର୍‌ରେ ଚିତ୍କାର କରୁଛି। ଅଥଚ ନିରାପଦ ଦୂରତ୍ୱରେ ଛିଡ଼ା ହୋଇଛନ୍ତି ବୋଉ ଓ ସେ କିଶୋରୀଟି। ସେ ଖାଲି ଦେଖୁଛି ଗୋଟିଏ ଛାଇ ଓ ଗୋଟିଏ ଫ୍ଲାୱାର ଭେସ୍ ଭଳି ହାତ।

ରକ୍ତାକ୍ତ ବୁଲ୍‌ବୁଲ୍‌ର ଶବ ଭାସି ଭାସି ତା' ଚାରିପଟେ ଘୂରୁଛି। ଆଃ...।

■

ଉଦ୍ଧବର ଭୂମିକା

୧. ଗତ ରାତି ଓ ନିଷ୍ପ୍ରଦୀପ ସହର।

ମୁଁ କୌଣସି ନିର୍ଦ୍ଦିଷ୍ଟ ଛକରେ ଚୁପ୍‌ଚାପ୍ ଛିଡ଼ା ହୋଇ ହତାଶ ଓ ଅପାରଗ ଆଖିମାନଙ୍କୁ ସମବେଦନା ଜଣାଉଥିବାବେଳେ ମୋର ବାମ ପାର୍ଶ୍ୱରେ କିଛି ଏକ ଜୀବନ୍ତ ବସ୍ତୁର ମୃଦୁ ଧକ୍କା ଲାଗିଲା ଓ ଆନୁସଙ୍ଗିକ ଝଣଝଣ ଶବ୍ଦ ଶୁଣି ମୁଁ ଅନୁମାନ କଲି ତାହା କୌଣସି ବଜାର ଫେରନ୍ତା ଅନୁଗତ ସ୍ୱାମୀର ପକେଟସ୍ଥ ଖୁଚୁରାମାନଙ୍କର ସମବେତ କୋରସ୍ କିମ୍ବା କୌଣସି ତରୁଣୀଙ୍କର ହାତକୁ ଅଳଙ୍କୃତ କରୁଥିବା ପାଣିକାଚର ରୁଣୁଝୁଣୁ କିମ୍ବା ଏକ ବୁଲା ଷଣ୍ଢଙ୍କର ବେକରେ ଝୁଲୁଥିବା ଘଣ୍ଟି। ମୁଁ ଅନୁଭବ କରିବାକୁ ଚେଷ୍ଟା କଲି ମୋର ସ୍ୱୟଂକ୍ରିୟ ସ୍ପର୍ଶେନ୍ଦ୍ରିୟ ଓ ଘ୍ରାଣେନ୍ଦ୍ରିୟ ସାହାଯ୍ୟରେ, କାରଣ ଦାର୍ଶନେନ୍ଦ୍ରିୟମାନେ ଅସମର୍ଥ। ଯଦିଓ ମୁଁ ବସ୍ତୁର ଗଠନ ଶୈଳୀକୁ ଅସ୍ପଷ୍ଟ ଦେଖି ପାରିଥାନ୍ତି, ତଥାପି ବି ମୁଁ ଆଖିମାନଙ୍କୁ ବିଶ୍ରାମ ଦେଲି। ମୋର ସ୍ପର୍ଶେନ୍ଦ୍ରିୟମାନେ ମୋତେ ସଚେତନ କରାଇ ଦେଲେ ଯେ, ତାହା ଏକ ମଣିଷ ଯାହାର ମାଂସପେଶୀମାନେ ସୁସଜ୍ଜିତ ଓ ସେ ନାରୀଟିଏ ହେବାର ସମ୍ଭାବନା। ଘ୍ରାଣେନ୍ଦ୍ରିୟ ସଜାଗ ହୋଇ ମୋତେ ସମ୍ବାଦ ଦେଲା, ବାସ୍ତବିକ ସେ ଏକ ନାରୀ। କାରଣ ତା'ର ଜୁଡ଼ାରେ ହୁଏତ ରଜନୀଗନ୍ଧାର ସ୍ତବକ କିମ୍ବା ସୁବାସିତ ତେଲର ଆଘ୍ରାଣ। ମୋର ଓଠମାନେ କୌଣସି ଶବ୍ଦର ଭଗ୍ନାବଶେଷ ସୁଦ୍ଧା ଉଚ୍ଚାରଣ କରିବା ପୂର୍ବରୁ ଶ୍ରବଣେନ୍ଦ୍ରିୟରେ ଅନୁରଣିତ ହେଲା, ନମସ୍କାର, ନାରୀ କଣ୍ଠ ତ। ତା'ପରେ ମୋର ସମସ୍ତ ଇନ୍ଦ୍ରିୟ ମୋ ସହିତ ଏକାଥରକେ ଅସହଯୋଗ କଲେ ଓ ମୁଁ ସ୍ଥାଣୁ ପରି ଛିଡ଼ା ହୋଇ ରହିଲି। ନିଷ୍ପ୍ରଦୀପ ସହର। ମୋର ପୁରୁଷ ପ୍ରକୃତି। ଦେହଘଷା ରୂପଜୀବୀ। ଯୁଦ୍ଧଭୟ। ଉଚ୍ଚାରଣ। ଅନୁରଣନ। ଉଚ୍ଚାଟନ।

ମୋର ଚାରିଆଡ଼େ ନା ମୋ ଭିତରେ?

୨. ଆଜି ସକାଳେ ଓ ଶୟନ କକ୍ଷରେ।

ମୋର ପତ୍ନୀଙ୍କୁ ମୁଁ ଦେଖିଲି ଏକ ଭିନ୍ନ ଅବସ୍ଥାରେ। ତାଙ୍କର ସ୍ତନାଗ୍ରମାନେ ଖୁବ୍ ଧୂସର ଦିଶୁଥିଲେ ଓ ସ୍ଫୀତ କଟୀରେ ଝୋଟି ପରି ଦିଶୁଥିବା ଶିରା ପ୍ରଶିରା ବହୁତ ବେଳ ମୋର ଦୃଷ୍ଟିକୁ ଅଟକାଇ ରଖିଥିଲା। ସେ ଗର୍ଭବତୀ। ମୁଁ ତାଙ୍କୁ ନିଦରୁ ଉଠାଇ ଗତକାଲି ଡାକ୍ତରଙ୍କ ପରାମର୍ଶ ଶୁଣାଇ ଆଉଥରେ ଯୁବତୀ ହେବାର ନିର୍ଭର ପ୍ରତିଶ୍ରୁତି ଦେଇପାରିଥାନ୍ତି। ଅଥଚ ମୁଁ ଚୁପ୍‌ଚାପ୍ ଶେଯରୁ ଓହ୍ଲାଇଗଲି। ପତ୍ନୀଙ୍କର ସ୍ଫୀତ କଟୀ, କ୍ରମବର୍ଦ୍ଧିଷ୍ଣୁ କାୟା, ଧୂସର ସ୍ତାନଗ୍ର, ଜ୍ୟୋତିହୀନ ଆଖି ତ ମୋ ପାଇଁ ଉଲ୍ଲେଖଯୋଗ୍ୟ ସମସ୍ୟା ନୁହେଁ। ମୁଁ ବସ୍ତୁତଃ ଚାହେଁନା ଗୁଡ଼ାଏ ପାରମ୍ପରୀଣ ଆବେଗର ପୁନରାବୃତ୍ତି, ଶିଶୁ କାମନାମାନଙ୍କର ରକ୍ତାକ୍ତ ସମାରୋହ ଓ ଲାଳନ ପାଳନ ବା କୌଣସି ନାରୀର ଉଦ୍ଧତ ଅଙ୍ଗମାନଙ୍କର ଦମନଲୀଳା। ଡିସେମ୍ବରର ଶୀତାର୍ତ୍ତ ସକାଳରେ ଅଗତ୍ୟା ଅନୁଭବ କଲି ମୁଁ ସମସ୍ୟା ରହିତ।

ସତେ ?

ମାଳିର ଅହେତୁକ ହେଳା ଯୋଗୁଁ ଶୁଖି ଆସୁଥିବା ଗୋଲାପ ଚାରା ଓ ମନିପ୍ଲାଣ୍ଟ ଲତା କ'ଣ ମୋ ପାଇଁ କି ସମସ୍ୟା ନୁହେଁ? ଫୁଲ ପ୍ରତି ସ୍ୱାଭାବିକ ଦୁର୍ବଳତା ଥିବା ମୋର କେତୋଟି ଇନ୍ଦ୍ରିୟଙ୍କୁ ଶାସନ କଲା କଣ୍ଠରେ କହିଲି, ସାବଧାନ।

ମୁଁ ଯେତେବେଳେ ଦାନ୍ତ ଘଷି ଫେଣ ସାଲୁବାଲୁ ମୁହଁ ଧୋଉଥିଲି, ସେତେବେଳେ ସାଢ଼େ ସାତ। ବ୍ରେକ୍‌ଫାଷ୍ଟ ଟେବୁଲରେ ପ୍ରଥମ ଅଣ୍ଡା ଭାଙ୍ଗିବାବେଳେ ଆଠଟା ଏବଂ ଠିକ୍ ନଅଟାରେ ମୁଁ ପତ୍ନୀଙ୍କର ଶୁଖିଲା ଓଠରେ ଚୁମ୍ବନ ଦେଲି। ସବୁଦିନ ପରି ସାଢ଼େ ସାତ, ଆଠ, ନଅ। ପ୍ରସ୍ତୁତି ପ୍ରତ୍ୟୟ ସମ୍ଭୋଗ। ପ୍ରତ୍ୟୟ ସମ୍ଭୋଗ ପ୍ରସ୍ତୁତି। ସମ୍ଭୋଗ ପ୍ରସ୍ତୁତି ପ୍ରତ୍ୟୟ। ଯେମିତି ଘଣ୍ଟା ଓ ମିନିଟ୍ କଣ୍ଟା ପରସ୍ପରକୁ ଗୋଡ଼ାଗୋଡ଼ି ହେଉଥାନ୍ତି, ଚାବି ଦେଲା ପରେ। ମୋର ନିଃଶ୍ୱାସ ବନ୍ଦ ହେଲା ପରି ଲାଗିଲା। ସବୁଦିନ ଏମିତି ଲାଗିଲା। ମୁଁ ନିର୍ଦ୍ଦିଷ୍ଟ କିଛି ଉଚ୍ଚାରଣ କରିବାକୁ ଚାହେଁ। ବଗିଚା ବା ଲନ୍‌କୁ ପଳାଇ ଯିବାକୁ ଚେଷ୍ଟା କରେ।

ଆଜି କିନ୍ତୁ ସତରେ ମୁଁ ଚାବି ରିଙ୍ଗ ଘୂରାଇ, ହୁଇସିଲ୍ ମାରି, ପତ୍ନୀଙ୍କୁ ଉପେକ୍ଷା କରି, ପରିଚିତ ପାହାଚମାନଙ୍କରେ ପାଦ ଥୋଇ ଓହ୍ଲାଇ ଆସିଲି ଓ ରାସ୍ତାରେ ଚାଲୁଥିବାବେଳେ ଅନୁଭବ କରୁଥିଲି, ମୁଁ କାହାକୁ ହତ୍ୟା କରି ସନ୍ତର୍ପଣରେ ଖସି ଆସୁଛି କିମ୍ବା କାହାରି ଶବ ଦାହ କରି ଶ୍ମଶାନରୁ ଫେରୁଛି। ନିଜକୁ ହତ୍ୟା କରି ନୁହେଁ ତ ? ନିଜର ଶବଦାହ କରି ନୁହେଁ ତ ?

୩. ଅଜୟର ରୁଚିକୁ ମୁଁ ପସନ୍ଦ କରି ପାରୁନି କି ନିନ୍ଦା କରିପାରୁନି। ବନ୍ଧୁ ତ ! ବଗିଚା ବଗିଚା ଥିବାଯାଏ ସବୁ ଠିକ୍। କଦାଚିତ ବଗିଚାମାନେ ଅରଣ୍ୟ ପାଲଟି ଯାଆନ୍ତି। ଅଜୟ ତା'ର ବଗିଚାକୁ ଏମିତି ସଜେଇଛି। ଗୋଛା ଗୋଛା ଲତା ପବନରେ ଲୋଟି ପଡୁଛି। ଗଛସବୁ ସିଧା ସିଧା ବଢୁଛି ତ ବଢୁଛି। ଫୁଲ ଫୁଟୁଛି। ଆପେ ଆପେ ଝଡ଼ି ଯାଉଥିବ। କିମ୍ବା... କେଜାଣି ? ଅଭ୍ୟାସବଶତଃ ମୋର ମନେ ଅଛି, ମୁଁ ଗେଟ୍ ଖୋଲି ଅରଣ୍ୟୋପମ ବଗିଚା ଦେଇ ତେର ପାହାଚ ଆଗେଇବି ଓ ଦରଆଉଜା କବାଟକୁ ହାତମାରି ଖୋଲିବି। ତା'ପରେ ଯେଉଁ ଘର, ସେଠି ମୋର ଦୁଇଟି ସୁପରିଚିତ ମୁହଁ।

ଅଜୟର ସ୍ତ୍ରୀ ମୋର କାୟିକ ଉପସ୍ଥିତି ସମ୍ପର୍କରେ ସଚେତନ ନୁହଁନ୍ତି ଅଥଚ ସେ କାନ୍ଥରେ ଝୁଲୁଥିବା ମୋର ବନ୍ଧେଇ ଫଟୋକୁ ନିର୍ନିମେଷ ଆଖିରେ ଚାହିଁଛନ୍ତି। ଜୁଡ଼ାର ବନ୍ଧନଶୈଳୀ ଓ ପରିଧାନର ଅନ୍ୟମନସ୍କତାରେ ତାଙ୍କର ଭାବପ୍ରବଣତା ରୂପାନ୍ତରିତ। ମୁଁ ଦେଖୁଛି ତାଙ୍କର ବାରମ୍ବାର ପରିବର୍ତ୍ତିତ ମୁଦ୍ରା। ମୋର ଚିତ୍ରପଟ ସହିତ ଆଖି ମିଳାଇବାର ଅର୍ଥ ଆଉ କ'ଣ ହୋଇପାରେ- ବିବିକ୍ତ ଏକକର ଆବେଦନ(?) ବିପ୍ରଲବ୍ଧ ଦେହର ସ୍ପର୍ଶକାତରତା (?) ଉପେକ୍ଷିତ ମାନସର ପ୍ରତୀକ୍ଷା ଓ ପ୍ରସ୍ତୁତି (?) ବ୍ୟତୀତ...। ଅରଣ୍ୟ ଉଦ୍ଧତ। କେମିତି ମୁଁ ଏକମତ ହେବି ? ଏଇତ ମୋ ସାମ୍ନାରେ ମୁଁ ଶୁଣୁଛି କରୁଣ ମାଂସପେଶୀର ବିଳାପ। ତଦ୍‌ଜନିତ ଅସ୍ପଷ୍ଟ ଆଖ୍ୟାନକୁ ମୁଁ ସଂଳାପ, ସ୍ୱରଲିପି ବା ଲିରିକ୍ କରି ସଜେଇ ଦେଇପାରନ୍ତି। ଏତେ ଦୁର୍ବୋଧ୍ୟ ଆଲେଖ୍ୟ ଅଙ୍କା ଶାଢ଼ିକୁ ଖିନ୍‌ଭିନ୍ କରି ଫିଙ୍ଗିଦେଇ ପାରନ୍ତି। ମୋ ସ୍ନାୟୁମାନେ ଅନିଚ୍ଛୁକ ଅପ୍ରସ୍ତୁତ।

ଅଜୟ ଜୀବନ ବୀମାର ପଦସ୍ଥ କର୍ମଚାରୀ। ମୋର ବନ୍ଧୁ। ଜୀବନ ପ୍ରତି ତା'ର ସ୍ୱତନ୍ତ୍ର ଦୃଷ୍ଟିକୋଣ। ତା'ର ସ୍ତ୍ରୀ- ସେଇ ନାରୀ, ଯା'ର ଚାରିପଟେ ଆବାହାଓ୍ୱା। ଅଳଙ୍କାରରେ ବେଢ଼ଣା, ରେଫ୍ରିଜେଟର, କାର୍, ସୋଫା, ପଲଙ୍କ, ଆଲମାରି ସହିତ ସହାବସ୍ଥାନ କରୁଥିବା ସାଲିସ୍ କରି ନେଇଥିବା ନାରୀ ଉଦ୍ଦେଶ୍ୟରେ ମୁଁ ବା କାହିଁକି ଦୀର୍ଘଶ୍ୱାସ ଛାଡ଼ିବି ? ଅରଣ୍ୟୋପମ ବଗିଚାର ଫୁଲର ପରାଗରେ ମୋ ହାତ କାହିଁକି ରଙ୍ଗାଇବି ?

୪. ଲୋକଟି ମୋତେ ଅନାଉଛି। ପ୍ରଥମେ ସେ ଚାହିଁଥିଲା ମୋର ସାମ୍ନା ଚୌକିରେ ବସି ତା'ର ସମସ୍ତ ବିଭକ୍ତି ମୋ ଉପରେ ଲଦି ଦେବାକୁ। ମୁଁ ମନାକଲି ଓ ସେ ବୋଧହୁଏ ଭାବିଲା ମୁଁ କାହାକୁ ଅପେକ୍ଷା କରିଛି। ହୋଟେଲର ବୟ ମୋ ପାଖକୁ ଆସି ସବୁଦିନିଆ କାଇଦାରେ ଗୁଡ଼ାଏ ଅପେକ୍ଷା କରିଛି। ସତରେ ମୁଁ କାହାକୁ ଟାକିଛି କି ? ଲୋକଟି ମୋ ପଛ ଚୌକିରେ ବସିଥାନ୍ତା, ଖାଲି ଅଛି। ତା'ର ଶାଣଦିଆ ଆଖିମାନେ ସାଧ ମେଣ୍ଟାଇ ଦେଖିଥାଆନ୍ତେ ମୋର କଥା କହିବା, ନିଃଶ୍ୱାସ ନେବା,

ଟାଇ ପିନ୍ଧିବା ଭଙ୍ଗୀ। ବସିଥାଅ ଆୟୁଷ୍ମାନ୍। ମୋର ଚଷମାର ମୁଖରତାକୁ, ଚପଳାକୁ। ଲୋକଟି ହାଇ ମାରୁଛି, ହୁଏତ ବିରକ୍ତିରେ। ସେ ରୁମାଲରେ ମୁହଁ ବି ପୋଛୁଛି। କେହି ଜଣେ ଭଦ୍ରଲୋକ ରେଡ଼ିଓରୁ ସମ୍ବାଦ ଶୁଣୁଛନ୍ତି। ଲୋକଟି ପଚାରିଲା, ଅଜ୍ଞା ଯୁଦ୍ଧ ଖବର ? ଭାରତ ଆଗେଇଛି, ଭଦ୍ରବ୍ୟକ୍ତିଙ୍କ ସହାସ୍ୟ ଉତ୍ତର। ତା'ପରେ ସେ ଅଯଥାରେ ଅଟ୍ଟହାସ୍ୟ କରି ଉଠିଲେ ଓ ବିଭିନ୍ନ ଦେଶର ରାଜନୈତିକ ପାଣିପାଗ, କୂଟନୈତିକ ସମ୍ପର୍କ, ସାମରିକ ଶକ୍ତି ବିଷୟରେ ଏକ ଦୀର୍ଘ ଭାଷଣ ଆରମ୍ଭ କରିଦେଲେ। ମୋତେ ଯୁଦ୍ଧ ସମ୍ବାଦ ଶୁଣିଲେ ହିଁ ହାଇ ଆସେ। ଟିକିଏ ଆଗରେ ଦୁଇଜଣ ତରୁଣ ସିଗାରେଟ ଧୂଆଁର ଧୂମାଳ ଧାରଣାରେ ଉପବିଷ୍ଟ। ବନ୍ଧୁଗଣ, ଏ ବାଷ୍ପୀଭୂତ ଅଭିରୋହ କ'ଣ ତୁମ ଚେତନାର ନିଖୁଣ ରୂପକଳ୍ପ ?

୫. ମୋର ଅତି ପରିଚିତ ଭୂ-ଖଣ୍ଡର ମାନଚିତ୍ର କି ? ନାଃ, ଚଳିତ ଶତାବ୍ଦୀର ଅସଲ ରୂପରେଖ ? ମୁଁ ଦେଖୁଥିଲି ରାସ୍ତା କଡ଼ରେ ବସିଥିବା ଭିକାରିର ହାଡୁଆ ପିଠିକୁ। ସେ ଦେଖୁଛି ତା' ଆଗରେ ଥୁଆ ହୋଇଥିବା ଆଲୁମିନିୟମ ଡେକ୍‌ଚିର ଶୂନ୍ୟତାକୁ। ମୁଁ ତାକୁ ସାମ୍ନା କରି ପଚାରି ପାରନ୍ତି, ତୋ ନାଆଁ ? ତୋର ଜନ୍ମ ତାରିଖ ? ତୋର ଭବିଷ୍ୟତ ? ଅଥଚ ମୁଁ ତାକୁ ଭୟ କରୁଛି। ସେ ଯଦି କହିବ ଯେ, ମୋ ନାଆଁ ସଭ୍ୟତା। ମୋର ଜନ୍ମ ତାରିଖ ଚଳିତ ଶତାବ୍ଦୀ। ମୋର ବର୍ତ୍ତମାନ ନାହାନ୍ତି ଭବିଷ୍ୟତ ପୁଣି କ'ଣ। ମୋର ମନେ ହେଲା ଭିକାରିଟିକୁ କେନ୍ଦ୍ର କରି ସମଗ୍ର ସହର ଘୂରୁଛି, ସମଗ୍ର ପୃଥିବୀ ଘୂରୁଛି।

ଆଉ ଟିକିଏ ଦୂରରେ।

ଅଧା ତିଆରି ଘରର ପାଚେରି ତଳକୁ ଗୋଡ଼ ଲମ୍ବେଇ ବସିଛି ଗୋଟିଏ ସ୍ୱାସ୍ଥ୍ୟବତୀ ରେଜା। ଦୁଇଗୋଡ଼ ମଝିରେ କଂସାଏ ପଖାଳ। ସେ ଚୁପ୍‌ଚାପ୍ ଖାଇ ଚାଲିଛି। ପଞ୍ଜାବୀ ଡ୍ରାଇଭରଟିଏ ପାଚେରିକୁ ଆଉଜି ବସିଛି। ତା'ର ଆଖିମାନେ ଯେପରି ନିଅଣ୍ଟିଆ ନାଳି କସ୍ତାକୁ ଆଡ଼େଇ ଦେବାକୁ ଉଦ୍‌ବିଗ୍ନ।

ମୁଁ ନିଜ ଭିତରେ ଅନୁଭବ କରୁଛି ଶତଜିହ୍ୱା ଯୁବତୀ ରେଜାମାନଙ୍କୁ ଓ ସହସ୍ରାକ୍ଷ ପଞ୍ଜାବୀ ଡ୍ରାଇଭରମାନଙ୍କୁ।

୬. ଆମେ ଆପଣଙ୍କୁ ଚାନ୍ଦା ମାଗୁନୁ। ଆପଣ ଖାଲି ସାଇବାବାଙ୍କ ଦର୍ଶନରେ ବିଶ୍ୱାସ ରଖନ୍ତୁ। ଆପଣ ତ ଜାଣନ୍ତି ମାନବ ସମାଜ ବର୍ତ୍ତମାନ ଘୋର ସଙ୍କଟର ସମ୍ମୁଖୀନ। ଏଇ ଘଡ଼ିସନ୍ଧି ଅବସ୍ଥାରେ ଜଣେ ବିଜ୍ଞ ବ୍ୟକ୍ତି ହିସାବରେ ଆପଣଙ୍କର ନିଶ୍ଚୟ ଏକ କର୍ତ୍ତବ୍ୟ

ରହିଛି । ଆପଣମାନେ ତ ବିଶ୍ୱର ଭବିଷ୍ୟତ । ନାଃ... ଆପଣ ଆମ ସେବାସଂଘର ସଭ୍ୟ ହେବା ବି ଜରୁରୀ ନୁହେଁ । କେବଳ ବିଶ୍ୱାସର କଥା । ବିଶ୍ୱାସେ ମିଳଇ କୃଷ୍ଣ... ଅ... । ସେଇତ ସବୁ ସମସ୍ୟାର ସମାଧାନ । ଆମ ଅଫିସର ଏକ ଗଳିର ଠିକ୍ ଶେଷକୁ ପଡ଼େ ଯେଉଁଠାରେ ଗୋଟିଏ ମଟର ଗ୍ୟାରେଜ୍ ଅଛି... ।

: ସାର୍, ଏଇନେ ଆପଣଙ୍କ ପକେଟ୍ ମାର୍ ହୋଇଯାଇପାରେ, ଆପଣଙ୍କ ପ୍ଲାଷ୍ଟିକ୍ ମନିପର୍ସଟି ହଜିଯାଇପାରେ କିମ୍ବା ଆପଣ ଭିକାରିମାନଙ୍କୁ କିଛି ପଇସା ଦାନକରି ଦେଇପାରନ୍ତି । ଜୀବନରେ କେତେ ଅନିଶ୍ଚିତତା । ଆପଣ ନିଜର ଭାଗ୍ୟ ପରୀକ୍ଷା କରିନେବା ଉଚିତ । ଯଦି ମିଳେ, ଅଠର ଲକ୍ଷ... ମାତ୍ର ଟଙ୍କାଏ । ଆସନ୍ତା ମାସ ପହିଲାରେ ଲଟେରି ଉଠାଣ... ।

: ଆଜ୍ଞା, ମର୍ମନ୍ତୁଦ ସମ୍ବାଦ । ଗତକାଲି ପତ୍ରିକାରେ ପଢ଼ିଥିବେ । ବାତ୍ୟା, ବନ୍ୟା, ମହାମାରୀ ଆମ ଦେଶରେ ଚିରନ୍ତନ ଶତ୍ରୁ । ବାତ୍ୟାରେ ହଜାର ହଜାର ନରନାରୀ ମୃତ୍ୟୁମୁଖରେ ପଡ଼ିଛନ୍ତି । ସମୁଦ୍ର ଲହଡ଼ି ଆଜ୍ଞା ଷୋହଳ ଫୁଟ ଉଚ୍ଚ ହୋଇ ମାଡ଼ି ଆସିଲା । ଲୋକେ ପେଟ ବିକଳରେ ଚିତ୍କାର କରୁଛନ୍ତି । ଆପଣଙ୍କ କୋମଳ ହୃଦୟ ତରଳିଯିବ ଆଜ୍ଞା । ଆମେ ବାତ୍ୟା ରିଲିଫ ସଂଘର ସଭ୍ୟଗଣ... ସର୍ବଶ୍ରୀ... ।

: ଆପଣ ଜାଣନ୍ତି, ଏଇ ପଦ୍ମଭୁକ୍ ଦଳକୁ ନେଇ ଦେଶର ପ୍ରଗତି ଅସମ୍ଭବ । ଏମାନେ ବୁର୍ଜୋୟାଙ୍କ ପଦଲେହନ କରି ଜାଣନ୍ତି । ଟିକିଏ ତଳେଇ ଚିନ୍ତା କରି ଦେଖନ୍ତୁ, ଆଉ କେତେଦିନ ? ଆପଣମାନେ ଆସନ୍ତୁ ଏଇ ଝଣ୍ଡା ତଳେ ଶପଥ କରନ୍ତୁ, ଆପଣ ଶ୍ରମିକ, ଖଟିଖିଆଙ୍କ ପାଇଁ ପ୍ରାଣବଳି ଦେବେ । ରକ୍ତାକ୍ତ ବିପ୍ଳବ ଅନିବାର୍ଯ୍ୟ । କମ୍ରେଡ୍... ।

୭. ମୁଁ ନିଜର ଚିତ୍ର ଆଙ୍କୁଥିଲି, ନିଜେ । ଅନ୍ୟୁନ ସାତଟି ରଙ୍ଗକୁ ବୋଳୁଥିଲି ମୋର ଆଲେଖ୍ୟରେ । ଏତେଗୁଡ଼ିଏ ବକ୍ରରେଖା, ଏତେ ବେଶି ରଙ୍ଗ, କାରୁକାର୍ଯ୍ୟର ସମାହାର ମୋର ଚିତ୍ର । ସାମ୍ନାରେ ମୁଁ ଦଣ୍ଡାୟମାନ, ଦର୍ପଣ ଦେଖିଲା ପରି- ଜିଜ୍ଞାସୁ ଆଖିରେ । ନିଜକୁ ଅନେକ ପ୍ରଶ୍ନ ପଚରାଯାଇପାରେ । କିନ୍ତୁ ଆପାତତଃ ମୂକ ହୋଇଯାଇଛି । ବିସ୍ତୃତ ସହରରୁ, ସଙ୍କୁଚିତ କୋଠରି ଯାଏ ଅତିକ୍ରମ କରିଥିବା ରାସ୍ତାରେ ମୁଁ ଛାଡ଼ିଆସିଛି କି ମୋର ପ୍ରତ୍ୟୟ ! ପରିଚିତ-ଅପରିଚିତ ମୁହଁମାନଙ୍କର ଭିଡ଼ରେ ଯେତେବେଳେ ମୋର ମୁହଁ ହଜିଯିବା ଉପକ୍ରମ କରୁଥିଲା, ସେତେବେଳେ ହୁଏତ ମୁଁ ନିଜକୁ ସାନ୍ତ୍ୱନା ଦେଉଥିଲି, ନିର୍ବୋଧ ଉଜାଣି ସ୍ରୋତରେ ଭାସି ଯା'... । ଆନ ଗତି କାହିଁ ? ପାରିଛି କି ? ନା ତ ! 'ଅନ୍ୟ' ଛାଡ଼ି ନିଜ ମଧ୍ୟକୁ ଫେରି ଆସିବାରେ ହୁଏତ ବିରକ୍ତି ବା କ୍ଳାନ୍ତି ନାହିଁ କିନ୍ତୁ ଆଶଙ୍କା ଅଛି ଅନେକ ।

ଅବଶିଷ୍ଟ ରଙ୍ଗମାନେ ବ୍ୟବହାର୍ଯ୍ୟ ?

ଆଖି ତଳକୁ କଳା ଗାରଗୁଡ଼ିଏ ଟାଣିଦେଲେ, ଗାଲ ଉପରେ ସାମାନ୍ୟ ଧୂସର ରଙ୍ଗ ବୋଳି ଦେଲେ, କୃଷ୍ଣ କେଶରେ ଧୋବ ରଙ୍ଗ ମାଖି ଦେଲେ ହୁଏତ ମୁଁ ଜରାଗ୍ରସ୍ତ ବୃଦ୍ଧ ପାଲଟି ଯିବି।

ସୁସଜ୍ଜିତ କେଶକୁ ଆହୁରି ବର୍ଦ୍ଧିତ କରିଦେଲେ, ମସୃଣ ମୁହଁରେ ଅବିନ୍ୟସ୍ତ ଶ୍ମଶ୍ରୁ ଖଞ୍ଜିଦେଲେ, ପରିଧାନକୁ ଶତଛିନ୍ନ କରିଦେଲେ ହୁଏତ ମୁଁ ପାଗଳ ପରି ଦିଶିବି।

କୋଠରିର ପରିଧି କେତେ କ୍ଷୁଦ୍ର ମୋତେ ଧରି ରଖିବାକୁ। ମୁଁ ତ ବିନ୍ଦୁ ନୁହେଁ, ମୁଁ ଅସୀମ। ଏଇ କିଛି ସମୟ ପୂର୍ବରୁ ଦେଖିଆସିଛି, ଜାଲ ଭିତରେ ହନ୍ତସନ୍ତ ହେଉଥିବା ପରିଚିତ-ଅପରିଚିତ କପୋତ-କପୋତୀମାନଙ୍କୁ। ତାଙ୍କୁ ମୁକ୍ତି ଦେବା ସିନା ଅସମ୍ଭବ, ମୁଁ ତାଙ୍କୁ ଗୁରୁ କରି ପାରିଥାନ୍ତି। ଅନିଚ୍ଛା ? ଅନାବଶ୍ୟକତା ? ଅସାମର୍ଥ୍ୟ ?

ମୁଁ ଖିନ୍‌ଭିନ୍- ବିଞ୍ଝି ହୋଇ ପଡ଼ୁଛି।

■

ଐତିହାସିକ

ମଣିଷ ଦରଦୀ ଓ ଭାବପ୍ରବଣ ହେବା ଯୁଗ ଉତ୍ତୀର୍ଣ୍ଣ ହୋଇଯାଇଛି, ଅତଏବ ଏଇ ବିଶେଷ ମାନବିକ ଦୁର୍ବଳତାରୁ ଅଧୁନା ଅବ୍ୟାହତି ପାଇଥିବା ମଣିଷ ଜାତିର ନୂତନ ଇତିହାସ ଲେଖାଯାଇପାରେ... ବିଜନ୍ ଭାବି ଭାବି ସିଗ୍ରେଟ୍‌ର ଧୂଆଁ ଶୋଷି ଚାଲିଥିଲା।

ଏତେବେଳେ ଦୁଇଦିନ ତଳର ଲୋଚାକୋଚା ସମ୍ବାଦପତ୍ରଟିଏ ତା'ର ଦୃଷ୍ଟି ଆକର୍ଷଣ କଲା।

ଆଁ, ମୀନା ମଜୁମ୍‌ଦାର ଆତ୍ମହତ୍ୟା କରିଛି ! ଶେଷ ପୃଷ୍ଠାର ଦୁଇଧାଡ଼ିରେ ପରିବେଷିତ ନିଅଣ୍ଟିଆ ସମ୍ବାଦ। ଏଇତକ-ଖବରକାଗଜରେ ସାମାନ୍ୟ ଚମକପ୍ରଦ ସମ୍ବାଦ ବ୍ୟତୀତ ମୀନା ଅପା ବୋଧହୁଏ ତା'ର ପରିଚିତ ପୃଥିବୀରେ ଆଉ କିଛି ଛାଡ଼ି ଯାଇ ନାହିଁ। ବିଚାରୀ ମୀନା। ବିଜନ୍ ଦୀର୍ଘଶ୍ୱାସ ସହିତ ସିଗ୍ରେଟ୍ ଧୂଆଁ ଛାଡ଼ିଲା। ନିଜେ ନିଜେ ଗୋଡ଼ରେ ଠିଆ ହେବାଯାଏ ଅନାଥାଶ୍ରମରେ ପାଳିତା ମୀନା ଅପାର ଆଉ କ'ଣ ଥିଲା ଯେ ତା'ର ଜ୍ଞାତି ପରିଜନଙ୍କୁ ବାଣ୍ଟି ଦେଇଯାଆନ୍ତା। ବିଜନ୍ ହସି ପକାଇଲା। ମାସର ଦ୍ୱିତୀୟ ସପ୍ତାହରେ ଘରଭଡ଼ା, ଚାଉଳ ବାକି ଶୁଝିବା ଆଗରୁ ବରଂ ମୀନା ଅପା ଲାଗୁଆ ହୋଇ ଆତ୍ମହତ୍ୟା କଲା। ବିଜନ୍ ସିଗ୍ରେଟ୍‌ରୁ ନିକୋଟିନ୍ ଧୂଆଁ ତକ ଶୋଷି ନେଇ ନର୍ଦ୍ଦମାକୁ ଫିଙ୍ଗି ଦେଲା।

ମୀନା ଅପା ସତରେ ଆତ୍ମହତ୍ୟା କରିପାରିଲା ? ଉତ୍ତର- ତିରିଶରେ ତା'ର ତ ଆଉ ଆତ୍ମହତ୍ୟା କରିବାର କୌଣସି କାରଣ ନଥିଲା। ସେ ଅସୁନ୍ଦରୀ ନୁହେଁ। କୌଣସି ସମ୍ଭ୍ରାନ୍ତ ପରିବାରର କନ୍ୟା ହୋଇଥିଲେ ଏବେ ଏକାଧିକ ସନ୍ତାନର ଜନନୀ ହୋଇଥାନ୍ତା; କିନ୍ତୁ ଅନାଥାଶ୍ରମରେ ପାଳିତା ଝିଅମାନେ ଯେ ସମସ୍ତେ ପତିତା। ତଥାପି ମୀନା ମଜୁମ୍‌ଦାର ଏକ ବ୍ୟତିକ୍ରମ, ଏହା କୌଣସି ଯୁବକ ସହଜରେ ବିଶ୍ୱାସ କରିପାରିଲେ ନାହିଁ। ସେ ଅବିବାହିତ ରହିଗଲା। ମୀନା ଅପା ଯୌବନରେ ପତିତା ହୋଇ ତା' ସାଥେ ସାଥେ ଅନ୍ନ ସଂସ୍ଥାନ ମଧ୍ୟ କରି ପାରିଥାଆନ୍ତା; କିନ୍ତୁ ସେ ପାରିଲା

ନାହିଁ। ଏଇଥିପାଇଁ ତା'ର ଏକମାତ୍ର ଉତ୍ତର ଥିଲା ଯେ ସେ ଏକ ନାରୀ। ରବ୍‌ବିଶ୍, ନିର୍ବୋଧ ମୀନା ଅପାକୁ ବିଜନ୍‌ର ଦୟା ଆସେ ସତ; କିନ୍ତୁ ତା'ଠୁଁ ଏହିସବୁ ତତ୍ତ୍ୱଜ୍ଞାନ ଶୁଣି ସାରିଲା ପରେ ତାକୁ ଉପହାସ କରିବାକୁ ମନ ହୁଏ। କ୍ଷୟିଷ୍ଣୁ ଯୌବନକୁ ଆପଣାମତେ ନଷ୍ଟ ହେବାକୁ ଛାଡ଼ିଦେଇ ଗୋଟିଏ ନାରୀ ଯେକୌଣସି ଫାଙ୍କା ଆଦର୍ଶକୁ ଜାବୁଡ଼ି ଧରିବ, ଏହା ବିଜନ୍ କଳ୍ପନା ସୁଦ୍ଧା କରିପାରୁ ନଥିଲା। ଅନ୍ତତଃ ଏଇ ସମୟଟିକୁ ଉପଯୋଗ କରିପାରିଥିଲେ ମୀନା ଅପା ବଞ୍ଚିଯାଇଥାଆନ୍ତା।

ମୀନା ଅପା ମନେ ପଡ଼ିଲେ ଇ କମ୍ରେଡ୍ ଜୋଶେଫ୍ ମନକୁ ଆସିଯାଏ। ପ୍ରାୟ ମାସେ ତଳେ ଜୋଶେଫ୍ ଗୋଟିଏ ବେଆଇନ୍ ଶୋଭାଯାତ୍ରାରେ ଯାଉଥିବାବେଳେ ପୋଲିସ୍ ଗୁଳିରେ ପ୍ରାଣ ଦେଲା। ବ୍ୟବଚ୍ଛେଦ ପାଇଁ ପଠାହେବା ଆଗରୁ ଜୋଶେଫ୍‌ର ରକ୍ତାକ୍ତ ଶବ ଉପରେ ମୁଣ୍ଡ ରଖି ମୀନା ଅପା ପ୍ରଚୁର କାନ୍ଦିଥିଲା। ତା'ପରେ ବିଜନ ଆଉ ତା'ର ଖବର ରଖିନାହିଁ। ସେ ଏକଦା ମୀନା ଅପା ଓ କମ୍ରେଡ୍ ଜୋଶେଫ୍ ମଧ୍ୟରେ ଗୋଟିଏ ସେତୁବନ୍ଧର କଳ୍ପନା କରୁଥିଲା, ଏପିରିକି ମନେ ମନେ ସେଥିପାଇଁ ନିଶ୍ଚିତ ହୋଇ ପଡ଼ିଥିଲା। ଅଥଚ ଦୁହେଁ ପରସ୍ପରଠାରୁ ଦୂରେଇ ଗଲେ ସିନା, ବ୍ୟବଧାନ ଇଞ୍ଚେ ହେଲେ କମିଲାନି। ବସ୍ତୁତଃ ସେମାନଙ୍କ ସ୍ଥାୟୀ ବନ୍ଧନ ଅସମ୍ଭବ। କାରଣ ମୀନା ଅପା ଗୋଟିଏ ଆଦର୍ଶବାଦୀ ରକ୍ତମାଂସର ନାରୀ ଓ କମ୍ରେଡ୍ ଜୋଶେଫ୍ ଗୋଟିଏ ଆଦର୍ଶବାଦୀ ସ୍ୱୟଂକ୍ରିୟ ମେସିନ୍। ଉଭୟେ କିଛି ଦିନ ପାଇଁ ପରସ୍ପରକୁ ପାଇଥିଲେ, ଯଥେଷ୍ଟ ପାଇଥିଲେ, ଜୋଶେଫ୍ ସେଇତକରେ ସନ୍ତୁଷ୍ଟ ଥିଲା, ଅଥଚ ମୀନା ଅପା ଆହୁରି ଚାହୁଁଥିଲା। ଉଭୟଙ୍କ ସମାନ୍ତରାଳ ଆଦର୍ଶ ବୋଧହୁଏ ତାଙ୍କ ମିଳନର ପ୍ରଧାନ ଅନ୍ତରାୟ ହୋଇ ପଡ଼ିଥିଲା।

ବିଜନ୍ ବୁଝିପାରେନି ମୀନା ଅପା ପରି ଜାତୀୟ ନାରୀମାନେ କାହିଁକି ସତୀତ୍ୱ ନାମକ ମାନସିକ ବିକାର ଉପରେ ଏତେଟା ଗୁରୁତ୍ୱ ଆରୋପ କରନ୍ତି।

ବାନାର୍ଜୀ ସାହେବ ଥିଲା ଗ୍ରାମମଙ୍ଗଳ ବିଭାଗରର ସର୍ବୋଚ୍ଚ ସଚିବ। ମୀନା ଅପା ତା'ର ଷ୍ଟେନୋ ଥିଲା। ଡିକ୍ଟେସନ୍ ଦେଲାବେଳେ କୌଣସି ଉଦାସ ଅପରାହ୍ଣରେ ହୁଏତ ସେ ରିଭଲଭିଂ ଚଉକି ଛାଡ଼ି ଆଜ୍ଞାଧୀନ ଭାବେ ଠିଆ ହୋଇଥିବା ମୀନା ଅପାର କାନ୍ଧକୁ ଆଉଜି ପଡ଼ିଥିଲା କିମ୍ବା ବେଶି ହେଲେ ତାକୁ ସାମାନ୍ୟ ଛାତିକୁ ଆଉଜେଇ ନେଇଥିଲେ। କେବଳ ସେଇଥିପାଇଁ ମୀନା ଅପା ହଠାତ୍ ଉତ୍‌କ୍ଷିପ୍ତା ହୋଇ ରଣଚଣ୍ଡୀ ପରି ବାନାର୍ଜୀ ସାହେବର ଗାଲରେ ଚାପୁଡ଼ା ମାରିବାଟାକୁ ବିଜନ୍ କାହିଁକି ଆଦୌ ପସନ୍ଦ କରିପାରି ନଥିଲା। ଯାହାହେଉ ମୀନା ଅପା ବାନାର୍ଜୀ ସାହେବର ଅସୌଜନ୍ୟ ବ୍ୟବହାର ପାଇଁ ସଚିବାଳୟ କର୍ମଚାରୀ ସଂଘର ଆଶ୍ରୟ ନେଇଥିଲା।

ଏବଂ ସଂଘର ଅବୈତନିକ ସମ୍ପାଦକ କମ୍ରେଡ଼୍ ଜୋଶେଫ୍ ସେଦିନ ବିଜନ ପରି ଅନେକ ଅବୋଧ୍ୟ କମ୍ରେଡ଼୍‌ଙ୍କୁ ବୁଝାଇ ଦେଇଥିଲା ଯେ ବାନାର୍ଜୀ ସାହେବ ପରି ଏଷ୍ଟାବ୍ଲିଶମେଣ୍ଟର କୁତ୍ତାମାନେ ମୀନା ଅପା ପରି ପ୍ରୋଲେଟାରିଆଟ୍‌ମାନଙ୍କ ଉପରେ ପାଶବିକ ଅତ୍ୟାଚାର କରିବାର ସହସ୍ର ଦୃଷ୍ଟାନ୍ତ ଇତିହାସ ପୃଷ୍ଠାରେ ଲିପିବଦ୍ଧ ଅଛି। ଏହା ଶୋଷକର ଶୋଷିତ ଉପରେ ଅତ୍ୟାଚାରର ଏକ ଭିନ୍ନ ସ୍ୱରୂପ ମାତ୍ର।

କମ୍ରେଡ଼୍ ଜୋଶେଫ୍‌ର ଉଦ୍ଧୃତି ବହୁଳ ଭାଷଣରେ ବିଜନ୍ ବେଶ୍ ମୁଗ୍ଧ ହୋଇ ପଡ଼ିଥିଲା। ଅନ୍ୟ ତରୁଣ କମ୍ରେଡ଼୍‌ମାନଙ୍କ ପରି ତା'ର ବି ଲୋମକୂପମାନେ ତାତି ଯାଇଥିଲେ। ବିଜନ୍ ଶ୍ରୋତା ମଣ୍ଡଳୀର ଦ୍ୱିତୀୟ ଧାଡ଼ିରେ ବସି ପ୍ରଥମ ଧାଡ଼ିରେ ମଥାବନତ କରି ବସିଥିବା ମୀନା ମଜୁମ୍‌ଦାରକୁ ପ୍ରଥମେ ଦେଖିଥିଲା। ବିଜନ୍ ପାଇଁ ମୀନା ମଜୁମ୍‌ଦାର ଦଳିତ ଶୋଷିତ ଶ୍ରେଣୀର ଏକ ନିଖୁଣ ପ୍ରତୀକ ହୋଇ ଉଠିଥିଲା।

ବୋଧହୁଏ ସେହି ମାର୍ଚ୍ଚ ଅପରାହ୍ନରେ ମୀନା ଅପାର ଅବଚେତନରେ କାଣିଚାଏ ବୁର୍ଜୋୟୀ ଅଭିଳାଷ ଜାଗି ଉଠିଥିଲା। ସେ ଗମ୍ଭୀର ହୋଇ ସତୃଷ୍ଣ ଆଖିରେ କମ୍ରେଡ଼୍ ଜୋଶେଫ୍‌ର ଗତିବିଧିକୁ ଚାହିଁ ରହିଥିଲା। ତା'ର ବାଗ୍ମିତା ଓ ବ୍ୟକ୍ତିତ୍ୱରେ ବିସ୍ମିତ ହୋଇ ପଡ଼ିଥିଲା। ହୁଏତ ଜୋଶେଫ୍‌ର ଦାଢ଼ି ସାଲୁବାଲୁ ମୁହଁକୁ ନିଜର ଉପେକ୍ଷିତ ବକ୍ଷୋଜର ମାଂସଳ ଉପତ୍ୟକାରେ ସ୍ଥାପନ କରିବାକୁ ମନେ ମନେ ପ୍ରତିଜ୍ଞିତା ହୋଇପଡ଼ିଥିଲା।

ତା'ର ପରଦିନଠୁଁ ତରୁଣ କମ୍ରେଡ଼୍ ବିଜନ୍ ମଧ୍ୟ ବାନାର୍ଜୀ ସାହେବ ପରି 'କ୍ଲାସ୍ ଏନେମୀ'ମାନଙ୍କୁ ମୂଳପୋଛ କରିବାକୁ ପ୍ରସ୍ତୁତ ହୋଇ ପଡ଼ିଥିଲା। ପ୍ରଥମତଃ ତା'ର ଦୃଷ୍ଟି ଆକର୍ଷଣ କରିଥିଲା ତା'ର ସହପାଠିନୀ ବାନାର୍ଜୀ ସାହେବର ଅଲିଅଳ ତନୟା ଶୋଭା। ମୀନା ମଜୁମ୍‌ଦାର ଉପରେ ହୋଇଥିବା ଜୁଲୁମ୍‌ର ପ୍ରତିଶୋଧ ଶୋଭା ଉପରେ ନେବାକୁ ବିଜନ୍ ସ୍ଥିର କରିନେଲା। ଶୋଭାର ପ୍ରତିଟା ଗତିବିଧି- ଦାମୀ କାର୍‌ରେ କଲେଜକୁ ଆସିବା, ବେପରୁଆ ହସିବା, ପ୍ରତି କଥାରେ ଆଖି ନଚାଇବା- ସବୁ ଯେପରି ଶ୍ରେଣୀ ସଂଘର୍ଷ ପାଇଁ ଏକ ପ୍ରଚ୍ଛନ୍ନ ଆହ୍ୱାନ। ବିଜନ ଠିକ୍ ଜାଣିଥିଲା, ଶୋଭା ଟେନିସ୍ ଖେଳି କ୍ଲବରୁ ଘରକୁ ଫେରିବାବେଳେ ସନ୍ଧ୍ୟା ହୋଇଯାଇଥିବ ଏବଂ ଟେନିଶ୍ କ୍ଲବରୁ ତା' ଘର ମଝିରେ ଯେଉଁ ନିର୍ଜନ ରାସ୍ତା ଓ କେତୋଟି ବର୍ଜିତ ଘର ପଡ଼େ; ସେଇଠି ବାନାର୍ଜୀ ସାହେବର ଝିଅ ହେଲେ ବି ଶୋଭା ଯେକୌଣସି ପ୍ରୋଲେଟାରିଆନ୍ ଝିଅପରି ଅସହାୟା।

ଶୀତ ସନ୍ଧ୍ୟା ନିଦୁଆ ଆଖିପତା ପରି ମାଡ଼ି ଆସୁଥାଏ। ଗୋଟିଏ ବର୍ଜିତ ଘରର ପାଚେରିକୁ ଆଉଜି ଗୋଟିଏ ପରେ ଗୋଟିଏ ସିଗ୍ରେଟ୍ ଫୁଙ୍କି ଚାଲିଥାଏ ବିଜନ୍। ଏଇ ରାସ୍ତାରେ ଶୋଭା କ୍ଷିପ୍ର ସ୍ପେନିଏଲ୍ ପରି ଡେଇଁ ଡେଇଁ ଘରକୁ ଫେରିବ।

ବିଜନ୍‌ର ଆଖିମାନେ ପ୍ରତିଶୋଧର ବହ୍ନିରେ ଜଳି ଉଠୁଥିଲେ । ଓଃ... ଏଇତ ଶୋଭା ଆସୁଛି ଏକ ଅପୂର୍ବ ଲୀଳାୟିତ ଭଙ୍ଗୀରେ । ବିଜନ୍ ଯଥେଷ୍ଟ କୋମଳ ସ୍ୱରରେ ତାକୁ ପଛପଟୁ ଡାକିଲା । ଶୋଭା ଛିଡ଼ା ହୋଇ ବେଖାତିର ଭାବରେ ତାକୁ ଜିଜ୍ଞାସୁ ଆଖିରେ ଚାହିଁ ରହିଥାଏ । ବିଜନ୍‌ର ମାଂସପେଶୀମାନେ ରାଗରେ ଫୁଲି ଉଠିଲେ । ଅଗତ୍ୟା ସେ ହିଂସ୍ର ଇଗଲ୍ ପରି 'କ୍ଲାସ୍-ଏନେମୀ' ବାନାର୍ଜୀ ସାହେବର ଅଲିଅଳି ତନୟାକୁ ଆକ୍ରମଣ କଲା ଓ ସେ ତାକୁ ଖେଳଣାଟିଏ ପରି ଅଦୂରର ଗୋଟିଏ ବର୍ଜିତ ଘରକୁ ଟେକି ନେଲା । ଶୋଭା ସାମାନ୍ୟ ଛାଟିପିଟି ହେବା ବ୍ୟତୀତ ବିଶେଷ କିଛି ଆପତ୍ତି କଲା ନାହିଁ । ଶିଉଳି ଲଗା ଚଟାଣରେ ଅର୍ଦ୍ଧ ଉଲଗ୍ନ ଅବସ୍ଥାରେ ପଡ଼ି ଶୋଭା ଖାଲି ଜୁଲୁଜୁଲୁ କରି ବିଜନ୍‌କୁ ଚାହିଁଥାଏ । ବିଜନ୍ ଆଶ୍ଚର୍ଯ୍ୟ ହେଲା ମୀନା ମଜୁମ୍‌ଦାର ପରି ଶୋଭା ବାନାର୍ଜୀ ଚିତ୍କାର କରୁନାହିଁ ବା ତା' ଗାଲରେ ଚାପୁଡ଼ା ମାରୁ ନାହିଁ । ସେଦିନ କମ୍ରେଡ଼ ବିଜନ୍‌ର ବଦ୍ଧମୂଳ ଧାରଣା ହୋଇଥିଲା ଯେ, ମେଷଶାବକ ପରି ଭୀରୁ ଶୋଭା ବାନାର୍ଜୀ ଯେଉଁ ଶ୍ରେଣୀର ପ୍ରତିନିଧିତ୍ୱ କରେ; ସେଇ ଶ୍ରେଣୀର ମୂଳୋତ୍ପାଟନ କରିବା ସାଧାରଣ ପରିଶ୍ରମ ସାପେକ୍ଷ ମାତ୍ର । ତା'ପରେ ସେ ଶୋଭାକୁ ସେଇ ଅବସ୍ଥାରେ ଛାଡ଼ି ଦେଇ କମ୍ରେଡ଼୍ ଜୋଶେଫ୍‌ର ସାତଟଙ୍କାରେ ଭଡ଼ା କୋଠରିକୁ ଧଇଁସଇଁ ହୋଇ ଦୌଡ଼ି ପଳାଇ ଆସିଥିଲା ।

ଏବଂ ସେଇଠି ଆବିଷ୍କାର କରିଥିଲା ପୃଥିବୀର ଆଷ୍ଟମାଶ୍ଚର୍ଯ୍ୟ ମୀନା ମଜୁମ୍‌ଦାରକୁ । କମ୍ରେଡ଼୍ ଜୋଶେଫ୍ ଟେବୁଲ୍ ଉପରେ ହାମୁଡ଼େଇ କର୍ମଚାରୀ ସଂଘର ଆଗାମୀ ଧର୍ମଘଟ ପାଇଁ ଇସ୍ତାହାର ଲେଖିବା ବେଳକୁ ଅତ୍ୟନ୍ତ ଅନ୍ତରଙ୍ଗ ଭାବରେ ତା'ର ଦେହ ସଂଲଗ୍ନା ହୋଇ ମୀନା ବାମ୍ଫ ଉଠା ଚା' କପ୍‌ଟିଏ ଧରି ଠିଆ ହୋଇଛି । କୋଠରିକୁ ହଠାତ୍ ପଶିଯିବା ଫଳରେ ଉଭୟ ବିଜନ୍ ଓ ମୀନା ଅପ୍ରସ୍ତୁତ ହୋଇପଡ଼ିଥିଲେ । କିନ୍ତୁ ନିର୍ବିକାର ଜୋଶେଫ୍ ପରସ୍ପରକୁ ପରିଚୟ କରାଇ ଦେବାପରେ ଚା' କପ୍‌ଟି ବିଜନ୍‌ର ହାତକୁ ଚାଲି ଆସିଥିଲା । ବିଜନ୍ ସମଗ୍ର ଚା' କପ୍‌ଟି ଗୋଟିଏ ଢୋକରେ ନିଃଶେଷ କରିଦେଲା । ମୀନା ମଜୁମ୍‌ଦାର ସେ ଦିନଠାରୁ ମୀନା ଅପା ହୋଇଯାଇଥିଲା । ବିଜନ୍ ତା'ର ଚା' ପ୍ରସ୍ତୁତି କୌଶଳକୁ ବୋଧହୁଏ କିଛିଟା ତାରିଫ ବି କରିଥିଲା । ତା' ପରଠୁ ମୀନା ଅପାର ଭଡ଼ା ଘରେ ଅନେକ ଚା' ଆସର ଜମିଛି । ଶ୍ରେଣୀ ସଂଘର୍ଷର କଳ୍ପନା ଓ ଚା' ବାସ୍ନାରେ ଅନେକ ସନ୍ଧ୍ୟା ଭାରାକ୍ରାନ୍ତ ହୋଇଛି । ସଚିବାଳୟରେ ବେଶ୍ କିଛିଦିନ ଧର୍ମଘଟ ପରେ ବାନାର୍ଜୀ ସାହେବର ମତ୍ସ୍ୟଚାଷ ବିଭାଗକୁ ବଦଳି ହୋଇଛି ଓ ମୁଖ୍ୟ ସଚିବ ହୋଇ ମୀନା ଅପାର ଅଫିସ୍‌କୁ ଆସିଛି ବୃଦ୍ଧ ସାନ୍ୟାଲ୍ ସାହେବ ।

ଅଥଚ ଶୋଭା ବାନାର୍ଜୀ...

ସ୍ପୋର୍ଟସ୍ ଚାମ୍ପିଅନ୍। କ୍ଲାସ ଏନେମୀ ବାନାର୍ଜୀ ସାହେବର ଦୁହିତା ଶୋଭା ନଷ୍ଟ ସ୍ୱାସ୍ଥ୍ୟ ଓ ବିପ୍ଳବୀ ବିଜନ୍‌କୁ ସେଦିନର ଅପ୍ରୀତିକର ଘଟଣା ପରେ ବି ନିର୍ଜନ କଲେଜ କରିଡ଼ରରେ ଏତେ ଦରଦୀ ସ୍ୱରରେ ଆମନ୍ତ୍ରଣ କରିପାରେ; ତାହା ବିଜନ୍‌ର କଳ୍ପନାନୀତ ଥିଲା। ନିରୀହ ଛାଗ ଶିଶୁ ପରି ସେ ଶୋଭା ସାମ୍ନାରେ ଅଟକି ଯାଇଥିଲା। ପ୍ରଗଲ୍‌ଭା ଶୋଭା ସେଦିନ ତାକୁ ଘରକୁ ନିମନ୍ତ୍ରଣ କରିଥିଲା। ମୃତଦାର ବାନାର୍ଜୀ ସାହେବ ସହିତ ସେ ତା'ର ପରିଚୟ କରାଇ ଦେଇଥିଲା। ଯା' ମଧ୍ୟରେ ଅନେକ ଦିନ ବିତି ଯାଇଛି। କଲେଜ୍ କ୍ୟାଣ୍ଟିନ୍‌ରେ ବସି ଘଣ୍ଟା ଘଣ୍ଟା ଧରି ବିଜନ୍ ଓ ଶୋଭା ଅନେକ ପ୍ରତି ବିପ୍ଳବାତ୍ମକ ବିଷୟବସ୍ତୁର ଚର୍ଚ୍ଚା କରିଛନ୍ତି। ବିଜନ୍ ଅନେକ ଥର ମୀନା ଅପା ବା କମ୍ରେଡ଼୍ ଜୋଶେଫ୍ ଘରେ ଉଭୟଙ୍କୁ ନିହାତି ଅନ୍ତରଙ୍ଗ ବା ଅସଂଜତ ଅବସ୍ଥାରେ ଆବିଷ୍କାର କରିଛି।

ଆଉ ଦିନେ ବିଜନ୍ ତା'ର ପରିକଳ୍ପିତ ନୂତନ ଇତିହାସ ପାଇଁ ଆହୁରି ଗୋଟିଏ ନୂତନ ସୂତ୍ର ଆବିଷ୍କାର କଲା....

ସେଇ ବର୍ଜିତ ଘରର ନାତି-ଅନ୍ଧାରରେ ଶୋଭାକୁ ବିଜନ୍ ଯେଉଁ ଅବସ୍ଥାରେ ଛାଡ଼ି ଆସିଥିଲା; ସେଇତକରେ ଶୋଭା ଆଦୌ ସନ୍ତୁଷ୍ଟ ନଥିଲା। ସେ ହୁଏତ ବିଜନ୍‌ଠାରୁ ଆହୁରି ଅଧିକ କିଛି ଚାହୁଁଥିଲା। ନିର୍ଜନ କଲେଜ କ୍ୟାଣ୍ଟିନ୍‌ରୁ ଉଭୟେ ନିର୍ଭୀକ ଭାବରେ ସେଇ ପରିଚିତ ବର୍ଜିତ ଘରକୁ ଫେରି ଯାଇଥିଲେ। ସେଇଠି ସ୍ୱାସ୍ଥ୍ୟବତୀ ଶୋଭା ନିଜର ମିନିସ୍କାର୍ଟ ନିର୍ବିକାର ଭାବେ ଖୋଲିଦେଇ ହିଂସ୍ର ବାଘୁଣୀ ପରି ବିଜନକୁ ଆଲିଙ୍ଗନ କଲା ଓ ତା' ମୁହଁକୁ ଅଜସ୍ର ଚୁମାରେ ଛାଡ଼ି ଦେଲା। ବିଜନ ବି କମ୍ରେଡ଼୍ ଜୋଶେଫ୍ ଓ ମୀନା ଅପାକୁ ଯେଉଁପରି ଅସଜ୍ଜିତ ଅବସ୍ଥାରେ ଆବିଷ୍କାର କରିଥିଲା, ତା'ର ପୁନରାବୃତ୍ତି ଚାହୁଁଥିଲା। ଉଭୟେ କିଛି ସମୟ ପାଇଁ ପରସ୍ପରକୁ ଅସ୍ତିତ୍ୱ ଓ 'କ୍ଲାସ-କେରେକ୍ଟର' ଭୁଲି ଏକ ଓ ଅଭିନ୍ନ ହୋଇ ପଡ଼ିଥିଲେ। କିଛି ସମୟ ପରେ ଧର୍ଷିତା ଶୋଭା ଭୂଲୁଣ୍ଠିତା ହୋଇ ନିଷ୍ପଲକ ଆଖିରେ ବିଜନ୍‌କୁ ଚାହିଁ ରହୁଥିଲା କେବଳ।

ବିଜନ୍‌ର ମନେ ହେଉଥିଲା ଯେମିତି ବାନାର୍ଜୀ ସାହେବ ବା ଶୋଭାର ଶ୍ରେଣୀ ତା'ର କୃପାଭିକ୍ଷୁ। ବସ୍ତୁତଃ ଶୋଷକର ଶୋଷିତ ନିକଟରେ ଏହା ଚରମ ପରାଜୟ।.... ଏଇ ଚିନ୍ତାଧାରାକୁ ଭିତ୍ତିକରି ମଧ୍ୟ ଆଗାମୀ ଦିନର ଇତିହାସ ଲେଖାଯାଇ ପାରେ।

***

ବିଜନ୍ ଆଉ ଗୋଟିଏ ସିଗ୍ରେଟ୍‌ରେ ଅଗ୍ନି ସଂଯୋଗ କଲା। ସହରତଳିର ଶସ୍ତା ହୋଟେଲରେ ବସି ବସି ଯେ କେତେଦିନ ବିପ୍ଳବର ପ୍ରତୀକ୍ଷା କରିବ ?

ଏକ ଅଦ୍ଭୁତ ଭାବାନୁଭବରେ ସେ ବିହ୍ୱଳ ହୋଇ ପଡୁଥିଲା।

ଶୋଭା ବାନାର୍ଜୀ ବିଜନ ସାନ୍ୟାଲ ଔରସରେ ସନ୍ତାନ ସମ୍ଭବା। ମୀନା ଅପାର ଆତ୍ମହତ୍ୟା। କମ୍ରେଡ୍ ଜୋଶେଫ୍ ପୁଲିସ୍ ଗୁଳିର ଶୀକାର। ବିଜନ୍ ଆହୁରି ଅନେକ ମୁହଁର କଳ୍ପନା କରୁଥିଲା।

ତାକୁ ଆଗାମୀ ଦିନର ଇତିହାସରେ ଏମାନଙ୍କ ପାଇଁ ସ୍ଥାନ ନିରୂପଣ କରିବାକୁ ପଡ଼ିବ। ସେ ବଞ୍ଚି ରହିବ। ବିପ୍ଳବର ପ୍ରତୀକ୍ଷା କରିବ। ସେ ଇତିହାସରେ ଆଖି ପରି ସଜାଗ, ସଚେତନ, ଅନୁସନ୍ଧିତ୍ସୁ ରହିବ।

■

ଓଭରକୋଟ୍

ଜାନୁଆରୀ ରାତିର ପବନ ଜାନୁଆର୍‌ର ଗୋଳିଆ ନଖ ପରି ମୋର ସ୍ୱଚ୍ଛ ପୋଷାକ ଭିତରକୁ ପଶି ଆସୁଥାଏ । ଶୀତରେ ଛାତି କମ୍ପି ଉଠୁଛି । ସୁଟ୍‌କେଶ୍‌ଟି ଖୁବ୍ ଭାରୀ ଜଣା ପଡୁଥାଏ । ମୁଁ ହୁଏତ କୌଣସି କୁଲି ଡାକି ପାରିଥାନ୍ତି । କିନ୍ତୁ ସାମାନ୍ୟ ପରିଶ୍ରମ କରି ସୁଟକେଶ୍‌ଟି ନିଜେ ବୋହିଲେ କିଛିଟା ଉତ୍ତାପ ମିଳିଯାଇପାରେ । ଅନ୍ତତଃ ଜାନୁଆରୀ ଶୀତରୁ କିଛିଟା ତ୍ରାହି । ପୃଥିବୀରେ ଶୀତଋତୁ ନଥିଲେ ହୁଏତ ମଣିଷ ଏତେଟା କଷ୍ଟରୁ ରକ୍ଷା ପାଇପାରିଥାନ୍ତା । ନାଃ... ଶୀତଋତୁର ମଧ୍ୟ ଏକ ନିଜସ୍ୱ ଆବଶ୍ୟକତା ରହିଛି । ନତୁବା ଗଛରୁ ପତ୍ରମାନେ ଝଡ଼ନ୍ତେ ନାହିଁ, ନୂଆ ପତ୍ର କଅଁଳନ୍ତା ନାହିଁ, କିମ୍ବା ଶୁଖିଲା ପତ୍ର ପରି ଶୀତରେ ଥରି ଥରି ଉଷୁମ ଟାଣିବା ପାଇଁ ଶାଳିନୀ ମୋ ଛାତିକୁ ଲାଗି ଆସନ୍ତା ନାହିଁ । ଶୀତଋତୁ ନଥିଲେ ଶାଳିନୀ ନାମ୍ନୀ ଝିଅଟି ସହିତ ମୋର ଦେଖା ହୋଇ ନଥାନ୍ତା । ଜାନୁଆରୀରେ ଶାଳିନୀର ଜନ୍ମ ଓ ଚାରିବର୍ଷ ହେଲା ତାକୁ ଜନ୍ମଦିନ ଶୁଭେଚ୍ଛା ଜଣାଇବାକୁ ମୋତେ ତା'ର ସହରକୁ ଯିବାକୁ ପଡ଼େ । ଅନେକଟା ପାରମ୍ପରିକ । ଶାଳିନୀ ବ୍ୟତିକ୍ରମ ସହିପାରେନା । ବୋଧହୁଏ ମୁଁ ବି ତା'ର ରୀତି ସହିତ ସାମିଲ ହୋଇଗଲିଣି ।

ମୋଠୁଁ କିଛି ବ୍ୟବଧାନରେ ଛିଡ଼ା ହୋଇ ମୋର ଗତିବିଧିକୁ ଶାଣିତ ଆଖିରେ ଚାହିଁ ରହିଥିବା ଲୋକଟିର ଉପସ୍ଥିତି ପ୍ରତି ମୁଁ ଅଗତ୍ୟା ସଚେତନ ହୋଇ ପଡ଼ିଲି । ମୋର ବିରକ୍ତି ସତ୍ତ୍ୱେ ସେ ସେମିତି ନିଷ୍ପଲକ ଆଖିରେ ଚାହିଁଥାଏ । ଆଗରୁ ତାକୁ କେବେ ଦେଖିଥିବା ପରି ମୋର ମନେ ହେଉ ନଥିଲା । ମୁଁ ବି ତାକୁ ନିରେଖିଲି । ଲୋକଟା ଗୋଟିଏ ଓଭରକୋଟ୍ ଭିତରେ ଭର୍ତ୍ତି ହୋଇଥାଏ । ତା'ର ପାଦରେ ଥିଲା ଜୋତା ବଦଳରେ ହଳେ ବାଥ୍‌ରୁମ୍ ସ୍ଲିପର ଓ ମୁଣ୍ଡ ନିରାଭରଣ । ପାଦ ଓ ମୁଣ୍ଡକୁ ଦେଖିଲେ ମନେ ହେଉଛି ଓଭରକୋଟ୍ ପିନ୍ଧିବା ତା' ପାଇଁ ନିରର୍ଥକ । ଅଥଚ ଓଭରକୋଟ୍‌ଟି ପୁରୁଣା ହେଲେ ବି ଖୁବ୍ ଦାମୀ ।

ଭାବାନ୍ତର ଶୀତରୁ ରକ୍ଷା କରିପାରେନା । ଏ ଜାନୁଆରୀ ରାତିରେ ଶୀତ ହିଁ ଏକମାତ୍ର

ସତ୍ୟ। ଶୀତ ମୋର ପିଞ୍ଜରାମାନଙ୍କୁ ମୋଡ଼ି ପକାଉଛି। ଓଃ... ମୋର ଯଦି ଏମିତି ଖଣ୍ଡିଏ ଓଭରକୋଟ୍ ଥାଆନ୍ତା ! ତ, ଶାଳିନୀ, ମୁଁ ତୁମ ସହରକୁ ଅସହାୟ ମଧ୍ୟବିତ୍ତ ଦେହ ଆଉ ମନ ନେଇଯାଉଛି। ଶୀତକାଳୀନ ପ୍ରଣୟ ପାଇଁ ମୋର ଦାମୀ ଓଭରକୋଟ୍ ନାହିଁ।

ମୋର ମଧ୍ୟବିତ୍ତ ମନ ଓଭରକୋଟ୍ ପିନ୍ଧା ଲୋକଟା ପ୍ରତି ଈର୍ଷାରେ ଜଳି ଉଠୁଥିଲା। କ'ଣ କରୁଥିବ ଏବେ ଶାଳିନୀ ? ସମ୍ଭବତଃ କମ୍ବଳ ଭିତରେ ଲୋମଶ ଉପଭୋଗ କରୁଥିବ। ପାଖ ଘରୁ ତା'ର ପୋଷା କୁକୁରର ସଁ ସଁ ଶୁଭୁଥିବ ଓ ସେ ମଝିରେ ମଝିରେ 'ଜଗିଛି' ବୋଲି ଚିତ୍କାର କରୁଥିବ। କୁକୁର ବଦଳରେ ଗୋଟିଏ ମଣିଷ ପୋଷିବାକୁ ମୁଁ ଶାଳିନୀକୁ ବାରମ୍ବାର ଅନୁରୋଧ କରିଛି। ସେଇ ମଣିଷଟି ହୁଏତ ତାକୁ ରାତିସାରା ଜଗି ରହନ୍ତା। ଶାଳିନୀ ମାନେନାହିଁ।

ଓଭରକୋଟ୍ ପିନ୍ଧା ଲୋକଟା ପ୍ରତି ମୋର ମନ ବିଷାକ୍ତ ହୋଇ ଉଠୁଥିଲା। ମୁଁ ସୁଟ୍‌କେଶଟି ପ୍ଲାଟଫର୍ମ ଉପରେ ଥୋଇଲି। ଟ୍ରେନ୍ ଦୁଇଘଣ୍ଟା ବିଳମ୍ବ। ଫାଷ୍ଟକ୍ଲାସ୍ ୱେଟିଙ୍ଗ ରୁମ୍‌ରେ ଗୁଡ଼ାଏ ସମ୍ଭ୍ରାନ୍ତ ଲୋକଙ୍କ ନିଶିଗୁଞ୍ଜନ ଶୁଣି ମୁଁ ନିରାଶ୍ରୟ ହୋଇ ପୁଣି ପ୍ଲାଟଫର୍ମକୁ ଫେରି ଆସିଲି। ପ୍ଲାଟଫର୍ମର ଏ ମୁଣ୍ଡରୁ ସେ ମୁଣ୍ଡ ଯାଏ ପଦଚାରଣ କରି ମୁଁ ନିଜକୁ ସାମାନ୍ୟ ଉଷୁମ କରିନେବାକୁ ନିରର୍ଥକ ଉଦ୍ୟମ କରୁଥିଲି। ତଥାପି ଶୀତର ଦାଉରୁ ରକ୍ଷା ନାହିଁ। ହଠାତ୍ ମୋର ଏକତ୍ର ଅନେକ ଲୋକଙ୍କ ବିରୁଦ୍ଧରେ ଅଭିଯୋଗ କରିବାକୁ ମନ ହେଲା। ଶାଳିନୀ ବା ଶୀତଦିନରେ କାହିଁକି ଜନ୍ମ ହେଉଥିଲା ? ଓଃ... ମୁଁ ଶାଳିନୀକୁ ଦୋଷାରୋପ କରି ପାରେନା, ଅନେକ ଚେଷ୍ଟା କରି ବି ପାରୁନି। ତା'ର ସବୁ ଦୋଷ ଗୁଣ ଚମତ୍କାର। ତା'ର ଦେହଲଗା ସାନ୍ନିଧ୍ୟ ଓ ନିରାପଦ ବ୍ୟବଧାନ ଉଭୟ ମୋର କାମ୍ୟ। ସେ ସାଥି ହୋଇ ସିନେମା ଯିବାକୁ ପ୍ରତିଶ୍ରୁତି ଦେଲେ ଓ ପୁଣି ସେ ପ୍ରତିଶ୍ରୁତି ଭାଙ୍ଗିଦେଲେ ଉଭୟ ମୋ ପାଇଁ ଏକା ଭଳି ଆମୋଦଦାୟକ। ବରଂ ତୁମେ ଶୀତ ଦିନରେ ଜନ୍ମ ହୋଇ ଭଲ କରିଛ ଶାଳିନୀ। ନହେଲେ ମୁଁ ଭଲ ପାଇବାର ଯନ୍ତ୍ରଣା ଜାଣି ନଥାନ୍ତି। କିନ୍ତୁ ରେଲୱେ କର୍ତ୍ତୃପକ୍ଷଙ୍କ ବିରୁଦ୍ଧରେ ମୋର ଅଭିଯୋଗ ଯଥାର୍ଥ। ଏ ଟ୍ରେନ୍‌ରେ ସମୟ ପରିବର୍ତ୍ତନ କରାଯାଇ ପାରିଥାନ୍ତା। ରାତି ଦୁଇଟା ବଦଳରେ ସମୟ ଦିନ ଦୁଇଟା ହୋଇଥିଲେ ବା କ୍ଷତି କ'ଣ ? ମୁଁ ନିଜ ବୋକାମୀରେ ଚମକି ପଡ଼ିଲି। ଏଠୁ ଶାଳିନୀର ସହର ଠିକ୍ ବାର ଘଣ୍ଟାର ବାଟ। ଏଠୁ ଟ୍ରେନ୍ ଦିନ ଦୁଇଟାରେ ବାହାରି ସେଠି ରାତି ଦୁଇଟାରେ ପହଞ୍ଚିଲେ ଯେଉଁ ବିଭ୍ରାଟ ସୃଷ୍ଟି ହେବ, ତା'ର କଳ୍ପନା ବି କରାଯାଇପାରେନା। ବିଚାରୀ ଶାଳିନୀ ଷ୍ଟେସନ୍‌କୁ ରିସିଭ କରିବାକୁ ଆସି ପାରିବନି। ଅଥଚ ଦିନ ଦୁଇଟାବେଳେ ସେ ବାନ୍ଧବୀଘରକୁ ବୁଲିଯିବା ବାହାନାରେ ବାପା ବୋଉଙ୍କ କବଳରୁ ଖସି ଆସିପାରେ। ସେ ନିଜେ କୁଲି ଆଉ ଟ୍ୟାକ୍ସି ଡାକେ। ଘରକରଣାରେ

ସିଦ୍ଧି-ସଂପନ୍ନା ସ୍ତ୍ରୀ ପରି କୁଲି ଓ ଡ୍ରାଇଭର ସହିତ ଦର କଷାକଷି କରି ପଇସା ଦିଏ। ନିହାତି ଆତ୍ମୀୟ ପରି ପଛ ସିଟ୍‌ରେ ମୋ ଦେହକୁ ଘଷି ହୋଇ ବସିଯାଏ। ଟ୍ୟାକ୍ସି ତା'ର ନିର୍ଦ୍ଦେଶ ମୁତାବକ କୌଣସି ଗୋଟିଏ ହୋଟେଲରେ ପହଞ୍ଚେ। ନିକାଞ୍ଚନ ରୁମ୍‌ରେ ପହଞ୍ଚିବାକ୍ଷଣି ମୋ ମୁହଁରୁ ବାହାରୁଥିବା ସିଗ୍ରେଟ ଗନ୍ଧରୁ ରକ୍ଷା ପାଇବା ପାଇଁ ମୁହଁ ଧୋଇବାକୁ ବାଥରୁମ୍‌କୁ ଚାଲିଯାଏ। ଗୃହିଣୀ ପରି ଶାଳିନୀ ମୋ ହାତକୁ ମୁହଁ ପୋଛିବା ପାଇଁ ଟାୱେଲ ବଢ଼ାଇ ଦିଏ। ଶାଳିନୀ ସିଗ୍ରେଟ୍ ଗନ୍ଧ ସହି ପାରେନା।

ଶୀତଋତୁ ସହିତ ସାଲିସ୍ କରିନେବା ପରେ ଇ ମୁଁ ସିଗ୍ରେଟ୍‌ର ଆବଶ୍ୟକତା ଅନୁଭବ କଲି। ଟ୍ରେନ୍ ଆସିବାକୁ ଗୁଡ଼ାଏ ସମୟ ବାକି। ସିଗ୍ରେଟ୍ ଖଣ୍ଡିଏ ଜଳାଇବା ପରେ ମୁଁ ଅନ୍ତତଃ ମାନସିକ ସ୍ତରରେ କିଛିଟା ଉତ୍ତାପ ଅନୁଭବ କଲି। ସିଗ୍ରେଟ୍ ନହେଲେ ଶୀତଋତୁର କିଛି ଅର୍ଥ ହୁଏନା; ଶୀତଋତୁ ନହେଲେ ପ୍ରେମ ହୁଏନା... ଶାଳିନୀର ସାନ୍ନିଧ୍ୟ ମିଳେନା। ଆୟୁଷ୍ମାନ୍ ହୁଅ ଶୀତଋତୁ। ଓଭରକୋଟ୍ ପିନ୍ଧା ଲୋକଟା ମୋର ମାନସିକ ସ୍ଥିତାବସ୍ଥା ଅନୁଧ୍ୟାନ କରୁଛି ନା କ'ଣ? ଦୀର୍ଘସମୟ ଧରି ସେମିତି ଅଥର୍ବ ହୋଇ ଠିଆ ହୋଇଛି। ତା'ର ପାଦରେ ଚେର ଲାଗି ଯାଇନି ତ। ତା'ର କୋରଡ଼ିଆ ଆଖିରୁ ଜଣା ପଡୁଛି, ହୁଏତ ସେ ମୋତେ କିଛି ପଚାରିବ। ସେ ସତରେ ମୋ ଆଡ଼କୁ ଆଗେଇ ଆସୁଛି। ମୋ ପାଖରେ ଛିଡ଼ା ହୋଇ ସେ ମୋ ମୁହଁକୁ ନିର୍ବୋଧ ପରି ଚାହିଁଲା। ମୁଁ ପଚାରିଲି, 'କିଛି କହିବେ?' 'ନା', ସେ ସଂକ୍ଷିପ୍ତ ଉତ୍ତର ଦେଇ ଫେରିଯାଉଥିଲା। କିନ୍ତୁ ପୁଣି ଫେରିଆସି ନିର୍ଲ୍ଲଜ ପରି ମୋ ପାଟିର ଅଧାଜଳା ସିଗ୍ରେଟକୁ ଆଙ୍ଗୁଳି ନିର୍ଦ୍ଦେଶ କରି କହିଲା, 'ଆପଣ ସିଗ୍ରେଟଟା ଦେଇ ପାରିବେ?' ମୁଁ କିଛି ଚିନ୍ତା କରିବା ଆଗରୁ ତା' ହାତକୁ ଅଇଁଠା ସିଗ୍ରେଟ୍‌ଟା ବଢ଼ାଇଦେଇ ସାରିଥିଲି। ସାମାନ୍ୟ ଭଦ୍ର ଭାବରେ ସେ ଖଣ୍ଡିଏ ନୂଆ ସିଗ୍ରେଟ ମାଗି ପାରିଥାନ୍ତା। ସେ ପ୍ଲାଟଫର୍ମର ଅନ୍ୟ ମୁଣ୍ଡକୁ ଚାଲି ଯାଉଥିଲା ଓ ମୁଁ କେବଳ ତାକୁ ନିର୍ବାକ୍ ହୋଇ ଚାହିଁ ରହିଥାଏ। ଲୋକଟା ବୋଧହୁଏ ଭିକାରି। କିନ୍ତୁ ସେ ତ ପଇସା ମାଗି ପାରିଥାନ୍ତା, ସିଗ୍ରେଟ୍ କାହିଁକି? ଅଥଚ ତା'ର ଅଙ୍ଗାଭରଣ ଦାମୀ ଓଭରକୋଟ୍।

ଶାଳିନୀ, ତୁମ ସହରକୁ ଯିବାବେଳେ ଏମିତି ଘୃଣ୍ୟ ଜୀବମାନଙ୍କର ସଂସ୍ପର୍ଶରେ ବି ଆସିବାକୁ ହେବ, ତାହା ମୋର କଳ୍ପନାତୀତ ଥିଲା। ମୁଁ ଶାଳିନୀର ସ୍ମୃତିରେ ଆଉ ଖଣ୍ଡେ ସିଗ୍ରେଟ୍ ଧରିଲି। ଧୂଆଁର କୁଣ୍ଡଳୀ ମୋତେ ଏକ ଚମତ୍କାର ମାଦକତାରେ ଆଚ୍ଛନ୍ନ କରି ପକାଇଥିଲା। ଲୋକଟା ପୁଣି ଏପଟକୁ ଆସୁଛି। ସେ ପାଖକୁ ଆସି ସ୍ପଷ୍ଟ ଇଂରାଜୀରେ କହିଲା, 'ମୋତେ ଗୋଟିଏ କପ୍ ଚା' ଦେଇପାରିବେ?' ବାସ୍ତବିକ୍ ମୁଁ ବି ତା'ର ଆବଶ୍ୟକତା ଅନୁଭବ କରୁଥିଲି। ଆମେ ଦୁହେଁ ପାଖ ଟି'ଷ୍ଟଲକୁ ଗଲୁ।

ଚା' ପିଇସାରି ମୁଁ ପଇସା ଦେଲାବେଳେ ସେ ସୌଜନ୍ୟତା ଦୃଷ୍ଟିରୁ କହିଲା, 'ଧନ୍ୟବାଦ'। ଲୋକଟା ଅନ୍ୟ କୁଆଡ଼େ ଯିବାକୁ ଆଦୌ ଚାହୁଁନି, ଅଥଚ ତା'ର ସାନ୍ନିଧ୍ୟରେ ମୁଁ ଅତିଷ୍ଠ। ମୁଁ ବିରକ୍ତିରେ ପଚାରିଲି, 'ଆପଣ କୁଆଡ଼େ ଯିବେ ?'

'ମାନେ ? ମୁଁ ଏଠି ଥାଏ। ଏଇ ପ୍ଲାଟଫର୍ମରେ।'

ତା'ର ଉତ୍ତର ସ୍ପଷ୍ଟ। ପାଗଳ ନା କ'ଣ ? ଶାଳିନୀ ଥିଲେ ହୁଏତ ଏଇ ଚିଡ଼ିଆଖାନା ବା ପାଗଳ ଗାରଦରେ ରହିବା ଯୋଗ୍ୟ ଜୀବଟାର ପରିଚୟ ଜିଜ୍ଞାସା କରିସାରନ୍ତାଣି। କିନ୍ତୁ ମୁଁ ନିସ୍ପୃହ। ଅନେକ ଲୋକଙ୍କ ପରିଚୟ ଜାଣିବା ଓ ମନେ ରଖିବା ମୋ ପାଇଁ ନିହାତି କ୍ଲାନ୍ତିକର। ସେ ପୁଣି କହିବା ଆରମ୍ଭ କଲା, 'ଏ ବର୍ଷ ଭାରି ଶୀତ।'

'ହଁ'।

ଲୋକଟା ମୋର ସଂକ୍ଷିପ୍ତ ପୋଷାକ ଦେଖି ଥଟ୍ଟା କରୁନାହିଁ ତ ? ପାଜି, ଓଭରକୋଟ୍‌ଟି ମାଗି ଆଣିଥିବ କି ଚୋରି କରିଥିବ। ଏମିତି ଲୋକଙ୍କୁ ଟ୍ରେନ୍ ସାମ୍ନାକୁ ଠେଲି ଦେବାକୁ ଇଚ୍ଛା ହୁଏ। ମୁଁ ସିଗ୍ରେଟ୍ କାଢ଼ି ନିଜେ ଖଣ୍ଡେ ଧରିଲି ଓ ତାକୁ ଖଣ୍ଡେ ଦେଲି।

ସେ ଟାଣୁଥିବା ସିଗ୍ରେଟ୍ ଟବାକୋରେ କିଛି ବିଷ ଥାଆନ୍ତା କି, ବଦମାସ ଏଇ ପ୍ଲାଟଫର୍ମ ଉପରେ ବଳି ପଡ଼ନ୍ତା। ସିଗ୍ରେଟ୍ ମାଗି ପିଇବାର ସଉକ୍ ଏକାଥରକେ ଭାଙ୍ଗି ଯାଆନ୍ତା। ସୈତାନର ଓଭରକୋଟ୍‌ଟି କିନ୍ତୁ ମୋତେ ଦ୍ୱନ୍ଦ୍ୱରେ ପକାଇ ଦେଇଥିଲା। ମୁଁ ନିଜେ ନୀରବତା ଭାଙ୍ଗିବା ପାଇଁ ଆରମ୍ଭ କଲି, 'ଆପଣଙ୍କୁ ବୋଧହୁଏ ଶୀତ ହେଉନଥିବ ?'

ସେ ସାମାନ୍ୟ ହସିଲା। ମୁଁ ପୁଣି କହିଲି, 'ଏଇ ଓଭରକୋଟ୍...'

'ମୁଁ ଯାକୁ ଚୋରି କରିଥିଲି।'

ତା'ର ସ୍ପଷ୍ଟ ଉତ୍ତରରେ ମୁଁ ଚମକି ପଡ଼ିଲି।

'ମାନେ ?'

'ହଁ, ମୁଁ ଚୋରି କରିଥିଲି ଏଇ ପ୍ଲାଟଫର୍ମରେ ଫାଷ୍ଟକ୍ଲାସ୍ ୱେଟିଂ ରୁମ୍‌ରୁ।'

ସେ ୱେଟିଂ ରୁମକୁ ଆଙ୍ଗୁଳି ନିର୍ଦ୍ଦେଶ କଲା। ନିର୍ବିକାର ଭାବେ ଲୋକଟି କହି ଚାଲିଥାଏ। ଅଥଚ ମୋର ମଧ୍ୟବିତ୍ତ ମନ ତା' ପ୍ରତି ଭୟ ମିଶା ଘୃଣାରେ ବିଷାକ୍ତ ହୋଇ ପଡୁଥାଏ। ଆବଶ୍ୟକ ପଡ଼ିଲେ ସେ ମୋ ସୁଟକେଶ୍‌ଟି ବି ଚୋରି କରି ନେଇପାରେ।'

'ଆପଣ କିନ୍ତୁ ଚୋରି କଲେ କାହିଁକି ?'

'ମୋର ଆବଶ୍ୟକତା ଥିଲା।'

'ଆବଶ୍ୟକତା ?' ମୁଁ ଆଶ୍ଚର୍ଯ୍ୟ ହୋଇ ତାକୁ ଚାହିଁଲି ।

'ଏମିତି ଏକ ଶୀତ ରାତିରେ ଦୀର୍ଘ ଚାରିଘଣ୍ଟା ଧରି ଗୋଟିଏ ଝିଅକୁ ଅପେକ୍ଷା କରି ନିଜକୁ ସାନ୍ତ୍ୱନା ଦେବାପାଇଁ ସାମାନ୍ୟ ଓଭରକୋଟ୍ ଖଣ୍ଡିଏ ଚୋରି କରିବା କ'ଣ ଅପରାଧ ?'

ମୋର ମଧ୍ୟବିତ୍ତ ନୈତିକତା ଅଧ୍ୟୁଷିତ ମନ ଲୋକଟାକୁ କ୍ଷମା କରିପାରୁ ନଥିଲା । ତଥାପି ହୃଦୟର କେଉଁ କୋଣରେ ତା' ପାଇଁ ସହାନୁଭୂତି ଜାରି ଉଠୁଥିଲା । 'ଜେଲ୍‌ରୁ ବାହାରିବା ପରେ ମୁଁ ସବୁଦିନ ଏଇ ପ୍ଲାଟଫର୍ମରେ ସେ ଝିଅକୁ ଅପେକ୍ଷା କରେ । ଏମିତି ଶୀତରତୁ ସାରା...'

ଲୋକଟି ବୋଧହୁଏ କାନ୍ଦି ପକାଇବ । ମୁଁ ତା' ହାତକୁ ଆଉ ଖଣ୍ଡିଏ ସିଗ୍ରେଟ୍ ବଢ଼ାଇ ଦେଲି ଓ ତାକୁ ନିରେଖି ଦେଖିଲି, ଖୁବ୍ ରୁଗ୍ଣ ଓ ବୟସ୍କ ଦିଶୁଥିଲେ ବି ତା'ର ବୟସ ପଇଁତିରିଶରୁ ଅଧିକ ହେବ ନାହିଁ । ମୁଁ ଉତ୍ସୁକ ହୋଇ ପଚାରି ପକାଇଲି ।

'ଏବେ ତୁମେ କ'ଣ କରୁଛ ?'

'ଏଇ ଧରି ନିଅନ୍ତୁ... ଭିକ୍ଷା ବୃତ୍ତି...'

ଥାର୍ଡ଼ ବେଲ୍ ପରେ ଟ୍ରେନ୍ ପ୍ଲାଟଫର୍ମକୁ ପଶୁଥିଲା । ମୁଁ ଲୋକଟା ହାତରେ ଖଣ୍ଡିଏ ଦଶଟଙ୍କିଆ ନୋଟ୍ ଗୁଞ୍ଜି ଦେଇ ଗୋଟିଏ କମ୍ପାର୍ଟମେଣ୍ଟକୁ ଉଠିଲି । ସେ ପ୍ଲାଟଫର୍ମ ଉପରେ ସେମିତି ଖୁଣ୍ଟ ପରି ନିସ୍ପନ୍ଦ, ନିର୍ବାକ୍ ହୋଇ ଛିଡ଼ା ହୋଇଥାଏ ।

ଟ୍ରେନ୍ ଚାଲିବା ଆରମ୍ଭ କଲାଣି । ଲୋକଟିର ନିରାଭରଣ ମୁଣ୍ଡ ଓ ସ୍ଲିପର ପିନ୍ଧା ପାଦ ଅସ୍ପଷ୍ଟ । ଦୃଶ୍ୟମାନ, କେବଳ ଖଣ୍ଡିଏ ଓଭରକୋଟ୍ କୌଣସି ଶୀତକାଳୀନ ପ୍ରଣୟର ମୂକସାକ୍ଷୀ । ଟ୍ରେନ୍ କ୍ରମଶଃ ଦୂରେଇ ଯାଉଛି ଓ ଲୋକଟା ନିଜେ ଗୋଟିଏ ଦଣ୍ଡାୟମାନ ଓଭରକୋଟ୍ ପରି ଦିଶିଲାଣି । ଓଭରକୋଟ୍‌ଟି ଯେପରି ଲୋକଟାକୁ ସମ୍ପୂର୍ଣ୍ଣ ଗ୍ରାସକରି ଦେଇଛି । ଉଭୟେ କେହି କାହାକୁ ଛାଡ଼ି ପାରିନାହାନ୍ତି । ଓଭରକୋଟ୍ ପାଇଁ ଲୋକଟା ଗୋଟିଏ ଅସହାୟ ଶୀକାର, ଅଥଚ ମୋ ପାଇଁ ତାହା କୌଣସି ଶୀତକାଳୀନ ପ୍ରଣୟର ପ୍ରତୀକ ।

ଆଃ... ମୋର ଯଦି ଏମିତି ଖଣ୍ଡିଏ ଓଭରକୋଟ୍ ଥାଆନ୍ତା । ଜାନୁଆରୀର ଶୀତକୁ ବେଖାତିର କରି ଶାଳିନୀ ଆଉଜି ଆସନ୍ତା ମୋର ଉଷୁମ ଛାତିକୁ ଏବଂ କୋଟ୍‌ଟି ତାକୁ ନିରାପଦ ଆଶ୍ରୟ ଦିଅନ୍ତା ।

ମଧ୍ୟବିତ୍ତ ମନ ପାଇଁ ସ୍ୱପ୍ନ ହିଁ ଏକମାତ୍ର ସତ୍ୟ ।

ଶାଳିନୀ ତା'ର ଜନ୍ମଦିନରେ ମୋତେ ଯଦି ଖଣ୍ଡିଏ ଓଭରକୋଟ୍ ଉପହାର ଦିଅନ୍ତା । ■

କୋଣାର୍କ

ଅଜୟ !

ଉଁ...

ଚନ୍ଦ୍ରଭାଗାର ସ୍ଥିତି ସମ୍ବନ୍ଧରେ ତୁମର ଧାରଣା ?

ମୁଁ ସନ୍ଦିହାନ।

କିନ୍ତୁ, କାହିଁକି ?

ଇତିହାସ ପ୍ରତି ମୋର ସ୍ୱାଭାବିକ ଅବସ୍ଥା।

ଚନ୍ଦ୍ରଭାଗା। ଏକ ମୃତ ନଦୀ।

ନା।

ଆଉ ?

ସାଧାରଣ ନାଆଁଟିଏ।

ଭାସମାନ ବରଫ ଖଣ୍ଡଗୁଡ଼ିକୁ ମିତାଳୀ ଏପଟ ସେପଟ କରୁଥିଲେ। ଗବ୍‌ଲେଟ୍‌ରୁ ଉଚ୍ଛୁଳି ଟେବୁଲରେ ପଡୁଥିବା ପାନୀୟରେ ପ୍ରତିଫଳିତ ଆଲୋକ ତାଙ୍କ ଆଖିକୁ ଝଲସାଇ ଦେଉଥିଲା। ଜହ୍ନ ଆଲୁଅରେ ଶେତା ଦିଶୁଥିବା ପଡ଼ିଆକୁ ଅଜୟ ଝର୍କା ଦେଇ ଚାହିଁଥିଲେ। ମିତାଳୀ କିନ୍ତୁ ନିର୍ବିକାର ଭାବେ ଗୋଟିଏ ପରେ ଗୋଟିଏ ପେଗ୍ ପାନୀୟରେ ଓଠ ଲଗାଉଥିଲେ। ପାନ୍ଥନିବାସର ବନ୍ଦ କୋଠରିମାନଙ୍କର ଅସ୍ପଷ୍ଟ କଥାବାର୍ତ୍ତା ବ୍ୟତୀତ ଆଉ କିଛି ଶୁଭୁ ନଥିଲା। ଝାଉଁବଣର ମୁଖର ପବନ ଓ ସମୁଦ୍ରର ଗତାନୁଗତିକ ଚିତ୍କାର ପରିବେଶକୁ ଭାରାକ୍ରାନ୍ତ କରୁଥିଲା। ମିତାଳୀଙ୍କ ମୁଖଭଙ୍ଗୀରୁ ଜଣା ପଡୁଥିଲା ଇତିମଧ୍ୟରେ ସେ ଏକାଧିକ ଦୀର୍ଘଶ୍ୱାସ ତ୍ୟାଗ କରି ସାରିଛନ୍ତି, କିନ୍ତୁ କୋଳାହଳ ଯୋଗୁଁ କୌଣସି ଶବ୍ଦ ଅଜୟଙ୍କୁ ଶୁଭୁ ନଥିଲା। ସେ ମୁହଁ ନ ଫେରାଇ ମିତାଳୀଙ୍କ ଖାପଛଡ଼ା ପ୍ରଶ୍ନମାନଙ୍କର ଉତ୍ତର ଦେଉଥିଲେ। ମିତାଳୀ ସାମାନ୍ୟ ଉତ୍ତେଜିତ ହୋଇ ପଡ଼ିଥିଲେ। ପାନୀୟର ତୀବ୍ର ପ୍ରତିକ୍ରିୟା ତାଙ୍କ ଆଖିରୁ ସ୍ପଷ୍ଟ ଜଣା ପଡୁଥିଲା। ସେ ଅଗତ୍ୟା ଉଠି ଜଳନ୍ତା ବଲ୍‌ବର ସ୍ୱିଚ୍ ଅଫ୍ କଲେ। ଅଜୟ କିନ୍ତୁ ନିରୁଦ୍‌ବେଗ,

ଝର୍କା ଦେଇ ପଡ଼ିଥିବା ଜହ୍ନ ଆଲୁଅରେ ସେ ଗୋଟିଏ ଅସଜଡ଼ା ରେଖା ଚିତ୍ର ପରି ଦିଶୁଥିଲେ। କୋଠରିକୁ ଅଯାଚିତ ପଶି ଆସୁଥିବା ସାମୁଦ୍ରିକ ପବନରେ ଅସ୍ତବ୍ୟସ୍ତ କେଶରାଶିକୁ ଦେଖି ତାଙ୍କର ମାନସିକ ଅସ୍ଥିରତା ନିର୍ଣ୍ଣୟ କରାଯାଇପାରେ। ମିତାଳୀଙ୍କ ଅସ୍ତିତ୍ୱ କିନ୍ତୁ ଅନ୍ଧାରରେ ସମ୍ପୂର୍ଣ୍ଣ ମିଳାଇ ଯାଇଥିଲା। ଏଥର ଅଜୟ ପ୍ରଥମେ ନିରବତା ଭାଙ୍ଗିଲେ।

- ଲାଇଟ୍ କାହିଁକି ଅଫ୍ କଲ ମିତା ?

- ଆଲୋକ ଅସହ୍ୟ ଲାଗୁଛି।

- ବେଶି ପିଇଛ ?

- ନା ଅଜୟ... ?

- କିଛି କହିବ ?

- ମୋତେ ଦେଖୁଛ ?

- ନା।

- ମୋର ସତ୍ତା ସମ୍ବନ୍ଧରେ କୌଣସି ସନ୍ଦେହ ?

- ଆପାତତଃ ନାହିଁ।

ସତରେ ଆଖି ଉପରେ ବିଶ୍ୱାସ କରି କି ବିପଦ ! ଅଜୟ ନିରବ। ମିତାଳୀ ପୁଣି ଲାଇଟ୍ ଜାଳିଲେ। ସାନ୍ତ୍ୱନା ଦେବା ଭଳି ସେ ଅଜୟଙ୍କ କାନ୍ଧରେ ମୁହଁ ରଖି ମୁଣ୍ଡରେ ଆଙ୍ଗୁଳି ଚଳାଉଥିଲେ।

- ସୀମା ମନେ ପଡୁଛି ?

- ଛାଡ଼।

- କିନ୍ତୁ...

- ଆଜି ମୋ ପାଇଁ ସେ କେତୋଟି ଅକ୍ଷରର ସମାହାର। ଗୋଟିଏ ସାଧାରଣ ଶବ୍ଦ।

- ଆଉ କିଛି ନୁହେଁ ?

- କିଛିଟା ଭଙ୍ଗାରୁଜା ସ୍ମୃତି।

- ଚନ୍ଦ୍ରଭାଗାର ସ୍ଥିତିକୁ ସ୍ୱୀକାର କରୁଚ ?

- ଓଃ... ମିତା ଡ୍ୟାମ୍ ଇଟ୍। ମୋତେ ଟିକେ ଭାବିବାକୁ ଦିଅ।

- କ'ଣ ଭାବୁଛ ?

- ତମ କଥା।

- ମୁଁ ଦୁଷ୍ଟରିତ୍ରା। ସୁଜିତ୍ ଚକ୍ରବର୍ତ୍ତୀ, ହେମନ୍ତ ଦାସ ମୋର ସତୀତ୍ୱକୁ ତିଳ

ତିଳ କରି ହତ୍ୟା କରି ସାରିଛନ୍ତି । ଆଉ ନିଜ ଦେହ ଦାହରେ ଜଳୁଥିବା ମିତାଳୀ ବାନାର୍ଜୀ ଶେଷରେ ତୁମକୁ ପ୍ରତାରିତ କରିବାକୁ ଆସିଛି । ନୁହେଁ ?

- ବନ୍ଦ କର ମିତା । ଆଜି ଏ ସବୁର କିଛି ଅର୍ଥ ହୁଏନା । ତୁମ ଭଳି ମୋ ପଛରେ ବି ଗୋଟିଏ କଳଙ୍କିତ ଇତିହାସ ଅଛି । ବେଶୀ ପିଇଛି । ବରଂ ଆସ ସମୁଦ୍ର କୂଳ ଆଡୁ ଘେରାଏ ବୁଲି ଆସିବା ।

ଝାଉଁବଣର ସ୍ୱାଭାବିକ କୋଳାହଳ ଅବ୍ୟାହତ । ମିତାଳୀ ନିଜ ଭିତରେ ଅନେକଟା ତା'ର ପ୍ରତିଧ୍ୱନି ଶୁଣୁଥିଲେ । ଏଇ କିଛିଦିନ ହେଲା ଅଜୟଙ୍କ ସାନ୍ନିଧ୍ୟରେ ସେ ଖୁବ୍ ଦୁର୍ବଳ ହୋଇ ପଡ଼ିଲେଣି । ସେମାନେ ଉଠିଲେ । ଶୁଡିକଟୁ ଶବ୍ଦ କରି ଅନ୍ଧାରରେ ଉଡ଼ି ଯାଉଥିବା ଦୁଇଟି ରାତ୍ରିର ପକ୍ଷୀକୁ ଚାହିଁ ମିତାଳୀ ଦୀର୍ଘଶ୍ୱାସ ଛାଡ଼ିଲେ । ଅଜୟ ରାସ୍ତାର ଅନ୍ୟ କଡ଼ରେ ସଂଜତ ଭାବରେ ଚାଲୁଥିଲେ । 'ପାନ୍ଥ ନିବାସ' ଖୁବ୍ ପଛରେ ରହିଲାଣି । ଛକ ପାଖରେ ଜଳୁଥିବା ବାର୍‌ଲାଇଟ୍ ତଳେ ମିତାଳୀ ଛିଡ଼ା ହେଲା । ଏଠାରୁ କୋଣାର୍କର ଶୀର୍ଷ ଅସ୍ପଷ୍ଟ ଦିଶେ । ଉଭୟ ଶାରୀରିକ ଓ ମାନସିକ ଅସୁବିଧା ସତ୍ତ୍ୱେ ସେ ପୁଣି ଟଳି ଟଳି ଆଗେଇଲେ । ବାଲିରେ ଚାଲିବାକୁ ତାଙ୍କୁ ଖୁବ୍ କଷ୍ଟ ହେଉଥିଲା । କିଛିଦୂର ଗଲା ପରେ ଅଜୟ ଚିତ୍ ହୋଇ ବାଲିରେ ଶୋଇଗଲେ । ଅନୁକୂଳ ତିଥି ଯୋଗୁଁ ସମୁଦ୍ରର ସ୍ଫୀତି କିଛିଟା ବଢ଼ିଗଲା । ମିତାଳୀ ଅଜୟଙ୍କ ଛାତିକୁ ଆଉଜି ବସିଲେ । ସେ କିନ୍ତୁ କିଛି ନ ଜାଣିଲା ପରି ନିଃଶବ୍ଦରେ ପଡ଼ି ରହିଥିଲେ । ବତୀଘରର ଘୂର୍ଣ୍ଣାୟମାନ ଆଲୋକ ସୁଦୀର୍ଘ ସରୀସୃପଟିଏ ପରି ସମୁଦ୍ର ପଉନ ଖୋଜୁଥିଲା । ଜହ୍ନ ବୁଡ଼ିବା ଉପକ୍ରମ ହେଲାଣି ।

- ମିତା !

ଅଜୟ ନିମ୍ନ କଣ୍ଠରେ ଡାକିଲେ । ମିତାଳୀ ଶୋଇ ଗଲେଣି । ଅଜୟ ତାଙ୍କର ଶୀର୍ଣ୍ଣ ଦେହର ଭାର ନିଜ ଛାତି ଉପରେ ଅନୁଭବ କରୁଥିଲେ । ଆଜିକାଲି ମିତାଳୀ ଖୁବ୍ ଭାବପ୍ରବଣ ହୋଇଗଲେଣି । ତାଙ୍କର ଅସ୍ୱାଭାବିକ ପ୍ରଶ୍ନ ପଚାରି ଶିଶୁସୁଲଭ ଜିଜ୍ଞାସା କରିବା ଓ ଛୋଟ ଛୋଟ କଥାରେ ଅଯଥା ଜିଦ୍ ଧରିବା ସ୍ୱଭାବକୁ ଅଜୟ ବିରକ୍ତି ସତ୍ତ୍ୱେ ଭଲ ପାଉଥିଲେ । ଅନେକ ଚେଷ୍ଟା କରି ବି ସେ ମିତାଳୀ ଉପରେ ରାଗି ପାରି ନାହାନ୍ତି । ଅଜୟ ନିଜ ଭିତରେ ଅନେକ ପରିବର୍ତ୍ତନ ଅନୁଭବ କରୁଥିଲେ । ପୁରୀଠାରୁ କୋଣାର୍କ ଏତେଟା କମ୍ ଦୂରତ୍ୱ ସତ୍ତ୍ୱେ ବି, ଗୋଟିଏ ସ୍ଥାନରେ ମଣିଷ ଅନ୍ୟ ସ୍ଥାନରେ କେତେ ଭିନ୍ନ । ପୁରୀର ଜନାକୀର୍ଣ୍ଣ ସମୁଦ୍ର କୂଳରେ ସେ ଅନେକ ସମୟରେ ନିଜକୁ ହଜାଇ ନିଅନ୍ତି ଓ ପ୍ରତିଥର ନିଜର ପରିବର୍ତ୍ତିତ ସ୍ୱରୂପକୁ କୋଣାର୍କରେ ଆବିଷ୍କାର କରନ୍ତି । ଏହା ଆଜି ନୂଆ ନୁହେଁ । ଏଠାରେ ତାଙ୍କର

ମନେ ହୁଏ ଯେପରି ଏ ଆକାଶ, ସମୁଦ୍ର ଓ ସବୁକିଛି ତାଙ୍କର ଏକାନ୍ତ ନିଜସ୍ୱ। ଅଥଚ ପୁରୀରେ ସବୁ ଓଲଟା। ବିଗତ ଦିନର ସୀମାଦ୍ରିକୁ ଅଜୟଙ୍କ ସାନ୍ନିଧ୍ୟରେ ମିତାଲୀ ଯେପରି ଆଦ୍ୟ ମୌସୁମୀର ଅସରାଏ ଅଣ ଅକ୍ତିଆର ବର୍ଷା। ଦୀର୍ଘଦିନ ପରେ ସେମାନେ ନିଃସଙ୍କୋଚରେ ପରସ୍ପରର ସାଫଲ୍ୟ ଓ ପରାଜୟର କାହାଣୀ ବ୍ୟକ୍ତ କରିଥିଲେ। ସବୁ ଶୁଣିପାରି ଅବଶ ଅଜୟଙ୍କୁ ଚାହିଁ ମିତାଲୀ ଖାଲି ମନଭରି ହସିଥିଲେ।

: 'ହେଗେଲ୍, କାଣ୍ଟ୍ ତୁମକୁ ବଞ୍ଚିବାର ଖୋରାକ ଯୋଗାଇ ପାରିଲେ ନାହିଁ ଅଜୟ! ବାସ୍ତବିକ ତୁମେ ସାଂଘାତିକ ଭାବେ ହାରି ଯାଇଛ।'

ଅଜୟ ନିରୁତ୍ତର ହେଲେ, ଅଥଚ ମିତାଲୀ ଆହୁରି ଆହୁରି ପ୍ରଗଲ୍‌ଭ ହୋଇ ପଡୁଥିଲେ।

'ଫମ୍ପା ଆଦର୍ଶର, ସ୍ୱର୍ଣ୍ଣ ମାରୀଚ ପଛେ ଧାଇଁ ନିଜେ ନିଃଶେଷ ହେବା ପରେ ବି ତୁମେ ବଞ୍ଚିଛ, ସେଇତ ଆଶ୍ଚର୍ଯ୍ୟ।'

ଏଥର କିନ୍ତୁ ଆଳାପ ପାଇଁ ଅଜୟ ବାଧ୍ୟ ହେଲେ।

- ତୁମେ କିନ୍ତୁ ବୁଝିଛ ମିତା...।

- ନା ଅଜୟ ତୁମ୍ଭେ ଖାଲି ବଞ୍ଚିଛ। ଜୀଇଁବାର କଳାରେ ତୁମେ ସମ୍ପୂର୍ଣ୍ଣ ଅନଭିଜ୍ଞ।

- ଜୀବନ ପ୍ରତି ତୁମର ଦୃଷ୍ଟିକୋଣ କିପରି ଖାପଛଡ଼ା ମନେ ହେଉଛି।

- ଜୀବନ ପ୍ରତି ଦୃଷ୍ଟିକୋଣ ଇତ୍ୟାଦି ଅନର୍ଥକ ଦର୍ଶନରେ ମୋର ବିଶ୍ୱାସି ନାହିଁ। କିନ୍ତୁ ତୁମ ପରି ସ୍ୱପ୍ନଭୁକ୍‌ମାନେ ବରଂ ପୃଥିବୀରେ ଜନ୍ମ ହୋଇ ନଥିଲେ ଭଲ ହୋଇଥାନ୍ତା।

- ମୁଁ ତ ଆଦୌ ସିନିକ୍ ନୁହେଁ।

- ସେଇ ତୁମର ଦାବି। ଦର୍ଶନଠାରୁ ଜୀବନ ଏଇଠି ତ ଭିନ୍ନ। ଅଜୟ ବି ପ୍ରାକ୍‌ଟିକାଲ।

ବୋଧହୁଏ ଏହା ଭିତରେ ମିତାଲୀଙ୍କର ନିଦ ଭାଙ୍ଗିଲା। ସେ ଅଳସ ଭାଙ୍ଗୁଥିଲେ। ଅଜୟ ତାଙ୍କର ମାଂସଳ କୋମଳ ନିଜ ଛାତିରେ ଅନୁଭବ କରୁଥିଲେ। ଜହ୍ନ ସମ୍ପୂର୍ଣ୍ଣ ବୁଡ଼ି ଯାଇଥିଲା।

- ମିତା।

- ଉଁ।

- ସକାଳ କେତେ ଡେରି ?

- ଅପାତତଃ ମୋର କୌଣସି ଆପତ୍ତି ନାହିଁ।

ସେମାନେ ଉଠିଲେ। ଅଜୟର କାନ୍ଧକୁ ଆଉଜି ମିତାଳୀ ବାଲିଚର ଅତିକ୍ରମ କଲେ। ଛକ ପାଖରେ ନିଷ୍ପ୍ରଭ ଆଲୋକ ତଳେ ଛିଡ଼ା ହୋଇ ଉଜୁଡ଼ା-କୋଣାର୍କର ଅଶ୍ବ-ଶୀର୍ଷକୁ ଚାହିଁ ଅଜୟ ସାମାନ୍ୟ ହସିଲେ ଓ ଅତିକ୍ରାନ୍ତ ରାତିରେ ସ୍ୱାକ୍ଷରିତ ମିତାଳୀଙ୍କ ଆଖି ପତାରେ ଓଠ ଲଗାଇଲେ। ପର ମୁହୂର୍ତ୍ତରେ ସେ ଯେପରି କୋଣାର୍କର ଶିଳାରେ ପୋତି ହୋଇପଡୁଥିଲେ।

■

ଘଡ଼ି ତରଳିବା କାହାଣୀ

ବୋଉ ହସିଲା ପୁଅକୁ ଦେଖିବା ପରି ସୁଶାନ୍ତ ତା' ଦୋକାନକୁ ଚାହିଁଲା । ସାଇନ୍‌ବୋର୍ଡ଼କୁ ବାରମ୍ବାର ପଢ଼ିଲା, 'ଏଠାରେ ଘଡ଼ି ବିକ୍ରି ଓ ମରାମତି ହୁଏ ।' ଏ ଅଞ୍ଚଳରେ ଆଦୌ ଘଡ଼ି ଦୋକାନ ନାହିଁ । ପାଖରେ ସମ୍ପୂର୍ଣ୍ଣ ଗୋଟିଏ ସାହି ଲମ୍ବି ଯାଇଛି । ଠିକ୍ ସାମ୍ନାକୁ କୌଣସି ରାୟବାହାଦୁରଙ୍କ ପୁରୁଣା କୋଠା । ଭଦ୍ରବ୍ୟକ୍ତିଙ୍କ ରୁଚି ମାର୍ଜିତ । ବିରାଟ ଉଦ୍ୟାନ । ପ୍ରଥମ ଥର ଦୋକାନ ଖୋଲିବା ବେଳରୁ ସେ କୋଠାଟି ସୁଶାନ୍ତର ଦୃଷ୍ଟି ଆକର୍ଷଣ କରିଥିଲା । ସମଗ୍ର ସ୍ଥାନଟି ଅପେକ୍ଷାକୃତ ନିର୍ଜନ । ନିର୍ଜନତାକୁ ସେ ଭଲପାଏ ।

ସୁଶାନ୍ତ ବିକ୍ରି ପାଇଁ ଉଦ୍ଦିଷ୍ଟ ଘଣ୍ଟାମାନଙ୍କୁ ଚାହିଁଲା । ସେଗୁଡ଼ିକର ଖୋଦ ମାଲିକ ନିଜେ । ଘଣ୍ଟାମାନେ ନିଶ୍ଚଳ । ଘଣ୍ଟାମାନଙ୍କୁ ଚାହିଁଲା । ପ୍ରତି ଡାଏଲ୍ ଯେପରି ସୁଶାନ୍ତର ଗୋଟିଏ ଗୋଟିଏ ମୁହଁ । ସାମାନ୍ୟ ନିଶ, ଈଷତ୍ ହସ । ଉଜ୍ଜ୍ୱଳ ଆଖି । ବିସ୍ତୀର୍ଣ୍ଣ କପାଳ । ସେ ଗୋଟିଏ ପ୍ରତିଭାବାନ ବ୍ୟକ୍ତିତ୍ୱର ସାମ୍ନା କଲା ପରି ଅନୁଭବ କରୁଥିଲା ।

ସୁଶାନ୍ତ ସାମାନ୍ୟ ହସିଲା ।

ବାହାରେ ଭିକାରିଟିଏ ଗୀତ ବୋଲୁଛି ।

ସମୟର ଚକର ? ଗାୟକ ସହିତ ସୁଶାନ୍ତ ଆଦୌ ଏକମତ ହୋଇପାରୁ ନଥିଲା । ସେ ପଇସାଟିଏ ମାଗୁଥିଲା । ସୁଶାନ୍ତର ଇଚ୍ଛା ହେଲା ଟୋକାଟାକୁ ଦୟା କରିବାକୁ । ସମୟ ସହିତ ତା'ର କାରବାର । ଭିକାରି ଅନେକାଂଶରେ ସମୟକୁ ତୋଷାମଦ କରୁଥିଲା । ସେ ପକେଟ ଦରାଣ୍ଡିଲା । ଲୋକଟା ସମୟଠାରେ ସାଂଘାତିକ ଭାବେ ପରାଜିତ । ଅସମ୍ଭବ ନୁହେଁ । ତା'ର ବର୍ଦ୍ଧିତ ଶ୍ମଶ୍ରୁ ଓ ରୁକ୍ଷ ଦେହରେ ସମୟର ଅତ୍ୟାଚାର ସ୍ପଷ୍ଟ । ସୁଶାନ୍ତର ସେ ସମ୍ଭାବନା ନାହିଁ । ସୋ' କେସ୍‌ର ଘଡ଼ିମାନଙ୍କର ହସ୍ତପଦ ଅଚଳ । ସେଗୁଡ଼ିକ ସୁଶାନ୍ତର ଦୟାର ପାତ୍ର । ଗ୍ରାହକମାନଙ୍କର ପାଇଁ ଦର୍ପଣଟିଏ ଟଙ୍ଗା ହୋଇଛି । ନୂଆ ଘଣ୍ଟା ପିନ୍ଧିବା ପଛେ ସେମାନଙ୍କ ମୁହଁର ଆନନ୍ଦ ବା ଆତ୍ମତୃପ୍ତିର

ପ୍ରତିଫଳନ ପାଇଁ। ଆପାତତଃ ଦର୍ପଣର ଆବଶ୍ୟକତା ଏତିକି। ସୁଶାନ୍ତ ଦର୍ପଣରେ ମୁହଁ ଦେଖିଲା। କିଛି ଦାନ କରିବା ପାଇଁ ଆଖିମାନେ ପ୍ରସ୍ତୁତ ଥିଲେ।

ସୁଶାନ୍ତ ବାହାରକୁ ଆସିଲା। ଭିକାରି ହାତକୁ ଦଶ ପଇସିଟିଏ ବଢ଼ାଇ ଦେଲା। ସେ ହଠାତ୍ ଗୀତ ବନ୍ଦ କରି ଭଦ୍ରଲୋକଙ୍କୁ ଚାହିଁଲା। ଅନାକାଂକ୍ଷିତ ଅନୁକମ୍ପା। ଦନ୍ତାଘାତରେ ଅବଶ ରାଜା ରାମଚନ୍ଦ୍ର, ମିଥିଳା ରାଜକୁମାରୀ, ଅଭାଗା ନଳରାଜା ତା'ର ଜିଭରେ ଅଟକି ଗଲେ। ଭିକାରିର ଆଖି ଦୁଇଟି ଦି'ଖଣ୍ଡ ରୁଟି ପାଇଥିବା ଭୋକିଲା ଶିଶୁ ପରି ଦିଶୁଥିଲେ। ଭିକାରିଟି ପୁଣି ହାଲୁକା କଣ୍ଠରେ ସମୟ ପାଖରେ ତା'ର ପରାଜୟ ଘୋଷଣା କଲା। ଏଥର କିନ୍ତୁ ସୁଶାନ୍ତ ରାଗି ଯାଇଥିଲା।

- କିବେ ଗୋଟିଏ ଘଡ଼ି ଦୋକାନ କରୁନୁ?

- ବାବୁ ଥଟ୍ଟା କରୁଛ!

ସୁଶାନ୍ତ ଆଖି ଉଠାଇ ଚାହିଁଲା। ସେତେବେଳକୁ ଭିକାରି ରାସ୍ତାର ମେଲା ପାଟିରେ ଅନ୍ତର୍ଦ୍ଧାନ ହୋଇ ସାରିଥିଲା।

ସୁଶାନ୍ତ ଯେପରି କ୍ଲାନ୍ତ ହୋଇ ପଡ଼ିଥିଲା। ସେ ଶୂନ୍ୟ ଦୃଷ୍ଟିରେ ସାମ୍ନା କୋଠାକୁ ଚାହିଁଲା। ଦିନରେ ମଧ୍ୟ ସମସ୍ତ ଦର୍ଜା ଓ ଝର୍କା ବନ୍ଦ। ରାୟବାହାଦୂରଙ୍କ ଖେୟାଲୀ ମନୋଭାବ। ରକ୍ଷଣଶୀଳତାର ମୂର୍ତ୍ତିମନ୍ତ ପ୍ରତୀକ କୋଠାର ମଡ଼େଲ। ପୁରୁଣା ସ୍ୱିସ୍ ଘଣ୍ଟାଟି ରାୟବାହାଦୁରଙ୍କ ମୁହଁ ପରି ଦିଶୁଥିଲା। ସୁଶାନ୍ତ ଜାଣେନା, ରାୟବାହାଦୁର ମୃତ ନା ଜୀବିତ। ସେ ତାଙ୍କର କଳ୍ପିତ ପ୍ରତିମୂର୍ତ୍ତିଟିଏ ଗଠନ କରୁଥିଲା। ତା' ଆଗରେ ଯେପରି ସେ ନିଜେ ଠିଆ ହୋଇଥିଲେ। ପାଟିଏ କହରା ନିଶ। କୁଞ୍ଚ କରା ଧୋତି। ସଫେଦ୍ ପଞ୍ଜାବୀ। ୱାକିଙ୍ଗ ଷ୍ଟିକ୍। ଜ୍ଞାନ ଓ ରକ୍ଷଣଶୀଳତାର ସମାହାର ସେ ଭଦ୍ରଲୋକ। ତାଙ୍କ ପଛରେ ଥିଲା ଏକ ଇତିହାସ। ତାହା ରା-ୟ-ବା-ହା-ଦୁ-ର, ଛଅଟି ଅକ୍ଷରରେ ପ୍ରକାଶିତ ହେଉଥିଲା।

କଳ୍ପିତ ରାୟବାହାଦୁର ସୁଶାନ୍ତକୁ ସମୟ ପଚାରିଲେ।

- ବାରଟା।

- ସନ୍ଧ୍ୟା କେତେ ଡେରି।

- ଛ'ଘଣ୍ଟା।

ତା'ପରେ ଗୋଟିଏ ଦୀର୍ଘଶ୍ୱାସ। ବୃଦ୍ଧ (ଯେପରିକି ରାୟ ବାହାଦୁର ସାହେବ)ମାନଙ୍କର ସନ୍ଧ୍ୟା ପ୍ରତି ଏକ ଦୁର୍ବଳତା ଥାଏ, ସୁଶାନ୍ତ ଶୁଣିଛି। ସେମାନେ ଅତୀତ ଇତିହାସର ନିରାପଦ ରୋମନ୍ଥନ କରନ୍ତି। ଏଇୟାତ ପ୍ରଶସ୍ତ ମୁହୂର୍ତ୍ତ। ନିଅନ୍ ବତୀଜଳା କୋଠରି ଭିତରୁ ପାଦ କାଢ଼ିବା ପାଇଁ ସେମାନେ ଭୟଭୀତ। ଅନ୍ଧାର ହିଁ

ଅନିଶ୍ଚିତ ଆସନ୍ତା କାଲି। ଏକାଥରକେ ଏକାଧିକ ଘଣ୍ଟାର ଯାନ୍ତ୍ରିକ ଚିତ୍କାର ନିସ୍ତରଙ୍ଗ ବାୟୁମଣ୍ଡଳରେ ମିଳାଇଗଲା। ରାୟ ବାହାଦୁର ଅନ୍ତର୍ଦ୍ଧାନ ହେଲେ ପୁରୁଣା ଇତିହାସ ବହିର ମଲାଟ ପରି ଦିଶୁଥିବା ଲୁହା ଗେଟ୍ ପାଖରେ।

କୌଣସି ଜଣେ ତରୁଣ ନୂଆ ମଡ଼େଲର ରିଷ୍ଟୱାଚ୍‌ଟିଏ ଚାହୁଁଥିଲେ।

- ଟିଟୋନି ଅଛି ?

- ଆପଣଙ୍କ ପାଖରେ ପୁରୁଣା ୱାଚ୍ ନାହିଁ।

- ମୁଁ ନୂଆ ଚାହେଁ।

- ପୁରୁଣା ୱାଚ୍ ମରାମତି କରାଇ ନେଇ ପାରନ୍ତେ।

- ଆବଶ୍ୟକ ନାହିଁ। ଆମେ ନୂଆ ନୂଆ ଚାହୁଁ, ମରାମତି ନୁହେଁ।

- ଆପଣ କିନ୍ତୁ ପୁରାତନ ପ୍ରତି ଅବମାନନା କରୁଛନ୍ତି।

- ମାର୍କସ୍ କହନ୍ତି...

- ଛାଡ଼ନ୍ତୁ।

ସେ ନୂଆ ଘଣ୍ଟା ପିନ୍ଧି ଚାଲିଗଲେ। ସୁଶାନ୍ତ ବସ୍ତୁତଃ ତାଙ୍କୁ କ୍ଷମା କରି ପାରୁନଥିଲା। କିନ୍ତୁ କାହିଁକି ?

କୋଠାଟି ଏବେ ମନ୍ଦିର ପରି ଦିଶୁଥିଲା। ତାହା ତା' ପ୍ରଶ୍ନର ନୀରବ ଉତ୍ତର। ସଂଲଗ୍ନ ଉଦ୍ୟାନ। ସେଠାରେ ଅନେକ ଡେଙ୍ଗା ନାରିକେଳ ଗଛ। ସେଗୁଡ଼ା ମିଛ ଗାମ୍ଭୀର୍ଯ୍ୟର ଅବତାରଣା। ଆଉ ଥିଲା ଗୋଟିଏ ଆତ ଗଛ। ହୁଏତ ସେ ଗଛକୁ ସେମାନେ ଭୟ କରୁଥିଲେ। ତା' ଚାରିପାଖେ ଅଯତ୍ନ ବର୍ଦ୍ଧିତ ଗୁଳ୍ମ। ଆରଣ୍ୟକ ଔଦ୍ଧତ୍ୟରେ ବଢୁଥିଲା ଆତଗଛଟି। ଏମିତି ଗଛର ଫଳ ଖାଇବାକୁ ସୁଶାନ୍ତ ଭୟ କରେ। କାହିଁକି ? ସୁଶାନ୍ତର ଆଖିଦୁଇଟା ଭୟରେ ବୁଜି ହେଉଥିଲେ। ଆତଗଛଟି ତା' ଆଗରେ ଛିଡ଼ା ହୋଇଥିଲା। ରୂପକଥାର ଦାନବ ପରି ଅଟ୍ଟହାସ୍ୟ କରୁଥିଲା। ଘଡ଼ିଗୁଡ଼ାକର ମୁହଁ ଶେତା ଦିଶୁଥିଲା। ତ୍ରାହି ତ୍ରାହି ଚିତ୍କାର।

- ସେଭେଣ୍ଟି ମଡ଼େଲ ଲେଡ଼ି ରିଷ୍ଟୱାଚ ଅଛି ?

- ଆ...ତ...ଗ...ଛ...

- ସେଭେଣ୍ଟି ମଡ଼େଲ ଲେଡ଼ି ରିଷ୍ଟ ୱାଚ୍ ଅଛି ?

ସୁଶାନ୍ତ ଆତଗଛକୁ ହାତ ଦେଖାଇଲା। ନିଷିଦ୍ଧ ବୃକ୍ଷ।

- ଉଁ ?

- ସେ ଗଛ ପାଖକୁ କେହି ଯାଆନ୍ତି ନାହିଁ।

- କାହିଁକି ?

- ସେଠି ସାପ ଅଛି।

- ମୁଁ ଯିବି।

- ଅସମ୍ଭବ।

- ମୁଁ ଯି...ବି...

ସେ ତରୁଣୀ ଘଣ୍ଟା ନ ନେଇ ଚାଲିଗଲେ। ସୁନେଲୀ ଗ୍ରୀବା, ବ୍ୟସ୍ତ ନିତମ୍ବ। ଶାଗୁଆ ଶାଢ଼ି। କଳଙ୍କି ଲଗା ଘଡ଼ିର ଡାଏଲ୍ ପରି ଦିଶୁଥିବା ଗେଟ୍ ପାଖରେ ସେ ଅଦୃଶ୍ୟ ହେଲେ। ସମ୍ପୂର୍ଣ୍ଣ ଲୁଚିଯିବା ପର୍ଯ୍ୟନ୍ତ ସୁଶାନ୍ତ ତାଙ୍କୁ ଚାହିଁଲା। ମୃତ ବାଦୁଡ଼ି ପରି ତା' ଆଖିମାନେ ସ୍ଥିର ଥିଲେ। ସୂର୍ଯ୍ୟର ଅବଶିଷ୍ଟ ରଶ୍ମି ଆମ୍ବଗଛ ଉପଦ୍ରୁତ ଇଲାକାରେ ଆତ୍ମଗୋପନର ପ୍ରୟାସ କରୁଥିଲା।

ତା' ପରଦିନ ସନ୍ଧ୍ୟା...

ସେ ତରୁଣୀ ୱାଲ୍ କ୍ଲକ୍‌ର ବ୍ୟସ୍ତ ପେଣ୍ଡୁଲମ୍ ପରି କୋଠାଛାତରେ ପଦଚାରଣ କରୁଥିଲେ। ସେ ଗତକାଲି ପିନ୍ଧିଥିବା ଶାଢ଼ି ଆତଗଛ ଶାଖାରେ ଶୁଖୁଥିଲା ଏବଂ ତାଙ୍କର ସମସ୍ତ ଅନ୍ତର୍ବାସ।

ଅଥଚ ସେ କାଲି କହୁଥିଲେ, ସେଠି ସାପ ଥିବା କଥା।

ଆଜି ତାଙ୍କର ସାହସିକତା ସୁଶାନ୍ତକୁ ଚକିତ କରୁଥିଲା। ସେ ସେଠିକୁ କେମିତି ଗଲେ। ରାୟ ବାହାଦୁରଙ୍କ ଏକମାତ୍ର ଝିଅ, ସେଠାରେ ଅନେକ ସାପ। ଅନେକ ଗୁଳ୍ମ। ନିଷିଦ୍ଧ ଇଲାକା। ନିଷିଦ୍ଧ ବୃକ୍ଷ। ନିଷିଦ୍ଧ ଫଳ।

- ସେଠି ସାପ ଅଛି।

- ମୁଁ ଯିବି।

- ସେଠି ସାପ ଅଛି।

- ମୁଁ ଯିବି।

- ସା...ପ...

- ଯି...ବି...

ସୁଶାନ୍ତ ସେ କୋଠାକୁ ଦୌଡ଼ିଲା। ବହୁଳ ବ୍ୟବହୃତ ରହସ୍ୟ ଉପନ୍ୟାସର ମଳିନ ଚେହେରା ପରି ଗେଟ୍ ଖୋଲି ଦ୍ରୁତପଦରେ ଆଗେଇଲା। ପ୍ରଥମ ଦର୍ଜାର ପରଦା ଆଗପଟେ ଗୋଟିଏ ଭାସମାନ ଚେହେରା। ପାଟିଏ କହରା ନିଶ। ଧଳା ପଞ୍ଜାବୀ। କୁଞ୍ଚ କରା ଧୋତି। ୱାକିଙ୍ଗ୍ ଷ୍ଟିକ୍।

- ଏ ଅସମୟରେ କିଏ ?

- ମୁଁ ସୁଶାନ୍ତ ଦାସ।

- ଫୁଲିସ୍ ୟଙ୍ଗ୍ ମେନ।
- ମୁଁ ସମୟକୁ ଖାତିର କରେନା। ମୁଁ ଯିବି।
- ତାହା ନିଷିଦ୍ଧ ଇଲାକା।
- ସେଠି ଆତଗଛ।
- ତୁମେ ଉଦ୍‌ଭ୍ରାନ୍ତ।
- କିନ୍ତୁ ଗତି ଅଛି।
- ଉତ୍ତମ।
- ଧନ୍ୟବାଦ।

ତରୁଣୀଟି ଆତଗଛଠାରୁ ନିରାପଦ ଦୂରତ୍ୱରେ ଛିଡ଼ା ହୋଇଥିଲେ। ସୁଶାନ୍ତ ତାଙ୍କର କଟୀ ବେଷ୍ଟନ କଲା। ସେମାନେ ଆଗେଇଲେ। ନିଷିଦ୍ଧ ଇଲାକା। ସେମାନେ ନଗ୍ନ।

ପକ୍ଷାଘାତଗ୍ରସ୍ତ ରାୟ ବାହାଦୁର (ରା-ୟ-ବା-ହା-ଦୁ-ର) ଯନ୍ତ୍ରଣାରେ ଚିତ୍କାର କରୁଥିଲେ। ଅରମା ଘାସବଣରେ ନିଆଁ ଲାଗିଥିଲା। ସୁଶାନ୍ତ ଓ ତରୁଣୀ ନିଷିଦ୍ଧ ଫଳ ପାଇଁ ହାତ ବଢ଼ାଇଲେ।

... ଏବଂ ଘଡ଼ିମାନେ ତରଳି ଯାଉଥିଲେ।

(ସରରିଆଲିଷ୍ଟ ପେଣ୍ଟର୍ ଡାଲିଙ୍କ ଋଣ ସ୍ୱୀକାର୍ଯ୍ୟ)

ଚୋରି

ନାରୀ ସେବା ସଦନର ସଭାରେ ପ୍ରାୟ ଏମିତି ଭିଡ଼ ହୁଏ। ସ୍ୱାଭାବିକ। ନାରୀ ଜାଗରଣ, ପରିବାର ନିୟନ୍ତ୍ରଣ, କବି ସମ୍ମେଳନ, ସହର ଉନ୍ନୟନ- ଯେକୌଣସି ସମ୍ପର୍କରେ ସଭା ହେଲେ ଏଠି ଏତେ ଲୋକ। ଚେୟାର୍ ସରିଯାଏ ସଭା ଆରମ୍ଭ ହେବା ଘଣ୍ଟାଏ ଆଗରୁ। ନିମନ୍ତ୍ରିତ ଅତିଥିମାନେ ଦ୍ୱାର ପାଖରେ ଛିଡ଼ା ହୋଇଥିବା ଲୋକଙ୍କୁ ଆଡ଼େଇ ଭିତରକୁ ଆସିବାବେଳେ ଉଦ୍ୟୋକ୍ତାମାନେ ଆହୁରି ଚେୟାର ଧରି ଅନୁଚର ପରି ପଶି ଆସନ୍ତି। ସଭା ଆରମ୍ଭ ହୁଏ ଘଣ୍ଟାଏ ବା ଦୁଇଘଣ୍ଟା ପରେ। ସଭାପତି, ମୁଖ୍ୟ ଅତିଥି ଆସନ୍ତି ସଂଲଗ୍ନ ହଲ୍‌କୁ ସଭା ସମୟ ପୂର୍ବରୁ। କିନ୍ତୁ ହସଖୁସିରେ ସଭା ସମୟ ଭୁଲି ଯାଆନ୍ତି। ଏସବୁ ନୂଆ ନୁହେଁ।

ଧୀରେନ୍ଦ୍ର କଳନା କରୁଥିଲା ସଭାରେ କେତେ ଲୋକ।

ସ୍ୱାମୀ ବିଚିତ୍ରାନନ୍ଦ କିନ୍ତୁ ଠିକ୍ ସମୟରେ ସଭାକୁ ଆସିଲେ ଏବଂ ଯଥାବିଧି ଏକାଧିକ ଫୁଲମାଳ ପିନ୍ଧିବା ପରେ ଦର୍ଶକଙ୍କୁ ଆଶୀର୍ବାଦ କଲେ। ତା'ପରେ କରତାଳି। କେଜାଣି କାହିଁକି? ସ୍ୱାମୀଜୀଙ୍କୁ ସାଧୁବାଦ ନା ତାଙ୍କୁ ମାଲ୍ୟାର୍ପଣ କରିଥିବା ଦୁଇଜଣ କିଶୋରଙ୍କୁ ଅଭିନନ୍ଦନ? ନାରୀ ସେବା ସଦନର ସମସ୍ତ ସଭାରେ ଥରେ କରତାଳି ଆରମ୍ଭ ହେଲେ ତାହା ଅବିରତ ଚାଲେ। ଆଜି ତା'ର ବ୍ୟତିକ୍ରମ ହେଉନି। ସ୍ୱାମୀଜୀ କିନ୍ତୁ ଆୟୋଜନରେ ବେଶ୍ ସନ୍ତୁଷ୍ଟ ଅଛନ୍ତି। ପ୍ରଥମେ ଦରୀରେ ବସିଛନ୍ତି ମ୍ୟୁନିସିପାଲଟି ହାଇସ୍କୁଲର ଦଳେ କିଶୋର ଛାତ୍ର। ତାଙ୍କ ପଛକୁ ଟିଣ ଚେୟାରରେ ସହରର ସମସ୍ତ ପଦସ୍ଥ ଅଫିସର, ସେମାନଙ୍କ ପତ୍ନୀ, ଭଗିନୀ ବା ଦୁହିତା। ତାଙ୍କ ପଛକୁ ନାରୀ ସେବା ସଦନର ଦଳେ ଆଜୀବନ ସଭ୍ୟା। ସେମାନଙ୍କ ଧଳା ଶାଢ଼ି ଉପରେ ନାଲି ରିବନ୍ ଲଗା ବ୍ୟାଜ୍। ସମସ୍ତଙ୍କ କେଶ ପ୍ରସାଧନ ଶୈଳୀ ଏକପ୍ରକାର। ଏବଂ ସେମାନଙ୍କ ପରେ କାଠ ବେଞ୍ଚରେ ସ୍ଥାନୀୟ କଲେଜର ଦୁଇ-ତୃତୀୟାଂଶ ତରୁଣ ଛାତ୍ର। ସେମାନେ କେବଳ ବସି ନାହାନ୍ତି, ସବା ପଛରେ, ଦ୍ୱାର ପାଖରେ, ବାରଣ୍ଡାରେ ବିପୁଳ ସଂଖ୍ୟାରେ ଛିଡ଼ା ହୋଇଛନ୍ତି। ସମସ୍ତ ମାନରେ 'ବିରାଟ ସାଧାରଣ ସଭା'।

ଧୀରେନ୍ଦ୍ର ଚିନ୍ତା କରୁଥିଲା, ସେ କୌଣସି ଦଳର ଅନ୍ତର୍ଭୁକ୍ତ ନୁହେଁ। କରତାଳି ବନ୍ଦ ହେଲା ସଦନର ସମ୍ପାଦିକାଙ୍କ ଅନୁରୋଧ ପରେ। ଯେତେବେଳେ ତାଙ୍କର ଦୁଇଟି ପାପୁଲି ମାଇକ୍ ପାଖରେ ପ୍ରଥମେ ସ୍ୱାମିଜୀ ଓ ପରେ ଦର୍ଶକଙ୍କ ଉଦ୍ଦେଶ୍ୟରେ ଯୋଡ଼ି ହେଲା। ନାରୀ ସେବା ସଦନର ସମ୍ପାଦିକାମାନେ ସହର ଉନ୍ନୟନ ଓ ସାଂସ୍କୃତିକ କାର୍ଯ୍ୟକ୍ରମରେ ଜଡ଼ିତ। ହୁଏତ ଏଠି ସମ୍ପାଦିକା ହେବାର ଯୋଗ୍ୟତା କେବଳ ଏକଦା ସୁନ୍ଦରୀ ଓ ଅଧୁନା ପ୍ରସାଧନ-ପ୍ରିୟାମାନଙ୍କର ଥାଏ। ସମ୍ପାଦିକା ନିଜ ବକ୍ତବ୍ୟର ପ୍ରତିଟି ଶବ୍ଦ ଉଚ୍ଚାରଣ କରିବା ପରେ ସ୍ୱାମିଜୀଙ୍କୁ କଣେଇ ଚାହୁଁଛନ୍ତି। ତାଙ୍କର ପରିଚୟ ପ୍ରଦାନ ପରେ ସେ ମୁଖ୍ୟ ଅତିଥିଙ୍କୁ ଜଣାଇ ଦେଲେ ଯେ ତାଙ୍କ ଉପସ୍ଥିତିରେ ସହରବାସୀ ନିଜକୁ ଭାଗ୍ୟବାନ ମନେ କରୁଛନ୍ତି ଓ ତାଙ୍କର ଆଶୀର୍ବାଦ ଯୋଗୁଁ ସମ୍ପ୍ରତି ଏଇ ନାରୀ ଅନୁଷ୍ଠାନ ହାତକୁ ନେଇଥିବା ପରିବାର ନିୟନ୍ତ୍ରଣ, ଭିକାରି ଦୂରୀକରଣ, ସହରତଳି ଗୃହ ନିର୍ମାଣ ଆଦି ଯୋଜନା ସଫଳ ହେବ। ସମ୍ପାଦିକା ଆସନ ଗ୍ରହଣ କଲେ। ପୁଣି ଦର୍ଶକଙ୍କ କରତାଳି ଅବିରତ।

ଧୀରେନ୍ଦ୍ର ନିଜକୁ ଅସହାୟ ମନେ କରୁଥିଲା। ସେ ଏକା। ତା'ପରି ଏକା ଆଉ ଗୋଟିଏ ପଦାର୍ଥ। ଗୋଟିଏ ଜଳନ୍ତା ପେଟ୍ରୋମାକ୍ସ। ନାରୀ ସେବା ସଦନର ସମସ୍ତ ସଭାରେ ଏକାଧିକ ଥର ଲାଇଟ୍ ଲିଭେ। ହୁଏତ ବିଦ୍ୟୁତ୍ ବିଭାଗର ଅବହେଳା ଯୋଗୁଁ। କିନ୍ତୁ କୌଣସି ଅପ୍ରୀତିକର ଘଟଣାକୁ ଏଡ଼ାଇବା ପାଇଁ ସଦନର ସଭ୍ୟାମାନଙ୍କ ପାଖରେ ଜଳୁଛି ଗୋଟିଏ ଅସହାୟ ପେଟ୍ରୋମାକ୍ସ। ସ୍ୱାମୀ ବିଚିତ୍ରାନନ୍ଦ ଅନର୍ଗଳ କହି ଚାଲିଥାନ୍ତି... ଆତ୍ମା ଓ ପରମାତ୍ମା ଏକ ଓ ଅଭିନ୍ନ। ଆମେ ସାଧାରଣ ଜୀବନରେ ନିଜର ସ୍ୱାର୍ଥସାଧନ ପାଇଁ ଆତ୍ମସର୍ବସ୍ୱ ହୋଇଥାଉ। ଏଣୁ ଆମକୁ ପ୍ରତେ ହୁଏ ଆତ୍ମାର ସତ୍ତା ପୃଥକ୍। ପରସ୍ତ ପରସ୍ତ ମାୟାକୁ ଭେଦି ଆମର ଅନ୍ତର୍ଦୃଷ୍ଟି ଅନ୍ଧ। ପିଆଜର ଚୋପା ପରି ପାଖୁଡ଼ା ପାଖୁଡ଼ା ହୋଇ ଏଇ କୁହେଳି ଉଭେଇଗଲେ ଯେଉଁ ଶୂନ୍ୟତା ମିଳିବ, ସେ ଆମର ଆତ୍ମା। ପରମାତ୍ମା-ପ୍ରାପ୍ତି ପାଇଁ ଆମକୁ ସମସ୍ତ ମାୟା ଓ ଛଳନା ତ୍ୟାଗ କରିବାକୁ ପଡ଼ିବ...।

ସ୍ୱାମୀ ଦମ୍ ନେଇ ପ୍ରଥମେ ସମ୍ପାଦିକା ଓ ପରେ ଦର୍ଶକଙ୍କୁ ଚାହିଁଲେ।

ଧୀରେନ୍ଦ୍ର ତାକୁ ଘେରି ରହିଥିବା ମଣିଷମାନଙ୍କୁ ଥରେ ଚାହିଁଲା। କାହାରି ଅସଲ ସ୍ୱରୂପ ତା' ଆଖିରେ ଦିଶୁ ନାହିଁ। ହୁଏତ ତା'ର ଅନ୍ତର୍ଦୃଷ୍ଟିରୁ ଆଲୋକ ହଜିଯାଇଛି।

ନାଁ। ଧୀରେନ୍ଦ୍ର ପ୍ରଳାପ କଲା ପରି ଚିତ୍କାର କରି ଉଠିଲା।

ତା' ଚାରିପଟର ମଣିଷମାନେ ଛଳନାର ପ୍ରସ୍ତ ପ୍ରସ୍ତ ପ୍ରସାଧନ ବୋଳି ହୋଇଛନ୍ତି। ତାଙ୍କର ଅସଲ ସତ୍ତା ତା' ଆଖିର ଅଗୋଚର। ବିଗତ ଯୌବନା

ସମ୍ପାଦିକା, ଧାଡ଼ି ଧାଡ଼ି ଟିଣ ଚେୟାରକୁ ଅଳଙ୍କୃତ କରିଥିବା ସମ୍ପାଦିକାଙ୍କ ସଙ୍ଗିନୀ ସମୂହ, ସଜ୍ଜିତ ସୁଟ୍ ଟାଇରେ ସଜ୍ଜିତ ଭଦ୍ରମଣ୍ଡଳୀ, ହୁଏତ ଗେରୁଆ ବସ୍ତ୍ରତଳର ଅସଲ ବିଚିତ୍ରାନନ୍ଦ- କିଏ ବା ଛଳନାରୁ ମୁକ୍ତ ?

ପାଗଳ ପରି ଧୀରେନ୍ଦ୍ର ହସି ଉଠିଲା । ଶ୍ରୋତୃମଣ୍ଡଳୀର ସାମୂହିକ କରତାଳିରେ ଅବଶ୍ୟ ସେ ହସ ମିଶିଗଲା । ନା କେହି ତାକୁ ଦେଖୁ ନାହାନ୍ତି । ଦେଖିଲେ ବା କ୍ଷତି କ'ଣ ? ଧୀରେନ୍ଦ୍ର ଚାହୁଁଥିଲା, ସଦନର ସମସ୍ତ ଆଲୋକ ଏକାଥରକେ ଲିଭିଗଲେ ପୁଞ୍ଜିଭୂତ ଅନ୍ଧାରରେ ହୁଏତ ସମସ୍ତଙ୍କ ଅସଲ ସତ୍ତା ଫୁଟି ଦିଶନ୍ତା ।

ସଭା ସରି ଆସିଲାଣି ।

ଦୀର୍ଘ ଘଣ୍ଟା ଘଣ୍ଟା ଧରି କୌଣସି ଅପ୍ରୀତିକର ଘଟଣାକୁ ଅପେକ୍ଷା କରିଥିବା ବ୍ୟର୍ଥଜନତା ଧୀରେ ଧୀରେ ସଭାଗୃହ ତ୍ୟାଗ କରୁଛନ୍ତି । ଧୀରେନ୍ଦ୍ର ଜନସ୍ରୋତରୁ ନିଜକୁ ଅଲଗା ରଖି ଜଳନ୍ତା ପ୍ରେଟ୍ରୋମାକ୍ସ ଆଡ଼କୁ ଆଗେଇଲା ଓ ନିର୍ବିକାର ଭାବେ ତାକୁ ଉଠାଇ ସମସ୍ତଙ୍କ ସାଥିରେ ଚାଲିଲା । ଧୀରେନ୍ଦ୍ରର ଚତୁର୍ଦ୍ଦିଗରେ ଗୋଟିଏ ଆଲୋକ ବୃତ୍ତ । ସଂଲଗ୍ନ କୋଠରିରେ ଆଳାପ, ହସଖୁସିରେ ବ୍ୟସ୍ତ କୌଣସି ଉତ୍ସାହୀ ଉଦ୍ୟୋକ୍ତା ବା ନାରୀ ସେବା ସଦନର ଆଜୀବନ ବା ବାର୍ଷିକ କୌଣସି ସଭ୍ୟା ତାକୁ ବାରଣ କରି ନାହାନ୍ତି ।

ରାଜପଥରେ ବି' ଧୀରେନ୍ଦ୍ର ଚାଲିଥାଏ ନିଜ ସହିତ ଗୋଟିଏ ଆଲୋକ ବୃତ୍ତ ଧରି । ନିଜକୁ ତାହାର କେନ୍ଦ୍ରବିନ୍ଦୁ କରି । ଅନ୍ଧାର ତା' ପାଇଁ ଅସହ୍ୟ । ତା'ର ନଗ୍ନ ସତ୍ତାକୁ ସମସ୍ତେ ଦେଖନ୍ତୁ । ତା'ର ଅସ୍ତିତ୍ୱ କୁହେଳିକାଚ୍ଛନ୍ନ ନୁହେଁ ।

ସହରର ମୁଖ୍ୟ ଛକରେ ପହଞ୍ଚି ଧୀରେନ୍ଦ୍ର ଆତ୍ମ-ସମ୍ବରଣ କଲା ।

ସେ ଏକା ।

■

ତରଙ୍ଗ

କାଲି ଅବିନାଶ ମହାପାତ୍ରଙ୍କର ପଞ୍ଚଷଠୀତମ ଜନ୍ମଦିନ। ଅଥଚ ସମସ୍ତ ଆତ୍ମୀୟ, ସୁହୃଦ୍ ତାଙ୍କ ଜନ୍ମ-ସମ୍ବତ୍ସରକୁ ପ୍ରାୟ ଭୁଲି ଯାଇଛନ୍ତି। କମ୍ ପକ୍ଷରେ ଅନ୍ତତଃ ଜଣକୁ ମନେ ପକେଇ ଦେବା ଉଚିତ। କମ୍ବଳକୁ ଆଉ ଟିକିଏ ଉପରକୁ ଟାଣି ଆଣିଲେ ଅବିନାଶ। ରୀତା ଷ୍ଟୋଭ୍‌ରେ ପବନ ଦେଉଛି କପେ ଚା' ପାଇଁ। ସେ ଆଖି ଖୋଲି ରୀତାକୁ ଚାହିଁଲେ। ତା'ପରେ ସିଲିଙ୍ଗକୁ ଓ ତା'ପରେ ଝର୍କା ଦେଇ ବାହାରର ମସୃଣ ଲନ୍‌କୁ। ଶୋଇ ଶୋଇ ବିଗତ ଚଉଷଠୀ ବର୍ଷରେ ତାଙ୍କ ନାଆଁ ସହିତ ଯୋଡ଼ା ହୋଇଥିବା ବିଶ୍ଳେଷଣମାନଙ୍କୁ ଅବିନାଶ କ୍ରମାନ୍ୱୟରେ ମନେପକାଉଥିଲେ ବିଶ୍ୱବିଦ୍ୟାଳୟର କୃତୀ ଛାତ୍ର। ଅବସରପ୍ରାପ୍ତ ବିଜ୍ଞ ଅଧ୍ୟାପକ, ମୃତଦାର। ଏବଂ ଶେଷ ବିଶେଷଣଟି ହେବ ବୋଧହୁଏ ସ୍ୱ...ର୍ଗ...ତ...। ଶୀତର ମାତ୍ରା ହଠାତ୍ ବଢ଼ିଗଲା। ଅବିନାଶ କମ୍ବଳ ତଳେ ଗୋଡ଼ ହାତମାନଙ୍କୁ ସଙ୍କୁଚିତ କରି ପକାଇଲେ।

... ଏତେବେଳ ଯାଏ ସେ ଯେଉଁ ନାତିଶୀତୋଷ୍ଣ ସ୍ଥିର ତରଙ୍ଗରେ ଭାସି ଭାସି ଆସୁଥିଲେ, ତାହା ହୁଏତ କୌଣସି ଶୀତଳ ସ୍ରୋତ ସହିତ ମିଶିଗଲା...

ଅବିନାଶ କିଛି ନ ଜାଣିଲା ପରି ସାମାନ୍ୟ କାଶିଲେ। ରୀତା ବାରମ୍ବାର ଦିଆସିଲି କାଠି ମାରୁଛି ଓ ସେଗୁଡ଼ିକ ପବନରେ ଲିଭି ଯାଉଥିବାରୁ ସେ ବିରକ୍ତ ହୋଇ ଉଠିଲାଣି।

ରୀତା ବ୍ୟତୀତ ପରିବାରର ଅନ୍ୟମାନଙ୍କ ସମ୍ପର୍କରେ ଚିନ୍ତା କଲେ ଅବିନାଶ ବାବୁଙ୍କ ମନ ବିଷାକ୍ତ ହୋଇ ଉଠେ। ଏକମାତ୍ର ପୁଅ ସୁବ୍ରତ ଇଞ୍ଜିନିୟର। ଦିନ ଦଶଟାରୁ ଅଫିସ୍ ଯିବ ଓ ପାଞ୍ଚଟାରେ ଫେରିବ, ସଂସାର ଯାକର ଆବୁରୁ ଜାବୁରୁ ସମ୍ବାଦ ସହିତ। ତାଙ୍କ ଅଫିସ୍‌ର କେଉଁ କିରାଣୀ କଣ୍ଟ୍ରାକ୍ଟରମାନଙ୍କଠାରୁ ଲାଞ୍ଚ ନେଲା, କିଏ ତୁଚ୍ଛାଟାରେ ଛୁଟି ଉପଭୋଗ କରୁଛି, କାହାର ଝିଅ ବାହାଘର ପାଇଁ, କିଏ ଝିଅ ଖୋଜୁଛି ଇତ୍ୟାଦି ବିରକ୍ତିକର ସମ୍ବାଦ ବୋହୂ ବିନତାର କାନରେ ଅଜାଡ଼ି ଦେବ। ବିନତା ବି ସୁବ୍ରତର

ପ୍ରଟୋଟାଇପ୍। ସକାଳୁ ଟୁଥ୍‌ପେଷ୍ଟ ସାଲୁବାଲୁ ମୁହଁରେ ପୁଜାରୀଙ୍କୁ ଖାଦ୍ୟର ବରାଦ କରିବ, ବୈବାହିକ ଜୀବନର ଏତେ ବର୍ଷ ପରେ ବି ସୁବ୍ରତ ଅଫିସ ଗଲାବେଳେ ବାରଣ୍ଡାରେ ଖୁମ୍ବକୁ ଆଉଜି ହାତ ହଲାଇବ। ତା'ପରେ ଶୋଇବା ଘରେ ପଶିବ ଯେ ପାଞ୍ଚଟା। ଉଠିବ ଯେତେବେଳେ ତାକୁ ସୁବ୍ରତର ଟାଇ ଓ ଜୋତା ଖୋଲିବାରେ ସାହାଯ୍ୟ କରିବାକୁ ପଡ଼ିବ। ଆଉ ବିଂଶ ବର୍ଷୀୟ ନାତି ସଞ୍ଜୟ ସକାଳ ଆଠଟାରୁ କଲେଜ ଯିବ ବୋଝେ ପ୍ରାକ୍ଟିକାଲ୍ ରେକର୍ଡ଼ ଧରି ଏବଂ ଫେରିବ ଦିନ ଗୋଟିଏରେ, ତା'ପରେ ପୁଣି ଯିବ ଯେ ପାଞ୍ଚଟା। ସେତେବେଳେ ବାହାରେ ହୁଏତ ତା'ର କୌଣସି ସାଙ୍ଗ ଅପେକ୍ଷା କରୁଥିବେ ଓ ସେମାନେ ବୁଲିଯିବେ ସିନେମା ହଲ୍ ଛକକୁ ରାତି ନ'ଟା ଯାଏ। ଶେଷରେ ରୀତା। ଅବିନାଶ ଦିନକୁ ଚବିଶ ଘଣ୍ଟାରେ ରୀତାକୁ ବୋଧହୁଏ ଦୁଇଥର ଦେଖନ୍ତି। ସକାଳୁ ବିଚାରୀ ଆସି ଷ୍ଟୋଭ୍ ଜାଳେ, ବେଡ୍ ଟି ପ୍ରସ୍ତୁତ କରେ ଓ ହାତକୁ କପେ ଚା' ବଢ଼ାଇ ଦେଇଯାଏ ଯେ ପୁଣି ଦେଖାହୁଏ ରାତି ଆଠଟା ଡିନର ଟେବୁଲରେ। ଏଇ ସୁବ୍ରତ, ବିନତା, ସଞ୍ଜୟ ଓ ରୀତାକୁ ନେଇ ଅବିନାଶ ବାବୁଙ୍କ ସୁଖୀ ପରିବାର। ସମସ୍ତ ରୁଟିନ୍‌ର ରଜ୍ଜୁବନ୍ଧା ଜୀବନ। ହସ ନାହିଁ, ଆବେଗ ନାହିଁ; କେବଳ ଏକ ଯାନ୍ତ୍ରିକ ଗତାନୁଗତିକତା।

ଜନ୍ମ-ସମୟର ସମ୍ବାଦ କାହାକୁ ସେ ଦେବେ ? ବଡ଼ି ସକାଳୁ ବ୍ୟସ୍ତ ରୀତାକୁ। ଦିନ ଗୋଟିଏ ବେଳେ ଖାମଖିଆଲୀ ସଞ୍ଜୟକୁ, ପାଞ୍ଚଟାବେଳେ ମୁଖର ସୁବ୍ରତକୁ, ନା ସଦ୍ୟ ଶେଯ ଛାଡ଼ିଥିବା ଅଳସୋଇ ବୋହୂ ବିନତାକୁ। ଅନିନାଶ ବାବୁଙ୍କ ମନେ ହେଲା ଯେପରି ସମସ୍ତେ ଭାସି ଯାଉଥିବା ଚୁନି ଚୁନି ତରଙ୍ଗ, ତାଙ୍କ ଅପରିଚିତ।

ନା...।

ନାସ୍ତିବାଚକ ଶବ୍ଦଟିକୁ ସେ ଖୁବ୍ ଜୋର୍ ଦେଇ ଉଚ୍ଚାରଣ କରି ପକାଇଲେ ଏବଂ ତା' ସହିତ ତାଙ୍କର ଗୋଟିଏ ଅଳସ ହାଇ ବାହାରି ଆସିଲା। ରୀତା ଚମକି ପଡ଼ିଲା।

: ଦାଦା କ'ଣ ନା ?

: ନା' ଲୋ, ଆଜି ଖୁବ୍ ଶୀତ। ଚା' ହେଲା ?

ରୀତା ଚା' କପ୍‌ଟି ହାତକୁ ବଢ଼ାଇ ଦେଲା ଓ ହତବମ୍ଭ ଅବିନାଶଙ୍କ ଢିମା ଢିମା ଆଖିମାନେ ଅପସୃୟମାନ ରୀତାର ପିଠି ଓ ଲମ୍ବା ବେଣୀକୁ ଚାହିଁଥିଲେ। ଗଲା ଯେ- ପୁଣି ରାତି ଆଠଟା ବେଳକୁ।

ନା ସେ ରୀତାକୁ ଯିବାକୁ ଦେବେ ନାହିଁ। ତାକୁ ବଡ଼ ପାଟିରେ ଡାକିବେ। ରୀତା ଆଷାଢ଼ ଅପରାହ୍ଣ ପରି ବେଶ୍ ଗମ୍ଭୀର... ଆଜି ପରି ଗଦ୍ ଗଦ୍ ଶୀତ ସକାଳମାନଙ୍କରେ

ବି । ତା' ମୁହଁରେ ସାମାନ୍ୟ ସ୍ମିତ ଦେଖିବାକୁ ଅବିନାଶ ତତ୍ପର ହୋଇ ଉଠିଲେ ଓ ସକାଳୁ ସକାଳୁ ଗୁଡ଼ାଏ ମିଛ କହିବାକୁ ମନେ ମନେ ନିଜକୁ ପ୍ରସ୍ତୁତ କରିନେଲେ । କେବଳ ଏଇଥିପାଇଁ ସେ କାଲି ରୀତା କଲେଜ ଯାଇଥିବା ବେଳେ ତା'ର ପଢ଼ା କୋଠରିରେ ପଶି ଡ୍ରୟରରୁ ଚାବି ପେନ୍ଥା କାଢ଼ି ବହି ଆଲମାରି ଖୋଲି ବହିମାନଙ୍କୁ ଘଣ୍ଟା ଚକଟା କରିଥିଲେ ଓ ଆଡଭେଞ୍ଚରରେ ସଫଳ ବି ହୋଇଥିଲେ । ରୀତାର ସ୍ଥୂଳକାୟ ବିଜ୍ଞାନ ବହିର ଦୁଇଶହ ସତେଇଶ ପୃଷ୍ଠାରୁ ବାହାରି ଥିଲା ପ୍ରକାଶର ଫଟୋ ଖଣ୍ଡିଏ । ପ୍ରକାଶ, ସଞ୍ଜୟର ସାଙ୍ଗ ଓ ସୁଉଚ୍ଚ ପାଚେରି ବାହାରେ ରୀତା ସହିତ ଗୋପନରେ ସେ କଥାବାର୍ତ୍ତା ହେବା ଅବିନାଶ ଦୀର୍ଘ ଦୁଇମାସ ହେଲା ଦେଖି ଆସୁଛନ୍ତି । ଅବଶ୍ୟ ମନେ ମନେ ମାନି ନେଇଛନ୍ତି । ତଥାପି ରୀତା ସହିତ ସାମାନ୍ୟ କୌତୁକ କଲେ କ୍ଷତି କ'ଣ ? ସେ ପ୍ରକାଶର ଫଟୋଟି ସନ୍ତର୍ପଣରେ ଚୋରି କଲେ ଓ ତାକୁ ନିଜର ପଞ୍ଜାବୀ ପକେଟରେ ଲୁଚାଇ ରଖିଲେ । ରୀତା । ଅନିନାଶ ବାବୁଙ୍କ ସ୍ୱରରେ ତାକୁ ଆସିବାକୁ ପ୍ରଚ୍ଛନ୍ନ ଆଦେଶ । ରୀତା ପୁଣି ନିଃଶବ୍ଦରେ ପାଦ ଗଣି ଗଣି ଫେରି ଆସିଲା ।

: ଦାଦା, ମୋତେ ଡାକିଲ ? ରୀତାର ବିନୀତ ଜିଜ୍ଞାସା ।

: ହଁ । କାଲି ସଞ୍ଜୟର କେଉଁ ଗୋଟିଏ ସାଙ୍ଗର ଫଟୋ ବାରଣ୍ଡାରେ ପଡ଼ିଥିଲା । ମୁଁ ଉଠାଇ ଆଣି ଡ୍ରୟରରେ ରଖି ଦେଇଥିଲି, ଦେଖିଲୁ ।

ମିଛଟାଏ କହିସାରି ନିର୍ବିଚଳ ଭାବେ ଅବିନାଶ ନିଃଶେଷ ଚା' କପ୍‌କୁ ଷ୍ଟୁଲ୍ ଉପରେ ରଖିଲେ ଏବଂ ରୀତାର ବ୍ୟସ୍ତତାକୁ ଧ୍ୟାନ ଦେଇ ଲକ୍ଷ୍ୟ କଲେ । ବିଚାରୀ ଫଟୋଟି ନ ଦେଖି ହୁଏତ କାଲି ରାତି ସାରା ଶୋଇ ନଥିବ । ସେ ହଠାତ୍ ବ୍ୟତିବ୍ୟସ୍ତ ହୋଇ ପଡ଼ିଲା ।

: ଫଟୋଟି ବୋଧହୁଏ ପ୍ରକାଶର ।

ଏଥର ହୁଏତ ରୀତାର ଛାତିରେ ଲାଗିଲା ଚମକ । ତା'ର ବ୍ୟସ୍ତତା ଆହୁରି ବଢ଼ିଗଲା । ନିଜକୁ ସଞ୍ଜତ କରି ସେ ଡ୍ରୟରର ସମସ୍ତ କାଗଜପତ୍ର, ସ୍ତୁପୀକୃତ ମାଗାଜିନ୍, ବହି ଖେଳାଇ ଖୋଜିବାକୁ ଲାଗିଲା । ଅବିନାଶ ସିଗ୍ରେଟ୍ ଟାଣି ଟାଣି ତାକୁ ଦେଖୁଥାନ୍ତି ଓ ମନେ ମନେ ହସୁଥାନ୍ତି ।

: ଏ ସଞ୍ଜୟଟା କେମିତି ଯେ... ତା'ର କିଛି ଜିନିଷ ଠିକ୍ ରହେନି । ଯାହା ଯେଉଁଠି ପାରିବ, ସେଇଠି ଫିଙ୍ଗି ଦେବ । ଭଲ କରି ଦେଖ ମିଳିଯିବ ।

ଏକାଦିକ୍ରମେ ଗୁଡ଼ାଏ ମିଛ କହିସାରି ଅବିନାଶ ତୃପ୍ତିରେ ନିଃଶ୍ୱାସ ମାରିଲେ ।

... ସେ ଯେପରି ଦୀର୍ଘ ସମୟ ଧରି ଗୋଟିଏ ଶୀତଳ ସ୍ରୋତରେ ଭାସି ଭାସି ଯାଉଥିଲେ, ଯା'ର ତରଙ୍ଗମାନେ ଆତ୍ମୀୟ ପରି ଖିଲ୍ ଖିଲ୍ ହସରେ ଲୋଟି ଯାଉଛନ୍ତି....

ରୀତା ହସିବ, ନିଶ୍ଚୟ ହସିବ ବାହାର ଲନ୍‌ରେ ବିଛାଡ଼ି ହୋଇ ପଡ଼ିଥିବା ଶୀତ ସକାଳର ଖରାପରି- ବଗିଚାରେ ଫୁଟିଥିବା ଜିନିଆ ପରି- ଯେତେବେଳେ ସେ ଖାଲି ତା' ହାତକୁ ପ୍ରକାଶର ଫଟୋଟି ବଢ଼ାଇ ଦେବେ। ଏବେ ସେ ଖୋଜୁଥାଉ। ନୟାନ୍ତ ହୋଇ ଖୋଜୁଥାଉ। ତା'ର କ୍ଲାନ୍ତ ଓ ଆତଙ୍କିତ ମୁହଁକୁ ସିନା ହସଟି ମାନିବ।

ବାହାରେ ଅନ୍ୟମାନଙ୍କ କୋଳାହଳ ଶୁଭିଲାଣି। ଅବିନାଶ ଠିକ୍ ଜାଣନ୍ତି ସେ ବାରଣ୍ଡାରେ ପାଦ ଦେବା ମାତ୍ରେ ବିନତାର ଟୁଥପେଷ୍ଟର ଫେଣ ସାଲୁବାଲୁ ମୁହଁ ଓ ଖୁଅର ହେଉଥିବା ସୁବ୍ରତର ସାବୁନ୍ ବୋଳା ମୁହଁ ଦୁଇଟି ଦେଖି ବିରକ୍ତ ହୋଇ ଉଠିବେ। ସଞ୍ଜୟଟା ଶେଯ ଛାଡ଼ି ହୁଏତ ଲନ୍‌ରେ ବୁଲୁଥିବ। ତଥାପି ଅବିନାଶ ରୀତାକୁ ସେଇ ଅବସ୍ଥାରେ ଛାଡ଼ି ଦେଇ ବାରଣ୍ଡାକୁ ଆସିଲେ। ଏମାନେ କେହି ତାଙ୍କ ଜନ୍ମ ସମ୍ବତ୍ସର ସମ୍ବାଦ ଶୁଣିବାକୁ ଆଗ୍ରହୀ ବା ହକ୍‌ଦାର ନୁହଁନ୍ତି।

ବରଂ ଆଉ ଜଣକୁ କୁହାଯାଇ ପାରେ। ମନେ ପଡ଼ିବା ମାତ୍ରେ ଦ୍ୱିଗୁଣିତ ଉତ୍ସାହରେ ଅବିନାଶ ବାବୁଙ୍କ ମନ ଆନନ୍ଦରେ ଆତ୍ମହରା ହୋଇ ପଡ଼ିଲା। ସେ ଦୁଇ ମିନିଟ୍ ଭିତରେ ଦାନ୍ତ ଘଷିଲେ। ପୂଜାରୀକୁ ବଡ଼ପାଟିରେ ଡାକି ବ୍ରେକ୍ ଫାଷ୍ଟ ବରାଦ କଲେ ଓ ଶେଷରେ ଧଳା ଧୋତି ପଞ୍ଜାବୀ ପିନ୍ଧି ୱାକିଙ୍ଗ ଷ୍ଟିକ୍ ଘୂରାଇ ରାସ୍ତାକୁ ବାହାରି ପଡ଼ିବାକୁ ତାଙ୍କୁ ବେଶି ହେଲେ ପନ୍ଦର ମିନିଟ୍ ଲାଗିଥିବ।

ହଁ, ଏହି ଏକାନ୍ତ ବ୍ୟକ୍ତିଗତ ସମ୍ବାଦଟି ଶୁଣିବାକୁ ସେ ଏକମାତ୍ର ଉପଯୁକ୍ତ। ସୁଷମା ଦେବୀ... ସୁଷମା ହିଁ ଜାଣୁ, ଯେହେତୁ ଦୀର୍ଘ ଚାଳିଶ ବର୍ଷ ତଳେ ତାକୁ ହିଁ ଅବିନାଶ ସମ୍ବାଦଟି ପ୍ରଥମେ କହିଥିଲେ। ଯେଉଁ ପକେଟରେ ପ୍ରକାଶର ଫଟୋଟି ଅଛି, ସେ ପକେଟରେ ସିଗ୍ରେଟ୍ କେଶ୍‌ଟା ବି ନିରାପଦ ଅଛି। ଦୀର୍ଘ ଚାଳିଶ ବର୍ଷ ହେଲା ସେ ଏଇ ସିଗ୍ରେଟ କେଶ୍‌ରେ ସିଗ୍ରେଟ୍ ଭର୍ତ୍ତି କରି ଆସୁଛନ୍ତି। ସେଇଥିରୁ ସିଗ୍ରେଟ୍ ପିଉଛନ୍ତି ଓ ପୁଣି ଭର୍ତ୍ତି କରୁଛନ୍ତି। ତାହା ବିଗତ ଦିନମାନଙ୍କର ସ୍ମୃତି ପରି ବେଶ୍ ନିରାପଦ ଅଛି। ଆଃ... ସୁଷମା, ତମର ସ୍ମୃତିକୁ ମୁଁ ପକେଟ ଭିତରେ ଏବେବି ସାଇତି ରଖିଛି।

... ଏଥର ତରଙ୍ଗମାନେ ନିହାତି ଆତ୍ମୀୟ ପରି ବ୍ୟବହାର କରୁଛନ୍ତି ଓ ସେମାନେ ଅନିନାଶକୁ ହାଲୁକା ଫୁଲଟିଏ ପରି ଭସାଇ ନେଉଛନ୍ତି... କେତେଦୂର? ଅବିନାଶ ବାବୁଙ୍କ ମନେ ହେଉଥିଲା ସେ ଯେପରି ଚାଳିଶ ବର୍ଷ ପଛକୁ ଫେରି ଯାଇଛନ୍ତି ଓ ଆଜି ବି ତାଙ୍କ ପ୍ରେମିକାଘରକୁ ଦ୍ରୁତ ଗତିରେ ଆଗେଇ ଚାଲିଛନ୍ତି। ଅଥଚ ସୁଷମା ଆଜି ଏକାଧିକ ସନ୍ତାନଙ୍କ ଜନନୀ ଓ ପ୍ରାୟ ଡଜନେ ନାତି ନାତୁଣୀ ତା'ର। ତଥାପି ସୁଷମା ତାଙ୍କୁ ଗେଟ୍ ପାଖରେ ଅଭିନନ୍ଦନ ଜଣାଇବ। ଦୁହେଁ ଲନ୍‌କୁ ଯିବେ। ମୁହାଁମୁହିଁ ବସିବେ। ଘଣ୍ଟା ଘଣ୍ଟା ଧରି ଗପିବେ। ବଡ଼ ପାଟି କରି ହସିବେ। ମନେ

ହେବ, ଚାଳିଶଟା ବର୍ଷକୁ ଖେଲୁଆଡ଼ ଅବିନାଶ କ୍ରିକେଟ ବଲ୍ ପରି ପାଚେରି ବାହାରକୁ ଫିଙ୍ଗି ଦେଇଛନ୍ତି। ଏଇ ଦିଶିଲାଣି ସୁଷମାର ଘର। ସତକୁ ସତ ସେ ଅବିନାଶ ବାବୁଙ୍କୁ ଗେଟ୍ ପାଖରେ ଅଭିନନ୍ଦନ କଲା।

... ଏଥର ତରଙ୍ଗମାନଙ୍କୁ ଦେଖେ କିଏ ? ସେମାନେ ଉନ୍ମାଦ ପରି ଅବିନାଶ ବାବୁଙ୍କ ଚାରିପଟେ ନାଚିବାକୁ ଆରମ୍ଭ କରିଦେଲେ ବିନା ତାଳ ବିନା ଛନ୍ଦରେ, ଖାଲି ଗୋଟିଏ ବେସୁରା ସଙ୍ଗୀତର ଅନୁରଣନ...

ଗେଟ୍ ପାଖରେ ହିଁ ଅବିନାଶ ପ୍ରସ୍ତାବ କରି ବସିଲେ,

: ସୁଷମା, ସିନେମା ଯିବା ମର୍ଣ୍ଣିଙ୍ଗ୍ ସୋ। ଚମତ୍କାର ଇଂରାଜୀ ଛବି 'ସମର ଅଫ୍ ଫର୍ଟିଟୁ'।

ଦେଖ ସୁଷମାକୁ! ସେ ପୁଣି ଲାଜ କରି ବସିଲାଣି ଅବିକଳ ଅବିକଳ ଚାଳିଶ ବର୍ଷ ତଳର ଅଷ୍ଟାଦଶୀ ସୁଷମା ପରି।

... ତରଙ୍ଗମାନେ ମିଳିତ ଅଟ୍ଟହାସ କରି ଉଠିଲେ...

: ଆଚ୍ଛା ଥାଉ। ଅବିନାଶ ନିଜେ କହି ପକାଇଲେ।

ତା'ପରେ ସୁଷମା ଉଠିଲେ। ମନ୍ଥର ଗତିରେ ଘରକୁ ପଶିଲେ ନିଶ୍ଚିତ ଭାବରେ ଅବିନାଶ ବାବୁଙ୍କ ପାଇଁ କଡେ଼ ଷ୍ଟ୍ରଙ୍ଗ କଫି ଓ ନିଜ ପାଇଁ ମନେ ମନେ ହସୁଥାନ୍ତି। ସେ ଉଠି ବଗିଚା ସାରା ଦ୍ରୁତ ଗତିରେ ଘୂରିବାକୁ ଲାଗିଲେ। ସୁଷମାର ନିଜ ହେପାଜତରେ ତିଆରି ବିସ୍ତୀର୍ଣ୍ଣ ବଗିଚା।

ହେଇ ତ ସୁଷମା। ଦୁଇ କପ୍ କଫି ନେଇ ଦୋହଲି ଦୋହଲି ଆଗେଇ ଆସୁଛି। ନା' ହୁଏତ ପଛେଇ ଯାଉଛି ଧୀରେ ଧୀରେ ବିଗତ ଚାଳିଶ ବର୍ଷ ତଳକୁ।

: ସୁଷମା, ମୁଁ ଚାଳିଶ ବର୍ଷ ତଳର କାହାଣୀଟିଏ କହିବି ଶୁଣିବ ? ଠିକ୍ ନୂଆ କରି ଅଧ୍ୟାପକ ହୋଇଥାଏ ଓ ମୁଁ କୁଆଡ଼େ ଛାତ୍ର ଜୀବନରେ ପୁସ୍ତକକୀଟ ହୋଇଥିବାରୁ ଗମ୍ଭୀର ଓ ସରଳ ଥିଲି।

: ତା' ତ ସତ।

ସୁଷମାର ହାତ ତିଆରି କଫିରେ ଆଜି ଏତେ ଟିକିଏ ବି ପାର୍ଥକ୍ୟ ନାହିଁ। ଦୀର୍ଘ ଚାଳିଶ ବର୍ଷ ପରେ ବି ତା' ହାତ ସାମାନ୍ୟ ଥରିଯାଇ ଅଧିକ କଫି ପଡ଼ିଯାଇନି କିମ୍ବା ଟିକିଏ ଥରିଯାଇ କଫି କମ୍ ହୋଇନି। ଆଃ... ସୁଷମାର ହାତମାନେ ଅବିକଳ ସେମିତି ଅଛନ୍ତି- କଅଁଳ ମାର୍ବଲର ଦୁଇଟି ହାତ, ଖାଲି କେତୋଟି ଲୋଚାକୋଚା ଗାର। ଥରୁଟେ ପରୀକ୍ଷା କରିହେବ କି- ଚାଳିଶ ବର୍ଷ ତଳର ଉତ୍ତାପ ତା' ହାତରେ ସୁରକ୍ଷିତ କି ?

: ହଁ ସୁଷମା, ମୋ କ୍ଲାସରେ ଭାରି ଗୋଟିଏ ଉଦ୍ଦଣ୍ଡୀ ଝିଅ ଥିଲା। ମୁଁ ପ୍ରଥମ ଦିନ କ୍ଲାସ ନେଲାବେଳେ ପ୍ରଥମ ବେଞ୍ଚରେ ବସି ଆଚାର ଖଣ୍ଡିଏ ଧରି ବାରମ୍ବାର ପାଟିରେ ପୂରାଉଥିଲା ଏବଂ ମୁଁ ଆରିଷ୍ଟଟଲଙ୍କ ଦର୍ଶନରୁ ମୁଖସ୍ଥ ଗୋଟିଏ ଗୋଟିଏ ଶବ୍ଦ ଭୁଲି ଚାଲିଥିଲି।

: ଧେତ୍, ଚାଳିଶି ବର୍ଷ ତଳର କଥା।

ସୁଷମା ପୁଣି ସାମାନ୍ୟ ଲାଜେଇଲା। ତା'ର ପାଚିଲା ଗାଲମାନେ ଏବେ ବି ଯଥେଷ୍ଟ ଲାଲ୍ ହୋଇ ପାରୁଛନ୍ତି।

: ଆଉ ଦିନେ ଝିଅଟି ତା'ର ଟ୍ୟୁଟୋରିଆଲ ଖାତାରେ ଗୋଟିଏ ମାଙ୍କଡ଼ର ଚିତ୍ର ଆଙ୍କିଥିଲା। ବେଶ୍ ଆଙ୍କି ପାରୁଥିଲା କିନ୍ତୁ। ଭଲ କରି ଶୋଧିବାକୁ ତାକୁ ମୁଁ ମୋର ଏକାନ୍ତ ପ୍ରକୋଷ୍ଠକୁ ଡାକିଥିଲି, ଅଥଚ ତା' ମୁହଁକୁ ଚାହିଁବା ମାତ୍ରେ ନିଜେ ହସି ପକାଇଲି।

: ତା'ପରେ ?

: ଆମ ଦୁହିଁଙ୍କ ନାଆଁ ମଝିରେ କଲେଜର ଟୋକାମାନେ ଖାଲି ଯୋଗ ଚିହ୍ନ, ଗୁଣନ ଚିହ୍ନ ବସାଇବାକୁ ମାସେ ଦୁଇମାସ ଧରି ବ୍ୟସ୍ତ ରହିଲେ ଓ ଫଳସ୍ୱରୂପ ସରଳ ଗମ୍ଭୀର ଅଧ୍ୟାପକଟି ଖୁବ୍ ହସି ଶିଖିଲା। ଏବଂ ଉଦ୍ଦଣ୍ଡୀ ଝିଅଟି ତାକୁ ପ୍ରତି ସନ୍ଧ୍ୟାରେ କପେ କପେ ଷ୍ଟ୍ରଙ୍ଗ କଫି ପିଆଉଥିଲା, ଦୁହେଁ ସିନେମା ଯାଉଥିଲେ। ଡେରିରେ ଘରକୁ ଫେରୁଥିଲେ... ଆଜି ସେ ଝିଅଟି ଖୁବ୍ ମନେ ପଡୁଛି ସୁଷମା। ତା'ର ପାଞ୍ଚଟି ସୁନେଲି ଆଙ୍ଗୁଠି ମୋର କୌଣସି ଏକ ଜନ୍ମଦିନରେ ଉପହାର ଦେଇଥିବା ସୁନେଲି ସିଗାରେଟ୍ କେଶ୍‌ଟି ଏବେ ତୁମ ବଗିଚାରେ କେଉଁଠି ହଜିଗଲା।

ସୁଷମା ଚମକି ପଡ଼ିଲେ। ସେ ଧାଇଁଲେ ଅବିନାଶ ବୁଲୁଥିବା ଗୋଲାପ ବଗିଚା ଆଡ଼େ। ତା'ପରେ ଘୂରି ବୁଲିଲେ ଚପଳା ହରିଣୀ ପରି ବଗିଚାସାରା- କେତେବେଳେ ଘାସ ଉପରେ ନଇଁ ପଡୁଥାନ୍ତି ତ କେତେବେଳେ ଗଛବୁଦା ଆଡ଼େଇ ପକାଉଥାନ୍ତି।

... ତରଙ୍ଗମାନେ ଆତ୍ମତୃପ୍ତିର ହସରେ ଭାଙ୍ଗି ପଡୁଛନ୍ତି। ତାଙ୍କର ସାନ ସାନ ପାପୁଲିମାନେ ଅବିନାଶ ବାବୁଙ୍କ ପଞ୍ଜାବୀର କ୍ରୀଜ୍ ଓ ସୁସଜ୍ଜିତ ବାଳକୁ ଅସ୍ତବ୍ୟସ୍ତ କରି ପକାଉଛନ୍ତି...

ଅବିନାଶ ବଡ଼ ପାଟିରେ କହିଲେ,

: ଆଚ୍ଛା ସୁଷମା, କେଶ୍‌ଟି ମିଳିଲେ ମୋତେ ଖବର ଦେବ। ମୁଁ ଯାଉଛି।

ଅବିନାଶ ଗେଟ୍ ଖୋଲି ବାହାରି ଆସିଲେ। ସୁଷମା କିନ୍ତୁ ବ୍ୟସ୍ତତା ଭିତରେ

ଆଖି ଟେକି ତାଙ୍କୁ ଚାହିଁ ପାରିଲେନି। ସେ ଖାଲି ଦୂରରୁ ଦେଖିଲେ, ଜଣେ ବିଗତ ଯୌବନା ପ୍ରୌଢ଼ା ଅଷ୍ଟାଦଶୀ ତରୁଣୀଟିଏ ପରି ମନ ଦେଇ କିଛି ଖୋଜି ଚାଲିଛି।

ଆକାଶର ଖଣ୍ଡ ଖଣ୍ଡ ମେଘ ପବନରେ ଭାସମାନ ଓ ରାସ୍ତାରେ ଧାବିତ ଅବିନାଶ ବାବୁଙ୍କ ପଞ୍ଜାବୀ ଓ ଧୋତି ବି ପବନରେ ଫୁଲି ଉଠୁଥିଲେ।

*****

ଗୋଟିଏ ଏକାନ୍ତ କୋଠରିକୁ ସଜୋରେ ପଶିଯାଇ ଅବିନାଶ ଭିତର ପଟୁ ସମ୍ପୂର୍ଣ୍ଣ ବନ୍ଦ କରିଦେଲେ ଓ ସଗର୍ବେ ଏକ ଆବକ୍ଷ ଦର୍ପଣ ସାମ୍ନାରେ ଠିଆ ହୋଇ ପଡ଼ିଲେ।

... ତରଙ୍ଗମାନେ ତାଙ୍କୁ ଅଭିବାଦନ ଜଣାଇଲେ...

ତାଙ୍କ ଶୟନ କକ୍ଷରେ ରୀତା ତା'ର ପ୍ରେମିକର ଫଟୋ ଖୋଜୁଛି। ସୁରମ୍ୟ ହାତଲଗା ଉଦ୍ୟାନରେ ସୁଷମା ଖୋଜୁଛି ସେ ଏକଦା ଅବିନାଶ ବାବୁଙ୍କୁ ଜନ୍ମଦିନରେ ଉପହାର ଦେଇଥିବା ସିଗ୍ରେଟ୍ କେଶ୍। ଅଥଚ ଉଭୟଙ୍କ ଆକାଂକ୍ଷିତ ବସ୍ତୁକୁ ଅବିନାଶ ନିଜର ପଞ୍ଜାବୀ ପକେଟରେ ସଯତ୍ନେ ଲୁଚାଇ ରଖିଛନ୍ତି।

... ତରଙ୍ଗମାନେ ତାଙ୍କ ଜୟଗାନରେ ଶତମୁଖ ହୋଇ ଉଠିଲେ...

ଅବିନାଶ ନିଜେ ରୀତାର 'ବର୍ତ୍ତମାନ' ଓ ସୁଷମା 'ଅତୀତ'କୁ ଲୁଚାଇ ରଖିଛନ୍ତି। ରଖି ପାରିଛନ୍ତି। ରଖିପାରିବେ ତ ? କେଜାଣି ?

ନିର୍ବୋଧ ରୀତା ଖୋଜୁଛି ତା'ର ବର୍ତ୍ତମାନ- ପ୍ରୌଢ଼ା ସୁଷମା ଖୋଜୁଛି ତା'ର ଅତୀତ। ଦର୍ପଣକୁ ନିରେଖି ଦର୍ପଣରେ ପ୍ରତିଫଳିତ ନିଜକୁ ନିରେଖି ଅବିନାଶ ଭୟରେ ଥରି ଉଠିଲେ।

... ତରଙ୍ଗମାନେ ହଠାତ୍ ଯେପରି କୌଣସି ଶୀତଳ ଶ୍ରୋତରେ ମିଶିଗଲେ। ଏକ ଶୀତଳ ତଡ଼ିତ୍ ଅବିନାଶ ବାବୁଙ୍କ ଦେହର ପ୍ରତି ଅଙ୍ଗରେ ପ୍ରବାହିତ ହୋଇ ସେଗୁଡ଼ିକୁ ସମ୍ପୂର୍ଣ୍ଣ ଅଚଳ କରିଦେଲା...

ସେ ନିଜେ ନିଜର 'ଭବିଷ୍ୟତ'କୁ ପାଇଛନ୍ତି, ଖୋଜି ଖୋଜି ଏଇ ନିକାଞ୍ଚନ କୋଠରିରେ ଦର୍ପଣ ଭିତରେ। ସେ ଆଉ ରୀତାର ବର୍ତ୍ତମାନ ଓ ସୁଷମାର ଅତୀତକୁ ଲୁଚାଇ ପାରିବେ ତ ? ଜନ୍ମ ସମ୍ବତ୍ସରର ସମ୍ବାଦ ଅକୁହା ରହିଗଲା ଯେ !

... ତରଙ୍ଗମାନଙ୍କ ପିଠିରେ ଅନ୍ଧାର ବୋଳି ହେଉଥିଲା...

ଦ୍ୱିତୀୟ ପ୍ରେମିକା

।। ଏକ ।।

ତାଙ୍କର ଆଙ୍ଗୁଳିମାନେ ସଚଳ ଥିଲେ। ଇତିମଧ୍ୟରେ ସେମାନେ ଏକାଧିକ ଥର ସ୍ୱାଗତ ସମ୍ବର୍ଦ୍ଧନା, ମୋର ଅବିନ୍ୟସ୍ତ ବାଳ ସଜଡ଼ା, ପକେଟରେ କ'ଣ ଅଛି ଜାଣିବା ଇତ୍ୟାଦି ଆଳରେ ମୋତେ ସ୍ପର୍ଶ କଲେଣି। ଏଥର ନାଲି ନଖମାନଙ୍କୁ ଦେଖାଇ ସରିତା ପଚାରିଲେ, ଭଲ ହୋଇଛି ? ମୁଁ କିନ୍ତୁ କିଛି ଅସାଧାରଣ ଉତ୍ତର ଦେଇ ତାଙ୍କ ମୁହଁରୁ ଏକ ଭିନ୍ନ ପ୍ରତିକ୍ରିୟା ଲକ୍ଷ୍ୟ କରିବାକୁ ଚାହୁଁଥିଲି।

ନା, ମୋ ଉତ୍ତର।

ତାଙ୍କ ଆଖିର ପିତୁଳାମାନେ ଯେପରି ହଠାତ୍ ଜାକିଜୁକି ହୋଇ ବସିଗଲେ। ମୁଁ ପୁଣି ଜୋର୍ ଦେଇ କହିଲି।

ରଙ୍ଗର କୌଣସି ଆବଶ୍ୟକତା ନଥିଲା। ମୁଁ ଖାଲି ତୁମର ସାଦା ନଖମାନଙ୍କୁ ଦେଖିବାକୁ ଚାହୁଁଥିଲି।

କିନ୍ତୁ କାହିଁକି ? ସରିତା ଯେପରି ଖୁବ୍ ଆଶ୍ଚର୍ଯ୍ୟ ହୋଇ ଯାଇଥିଲେ। ସୌନ୍ଦର୍ଯ୍ୟବୋଧର ଭିନ୍ନତା। ମୁଁ ତାଙ୍କୁ ଆହୁରି ଆଶ୍ଚର୍ଯ୍ୟ କରିବାକୁ କହିଲି।

ଖାଲି ସେତିକି ?

ନା...

ତେବେ ?

ଏଇ ତମ ଆଙ୍ଗୁଳିଗୁଡ଼ିକ ଏ ଭିତରେ ବହୁତ ସ୍ପଷ୍ଟ ହୋଇଗଲେଣି।

ଯଥା...

ଅଯଥାରେ ଗୁଡ଼ାଏ ମିଛ କଥା ଲେଖି ମୋତେ ଏଠାକୁ ଡକାଇ ଆଣିବା ପାଇଁ ଏମାନେ ଦାୟୀ।

... ତୁମେ ଖୁବ୍ ବଦଳି ଯାଇଛ ?

କିଛି ଲକ୍ଷ୍ୟ କଲ ? ମୁଁ ପଚାରିଲି।

ସେମିତି କିଛି ଆଖି ଦେଖା ନୁହେଁ। ଛାଡ଼ ମୋତେ କେବେ ମନେ କରିଥିଲ ? ନାଁ ତ ?

ସ୍ମିତାକୁ ?

ନିଶ୍ଚୟ।

ମୁଁ ଝର୍କା ପାଖରେ ବସିଥିଲି ଓ ପବନରେ ମୋର ମୁଣ୍ଡ ବାଳ ଇତସ୍ତତଃ ଉଡୁଥିଲା। ଏଥର ସରିତାର ହଳଦିଆ ଆଙ୍ଗୁଳିମାନେ ଝର୍କାର ଶାଗୁଆ ନାଇଲନ୍ ପର୍ଦ୍ଦାକୁ ଧୀରେ ଧୀରେ ଟାଣି ବନ୍ଦ କରିଦେଲେ।

କାହିଁକି ବନ୍ଦ କଲ ? ମୁଁ ଅଯଥାରେ ପଚାରିଲି।

ତୁମ ବାଳଗୁଡ଼ିକ ବିକ୍ଷିପ୍ତ ହୋଇ ପଡ଼ିଛି।

ମୋତେ କିନ୍ତୁ ପବନ ଖୁବ୍ ଭଲ ଲାଗେ। ସ୍ମିତା ଅଛି ?

ହଁ।

କିଛି...

ସେ ଘରେ ପ୍ରସ୍ତାବ ପକାଇବେ। ବୋଧହୁଏ ଆସନ୍ତା ଅକ୍ଟୋବରରେ ଆମ ମେରେଜ୍।

ଭଲ। ସେ କ'ଣ ଆମ ବିଷୟରେ କିଛି ଜାଣନ୍ତି ?

ନା !

ଜଣେଇ ଦେଲନି ?

କିଛି ଆବଶ୍ୟକତା ନଥିଲା। କାରଣ ତମର ଓ ମୋର ମେରେଜ୍ ସମ୍ଭବ ନୁହେଁ ଓ ସେ ପ୍ରତାରିତ ହେବାର ମଧ୍ୟ କୌଣସି ସମ୍ଭାବନା ନାହିଁ।

ସ୍ମିତା ଜାଣିଥିଲା, ମୁଁ ଆସିଛି। ପାଉଡ଼ର ବୋଳା ମୁହଁରେ ଦୁଇ ହାତରେ ପାପୁଲିକୁ ଘସି ଘସି ସେ ଆସି ମୋତେ ନମସ୍କାର କଲା। ମୁଁ କିନ୍ତୁ ହଠାତ୍ ଆଶଙ୍କା କଲି, ହୁଏତ ଇତିମଧ୍ୟରେ ସ୍ମିତା ମୋର ଓ ସରିତା ସମ୍ବନ୍ଧରେ ସବୁ କିଛି ଜାଣି ସାରିଥିବ। ଅଥଚ ସେ ମୋର ଉପସ୍ଥିତିରେ ଖୁବ୍ ଖୁସି ଜଣା ପଡୁଥିଲା।

ତୁମର କେତେଟା କବିତା ପଢ଼ିଥିଲି, ସ୍ମିତା କହିଲା।

କେମିତି ଲାଗିଲା।

ଏକ୍ସପେରିମେଣ୍ଟାଲ।

ମୁଁ ନିରୁତ୍ତର ରହିଗଲି। ସରିତା ମୁହଁରେ ଏକ ମିଛ ଗାମ୍ଭୀର୍ଯ୍ୟର ପର୍ଦ୍ଦା ଟାଣି କହିଲେ, ସ୍ମିତା ଚା' ଆଣିବୁ।

ସ୍ମିତା ଭିତରକୁ ଚାଲିଗଲା। ସରିତା ରୁମାଲରେ କପାଳର ବିନ୍ଦୁ ବିନ୍ଦୁ ଝାଳ

ପୋଛି ଆଶ୍ୱସ୍ତିରେ ଦୀର୍ଘଶ୍ୱାସ ଛାଡ଼ିଲେ ଓ ଚଉକିରେ ସଜାଡ଼ି ହୋଇ ବସିଲେ। ପ୍ରସାଧନରେ କିଛିଟା ତ୍ରୁଟି ହୋଇଯାଇଥିଲା। ଅଯଥାରେ ଶାଢ଼ି ସଜାଡ଼ିବାରେ ପୁନରାବୃତ୍ତି କରି ସେ ସିଧାସଳଖ ମୋ ମୁହଁକୁ ଚାହିଁ କହିଲେ, ତମେ କ'ଣ ଗୋଟାସାରା ସ୍ମିତାର ?

ଆଦୌ ନୁହେଁ ଆମେ ପରସ୍ପରକୁ ଭଲ ପାଉ, କେହି କାହାରି ହେବାର ପ୍ରଶ୍ନ ଉଠୁନି।

ସେ ଯଦି ତୁମକୁ ପ୍ରତାରିତ କରେ ?

ସେ ଦିଗରେ ମୋର କୌଣସି ଭାବପ୍ରବଣତା ନାହିଁ। ହୁଏତ ମୁଁ ଆଉ ଜଣକର ସନ୍ଧାନ ପାଇଁ ପରିବାରର ସାହାଯ୍ୟ ନେବି।

ଏଇତକ ମୁଁ ଖାଲି ସରିତାକୁ ଆଘାତ କରିବାକୁ କହିଲି। କାରଣ ସ୍ମିତା ପ୍ରତି ମୋର ଦୁର୍ବଳତାକୁ ପ୍ରକାଶ କରି ମୁଁ ତାଙ୍କ ନିକଟରେ ହଠାତ୍ ଅସହାୟ ହୋଇ ପଡ଼ିବାର ସମ୍ଭାବନା ଥିଲା। ସରିତା କିନ୍ତୁ ଅପ୍ରତିଭ ହୋଇପଡ଼ିଲେ। ସ୍ମିତା ଚା' ଥୋଇ ଦେଇଗଲା। ଆଖି ବୁଜି ଚା'ର ସ୍ୱାଦକୁ ଅନୁଭବ କରୁ କରୁ ନେପଥ୍ୟର ଦୁଇଟି ଚରିତ୍ରକୁ ମନେ ପକାଉଥିଲି। ସ୍ମିତା ଓ ରବୀନ୍ଦ୍ର ବାବୁ। ରବୀନ୍ଦ୍ର ବାବୁ ମୋତେ ଅନେକଟା ନିର୍ବୋଧ ପରି ଦିଶନ୍ତି। ଆଉ ସ୍ମିତା ଆପାତତଃ ତା' ହାତ ତିଆରି ଚା' ଖୁବ୍ ଭଲ ଲାଗୁଥିଲା। ମୋର ଅସ୍ୱାଭାବିକ ଅବସ୍ଥାକୁ ବୋଧହୁଏ ସରିତା ବାରମ୍ବାର ଲକ୍ଷ୍ୟ କରୁଥିଲେ। ମୁଁ ହଠାତ୍ ପଚାରିଦେଲି।

ସରିତା, ସ୍ମିତା ତୁମଠୁ କେତେ ବର୍ଷ ସାନ ?

ଦି'ବର୍ଷ।

ଏ ବର୍ଷ ତୁମର ବିବାହ ନା ?

ତାଙ୍କ ଉପରେ ନିର୍ଭର କରେ।

ଆଉ ସ୍ମିତାର ?

ମୁଁ ଦେଖିଲି କେତେ ଟୋପା ଚା' ତାଙ୍କ ଶାଢ଼ି ଉପରେ ପଡ଼ିଲା। ଝର୍କାର ପର୍ଦ୍ଦାକୁ ଗୋଟିଏ କଡ଼କୁ ସଙ୍କୁଚିତ କରି ମୁଁ ପୁଣି ପଚାରିଦେଲି, ରବୀନ୍ଦ୍ର ବାବୁ ଯଦି ଅନ୍ୟତ୍ର ବିବାହ କରନ୍ତି।

ଅସମ୍ଭବ, ମୁଁ ତାଙ୍କୁ ଖୁବ୍ ବିଶ୍ୱାସ କରେ। ମୁଁ କିଛି ନ କହି ଛିଡ଼ା ହେଲି।

॥ ଦୁଇ ॥

କିଛି ସମୟ ପୂର୍ବେ ବର୍ଷା ଛାଡ଼ିଥିଲା ଓ ରାସ୍ତା ଉପରେ ପାଣିଚିଆ ଖରା ବିଛାଡ଼ି ହୋଇ ପଡ଼ିଥିଲା। ମୁଁ ବାରଣ୍ଡାରୁ ଦେଖୁଥିଲି ସାମ୍ନାର ନିମ ଗଛର ପତ୍ରମାନଙ୍କରୁ ଟପ୍

ଟପ୍ ପାଣି ଖସି ପଡୁଥିଲା । ଗୋଡ଼ି ବିଛା ରାସ୍ତାରେ ସ୍ଥାନେ ସ୍ଥାନେ ବର୍ଷା ପାଣି ଜମାଟ ବାନ୍ଧି ଯାଇଥିଲେ । ହୁଏତ କୌଣସି ବନ୍ଧୁଙ୍କ ସହିତ ସାକ୍ଷାତ କରାଯାଇ ପାରନ୍ତା । କିନ୍ତୁ ମନେ ହେଲା ସରିତା ଦୀର୍ଘ ତିନିଘଣ୍ଟା ବାର୍ତ୍ତାଳାପ ପରେ ମୋର ଜ୍ଞାତବ୍ୟ ସମସ୍ତ ଶବ୍ଦ ଶେଷ ହୋଇଯାଇଛି । ବରଂ ଏଠାରେ ରହଣିର କେତୋଟି ଦିନ ଅନ୍ୟଙ୍କୁ ଦେଖିବା ଓ ଶୁଣିବାରେ କଟାଇ ଦିଆଯାଇପାରେ । କିନ୍ତୁ ମୋର ଅସ୍ୱାଭାବିକ ଆଗମନ ଓ ପ୍ରତ୍ୟାବର୍ତ୍ତନ ପ୍ରତି ଉଦାସୀନତାକୁ ବୋଉ ଅନିର୍ଦ୍ଦିଷ୍ଟ କାଳ ପାଇଁ ଅବସ୍ଥାନର ପ୍ରଚ୍ଛନ୍ନ ପ୍ରସ୍ତୁତି ବୋଲି ଧରି ନେଇଥିଲା । ବାସ୍ତବିକ ମୁଁ ବି ଚାହୁଁଥିଲି ପ୍ରବାସର ବିରକ୍ତିରୁ ସାମୟିକ ଅବସର । ନିଜ ସହରର ଆକର୍ଷଣ ମଧ୍ୟ କିଛି କମ୍ ନଥିଲା । ଏଥର ନିଃସଙ୍ଗ ମୁହୂର୍ତ୍ତମାନେ ବିନ୍ଦୁ ବିନ୍ଦୁ ଆବେଗ ଭଳି ମୋର ଅଲକ୍ଷ୍ୟରେ ଜମାଟ ବାନ୍ଧୁଥିଲେ । ସହରରେ ଉଭଟ ଭ୍ରମଣ କଲେ କେମିତି ହୁଅନ୍ତା । ମୁଁ କିନ୍ତୁ ପର ମୁହୂର୍ତ୍ତରେ ତଜ୍ଜନିତ ବିରକ୍ତି ସମ୍ପର୍କରେ ଚିନ୍ତାକରି ହତାଶ ହୋଇ ପଡ଼ିଲି । ପ୍ରତ୍ୟେକ ଛକରେ ଏବେ ଜଣେ ଜଣେ ୟୁନିଫର୍ମ ପିନ୍ଧା ଟ୍ରାଫିକ୍ ପୋଲିସ୍ ଛିଡ଼ା ହୋଇ କଣ୍ଢେଇ ଭଳି ହାତ ହଲାଉଥିବେ । ଲେଭେଲ କ୍ରସିଂର ଉଭୟ ପାଖରେ ଧାଡ଼ିଏ ଲେଖାଏଁ କାର୍, ବସ୍, ଟ୍ରକ୍ ଲମ୍ବି ଯାଇଥିବେ । କେତୋଟି ଭିକାରି ଶିରାଳ ପାପୁଲି ଟେକି ପଇସା ମାଗୁଥିବେ । ହୋଟେଲର ବୟମାନେ ଲଘୁ ସିନେମା ସଙ୍ଗୀତ ଗାଇ ଯନ୍ତ୍ର ପରି ବ୍ୟସ୍ତ ଥିବେ । ରେଡ଼ିଓରୁ ଶ୍ରୁତିକଟୁ ଗୀତ ଶୁଭୁଥିବ ଏବଂ ସିନେମା ପୋଷ୍ଟରକୁ ଚାହିଁ ଅନେକ ଅଶ୍ଳୀଳ ଆଲୋଚନା କରୁଥିବେ । ମୋର ମନେ ହେଲା ସମଗ୍ର ସହରଟି ମୋର ଆଖି ଆଗରେ ଝୁଲୁଛି । ମୁଁ ଅତିଷ୍ଠ ହୋଇ ବାରଣ୍ଡାରେ ଥୁଆ ହୋଇଥିବା ଗାମଲାମାନଙ୍କୁ ଦେଖିଲି । ଗୋଲାପ ଫୁଲଗୁଡ଼ିକ ଗୋଟିଏ ଗୋଟିଏ ମୁଖର ଆଖି ଭଳି ଦିଶୁଥିଲେ । ବିଚିତ୍ର ଶବ୍ଦ ତିନୋଟି ଗତିଶୀଳ ଚକ ରାସ୍ତାରେ ପାଣି କାଟି ଆଗେଇ ଆସିଲା । ରିକ୍ସାଟିଏ ପୋର୍ଟି କୋଣରେ ଛିଡ଼ାହେଲା । ମୁଁ ମୋର ଭଉଣୀର ବାନ୍ଧବୀ କେତୋଟି ନୂତନ ତରୁଣୀଙ୍କୁ ଦେଖିବି ବୋଲି ସତୃଷ୍ଣ ଆଖିରେ ଚାହିଁ ରହିଲି । କିନ୍ତୁ ସ୍ମିତା ରିକ୍ସାରୁ ଓହ୍ଲାଇ ଆସିଲା ।

ସ୍ମିତା ତମେ, ମୁଁ ତୁମକୁ ଅପେକ୍ଷା କରୁଥିଲି । ବସ୍ତୁତଃ ତାକୁ ଆପ୍ୟାୟିତ କରିବା ପାଇଁ ମୁଁ କହିଲି । ସେ ହସି ହସି ନମସ୍କାର କଲା । ମୁଁ ପୁଣି କହିଲି,

ସ୍ମିତା, ଆମର ଏକାନ୍ତରେ ସାକ୍ଷାତ ଏ ବୋଧହୁଏ ପ୍ରଥମ ଥର ।

ହଁ । ସେ ସାମାନ୍ୟ ଲାଜେଇ ଯାଇଥିଲା ।

କେଜାଣି ଶେଷଥର ବି ହୋଇପାରେ ।

ଏତକ କହିସାରି ମୁଁ ତା'ଠାରୁ କୌଣସି ଉତ୍ତର ଆଶା କରୁଥିଲି । ଅଥଚ ମୋତେ ଆଶ୍ଚର୍ଯ୍ୟ କରି ସେ ନୀରବ ରହିଗଲା । ମୁଁ ଚୌକିରୁ ଉଠିଲି । ସେ ମୋର ପଛେ ପଛେ

ସଂଲଗ୍ନ କୋଠରିକୁ ଆସିଲା। ତା'ର ଅସଂଜତ ବାଳରେ ବୁନ୍ଦା ବୁନ୍ଦା ବର୍ଷା ପାଣି ଖୁବ୍ ଚମତ୍କାର ଦିଶୁଥିଲା। କୋଠରିର ନାତିଶୀତୋଷ୍ଣ ପରିବେଶରେ କୌଣସି ଏକ ତରୁଣୀକୁ ନିର୍ବାକ ଭାବରେ ଦେଖିବାକୁ ମୁଁ ବାସ୍ତବିକ କାମନା କରିଥିଲି। କିନ୍ତୁ ସେ ଯଦି ସରିତା ପରି ପ୍ରଗଳ୍‌ଭା ବା କୌଣସି ନୂତନ ବାନ୍ଧବୀ ହୋଇଥାନ୍ତେ, ଅପରାହ୍ଣଟି ମାରାତ୍ମକ ଭାବରେ ଉପଭୋଗ୍ୟ ହୋଇପାରି ଥାଆନ୍ତା।

ସରିତା...

ଇସ୍! ମୋର ଅମାନିଆ ଓଠମାନେ ନାଆଁ ଉଚ୍ଚାରଣ କରି ପକାଇଲେ। ପର ମୁହୂର୍ତ୍ତରେ ମୁଁ ସ୍ମିତାଠାରେ ନାରୀସୁଲଭ ଈର୍ଷାର ଆଶଙ୍କା କରି ନୀରବ ହୋଇଗଲି। ଅଥଚ ସ୍ମିତା ମୃଦୁ ହସି କହିଲା,

ଅପା ଅସୁସ୍ଥ।

ମୁଁ ଆଶ୍ୱସ୍ତ ହେଲି ଏବଂ ନିଜକୁ ଦୃଢ଼ କରି ନେଇ କହିଲି,

ଆଜି ହୁଏତ ଗୋଟିଏ ସମାଧାନ ହୋଇଯିବ।

କ'ଣ? ସେ ଚମକି ପଡ଼ିଲା।

ସମାଧାନ!

କି ସମାଧାନ?

ଆଚ୍ଛା ତୁମେ ତ ମୋତେ ଖୁବ୍ ଭଲ ପାଅନା?

ନିଶ୍ଚୟ। କିନ୍ତୁ ଆଜି ଏସବୁ ପ୍ରଶ୍ନ କାହିଁକି? କ'ଣ ସନ୍ଦେହ?

ସ୍ମିତା ହଠାତ୍ ଗମ୍ଭୀର ହୋଇଗଲା ଓ ତା'ର ଆଖିମାନେ ମଉଳି ଆସୁଥିବା ଅପରାହ୍ଣ ପରି ଉଦାସ ହୋଇଗଲେ। ସେ ଟେବୁଲର ପେପର୍ ୱେଟ୍‌କୁ ଏପଟ ସେପଟ କରି ଘୂରାଇଲା। କାନ୍ଥର କ୍ୟାଲେଣ୍ଡରମାନଙ୍କୁ ଚାହିଁଲା। ମୁଁ ତା'ର ଗତିବିଧି ଲକ୍ଷ୍ୟ କରୁଥିଲି। ସେ ସଚେତନ ହୋଇ ହସିବାକୁ ଚେଷ୍ଟା କଲା। କିନ୍ତୁ ତା'ର ଆଖିରେ ଲୁହ ଆସି ଯାଇଥିଲା ଓ ଆଖିଗୁଡ଼ିକ ଏବେ ବୁନ୍ଦା ବୁନ୍ଦା ପାଣି ପଡ଼ିଥିବା ବାରଣ୍ଡାରେ ଗୋଲାପ ଫୁଲମାନଙ୍କ ଭଳି ଦେଖାଯାଉଥିଲେ। ମୁଁ ନୀରବତା ଭାଙ୍ଗି କହିଲି,

ସ୍ମିତା, ମନେ କର ମୁଁ ଆଉ ଜଣେ ଝିଅକୁ ଭଲ ପାଏ। କ୍ଷତି କ'ଣ? ମୁଁ ଜାଣେନା ତୁମେ ମୋତେ ଭଲ ପାଅ କି ନା। କିନ୍ତୁ ମୁଁ ତୁମକୁ ଭଲ ପାଏ, ଏକା ତୁମକୁ... ସଞ୍ଚିତ ଉତ୍ତେଜନା ତେଜି ଦେଇଥିବା ଦୀପ ଭଳି ଦପ୍ ଦପ୍ ଜଳି ଉଠିଲା। ମୁଁ ପୁଣି ପଚାରିଦେଲି, ସେ ଯଦି ତୁମର ଅତି ନିକଟ ସମ୍ପର୍କୀୟା ହୋଇଥାଆନ୍ତି?

ମୁଁ ଜାଣେ, ସରିତା ଅପା।

ମୋର ମନେ ହେଲା, କୋଠରିର ସମସ୍ତ କାନ୍ଥ ଯେପରି ଭାଙ୍ଗି ଯାଉଛି।

ନିମଗଛମାନେ ଝଡ଼ରେ ଉପୁଡ଼ି ପଡୁଛନ୍ତି। ରାସ୍ତା ସାରା ଅକାତ କାତ ବନ୍ୟା ଓ ସେ ଭିତରେ କିଏ ଯେପରି ସରିତାର ନାଁଆ ଧରି ବାରମ୍ବାର ଚିତ୍କାର କରୁଛି।

ଅନ୍ୟମନସ୍କ ହୋଇଗଲ ଯେ। ସ୍ମିତା ମୋତେ ତାଗିଦ କରିଦେଲା। ମୋର ପାଟି ଖନି ମାରି ଯାଉଥିଲା। ମୁଁ କହିଲି,

ର...ବୀ...ନ୍ଦ୍ର?

ସେ ହସି ହସି କହିଲା, ହଁ ଅପା ଦିନେ ତାଙ୍କର ପ୍ରଣୟ ପ୍ରାର୍ଥିନୀ ହୋଇଥିଲା। କିନ୍ତୁ ରବୀନ୍ଦ୍ର ବାବୁ ଚେଷ୍ଟା କଲେ ସବୁବେଳେ ଦୂରେଇ ରହିବାକୁ। ତାଙ୍କର ବିବାହ ପ୍ରତିଶ୍ରୁତି ଆଦି ସବୁ ଅପାର ମନଗଢ଼ା। ସ୍ମିତା ଉଠୁଥିଲା ନିର୍ବିକାର ଭାବରେ। ଗ୍ଲାନିର ଏତେ ଟିକେ ବି ଆଭାସ ତା' ମୁହଁରେ ଦେଖାଯାଉ ନଥିଲା। ମୁଁ ପଛରୁ ଡାକିଲି, ସ୍ମିତା ଶୁଣ।

କିଛି କହିବ? ସେ ପ୍ରଶ୍ନିଳ ଆଖିରେ ଚାହିଁ ରହିଲା।

ମୁଁ ଟେବୁଲ ଡ୍ରୟରରୁ ଗୋଛାଏ ଚିଠି ବାହାର କଲି। ସେଗୁଡ଼ିକ ସରିତାର ହାତ ଲେଖା। ମୋର ମନେ ହେଉଥିଲା ଯେପରି ଜ୍ୱଳନ୍ତ ଅଙ୍ଗାରକୁ ମୁଁ ହାତରେ ଧରିଛି। ମୁଁ ସେଗୁଡ଼ିକ ସ୍ମିତାର ହାତକୁ ବଢ଼ାଇ ଦେଲି। ସେ ନିର୍ଦ୍ୱନ୍ଦ୍ୱରେ ଗ୍ରହଣ କରି ପର୍ଦ୍ଦା ଆଡ଼େଇ ବାହାରି ଗଲା। ବାହାରେ ତିନୋଟି ଗତିଶୀଳ ରିକ୍ସା ଚକର ଶବ୍ଦ।

ନୀରବତା ପୁଣି ମାଡ଼ି ଆସୁଥିଲା। ସରିତା, ରବୀନ୍ଦ୍ର ଓ ସ୍ମିତାର ମୁହଁମାନେ ଯେପରି ମୋତେ କେନ୍ଦ୍ରକରି ଘୂରୁଥିଲେ। ଅନେକ ଅଦୃଶ୍ୟ ତ୍ରିଭୂଜ ଅଙ୍କନ କରୁଥିଲେ ଓ ପ୍ରତି ବିନ୍ଦୁ ମୋର ସ୍ମୃତିରୁ କିଛି କିଛି ଭାଗ ବାଣ୍ଟି ନେଉଥିଲେ। ମୋର ମନେ ପଡୁଥିଲା। ମୋର ମନେ ପଡୁଥିଲା ଆଜି ଭଳି ଅନେକ ସନ୍ଧ୍ୟାରେ କିପରି ଦୁଇଟି ହଳଦିଆ ହାତ ଓ ଗୋଲାପୀ ପାପୁଲି ମୋର ମାଂସପେଶୀ ଓ ସ୍ନାୟୁକୁ ଓଲଟ ପାଲଟ କରି ଦେଉଥିଲେ। ସରିତାର ନଗ୍ନ ଦେହର ପ୍ରତ୍ୟେକ ଅକ୍ଷାଂଶ ଦ୍ରାଘିମା, ସ୍ମିତାର ଦୁଇଟି ଉଦାସ ଆଖି, ରବୀନ୍ଦ୍ର ବାବୁଙ୍କର ନିର୍ବୋଧ ମୁହଁ ଶୂନ୍ୟତାକୁ ମୁଖରିତ କରୁଥିଲେ। ଅନ୍ଧକାରକୁ କମ୍ପିତ କରି ଦୁଇଟି ଦୀର୍ଘଶ୍ୱାସ ମିଳିତ ହେବାବେଳେ ମୁଁ ନିଜେ ଭୁଲି ଯାଇଥିଲି ବାରଣ୍ଡାରେ ହଜି ହଜି ଯାଉଥିବା ମୃଦୁ ପଦଘାତର ଶବ୍ଦ ଓ ସରିତା ଭିତରେ ଅନୁଭବ କରୁଥିଲା ଅନ୍ୟଜଣକୁ।

କୋଠରିର କ୍ୟାଲେଣ୍ଡରଗୁଡ଼ିକ ଆଉ ଦିଶୁ ନଥିଲା ଏବଂ ମୁଁ ଆଲୋକିତ କରିଡରକୁ ଖୁବ୍ ହାଲୁକା ଭାବରେ ଆଗେଇ ଆସିଲି।

■

ଧ୍ୱନିର ଅରଣ୍ୟରେ

ସିଲେଇ ମେସିନ୍‌ର ଶବ୍ଦ ଆମର କଥାବାର୍ତ୍ତା ପରି ମନେ ହେଉଥିଲା। ମୁଁ ସୋଫାରେ ଚୁପ୍‌ଚାପ୍ ବସିଥିଲି ଓ ମୋ ସାମ୍ନାରେ ତିନୋଟି ଦର୍ଜୀ ମୋ' ପାଇଁ ଖଣ୍ଡିଏ କୋଟ୍ ସିଲେଇ କରୁଥିଲେ। ମୋ ଆଗରେ ଟଙ୍ଗା ହୋଇଥିବା ବଡ଼ ଦର୍ପଣରେ ମୋ ମୁହଁର ପ୍ରତିଛବି ସ୍ପଷ୍ଟ ଦିଶୁଥିଲା। ମୁଁ ବସ୍ତୁତଃ ଖୁସିଥିଲି ମୋ' ମୁହଁର ବ୍ରଣମାନେ ଆଖିମାନଙ୍କ ଅପେକ୍ଷା ନିରୀହ ଦିଶୁଥିଲେ। ମୋର ଆଖି ବିଷୟରେ ମୁଁ କେବଳ ଏତିକି କହିପାରେ ଯେ ସେମାନଙ୍କ ଜାଜ୍ୱଲ୍ୟମାନ ଉପସ୍ଥିତି ସମ୍ବନ୍ଧରେ ସଚେତନ ହେବା ପରେ ମୁଁ ସେମାନଙ୍କ ଅର୍ଦ୍ଧନିମୀଳିତ କଲି। କାରଣ ଏହା ଫଳରେ ମୁହଁର ସ୍ପଷ୍ଟତା କମି କମି ଆସି ଫିକା ଦିଶିବ ଓ ଖଣ୍ଡିଏ ପାତଳ ପରଦାରେ ମୋର ଦିଗମ୍ବର ମନ ପ୍ରତିବିମ୍ବିତ ହେଲା। ସୋଫାର ଉତ୍ତେଜିତ କୋମଳତାକୁ ମୁଁ ବେଶ୍ ଉପଭୋଗ କରୁଥିଲି। ଲକ୍ଷ୍ମୀ ବା ଅନୁରୂପ କୌଣସି ଫଟୋ ପାଖରେ ଜଳୁଥିବା 'ଦରବାର ଧୂପକାଠି'ର ବାସ୍ନାରେ ମୋର ସ୍ନାୟୁମାନେ ଆପ୍ୟାୟିତ ଥିଲେ ଏବଂ ତାହା କୌଣସି ଅଭିଜାତ ତରୁଣୀର କେଶବିନ୍ୟାସରେ ବ୍ୟବହୃତ 'କେଓକାର୍ପିନ୍' ଆଘ୍ରାଣ ପରି ମନେ ହେଉଥିଲା। ଅତଏବ କୋଟ ସିଲେଇ ପାଇଁ ଅପେକ୍ଷା କରିବାରେ ମୁଁ ବିରକ୍ତ ହେବାର କୌଣସି ଆବଶ୍ୟକତା ନଥିଲା। ମୁଁ କୌଣସି ବାନ୍ଧବୀର ପ୍ରସାଧନ କକ୍ଷରେ ବସିବା ପରି ଅନୁଭବ କରୁଥିଲି।

ପ୍ରଥମ ଦର୍ଜୀ ଦୁଇଜଣ ଯଥାକ୍ରମେ ଶୋ' କୋଟ୍‌ର 'ବଡ଼ି' ଓ 'ସ୍ଲିଭସ୍' ସିଲେଇ କରୁଥିଲେ ଏବଂ ତୃତୀୟ ଦର୍ଜୀଟି ଲାଲ ରଙ୍ଗର ବ୍ଲାଉଜ୍‌ଟିଏ ସିଲେଇ କରିବାରେ ବ୍ୟସ୍ତ ଥିଲା। କୌଣସି ରେଶମୀ ତରୁଣୀର ନାଲି ରେୟନ୍ ବ୍ଲାଉଜ୍। ମୁଁ ସାମାନ୍ୟ ଆଖି ଖୋଲି ବ୍ଲାଉଜ୍‌ଟିକୁ ଦେଖିଲି, ଏକ ଦର୍ପଣରେ ପ୍ରତିଫଳିତ ମୋର ମୁହଁରେ ଈଷତ୍ ସ୍ମିତର ସଙ୍କେତ ମଧ୍ୟ ଆବିଷ୍କାର କଲି।

– ଏଇ କନାର ଦାମ୍ କେତେ ହୋଇଥିବ ?

– ଆଜ୍ଞା, ଜାଣିନି।

- କିନ୍ତୁ ଜାଣିବା ଉଚିତ।

- ଆଜ୍ଞା, ଏମିତି କେତେ, ହେଁ... ହେଁ...

- ଏଇ କେତେ କନା ଥିବ ?

- ଦେଢ଼ ଗଜ।

- ସିଏ ନିଶ୍ଚୟ ସ୍ୱାସ୍ଥ୍ୟବତୀ।

- ଆଜ୍ଞା ହେଁ... ହେଁ... ଜାଣିନି।

- ତୁମେ ଆଉ କ'ଣ ଜାଣ କି ?

- ଆଜ୍ଞା ସିଲେଇ, ଏମିତି କୋଟ୍, ବ୍ଲାଉଜ୍...

- ତୁମେ ଖାଲି ସିଲେଇ ଜାଣ। କନାକୁ ମାପରେ କାଟି ପୁଣି ଯୋଡ଼ିବାକୁ ସିଲେଇ କୁହାଯାଏ, ନୁହେଁ ?

- ଆଜ୍ଞା।

- ବ୍ଲାଉଜ୍, କୋଟ୍, ତୁମେ ସବୁ ସିଲେଇ ଜାଣ। ଷ୍ଟ୍ରେଞ୍ଜ...

ସେ ମୋ ମୁହଁକୁ ଚକିତ ନିର୍ବୋଧ ଆଖିରେ ଚାହିଁଲା। ଦର୍ପଣ ଦେଖି ମୁଁ ମୋ ମୁହଁର ମାଂସପେଶୀ ଓ ନେକ୍‌ଟାଇକୁ ସଜାଡ଼ି ନେଲି। ସେମାନେ ଦର୍ଜୀକୁ ଉପହାସ କଲାପରି ମନେ ହେଉଥିଲା। ମୋର କିନ୍ତୁ ତାକୁ ଦୟା କରିବାକୁ ଇଚ୍ଛା ହେଉଥିଲା।

- କିହୋ, ବାହା ହୋଇଛି ?

- ଆଜ୍ଞା ନା।

ସେ ଲାଜେଇ ଯାଇଥିଲା। ଏବଂ ମୁହଁ ତଳକୁ କରି ଜୋର୍‌ରେ ମେସିନ୍ ଚଳାଉଥିଲା। ମୁଁ ତାକୁ ସିନେମା ଖର୍ଚ୍ଚ ଦେବାକୁ ମନସ୍ଥ କଲି।

ସେମାନେ ମୋତେ ଚା' ଯାଚିଲେ। ମୁଁ ଖଣ୍ଡିଏ କ୍ୟାପଷ୍ଟେନ୍‌ରେ ଅଗ୍ନି ସଂଯୋଗ କରି ଚା' କପ୍‌ଟି ଗ୍ରହଣ କଲି। ମୋ ମୁହଁର ମାଂସପେଶୀମାନେ ଅବଜ୍ଞା ବେଖାତିର ହସ ହସିଲେ। ଛକରେ ଟ୍ରାଫିକ୍‌ର ହ୍ୱିସିଲ ଶୁଭୁଥିଲା। ବାହରେ ସନ୍ଧ୍ୟା। ମୁଁ ଆଖି ଯୋଡ଼ିକୁ ଆଉଥରେ ଅର୍ଦ୍ଧନିମୀଳିତ କଲି। ବ୍ଲାଉଜ୍ ସିଲେଇ କରୁଥିବା ଦର୍ଜୀଟି ମୋର ଉଦାସୀନତାକୁ ଉତ୍ସାହ ଭାବି ଖୁସି ଥିଲା ଓ ନିମ୍ନ କଣ୍ଠରେ ସିନେମା ଗୀତ ଗାଉଥିଲା। ମୋର ଆଖିମାନେ ହଠାତ୍ ଜଳି ଉଠିଲେ।

- ଆଉ କେତେ ଡେରି ?

- ଆଜ୍ଞା, ଏଇ ହେଲା।

- ବ୍ଲାଉଜ୍‌ଟି ?

- ସେ ଏବେ ଆସିବେ ବୋଲି କହିଛନ୍ତି।

- କିଏ ?

- ସେ।

- ତୁମେ ସିନେମା ଯିବ।

- ଆଜ୍ଞା, ଏ ସବୁ ସରିଲେ ସିନା।

- ଏ ବର୍ଷ ଭଲ ଶୀତ ହେଉଛି।

- ପଚାଶ ବର୍ଷ ହେଲା ଏପରି ଦେଖା ନଥିଲା।

- ତୁମର ବୟସ କେତେ ?

- ଆଜ୍ଞା, ତେଇଶି।

ସେ ଅଧା ସିଲେଇ ବ୍ଲାଉଜକୁ ଫିଙ୍ଗି ଝର୍କା ଦେଇ ବାହାରକୁ ଚାହିଁଲା, କିଛି ଖୋଜିବା ଆଖିରେ। ହୁଏତ ବ୍ଲାଉଜ୍ ଅପେକ୍ଷା ତା'ର ଅଧିକାରିଣୀ ସ୍ୱାସ୍ଥ୍ୟବତୀ ତରୁଣୀଟିକୁ ସେ ଚାହୁଁଥିଲା ଏଇ ଦୋକାନର ଅନୁଚ୍ଚ ଛାତ ତଳେ କିମ୍ବା ସେମିତି ଅନ୍ୟ କିଛି। ମୁଁ ତାକୁ ଲକ୍ଷ୍ୟ କରୁଥିଲି। ଏବେ ସେ ସାମାନ୍ୟ ଅନ୍ୟମନସ୍କ ଜଣା ପଡୁଥିଲେ। ବିଚରାକୁ ତା' ସିନେମା ଖର୍ଚ୍ଚ ଦେବା ଉଚିତ। ମୋର ମୁହଁର ପ୍ରତିବିମ୍ବରେ ପ୍ରତିଶ୍ରୁତି। ପ୍ରସ୍ତୁତି ଦେଖୁଥିଲି। ସେ ଓଠରେ ଖଣ୍ଡିଏ ବିଡ଼ି ଧରି ଲାଇଟଣର ଜାଳୁଛି। ବିଚରା ମାପ କରି କନାକୁ କାଟି ପୁଣି ଯୋଡ଼େ, କୋଟ ବ୍ଲାଉଜ୍ ସିଲେଇ ଜାଣେ, ଅଥଚ ଅବିବାହିତ। ଆହା... ସେ ଧୂଆଁ ଛାଡୁଛି। ବହଳ ଧୂଆଁ। ସନ୍ଧ୍ୟାର ଆକାଶ ଭଳି।

(ସନ୍ଧ୍ୟାର ଆକାଶ ?)

ମୋ କୋଟ୍‌ର ସ୍ଲିଭଟିଏ ସେଇ ଅଧା ସିଲେଇ ବ୍ଲାଉଜ୍ ଉପରେ ଫିଙ୍ଗା ହୋଇଛି। ବ୍ଲାଉଜ୍‌ର ଲାଲିମାକୁ ମୋ ନୀଳ କୋଟ୍‌ର ସ୍ଲିଭ୍ ଉପହାସ କରୁଥିଲା। ସେଗୁଡ଼ା ବେଶ୍ ପ୍ରଗଳ୍‌ଭ ହୋଇ ପଡ଼ିଥିଲେ, ବୋଧହୁଏ ନୀଳଆକାଶ ଓ ସନ୍ଧ୍ୟାର ରଙ୍ଗ ପରି। ସେଗୁଡ଼ା ଆହୁରି ହସୁଥିଲେ। ନୀଳ ସ୍ଲିଭ୍ ଚୁପ୍‌ଚାପ୍ ପଡ଼ିଥିଲା, କିନ୍ତୁ ବ୍ଲାଉଜଟି ଖଜ୍‌ବଜ୍ ହେଉଥିଲା।

- କିହୋ, ଆଉ କେତେ ଡେରି ?

- ଆଜ୍ଞା, ଆଉ ଟିକିଏ।

ମୋ ମୁହଁର ମାଂସପେଶୀମାନେ ଅଗତ୍ୟା ବିରକ୍ତ ହୋଇପଡ଼ିଲେ। ଏହା କ'ଣ କୋଟ ସିଲେଇରେ ଆକାଂକ୍ଷିତ କାଳକ୍ଷେପଣ ନା କାହାରି ଅପେକ୍ଷାରେ। ମୁଁ ମୋ ଆଖିରେ ଉତ୍ତର ଖୋଜିଲି। ସେମାନେ ବ୍ୟଙ୍ଗ, ଦୁଷ୍ଟାମୀର ହସ ହସିଲେ। ଦର୍ଜୀ ଦୋକାନ ଆଗରେ ରିକ୍ସାଟିଏ ଅଟକିଲା। ଓହ୍ଲାଇବା ପାଇଁ ଉଦ୍ୟତ ବାହାରି ଆସୁଥିବା ପାଦଟିକୁ ନାଲିଯୋତା ପଟେ ଅଳଙ୍କୃତ କରୁଥିଲା। ଲୁଗା ଖସିଯାଇଥିବା ଗୋଡ଼ର ପେଣ୍ଡାକୁ ଦେଖି ମୁଁ ତରୁଣୀଙ୍କ ସ୍ୱାସ୍ଥ୍ୟ ସମ୍ବନ୍ଧରେ ସନ୍ଦିହାନ ହୋଇ ପଡ଼ିଲି। କାରଣ ବ୍ଲାଉଜ୍

କନାରୁ ମୁଁ ଧରି ନେଇଥିଲି ଯେ ସେ ନିଶ୍ଚୟ ସ୍ଥୁଳକାୟା। ତରୁଣୀ ସ୍ୱାସ୍ଥ୍ୟବତୀ, କିନ୍ତୁ ସ୍ଥୁଳକାୟା ନୁହଁନ୍ତି। ରକ୍ଷା। ବାସ୍ତବିକ ମୁଁ ମୋଟି ଝିଅଙ୍କୁ ଦେଖିଲେ ଅସ୍ୱସ୍ତି ଅନୁଭବ କରେ। ତାଙ୍କର ସମଗ୍ର ଶରୀର ଦୋକାନର ପ୍ରଥମ ପାହାଚରେ ସ୍ଥିର ନାଲି ଜୋତା ହଳକ ଉପରେ ଦଣ୍ଡାୟମାନ।

- ମୋର ସେଇଟା ହେଲା ?

- ଆଜ୍ଞା ଆଉ ଟିକିଏ, ଆପଣ ବସନ୍ତୁ।

ଦୋକାନର ଚଟାଣକୁ ପହଞ୍ଚିବା ପାଇଁ ତାଙ୍କୁ ଆହୁରି ତିନିଟି ପାହାଚ ଅତିକ୍ରମ କରିବାକୁ ପଡ଼ିବ। ନାଲି ଜୋତା ହଳକ ଅଗ୍ରସର ହେଲେ ଏବଂ ପ୍ରତି ପଦକ୍ଷେପରେ ତାଙ୍କ ଦୁଇ ଗୋଡ଼ର ପେଣ୍ଡାମାନ ନଗ୍ନ ହେଉଥିଲେ। ଅବଶେଷରେ ନାଲି ଜୋତା ହଳକ, ଦୁଇଟି ପେଣ୍ଡା ଓ ଶାଗୁଆ ଶାଢ଼ିର ନିମ୍ନାଂଶ ଦୋକାନର ଚଟାଣରେ ସ୍ଥିର ହେଲେ। ତାଙ୍କ ଶରୀରକୁ ସେ ଗୋଟିଏ କାଉଚରେ ସ୍ଥାପନ କଲେ ଓ ରୁମାଲ କାଢ଼ି ମୁହଁ ପୋଛିଲେ। ଦେଢ଼ ଗଜ କନା ବ୍ଲାଉଜର ଅଧିକାରିଣୀଙ୍କ ଉନ୍ନତ ଉରଜ ମୋତେ ଉପହାସ କଲାପରି ମନେ ହେଉଥିଲା। ମୁଁ ତାଙ୍କ ଆଖିକୁ ଚାହିଁ ଦେଖିଲି। ଆଖିମାନେ କିନ୍ତୁ ଉଦାସ ଦିଶୁଥିଲେ ଆଗାମୀ ଶୀତ ରାତି ପରି ଏବଂ ସେମାନେ ବୋଧହୁଏ ସେ ଛାତିରୁ ଉତ୍ତାପ ଆହରଣ କରିବା ପାଇଁ ଉଦ୍ୟମ କରୁଥିଲେ। ମୋର ବି କାହିଁକି ମନେହେଲା ସେ ତରୁଣୀଙ୍କ ଛାତିର ଉହ୍ମେଇରେ ଥରେ ହାତ ସେକି ନେବାକୁ।

- ଏ ଯା, ଦି'ଟା କଫି ନେଇ ଆସିବୁ।

- ଆଜ୍ଞା।

- ମୁଁ ତାଙ୍କ ଆଖିକୁ ଦେଖିଲି। ସେ ଆପ୍ୟାୟିତ ଥିଲେ। ତରୁଣୀଙ୍କ ଓଠ ଉପରେ ଶବ୍ଦମାନେ ଚଲାବୁଲା କରୁଥିଲା।

- ଭାରତ ମହାସାଗର ଲଘୁଚାପ।

- କ'ଣ ଶୀତ ଲହରୀର ସମ୍ଭାବନା ?

- ହଁ।

- ସାଂଘାତିକ।

- ଆପଣଙ୍କ କୋଟ୍...

- ହୋଇନି।

- ହେବ ତ।

- ଆପଣଙ୍କ ବ୍ଲାଉଜ୍‌ର ରଙ୍ଗ କିନ୍ତୁ ଖୁବ୍ ଲୋଭନୀୟ ହୋଇଛି।

- ନୀଳ ରଙ୍ଗର କୋଟ୍ ମାଧ୍ୟମରେ ସମୁଦ୍ର ଓ ଆକାଶର ସମ୍ମିଳିତ ନୀଳିମାକୁ

ଉପହାସ କରିବା ଉଦ୍ୟମ ବି ଚମତ୍କାର।

ମୋ କୋଟ୍‌ର ସ୍ଲିଭ୍‌ଟିଏ ବ୍ଲାଉଜ୍ ଉପରେ ପଡ଼ିଥିଲା ଓ ସିଲେଇ ମେସିନ୍‌ର ଶବ୍ଦ ଆମର କଥାବାର୍ତ୍ତା ପରି ଶୁଭୁଥିଲା। ସେ ଈଷତ୍ ହସିଲେ।

- ଭାରି ଶୀତ।

- ବାସ୍ତବିକ।

- ମୋ ସାଥିରେ ସିନେମା ଯିବାକୁ କିଛି ଅସୁବିଧା ଅଛି ଆପଣଙ୍କର?

- ଆପାତତଃ ନାହିଁ।

- ଏ କୋଟ୍‌ଟି ପରେ ନିଆଯିବ।

- ବ୍ଲାଉଜ୍ ବି।

ଦର୍ଜୀର ମୁହଁରେ ମୁଁ ଗୋଟିଏ ନିଶୁନ୍ ପଉଷ ମଧ୍ୟାହ୍ନ ଦେଖୁଥିଲି ଏବଂ କୋଟ ନ ପିନ୍ଧି ମଧ୍ୟ ବେଶ୍ ଉତ୍ତାପ ଅନୁଭବ କରୁଥିଲି।

■

ନିସ୍ତରଙ୍ଗ

ମିତା ! ବୋଧହୁଏ କାନ୍ଦି ପକାଇଥାନ୍ତା କିମ୍ବା ମନକୁ ମନ ହସି ଥାନ୍ତା । ଅଥଚ ସେ କାନ୍ଦିଲାନି କି ହସିଲାନି । ବେଶ୍ କିଛିଦିନ ହେଲା ସେ ହସ ଓ କାନ୍ଦର ପାର୍ଥକ୍ୟ ଭୁଲିଯାଇଛି । ବରଂ ସେ ଅପରିଷ୍କାର ଅଗଣା ମଝିରେ ଖୁଣ୍ଟ ଭଳି ଛିଡ଼ା ହୋଇ ଆକାଶକୁ ଚାହିଁରହିଲା । ଚାହିଁଚାହିଁ ଆଖିମାନେ କ୍ଳାନ୍ତ ହୋଇ ପଡ଼ିଲେ । ତା'ପରେ ସେ ଘର ଭିତରକୁ ଦୌଡ଼ି ପଳାଇଲା, ଯେପରି ତାକୁ କିଏ ଅଜାଣତରେ ଛୁଇଁ ଦେଇଛି । ଆକାଶ କିମ୍ବା ପବନ । ଶୀତଋତୁ ଯିବା ପରେ ପୁଣି ଏକ ଭିନ୍ନ ପ୍ରକାର ପବନ ବହିବା ଆରମ୍ଭ କଲାଣି । ଗତବର୍ଷ ଠିକ୍ ଏଇ ସମୟରେ ସେ ଅଗଣାରେ କେତୋଟି ଫୁଲ ଗଛର ଚାରା ପୋତିଥିଲା । ଚାରାଗୁଡ଼ିକରେ ଖୁବ୍ ଯତ୍ନରେ ପାଣି ଢାଳିଥିଲା । ଅଥଚ କିଛିଦିନ ପରେ କଅଁଳି ଆସୁଥିବା ପତ୍ରମାନେ ଆପେ ଆପେ ଝଡ଼ିଗଲେ । ଆଜି ସେଇ ଶୁଖିଲା ଗଛମାନଙ୍କୁ ହିଂସ୍ର ଭାବରେ ଉପାଡ଼ି ପକାଇବା ପରେ ହିଁ ସେ ହଠାତ୍ ଅନ୍ୟମନସ୍କା ହୋଇ ପଡ଼ିଥିଲା । ଏଇ ଘରେ ଚାରାଟିଏ ପୋତିଲେ ଝାଉଁଳି ଯାଉଛି । ହୁଏତ ଏ ଘରର ମଣିଷମାନଙ୍କ ନିଃଶ୍ୱାସରେ ସବୁକିଛି ଜଳିଯିବ । ଦିନେନା ଦିନେ ସବୁକିଛି ଜଳିଯିବ ।

ଘର ଭିତରେ କିନ୍ତୁ ମିତା ସତକୁ ସତ କାନ୍ଦି ପକାଇଲା । ଘରମାନେ କେତୋଟି କାନ୍ଥ ଓ ଗୋଟିଏ ଛାତ ବୋଲି ମାନିବାକୁ ସେ ପ୍ରସ୍ତୁତ ନୁହେଁ । ଆଉ ଟିକିଏ ପରେ ଏ ଘରର ସମସ୍ତ ଅଭିଶପ୍ତ ମଣିଷ ଫେରି ଆସିବେ । ତା' ବୋଉ, ପାଞ୍ଚୋଟି ଭାଇ ଭଉଣୀ, ବାପା ଓ ତା'ର ଦୂର ସମ୍ପର୍କୀୟ କୁମୁଦ ଭାଇ । ତା'ପରେ ପୁଣି ସବୁକିଛି ପାରମ୍ପରିକ । କଳି, କୋଳାହଳ । ସନ୍ଧ୍ୟା ବିତିଯିବା ପରେ ସମସ୍ତେ ଜାକିଜୁକି ହୋଇ ଦୁଇଟି କୋଠରି ଭିତରେ ଶୋଇ ପଡ଼ିବେ । ସମବେତ ନିଃଶ୍ୱାସ, ପ୍ରଶ୍ୱାସ । ରାତିସାରା ମିତା ଚାହିଁ ରହିବ ଛାତର ଛିଦ୍ରମାନଙ୍କ ଦେଇ ଆକାଶକୁ । ତା'ର ପରିଚିତ ନକ୍ଷତ୍ରକୁ, ସେଇ ନୀଳ ନକ୍ଷତ୍ରଟି ମିଟି ମିଟି କରି ଚାହିଁଥିବ ତାକୁ । ହୁଏତ କିଛି କହିବା ପାଇଁ, ହୁଏତ କିଛି ଶୁଣିବାପାଇଁ । କେତେବେଳେ ସେ ନକ୍ଷତ୍ରକୁ ଆହତ କରିଦେବ ଫୁଲାଏ ଭସା ମେଘ । କିମ୍ବା ମିତାର ଆଖିକୁ ବନ୍ଦ କରିଦେବ କେଇ ବୁନ୍ଦା ଲୁହ ।

ସହରକୁ ଚାକିରି ଖୋଜିବା ପାଇଁ କୁମୁଦ ଭାଇ ଆସିବା ଦିନଠୁ ମିତା ବୋଉ ପାଖରେ ଶୋଉଛି। ସେ ଏଠାକୁ ଆସିବା ଆଗରୁ ତାଙ୍କ ନାଆଁ ବା ପରିବାର ସମ୍ପର୍କରେ ମିତା କିଛି ଶୁଣି ନଥିଲା। ବେଶ୍ ଡେଙ୍ଗା ହୋଇ ଶ୍ୟାମଳ ବର୍ଣ୍ଣର ପଚିଶ ବର୍ଷର ଯୁବକ କୁମୁଦ ଭାଇ। ତାଙ୍କୁ ପ୍ରଥମ ଥର ଦେଖିବାବେଳେ ମିତା ଡରି ଯାଇଥିଲା। ତାଙ୍କର ଦୁଇଟି ଚିଲା ଆଖି ଯେମିତି ସବୁବେଳେ କିଛି ଗୋଟାଏ ଝାମ୍ପି ନେବାକୁ ଅପେକ୍ଷା କରିଛି। ପ୍ରଥମେ ଭୟ, ତା'ପରେ ସଙ୍କୋଚ। ପାଖ କୋଠରିରେ କୁମୁଦ ଭାଇ ନିଶ୍ଚିନ୍ତରେ ଶୋଇ ହୁଏତ କୌଣସି ସୁଖ ସ୍ୱପ୍ନ ଦେଖୁଥିବେ ଚାକିରି, କୋଠା, ପତ୍ନୀ, ସନ୍ତାନ। ଅଥଚ ବୋଉର ଧଇଁକାଶ ଯୋଗୁ ମିତା ରାତିସାରା ଅନିଦ୍ରା। ଏ କୋଠରିର ଛାତର ଛିଦ୍ରମାନଙ୍କ ଦେଇ ଅନେକ ନକ୍ଷତ୍ର ଦୃଶ୍ୟମାନ କେବଳ ସେଇ ପରିଚିତ ନୀଳ ନକ୍ଷତ୍ର ବ୍ୟତୀତ।

ଦୁଇ କୋଠରିର ମଣିଷମାନେ ସକାଳ ହେଲେ ଝାଡ଼ି ଝୁଡ଼ି ହୋଇ ବାହାରିବେ ଓ କାଉ କୁକୁଡ଼ାଙ୍କ କୋଳାହଳକୁ ବଳିଯିବ ସେମାନଙ୍କ ପାଟିତୁଣ୍ଡ। ବାପା ଅପରିଷ୍କାର ଅଗଣାରେ ଦଉଡ଼ି ଖଟ ଉପରେ ବସି ପଢ଼ିବେ ପୁରୁଣା ଖବରକାଗଜ। ଅସନା ପୃଷ୍ଠାମାନଙ୍କରେ ତାଙ୍କର ଆଖି ଦୁଇଟି ସ୍ଥିର ଥିବ ଓ ସେଇ ଅବସ୍ଥାରେ ବୋଉର ଅବିରତ ଗାଳି, ପ୍ରଶ୍ନ, ଦାବି ପ୍ରତିବାଦର ଉତ୍ତର ଦେଉଥିବେ। ଭାଇ ଭଉଣୀମାନେ ବାରଣ୍ଡାରେ ଘୋଷିବା ଆରମ୍ଭ କରିଦେବେ ପଣିକିଆ। କୋଳାହଳରେ ଫାଟି ପଡ଼ିବ ଘର। ମିତା ସେହି ମଣିଷମାନଙ୍କୁ ସହ୍ୟ କରିପାରେ ନାହିଁ। ସେ ଛାଟିପିଟି ହୋଇ ପଳାଇଯାଏ ବାଡ଼ିପଟକୁ। ସେଇଠି ସାମାନ୍ୟ ସାନ୍ତ୍ୱନା।

ତାଙ୍କ ଘରକୁ ଲାଗି ଏକାଟିଆ ଗୋଟିଏ ଘର। ବାଡ଼ ଆର କଡ଼େ ସେ ଘରକୁ ଘେରିଥିବା ସୁସଜ୍ଜିତ ବଗିଚା। ଘରର ଚୂନବୋଳା ସଫା କାନ୍ଥ। ପ୍ରଶସ୍ତ ବାରଣ୍ଡାରେ ଏକା ଏକା ଇଜି ଚେୟାରରେ ବସିଥିବା ଜଣେ ଚିହ୍ନା ଲୋକ। ଗୋଟିଏ ଝାପ୍ସା ମୁହଁ। ଝାପ୍ସା ଝାପ୍ସା ଚିହ୍ନା। କେବଳ ଦୂର ଦେଖାରୁ। ମିତା ପ୍ରଥମେ ସେ ଘରକୁ ଦେଖି ଭାବିଥିଲା ତାଙ୍କ ନିଜ ଘରକୁ ବି ସେମିତି କରି ସଜାଇବ। କିନ୍ତୁ ଏ ଘରେ ମଣିଷମାନଙ୍କ ନିଃଶ୍ୱାସରେ ଫୁଲ ଗଛର ଚାରାଟିଏ ଜଳିଯିବ।

କୁମୁଦ ଭାଇ ଆସିବା ଦିନଠୁ ମିତାକୁ ନିଜ ଘରେ ବି ସଙ୍କୁଚିତ ଲାଗୁଛି। ତାଙ୍କର ଦୁଇଟି ଭୋକିଲା ଆଖି ସବୁବେଳେ ଯେପରି ତାକୁ ନିରେଖି ରହିଛି। ପ୍ରଥମେ ସେ ଭାବିଥିଲା ତାଙ୍କୁ ସିଧାସଳଖ କହିଦେବ, କିନ୍ତୁ ତା' ପାଟିରେ ଶବ୍ଦ ସ୍ଫୁରିବା ଆଗରୁ ଆଖିରେ ଲୁହ ଭର୍ତ୍ତି ହୋଇଗଲା। କୁମୁଦ ଭାଇ ଜାଣି ଜାଣି ବାରମ୍ବାର ଭୁଲ୍ କରୁଛନ୍ତି। ଦିନ ଦଶଟାବେଳେ ସେ ଖାଇପିଇ ବାହାରକୁ ନଯିବା ଯାଏ ମିତା ଗାଧୋଇ ବି ପାରୁନି। ବାଥରୁମ୍ ନାମରେ ତାଙ୍କର ଯେଉଁ ବାଉଁଶତାଟି ଘେରା ସନ୍ତସନ୍ତିଆ କୋଠରି, ସେଠାରେ

ଦ୍ୱାରଟିଏ ବି ନାହିଁ। ସେ ବାଥ୍‌ରୁମ୍‌ରେ ଥିବାବେଳେ ବାହାରୁ ଖଣ୍ଡିଏ ଅଖାର ପର୍ଦ୍ଦା ଟାଣିଦିଏ। ତିନି ତିନି ଥର କୁମୁଦ ଭାଇ କିଛି ନ ଜାଣିଲା ପରି ପଶି ଆସି ପୁଣି ଜିଭ କାମୁଡ଼ି ଚାଲିଯାଇଛନ୍ତି। ତା'ଠାରୁ ସେ କ'ଣ ଚାହାନ୍ତି, ମିତା ବୁଝି ପାରେନି। ଚାକିରି ପାଇଲେ ସେ କୁଆଡ଼େ ମିତା ପାଇଁ ଖଣ୍ଡିଏ ଶାଢ଼ି କିଣିଦେବେ। କୁମୁଦ ଭାଇଙ୍କ ମିଛ ପ୍ରତିଶ୍ରୁତିକୁ ମନେ ପକାଇ ମିତା ହସିଲା, ବୋଧହୁଏ ବେକାର କୁମୁଦ ଭାଇଙ୍କ ପ୍ରତି ସହାନୁଭୂତିରେ। ମିତା ଠିକ୍ କରି ଜାଣେନା କୁମୁଦ ଭାଇ ତା'ର କେତେ ଦୂରର ଭାଇ। ବୋଧହୁଏ ଦିନ ଦଶଟା ହେବ। ମିତା ପ୍ରଥମେ ଆକାଶ, ତା'ପରେ ଦିଗ୍‌ବଳୟ ଓ ଶେଷରେ ପାଖ ଘରର ବଗିଚାକୁ ଚାହିଁ ସ୍ଥିର ହୋଇଗଲା। ସେହି ଘରେ ସେ ଏକା ରହନ୍ତି। ସେଠି କୌଣସି କୋଳାହଳ ନାହିଁ। ତାଙ୍କ ହାତ ଲାଗିଲେ ଶୁଖିଲା ଗଛରେ ଫୁଲ ଫୁଟି ଉଠେ। ମିତାର ମନ ଈର୍ଷାରେ ଜଳି ଉଠୁଥିଲା। ଜଣେ ଅନାତ୍ମୀୟଙ୍କୁ ବା ସେ କାହିଁକି ଈର୍ଷା କରିବ, କେଉଁ ଅଧିକାରରେ? ଅଥଚ ଏକ ବିଚିତ୍ର ଉତ୍ତେଜନାରେ ମୂକ ବଧିର ପରି ସେ ପାଖ ଘରର ବଗିଚା ଓ ଧଳା ଧଳା କାନ୍ଥକୁ ଚାହିଁ ବିତାଇ ଦେଲା ସମଗ୍ର ଖରାବେଳ। ସନ୍ଧ୍ୟା ହେଲେ ଏଇ ଘର କୋଳାହଳରେ କମ୍ପି ଉଠେ। କିନ୍ତୁ ମିତା ଅନୁଭବ କରେ, ସେ ଯେମିତି ଏକା, ଅନ୍ୟ କାହାରି କଥା ତାକୁ ଶୁଭେନାହିଁ ବା ତା' ପାଟିରେ ଶବ୍ଦଟିଏ ବି ସ୍ଫୁରେ ନାହିଁ। ସନ୍ଧ୍ୟାବେଳେ ତା' ଛାତି ତଳେ ସୃଷ୍ଟି ହେଉଥିବା ଲଘୁଚାପର ଏକମାତ୍ର କାରଣ ତା' ଆଖି ଆଗରୁ ଧୀରେ ଧୀରେ ଉଭେଇ ଯାଉଥିବା ସାମ୍ନାଘରର କାନ୍ଥ ଓ ବଗିଚା। ବାଧ୍ୟ ହୋଇ ପରାଜିତ ଆଖିମାନେ ଫେରି ଆସନ୍ତି ପତା ତଳର ନିରାପତ୍ତାକୁ।

ଆଜି ମିତା ଆଖିରେ ନିଦ ନାହିଁ। ଜାକିଜୁକି ହୋଇ ତା'ର ଭାଇ ଭଉଣୀମାନେ ସମସ୍ତେ ଶୋଇ ପଡ଼ିଛନ୍ତି। ଛାତର ଛିଦ୍ରମାନଙ୍କ ଦେଇ ସେ ଚେଷ୍ଟା କରୁଥିଲା ତା'ର ପରିଚିତ ନକ୍ଷତ୍ରକୁ ଖୋଜିବାକୁ। ଅଥଚ ଏ କୋଠରିରୁ ସେ ନକ୍ଷତ୍ର ଦେଖାଯିବ ନାହିଁ। ଅନ୍ୟ କୋଠରିରେ କୁମୁଦ ଭାଇ। ସେଇଠୁ ହୁଏତ ପରିଷ୍କାର ଦିଶିବ ସେ ନକ୍ଷତ୍ରଟି। ହଠାତ୍ ମିତା ଚମକି ପଡ଼ିଲା, ପାଖ ଶେଯରେ ତା'ର ବୋଉ। ଏ ଯାଏ ଶୋଇନି। ବୋଉ ଅନ୍ଧାରରେ ହାତ ବଢ଼ାଇ ତା' ମୁଣ୍ଡକୁ ସାଉଁଳି ଦେଲା।

ବୋଉ। ଶୋଇନୁ?

ନା, ନିଦ ନାହିଁ।

ବୋଉ ପୁଣି ଅନ୍ଧାରରେ ନୀରବ ହୋଇଗଲା। ମିତା ମନକୁ ମନ ଭାବିଲା ତାଙ୍କ ପଡ଼ୋଶୀଙ୍କ ଘର ପରି ଘରଟିଏ ହେଲେ ସେ କେତେ ସୁନ୍ଦର କରି ସଜାନ୍ତା। ଅଥଚ... ତା' ମୁହଁରୁ ଅଗତ୍ୟା ଖସି ପଡ଼ିଲା, ବୋଉ ଆମର ଭଲ ଘରଟିଏ ଦରକାର, ନୁହେଁ? ବୋଧହୁଏ ତା' ବୋଉ ଚମକି ପଡ଼ିଲେ। ଅନ୍ଧାରରେ ତାଙ୍କର କରୁଣ ହସ।

ତୁ ଆଉ ଏ ଘରେ କେତେଦିନ କିଲୋ ? ଆମ ସମସ୍ତଙ୍କୁ ଛାଡ଼ି ତୁ ତ ଅନ୍ୟ ଘରକୁ ଚାଲିଯିବୁ ।

ମିତା ଚୁପ୍ ହୋଇଗଲା । ଅନ୍ୟ ଘର, ଅନ୍ୟ ମଣିଷ କଥା ସେ କଳ୍ପନା ବି କରିନାହିଁ । ଅନ୍ୟ ଘର- ତାଙ୍କ ପଡ଼ୋଶୀ ଘର ପରି ସଫାସୁତୁରା ବଗିଚା ଘେରା ଘରଟିଏ ହୋଇଥିବ ଏବଂ ତା'ର ପ୍ରଶସ୍ତ ବାରଣ୍ଡାରେ ଇଜି ଚେୟାରରେ ଝୁଲୁଥିବା ଅନ୍ୟ ମଣିଷଟିଏ, ଯାହା ହାତ ଲାଗିଲେ ଶୁଖିଲା ଗଛରେ ଫୁଲ ଫୁଟି ଉଠୁଥିବ । ମିତାର ମନରେ ଏକ ଅଦ୍ଭୁତ ଶିହରଣ ହେଲା- ହୁଏତ କାନ୍ଦି ପକାଇବ ବା ହସି ଉଠିବ । ବୋଉ ବୋଧହୁଏ ମିଛ କହୁଛି । ଏ ଘରର ଅସନା କାନ୍ଥମାନଙ୍କର ପରିଧିରୁ ମୁକୁଳିବା ଅସମ୍ଭବ । ଏ ଘରର ମଣିଷମାନଙ୍କ ନିଃଶ୍ୱାସରେ ସେ ବି ଜଳିଯିବ ।

ଶୋଇ ପଡ଼ିଲା ମିତା ।

ସକାଳୁ ଏତେ କୋଳାହଳ । କୋଳାହଳ ନୂଆ ନୁହେଁ । ତଥାପି ଏ କୋଳାହଳ ଭିନ୍ନ । ସେ ଶେଯ ଛାଡ଼ି ବାହାରକୁ ବାହାରି ଦେଖିଲା, ତାଙ୍କ ପଡ଼ୋଶୀ ଘର ସାମ୍ନାରେ ଭୀଷଣ ଭିଡ଼ । କେଜାଣି କାହିଁକି ? ମିତା ବୋଉକୁ ଆଶ୍ଚର୍ଯ୍ୟ ହୋଇ ପଚାରିଲା । ବୋଉ ମୁହଁରେ କୌଣସି ଭାବ ନାହିଁ । ସେ ସାମାନ୍ୟତମ ଆବେଗ ପ୍ରକାଶ ନକରି କହିଲା, ସମୀର ବାବୁ ଆତ୍ମହତ୍ୟା କରିଛନ୍ତି ।

ସେ ଘରର ସେଇ ପରିଚିତ ଲୋକ ଆଉ ଏକା ଏକା ଇଜି ଚେୟାରରେ ବସିବେନି । ହୁଏତ ତାଙ୍କ ବଗିଚାର ସମସ୍ତ ଫୁଲଗଛ ଧୀରେ ଧୀରେ ମରିଯିବେ । ସଫା କାନ୍ଥରେ ଶିଉଳି ଲାଗିଯିବ । ମିତା ନିଜର ଆବେଗ ସମ୍ଭାଳି ପାରିଲାନି ।

ସେ ମୁହଁ ଟେକି ଆକାଶକୁ ଚାହିଁଲା, କିନ୍ତୁ ତା' ଆଖି ସାମ୍ନାରେ ଭିନ୍ନ ଆକାଶଟିଏ । ଗୋଟିଏ ପଟେ ବୋଉ ଓ ଅନ୍ୟ ପଟେ କୁମୁଦ ଭାଇ ତା' ସାମ୍ନାରେ ଖଣ୍ଡିଏ ଦାମୀ ନୀଳ ଶାଢ଼ି ଖୋଲି ଧରିଛନ୍ତି । କୁମୁଦ ଭାଇ ନୂଆ ଚାକିରି ପାଇଛନ୍ତି । ମିତା କିନ୍ତୁ ଆଦୌ ଖୁସି ହୋଇପାରୁ ନଥିଲା । ହୁଏତ ତା' ବୋଉ ଓ କୁମୁଦ ଭାଇ ତାକୁ ଧରିବା ପାଇଁ ନୂଆ ଜାଲଟିଏ ମେଲାଇ ଧରିଛନ୍ତି । କିମ୍ବା ଭିନ୍ନ ଆକାଶଟିଏ; ମିତା ଆଖିରେ ଲୁହ ଭର୍ତ୍ତି ହୋଇଯାଇଥିଲା । ହୁଏତ ସେଥିପାଇଁ ସେ ସେହି ଭିନ୍ନ ଆକାଶରୁ ତା'ର ପରିଚିତ ନକ୍ଷତ୍ରକୁ ଖୋଜି ପାଉନଥିଲା ।

ମିତା ସେମିତି ନିର୍ବାକ । କାହା କଥା ଶୁଣିପାରୁ ନାହିଁ କିମ୍ବା ତା' ପାଟିରୁ ଶବ୍ଦଟିଏ ବି ସ୍ଫୁରୁ ନାହିଁ । ସେମିତି ଅଥର୍ବ, ହୁଏତ ଖୁଣ୍ଟଟିଏ ବା ତା' ପାଦରେ ଚେର ଲାଗି ଯାଇଛି । ବୋଧହୁଏ ମିତା କାନ୍ଦି ପକାଇବା କିମ୍ବା ହସି ପକାଇବ ।

■

ନିରୀହ ବାଘ

ଅନେକ ଲୋକଙ୍କ ସଂସ୍ପର୍ଶରେ ଆସି ବିଚ୍ଛେଦ ପରେ ସେ ସମସ୍ତଙ୍କ ଖବର ରଖିବା ମୋ ଦ୍ୱାରା ସମ୍ଭବ ନୁହେଁ। ମୋର କୋଠରିର ଚାରୋଟି କାନ୍ଥ ମଧ୍ୟରେ ଲୋଚାକୋଚା ଶେଯ ଉପରେ ପଡ଼ି ସିଗ୍ରେଟ୍ ଧୂମ କୁଣ୍ଡଳୀର କୁଟିଳ ଗତିକୁ ଅନୁଧ୍ୟାନ କରିବାରେ ମୋର କଟିଯାଏ ଅନେକ ଜାଗ୍ରତ ମୁହୂର୍ତ୍ତ। ସମୟ ସମୟରେ ହୁଏତ ମୁଁ ସମୟ ସହିତ ଅନେକଟା ଖାପ ଖାଇ ଚଳି ପାରିନି। ଜୀବନରେ ଅନେକ ଜିନିଷ ହରେଇବା କାରଣମାନଙ୍କ ମଧ୍ୟରୁ ଏହା ଅନ୍ୟତମ। ସେସବୁର ତାଲିକା ସହିତ ଜଡ଼ିତ ଘଟଣାବଳୀ ଲିପିବଦ୍ଧ କଲେ ଜଣେ ଅଚିହ୍ନା ଲୋକର ଅଟୋବାଇଓଗ୍ରାଫି ହେବ। ପାଣିଛିଟିକାରେ ସ୍ତୂପୀକୃତ ବହିପତ୍ର ଓ ଶେଯର ଭିଜି ଯିବାର ଭୟରେ ଝର୍କାଗୁଡ଼ିକ ବନ୍ଦ କରିବା ପରେ ପରେ ହିଁ ମୁଁ ଏହି ଚିନ୍ତାରେ ଆକ୍ରାନ୍ତ ହୋଇ ପଡ଼ିଥିଲି। ଅପରାହ୍ଣରେ ଅଦିନିଆ ବର୍ଷାକୁ ଉପଭୋଗ କରିବାକୁ କେବଳ ଆଖି ଦୁଇଟି ନୁହେଁ, ସ୍ପର୍ଶେନ୍ଦ୍ରିୟ ହୁଏତ ଆପ୍ୟାୟିତ ହୋଇଥାନ୍ତା ଚମତ୍କାର ମାଟି ଗନ୍ଧରେ।

ଅଦିନିଆ ବର୍ଷା ପରି ଝିଅଟିଏ ତ ଶାଳିନୀ। ତା'ର କେଶ ପ୍ରସାଧନର ଶୈଳୀ, ନିଅଣ୍ଟିଆ ସାନ୍ନିଧ୍ୟ, ଦେହର ବାସ୍ନାକୁ ଯେମିତି ମୁଁ ବଞ୍ଚିତ କରିଦେଲି ନିଜକୁ।

ପ୍ରଥମଥର ପାଇଁ ତାଙ୍କ ଘରକୁ ନିମନ୍ତ୍ରିତ ହୋଇ ମୁଁ ଶାଳିନୀର ବାପାଙ୍କ ଅତିଥି ବତ୍ସଳତାରେ ମୁଗ୍ଧ ହୋଇ ପଡ଼ିଥିଲି। ମୃତଦାର ଅବିନାଶ ବାବୁଙ୍କ ପାଇଁ ବୟସ ନିର୍ବିଶେଷରେ ଜଣେ ବନ୍ଧୁ ଆବଶ୍ୟକ। ଡ୍ରଇଂ ରୁମ୍‌ରୁ ଶାଳିନୀର ରୁଚି ଜାଣିହେବ। ନଟରାଜ ମୂର୍ତ୍ତିରେ ଗୋଞ୍ଜାଏ ଧୂପକାଠି ସମଗ୍ର କୋଠରିରେ ଏକ ରୋମାଞ୍ଚକର ଆଘ୍ରାଣ ଭରି ଦେଇଥାଏ। ଗୋଟିଏ ରଙ୍ଗର ପର୍ଦ୍ଦା, ଟି'ପୟର ଏମ୍ବ୍ରୋଡରୀ ଓ ଟେବୁଲ୍ କ୍ଲଥ୍। ଗୋଟିଏ କୋଣରେ ସୁରକ୍ଷିତ ସୀତାରଟିଏ। ସୀତାର ବାଜିବା ଓ ଶାସ୍ତ୍ରୀୟ କଣ୍ଠଶିଳ୍ପୀ ଭାବରେ ସହର ସାରା ଶାଳିନୀର ଯଥେଷ୍ଟ ଖ୍ୟାତି। ଏକ ସାନ୍ଧ୍ୟକାଳୀନ ରାଗ ବଢ଼ାଇବାକୁ ସେଦିନ ଅବିନାଶ ବାବୁ ନିଜେ ଶାଳିନୀକୁ ବରାଦ କରିଥିଲେ। ଦୀର୍ଘ

ଛ'ବର୍ଷ ପରେ ବି ସେ ମନୋରମ ଦୃଶ୍ୟ ମୁଁ ଭୁଲି ପାରିନି। କୋଳ ଉପରେ ସୀତାର ଥୋଇ ପ୍ରତ୍ୟେକ ତାରରେ ଶାଳିନୀର ଆଙ୍ଗୁଳି ଚାଳନାର ଚମତ୍କାରିତା ଏବେ ବି ମୋର ମନେଅଛି। କୌଣସି ରାଗର ତାତ୍ପର୍ଯ୍ୟ ମୁଁ ବୁଝିପାରେ ନାହିଁ। ଅତି ବେଶୀରେ ମୁଁ କୋଳାହଳ ଓ ଶ୍ରୁତିମଧୁର ଧ୍ୱନିର ପାର୍ଥକ୍ୟ ବୁଝେ। ଶାଳିନୀର ରିଆଜ ସରିବା ପରେ ଅବିନାଶ ବାବୁ କହିଲେ, ରାଗ ଆଶାବରୀ। ଆଶାବରୀ ସମ୍ପର୍କରେ ତାଙ୍କର ଦୀର୍ଘ ଭାଷଣର ମୁଁ ଥିଲି ଏକମାତ୍ର ଶ୍ରୋତା। ରାତିଭୋଜନ ପରେ ଅବିନାଶ ବାବୁ କହିଲେ, 'ସୁବିଧା ଦେଖି ଆସୁଥିବ ୟଙ୍ଗ୍‌ମ୍ୟାନ୍।' ସେତେବେଳେ ମୁଁ ମୋର ଛାତିରେ କେଉଁ ଅଜ୍ଞାତ ଇଲାକାରେ ଏକ ଶୂନ୍ୟତା ଅନୁଭବ କରିଥିଲି। ନିୟମିତ ଶାଳିନୀ ଘରକୁ ଯିବା ମଧ୍ୟରେ ମୁଁ ଅନେକ ଥର ଭାବିଛି, ମୁଁ ବୋଧହୁଏ ତାକୁ ଭଲପାଇ ବସିଲିଣି। ପ୍ରେମ କରିବାକୁ ପ୍ରସ୍ତୁତିର ଆବଶ୍ୟକତା ପଡ଼େ ନାହିଁ। ହୁଏତ ପ୍ରେମରେ ପଡ଼ିବା ନିଜ ଅସହାୟତାର ଏକ କରୁଣ ସ୍ୱୀକାର। ଅଗତ୍ୟା ଦିନେ ଅବିନାଶ ବାବୁ ଜିଦ୍ ଧରି ବସିଲେ ତାଙ୍କ ଘରେ ମଧ୍ୟରାତି ଯାଏ ରହି ସୀତାରରେ ଏକ ମଧ୍ୟରାତ୍ରିୟ ରାଗ ଶୁଣିବାକୁ। ବାପାଙ୍କର ଜଣେ ଘନିଷ୍ଠ ବନ୍ଧୁ ବୋଲି ମୁଁ ତାଙ୍କୁ ଅବଜ୍ଞା କରି ପାରିଲିନି। ଶାସ୍ତ୍ରୀୟ ସଙ୍ଗୀତ ସମ୍ପର୍କରେ ଭାଷଣ ଦେଇ ସେଦିନ ଅବିନାଶ ବାବୁ କ୍ଲାନ୍ତ ହୋଇ ପଡ଼ିଥିଲେ। ଠିକ୍ ମଧ୍ୟରାତିରେ ଯେତେବେଳେ ଶାଳିନୀ ସୀତାର୍‌ରେ ସଂଯୋଗ କଲା ରାଗ ବାଗେଶ୍ରୀ, ଧ୍ୟାନମଗ୍ନ ଅବିନାଶ ବାବୁ ଚୁପ୍ ହୋଇଗଲେ। ଧୀରେ ଧୀରେ ତାଙ୍କର ଆଖିପତା ଲାଗି ଆସୁଥାଏ। ମୁଁ ଅନୁଭବ କରୁଥାଏ ଯେମିତି ଶାଳିନୀ ମୋତେ ଦ୍ୱାରଯାଏ ବଳାଇ ଦେବାକୁ ଆସିବାବେଳେ ମୁଁ ସ୍ପଷ୍ଟ ପ୍ରକାଶ କରି ଦେଇଥିଲି ମୋର ଦୁର୍ବଳତା। ଅଥଚ ଛାଇ ଅନ୍ଧାର ମଧ୍ୟରେ ମୁଁ ତା'ର ମୁଖଭଙ୍ଗୀ ଲକ୍ଷ୍ୟ କରିପାରି ନଥିଲି।

ଦୈନନ୍ଦିନ ବ୍ୟବହାରରେ ଶାଳିନୀ ଅନେକ ସମୟରେ ଶିଶୁଟିଏ ପରି ଛୋଟ କଥାରେ ଜିଦ୍ ଧରି ସେ ଅନେକ ସମୟରେ କାନ୍ଦି ପକାଏ। ରାଗିଗଲେ ଟଣା ଓଟରା କରେ, ଅବିନାଶ ବାବୁଙ୍କ ସଫା ପଞ୍ଜାବୀରେ ଇସ୍ତ୍ରୀ ନଷ୍ଟ କରିଦିଏ। ରିକ୍ସା ନପାଇଲେ ବି ବର୍ଷାରେ ଭିଜି ଭିଜି ଶାଳିନୀର ସିନେମା ଯିବା ଅଭ୍ୟାସରେ ମୁଁ ନିଜେ ବେଶ୍ ପରିଚିତ। ଦିନକର କଥା ମୋର ସ୍ପଷ୍ଟ ମନେଅଛି। ଅବିନାଶ ବାବୁଙ୍କ ରକ୍ତଚାପ ବଢ଼ିଯିବା ହେତୁ ସେ ଅନେକଟା ବେହୋସ ହୋଇ ପଡ଼ିଥାନ୍ତି। ସେଦିନ ମୋତେ ତାଙ୍କ ଘରେ ରାତ୍ରିଯାପନ କରିବାକୁ ପଡ଼ିଲା। ଡ୍ରଇଂରୁମ୍‌ର ସୋଫା ଉପରେ ବସି ବସି ମୁଁ ରାତିର ଶେଷ ପହର ବେଳକୁ ତନ୍ଦ୍ରାଚ୍ଛନ୍ନ ହୋଇ ପଡ଼ିଥାଏ। ସକାଳୁ ମୋର ନିଦ ଭାଙ୍ଗିଲା। ଚାକରାଣୀ ଝିଅଟିଏ ପରି ହସୁଥାଏ। ମୁଁ କିଛି ବୁଝି ନପାରି ତା' ମୁହଁକୁ ଚାହିଁଲି। ଅଥଚ ତା'ର ହସିବାର କୌଣସି କାରଣ ନଥାଇ ମୁଁ ବାଥରୁମ୍‌କୁ ପଶିଗଲି।

ବେସିନ୍‌ରୁ ପାଣି ଆଣି ମୁହଁରେ ଛିଞ୍ଚିଲାବେଳେ ଦର୍ପଣରେ ନିଜ ମୁହଁ ଦେଖି ମୁଁ ବୁଝିପାରିଲି ଶାଳିନୀର ହସିବାର କାରଣ। ମୁଁ ଶୋଇ ପଡ଼ିଥିବା ଅବସ୍ଥାରେ ସେ କାଳିରେ ମୋ ମୁହଁ ଉପରେ ନିଶଦାଢ଼ି କରିଦେଇଛି। ରାଗିଲେ ବି ମୁଁ ଶାଳିନୀକୁ କିଛି କହିପାରିଲି ନାହିଁ। କାରଣ ମୁଁ ବାଥରୁମ୍‌ରୁ ବାହାରିବା ବେଳକୁ ସୁଗୃହିଣୀ ପରି ଶାଳିନୀ ଗୋଟିଏ କପ୍ ବାମ୍ଫ ଉଠା ଚା' ମୋ ହାତକୁ ବଢ଼ାଇ ଦେଲା। ତା' ଭିତରେ ଛପି ରହିଥିବା ଶିଶୁଟି ଆଉ ନଥିଲା। ସାମାନ୍ୟ ଉଦ୍ୟମରେ ଶାଳିନୀ ଜଣେ ସଫଳ ଅଭିନେତ୍ରୀ ହୋଇ ପାରିଥାନ୍ତା। ମୁଁ ମନେ ମନେ ଧରି ନେଇଥିଲି, ପ୍ରଥମ ଥର ପ୍ରେମ କରିବା ବେଳେ ବୋଧହୁଏ ସମସ୍ତଙ୍କର ଏମିତି ବାଲ୍ୟସୁଲଭ ଅନୁଭୂତି ହୁଏ।

ଶାଳିନୀ ବହୁତ ଦିନ ତଳେ ଥରେ ଜିଦ୍ ଧରିଥିଲା ବାଘ ଦେଖିବାକୁ। ଆଜିଯାଏ ତା'ର ଇଚ୍ଛା ପୂରଣ କରିପାରିଲି ନାହିଁ। ତା'ର ଅନେକ ଇଚ୍ଛା ପୂରଣ କରିବାକୁ ଅସାମର୍ଥ୍ୟ ଜଣାଏ। ସେ ଅଧ୍ୟାପିକା ହେବାକୁ ଏବଂ ମୁଁ ଚାକିରି ଜୀବନରେ ବାଧ୍ୟ ବାଧକତାରେ ଭିନ୍ନ ଭିନ୍ନ ସହରକୁ ସ୍ଥାନାନ୍ତରିତ ହେବା ପରେ ମୁଁ ଶାଳିନୀ ସାମ୍ନାରେ ବାରମ୍ବାର ମୋର ଅସାମର୍ଥ୍ୟ ପ୍ରକାଶ କରି ଜାଣେ ତା'ର ଇଚ୍ଛା ପୂରଣ କରିବାକୁ ମୁଁ ଅସାମର୍ଥ୍ୟ। କିନ୍ତୁ ସେଇ ଇଚ୍ଛାମାନଙ୍କରେ ତାଲିକା ରଖିବାକୁ ଉତ୍କଣ୍ଠିତ। ଏ ସମ୍ପର୍କରେ ସେ କେବେ ବିତୃଷ୍ଣ ହୋଇନି। ଅନ୍ୟ ସହରକୁ ଯିବା ପରେ ଶାଳିନୀ ଚିଠି ଖଣ୍ଡିଏ ବି ଦେଇନି। ଅଥଚ କିଏ ଜାଣିଥିଲା ଏମିତି ଏକ ବର୍ଷଣମୁଖର ଅପରାହ୍ନରେ ଶାଳିନୀ ଏକ ବଳବତୀ ଇଚ୍ଛା ନେଇ ମୋ ପାଖରେ ହଠାତ୍ ଉପସ୍ଥିତ ହେବ।

ଶାଳିନୀର ଇଚ୍ଛା ଘଞ୍ଚ ଅରଣ୍ୟ ଭିତରେ ଗୋଟିଏ ସୁନ୍ଦର ବାଘ ଦେଖିବ। ତା'ର ଧାରଣା, ବାଘମାନେ ସରଳ, ବିନୟୀ, ସୁନାପିଲା। କାନଧରି ଉଠ୍ କହିଲେ ଉଠିବେ, ବସ୍ କହିଲେ ବସିବେ। ହୁଏତ ସେ କେବେ ସର୍କସ କି ଚିଡ଼ିଆଖାନା ବି ଦେଖିନି।

ଅଦିନିଆ ବର୍ଷା। ଏଥର ବ୍ୟାଗ୍‌ଟିଏ କାନ୍ଧରେ ଓହଳାଇ ଭିଜି ଭିଜି ଶାଳିନୀ ବାରଣ୍ଡାକୁ ଉଠିଲା। ମୁଁ ଆଶ୍ଚର୍ଯ୍ୟ ହୋଇ ତା'ର ମୁହଁକୁ ଚାହିଁଥାଏ। ବିନ୍ଦୁ ବିନ୍ଦୁ ବର୍ଷାପାଣି ତା'ର ମୁଣ୍ଡରୁ ନିଗିଡ଼ି ପଡୁଥାଏ। ନାଲିଶାଢ଼ି ଖଣ୍ଡିକ ଓଦା ହୋଇ ଦେହରେ ମିଶି ଯାଇଥାଏ। ଶାଳିନୀ ମୋର ନିଷ୍ପଲକ ଆଖିମାନଙ୍କୁ ଦେଖି ବୁଝିପାରିଲା ଯେ, ମୁଁ ତା'ର ଅବସ୍ଥାକୁ ଉପଭୋଗ କରୁଛି। ସେ ବି ନିର୍ବାକ୍ ହୋଇ ଛିଡ଼ା ହୋଇଗଲା, ଯେପରି ଫଟୋଗ୍ରାଫ୍‌ର ନିର୍ଦ୍ଦେଶକୁ ସେ ଅପେକ୍ଷା କରିଛି ଏବଂ ଥଣ୍ଡାରେ ଥରୁଥିବା ଓଠ ତଳର ସାମାନ୍ୟ ସ୍ମିତ ଦେଖି ମୁଁ ଅନୁଭବ କଲି ସତେ କି ସେ ଏକ ଭିନ୍ନ ଶାଳିନୀ।

– 'ଏବେ ବସ୍‌ରେ ଆସିଲି।' ସେ ପ୍ରଥମେ କହିଲା।

– 'ବର୍ଷାଟାରେ ଭିଜି ଭିଜି କାହିଁକି ଆସିଲ ? ରିକ୍ସା ଥିଲା।'

ମୋର ସ୍ୱର ଅନେକଟା ଅଭିଭାବକୀୟ। ଅବୋଧ କିଶୋରୀଟିଏ ପରି ଶାଳିନୀ ହସିଲା।

- 'ବହୁତ ଦିନୁ ବର୍ଷାରେ ଭିଜିବାକୁ ଭାରି ଇଚ୍ଛା ଥିଲା।' ମୁଁ ମନେ ମନେ ସନ୍ତୁଷ୍ଟ ହେଲି। ମୋର ବିନା ଉଦ୍ୟମରେ ଶାଳିନୀ ତା'ର ଗୋଟିଏ ଇଚ୍ଛା ପୂରଣ କରି ନେଇଛି।

- 'ହଠାତ୍ କେମିତି ?' ମୁଁ ତାକୁ କୁଶଳ ସମାଚାର ପଚାରିବା ଉଦ୍ଦେଶ୍ୟରେ ଆରମ୍ଭ କଲି।

- 'ମୁଁ ଏଥର ନବବର୍ଷ ଶୁଭେଚ୍ଛା ଦେବାକୁ ଭୁଲି ଯାଇଥିଲି।' ଶାଳିନୀ ମନେ ପକେଇ ଦେଲା ଏ ଭିତରେ ଗୋଟିଏ ବର୍ଷ ବିତିଗଲାଣି ଓ ଏହା ବର୍ଷର ପଞ୍ଚମ ମାସ।

ମୁଁ କିଛି କହିବା ଆଗରୁ ଶାଳିନୀ ବାଥ୍‌ରୁମ୍‌ରେ ପଶି ଗୋଟିଏ ଫିକା ଗୋଲାପୀ ଗାଉନ୍ ପିନ୍ଧି ବାହାରି ଆସିଲା। ସବୁଦିନ ପରି ଆଜି ସେ ପୁଣି ବାଥ୍‌ରୁମ୍‌ର ଦ୍ୱାର ବନ୍ଦ କରିବାକୁ ଭୁଲି ଯାଇଥିଲା। ଅଥଚ ତା'ର ପରିଚିତ ନଗ୍ନତାକୁ ଉପଭୋଗ କରିବାକୁ ମୋର ଇଚ୍ଛା ନଥିଲା।

କଫି କପ୍ ତା' ଓଠ ସ୍ପର୍ଶ କରିବା ଆଗରୁ ହିଁ ଶାଳିନୀ ପ୍ରକାଶ କଲା ତା'ର ଆଜିଯାଏ ଅପୂର୍ଣ୍ଣ ରହିଥିବା ଇଚ୍ଛା, ବାଘ ଦେଖିବ। ମୁଁ ସେତିକିରେ ପ୍ରାୟ ବାଘ ଦେଖିଲା ପରି ଚମକି ପଡ଼ିଲି। ମୋର ଅପ୍ରସ୍ତୁତି ଦେଖି ଶାଳିନୀ ସହଜ ଭାବରେ କହିଲା, 'ଛୁଟି ନେଇଛି।'

ଇତିମଧ୍ୟରେ ବର୍ଷା କମି ଆସିଥିଲା। ମୁଁ ଦକ୍ଷିଣ ମୁହାଁ ଝର୍କାଟି ଖୋଲି ଦେଇ ଦୃଶ୍ୟମାନ ବର୍ଷାଧୌତ ପର୍ବତମାନଙ୍କରେ ଦୃଷ୍ଟି ନିବଦ୍ଧ କରିଥିଲି। ବଣଜଙ୍ଗଲ ଘେରା ଏହି ସହରର ଏକ ନିଜସ୍ୱ ଆକର୍ଷଣ ଅଛି। ମୋର ଅଜାଣତରେ ଶାଳିନୀ ବି ଦକ୍ଷିଣ ଦିଗରେ ପର୍ବତମାନଙ୍କୁ ଚାହିଁଛି। ତା'ର ଭାରି ଆଖିପତାରେ ସାମାନ୍ୟ କ୍ଳାନ୍ତିର ଆଭାସ। ମୁଁ ଦେଖୁଥିଲି ଶାଳିନୀକୁ ଓ ସେ ଦେଖୁଥିଲା ପର୍ବତମାନଙ୍କୁ। ଅନୁମାନ କରୁଥିଲି ଉଭୟଙ୍କ ମଧ୍ୟରେ କେତେଟା ସାମଞ୍ଜସ୍ୟ ରହିପାରେ। ପବନରେ ତା'ର କେଶବାସ ଅସଂଯତ।

- 'କ'ଣ ଭାବୁଚ ?' ସେ ପଚାରିଲା।

ମୁଁ ଥଟ୍ଟା କରି କହିଲି, 'ଭାବୁଛି, ହେଲେନ୍‌ର କି କ୍ଲିଓପାଟ୍ରାର ନାକ ଚେପଟା ହୋଇଥିଲେ କ'ଣ ବା ହୋଇଥାନ୍ତା।'

- 'ମୁଁ ତ ସେତେଟା ଅସୁନ୍ଦରୀ ନୁହଁ।' ତା'ର ସ୍ୱରରେ ଅନେକଟା ଆତ୍ମ-ପ୍ରତ୍ୟୟ।

- 'ମୁଁ କିନ୍ତୁ ତୁମ ପାଇଁ ଯୁଦ୍ଧ କରିପାରିବିନି ବା କୌଣସି ସ୍ୱୟଂବରରେ ଯୋଗଦେଇ ପାରିବି ନାହିଁ।'

ଶାଳିନୀ ହସି ଦେଲା ଗୋଟିଏ ସ୍କୁଲ ଝିଅ ପରି ଏବଂ ହସି ହସି କହିଲା, 'ଜାଣେ।'

ଏଇ ସାମାନ୍ୟ ଦୋ ଅକ୍ଷରୀ ଶବ୍ଦରେ ଭରି ରହିଥିଲା ଏକ ଚମତ୍କାର ଆତ୍ମ-ସମର୍ପଣ । ତାକୁ ପ୍ରଶଂସା କଲା ପରି ମୁଁ ପୁଣି କହିଲି, 'ତୁମେ କିନ୍ତୁ ଏତେଟା ସହଜଲଭ୍ୟା ନଥିଲ ।' ଏଥର ଶାଳିନୀ ନିରୁତ୍ତର ରହିଲା ।

ତା'ର ଆଖିମାନଙ୍କରେ ଅନେକ ଶୃଙ୍ଗର ପ୍ରତିଫଳନ । ଅଥଚ ତା'ର ଇଚ୍ଛାମାନେ ଶୃଙ୍ଗମାନଙ୍କଠାରୁ ବି ଆହୁରି ଉଚ୍ଚ ଏବଂ ଅନେକ ଶୃଙ୍ଗ ତଳେ ମୁଁ ନିଜକୁ ଗୋଟିଏ ପିଗ୍‌ମୀ ପରି ଅନୁଭବ କରୁଥିଲି । ନିର୍ଜନତାର ନିଥର ତନ୍ତୁମାନଙ୍କର ବୋଧହୁଏ ଲଘୁଚାପ ସୃଷ୍ଟି ହେଉଥିଲା, ପିଞ୍ଜରାର ଶିଡ଼ିରେ ପାହାଚ ପାହାଚ ଆରୋହଣ କରି ମୁଁ ନିଜେ ମୋର ଶୂନ୍ୟ ଛାତ ତଳେ ପ୍ରବେଶ କରୁଛି । ଏକ ଶିଡ଼ିବିହିନୀ ଆରୋହଣ ।

'କିଛି କହିବନି ?' ଶାଳିନୀର ସ୍ୱରରେ ମୁଁ ସଚେତନ ହେଲି । ସତେଯେପରି କିଏ ମୋତେ ଖୁବ୍ ଦୂରରୁ ଡାକିଲା । ମୋର ବକ୍ଷ ଗହ୍ୱରର ଅସହାୟତାରୁ ମୁଁ ଫେରି ଆସିଲି ଶାଳିନୀର ସାନ୍ନିଧ୍ୟକୁ । ସେ ମୋର ଦେହ-ସଂଲଗ୍ନା ।

- 'ଶେଲି, ତୁମେ ଆଜିକାଲି ଆଉ ଗୀତ ଗାଉନ ?'

- 'ନିବୁଜ କୋଠରି ଭିତରେ । ଏକା ଏକା ।'

ସବୁ ନାରୀର ଏକ ନିଜସ୍ୱ ଗନ୍ଧ ଥାଏ । ଶାଳିନୀର ଆଘ୍ରାଣ ମୋତେ ସବୁଦିନ ଆମୋଦିତ କରିଛି । ପ୍ରଥମ ଚାକ୍ଷୁଷ ପରିଚିତବେଳେ ନଟରାଜ ମୂର୍ତ୍ତି ପାଖରେ ଜଳନ୍ତା ଧୂପକାଠିର ବାସ୍ନା ଏ ଯାଏ ଯେମିତି ତା' ଦେହରେ ନେସି ହୋଇଛି । ଅନ୍ତତଃ ସ୍ନାୟବିକ ସ୍ତରରେ ଏକଦା ମୁଁ ତାକୁ ଗ୍ରହଣ କରି ନେଇଥିଲି । ସଙ୍ଗୀତର ଆରୋହ-ଅବରୋହ ।

- 'ଏକା ଭାରି ବୋର୍ ଲାଗୁଥିବ ।'

- 'ଛାତ୍ରଛାତ୍ରୀଙ୍କ ସାମ୍ନାରେ ଦିନସାରା ପଦାର୍ଥ ବିଜ୍ଞାନରୁ ଗୁଡ଼ାଏ ଗପିସାରି ଫେରିଲା ପରେ ଘରର ସମସ୍ତ ପଦାର୍ଥ ଆତ୍ମୀୟ ହୋଇ ଯାଆନ୍ତି ।'

ତାଳ ଓ ଲୟ ସବୁ ମୋ ପାଇଁ ଦୁର୍ବୋଧ୍ୟ । ଶାଳିନୀ ବି ସେମିତି ଦୁର୍ବୋଧ୍ୟ । ଏବଂ ଏଇ ଦୁର୍ବୋଧ୍ୟତା ହିଁ ତା'ର ମୁଖ୍ୟ ଆକର୍ଷଣ । ଯେତେ ପାଖରୁ ଦେଖିଲେ ବି ଶାଳିନୀ ଶାଳିନୀ !

- 'ନିର୍ଜନ ମୁହୂର୍ତ୍ତରେ ପୁରୁଣା କଥା କିଛି ମନେ ପଡ଼େନା ଶେଲି ?'

- 'ପଡ଼େ । ତେଣୁ ଆଜିକାଲି ନୂଆ ଅଭ୍ୟାସଟିଏ କରିଛି, ପ୍ରଥମେ ଗୋଟିଏ ପିଲ୍‌ରେ ନିଦ ହୋଇଯାଉଥିଲା । ଏବେ ଏକାଧିକ ।'

ଦୁର୍ବୋଧ୍ୟ । ଯେମିତି ଥରେ ଥରେ ଲାଗେ ହାତ ବଢ଼ାଇଲେ ଅନ୍ଧାରକୁ ମୁଠା ମୁଠା କରି ଧରିହେବ । ଅଥଚ କେମିତି ଅନାତ୍ମୀୟ ଭାବେ ଅନ୍ଧାର ଖସିଯାଏ କେଜାଣି ।

ଶାଳିନୀ ସ୍ୱିଚ୍ ଟିପି କୋଠରିକୁ ଆଲୋକିତ କଲା । ମୁଁ ସଚେତନ ହୋଇ

ତା'ର ହାତ ଦୁଇଟିକୁ ଅନାଇ ରହିଲି। ବାହୁମୂଳରୁ ମୁକୁଳା ମସୃଣ ହାତ ଦୁଇଟି ଅଳି କଲା ପରି ମୋ ବେକଯାଏ ବଢ଼ି ଆସିଲା। ବହୁଦିନ ପରେ ତା'ର ସ୍ପର୍ଶରେ ମୋର ସ୍ନାୟୁମାନେ ସତେଜ ହୋଇ ଉଠିଲେ। ମୁଁ ତା'ର ମୁହଁକୁ ସ୍ଥିର ଆଖିରେ ଚାହିଁଲି। ଆଖିତଳେ ସାମାନ୍ୟ କଳା ଦାଗ। ପ୍ରଥମେ ଗୋଟିଏ ପିଲ୍ ତା'ପରେ ଦୁଇ ତିନି...। ନିଃସଙ୍ଗ ଜୀବନଟିଏ ଜୀଇଁବା ପାଇଁ ଶାଳିନୀ ନିଜକୁ ସମ୍ପୂର୍ଣ୍ଣ ରୂପେ ପ୍ରସ୍ତୁତ କରିସାରିଥିଲା। ଅଥଚ ତା'ର ଓଠ ସନ୍ଧିରୁ ଉକୁଟି ଆସୁଥିବା ଚପଳ ହସ ଟିକକ ଗୋଟିଏ ପ୍ରଶ୍ନରେ ପରିଣତ ହେଲା- 'ତୁମେ ଆଜିକାଲି ଆଉ ଲେଖାଲେଖି କରୁନ?' ଶାଳିନୀ ଏକ ନିର୍ଦ୍ଦିଷ୍ଟ ଉତ୍ତର ଆଶା କରୁଥିଲା। ଅଥଚ ମୁଁ କୈଫିୟତ ଦେବାପରି କହିଲି, 'ଜୀବନର ଦାବି ଥରେ ଥରେ ସବୁ କିଛିକୁ ବଳେଇ ପଡ଼େ, ଶେଲି।'

ମୁଁ ଅନୁଭବ କଲି, ଶାଳିନୀ ମୋର ଉତ୍ତରରେ ସନ୍ତୁଷ୍ଟ ନୁହେଁ। ମୁଁ କାମଚଳା ଉତ୍ତରଟିଏ ଦେଇ ଝର୍କା ବାହାରର ଅନ୍ଧାରକୁ ଚାହିଁଲି। ହୁଏତ ମୁଁ କହିବାକୁ ଚାହୁଁଥିଲି, ମୁଁ ଦିନେ ନା ଦିନେ ତୁମ ସମ୍ପର୍କରେ ଗୋଟିଏ ସମ୍ପୂର୍ଣ୍ଣ ଉପନ୍ୟାସ ଲେଖିବି ଶେଲି। ଯେହେତୁ ଆଜିଯାଏ ଯେତେ ଘଟଣା ଓ ଚରିତ୍ରର ସଂସ୍ପର୍ଶରେ ଆସିଛି, ସେ ସମସ୍ତଙ୍କ ମଧ୍ୟରୁ ତୁମେ ଜଡ଼ିତ ଥିବା ଘଟଣାମାନେ ଓ କେବଳ ତୁମେ ହିଁ ମୋ ପାଇଁ ଏକାନ୍ତ ଭାବେ ଦୁର୍ବୋଧ୍ୟ। ଆଜିଯାଏ କେବଳ ମୁଁ ସେ ଉପନ୍ୟାସରେ ମୋର ଭୂମିକା କ'ଣ ହେବ ଠିକ୍ କରି ପାରିନାହିଁ। ନାୟକ ନା' ଖଳନାୟକ? ଅନେକ ତନ୍ଦ୍ରାଚ୍ଛନ୍ନ ମୁହୂର୍ତ୍ତରେ ଯେଉଁ ନାୟିକାର ରୂପ ମୋ ସାମ୍ନାରେ ଉଭା ହୋଇଛି, ତା' ସହିତ ତୁମର ଅନେକ ସାମଞ୍ଜସ୍ୟ।

କେବଳ ମୁଁ ନୁହେଁ, ଶାଳିନୀ ବି ଝର୍କା ଦେଇ ବାହାରର ଅନ୍ଧାରକୁ ଚାହିଁଛି। ପାର୍ଥ୍ୟକ କେବଳ ମୁଁ ନିର୍ବାକ୍, ସେ ପ୍ରଗଳଭା, 'ଏଇ ଶାଳବଣଘେରା ପାହାଚମାନେ ତୁମକୁ କୌଣସି ପ୍ରେରଣା ଦେଇପାରୁ ନାହାନ୍ତି? ଯେଉଁଠି ଶାଳ ଫୁଲର ବାସ୍ନାରେ ଥିବ ହଜିଲା ଭାବ। ଯେଉଁଠି ମଧ୍ୟରାତ୍ରିର ନୀରବତା ବାଘର ହୁଙ୍କାରରେ କମ୍ପି ଉଠୁଥିବ।' ଯେମିତି ଶାଳ ଫୁଲର ବାସ୍ନାରେ ତା' ଦେହ ଶିହରି ଉଠୁଛି। ବାଘର ହୁଙ୍କାର ଶୁଣି ପାରୁଛି। ଅଜବ ଝିଅ। ଏଯାଏ ସେ ବାଘ କଥା ମନେ ରଖିଛି। କେତେବେଳେ ପୁଣି ସେ ବାଘ ଦେଖିବାକୁ ଜିଦ୍ କରିବ କେଜାଣି। ତାକୁ ବାସ୍ତବତା ମଧ୍ୟକୁ ଟାଣି ଆଣିବାକୁ ମୁଁ ବାଧ୍ୟ ହୋଇ ମୁହଁ ଖୋଲିଲି, 'ଜଙ୍ଗଲ ବିଭାଗରେ ଚାକିରି କରି ମୁଁ ପୁଷ୍ଟିକର ଶାଳଗଛମାନଙ୍କୁ ଦେଖି, ଶାଳଫୁଲର ବାସ୍ନାରେ ଆମୋଦିତ ହୋଇ ଭାବପ୍ରବଣ ହେବା ଭୁଲିଯାଇଛି, ଶେଲି। ସେହି ଗଛ କାଟିବାକୁ ଫରେଷ୍ଟ କଣ୍ଟ୍ରାକ୍ଟରମାନେ ମୋଠୁ ଆଦେଶ ନିଅନ୍ତି। ମୁଁ ଦସ୍ତଖତ କରୁଥିବା ଫାଇଲମାନଙ୍କରେ ଶାଳଫୁଲର ବାସ୍ନା ନଥାଏ ଶେଲି।'

– 'ହାଓ ପ୍ରୋଜାଇକ୍ ?'

ମୁଁ ଏଥର ନିଃଶବ୍ଦରେ ହସିଲି। ଶାଳିନୀ ଝର୍କା ପାଖରୁ ଫେରି ଆସି ନିଜକୁ ଗୋଟିଏ ଇଜି ଚେୟାରରେ ଲୋଟାଇ ଦେଲା। ଧୀରେ ଧୀରେ ତା'ର ଆଖି ଦୁଇଟି ବୁଜି ହେଉଥିଲା। ଏଥର ଆଖି ତଳର କଳାଦାଗମାନେ ସ୍ପଷ୍ଟ। ଶାଳିନୀର ମୁଖଭଙ୍ଗୀରେ ଅନେକ ଭାବ ବିନ୍ୟାସର ସୂଚନା ମିଳୁଥିଲା। କିଛି ସମୟ ପାଇଁ ମୁଗ୍ଧ ତନ୍ମୟ ଭାବ, ତା'ପରେ ଏକ ଅସହାୟ କାରୁଣ୍ୟ ଏବଂ ହଠାତ୍ ମୁହଁର ତ୍ୱକ୍‌ରେ ଫୁଟି ଉଠୁଥିବା କଠୋରତା ସହିତ ଶାଳିନୀର ଆଖି ଖୋଲିଗଲା। ଏବଂ ଯେମିତି ଦୃଢ଼ ସ୍ୱରରେ କହିଲା, 'ଜୀବନର ବାସ୍ତବତା ସବୁବେଳେ ଗଦ୍ୟମୟ ନୁହେଁ ? ମୁଁ ତୁମ ପାଖକୁ କାହିଁକି ଆସିଛି, ଜାଣ ?'

ହୋଲି ଖେଳ ଦିନର ବେଜାଏ ରଙ୍ଗ ପରି ମୋ ଉପରକୁ ପ୍ରଶ୍ନଟି ଫିଙ୍ଗି ଦେଲା। ଶାଳିନୀ ପୁଣି ନୀରବ ହୋଇଗଲା।

ମୁଁ ତରବରରେ କହି ପକାଇଲି, 'ବାଘ ଦେଖିବ ପରା !'

ଶାଳିନୀ ଯେପରି ମୋ କଥା ଶୁଣିପାରି ନାହିଁ। ତା'ର ଆଖି ଅନେକ ଚେଷ୍ଟା ସତ୍ତ୍ୱେ ଶବ୍ଦଟିଏ ସ୍ଫୁରୁ ନଥାଏ। ଅଥଚ କୋହଟିଏ ସହିତ ଶାଳିନୀ କହି ପକାଇଲା, 'ଏଠି ଏମ୍.ଟି.ପି.ର ସମସ୍ତ ସୁବିଧା ଅଛି। ଆବରସନ୍ ପରେ ମୁଁ ତୁମ ପାଖରେ କିଛିଦିନ ରେଷ୍ଟ ନେଇ ପାରିବି।'

ନାରୀ ଚରିତ୍ରକୁ ତନ୍ନ ତନ୍ନ ଭାବରେ ଚିତ୍ରିତ କରୁଥିବା ମୋପାସାଁ ଆତ୍ମକଥନ ପଢ଼ିଥିବା ସତ୍ତ୍ୱେ ମୁଁ ଭୁଲଟିଏ କରିପକାଇଥିଲି। କେଉଁ ଝିଅ ପ୍ରଥମ ଥର ପାଇଁ ପ୍ରେମ କରୁଛି କିମ୍ବା ଆଗରୁ ପ୍ରେମ କରି ଆଉ ଥରେ ନୂଆ କରି ପ୍ରେମ କରୁଛି, ମୁଁ ଜାଣିପାରି ନଥିଲି। ଶାଳିନୀ ସହିତ ଆତ୍ମୀୟ ହେବା ପରେ, ଏପରିକି ତାକୁ ପ୍ରଥମଥର ସ୍ପର୍ଶ କରିବା ପରେ ବି ସେ ମୋ ପାଇଁ ଦୁର୍ବୋଧ୍ୟ ହୋଇ ରହିଯାଇଥିଲା।

ଶାଳିନୀ ଅଗତ୍ୟା ଚେୟାରରୁ ଉଠିପଡ଼ି ଅଳସ ଭାଙ୍ଗିଲା। ଗୋଲାପୀ ନାଇଟ୍ ଗାଉନ୍ ଦେଇ ତା'ର ସମସ୍ତ ଅବୟବ ମୋର ଆଖି ସାମ୍ନାରେ ସ୍ପଷ୍ଟ ହୋଇଗଲା ମୁହୂର୍ତ୍ତକ ପାଇଁ। ଏଯାଏ ଟି'ପୟରେ ପଡ଼ିଥିବା ଭେନିଟ୍ ବେଗ୍‌ରୁ ସେ କାଢ଼ି ଆଣିଲା ଗୋଟିଏ ଷ୍ଟ୍ରିପ୍ ଟାବ୍‌ଲେଟ। ସେଥିରୁ ଏକାଧିକ ପାଟିକୁ ଫିଙ୍ଗିଦେଇ ବାଥରୁମ୍‌କୁ ନିର୍ବିକାର ଭାବେ ପଶିଗଲା। ବେସିନ୍‌ରୁ ଗ୍ଲାସେ ପାଣି ପିଇ ପୁଣି ଫେରି ଆସିଲା ଇଜି ଚେୟାରକୁ। ମୋ ଆଖି ଆଗରେ ଘଟି ଯାଉଥାଏ ଏକ ନାଟକୀୟ ଦୃଶ୍ୟ। ଶାଳିନୀ ଯେପରି ମୋର ଉପସ୍ଥିତି ସମ୍ପର୍କରେ ଉଦାସୀନ ବା ଅଜ୍ଞ। ମୁଁ ମନେ ମନେ ହସିଲି। ମାତ୍ର କେଇଟା ସ୍ଲିପିଂ ପିଲ୍‌ରୁ ତୁମେ କେତେ ସାନ୍ତ୍ୱନା ପାଇବ ଶେଲି ? ମଧ୍ୟରାତ୍ରିର ବା ଶ୍ରେଣୀର ଆରୋହ-ଅବରୋହ ଯେମିତି ଜଙ୍ଗଲୀ ପବନରେ ଅନୁରଣିତ ହୋଇ ଉଠୁଥାଏ।

ଶାଳିନୀର ସାନ୍ନିଧ୍ୟ କୋଠରିରେ ଯେମିତି ଭରି ଦେଇଥାଏ ଶାଳଫୁଲର ବାସ୍ନା । ତା'ର ଅସଂଯତ କେଶବାସ ଲତାଗୁଳ୍ମ ପରି ନଇଁ ଆସିଥାଏ ତା'ର ଆରଣ୍ୟକ ଦେହ ଉପରକୁ । ମୁଁ କ'ଣ ଦେଖୁଛି, କିଛି ସମୟ ପୂର୍ବର ପ୍ରଗଳଭା ଶାଳିନୀକୁ ନା ଏକ ଅରମା ଅରଣ୍ୟକୁ । ଶାଳିନୀର ମୁଦ୍ରିତ ଆଖି ଜଙ୍ଗଲୀ ହ୍ରଦ ଦୁଇଟି ପରି ଉନ୍ମୁକ୍ତ ହେଲା ।

- 'ବାଘ ଦେଖିବ ପରା ଶେଲି ?'

- 'ଦେଖୁଛି । ଏଇ ମୋ ସାମ୍ନାରେ ।'

ତୃଷିତ ବାଘଟିଏ ଜଳ ସନ୍ଧାନ ପାଇଁ ସେଇ ହ୍ରଦମାନଙ୍କ କୂଳରେ ପଇଁତରା ମାରୁଛି । ତା'ର ଲହ ଲହ ଜିଭରେ ଦୁରନ୍ତ ତୃଷା ।

- 'ବାଘ ଦେଖିବ ପରା ଶେଲି ?'

- 'ତା'ର ହୁଙ୍କାର ମୁଁ ଶୁଣି ପାରୁଛି ।'

ଅଥଚ ମୁଁ ଶୁଣୁଥିଲି ବାଘଟିର ଏକ ବିକଳ ଆର୍ତ୍ତନାଦ । କେଉଁ ଏକ ଅଶାସ୍ତ୍ରୀୟ ସଙ୍ଗୀତର ରିଆଜ୍ ବାଘର ପ୍ରତ୍ୟେକ ତନ୍ତ୍ରୀରେ ଯେମିତି ଝଂକୃତ ହେଉଛି ।

- 'ବାଘ ଦେଖିବା ପରା ଶେଲି' ?

- 'ବାଘଟା ସତରେ ଏକ ନିରୀହା ସୁନା ପିଲାଟିଏ ?'

ଅସହାୟ ସ୍ୱରଲିପି । ଅସହାୟତାର ଆଲେଖ୍ୟ ତା' ମୁହଁରେ । ହ୍ରଦ କୂଳରୁ ତୃଷିତ ହୋଇ ସେ ଫେରିଯିବା ପାଇଁ ବାଟ ଖୋଜୁଛି । ଅଥଚ ତା'ର ଗୋଡ଼ମାନେ ଯେମିତି ଛନ୍ଦି ହୋଇଯାଇଛି ଲତା ଗୁଳ୍ମରେ ।

ଶାଳିନୀର ଆଖି ପୁଣି ମୁଦ୍ରିତ । ମୁଁ ଝର୍କା ଦେଇ ବାହାରର ପୁଞ୍ଜୀଭୂତ ଅନ୍ଧାରକୁ ଚାହିଁଲି । ତା'ପରେ ପୁଣି ଶାଳିନୀକୁ । ଯେମିତି ତାକୁ ଜୀବନରେ ପ୍ରଥମଥର ପାଇଁ ଦେଖୁଛି । ତାକୁ ଘେରି ରହିଥିବା ସମସ୍ତ ଦୁର୍ବୋଧ୍ୟତାର କୁହେଳି ମୋ ଆଖି ସାମ୍ନାରେ ଧୀରେ ଧୀରେ ଅପସରି ଯାଉଥିଲା ।

- 'ସତରେ ମୁଁ ତୁମର ତନ୍ଦ୍ରାଚ୍ଛନ୍ନ ଦେହକୁ ରକ୍ତାକ୍ତ କରି ମୋର ଶକ୍ତ ପଞ୍ଝାମାନଙ୍କରେ କେଉଁ ଶାଳବଣ ଘେରା ଅରଣ୍ୟ ମଧ୍ୟକୁ ଘୋଷାରି ନେବି ନା ତୁମର ଦେହର ବାସ୍ନାରେ ଆମୋଦିତ ହୋଇ ଆଣ୍ଠୁସନ୍ଧିରେ ମୁହଁ ଗୁଞ୍ଜି ତୁମ ବାସ୍ନାରେ ସୁନା ପିଲାଟିଏ ପରି ସାରା ଜୀବନ ଆତ୍ମ-ସମର୍ପଣ କରିବି, ଶେଲି ?'

ମୋର ଆଗାମୀ ଉପନ୍ୟାସରେ ମୋର ଭୂମିକା କ'ଣ ହେବ, ନାୟକ ବା ଖଳନାୟକ ?

ଶାଳିନୀର ଆଖି ଦୁଇଟି ପୁଣି ଧୀରେ ଧୀରେ ମୁଦ୍ରିତ ହୋଇ ଆସୁଥିଲା ।

■

ପରିକ୍ରମା

॥ ସହର ॥

ଦୀର୍ଘଦିନ ପ୍ରବାସର ପାଣି ପବନରେ ପୁଷ୍ଟ ହେବା ପରେ ମୁଁ ଆମ ସହରକୁ ଫେରି ଆସିଛି। ଅନେକ ପରିବର୍ତ୍ତନ। ବିଶେଷତଃ କାୟିକ। ପ୍ରଥମେ ମୁଁ ମନେ କଲି ବସ୍‌ଷ୍ଟାଣ୍ଡ ପାଖର ଓହଳ ବିବର୍ଜିତ ବିଶାଳ ବରଗଛଟିକୁ। ମୁଁ ଏକଦା ବରଗଛ ତଳର ଚା' ଦୋକାନରେ ଚା' ପିଉଥିଲି ଓ ବସ୍‌ରୁ ଓହ୍ଲାଉଥିବା ଆଗନ୍ତୁକମାନଙ୍କୁ ଦେଖି ସହରର ସ୍ୱରୂପ ନିର୍ଦ୍ଧାରଣ କରୁଥିଲି। ଆଜି କିନ୍ତୁ ବରଗଛ କଟା ହେବା ପରେ ଖାଲି ନୂତନ ଯାତ୍ରୀମାନେ ଦୃଷ୍ଟି ଆକର୍ଷଣ କରୁଥିଲେ। ଏକଦା ବରଗଛରେ ଗୁଡ଼ାଏ ବଗ ବସା ବାନ୍ଧି କୋଳାହଳରେ ସହରକୁ ମୁଖରିତ କରୁଥିଲେ। ସମ୍ପ୍ରତି ଗୁଜରାଟୀ ହୋଟେଲର ରେଡ଼ିଓ ଶୁଣିବା ପାଇଁ କଲେଜ ଛାତ୍ରଙ୍କ ଭିଡ଼ ଜମେ। କଦାଚିତ୍ ସଭା, ଶୋଭାଯାତ୍ରା ଇତ୍ୟାଦି ମଧ୍ୟ ହୁଏ। ମୁଁ ବସ୍‌ରୁ ଓହ୍ଲାଇ ବରଗଛଟିକୁ ଖୋଜୁଥିଲି କାରଣ କଥା ମନେ ପଡ଼ିଲେ ପ୍ରବାସରେ ପ୍ରଥମେ ବରଗଛ ହିଁ ମନେପଡୁଥିଲା। ଛାଇ ତଳେ ଅଯଥା ଯୁକ୍ତିତର୍କ, ଉଦ୍ଭଟ ପ୍ରଳାପ, ଆଇସ୍‌କ୍ରିମ୍, ଚା' ସ୍ପୋର୍ଟସ୍, ରାଜନୀତି, ସେକ୍ସ ଆଲୋଚନା ଆଦି ସବୁ ମନେ ଅଛି। ମୁଁ ନିକଟସ୍ଥ ଚଷମା ଦୋକାନ ଓ ସୁସଜ୍ଜିତ ବୁକ୍‌ଷ୍ଟଲଟିକୁ ଦେଖିଲି। ଅପ୍ରାପ୍ତ କୈଶୋରକୁ ପ୍ରଗଲ୍‌ଭ କରୁଥିବା ଶସ୍ତା ଉପନ୍ୟାସ ମଲାଟର ଉତ୍ତେଜିତ ଚିତ୍ରମାନେ ମୋ ସାମ୍ନାରେ ନୃତ୍ୟ କରୁଥିଲେ। ମୁଁ ଏଠାକୁ ଆସିବା ପୂର୍ବରୁ ନୂଆ ଚଷମାଟିଏ ଜଣେ ବନ୍ଧୁଙ୍କୁ ଜନ୍ମଦିନ ଉପହାର ଦେଇଥିଲି; କାରଣ ନିଜ ସହରକୁ ଚଷମା ପିନ୍ଧା ଆଖିରେ ଦେଖିବାକୁ ଆପାତତଃ ସ୍ପୃହା ନଥିଲା। ଅଗତ୍ୟା ଚଷମା ଦୋକାନ ପାଖରେ ମୁଁ ଅଟକିଗଲି ଓ କୌଣସି ଦ୍ୱିଧାବୋଧ ନ କରି କଳା ଚଷମା ହଳେ କିଣିଲି। ଦଳେ ତରୁଣ ପାନ ଦୋକାନ ପାଖରେ ଛିଡ଼ା ହୋଇ ପାଟିତୁଣ୍ଡ କରୁଥିଲେ। ସିଗାରେଟ୍ ଧୂଆଁରେ ଆଚ୍ଛନ୍ନ ପରିବେଶ ଲଘୁ ଆଲୋଚନା ସହିତ କିଛିଟା ଗାମ୍ଭୀର୍ଯ୍ୟ ଯୋଗ କରୁଥିଲା। କୌଣସି ନୂତନ ଚଳଚ୍ଚିତ୍ର ଥିଲା ସେମାନଙ୍କ ଆଲୋଚ୍ୟ ବିଷୟ। ଆହୁରି କେତେଜଣ ପ୍ରୌଢ଼ (ଅନେକଟା ଅଧ୍ୟାପକ ବା ସ୍କୁଲ ଶିକ୍ଷକ ଶ୍ରେଣୀର ଓ ଯେଉଁମାନେ

ପ୍ରତି ସହରରେ ଭିନ୍ନ ଭିନ୍ନ ଦିଶନ୍ତି, ଯଦିଓ ପ୍ରାୟ ସବୁ ସହରର ତରୁଣମାନଙ୍କ ମଧ୍ୟରେ କିଛି ନହେଲେ ପରିଚ୍ଛଦଗତ ସାମଞ୍ଜସ୍ୟ ଥାଏ) ବୁକ୍‌ଷ୍ଟଲର ବେଞ୍ଚ ଅଧିକାର କରି ସମ୍ଭବତଃ ରାଜନୀତି, ପାଣିପାଗ ବା ଦରଦାମ ସମ୍ପର୍କରେ ଆଲୋଚନା କରୁଥିଲେ। ଦୂରରୁ ଦିଶୁଥିବା କେତୋଟି କୋଠାରେ ରାଜନୈତିକ ଦଳମାନଙ୍କର ପତାକାମାନ ଉଡୁଥିଲା ଓ କାନ୍ଥମାନଙ୍କରେ ଗୁଡ଼ାଏ ସିନେମା ପୋଷ୍ଟର ମରା ହୋଇଥିଲା।

ମୋଟ ଉପରେ ସହର ମୋର ଜଣେ ଅପରିଚିତ ଭଦ୍ରଲୋକ ପରି ମନେ ହେଉଥିଲା। ମୁଁ ଚଷମା ପିନ୍ଧି ଆଗନ୍ତୁକମାନଙ୍କୁ ଦେଖୁଥିଲି। କେତେଦିନ ତଳେ ଖବର କାଗଜରେ ପଢ଼ିଥିଲି ଆମ ସହରର ଲୋକ ପ୍ରତିନିଧି ମନ୍ତ୍ରୀ ହେବା କଥା। ସିନେମା ହଲ୍‌ର ନୂଆ ଛବି। କେତେ ନୂତନ କୋଠା ଓ ନୂତନ ମନ୍ତ୍ରୀ ଅପେକ୍ଷା ସେ ଓହଳ ବିବର୍ଜିତ ବରଗଛ, ଅପରିଷ୍କୃତ ବସ୍‌ଷ୍ଟାଣ୍ଡ ଇତ୍ୟାଦି ମୋର ବେଶି ମନେ ପଡୁଥିଲେ। ମୋର ଦୁର୍ବଳତା ମୋତେ ମ୍ରିୟମାଣ କରୁଥିଲା। ଜାଣେନା କାହିଁକି ?

॥ ସାହି ॥

ଆମ ଘରଠୁଁ ଅନତି ଦୂରରେ ସେ ଘରର ଭଗ୍ନାବଶେଷ। ବହୁ ଦିନ ପରେ ତିନୋଟି କାନ୍ଥ ଧସି ପଡ଼ିଥିଲା। ଚତୁର୍ଥ କାନ୍ଥଟି ଏବେ ବି ମୂକ ଗାମ୍ଭୀର୍ଯ୍ୟ ସହ ଦଣ୍ଡାୟମାନ। ପାଖକୁ ଲମ୍ବି ଯାଇଥିବା ଅପରିଷ୍କାର ରାସ୍ତା ଓ ଘଞ୍ଚ ଅମରୀବଣରେ ଆମେ ସାନବେଳେ ଲୁଚକାଳି ଖେଳୁଥିଲୁ। ସେ କାନ୍ଥରେ ମୋ ନାଆଁ ସହିତ ସାହିର ଅନ୍ୟ କେତୋଟି ଝିଅଙ୍କ ନାଆଁ ଯୋଡ଼ା ହୋଇ ଲେଖା ହେଉଥିଲା। ଆଜି ବି ମନେ ଅଛି ସେ ପାଖରେ ପାଗଳଟିଏ ବସା ବାନ୍ଧିଥିଲା ଓ ତା' ପାଖକୁ କେତୋଟି ରୋଗା କୁକୁର ଶୋଇ ସବୁବେଳେ ଧକଉଥିଲେ। ଆମେ ସେମାନଙ୍କୁ ଅନର୍ଥକ ଆକ୍ରୋଶରେ ଟେକା ଫିଙ୍ଗୁଥିଲୁ। ଶୀତଦିନେ ସକାଳୁ ସାହିର ବେକାର ଲୋକ କାନ୍ଥ ପାଖରେ ଖରାକୁ ପିଠି କରି ବସି ଅଯଥା ଗପ କରୁଥିଲେ। କଦାଚିତ୍ ଜହ୍ନରାତିମାନଙ୍କରେ ଚୂନ ଛଡ଼ା କାନ୍ଥ ଓ ଅମରୀବଣକୁ ଦେଖି ମୁଁ ଭାବପ୍ରବଣ ହେଉଥିଲି। କାରଣ ମୋ କୋଠରିର ଝର୍କା ଦେଇ ତାହା ଏକମାତ୍ର ଆକର୍ଷଣୀୟ ଦୃଶ୍ୟ ଥିଲା। ଦିନେ ସକାଳୁ ଆମ ସମସ୍ତଙ୍କୁ ଚମତ୍କୃତ କରି ସେଠାରେ ସରକାରଙ୍କ ପକ୍ଷରୁ ଚୂନ ଧଉଳା ହେଲା। ପ୍ରଥମେ ଅନେକ ଅନିସନ୍ଧିତ୍ସୁ ଆଖି ଧୋବ କାନ୍ଥକୁ ଚାହିଁ କାରଣ ଜିଜ୍ଞାସା କରୁଥିଲେ। କିନ୍ତୁ କିଛି ଦିନ ପରେ ଗୋଲ ଗୋଲ ଅକ୍ଷରରେ ପରିବାର ନିୟନ୍ତ୍ରଣ ସମ୍ପର୍କରେ କେତୋଟି ସଚିତ୍ର ଉପଦେଶ ସେଠାରେ ଲେଖା ହେଲା ଓ ରାସ୍ତାରେ ଚାଲୁଥିବା ସାହିର ପ୍ରାୟ ସମସ୍ତେ ସେପଟକୁ ବେକ ଭାଙ୍ଗି ଚାହିଁବା ଆରମ୍ଭ କଲେ। ରାସ୍ତାକୁ ମାଡ଼ି ଆସିଥିବା ନର୍ଦ୍ଦମାକୁ ଆଡ଼େଇ ମୁଁ ସେ କାନ୍ଥକୁ

ଦେଖିଲି । ସରକାରୀ ବିଜ୍ଞାପନ ମଳିଚିଆ ହୋଇ ଆସିଥିଲା ଓ ସେ ସ୍ଥାନରେ କେତୋଟି ଚରମପନ୍ଥୀ ସ୍ଲୋଗାନ ନାଲି ଅକ୍ଷରରେ ଲେଖା ହୋଇ କ୍ରମବର୍ଦ୍ଧିଷ୍ଣୁ ସବୁଜ ଅମରୀବଣକୁ ଉପହାସ କରୁଥିଲା । ରାସ୍ତାରେ ଖେଳୁଥିବା ଲଙ୍ଗଳା ପିଲାମାନେ ମୋତେ କେମିତି ଏକ ଅଦ୍ଭୁତ ଦୃଷ୍ଟିରେ ଚାହିଁଲେ ।

।। ଘର ।।

ଆମ ଘରେ ଅନେକ କୋଠରି । ପୁଞ୍ଜିକୃତ ଶୂନ୍ୟତାକୁ କାନ୍ଥମାନଙ୍କ ଦ୍ୱାରା ଭାଗ ଭାଗ କରାଯାଇଛି ଓ ଝର୍କା ପୁଣି ଯୋଡ଼ା ହେବାର ଉଦ୍ୟମ ହୋଇଛି । ସାମ୍ପ୍ରତିକ ଶୂନ୍ୟତା ସହିତ ଅତୀତ ଇତିହାସର ଅଚ୍ଛେଦ୍ୟ ସମ୍ପର୍କ ଥିବା ସ୍ୱାଭାବିକ । କାନ୍ଥ ଉପରୁ ଅନ୍ୟମନସ୍କା ରେଜାର ପାଦ ଖସି ଗୋଡ଼ ଜଖମ, କୌଣସି ଗୋପନୀୟ କାରଣରୁ ମିସ୍ତ୍ରୀର ଆତ୍ମହତ୍ୟା, ଘରର ଆଖି ଝଲସା ରଙ୍ଗ ପ୍ରତି ଅନ୍ୟମାନଙ୍କର ନୀରବ ଅଭିସମ୍ପାତ ସବୁ ଆଜି ମୋ ନିକଟରେ ସବୁ ମୂଲ୍ୟବୋଧ ବିବର୍ତ୍ତିତ ବା ପରିବର୍ତ୍ତିତ । ଖାଦ୍ୟ, ବସ୍ତ୍ର ଭଳି ଘର ମଧ୍ୟ ଅପରିହାର୍ଯ୍ୟ । କିନ୍ତୁ ଆମ ଘରର ଚାରିପଟେ ସୁଉଚ୍ଚ ପାଚେରି ତିଆରି ହେବା ପରେ ମୋର ହଠାତ୍ ମନେ ହେଲା, ମୁଁ କୌଣସି ଏକ ଅଜଣା ଶକ୍ତିର ଅକ୍ତିଆରରେ ନଜରବନ୍ଦୀ । ମୋ ପାଇଁ ଆକାଶ ଓ ପବନ ଆମ କୋଠା ଛାତର ଆକାଶ ଓ ପବନ । ଆମର ଗୋଟିଏ ବଗିଚା ଅଛି । ସେଠାରେ ଅନେକ ଫୁଲ ଓ ପ୍ରଜାପତି । ମୋ ସାନଭାଇ ପ୍ରତିଦିନ ନାଇଲନ୍ ନେଟ୍‌ରେ ପ୍ରଜାପତି ଧରେ । ବନ୍ଦୀ ପ୍ରଜାପତିମାନେ ଅନେକଟା ମୋ ପରି ଦିଶନ୍ତି । ମୁଁ ଜାଣେ ଜାନୁଆରୀରେ କେଉଁ ଫୁଲ ଫୁଟେ, ଏପ୍ରିଲ୍‌ରେ କେଉଁ ଗଛ ପତ୍ରଝରା ଦିଏ କିମ୍ବା ଜୁଲାଇରେ କେଉଁ ଗଛର ଚାରା ପୋତା ହୁଏ । ମୁଁ ଏଠାରେ ସମୟ ସହିତ ସାକ୍ଷାତ କରେ । ଚାରିକାତ ମେଲାଇ ଶୋଇଥିବା ବାରଣ୍ଡାରେ ପଦଚାରଣ କରି ମୁଁ ଅପରାହ୍ନର ଅଳସ ମୁହୂର୍ତ୍ତମାନଙ୍କୁ ରଙ୍ଗିନ କରିବାକୁ ଚେଷ୍ଟା କରେ ।

ମୁଁ ଘରର ପାଚେରି ବ୍ୟତୀତ ବାପାଙ୍କ ମୁହଁ, ବୋଉର ସ୍ନେହ, ସାନଭାଇର ଚାପଲ୍ୟ, ଭଉଣୀର ନିରୀହତା ଓ ନିର୍ବୋଧ ଚାକରର ସ୍ପଷ୍ଟବାଦିତାକୁ ଭୟ କରେ । ପାଖ ରାସ୍ତାରେ ଚାଲୁଥିବା ଲୋକମାନଙ୍କୁ ବି ଭୟ କରିବାର ଅନେକ କାରଣ ଅଛି । ମୁଁ ସେମାନଙ୍କୁ ସନ୍ଦେହ କରେ । ତାଙ୍କ କଟାକ୍ଷରେ ଆମ ଘରର କାନ୍ଥମାନେ ତରଳିଯିବା ଭଳି ମନେ ହୁଏ । ସେମାନେ ଚିଡ଼ିଆଖାନାର ଜନ୍ତୁ ଦେଖିବା ପରି ଅନେକ ସମୟରେ ମୋତେ ଚାହିଁ ଦାନ୍ତ ନେଫେଡ଼ି ହସନ୍ତି ।

॥ ପଡ଼ୋଶିନୀ ॥

ବି.ଏ.ରେ ତାଙ୍କର ଦର୍ଶନ ଥିଲା। ବହିଲେଖା ଭାଷାରେ ଗୁଡ଼ାଏ କଥା କହନ୍ତି। ସ୍ୱାମୀଙ୍କୁ ବଜାର ସଉଦା ବରାଦ, ଚାକରକୁ ଗାଳି, ପୁଅ ପାଇଁ ଲୋରୀ ସବୁ ଆମ ଘରକୁ ଶୁଭେ। ଝର୍କା ପାଖରେ ଛିଡ଼ା ହୋଇ ସେ ଉଦାସ ଆଖିରେ ଘଣ୍ଟା ଘଣ୍ଟା ଧରି ନିର୍ଜନ ରାସ୍ତାକୁ ଚାହାନ୍ତି। ମୁଖର ଅପରାହ୍ନ ଓ ତାଙ୍କର ନୀରବ ମୁହଁକୁ ଦେଖି ଅନେକ ସମୟରେ କବିତା ଲେଖିବାକୁ ଇଚ୍ଛା ହୁଏ। ଆମ ବଗିଚାର ଶୀତକାଳୀନ ଫୁଲରେ ଜୁଡ଼ା ସଜାଇ ବାରଣ୍ଡାରେ ଘୁରୁଥିବାବେଳେ ସେ ଅନେକାଂଶରେ କୌଣସି ବିୟୋଗାନ୍ତକ ନାଟିକାର ନାୟିକା ପରି ଦିଶନ୍ତି। ତାଙ୍କୁ ଦେଖି ସେତେବେଳେ ଖାଲି ଦୀର୍ଘଶ୍ୱାସ ତ୍ୟାଗ କରିବାକୁ କିମ୍ବା ତାଙ୍କର ଦୃଷ୍ଟି ଆକର୍ଷଣ କରିବାକୁ ଆକାଶର ନିଥର ଶୂନ୍ୟତାକୁ ଟେକା ଫିଙ୍ଗିବାକୁ ମନ ହୁଏ।

ସେଦିନ ସେ ତାଙ୍କ ଚାରିବର୍ଷର ପୁଅ ପାଇଁ ରାସ୍ତା ଉପରେ ବେଲୁନ୍ ହାତରୁ ଖସି ଉର୍ଦ୍ଧ୍ୱମୁଖୀ ହୋଇ ଉଡ଼ିଯାଇଥିଲା। ମୁଁ ବାଲ୍‌କୋନୀରୁ ତାଙ୍କର ଅସହାୟତା ଲକ୍ଷ୍ୟ କରୁଥିଲି ଏବଂ ମୋତେ ଆବିଷ୍କାର କରି ସେ ଲଜ୍ଜିତା ହୋଇଥିଲେ। ଦିନେଦିନେ ସେ ଫ୍ଲାୱାରଭେସ୍ ଭଳି ଗ୍ରୀବା ଟେକି କିଛି ଖୋଜିଲା ଆଖିରେ ମୋ ଝର୍କାକୁ ଚାହାନ୍ତି।

ଆଜି ତାଙ୍କର ଝର୍କା ବନ୍ଦ ଥିଲା।

॥ କୋଠରି ॥

ମୋ ପାଇଁ ଉଦ୍ଦିଷ୍ଟ କୋଠରିରେ ଚାରୋଟି କାନ୍ଥ, ଗୋଟିଏ ଛାତ ଓ ଗୋଟିଏ ଚଟାଣ। ନିରାପଦ ନିଦ ପାଇଁ ସ୍ୱତନ୍ତ୍ର ଶେଯ, ଯାହାର ଦୈର୍ଘ୍ୟ ଓ ପ୍ରସ୍ଥ ପାଇଁ ଏକା ମୋ ଦେହ ନିଅଣ୍ଟ ହୁଏ। ମୁଁ ବର୍ତ୍ତମାନ ଏଇଠି ନିର୍ବାସିତ କହିଲେ ଭୁଲ ହେବ ନାହିଁ। ଯେହେତୁ ମୁଁ ନିଜେ ଅନେକ ସମୟରେ ନିଜ ଠିକଣା ଖୋଜେ। ମୁଁ ମୋର କୋଠରିର ଶୂନ୍ୟତା ଓ ଆଗନ୍ତୁକ ମୁହୂର୍ତ୍ତମାନଙ୍କୁ ନିରସ୍ତ୍ର ହୋଇ ସାମ୍ନା କରେ ଓ ପରାଜିତ ହୋଇ ଆପାତତଃ ସନ୍ଧି କରିନିଏ।

ମୋର ଟେବୁଲର ଫୁଲଦାନୀରେ ମୋର ସମସ୍ତ ସୌନ୍ଦର୍ଯ୍ୟବୋଧ ଏକୀଭୂତ। ଜହ୍ନ ରାତିରେ ଝର୍କା ଦେଇ ଲହଡ଼ି ଭାଙ୍ଗୁଥିବା ଜ୍ୟୋତ୍ସ୍ନାକୁ ସିଗାରେଟ୍ ଧୂଆଁରେ ଭାରାକ୍ରାନ୍ତ କରି ମୁଁ ଅନେକ ସ୍ୱପ୍ନ ଦେଖେ ଓ ଅନାଡ଼ ମନର ସରହଦରେ ଆବିର୍ଭୁତ ଚେହେରାମାନଙ୍କୁ ମୋ କୋଠରିର ଅନୁଚ୍ଚ ଛାତ ତଳେ କାମନା କରେ। ଆଲମିରାର ବହି ଥାକ ମୋ ପ୍ରଜ୍ଞାର ମାନଦଣ୍ଡ। ଏଲିଅଟ୍, ଅଡେନ୍, ଜଏସ୍, କାମୁଁ, କାଫ୍‌କା, ସାର୍ତ୍ରେ ମୋ ଆଖି ଆଗରେ ମନୁଷ୍ୟର ଆଲେଖ୍ୟ ଆଙ୍କନ୍ତି। ମୁଁ ମୋ କୋଠରିର ଚାରି

କାନ୍ଥର ବନ୍ଧନୀରେ ଛିଡ଼ା ହୋଇ ମଣିଷକୁ ଚିହ୍ନି ଶିଖୁଛି । ଶେଯ ପାଖରେ ସ୍ତୂପୀକୃତ ଖବରକାଗଜ ମୋତେ ବାହାର ପୃଥିବୀ ସହିତ ପରିଚିତ କରାଏ । ବାସ୍କେଟରେ ବନ୍ଦୀ ହୋଇଥିବା ଚିହ୍ନା ହସ୍ତାକ୍ଷର ଚିଠିପତ୍ରଗୁଡ଼ିକ ସଖା, ସୁହୃଦଙ୍କ ସହିତ ମୋର ସମ୍ପର୍କର ସେତୁ, ପବନରେ ଇତସ୍ତତଃ କାଗଜ ଟୁକୁରାମାନଙ୍କରେ ମୁଁ ମୋର କଥା (କବିତା ବା ଗଳ୍ପ)କୁ ଲିପିବଦ୍ଧ କରେ ।

ନିର୍ଜନତାର ନଖଦାନ୍ତ ଅଛି ବୋଲି ମୁଁ ଏଇଠି କୌଣସି ମଧ୍ୟାହ୍ନ ବା ଗଭୀର ରାତିରେ ଅନୁଭବ କରିଥିଲି । ସେ ମୋତେ ଆକ୍ରମଣ କରେ ଏବଂ ମୋର ଦେହର ଅଦୃଶ୍ୟ ଇଲାକାରୁ ଗୁଡ଼ାଏ ରକ୍ତସ୍ରାବ ହୁଏ । ବେଦନାର ସ୍ୱରଲିପି ଶୁଣି ବି ମୁଁ ସ୍ୱପ୍ନ ଦେଖୁଛି ଏବଂ ସବୁଠୁଁ ଆଶ୍ଚର୍ଯ୍ୟ ମୁଁ ବଞ୍ଚିଛି ।

■

ପ୍ରବାସୀ

ପ୍ରେମସ୍ପଦା, ମୁଁ କ୍ଳାନ୍ତ। ଏ କ୍ଳାନ୍ତି, ଏ ଯନ୍ତ୍ରଣା, ଏ ତ୍ରିଶଙ୍କୁ ଚେତନାର ଅବସାନ ସମ୍ପର୍କରେ ମୁଁ ସନ୍ଦିହାନ। ନିଜେଇ' ତ ମଧ୍ୟସ୍ୱର୍ଗର କାମନା କରିଥିଲି। ଆପାତତଃ ମୁକ୍ତିର ସୂତ୍ର ଖୋଜି ଖୋଜି ମୋ କୋଠରିର ଚୂନ ସୁର୍କି/ ଖସିଯିବ। ମୁଁ ନିଜେ ଜାଣେନା ଏ ସନ୍ଧାନରେ ମୋର ଆନ୍ତରିକତା କେତେ ? ମୁଁ ସତରେ ମୁକ୍ତି ଚାହେଁ ? କାନ୍ଥରେ ପ୍ରତିଧ୍ୱନିତ ପ୍ରଶ୍ନମାନେ: ପ୍ରତ୍ୟୁତ୍ତର ନିଛକ ଶୂନ୍ୟତା। ଶୂନ୍ୟତାର ଆବର୍ତ୍ତନରେ ପେଶି ହୁଏ ମୋର ମାଂସପେଶୀ। ମୁଁ କ୍ଷୟ ଦେଖୁଛି ଚନ୍ଦ୍ରକଳାରେ ଓ ତା'ର ବିସ୍ମୃତି ମୋର କ୍ରମଶୀର୍ଣ୍ଣ ଦେହରେ। ନାଃ, ମୁକ୍ତି ଲୋଡ଼ା ନାହିଁ। ମୃତ୍ୟୁବତ୍ ଯନ୍ତ୍ରଣାରୁ ତ୍ରାହି କି' ବା ମୃତ୍ୟୁ ?

ସର୍ବମୋଟ କେତୋଟି ପତ୍ର ଦେବଦାରୁ ଗଛରେ ? ନିଃସଙ୍ଗ ଦେବଦାରୁର ପତ୍ରମାନେ ଝରି ପଡୁଛନ୍ତି।

ନିର୍ଲଜ ଭାବେ ଆହୁରି ପାଖେଇ ଆସୁଛି ଶୁଭ୍ରା। ଲନ୍‌ରେ କଫି ପିଇବାକୁ ତାକୁ କୁଆଡ଼େ ଖୁବ୍ ଭଲ ଲାଗେ। ମୁଁ ନିର୍ଭୁଲ ଭାବେ ତା'ର ସମସ୍ତ ରୁଚି ଓ କୁରୁଚିର ତାଲିକା ମୁଖସ୍ଥ କରିଛି। ଆମର ପ୍ରଥମ ପ୍ରେମ ଦିନୁ ଏ ଉଦ୍ୟମ ଆଜିଯାଏ ଅବ୍ୟାହତ। ସେ ବି ଜାଣେ ମୁଁ କଫିରେ ଅଢ଼େଇ ଚାମଚ ଚିନି ନିଏ। ମୋର ବେକରେ ଝାଳ ହେଲେ ବାରମ୍ବାର ରୁମାଲରେ ପୋଛିବାକୁ ଭଲ ପାଏ। ଏ ଆନ୍ତରିକତା ଅସହ୍ୟ। ହଁ, କଫି ପାନ ସହିତ ଶୁଭ୍ରାର ଭାବପ୍ରବଣତା ଅବିଚ୍ଛିନ୍ନ। ସେ ଓପନ ଏଆର୍ ରେଷ୍ଟୋରାଁରେ ଦୂରତ୍ୱ ସହିପାରେନା।

: ପ୍ଲିଜ୍ ଶୁଭ୍ରା।

: ଓଃ ବ୍ଲେକ୍ ୟୁ ଆର୍ ଲଭ୍‌ଲି ଲାଇକ୍ ଏ ସ୍ପେନିଏଲ୍...

: ୟୁ ବିଚ୍।

ମୋ ଅସଂଜତ ଓଠରୁ ଖସି ପଡ଼େ ବିରକ୍ତି। ଅଥଚ ଶୁଭ୍ରା ହସି ଦିଏ। ମୁଁ କୁଆଡ଼େ ତା'ର ସ୍ପେନିଏଲ୍ କୁକୁର ପରି। ସେ ମୋତେ ତା'ର ଛାତିରେ ଚାପି ଧରି

ଉତ୍ତର ଆହରଣ କରିବାକୁ ଚାହେଁ। ଆଃ... ତା'ର ହାତମାନେ ନୃଶଂସ ସରୀସୃପ ପରି ମୋର ସାର୍ଟ କଲରକୁ ଅସ୍ତବ୍ୟସ୍ତ କରୁଛନ୍ତି। ଶୁଭ୍ରାର ପାପୁଲିମାନଙ୍କୁ କ୍ରୁଶବିଦ୍ଧ କରି ଅଚଳ କରିଦେଲେ କେମିତି ହୁଅନ୍ତା। ମୁଁ ଷଡ଼ଯନ୍ତ୍ର କରିବା ମୁଖଭଙ୍ଗୀ କରି ତା'ର ଦୁଇଟି ପାଦ ଓ ପାପୁଲିକୁ ଚାହିଁଲି। ସେ ଅପ୍ରତିଭ ହୋଇ କହିଲା,

: ୟୁ ବାଷ୍ଟାର୍ଡ୍।

: ୟୁ ?

: ବ୍ଲେକ୍ ମୁଁ ରିଏଲି ଜାରଜ। ସମସ୍ତେ କହନ୍ତି।

ସେ କହିଲା ଓ ହସିଦେଲା। ମୁଁ କିନ୍ତୁ ସହଜ ହୋଇପାରୁ ନଥିଲି।

: ମାନେ ?

: ତୁମେ ଜାଣ ମୋର ଡାଡି ନାହାନ୍ତି। ସେ କୁଆଡ଼େ ଆର୍ମିରେ ଥିଲେ ଓ ମମି ସହିତ ତାଙ୍କର ପ୍ରାକ୍- ବୈବାହିକ ସମ୍ପର୍କର ପରିଣାମ ମୁଁ।

: ଆଃ...

: ତୁମ ସହିତ ମୋର ଡାଡିଙ୍କର ଖୁବ୍ ସାମଞ୍ଜସ୍ୟ ଅଛି। ଦେଖିଥିବ ଆମର ଡ୍ରଇଁରୁମ୍‌ରେ ତାଙ୍କ ଫଟୋଗ୍ରାଫ୍, ମମି ସହିତ।

ଶୁଭ୍ରାର ମମି ଅଧ୍ୟାପିକା। ପ୍ରଥମ ଦିନ ତାଙ୍କ ଘରେ ଶୁଭ୍ରା ଯେତେବେଳେ ମୋତେ ତାଙ୍କ ସହିତ ପରିଚିତ କରାଇ ଦେଲା, ମୁଁ ବିଶେଷତଃ ତାଙ୍କର ଚଷମା ତଳେ ଜଳି ଜଳି ଅଗତ୍ୟା ଆର୍ଦ୍ର ହୋଇଯିବା ଦୁଇଟି ଆଖିକୁ ଆବିଷ୍କାର କରି ଡରି ଯାଇଥିଲି। ତା'ପରେ ସେ ମୋ ସହିତ ଗୋଟିଏ ସୋଫାରେ ଖୁବ୍ କମ୍ ବ୍ୟବଧାନରେ ବସି ଗୋଟିଏ କପ୍ କଫିକୁ ଅନ୍ୟୁନ ଅଧଘଣ୍ଟା ଧରି ପିଇଥିଲେ। ତାଙ୍କର ଦୀର୍ଘଶ୍ୱାସମାନେ ମୋର ନାଇଲନ୍ ଟାଇକୁ ଅସ୍ତବ୍ୟସ୍ତ କରୁଥିଲେ। ଅବଶ୍ୟ ମୁଁ ତାଙ୍କ ମାନସିକ ଅବସ୍ଥାରେ ତର୍ଜମା କରିନାହିଁ।

ପ୍ରେମସ୍ୱଦା, ବୁଝି ପାରୁଛ ଏ ଯନ୍ତ୍ରଣା। ନା, ପାରିବନି। ହୁଏତ ତୁମେ ଏବେ ବାଲକୋନୀରୁ ଚାହିଁଥିବ କ୍ରମବର୍ଦ୍ଧିଷ୍ଣୁ ମନିପ୍ଲାଣ୍ଟ ଲତାର ଔଦ୍ଧତ୍ୟକୁ। ହୁଏତ ଈର୍ଷା କରୁଥିବ, ତାହା କେତେ ନିର୍ଲଜ ଭାବେ ଲଟେଇ ଯାଉଛି କୁଣ୍ଡର ଗୋଲାପ ଗଛରେ। ମନିପ୍ଲାଣ୍ଟ କଣ୍ଟାକୁ ଖାତିର କରେନା। ଆଉ ଶୁଭ୍ରା... ?

: ତୁମେ ଯା' ପ୍ରେମ କରୁଥିଲ...

: ଏବେ ବି।

: ନୋ ହାର୍ମ। ତୁମେ ତାକୁ ସାମ୍ନା କରିବାକୁ ଭୟ କରୁଥିଲ। ତା'ପରେ...

ପ୍ରେମସ୍ୱଦା, ତୁମ ସହିତ ମୋର ସମ୍ପର୍କର ଟିକିନିଖି ବିବରଣୀ ଶୁଣିବାକୁ

ଶୁଭ୍ରାର ଜିଦ୍। ମନେ ପଡୁଛି, ତିନିଥର ତୁମକୁ ବହି ମାଗିବା ଅଭିନୟ କରି, ତୁମର ବାପା ନଥିବା ଜାଣି ବି ତୁମର ଘରକୁ କାମର ବାହାନା କରି ଯିବା ସତ୍ତ୍ୱେ ବି ମୁଁ ତୁମକୁ ମୋର ଆନ୍ତରିକ ଅଭିପ୍ରାୟ ଜଣାଇ ପାରି ନଥିଲି। ଶୁଭ୍ରା ହଲାଇ ଦେଲା।

: ହଁ, ତା' ସହିତ ପିକ୍‌ନିକ୍। ଶୁଭ୍ରା, ତୁମେ ଝରଣା ଦେଖିଛ ?

: ଯାଁ, ଦିଲ୍ଲୀରେ ପୁଣି ଝରଣା।

: ଆଚ୍ଛା, ଦିଗ୍‌ବଳୟ ?

: ଦିଲ୍ଲୀର ଦିଗ୍‌ବଳୟ ନାହିଁ।

ସେ କହିଲା ଓ ହସି ଦେଲା।

: ଶୁଭ୍ରା, କେବେ ଦିଗ୍‌ବଳୟକୁ ସ୍ଥିର ଆଖିରେ ଚାହିଁ ଯମୁନା କୂଳରେ ଠିଆ ହେବ, ନିଜ ଛାତି ଭିତରେ ଅନୁଭବ କରିବ ଦିଗ୍‌ବଳୟର ଶୂନ୍ୟତା କିପରି ସଂକ୍ରମିତ ହେଉଛି।

: ଆଉ ଝରଣା ?

: ସେ ଏକ ପ୍ରବାହମାନ ସ୍ଥିତି। ମିଳନାକାଂକ୍ଷୀ।

: ଆଃ ବ୍ଲେକ୍, ଭଲଗାର୍।

: ନାଃ, ଦିଗ୍‌ବଳୟକୁ ସାମ୍ନା କରି ଛିଡ଼ା ହେଲେ ଜୀବନ ପରି ବିସ୍ତୃତ ଶୂନ୍ୟତାକୁ ଦେଖିବା ହୁଏ ଓ ଖୁବ୍ ଅସହାୟ ଲାଗେ। ରାଇଟ୍ ?

: ସ୍ୱୋର୍।

ଶୁଭ୍ରା ମୋର ଭାବପ୍ରବଣତାର ଦୀର୍ଘଶ୍ୱାସ ଛାଡ଼ିଲା। ତା'ର ଓ ମୋର ଭାବପ୍ରବଣତାର ଭିନ୍ନତା ସମ୍ପର୍କରେ ସେ ହୁଏତ ସଚେତନ ହେଲା। ଏବେ ଆମର ବ୍ୟବଧାନ ନିରାପଦ।

: ସେଇ ଅସହାୟତାରୁ ଉଦ୍ଧାର ପାଇଁ କ'ଣ ଆବଶ୍ୟକ ଜାଣିଛ ?

: ହେଲ୍‌ପ, ଏଜ୍ ଆଇ ସିକ୍।

: ହଁ, ତା'ର ଓ ମୋର ଆନ୍ତରିକତା ଏଣୁ ସ୍ୱାଭାବିକ।

: ମୋର ଈର୍ଷା ହେଉଛି।

: ସେ ତୁମକୁ ଈର୍ଷା କରେନା। ଜାଣିଛ, ପିକ୍‌ନିକ୍‌ରେ ସମସ୍ତେ ବ୍ୟସ୍ତ ଥିବାବେଳେ ସେ ଚୁପ୍‌ଚାପ୍ ମୋତେ ଡାକିନେଇ ଥିଲା ଝରଣା କୂଳର ମନ୍ଦିରକୁ ଓ ବ୍ୟକ୍ତିଗତ ପ୍ରାର୍ଥନା ପରେ ଅନୁନୟ କରି ପଚାରିଥିଲା, କ'ଣ ମାଗିଲ ? ମୁଁ ଉତ୍ତର ଦେଇଥିଲି ତୁମକୁ। ତା'ର ପ୍ରାର୍ଥନା ବି ଅନୁରୂପ ଥିଲା। ଅବଶ୍ୟ ମୁଁ ତା'ର ଅନ୍ଧ

ବିଶ୍ୱାସରେ ବେଦମ୍ ହସିଥିଲି। ସେତେବେଳେ ତୁମର ଚିଠି ଗୋଟିଏ ବ୍ରିଫ୍‌କେଶ୍ ପୂର୍ଣ୍ଣ ହୋଇ ସାରିଥିଲା।

ଶୁଭ୍ରା ଆକାଶକୁ ଚାହିଁଲା ଓ ତା'ର ଆଖିର ତାରକାମାନେ ସ୍ଥିର ହୋଇଗଲେ। ହୁଏତ ସେ କିଛି ଭାବୁଥିଲା।

: ବ୍ଲେକ୍, ଆମେ ବି ମନ୍ଦିରକୁ ଯାଇ ପରସ୍ପରକୁ ମାଗିଲେ ଖୁବ୍ ମଜା ହୁଅନ୍ତା।

ମୁଁ କେବଳ ହସିଦେଲି।

ପ୍ରେମସ୍ପଦା, ତୁମକୁ ପ୍ରଥମ ଚୁମା ଦେବାବେଳେ ମୁଁ ନିଜକୁ ଖୁବ୍ ଅପ୍ରସ୍ତୁତ ମନେ କରୁଥିଲି ଓ ତୁମେ ଜଡ଼େଇ ଧରିବାବେଳେ ଅନୁଭବ କରୁଥିଲି ମୁଁ ଗୋଟିଏ ହାଲୁକା ଖେଳଣା ହୋଇ ଯାଉଛି ଏବଂ କିଏ ମୋତେ ଖୁବ୍ ଏକ ଗଭୀର ଗର୍ତ୍ତରେ ନିକ୍ଷେପ କରୁଛି ଯହିଁରୁ ନିଷ୍କୃତି ନାହିଁ। ଏ ପତନଜନିତ ଅସହାୟତା ପ୍ରେମାନୁଭୂତି। ନୁହେଁ ? ତା'ପରେ ମୁଁ ଦୀର୍ଘ ତିନିଦିନ ଧରି ରୁଗ୍‌ଣ ଅନୁଭବ କରିଥିଲି ଏବଂ ତୁମଠାରୁ ବିଦାୟ ପ୍ରବାସକୁ। ଆଃ... ଏ ଯନ୍ତ୍ରଣାରୁ ତ୍ରାହି ଖୋଜିଲେ କୋମଳ ଲନ୍ କଣ୍ଟକିତ ନାଗଫେଣୀ ବଣ ପରି ଲାଗୁଛି ଓ ମୁଁ ରକ୍ତାକ୍ତ।

ଆଉ ଯେଉଁଦିନ ଶୁଭ୍ରାକୁ ଆଲିଙ୍ଗନ କରି ପ୍ରଥମେ ଚୁମା ଦେଲି, ମୁଁ ବାସ୍ତବିକ ନିଜକୁ ଗୋଟିଏ ସ୍ପେନିଏଲ୍ କୁକୁର ପରି ମନେ କରୁଥିଲି। ସେ ମୋତେ ତା'ର ଛାତିରେ ଚାପି ଧରୁଥିଲା ଓ ମୁଁ ତା'ର ମୁହଁ ସାରା ଜିଭ ବୁଲାଉଥିଲି। ମନେ ହେଉଥିଲା, ମୋର ଦାନ୍ତମାନେ ତୀକ୍ଷ୍ଣ ହୋଇ ତା'ର ଗାଲରେ ଗଳି ଯାଉଛନ୍ତି। ଉଭୟେ ରକ୍ତାକ୍ତ ହୋଇଥିଲୁ। ତା'ପରେ ପ୍ରାୟ ପ୍ରତିଦିନ ଧରି ମୁଁ ଖୁବ୍ ହିଂସ୍ର ହୋଇ ଉଠୁଥିଲି।

ପ୍ରେମସ୍ପଦା, ଗତ ରାତିରେ ଏକ ଭୟଙ୍କର ସ୍ୱପ୍ନ ଦେଖିଥିଲି। ତୁମେ ଓ ମୁଁ ଦିଲ୍ଲୀର ଚଉଡ଼ା ଫୁଟପାଥରେ ହାତ ଛନ୍ଦାଛନ୍ଦି ହୋଇ ଚାଲୁଛୁଁ। ଦିଲ୍ଲୀର ଦିଗ୍‌ବଳୟ ଖୋଜିବାକୁ ହଠାତ୍ ତୁମର ଏକ ବଳବତୀ ଇଚ୍ଛା ହେଲା, କାରଣ ତୁମେ ନିଜକୁ ଅସହାୟ କରିବାକୁ ଚାହୁଁଥିଲ ଓ ଝରଣା ପରି ବହିଯିବାକୁ ବି ଚାହୁଁଥିଲ ଏବଂ ଏକ 'ଶବବାହୀ ବସ୍'। ମୁଁ ନିର୍ଭୟରେ ଭିଡ଼ ଠେଲି ଉଠିଗଲି ଓ ତୁମେ ରହିଗଲ ସେହି ଷ୍ଟପେଜ୍‌ରେ। ମୁଁ ଅନ୍ୟ ଏକ ଷ୍ଟପେଜ୍‌ରେ ଓହ୍ଲାଇ ଗଲି। ଅସହ୍ୟ, ତୁମ ଓ ମୋ ଭିତରେ ଅନେକ ଷ୍ଟପେଜ୍‌ର ଦୂରତ୍ୱ।

ପୁନଶ୍ଚ ସ୍ୱପ୍ନାନୁଭୂତି: ମୁଁ ଏକ ଗଭୀର ଗର୍ତ୍ତରେ ପତିତ ହେଉଛି। ଉଭୟ ପାଦ ଖୁବ୍ ବେଗରେ ତଳକୁ ଖସି ଚାଲିଛି। ଚାଲିଛି ତ ଚାଲିଛି। ଏତେବେଳେ ମୋତେ ଦୃଶ୍ୟ ହେଉଛି ଏକଦା ତୁମେ ଡାକି ନେଇଥିବା ମନ୍ଦିରର ପତିତପାବନ ନେତ। ମୁଁ ହାତ ବଢ଼ାଇବା ମାତ୍ରେ ଚୋରାବାଲି ଆହୁରି ଦବି ଦବି ଯାଉଛି। ତଳେ ଏକ ଆବର୍ଜନା

ସ୍ତୂପରେ ଝଟପଟ ଶୁଭ୍ରା। ଖସୁଛି ମୁଁ ଖସୁଛି ତା' ଆଲିଙ୍ଗନର ପରିଧିରେ। ଆବର୍ଜନା ସ୍ତୂପରେ।

ମୋର ସୁଦୂର ପ୍ରେମିକା, ଏ ପତନାନୁଭୂତି, ଏ ଯନ୍ତ୍ରଣାରୁ ତ୍ରାହି କାହିଁ ? ତୁମର ଝରଣା କୂଳର ମନ୍ଦିରର ଠାକୁରଙ୍କୁ ପଚାରି ଦେଖିବ ଥରୁଟେ।

ଦେବଦାରୁ ଗଛରୁ ଏକ ପରେ ଏକାଧିକ ପତ୍ରର ପତନ। ଶୁଭ୍ରା ଚିତ୍ ହୋଇ ଲନ୍‌ରେ ଶୋଇଛି।

ଆଃ... ପୁଣି ରାତି, ପୁଣି ରକ୍ତସ୍ରାବ।

■

ପୁନର୍ଜନ୍ମ

॥ ଦିନାନ୍ତର ॥

ଆଜି ଆତ୍ମା-ପରମାତ୍ମା ସମ୍ପର୍କରେ ଗବେଷଣା କରି ମୁଁ କ୍ଲାନ୍ତ। ସଂଲଗ୍ନ ବାଥରୁମ୍‌ରେ ସ୍ନାନରତା ମିତାଳିକୁ ମୁଁ ତା'ର ଶୟନକକ୍ଷରେ ଅପେକ୍ଷା କରୁଛି। ଶୁଭୁଛି, ଟପ୍ ଟପ୍ ଖସି ପଡୁଥିବା ପାଣିର ଶବ୍ଦ ଓ ଅଦୂରରେ ଖେଳପଡ଼ିଆର ଦର୍ଶକମାନେ ସମ୍ମିଳିତ ସ୍ୱରରେ ଖେଳାଳିମାନଙ୍କୁ ଉତ୍ସାହିତ କରୁଛନ୍ତି। ଅନାବଶ୍ୟକ। ଯେପରି ତାଙ୍କ ମଧ୍ୟରେ ଥିବା ଗୃହସ୍ଥମାନଙ୍କର କୁଟୁମ୍ବ, ଛାତ୍ରମାନଙ୍କର ପଠନ ଓ କର୍ମଚାରୀମାନଙ୍କର ଜୀବିକା ଚିନ୍ତା ନାହିଁ। ହଁ, ସବୁ ଖେଳ ଦେଖିବାବେଳେ ମୁଁ ହୀନମନ୍ୟତା ଅନୁଭବ କରେ। ବନ୍ଧୁ ଖେଳାଳିଗଣ, ଏ ଶରୀରଚର୍ଯ୍ୟାରୁ କ'ଣ ମିଳିବ କହତ ? ତୁମେ କ'ଣ ଭାବୁଛ, ଏଇ ଯେଉଁ ତାଳିମାଡ଼ ତୁମ ସୁସଜ୍ଜିତ ମାଂସପେଶୀର ସ୍ତାବକତା କରୁଛି; ତାହା ତୁମ ପୁରୁଷତ୍ୱର ମାନଦଣ୍ଡ ବୋଲି ? ସଖା ଦର୍ଶକମଣ୍ଡଳି, ଏତେଟା ବିସ୍ମୃତି କ'ଣ ସ୍ପୃହଣୀୟ ?

ମୁଁ କିନ୍ତୁ ସଚେତନ

ମୁଁ ଟି'ପୟର ଆଷ୍ଟ୍ରେକୁ ଏପଟ ସେପଟ କରୁଛି। ନିଜ ସମ୍ବନ୍ଧରେ ମିତାଳୀ ବିଷୟରେ ଚିନ୍ତା କରି ପାରୁଛି। ମୁଁ ଇଛା କରୁଛି, ମିତାଳୀର ଉଲଗ୍ନ ଦେହକୁ ଏଇ ମୁହୂର୍ତ୍ତରେ। ବାଥରୁମ୍‌ର କାନ୍ଥମାନଙ୍କ ପ୍ରତି ମୋର ପ୍ରଚଣ୍ଡ କ୍ରୋଧ ହେଉଛି। ସେମାନେ କ'ଣ ମୋଠୁ ବୟସ୍କା ଓ ମୋ ଅପେକ୍ଷା ବେଶି ସ୍ୱାସ୍ଥ୍ୟ ସମ୍ପଦର ଅଧିକାରିଣୀ ନାରୀଟିକୁ ବନ୍ଧନ ମୁକ୍ତ କରିବାକୁ ନାରାଜ। କାହିଁକି ଅନାକାଂକ୍ଷିତ ମାଲିକାନା ? ମୁଁ ଅତୀତକୁ ମନେ କରିପାରୁଛି। ଗତ ଜାନୁଆରୀର ପିକ୍‌ନିକ୍ ବେଳେ ମିତାଳୀ ମୋ ସାମ୍ନାରେ ସଂକ୍ଷିପ୍ତ ପୋଷାକ ପିନ୍ଧି ଶିଶୁଟିଏ ଭଳି ସ୍ନାନ କରୁଥିଲା। ମୁଁ ତା'ର ପୁନରାବୃତ୍ତି କାମନା କରୁଛି। ମୁଁ ଅତିଷ୍ଠ। ପଡ଼ିଆରେ ତାଳି ମାଡ଼। ରାସ୍ତାରେ ବସ୍‌ମାନଙ୍କର ଯାତାୟତ। ଆଃ... ଅସଂଖ୍ୟ ମୁହୂର୍ତ୍ତ ପରି ମିତାଳୀର ଅସଂବୃତ ଦେହରୁ ଖସି ପଡୁଥିବ ସାୱାରର

ଟୋପା ଟୋପା ପାଣି ଓ ଧୋଇ ନେଉଥିବ ତା'ର ଯୌବନରୁ ପରସ୍ତ। ମାଂସପେଶୀର ଘସାମଜା ଜନିତ ଉତ୍ତେଜକ ଶବ୍ଦ ଶୁଣି ଅତିଷ୍ଠ ମୋର ଘଟ, ନା ମନ, ନା ଆତ୍ମା ?

ସଦ୍ୟସ୍ନାତା ମିତାଳୀ ବାଥ୍‌ରୁମ୍‌ରୁ ବାହାରିଲା। ଲୋମଶ ଟାଓ୍ୱେଲ କରିବେଷ୍ଟିତ ତା' ଦେହରେ ଏତେ ଆକର୍ଷଣ। ଏତେ ମାୟା, ଏତେ ଭାସ୍କର୍ଯ୍ୟ। ତା'ର କ୍ରମଶ। ସ୍ଥୂଳ ତିନିଫୁଟ ଉଚ୍ଚ ଦୁଇଟି ଗୋଡ଼ ଉପରେ ସଙ୍କୁଚିତ କଟୀ, ବିସ୍ତାରିତ ବକ୍ଷ। ଲମ୍ବୋଦ୍ୟତ ସ୍ତନ ଯୁଗଳ ପୁଣି ଶଙ୍ଖ ଶୁଭ୍ର। ନାତି ଦୀର୍ଘ ମସୃଣ ଗ୍ରୀବା ଓ ସବା ଶୀର୍ଷକୁ କାରୁକାର୍ଯ୍ୟ ଖଚିତ ମୁହଁ। ମିତାଳୀ ଶାଢ଼ି ପିନ୍ଧୁଛି। ଶାଢ଼ି ନୁହେଁ ତ ଗୋଟିଏ ଅରଣ୍ୟ। ମିତାଳୀର ଶାଢ଼ିରେ ଅରଣ୍ୟର ଆଲେଖ୍ୟ। ସେ ନିଜକୁ ଅରଣ୍ୟରେ ନିରୁଦ୍ଦିଷ୍ଟ କରୁଛି ବା ଅରଣ୍ୟ ତାକୁ ନିଜ ସହିତ ସାମିଲ କରିନେଉଛି। ମିତା ପଥଭ୍ରଷ୍ଟା, କାରଣ ରାସ୍ତାର ଅନ୍ଧାର ଅପେକ୍ଷା କୋଠରିର ଅନ୍ଧାରର ଘନତ୍ୱ ବେଶି। ସତରେ ମିତାଳୀ ଯଦି ମୋ ସହିତ ଅରଣ୍ୟକୁ ଯାଆନ୍ତା। ଅପ୍ରତ୍ୟାଶିତ ଭାବେ ଆମେ ବିଚ୍ଛିନ୍ନ ହୁଅନ୍ତୁ ଓ ଖୁବ୍ ଦୂରରୁ ପରସ୍ପରର ନାଆଁ ଧରି ଡାକନ୍ତୁ। କ୍ରମେ ଆମର କଣ୍ଠସ୍ୱର ଅସ୍ପଷ୍ଟ ହୁଅନ୍ତା ଏବଂ କେହି କାହାରି ପାଖକୁ ଫେରି ଆସିବାର ଉଦ୍ୟମ ନକରି ଖୁବ୍ ଦୂରରୁ କେବଳ ପରସ୍ପରର ଉପସ୍ଥିତିକୁ ଅନୁଭବ କରନ୍ତୁ।

ମିତା, ଅରଣ୍ୟକୁ ଯିବା ?

ଏଇତ ଅରଣ୍ୟ, ଦେଖୁନ ? ଆମ ଚାରିପଟେ କଳା କଳା ବାୟବୀୟ ଗଛପତ୍ର ପାହାଡ଼ ପର୍ବତ ଓ ଏଇ ଯେଉଁ ସଫେଦ ଦର୍ପଣ ଗିରିଝଣା ପରି ଦିଶୁଛି ତହିଁରେ ଆମର ଅସ୍ପଷ୍ଟ ପ୍ରତିଫଳନ।

ମିତା, ତୁମେ ଏକ ଅନିଶ୍ଚିତର ଇଶାରା।

ଆଉ ତୁମେ ଏକ ଅର୍ଗଳି।

(କ'ଣ ହୋଇପାରେ ମୋର ପରବର୍ତ୍ତୀ ସଂଳାପ ? ମୁଁ ମନେ ମନେ ସ୍ଥିର କଲି। ଉତ୍ତଙ୍ଗ ଯୌନତା ଏକ ଅସହାୟ ଆତ୍ମସମର୍ପଣ ମିତା। ମୁଁ ନିଜକୁ ଖୁବ୍ ଖୋଜିଥିଲି, ପାଇଲିନି। ତେବେ ଅନ୍ୟ ଭିତରେ ନିଜକୁ ଅନୁଭବ କଲେ କ୍ଷତି କ'ଣ ?)

ମୁଁ ଅନୁଭବ କରୁଛି, ରାସ୍ତାରେ ବସ୍‌ମାନେ ଅଚଳ। ପଡ଼ିଆରେ ଖେଳାଳିମାନେ ପରସ୍ପରର ଶକ୍ତିକୁ ସନ୍ଦେହ କରୁଛନ୍ତି, ବିଜୟୀ ଦଳର ଦଳପତି ପକେଟରୁ ପାନିଆଁ କାଢ଼ି ମୁଣ୍ଡ କୁଣ୍ଡାଉଛି ଓ ପରାଜିତ ଦଳର ସମର୍ଥକ ଗଣ ତଟସ୍ଥ ହୋଇ ଆକାଶକୁ ଅନାଇଛନ୍ତି। ମିତାଳୀର ଅଭିସାର। ଆବେଦନ। ଆମନ୍ତ୍ରଣ। ସମଗ୍ର ପୃଥିବୀରେ ଗାଏମୋଟ କେତୋଟି ହ୍ରଦ ଥିବ ? ଭୂମିକମ୍ପରେ ହ୍ରଦର ହିଡ଼ମାନେ ଭୁଶୁଡ଼ି ଯାଏ ଓ ଅତର୍କ୍କା ସୁଅରେ ବିଲ, ବନ, ଏପରିକି ପ୍ରାନ୍ତରରେ ବି ପାଣି ମାଡ଼ିଯାଏ। ଅଗତ୍ୟା ପଡ଼ିଶା ଘରେ କାଚଗ୍ଲାସ୍ ଭାଙ୍ଗିବା, ବସ୍‌ମାନଙ୍କର ଆର୍ତ୍ତନାଦ ଓ ମିତାର କାଲି ଆସିବା ମଧ୍ୟରେ ମୁଁ ସଚେତନ ହେଲି।

ମୋ'ଠୁ ବିଚ୍ଛିନ୍ନ ମିତାଳୀ ଲାଇଟ୍ ଜାଳିଲା, ପୁଣି ଲୋମଶ ଟାୱେଲରେ ପରିବେଷ୍ଟିତ ହେଲା ଓ ନିର୍ବିକାର ଭାବେ ଆବକ୍ଷ ଦର୍ପଣ ସାମ୍ନାରେ ଛିଡ଼ା ହେଲା। ତା'ର ସ୍ୱୟଂକ୍ରିୟ ହାତରେ ପାନିଆ ଅବିନ୍ୟସ୍ତ କେଶକୁ ସୁସଜ୍ଜିତ କରି ଚାଲିଥିଲା ଏବଂ ତା'ର ଓଠ ଦେଇ କୌଣସି ଅଶାସ୍ତ୍ରୀୟ ସଙ୍ଗୀତର ଶବ୍ଦମାନେ ଖସି ପଡୁଥିଲେ।

ସ୍ମୃତି ତର୍ଜମା

ମୁଁ ସମ୍ପର୍କିତ।

ମୁଁ ମନେ କଲି, ମୋର ଏକ ଫୁଟ ବ୍ୟାସବିଶିଷ୍ଟ ଗୋଟିଏ ଗ୍ଲୋବ୍ ଅଛି। ମୁଁ ପରୀକ୍ଷା କରି ଦେଖିଛି, ଗ୍ଲୋବ୍‌ଟି ମୋ ଇଚ୍ଛା ମୁତାବକ ପୂର୍ବ-ପଶ୍ଚିମ, ପଶ୍ଚିମ-ପୂର୍ବ ହୋଇ ଘୂରେ, ଯେପରି ମିତାଳୀର ଅକୁଣ୍ଠିତ ଆତ୍ମସମର୍ପଣ। ପେନ୍‌ସିଲ୍ ମୂନରେ ମୋର ସମଗ୍ର ଉତ୍କଣ୍ଠାକୁ ଏକୀଭୂତ କରି ମୁଁ ଖୋଜେ କେଉଁଠି ମୋ ସହର? କେଉଁଠି ମୋ କୋଠରି? କେଉଁଠି ମୁଁ?

ଏବଂ ଆତ୍ମା-ପରମାତ୍ମା ସମ୍ପର୍କରେ ଗବେଷଣା କରି ମୁଁ କ୍ଲାନ୍ତ। ମିତାଳୀ ସହିତ ସମ୍ପର୍କର ନିର୍ଦ୍ଦିଷ୍ଟ କେତୋଟି ବିନ୍ଦୁରେ ଯେତେବେଳେ ଆତ୍ମବିସ୍ମୃତ ହୁଏ, ସେତେବେଳେ ମନେ ହୁଏ ମୋର ଏପିଟାଫ୍‌ରେ ଲେଖା ହେବା ପାଇଁ ଅନ୍ୟତମ ବିଶେଷଣର ସନ୍ଧାନ ମିଳିଲା, ମୁଁ ମିତାର ପ୍ରେମିକା ସମ୍ପର୍କ ଏକ ସାନ୍ତ୍ୱନା। ଆଜି ମୁଁ ବୁଝି ପାରୁଛି ପୂର୍ଣ୍ଣତାର ଆକାଂକ୍ଷା ମୋର ଶୂନ୍ୟ କୋଠରିକୁ ମିତାଳୀର ଟାଇପ୍ ଫୋର୍ କ୍ୱାର୍ଟର ସହିତ, ମୋର ଶରଶଯ୍ୟାକୁ ମିତାଳୀର ମେହେଗାନୀ ପଲଙ୍କ ସହିତ, ମୋର ଆଖପାଖ ମାଳାଞ୍ଚଳକୁ ମାଇଞ୍ଚ ସହିତ ଯୋଡ଼ି ଦେଇଛି।

ମୋ ସାମ୍ନାରେ ବସ୍‌ମାନେ ଦୋହଲି ଦୋହଲି ପହଁରି ଯାଉଛନ୍ତି। କଳା ପିଚୁ ରାସ୍ତା ଲମ୍ବି ଯାଇଛି ଅନ୍ଧାକାରର ସୀମାନ୍ତ ଯାଏ। ଛଟକାରେ ଆଉ କେତେବେଳେ ଛିଡ଼ା ହେବି? ଓଃ... ଏତେ ବୋଝ ମୋର ପିଠିରେ। ମେରୁଦଣ୍ଡ ଭାଙ୍ଗି ପଡୁଛି। ମୁଁ ଭାରାକ୍ରାନ୍ତ। ମୋର ଜିଭ ଏତେ ଶାଣିତ। ଏ ଯାଏ ନେସି ହୋଇଛି ମାଦକତା। ସ୍ୱାଦ। ସ୍ମୃତି। କିଏ ସେ? ମିତା। ସେ ତ ପରସି ଦେଇଥିଲା ତା'ର ପୁଷ୍ଟିକର ସ୍ତନ, ଜାନୁର ପଶମ ଭଳି ମାଂସ ଓ ସ୍ୱାଦିଷ୍ଟ ଓଠକୁ।

ଶୁଣ ମୋର ପିତା, ମାତା, ଭ୍ରାତା ଓ ଦାୟାଦଗଣ। ତୁମେ କ'ଣ ମୋର ବୋଝର କିଞ୍ଚିତ ଭାଗୀଦାର ହୋଇପାରିବ?

ନାଃ...

ହଁ, ମୁଁ ଏଠି ଦଣ୍ଡାୟମାନ। ଚତୁର୍ଦ୍ଦିଗରେ ଉଇ ହୁଙ୍କା ଉଠିବା ପର୍ଯ୍ୟନ୍ତ ଉଠୁ ମୋ ପାଦରେ ଅସଂଖ୍ୟ ଜଞ୍ଜିର।

ରୂପାନ୍ତର

ଦୃଷ୍ଟି ପଥାରୁଢ଼ ବସ୍‌ରୁ ଓହ୍ଲାଉଥିବା ଯାତ୍ରୀ, ପ୍ରସାଧନର ପଲସ୍ତରା ବୋଲି ଭିଡ଼ କରୁଥିବା ନାରୀ, ଆକାଶ ଓ ପୃଥିବୀର ଶୂନ୍ୟତା ମଧ୍ୟରେ କିଛି ସନ୍ଧାନ କରୁଥିବା ଜନତା। ଏମାନେ କ'ଣ ନିଷ୍ପାପ ? ବେପରୁଆ ବୁଢ଼ାଟିଏ। ଲୋଳିତ ଚର୍ମର ବେଢ଼ଣ ତଳେ କେଇ ଖଣ୍ଡ ହାଡ଼। କାନ୍ଥରେ ଲଗା ହୋଇଥିବା ମଇଳା ପୋଷ୍ଟର ଉପରେ ଅଠାବୋଳି ନୂଆ ଛବିର ରଙ୍ଗିନ ପୋଷ୍ଟର ମାରୁଛି ବୁଢ଼ାଟି। ପରଖି ନେଉଛନ୍ତି ପୁରୁଣା ଲୁଚି ଯାଇଛି ତ ? ତା'ପରେ ସିଡ଼ି ଟେକି ଆଗେଇ ଯାଉଛି ଅନ୍ୟ ଗୋଟିଏ କାନ୍ଥକୁ।

ମୁଁ ନିଶ୍ଚିତ ଫୁଟ୍‌ପାଥରେ ସେ ଏକ ନାରୀ। କାରଣ ତା' ଦେହର ପାର୍ଶ୍ୱ ନଦୀ ଭଳି ଚକ୍ର। ଆଉ ଯେଉଁ ମଣିଷ ସାମାନ୍ୟ ବ୍ୟବଧାନରେ ଠିଆ ହେଲା, ସେ ଏକ ପୁରୁଷ ଯାହାର ମୁଦ୍ରାରେ ଗୋଟିଏ ପାହାଡ଼ର ମୂର୍ତ୍ତି। ସେମାନେ ଅନ୍ତର୍ଦ୍ଧାନ। ସାମାନ୍ୟ ବିରତି ଓ ଏଥର ଯେଉଁ ଭଦ୍ରବ୍ୟକ୍ତି ରାସ୍ତା ଉପରକୁ ରେଳ ଇଞ୍ଜିନ୍‌ଟିଏ ପରି ମାଡ଼ି ଆସିଲେ, ସେ ମୋର ଅନ୍ୟତମ ବନ୍ଧୁ। ମୁଁ ତାଙ୍କୁ ଡାକି ପଚାରିଥାନ୍ତି: ତାଙ୍କ ଛାତିର ପିଞ୍ଜରା ସଂଖ୍ୟା, ତାଙ୍କ ରକ୍ତର ରଙ୍ଗ ଓ ତାଙ୍କ ଜିଭରେ ଅସ୍ଥିର ଅସ୍ତିତ୍ୱ ସମ୍ପର୍କରେ, ଅଥଚ ମୋ ଓଠମାନେ କାଠ। ତାଙ୍କ ଗତି ଦ୍ୱିଗୁଣିତ। ହେ ଅନ୍ଧକାରର ନାୟିକା, ଦେଖ ମୁଁ ଆଲୋକର ଅମରାବତୀରେ ଦଣ୍ଡାୟମାନ ଅଥଚ ଅନ୍ଧ। ମୋର ଅନ୍ଧତ୍ୱର ହେତୁ ଆଲୋକ, କାରଣ ଏଠି ଅନ୍ଧାର ପାଇଁ ସମ୍ବେଦନା ନାହିଁ ଓ ସ୍ଥିତି ତର୍ଜମା ଏକାନ୍ତ ପାକ୍ଷିକ।

ଶୁଣ ମୋର ଜ୍ଞାତି ପରିଜନ, ତୁମେ କ'ଣ ମୋର ବୋଝର କିଞ୍ଚିତ ଭାଗୀଦାର ହୋଇପାରିବ ? ଏଇ ଦେଖ ତୁମ ସମକ୍ଷରେ ମୁଁ ସମ୍ପୂର୍ଣ୍ଣ ଉଲଗ୍ନ। ଯଥାକ୍ରମେ ଅପରାଧମାନଙ୍କର ସ୍ୱୀକାରୋକ୍ତି ପରେ ମୋର ନିର୍ଦ୍ଦିଷ୍ଟ ଅଙ୍ଗମାନେ ପ୍ରସ୍ତର ପାଲଟି ଯିବେ। ମୋର ସର୍ବାଙ୍ଗ ପ୍ରସ୍ତର କାୟାକୁ ତୁମେ ଦେଖିବ ସେ ଏକୁଟିଆ ରେଳଇଞ୍ଜିନ ପରି ହ୍ୱିସିଲ୍ ମାରି ରାସ୍ତାକୁ ମୁଖରିତ କରିପାରେ, ଗୋଟିଏ କାନ୍ଥରୁ ସିଡ଼ି ଟେକି ଅନ୍ୟ କାନ୍ଥକୁ ଯାଇପାରେ ଓ ଆବଶ୍ୟକ ବେଳେ କାଖ ସନ୍ଧିରେ ଗୀତା, ଭାଗବତ ଜାକି ବୁଲିପାରେ।

ଶୁଣ।
ମୋର ପ୍ରଥମ ଅପରାଧ ବଞ୍ଚିବା (ପ୍ରତିଧ୍ୱନି)
ମୋର ଦ୍ୱିତୀୟ ଅପରାଧ ଅନ୍ୱେଷା (ନିରବଚ୍ଛିନ୍ନ)
ମୋର ତୃତୀୟ ଅପରାଧ ସମ୍ପର୍କ (ଗୁଞ୍ଜନ)
ବାସ୍ତବିକ କାୟା ଆତ୍ମା-ପରମାତ୍ମା ସମ୍ପର୍କରେ ଗବେଷଣା କରି ମୁଁ କ୍ଳାନ୍ତ।

■

ପାରିଧି

ସେମାନେ ସଂଗ୍ରହ କରିଥିଲେ ଗ୍ରାମ୍‌ଫୋନ୍, ରେଡ଼ିମେଡ଼୍ ଡାଏଟ୍, ଏଆର ଗନ୍, ପ୍ରଫେସରଙ୍କୁ ଲୁଚାଇ କେତୋଟି ହ୍ୱିସ୍କି ବୋତଲ, କେଇ ଖଣ୍ଡି ନିଷିଦ୍ଧ ପୁସ୍ତକ। ତା'ପରେ ହୁଡ୍ ଖୋଲା ଜିପ୍‌ରେ ଅରଣ୍ୟର ବକ୍ଷ ବିଦୀର୍ଣ୍ଣ କରି ଉଦ୍ଦାମ ପାରିଧି। ସେମାନେ ଗାଉଥିଲେ, 'ହରି ଅପ୍ ପ୍ଲିଜ୍ ଇଟ୍ ଇଜ୍ ଟାଇମ୍...

ସାନ ପାହାଡ଼। ଅନେକ ପଲାଶ ଗଛ। ନିଅଣ୍ଟିଆ ପ୍ରାନ୍ତର। କ୍ଷୁଦ୍ର ଡାକବଙ୍ଗଳା, ବୋଲମନା ଗିରି ଝରଣା। ସେମାନେ ବ୍ରେକ୍ କସିଲେ। ଏଆର ଗନ୍ ଫୁଟାଇ ପକ୍ଷୀ ହୁରୁଡ଼ାଇଲେ। ରେକର୍ଡ଼ ପ୍ଲେଆରରେ ନିଶ୍ଚନ୍ ଅରଣ୍ୟକୁ ସ୍ପନ୍ଦିତ କଲେ। ସେମାନେ ତରୁଣ, ତରୁଣୀ, ପ୍ରୌଢ଼ ପ୍ରଫେସର, ବିଗତ ଯୌବନା ଅଧ୍ୟାପିକା। ସେମାନେ ରାସ୍ତାର ପଳିତ ଶୁଷ୍କପତ୍ରରେ ମର୍ମର ଦେଲେ। ସବୁ କିଛି ଖିଆଲୀ, ବେପରୁଆ, ଲାଇଫ୍ ଲାଇନ୍।

ଆଟାଚିରେ ଲୁଚା ହୋଇଥିବା ହ୍ୱିସ୍କି ବୋତଲ ସବୁ ନିଜକୁ ନିଃଶେଷ କରି ତାଙ୍କୁ ସାହାଯ୍ୟ କଲେ। ତରୁଣୀମାନେ ଆହୁରି ସୁନ୍ଦରୀ ଦିଶିଲେ। ତାଙ୍କର ଆବେଦନ ଆହୁରି ଶାଣିତ ହେଲା। ଅରଣ୍ୟର ଅସୀମତାରେ ସେମାନେ ହଜି ଯାଇଥିଲେ। ନିଜକୁ ଖୋଜି ପାଉଥିଲେ, ପୁଣି ହଜାଇ ଦେଉଥିଲେ। ସେଲୁଲେଡ୍ ଫିତାରେ ଧରି ରଖିବାର ଉଦ୍ୟମ କରୁଥିଲେ ନିଜକୁ, ଯୁଗ୍ମତାର ସାମୟିକ ରୋମାଞ୍ଚକୁ, ମଉଳି ପଡ଼ିଥିବା ମୁହଁର ମେଳଣକୁ। ନିଜକୁ ଅନ୍ୟରେ ହଜାଇବା, ନିଜକୁ ନିଜେ ଖୋଜିବା, ନିଜକୁ ବା ଅନ୍ୟକୁ ଧରି ରଖିବାର ଏମିତି ତାଙ୍କର ପିକ୍‌ନିକ୍, ପାରିଧି। ଅନେକ ବିଚାବାଦାମ, ଚୋପା, କେଇଟା ନିଃଶେଷ ବୋତଲ। ଅନେକ ଅଧାଜଳା ସିଗାରେଟ୍। ଅନେକ ଗୀତ।

ଭୂତକୋଠି ଓ ଆନୁସଙ୍ଗିକ

ଅପବାଦ। ପ୍ରବାଦ। କିମ୍ବଦନ୍ତୀ। ସୁପରଷ୍ଟିସନ୍। କିଛି ନୁହେଁ। ପୁଣି ସବୁ।

ସେମାନେ ଗଛମୂଳେ ବସିଲେ। ହାଇ ମାରିଲେ- କ୍ଲାନ୍ତିରେ, ତୃପ୍ତିରେ।

ସେଇଟା କୌଣସି ବିଳାସୀର ବିଗତ ଗ୍ରୀଷ୍ମ ନିବାସ। ସମ୍ପ୍ରତି ଭୂତକୋଠି। ପ୍ରତ୍ନତତ୍ତ୍ୱ ବିଭାଗରୁ ଖବର ନିଆଯାଇପାରେ। ସେମାନେ ଦେଖୁଥିଲେ କୋଠାର ଭଗ୍ନାବଶେଷକୁ। ସେମାନଙ୍କ ଆଖିରେ ପ୍ରାପ୍ତିର ମାଦକତା। ଆହୁରି ଆବିଷ୍କାର କରିବାର ଉଦ୍ଦୀପନା। ଭାବୀ ବିପଦର ଆଶଙ୍କା। କଜଳଭରା ଆୟତ ଆଖି, ଢିମା ଢିମା ଲାଲ ଆଖି।

ଚାଲ ଖୋଜିବା।

କ'ଣ ?

ଭିତ୍ତି।

ଉଦ୍ଦେଶ୍ୟ ?

ବିଳୟର ହେତୁ।

ବର୍ତ୍ତମାନର ବୈଚିତ୍ର୍ୟ।

ତାହା ଭୂତ କୋଠି। ବୋଉ ମନା କରିଛି।

ଡ୍ୟାମ୍ ୟୋ'ର ବୋଉ।

କଣ୍ଟା ଅଛି। ଶାଢ଼ି ଚିରିବ।

ଉଲଗ୍ନ ହୁଅ।

ଶେଷକୁ ସେମାନେ ଗଲେନି। ଅଥଚ ଫେରିଲେନି। ଭୂତକୋଠି ଛିଡ଼ା ହୋଇଛି ଦୁଇଟି ଅଶ୍ୱତ୍ଥ ଗଛର ଛାୟାରେ, ଯେପରି ଲ୍ୟାମ୍ପ ପୋଷ୍ଟ ତଳେ ଆପେକ୍ଷମାଣ ପ୍ରୌଢ଼ା ବେଶ୍ୟା ଇତିହାସ ପୃଷ୍ଠାର ଗାମ୍ଭୀର୍ଯ୍ୟ। ମିଛ ରୋମାଞ୍ଚ। ଫୂର୍ତ୍ତି। କିଛିଟା ଆଲୁଅ। ଅନେକଟା ଅନ୍ଧାର। ସେମାନେ ଆହୁରି ହାଇ ମାରିଲେ। ଗଛତଳେ ଆହୁରି ଚିନାବାଦାମ ଚୋପା ଜମା ହେଲା। କେତେଜଣ ଶାଢ଼ି ସଜାଡ଼ିଲେ। କେତେଜଣ ଟାଇ ଢିଲା କଲେ।

ଭୟ କରି କିଛି ଲାଭ ନାହିଁ।

ଆଇ ଆମ୍ ଡେଡ୍।

ତୁମେ ନଂପୁସକ।

ତୁମେ କିନ୍ତୁ ସୁନ୍ଦରୀ।

ଭୂତ କୋଠି ଅନାବିଷ୍କୃତ।

ଓଃ ଗଡ୍।

ବେଶ୍ ଦୟା।

ବ୍ୟର୍ଥ ପାରିଧି।

ପର୍ବତାରୋହରଣ

ବିଶେଷ ଆକର୍ଷଣ ସେ ତରୁଣୀଟି। ହିପ୍‌ପୀ କହିପାରନ୍ତି। ତା' ବାଳରେ ଜାନୁଆରୀ ପବନକୁ ପ୍ରତ୍ୟକ୍ଷ କରିହେବ। ସେ ପିନ୍ଧିଥିଲା ଚିପା ପ୍ୟାଣ୍ଟ ଓ ହାୱାଇନ୍। ହସୁଥିଲା ପ୍ରଚୁର। ଛାତି ପକେଟରେ ପୁଳାଏ ଚିନାବାଦାମ। ସେ ଛିଡ଼ା ହୋଇଥିଲା ଝରଣାକୁ ମୁହଁ କରି। କଦବା ସବୁଆଡ଼େ ମୁହଁ ବୁଲାଇ ନେଉଥିଲା। ସରକାରୀ ଅର୍ଥରେ ତିଆରି ବିଦେଶୀ ଫୁଲର ଉଦ୍ୟାନ। ତା'ର ବାଡ଼। ଅନତି ଦୂରରେ ଡାକ ବଙ୍ଗଳା। ଝରଣା କଡ଼େ କଡ଼େ ପାହାଡ଼ ଚଢ଼ିବା ପାଇଁ ଉଦ୍ଦିଷ୍ଟ ସିମେଣ୍ଟ ପାହାଚରେ ତରୁଣୀଟି ପାଦ ଦେଲା। ସେଇଟା ବାଇଶି ନମ୍ବର ପାହାଚ। ସେ ବସିଲା। ନିତମ୍ବର ମାଂସାଳ ପୃଥୁଳତାକୁ ଚଟାଣ ଅଭିନନ୍ଦନ କଲା।

ସେ କିଏ ?

ପାହାଚରେ ୱାକିଙ୍ଗ ଷ୍ଟିକ୍‌ର ମୃଦୁ ଆୱାଜ୍। ପ୍ରୌଢ଼ ପ୍ରଫେସର ଉପରୁ ଅବତରଣ କରୁଛନ୍ତି। (କିନ୍ତୁ ତରୁଣୀଟି ଆରୋହଣ କରୁଥିଲା) ସେ ମଧ୍ୟ ସେଇଠି ସ୍ଥିର ହେଲେ। ତରୁଣୀ ଛିଡ଼ା ହେଲା। ତା'ର ମୁଦ୍ରାରେ ଅନେକ ପ୍ରଶ୍ନ, କିଛିଟା ଉତ୍ତର ବି ପ୍ରଫେସରଙ୍କ ଗ୍ରେ କୋଟ୍‌ରେ।

ସାର୍, ଆପଣ ଭଗବାନଙ୍କୁ ବିଶ୍ୱାସ କରନ୍ତି ?

ଡୋଣ୍ଟ୍ ବି ସିଲି ?

ପ୍ଲିଜ୍ ସାର୍।

ମୁଁ ନାସ୍ତିକ।

ତା'ପରେ ବାଇଶି ନମ୍ବର ପାହାଚରେ ସେମାନେ ଥିଓଲଜି, ରାଜନୀତି, ସ୍ଥିତିବାଦ ଆଲୋଚନା କଲେ। ଅଜସ୍ର ପ୍ରଶ୍ନ, ଅନେକ ଉତ୍ତର। ତରୁଣୀର ଛାତି ପକେଟରେ ଚିନାବାଦାମ ଶେଷ କଲେ ପ୍ରଫେସର। ଝରଣା ଧାରରେ ଫିଙ୍ଗିଦେଲେ ଗୁଡ଼ିଏ ଚୋପା। ଡାକବଙ୍ଗଳା, ତା'ର ବାଡ଼ କିଛି ଦିଶୁ ନଥିଲା। ପ୍ରଫେସର ଓ ତରୁଣୀ ଜୋର୍‌ରେ ହସୁଥିଲେ। ସାର୍, କହିପାରିବେ ଏ ଝରଣାର ବୟସ ?
ଏଇ ତମ ପରି।

ରିଏଲି !

ତୁମେ କହିପାରିବ ଏଇଟା କେଉଁଆଡ଼େ ଯାଇଛି ?

ହୁଏତ କୌଣସି ନଦୀ ପର୍ଯ୍ୟନ୍ତ।

ସାର୍, ସେ ନଦୀର ବୟସ କେତେ ହୋଇଥିବ... ?

ସେ ଦିହେଁ ଉଠିଲେ। ଆରୋହଣ କଲେ ପାହାଚ ପରେ ପାହାଚ।

ସାର୍, ପାଦ ଖସିବ।

ମୁଁ ବୁଢ଼ା ଲୋକ।

ଆହୁରି ସମ୍ଭାବନା।

ହେଲ୍‌ପ ମି।

ପ୍ରୌଢ଼ ପ୍ରଫେସର ବି ତାରବାଡ଼ ଭାଙ୍ଗିବାରେ ତରୁଣୀକୁ ସାହାଯ୍ୟ କଲେ। ସେମାନଙ୍କ ହାତ ରକ୍ତାକ୍ତ ହେଲା। ଅଥଚ ସେମାନେ ହସୁଥିଲେ। ଖଣ୍ଡି ଖଣ୍ଡି ଅସ୍ପଷ୍ଟ ସଂଳାପ ପାହାଚରେ ଓହ୍ଲାଇ ଆସୁଥିଲା ଝରଣଶ ଗତିରେ।

ସଂଳାପ: ଅନ୍ଧାର ଓ ଅରଣ୍ୟର

ଗେସ୍‌ଲାଇଟ୍‌ରେ କିରାସିନି ନାଇନ।

ଚୌକିଦାର କହିଲା।

କାର୍‌ବଟେ୍ରରେ ପେଟ୍ରୋଲ ପାସ୍ କରୁନି, ବେନେଟ୍ ତଳୁ ଡ୍ରାଇଭର କହିଲା।

ସେମାନେ ସିଗାରେଟ୍‌ଗୁଡ଼ିକରେ ଅଗ୍ନି ସଂଯୋଗ କଲେ। ଛୋଟ ପଥରମାନଙ୍କୁ କିକ୍ କଲେ। ଓଠ କାମୁଡ଼ି ପରସ୍ପରକୁ ଚାହିଁଲେ। ଭେନିଟୀ ବେଗ୍‌ରୁ ରୁମାଲ କାଢ଼ି ବିରକ୍ତିକୁ ପୋଛି ଦେଲେ। ଚୌକିଦାର ଓ ଡ୍ରାଇଭର ଆଖିରେ ସନ୍ଧ୍ୟା ହେଉଥିଲା। ଅନ୍ଧାର ଆସନ୍ନ। ଅବସାନ-କୈଫିୟତ, ଯୁକ୍ତି, ବସ୍ତୁ, ବାସ୍ତବତା ଓ ହେତୁର। ତା'ପରେ କେତେ ଦୀର୍ଘଶ୍ୱାସ। କେତେ ଚେମେଣିଆଙ୍କ ଡେଣା ଫଡ୍ ଫଡ୍। ଅନେକ ବିରକ୍ତି, ଅନେକ ଅନ୍ଧାର।

ନିଜ ପ୍ରତିବିମ୍ବ ଦେଖିବା ଭଳି ସେମାନେ ଚାହିଁଲେ ମେଲା ବିସ୍କୁଟ୍ ପ୍ୟାକେଟ୍, ନିଃଶେଷ କଫିଟିଣ, ବର୍ଜିତ ସିଗାରେଟ୍ ଖୋଳ ଇତ୍ୟାଦିକୁ।

ଉଇ ଉଇଲ୍ ଡାଇ...

ସହରକୁ ଫେରିବା ଅପେକ୍ଷା ଖୁବ୍ ଭଲ।

ନନ୍‌ସେନ୍‌ସ।

ନଭେଲ୍ ଆଇଡ଼ିଆ।

ତା'ପରେ ଚୌକିଦାର, ଡ୍ରାଇଭର ମୁହଁରେ ଓ ଡାକବଙ୍ଗଳାର ଅଗଣାରେ ପ୍ରଚୁର ଶୂନ୍ୟତା। ସେମାନେ ଚାଲିଗଲେ, ଉଦ୍ଦାମ ସଙ୍ଗୀତର ଉଚ୍ଚାରିତ ଶବ୍ଦମାନଙ୍କ ପରି; ଜାନୁଆରୀ ରାତିର କମ୍ପିତ ଦୀର୍ଘଶ୍ୱାସମାନଙ୍କ ପରି ଅନେକଟା ଭାଙ୍ଗିବା ଓ ଗଢ଼ିବାର ଅଭୀପ୍‌ସା ନେଇ। ଏ ସଂଳାପ ରାତିର? ସେମାନଙ୍କର? ଅରଣ୍ୟର?

ଏଠି ପ୍ରସାଧାନର କିଛି ମୂଲ୍ୟ ହୁଏନା ମିସ୍...

ତୁମେ ମୋତେ ଦେଖି ପାରୁଛ ?

କେତୋଟି ବକ୍ରରେଖା ମୁଁ?

ଅନୁରୂପ। ପୁଳାଏ ଅନ୍ଧାର।

ଆମେ ଯଦି ଅଭିନ୍ନ ହୋଇ ପାରନ୍ତେ।

ଦେହଜ ?

କ୍ଷତି କ'ଣ ?

ମୁଁ ଦେହରେ ବିଶ୍ୱାସ କରେନା ?

ହସ, ଉପହାସ, ଅଟ୍ଟହାସ, ଅରଣ୍ୟ, ଅନ୍ଧାର ଓ ପାହାଡ଼କୁ ମୁଖରିତ କଲା। ପବନରେ ପ୍ରଖରତା। ଶବ୍ଦ କାଳିକନ୍ୟାର ଘୁଙ୍ଗୁଡ଼ି ପରି ଶ୍ରୁତିକଟୁ। ଏମିତି ପବନ।

ଅରଣ୍ୟ। ଅନ୍ଧାର। ସେମାନେ।

ସହରକୁ ଫେରିଯିବା। ଉଇ ଉଇଲ୍ ଡାଇ ହିଅର୍।

ଅନରିଏଲ୍ ସିଟି। ମହରଗରୁ କାନ୍ତାର।

ଓଃ, ଚୁପ୍ କର।

ଆଇ ଉଇଲ୍ ସୋ ୟୁ ଫିଅର୍ ଇନ୍ ଏ ହେଣ୍ଡଫୁଲ୍ ଅଫ୍ ଡଷ୍ଟ।

ଭୟ। ମୁଠାଏ ଧୂଳି।

ମୃତ୍ୟୁ କ'ଣ ?

ଜୀବନର ଆପେକ୍ଷିକ।

ମୁକ୍ତିର ଅନ୍ୱେଷଣ। ଉପଲବ୍ଧ ମୁହୂର୍ତ୍ତର ଉପଭୋଗ।

ଉଇ ଉଇଲ୍ ଡାଇ...

ବରଂ ଆସ ପାଗଳ ହେବା।

■

ପ୍ରତ୍ନତାତ୍ତ୍ୱିକ

ସ୍ପର୍ଶକାତର ମିନିଟ କଣ୍ଟା ଓ ନିର୍ବିକାର ଘଣ୍ଟାକଣ୍ଟା ମଧ୍ୟରେ ବ୍ୟବଧାନ ଯଥେଷ୍ଟ କମ୍। ସେମାନେ ଏକତ୍ରିତ ହେବା ସୁଲେଖା ଦେଖି ପାରନ୍ତି ନାହିଁ। ଆଜିଯାଏ ଦେଖି ନାହାନ୍ତି। କେମିତି ଏକ ଶାଣିତ ସୀତ୍କାରରେ ଦେହ ଶୀତେଇ ଉଠେ ଓ ଆଖିରେ ଲୁହ ଭର୍ତ୍ତି ହୋଇଯାଏ। ରମେଶ ଠିକ୍ ବାରଟା ଆଗରୁ ଶୋଇଯିବେ।

ଅନତି ଦୂରରେ ନାରୀକଣ୍ଠର ଚାପା କ୍ରନ୍ଦନ। କୌଣସି ବନ୍ୟ କପୋତୀର ଡେଣା ଫଡ଼୍ ଫଡ଼୍। ପ୍ରଚୁର ପବନ। ନିଶୂନ ରାତି। ଝର୍କା ଦେଇ ତାରାକିତ ଆକାଶ। ପ୍ରେତାୟିତ ଅନ୍ଧାର। ମୁହୂର୍ତ୍ତ ଓ ଦୀର୍ଘଶ୍ୱାସମାନେ ବୋଲି ମାନନ୍ତି ନାହିଁ। ଏତେବେଳେ।

ଛାତକୁ ସ୍ଥିର ଆଖିରେ ଚାହିଁ ରମେଶ ଗପୁଛନ୍ତି। ସୁଲେଖା ଅନ୍ୟମନସ୍କ। 'ଏଇ ଭଗ୍ନାବଶେଷ ଦେଖିଛ ଲେଖା, ତାହା ଅଧୁନା ବାରୁଣୀଗଡ଼ର। ଆଉ ଜଙ୍ଗଲ ସୀମାନ୍ତରେ ଏବେ ଗଢ଼ି ଉଠିଥିବା ସହର ସ୍ଥାପନ କରିଥିଲେ ବରୁଣୀ ଗଡ଼ ରାଜବଂଶର ଏକମାତ୍ର ଦାୟାଦ ବିଶାଳାକ୍ଷ। ସେ ଜାରଜ। ହୁଏତ ନିଜ ବଂଶ ପରମ୍ପରାରୁ ମୁକ୍ତି ଖୋଜୁଥିଲେ। ସୁଲେଖା ଠିକ୍ ଜାଣନ୍ତି, ଏବେ ଏଇ ବିରକ୍ତିକର ପ୍ରଳାପ ବନ୍ଦ ହୋଇଯିବ। ରମେଶ ହାଇ ମାରୁଛନ୍ତି। କାନ୍ଥ ଘଣ୍ଟାରେ ବାରଥର ଶ୍ଳଥିକଟୁ ଶବ୍ଦ ହେବା ଆଗରୁ ସେ ନିର୍ଜୀବ ପରି ଶୋଇଯିବେ।

ତା'ପରେ ସୁଲେଖା ନିଃଶବ୍ଦ ଦର୍ଜା ଖୋଲିବେ ଓ ଅନ୍ଧାର ବାରଣ୍ଡାରେ କ୍ଷୀଣ ପାଦଶବ୍ଦ କ୍ଷୀଣତର ହୋଇଯିବ।

ଅନ୍ଧାରର ଏକ ନିଜସ୍ୱ ମାୟା ଅଛି।

ଅରଣ୍ୟର ଏକ ନିଜସ୍ୱ ସ୍ୱର ଅଛି।

ପବନର ଏକ ନିଜସ୍ୱ ଗତି ଅଛି।

ଡାକ ବଙ୍ଗଳାର ଚଟାଣରେ ଖରା ପଡ଼େ। ପବନର ଗତି ସାବଲୀଳ ହୁଏ। ଅରଣ୍ୟରୁ ପକ୍ଷୀମାନଙ୍କର କୋରସ୍ ଶୁଭେ।

ପ୍ରତ୍ନତତ୍ତ୍ୱବିତ୍ ରମେଶ ବାହାରନ୍ତି ସଂକୀର୍ଣ୍ଣ ବଣ୍ୟ ରାସ୍ତାରେ ଅନେକ ଫୁଲକୁ ପାଦରେ ମକଚି ବାରୁଣୀଗଡ଼ର ଭଗ୍ନାବଶେଷ ଅନୁଧ୍ୟାନ କରିବାକୁ।

ଯୁବକ ଚୌକିଦାରର ଦୁଇଟି ସବଳ ବାହୁ ଉପରକୁ ଉଠେ ଓ ପାପୁଲି ଦୁଇଟି ପୋଡ଼ି ହୁଏ।

ରମେଶ ଆହୁରି ଦେଖନ୍ତି, ଗୋଟିଏ ଦଣ୍ଡାୟମାନ ଅପରିଚିତା ନାରୀ ମୂର୍ତ୍ତିକୁ, ତା'ର ଦୁଇଟି ଲଙ୍ଗଳା ହାତକୁ। ମହେଞ୍ଜୋଦାରୋ ସ୍ଥାପତ୍ୟର ନିଖୁଣ ଅନୁକରଣରେ ଗଠିତ କେତୋଟି ମାଂସଳ ବକ୍ରରେଖାକୁ। ଏଲୋରୀୟ ମୁଦ୍ରାରେ ଚକିତ ଦୁଇଟି ଆଖିକୁ। ଚୌକିଦାରର ସମ୍ପର୍କୀୟ। କିଛି କହିବ କି ? ଓଠମାନେ ଥରି ଥରି ସ୍ଥିର ହୋଇଯାଆନ୍ତି। ସୁଲେଖାଙ୍କ ପାପୁଲି ତରଙ୍ଗାୟିତ ହୋଇ ସ୍ଥିର ହୋଇଯାଏ ଏକ ଅପସୃୟମାନ ଛାଇ ଉଦ୍ଦେଶ୍ୟରେ।

ରମେଶ ଗର୍ଜନରେ ଫୁଲି ଉଠନ୍ତି। ଯେକୌଣସି ବର୍ଜିତ ମୃତ୍ତିକା ସ୍ତୂପ ତାଙ୍କ ଦୃଷ୍ଟି ଆକର୍ଷଣ କରିପାରେ। ଏମାନଙ୍କ କଥାକୁ ତାଙ୍କ କଳଙ୍କିତ ଇତିହାସ ଓ ପରମ୍ପରାର ସନ୍ଦେହ। ସେଇ ଇତିହାସ ବାସ୍ତବିକ କଳଙ୍କିତ ନା ଗୌରବମୟ ? ଲୋକଶ୍ରୁତିରୁ ଯାହା ଶୁଣାଯାଏ ମହାରାଜ ରୁଦ୍ରାକ୍ଷ ଥିଲେ ପ୍ରବଳ ପରାକ୍ରମୀ, ପ୍ରଜାବତ୍ସଳ ଓ ତାଙ୍କ ଶାସନ କାଳ ଥିଲା ବାରୁଣୀଗଡ଼ ଇତିହାସରେ ସ୍ୱର୍ଣ୍ଣ ଯୁଗ। ତଥାପି ?

ଉତ୍ତର ଉଦ୍ଦେଶ୍ୟରେ ରମେଶ ଚାହାନ୍ତି ନିଜ ଛୋଟ ମ୍ୟୁଜିୟମ୍‌ରେ ରକ୍ଷିତ ଖନନଲବ୍ଧ ପ୍ରତିମା, ତାମ୍ର-ଫଳକ, ଅସ୍ତ୍ରଶସ୍ତ୍ର, ପାତ୍ର, ପୋଥି ଇତ୍ୟାଦିକୁ। ଏମାନେ ଏକ ନୂତନ ଐତିହ୍ୟର ସନ୍ଧାନ ଦେବେ। ଏହି ତଥ୍ୟ ଆବିଷ୍କାର ସହ ରମେଶ ମହାନ୍ତିଙ୍କ ନାମ ଇତିହାସ ପୃଷ୍ଠାରେ ଲିପିବଦ୍ଧ ହେବ। ବାହାରେ ଖନନ ରାଜ ମଜୁରିଆମାନଙ୍କ କୋଳାହଳ। ରମେଶ ତାଳପତ୍ରର ଫିକା ଧାଡ଼ି ଉପରେ ଆଖି ବୁଲାନ୍ତି।

ମହାରାଜ ରୁଦ୍ରାକ୍ଷ ନିଜେ ଥିଲେ କଳାକାର, ଯୋଦ୍ଧା ଓ ସୁଦର୍ଶନ ପଡ଼ୋଶୀ ରାଜ୍ୟର ରାଜ ଦୁହିତା ରୂପ ଗର୍ବିଣୀ ପଦ୍ମାବତୀ ପ୍ରତିଜ୍ଞା କରିଥିଲେ ଓ କେହି ତାଙ୍କ ପିତାଙ୍କୁ ସମର ପ୍ରାଙ୍ଗଣରେ ନତଶିର କରିବେ; ସେ ତା'ର ପାଣି ଗ୍ରହଣ କରିବେ। ଅନେକ ରାଜା, ମହାରାଜା, ରାଜକୁମାର ଏ ଦିଗରେ ବିଫଳ ମନୋରଥ ହୋଇ ସାରିଥିଲେ। କିନ୍ତୁ ମହାରାଜ ରୁଦ୍ରାକ୍ଷଙ୍କ ରଣ ପିପାସା ଅସୀମ। ପଦ୍ମାବତୀଙ୍କୁ ଲାଭ କରିବା ଉଦ୍ଦେଶ୍ୟରେ ନୁହେଁ, ବରଂ ନିଜର ସାମ୍ରାଜ୍ୟ ବିସ୍ତାର କରିବାକୁ ସେ ପଦ୍ମାବତୀଙ୍କ ପିତାଙ୍କୁ ପରାଜିତ କଲେ ଓ ପଦ୍ମାବତୀ ତାଙ୍କ ଗଳାରେ ବରଣମାଳା ଦେଇଥିଲେ।

ତତ୍କାଳୀନ ଐତିହାସିକଙ୍କୁ ରମେଶ ମନେ ମନେ କୃତଜ୍ଞତା ଜଣାନ୍ତି। ସେ

ଚାହାନ୍ତି ଝର୍କା ଦେଇ। ଅପରାହ୍ନ ମ୍ଳାନ ହୋଇ ଆସୁଛି। ଏକ ରୁଗ୍‌ଣ ପାଂଶୁଳତା ଜଙ୍ଗଲର ଗଛପତ୍ରରେ ଜମାଟ ବାନ୍ଧି ଆସୁଛି। କୋଠରିରେ ଅନ୍ଧାର ଜମି ଆସିଲାଣି। ଭଙ୍ଗା ପ୍ରାଚୀରମାନେ ଅସ୍ପଷ୍ଟ। କ୍ଳାନ୍ତ ରମେଶ ଡାକବଙ୍ଗଳା ଉଦ୍ଦେଶ୍ୟରେ ବାହାରନ୍ତି।

ଗଦାଏ କ୍ଳାନ୍ତି ପରି ସୁଲେଖା ବାରଣ୍ଡାରେ ବସିଛନ୍ତି। ପବନରେ ତାଙ୍କର କେଶବାସ ଅସଂଯତ। ରମେଶ ଆରଣ୍ୟକ ଅନୁସନ୍ଧିତ୍ସାରେ ତାଙ୍କୁ ଚାହିଁଲେ ଓ ସୁଲେଖା ରମେଶଙ୍କୁ। କୋଠରିରେ ଜଳୁଥିବା ମିଞ୍ଜି ମିଞ୍ଜି ଲଣ୍ଠନରେ ତାଙ୍କର ଆଖିପତାମାନେ ଖୁବ୍ ଅଳସ ଦିଶୁଛି। ରମେଶ ପାଖରେ ବସିଲେ।

ଆଉ... ସୁଲେଖା ବି ଜାଣନ୍ତି ନାହିଁ ରାଜବଂଶର ଇତିହାସ। ପଦ୍ମାବତୀ ରୁଦ୍ରାକ୍ଷଙ୍କ ସାନ୍ନିଧ୍ୟ ପାଇଁ ବ୍ୟାକୁଳ ହୋଇ ଉଠୁଥିବାବେଳେ ରୁଦ୍ରାକ୍ଷ ପାରିଧିକୁ ବାହାରି ଯାଉଥିଲେ କିମ୍ବା କୌଣସି ପଡ଼ୋଶୀ ରାଜ୍ୟ ସୀମାନ୍ତରେ ସମରସଜ୍ଜାରେ ବ୍ୟସ୍ତ ଥିଲେ। ଐତିହାସିକ ଆହୁରି କହନ୍ତି, ବାରୁଣୀଗଡ଼ ରାଣୀ ଅନ୍ତଃପୁରର କାରୁକାର୍ଯ୍ୟ ସେ ଯୁଗରେ ଅନ୍ୟତମ ଶ୍ରେଷ୍ଠ କଳାକୃତି। ରୁଦ୍ରାକ୍ଷ ନିଜେ ବି କାରୁକାର୍ଯ୍ୟ ଖଚିତ ଗମ୍ବୁଜମାନଙ୍କୁ ଚାହିଁ ମୁଗ୍‌ଧ ହୋଇ ଉଠୁଥିଲେ, ଯଦି ସେ ତା'ର ମୁଖ୍ୟ ଦ୍ୱାର ପାରି ହୋଇନାହାନ୍ତି। ପୂର୍ଣ୍ଣିମା ରାତିମାନଙ୍କରେ କଳାକାର ରୁଦ୍ରାକ୍ଷ ନୀରବିତ ବୀଣାରେ କୌଣସି କରୁଣ ବେହାଗ ସଂଯୋଗ କରି ଏକ ଅତିନ୍ଦ୍ରିୟ ଚେତନା ରାଜ୍ୟରେ ବିଚରଣ କଲାବେଳେ ରାତି ଉତ୍ତୀର୍ଣ୍ଣ ହୋଇଯାଏ। ରାଣୀ ଅନ୍ତଃପୁରର ଉଦ୍ଧତ ଗମ୍ବୁଜ ସ୍ପଷ୍ଟ ଦିଶେ।

ପୁଣି ସେହି ଅସ୍ପଷ୍ଟ କ୍ରନ୍ଦନ। ବଣ୍ୟ କପୋତୀର କରୁଣ ଆର୍ତ୍ତନାଦ।

ସକାଳ ନିହାତି ପାରମ୍ପରିକ। କିଛି ଭାଙ୍ଗିଯିବା ଓ କିଛି ଜନ୍ମ ନେବା ମଧ୍ୟରେ ଅନ୍ୟ ଏକ ସକାଳ, ରମେଶ ସକାଳକୁ ସ୍ୱାଗତ କରନ୍ତି। ସୁଲେଖା ନିରୁଦ୍‌ବେଗ ଝର୍କା ଖୋଲି ଆଲୋକକୁ କେବଳ ସହ୍ୟ କରି ନିଅନ୍ତି।

'ଲେଖା ?' ସୁଲେଖାଙ୍କ ଉତ୍ସୁକ ମୁହଁକୁ ଚାହିଁ ରମେଶ ଆଶ୍ଚର୍ଯ୍ୟ ହୋଇ ଉଚ୍ଚାରଣ କରନ୍ତି।

'ଆଜି ମୁଁ ରାଜବଂଶର ସମଗ୍ର ଇତିହାସ ଶୁଣିବି।' ସେ ନିର୍ବିକାର ହୋଇ ଉତ୍ତର ଦିଅନ୍ତି।

ରମେଶ ମନେ ମନେ କୁରୁଳି ଉଠିଲା। ଉଦ୍‌ଗ୍ରୀବ ସୁଲେଖା ପଚାରନ୍ତି,

– 'ବିଶାଳ ଜାରଜ, ନୁହେଁ ?'

– 'ହଁ।'

– 'ତୁମେ ତା'ର କି ପ୍ରମାଣ ପାଇଛ ?'

'ରାଜବଂଶର ଐତିହାସିକ ଏକଥା ସ୍ପଷ୍ଟ ଲିପିବଦ୍ଧ କରିଛନ୍ତି। ଶୁଣ। ଏକଦା

ବର୍ଷାଧିକାର ଦିଗ୍‌ବିଜୟ ପରେ ରୁଦ୍ରାକ୍ଷ ଖୁବ୍ ବିମର୍ଷ ହୋଇ ରାଜଧାନୀକୁ ଫେରିଥାନ୍ତି। ବିଭିନ୍ନ ବିଜିତ ରାଜ୍ୟରୁ ଆନୀତ ବହୁମୂଲ୍ୟ ଭେଟି ସେ ରାଣୀ ପଦ୍ମାବତୀଙ୍କ ପାଦତଳେ ଅଜାଡ଼ି ଦେଇ ତାଙ୍କୁ ନିର୍ବାକ ହୋଇ ଚାହିଁ ରହନ୍ତି। ପଦ୍ମାବତୀ ମଧ୍ୟ ତାଙ୍କୁ ପ୍ରଶ୍ନିଳ ଆଖିରେ ଚାହିଁଥାନ୍ତି। ଅଗତ୍ୟା ରୁଦ୍ରାକ୍ଷ ଖୁବ୍ ବିକଳ ହୋଇ ପଦ୍ମାବତୀଙ୍କ ହାତ ଧରି ବ୍ୟାକୁଳିତ କରି ପଚାରନ୍ତି, ତୁମେ ମୋତେ ଏକ ସନ୍ତାନ ଦେଇ ପାରିବ ପଦ୍ମା ?

ପଦ୍ମାବତୀ ରହସ୍ୟମୟୀ ପରି ହସର ହିଲ୍ଲୋଳରେ ଭାଙ୍ଗି ପଡ଼ନ୍ତି। କମ୍ପିଉଠେ ନୀରବିତ ସୀସ୍ ମହଲ। ସେ ନିଜର ସ୍ୱୀକାରୋକ୍ତି ଜଣାନ୍ତି। ରୁଦ୍ରାକ୍ଷ ଚମକି ପଡ଼ନ୍ତି। ଅଥଚ କୁଶଳୀ ଅଭିନେତା ପରି ନୀରବ ରହନ୍ତି।'

– 'ଏତିକି।'

– 'ନାଃ... ଐତିହାସିକ ଆହୁରି କହନ୍ତି, ତା' ପରଦିନ ମହାରାଜ ରୁଦ୍ରାକ୍ଷଙ୍କ ଆଦେଶରେ ଗଡ଼ର ସମସ୍ତ ସମର୍ଥ ପୁରୁଷ ରାଜବାଟୀରେ ଏକତ୍ରିତ ହୁଅନ୍ତି। ସମାବେଶ ନୀରବ ଓ ରାଜାଜ୍ଞାକୁ ଆପେକ୍ଷମାଣ। ମହାରାଜ ଆରମ୍ଭ କରନ୍ତି, ଏଇ ଯେଉଁ ଫଳ ମୁଁ ରାଜ୍ୟରୁ ଲାଭ କରିଛି, ତାହା କେବଳ ଦେବଲଭ୍ୟ। ସମସ୍ତେ ଏହାକୁ ଭକ୍ଷଣ କରି ବିଜୟ ଗୌରବରେ ଆମୋଦିତ ହୁଅନ୍ତି। କ୍ଷଣକେ ରକ୍ଷୀମାନେ ଯେଉଁ ତଥାକଥିତ ହଳାହଳ ବିଷଫଳ ବିତରଣ କରି ନିଜେ ବି ଭକ୍ଷଣ କରନ୍ତି, ତା'ର ପ୍ରଭାବରେ ଅଚିରେ ସମଗ୍ର ଗଡ଼ର ପୁରୁଷମାନେ ମହାକାଳର ଆଲିଙ୍ଗନକୁ ଆଦରି ନିଅନ୍ତି।'

– 'କିନ୍ତୁ କାହିଁକି ?' ସୁଲେଖା ଭୟରେ ଶିହରି ଉଠୁଥିଲେ।

– 'ତା'ପରେ ରାଣୀ ଅନ୍ତପୁରରେ ପ୍ରବେଶ କରି ରୁଦ୍ରାକ୍ଷ ପଦ୍ମାବତୀକୁ ଆମନ୍ତ୍ରଣ କରନ୍ତି ଶ୍ମଶାନର ବିଭତ୍ସ ଦୃଶ୍ୟକୁ ଉପଭୋଗ କରିବାକୁ। କିଛି ସମୟ ପରେ ନିଜ ହାତରେ ପ୍ରବଳ ପରାକ୍ରମୀ ମହାରାଜ ରୁଦ୍ରାକ୍ଷ ବିଷଫଳ ସେବନ କରି ଟଳି ପଡ଼ନ୍ତି ନିର୍ଜୀବ ହୋଇ। ଐତିହାସିକ କହନ୍ତି, ସେଇ ନିସ୍‌ପୁରୁଷ ଅବସ୍ଥାରେ କିଛିଦିନ ପରେ ଅନ୍ତଃସତ୍ତ୍ୱା ପଦ୍ମାବତୀଙ୍କ କୋଳ ଉଜ୍ଜ୍ୱଳ କରି ଭୂମିଷ୍ଠ ହୁଅନ୍ତି କୌଣସି ଗାଁରେ ଅବୈଧ ଦାୟାଦ କୁମାର ବିଶାଳାକ୍ଷ।

ପରଦିନ ବ୍ରେକ୍‌ଫାଷ୍ଟ ଟେବୁଲରେ ରମେଶ ଗାଢ଼ ରକ୍ତ ଗୋଲାପଟିଏ ସୁଲେଖାଙ୍କ ବିପୁଳ ଗଭାରେ ଖୋସି ଦେଇ ଅବିଚଳିତ ସ୍ୱରରେ ପଚାରିଲେ, 'ତୁମେ ମୋତେ ଗୋଟିଏ ସନ୍ତାନ ଦେଇ ପାରିବ, ଲେଖା... ? ହୁଏତ ମହାରାଜ ନିଜର ବିଶାଳ ସାମ୍ରାଜ୍ୟ ପାଇଁ ଜଣେ ଉପଯୁକ୍ତ ଦାୟାଦ ଚାହୁଁଥିଲେ, ଯିଏ ବଂଶ ପରମ୍ପରାକୁ ଅକ୍ଷୁଣ୍ଣ ରଖିବ।'

ସୁଲେଖା କେବଳ କଇଁ କଇଁ କାନ୍ଦି ଉଠିଲା।

– 'କହ, ତୁମେ ମୋତେ ଗୋଟିଏ ସନ୍ତାନ ଦେଇପାରିବ ?'

– 'ହଁ', ଖୁବ୍ କଷ୍ଟରେ ସୁଲେଖା ଉତ୍ତର ଦେଲା। ପରମୁହୂର୍ତ୍ତରେ ତାଙ୍କର ସ୍ଫୀତ କଟି ଓ ନିତମ୍ବ ଶୟନ କକ୍ଷର ପର୍ଦ୍ଦା ଆରପଟେ ହଜି ଯାଇଥିଲା। ରମେଶ ପଛପଟୁ ଖନନ- ସାମଗ୍ରୀ ଧରି ବାହାରେ ଚୌକିଦାର ଅପେକ୍ଷା କରିଛି। ରମେଶ ବାରଣ୍ଡାରୁ ରାସ୍ତାକୁ ଓହ୍ଲାଇଲେ। ସ୍ତୁପୀକୃତ ଭଗ୍ନାବଶେଷ ଓ ଖନନ ଲବ୍ଧ ମୂର୍ତ୍ତି, ପୋଥି, ପାତ୍ର ଇତ୍ୟାଦିକୁ ଚାହିଁ ରମେଶ ଦୀର୍ଘଶ୍ୱାସ ଛାଡ଼ିଲେ। ସମସ୍ତ ଐତିହାସିକ ବସ୍ତୁ ଯେମିତି ତାଙ୍କ ସହିତ ଏକ ଭାବ ବିନିମୟ କରୁଥିଲେ।

ଏକ ଶୁଷ୍କ କୂପ ସାମ୍ନାରେ ଛିଡ଼ା ହୋଇ ରମେଶ ଚୌକିଦାରକୁ ପାଖକୁ ଡାକିଲେ। ତା'ର ବଳିଷ୍ଠ ମାଂସପେଶୀ, ମୁହଁ, ଆଖିକୁ ତନ୍ନତନ୍ନ କରି ପରୀକ୍ଷା କଲେ। ଅଗତ୍ୟା ତାଙ୍କ ରକ୍ତ ପ୍ରବାହ ବଢ଼ିଗଲା। ବିନୀତ ଚୌକିଦାର ଅନ୍ୟମନସ୍କ ହୋଇ ବନ୍ୟପଥକୁ ଚାହିଁଛି। ଗଭୀର କୂପରେ ତା'ର ସମସ୍ତ ଆର୍ତ୍ତ ଚିତ୍କାର ପ୍ରତିଧ୍ୱନିତ ହୋଇ ନୀରବ ହୋଇଗଲା। ରମେଶ ବଣ୍ୟପଥ, ଅନତିଦୂରରେ ଡାକବଙ୍ଗଳା ଓ ଶୂନ୍ୟବଳୟକୁ ଚାହିଁ କେବଳ ଅଟ୍ଟହାସ କରୁଥିଲେ। ଏକଦା ନିସ୍ପୁରୁଷ ନଗରୀ ବାରୁଣୀଗଡ଼ର ସମସ୍ତ ଭଗ୍ନ ପ୍ରାଚୀର, ପ୍ରାସାଦ, ମିନାର ଯେପରି ତାଙ୍କ ଜାନ୍ତବ ଅଟ୍ଟହାସକୁ ସ୍ୱାଗତ କରୁଥିଲେ।

■

ପ୍ରଜାପତି

- କି ସୁନ୍ଦର ଏ ଜହ୍ନ !

- ବାସ୍ତବିକ।

- ଏ ମଳୟର ସଙ୍ଗୀତ କି ରୋମାଣ୍ଟିକ୍ !

- ଅବଶ୍ୟ।

- ଏ ଅନନ୍ତ ଆକାଶ କି ଉଦାର।

- ସତରେ।

- ଅଭଦ୍ର। ନନ୍‌ସେନ୍‌ସ।

କିନ୍ତୁ ଯେ ବୋଧେ ପ୍ରଥମ ଅଙ୍କ।

ୟୁ ଫୁଲ୍... ସ୍କାଉଣ୍ଡ୍ରାଲ...

ଏବଂ ତା'ପରେ ପ୍ରଜାପତିଟିର ତନୁରେ ସ୍ପନ୍ଦନ। ଡେଣାରେ ଛନ୍ଦରେ ରୁଦ୍ରର ଗତି। ଅବଶ୍ୟ ଏକ କାବ୍ୟିକ ଇମେଜ୍ ଥିଲା ସେ ଭଙ୍ଗୀରେ। ନିଆଁଲଗା ଫୁଲଫୁଟା ଅଶୋକ ଗଛତଳେ ପ୍ରଜାପତିର ଗତି ଥମିଲା। ଊର୍ଦ୍ଧ୍ୱ ଶାଖାରେ କ୍ରୌଞ୍ଚ ବିହଙ୍ଗ ଦମ୍ପତି !

(ଅବଶ୍ୟ ଏକ ମିଳନାନ୍ତକ ଦୃଶ୍ୟ)

... କିନ୍ତୁ ପ୍ରଜାପତିଟି ଧରା ଦେବ ତ ! ଯଦି ଧରା ନ ଦିଏ ? ନା, ପ୍ରଜାପତିଟିକୁ ମୋତେ ଧରିବାକୁ ହେବ।

ପ୍ରଜାପତି ! ସୁନ୍ଦର ଏକ ପ୍ରଜାପତି !! ଅନେକ ରଙ୍ଗିନ ଧୂଳିର ଛିଟା ତା'ର ଦୁଇଟି ଡେଣାରେ... କିନ୍ତୁ ତା'ର ଦୁଇଟି ଆଖି ? ଏବଂ କେବେ ପ୍ରଜାପତି-ରଙ୍ଗିନ୍, ସୁନ୍ଦର। ହାଲ୍‌କା ଏକ ପ୍ରଜାପତିର ଆଖି ନୁହେଁ, ହୋଇପାରେନା। ଯୁଗପତ୍ କ୍ଷୁଧା- ଏକ ଉଦ୍ଧତ ବ୍ୟାଘ୍ରର କ୍ଷୁଧା- ଏକ ଭୋକିଲା ସିଂହର କ୍ଷୁଧା ଆଖିରେ।

(ଅବଶ୍ୟ ପୋଟଳଚିରା, ଆୟତ ଆଖି ଦିଓଟି)

ନା, ସେସବୁ ପଛରେ। ଦିହରେ ମୋର ତୀବ୍ର ଏକ ପ୍ରତିଜ୍ଞାର ସାଞ୍ଜୁ, ମନରେ

ଦୂରନ୍ତ ସଂଗ୍ରାମର ମୋହ। ପ୍ରଜାପତିଟି ଏବେ ବେଶ୍ ସ୍ଥିର, ନିଶ୍ଚଳ, ନିଷ୍ଫଳ,- ନିର୍ବାକ ବି। ମୋର ଗତି ସହିତ ତାଳ ଦେଇ ପୁଣି ସେ ଉଠିଲା- ଏକ ବେଞ୍ଚ ପାଖକୁ, ଯେଉଁଠି ଅନ୍ଧାରର ମନୋଲିପି। ତା' ଲୋଭନୀୟ ଚାହାଣିର ଏକ ରୋମାଣ୍ଟିକ ଚିଠିର ପ୍ରାପ୍ତି ଅବଶ୍ୟ ମୁଁ ସ୍ୱୀକାର କରୁଛି।

- ସତରେ ତୁମେ ଭାରି ସୁନ୍ଦରୀ।

- ଇସ୍... ଦୁଷ୍ଟ।

ଦିଗ୍‌ବଳୟର ଆଲିଙ୍ଗନରେ ଜହ୍ନ ହଜି ହଜି ଯାଉଥିଲା। ପ୍ରଜାପତିଟି ଆଉ ମୋର ସାନ୍ନିଧ୍ୟରେ ନଥିଲା। ଅଫିସ ଫେରନ୍ତା ବେଳେ ବେଶ୍ ଓଜନିଆ ଲାଗୁଥିବା ପକେଟଟି କିନ୍ତୁ ଖୁବ୍ ହାଲୁକା ଲାଗୁଥିଲା ସେତେବେଳେ। ଖୁବ୍ ଦୁର୍ବଳତା ବି ଅନୁଭବ କରୁଥିଲି।

ସେଦିନ ଥିଲା ଅପ୍ରେଲ ପହିଲା।

■

ପରୀକ୍ଷା, ଜହ୍ନରାତି ଇତ୍ୟାଦି

... ଅତଏବ ଇତିହାସ ପଢ଼ାଯାଉ। ପରୀକ୍ଷା ତିନିଦିନ ବାକି। ଘଣ୍ଟା, ମିନିଟ୍, ସେକେଣ୍ଡ ଅନୁସାରେ ଯଥେଷ୍ଟ ସମୟ। ଛାତ୍ରାବାସ ସମ୍ପୂର୍ଣ୍ଣ ନୀରବ। ଅନ୍ୟ କୋଠରିମାନଙ୍କରେ ଆଲୋକ ଜଳୁଛି। ଅନ୍ୟମାନେ ବହି ଘାଣ୍ଟୁଥିବେ। ସୁଶାନ୍ତ ରେଲିଙ୍ଗବିହୀନ ଝର୍କାରେ ମୁଣ୍ଡ ଗଳାଇ ବାହାରକୁ ଚାହିଁଲା। ନିସ୍ତବ୍ଧ ମହିଳା ଛାତ୍ରାବାସ। ରେବା ଚକ୍ରବର୍ତ୍ତୀ ତା'ର କୌଣସି ପ୍ରେମିକକୁ ପ୍ରେମପତ୍ର ଲେଖୁଥିବ କିମ୍ବା କବିତା। ସୁନନ୍ଦା ଛୋଟରାୟ ହୁଏତ ଦର୍ପଣ ଦେଖି ମୁଣ୍ଡବାଳ ସଜାଡୁଥିବ ଏବଂ ମିସ୍ ରାୟ ଚୌଧୁରୀ ପାଠ ପଢୁଥିବେ ନିଶ୍ଚୟ। ଆଗରେ ଇତିହାସ ପରୀକ୍ଷା।

ଅଗତ୍ୟା ସୁଇଚ୍ ଅଫ୍ କଲା ସୁଶାନ୍ତ ଓ ଅନ୍ଧାରରେ ନିର୍ଭୀକ ଭାବେ ଉଚ୍ଚାରଣ କଲା, ମିସ୍ ରାୟ ଚୌଧୁରୀ... ପାଠ ପଢ଼ିବା ବ୍ୟତୀତ ଝିଅଟା ଭଲା ଆଉ କିଛି ଜାଣନ୍ତା ? ରାୟ ଚୌଧୁରୀର ଅଯତ୍ନ କୁନ୍ତଳରେ ହାତ ବୁଲାଇ ନେବାକୁ ଇଚ୍ଛା ହୁଏ ସୁଶାନ୍ତର ଏବଂ ତା'ର ଉଲଙ୍ଗ ଗ୍ରୀବାରେ ସେ ଲେଖନ୍ତା 'ସୁ-ଶା-ନ୍ତ'। ସେ ଅନ୍ଧାରରେ ନିର୍ଭୁଲ ଭାବରେ ସାର୍ଟ ବୋତାମ ଲଗାଉଥିଲା। ଅଜାଣତରେ ନିଜ ମୁଣ୍ଡରେ ହାତ ବୁଲି ଆସିଲା। ଦାଢ଼ିରେ ହାତ ଘଷି ହେଲା। ଅଯତ୍ନବର୍ଦ୍ଧିତ ଦାଢ଼ି ତା'ର ବ୍ୟକ୍ତିତ୍ୱକୁ ଯଥେଷ୍ଟ ଇମ୍ପ୍ରେସିଭ୍ କରେ ବୋଲି ବନ୍ଧୁ ମହଲର ସୁପାରିଶ। ସୁଶାନ୍ତ ତାଲା ବନ୍ଦ କଲା କୋଠରିର। ଗୋଟିଏ କପ୍ ଚା' ଖିଆଯାଉ। ରାତିରେ ନିଦ ନ ହେବା ପାଇଁ ସୁଲଭ ପନ୍ଥା। ଶିଡ଼ିରେ ପାଦ ଦେବାକ୍ଷଣି ସେ ଏକବାରେ ନିରୁତ୍ସାହ ହୋଇ ପଡ଼ିଲା। ଥାର୍ଡ଼ ଫ୍ଲୋରରୁ ରାସ୍ତାରେ ପାଦ ଦେବାପାଇଁ ତାକୁ ସମ୍ପୂର୍ଣ୍ଣ ଅଠାବନ ପାହାଚ ଅତିକ୍ରମ କରିବାକୁ ପଡ଼ିବ। ଅନ୍ତତଃ ତିନି ମିନିଟ୍। ସୁଶାନ୍ତ ପକେଟରୁ ଚାବି ରିଂ କାଢ଼ି ହାତରେ ଘୂରାଇ ଓହ୍ଲାଇଲା।

ଗ୍ରାଉଣ୍ଡ ଫ୍ଲୋର୍। ହଠାତ୍ କିଛି ବେପରୁଆ ହସ ସୁଶାନ୍ତର ଗତିରୋଧ କଲା। କୋଠରି ଭିତରୁ ବନ୍ଦ ଅଛି। ପିଲାଏ କିଛି ଚର୍ଚ୍ଚା କରୁଥିବେ। ସେ କାନ ପାତି ଛିଡ଼ା

ହେଲା । ଅବାଧ୍ୟ ମଳୟ ପବନ ପରି ତା'ର କର୍ଣ୍ଣକୁହରରେ ସ୍ୱାଦିତ ହେଲା ମିସ୍ ରାୟ ଚୌଧୁରୀ ।

ଇସ୍, କାନ କ'ଣ ନ ଶୁଣିଲା ଭଲା ।

ଜୁନିଅର୍ ଛାତ୍ରଙ୍କ ରୁମ୍‌ରେ ପୁଣି ରାୟଚୌଧୁରୀର କ୍ୟାରେକ୍ଟର ଡିସ୍କସନ୍ କରାଯାଇପାରେ ? ସୁଶାନ୍ତକୁ ସ୍ତବ୍‌ଧ କରିଦେବା ପାଇଁ ଏତିକି ଯଥେଷ୍ଟ ଥିଲା । ସେ ଅଧିକ କିଛି ଶୁଣିବାକୁ ଅପେକ୍ଷା କରିଥିଲା । କିନ୍ତୁ କେହିଜଣେ ବୋଧହୁଏ ପରିସ୍ରା କରିବାକୁ ବାହାରିଲା । ସୁଶାନ୍ତକୁ ସେଇଠି ଆବିଷ୍କାର କଲେ ସେମାନେ ଅପଦସ୍ଥ ହୋଇ ପାରନ୍ତି । ସେ କରିଡରରେ ଆଗକୁ ପାଦ ବଢ଼ାଇଲା । ବାହାରେ ଜହ୍ନ ପଡ଼ିଛି ।

ଲୁହ ଲହୁର ଇତିହାସ ପୃଷ୍ଠାରେ ଜହ୍ନର ହୁଏତ ସ୍ଥାନ ନାହିଁ । ତା'ର ପ୍ରତ୍ୟେକ ପୃଷ୍ଠାରେ ଛେପ ପକାଇବାକୁ ଇଚ୍ଛା ହୁଏ ସୁଶାନ୍ତର । ତାଜମହଲର ସ୍ୱପ୍ନିଳ ପରିବେଶରେ ପ୍ରଗଳ୍‌ଭ ଜହ୍ନରାତି ଅପେକ୍ଷା ଇତିହାସ ପୃଷ୍ଠାକୁ ମୂକ ମହେନ୍‌ଜୋଦାରୋର ଧ୍ୱସ୍ତ ସ୍ଥାପତ୍ୟ ବେଶି ମୁଖର କରେ । ଇଏ କି ଅଦ୍ଭୁତ, ଯେପରି ଜୁନିଅର ଛାତ୍ରଙ୍କ ରୁମ୍‌ରେ ରାୟ ଚୌଧୁରୀର ଚର୍ଚ୍ଚା । ସୁଶାନ୍ତ ରାସ୍ତାରେ ପାଦ ଦେଲା ।

- ହେଲେ ସୁଶାନ୍ତ, ନାସେର୍ ଇଜ୍ ଡେଡ୍ । ମୁଁ ଏବେ ଶୁଣୁଛି ।

- ଜାଣେ ।

- ପ୍ରାଚ୍ୟରୁ ଆଉ ଗୋଟିଏ ଦୀପ ଲିଭିଗଲା ।

- ବାସ୍ତବିକ ସ୍ୟାଡ୍ ନ୍ୟୁଜ୍ ।

- ନେହେରୁ, ହୋ ଚି-ମିନ୍, ନାସେର୍ ଗଲେ । ଥ୍ରୀ ବର୍ଣ୍ଣିଂ କେଣ୍ଡେଲସ୍ । ଓନ୍‌ଲି ଚିଚରା ମାସ ବାକି ।

- ଆଚ୍ଛା, ମେନନ୍ କାଲି ଛୁଟି ଅଛି ?

- ମାତ୍ର ଦିନେ । ଅଥଚ ନାସେର୍ ଭାରତର ପରମ ବନ୍ଧୁ...

ସୁଶାନ୍ତ ଆଗେଇଲା । ମେନନ୍ ହୁଏତ ଅଧିକ କିଛି କହିଥାନ୍ତି । ନାସେରର୍ ମୃତ୍ୟୁରେ ବିଚରା ଭାଙ୍ଗି ପଡ଼ିଛି । କାଲି ଛୁଟି ଅଛି । ମ୍ୟାଟିନି ସୋ ପାଇଁ ହୁଏତ ଟିକେଟ୍ ବୁକ୍ କରି ନେଇଥିବ । ସହରର କୌଣସି ଏକ ଅନୁଷ୍ଠାନ ଆନୁକୂଲ୍ୟରେ ହେବାକୁ ଯାଉଥିବା ଶୋକସଭାରେ ସହସ୍ର ସଂଖ୍ୟାରେ ଯୋଗ ଦେବାକୁ ମାଇକ୍‌ରେ କେହି ପ୍ରଚାର କରୁଛି । ମନ୍ତ୍ରୀ ଯୋଗ ଦେଉଛନ୍ତି ।

ରାତି ନ'ଟା ହେବ ।

ଦେବଦାରୁ ଗଛ ତଳେ ସିମେଣ୍ଟ ବେଞ୍ଚରେ କିଏ ଜଣେ ବସି ଗୁଣୁଗୁଣୁ ହେଉଛି । ସୁଶାନ୍ତ ଛିଡ଼ା ହୋଇ ଭଲ କରି ଚାହିଁଲା । ଧଳା ପଞ୍ଜାବୀ ଓ ପାଇଜାମା । ଏସେନ୍‌ସର

ମୃଦୁ ବାସ୍ନା। ସୁଶାନ୍ତ ଗୀତରୁ ପଦେ ଶୁଣିଲା। ଆରେ ସୁଧୀର ପୁଣି କେବେଠୁଁ ଓଡ଼ିଶୀ ଗାଇବା ଆରମ୍ଭ କଲାଣି ? ଜହ୍ନ ରାତିକୁ ଗୋଟାସାରା ଉପଭୋଗ କରିନେବାକୁ ବିଚରା ବେଶ୍ ଅଭିସାର କରିଛି। ନା ତାକୁ ଡାକି ଲାଭ ନାହିଁ। କପ୍‌ଟେ ଚା' ଡିମାଣ୍ଡ କରିପାରେ। ଫାଇନାଲ୍ ଇଅରର କୌଣସି ଏକ ଝିଅ ତା'ର ସାଂଘାତିକ ଅନିଚ୍ଛା ସତ୍ତ୍ୱେ ଭାବେ ଭଲପାଏ ବୋଲି ସେ ଦାବି କରେ।

ମେନନ ପରେ ସୁଧୀର। ହୁଏତ ବାଟରେ ଆଉ କାହାରି ଦେଖା ହୋଇପାରେ। ସୁଶାନ୍ତର ମୁଣ୍ଡ ଦରଜ ସାମାନ୍ୟ ବଢ଼ି ଯାଇଥିଲା। ପରବର୍ତ୍ତୀ ଯୁଗର ଇତିହାସ ସୃଷ୍ଟି କରିବେ ଏମାନେ, ମେନନ, ସୁଧୀର, ସୁଶାନ୍ତ ଏବଂ ରାୟ ଚୌଧୁରୀ...।

ସୁଶାନ୍ତ ଦାଢ଼ିରେ ହାତ ମାରିଲା ଓ ଚାବି ରିଂ ଘୂରାଇ ଘୂରାଇ ଆଗେଇଲା। ନା, ଏଥର ଆଉ କିଛି ବାଧାବିଘ୍ନ ନାହିଁ। ସାମାନ୍ୟ ବୁଲିକରି ଯିବାକୁ ହେବ। ଲଣ୍ଡ୍ରିବାଲା ପଇସା ମାଗିପାରେ। ପକେଟରେ ମାତ୍ର ଟଙ୍କାଏ। ଉଭୟଙ୍କୁ ସୁଶାନ୍ତ ଏକାଥରକେ ମନେ ପକାଇଲା। କେତେଖଣ୍ଡ ଯାଯାବର ମେଘ ଜହ୍ନକୁ ଉପହାସ କରୁଥିଲେ। ସୁଶାନ୍ତ ହୋଟେଲକୁ ପଶିଲା। ସାର୍ଟ କଲର ଟେକି ଫ୍ୟାନ୍ ତଳେ ବସିଗଲା। ଗୁଣ (ହୋଟେଲ ବୟ) ହୁଏତ ଏହା ମଧ୍ୟରେ 'କୋଲଡ଼ ହଟ୍'କୁ ଏକାଧିକ ବାର ଉଚ୍ଚାରଣ କଲାଣି।

ଏକ କପ୍ ସ୍ପେଶାଲ୍ ଚା'।

ରେଡ଼ିଓ ଖୋଲ୍।

ଶରତ, ଫଗୁଣ, ଚକୋର, ପ୍ରିୟତମା ଆଜି କେତୋଟି ଅଚଳ ଶବ୍ଦକୁ ବିଦଗ୍ଧ କଣ୍ଠଶିଳ୍ପୀ ବାରମ୍ବାର ଆବୃତ୍ତି କରୁଥିଲେ। ପାଖ ଟେବୁଲରେ କେହି ଜଣେ ସିଗାରେଟ ଧୂଆଁରେ କୁଣ୍ଡଳୀ କରି ଟେବୁଲ ବାଡ଼େଇ ଗୀତ ସହିତ ତାଳ ଦେବାକୁ ଉଦ୍ୟମ କରୁଥିଲା। ଭଲଗାର୍... ପୁରି ଚା' ଥୋଇ ଦେଇ ଚାଲିଗଲା।

- ୱେଟ୍ ସୁଶାନ୍ତ। ସରୋଜ ଚିତ୍କାର କରୁଛି।

- କ'ଣ ବେ ?

- ଫିପ୍‌ଟି ଫିପ୍‌ଟି।

ପ୍ଲେଟରେ ଚା' ଢାଳି ସୁଶାନ୍ତ ସରୋଜକୁ ବଢ଼ାଇ ଦେଲା।

- ସରୋଜ, ଚାଲ, ପ୍ଲାଟଫର୍ମ ଆଡୁ ବୁଲି ଆସିବା। ବାହାରେ ଜହ୍ନ।

- ଜହ୍ନ କ'ଣ ଦେଖିବୁ ବେ ?

ବରଂ କ୍ୟାପ୍‌ଷ୍ଟେନ୍ ଟଣାଯାଉ। ଦିହେଁ ରାସ୍ତାକୁ ଓହ୍ଲାଇଲେ।

- ସରୋଜ, ତୋ ରିଭଲ୍ୟୁସନ କେତେଦୂର କଲା ?

- ହଁ, ତୁମେ ଆମକୁ କହିପାର ରିଭଲ୍ୟୁସନାରୀ, ଟ୍ରେଟର। କିନ୍ତୁ ଏ ଘୁଣଖିଆ

ବୁର୍ଜୁଆ ସମାଜର ସମସ୍ତ ଶୃଙ୍ଖଳକୁ ପଦାଘାତ କରି ରିଭଲ୍ୟୁସନ୍‌ର ଶିଶୁ...

- ଥାଉବେ, ବିଧିମତ ଭାଷଣ ଆରମ୍ଭ କଲୁଣି।

- ଲାଇଟର୍ ଆଣ। ମୋ ସିଗାରେଟ୍ ଲିଭିଗଲା। ମୁଁ ଆସୁଛି ଭାଇ, ଜହ୍ନରାତିକୁ ଉପଭୋଗ କରିବା ପାଇଁ ମଣିଷର ସମୟ କାହିଁ? ଏଇଥିପାଇଁ ଆଞ୍ଜେଲସ୍ କହିଥିଲେ...

- ଆବେ, କିଛି କାମ ଜୁଟିଗଲା କି?

- ନା ଭାଇ ବେକାର।

ସରୋଜ ଚାଲିଗଲା। ସୁଶାନ୍ତ ଚାବି ରିଂକୁ ଦି'ଥର ଘୂରାଇ ନେଲା। ଏଥର ମୁକ୍ତି।

ପଚା ନର୍ଦ୍ଦମା ଗନ୍ଧରେ ସୁଶାନ୍ତର ନିଃଶ୍ୱାସ ବନ୍ଦ ହୋଇ ଆସୁଥିଲା। ସାମ୍ନାରେ ଆଲୋକିତ ଅପରିଚ୍ଛନ୍ନ କାନ୍ଥକୁ ସେ ଚାହିଁଲା। କିମ୍ଭୁତ କିମାକାର ମାଓ ଛବି। ବିଚରା ନର୍ଦ୍ଦମା ଗନ୍ଧରେ ବିବର୍ଣ୍ଣ ଦିଶୁଥିଲା। କେତୋଟି ଚରମପନ୍ଥୀ ସ୍ଲୋଗାନ। ସୁଶାନ୍ତ ବନାନ ଦେଖି ସାମାନ୍ୟ ହସିଲା। ଅକ୍ଷରମାନେ ଢୁଳାଉଥିଲେ ଓ ମାତାଲ ପଞ୍ଜାବୀ ଡ୍ରାଇଭରର ପଦଚିହ୍ନ ପରି ବିକ୍ଷିପ୍ତ ଦିଶୁଥିଲେ। ପଂକ୍ତି ବନାନ ଆଦିର ବନ୍ଧନ ବିରୁଦ୍ଧରେ ରିଭଲ୍ୟୁସନ୍ କରିବା ପାଇଁ ସେମାନେ ଯେପରି ବଦ୍ଧପରିକର। ସୁଶାନ୍ତ ଫେରିଲା।

ଦେବଦାରୁ ଗଛମାନେ ନିର୍ବିକାର ଭାବେ ଛିଡ଼ା ହୋଇଛନ୍ତି। ଅତ୍ୟୁଚ୍ଚ ୟୁକାଲିପଟାସ ଗଛର ଶୀର୍ଷମାନଙ୍କରେ ଯେପରି ଅନେକ ଜହ୍ନ ଓହଳା ହୋଇଛନ୍ତି। ମେଲା ସିମେଣ୍ଟ ବେଞ୍ଚମାନଙ୍କରେ ସତରେ ଏକ ନିଜସ୍ୱ ଆବେଦନ ଥିଲା। ସିଟି ମାରି ଟ୍ରେନ୍‌ଟି ପ୍ଲାଟଫର୍ମରୁ ଅଦୃଶ୍ୟ ହେବା ସାଥେ ନୀରବତା ଭାସି ଆସୁଥିଲା ଜ୍ୟୋତ୍ସ୍ନାର ପ୍ରତିଟି ତନ୍ତୁରେ। ବିସ୍ତୀର୍ଣ୍ଣ ପ୍ରାନ୍ତର (ଯାହାର ସ୍ଥାନେ ସ୍ଥାନେ ଘାସ ନଥିବାରୁ ଚନ୍ଦାମୁଣ୍ଡ ପରି ଦିଶୁଥିଲା) ବାଧା ବନ୍ଧନକୁ ଉପେକ୍ଷା କରି ଲମ୍ବି ଯାଇଥିଲା। ଫିକା ଦିଗନ୍ତରେ ହଜି ହଜି ଯାଉଥିଲେ ଇତିହାସ ବହିର ଅନେକ ପୃଷ୍ଠା। ଆଞ୍ଜେଲସ୍, ନାସେର୍, ସରୋଜ, ରିଭଲ୍ୟୁସନ୍ ଏବଂ ରାୟ ଚୌଧୁରୀ, କିନ୍ତୁ ମିସ୍ ରାୟଚୌଧୁରୀ... ?

ଜହ୍ନ ଓ ଆୟୁଷ୍ମତା...

ବିଚାରୀ ଜାଣେନା ଷଢ଼ି ରୁମ୍‌ର ପରିଧି ବାହାରେ ଅନ୍ୟ ଏକ ପୃଥିବୀ ଅଛି; ଯେଉଁଠି ଅନେକ ବିପ୍ରଲବ୍ଧ ଦେବଦାରୁ- ୟୁକାଲିପଟାସ୍, ଜହ୍ନର ଅଭିସାର, ନିଭୃତ ସିମେଣ୍ଟ ବେଞ୍ଚ ଏବଂ ଏକ ଆପେକ୍ଷମାଣ ଆତ୍ମା ଅଛି। ସୁଶାନ୍ତ ପୁନର୍ବାର ଦାଢ଼ିରେ ହାତ ମାରିଲା। କଦାଚିତ ସୁଯୋଗ ମିଳିଲେ ସେ ରାୟ ଚୌଧୁରୀର କାନ ପାଖରେ କହନ୍ତା, 'ସୈନିକ ଓ ପ୍ରଜାପତି' (ବରଂ ମୃତ୍ୟୁ ଶ୍ରେୟସ୍କର, କିନ୍ତୁ ବେଞ୍ଚ ସାମ୍ନାରେ ପ୍ରଜାପତିକୁ ଧରିବାକୁ ହେବ।) କିମ୍ବା 'ରୁଟି ଓ ଚନ୍ଦ୍ର' କାହାଣୀ। ମାନବର ଯୁଗପତ୍

ସୌନ୍ଦର୍ଯ୍ୟବୋଧ ନିକିତିର ଗୋଟିଏ ପାଖରେ ରହିଲେ ତା'ର ସମକକ୍ଷ ହେବାକୁ ଏଯାବତ୍ ବିଶ୍ୱ ଇତିହାସ ଅସାମର୍ଥ୍ୟ ପ୍ରକାଶ କରିବ। ରାୟଚୌଧୁରୀ ବୁଝିବା ଉଚିତ, ଜହ୍ନ ରାତିରେ ଆକବରର ସୁଶାସନର କିଛି ଅର୍ଥ ହୁଏନା। ଅସହାୟ ସପ୍ତର୍ଷି ମଣ୍ଡଳ ପରି ଇତିହାସ ଅସ୍ପଷ୍ଟ ହୋଇପଡୁଥିଲା। ଇତିହାସ ଓ ଜହ୍ନ ରାତିର ସମ୍ପର୍କ? ଜ୍ୟୋସ୍ନା ଯଦି ନିଆଁ ହୋଇ ଜାଳି ଦିଅନ୍ତା ଇତିହାସ ବହିର ସମସ୍ତ ପୃଷ୍ଠାକୁ। ଜହ୍ନର ଅସଂଖ୍ୟ ହାଡ଼ ଯଦି ଷଡ଼ି ଟେବୁଲରୁ ଟାଣି ଆଣନ୍ତା ଏବଂ ସୁଶାନ୍ତ ନିଜେ ଯଦି ସମଗ୍ର ସହରରେ ଅଗ୍ନି ସଂଯୋଗ କରି ତାକୁ ଏକ ମୃତ ମହେଞ୍ଜୋଦାରୋରେ ପରିଣତ କରିପାରନ୍ତା!

ସେ ହସୁଥିଲା। ଆତ୍ମତୃପ୍ତିର ହସ। ଅଟ୍ଟହାସ। ସେ ଦେବଦାରୁ ଗଛକୁ ଚଢ଼ିବ। ୟୁକାଲିପଟାସ୍ ଶୀର୍ଷକୁ ପଦାନତ କରିବ। କଲେଜ ଛକରେ ଚିତ୍କାର କରି କହିବ, 'ସୈନିକ ଓ ପ୍ରଜାପତି' କିମ୍ବା 'ରୁଚି ଓ ଚନ୍ଦ୍ର' କାହାଣୀ। ମଣିଷ ଲେଖିବ ଅନନ୍ୟ ଅବନୀର ପୃଥକ ଇତିହାସ; ଯେଉଁଠି ଥିବ ଜହ୍ନ, ଦେବଦାରୁ ଓ ଆୟୁଷ୍ମତୀ ରାୟ ଚୌଧୁରୀ।

ସୁଶାନ୍ତ ସମ୍ରାଟ, କେଉଁ ନୀଳଚନ୍ଦ୍ରର ଉପତ୍ୟକା କିମ୍ବା ଅଲେଇଚ ଦ୍ୱୀପର।

■

ବଜ୍ରାହତ

ସେଇ ଲୋକଟା; ହଁ, ଠିକ୍ ସେଇ ଲୋକ। ସୁଚେତା ଯେଉଁ ସନ୍ଧ୍ୟାରେ ତାଙ୍କୁ ବାପାଙ୍କ ସହିତ ତାଙ୍କର ଏକମାତ୍ର ବାରଣ୍ଡାର ଛାଇ ଅନ୍ଧାରରେ ଆବିଷ୍କାର କଲା; ସେତେବେଳେ ସେ ଚାଳ ତାଟି ଘେରା ବାଥରୁମ୍‌ରୁ ଫେରୁଥିଲା ଅନକେଟା ସଂକ୍ଷିପ୍ତ ପୋଷାକରେ। ଦୁଇଟି ମାତ୍ର କୋଠରି ବିଶିଷ୍ଟ ତାଙ୍କ ଘରକୁ ସେ କ୍ଷୀପ୍ର ଗତିରେ ପଶିଗଲା ସିନା, ସେଇ ଲୋକଟାର ତୀକ୍ଷ୍ଣ ଦୃଷ୍ଟି ସେ ଏଡ଼ାଇ ପାରି ନଥିଲା। ବାପା ନିର୍ବିକାର ଭାବେ ବିଦଗ୍ଧ ଶ୍ରୋତା ପରି ଚାହିଁଥିଲେ ତା'ର ମୁହଁକୁ। ସିଗ୍ରେଟ୍ ଗନ୍ଧ ସୁଚେତାକୁ ଅସହ୍ୟ ହେଲେ ବି ଲୋକଟା ଖଣ୍ଡିଏ ପରେ ଖଣ୍ଡିଏ ସିଗ୍ରେଟ୍ ଟାଣି ଚାଲିଥାଏ।

ବାପା ଏଥର ତା' ଉଦ୍ଦେଶ୍ୟରେ କହିଲେ, 'ସୁଚି, ଚା ଆଣିବୁ।'

ସୁଚେତା ମନେ କଲା ଚିନି ବୋଧହୁଏ ଅଳ୍ପ ଥିବ। ବାପାଙ୍କ ଅସ୍ୱାଭାବିକ ଅତିଥିବତ୍ସଳତାରେ ସେ ମନେ ମନେ ବିରକ୍ତ ହୋଇ ସାରିଥିଲା। ସରିତା ଚା' କରି ସାରିଥାଏ। ରୋଷେଇ ଘର ମୁହଁରେ ହିଁ ସେ ଦି'କପ୍ ଚା' ସୁଚେତା ହାତକୁ ବଢ଼ାଇ ଦେଲା। ସେ ଚା' ନେଇ ବାରଣ୍ଡାରେ ପହଞ୍ଚିବା ବେଳକୁ ଲୋକଟି କୌଣସି ଅସମ୍ପୂର୍ଣ୍ଣ ବାକ୍ୟକୁ ଶେଷ କରୁଥାଏ। ସୁଚେତା ପ୍ରଥମେ ତା' ହାତକୁ ଚା' ବଢ଼ାଇ ଦେଉଥିଲା, ଅଥଚ ସେ ପଞ୍ଜାବୀ ପକେଟରୁ କାଢ଼ିଲା ଖଣ୍ଡିଏ ସିଗାରେଟ୍ ଓ ମୁହଁରେ ଲଗାଇ ତା' ଆଡ଼କୁ ଚାହିଁଲା। ସୁଚେତା ଇତିମଧ୍ୟରେ ବାପାଙ୍କ ହାତକୁ ଚା' ଦେଉଥିଲା, ଅଥଚ ସେ ଅପେକ୍ଷା କରିବାକୁ ଇଙ୍ଗିତ କଲେ। ଲୋକଟି ସିଗାରେଟ୍‌ରେ ଅଗ୍ନିସଂଯୋଗ କରିବା ପରେ ହିଁ ହାତ ବଢ଼ାଇ ଚା' କପ୍‌ଟି ଧରିଲା। ତା'ପରେ ବାପା। ସୁଚେତା ଏଥର ରୋଷେଇ ଘରକୁ ଫେରି ଆସୁଥିଲା। ଅଥଚ ବାପା ପଛପଟୁ ଡାକିଲେ, 'ସୁଚି ଅମରବାବୁଙ୍କୁ ଜାଣିନୁ?' ତା'ପରେ ବାପାଙ୍କ ପ୍ରଚ୍ଛନ୍ନ ଇଙ୍ଗିତରେ ସେ ବାଧ ହୋଇ ଅମରବାବୁଙ୍କୁ ନମସ୍କାର କଲା।

ଏଥର ଅମରବାବୁ ତା' ମୁହଁକୁ ସିଧାସଳଖ ଚାହିଁ ପଚାରିଲେ, 'ତୁମେ ଏଠି

କଲେଜରେ ପଢୁଥିଲ ନା, ବି.ଏ. ପାଶ୍ କରିବା କେତେ ବର୍ଷ ହେଲା ?' ବାପା ଏଥର ନିଜେ ଉତ୍ତର ଦେଲେ, 'ତିନି ବର୍ଷ।'

ସୁଚେତାର ଆଉ ଧୈର୍ଯ୍ୟ ନଥିଲା, ସେ ଫେରି ଆସିଲା ରୋଷେଇ ଘରକୁ। ଛାତିତଳେ କୌଣସି କମ୍ପନ ଅନୁଭବ କରିଥିଲେ, ସୁଚେତା ଭାବିଥାନ୍ତା ସେ ସଙ୍କୋଚ କରୁଛି; ଅଥଚ ତା'ର ନିଃଶ୍ୱାସ ପ୍ରଶ୍ୱାସର ଗତି ପ୍ରଖର ହୋଇ ନାସାକୁଞ୍ଚନରୁ ସେ ଅନୁଭବ କରିନେଲା, ଅମରବାବୁ ଲୋକଟା ପ୍ରତି ତା' ମନ ଘୃଣାରେ ଭରି ଉଠୁଛି।

ଏଇ ଲୋକଟା ସତେ ଯେପରି ତାକୁ ପ୍ରଥମ ଥର ପାଇଁ ଦେଖୁଛି। କଲେଜରୁ ଏକା ଏକା ଫେରିବାବେଳେ ସେ ଅନେକ ସମୟରେ ଛିଡ଼ା ହୋଇଥାଏ କେଉଁଠି ଷ୍ଟଲ୍ ବା ପାନ ଦୋକାନରେ। ପାନ ଦୋକାନୀ ସମେତ ଏଇ ଅମରବାବୁର ଉତ୍ସୁକ, 'ବଢ଼ିଆ ହୋଇଛି ?' ସୁଚେତା ସେତେବେଳେ ଅନୁଭବ କରେ ଯେପରି ଶାଢ଼ିରେ ତା'ର ପାଦ ଦୁଇଟି ଛନ୍ଦି ହୋଇଯାଇଛି। ଅମରବାବୁ ପ୍ରତି ତା'ର ମନ ଧୀରେ ଧୀରେ ବିଷାକ୍ତ ହୋଇଉଠୁଥାଏ। ରୋଷେଇ ଘରରୁ ହିଁ ସେ ଶୁଣୁଥାଏ ଅମରବାବୁ ଉଚ୍ଚାରଣ କରୁଥିବା କେତୋଟି ଶବ୍ଦ, ରେଜିଷ୍ଟ୍ରେସନ୍ ହେଉ ଦେଖିବା, କୋଉ ବଡ଼ କଥା ଯେ। ଯେପରି ସେଗୁଡ଼ିକ ତାକୁ ଶୁଣାଇବା ପାଇଁ ଉଦ୍ଦିଷ୍ଟ। ଏଥର ବାପା ପୁଣି ପାଟି କରି ଡାକିଲେ, 'ପାନ ଦି'ଖଣ୍ଡ ଆଣିବୁ ସୁଚି।'

ସରିତା ପାନ ଭାଙ୍ଗିବାରେ ବ୍ୟସ୍ତ ହୋଇପଡ଼ିଲା। ପାନ ନେଇ ସୁଚେତା ଗଲାବେଳକୁ ବାରଣ୍ଡାର ଦୃଶ୍ୟ ବଦଳି ଯାଇଥାଏ ଅନେକଟା। ବାପା ବୋଧହୁଏ ପ୍ରଥମ ଥର ପାଇଁ ତାକୁ ପ୍ରଶଂସା ଆଖିରେ ଚାହିଁଛନ୍ତି ଏବଂ ଅମରବାବୁ ଦାର୍ଶନିକ ସୁଲଭ ଭଙ୍ଗୀରେ ଛାତକୁ ଚାହିଁ ଉଚ୍ଚାରଣ କରୁଥାନ୍ତି ଯେପରି ଗୋଟିଏ ନାଟକୀୟ ସ୍ୱଗତୋକ୍ତି। ଏମିତି ଗୋଟିଏ ରିଜର୍ଭଡ୍ କନ୍‌ଷ୍ଟିଚ୍ୟୁଏନ୍‌ସିରେ ଆମର ଆଉ କ'ଣ ଭବିଷ୍ୟତ ଅଛି ? ବାନାମ୍ବର ଏଇନେ ମନ୍ତ୍ରୀ ହେଲାଣି। ଏଠି କିଏ ନ ଜାଣେ, ତା' ପାଇଁ ମୁଁ କ'ଣ ନ କରିଛି। ଲୋକସଭା ବେଳକୁ ଏଥର ଦେଖିବା, ନହେଲେ ଆଉ କୌଣସି ନିର୍ବାଚନମଣ୍ଡଳୀ...। ପାନ ଖଣ୍ଡିଏ କଲରେ ଜାକି ଅମରବାବୁ ଉଠିଲେ, ଏକାନ୍ତ ଅନୁରକ୍ତ ପରି ବାପା ଉଠିଗଲେ ରାସ୍ତାଯାଏ। ଫେରିଲାବେଳକୁ ବାପାଙ୍କ ମୁହଁ ଉଜ୍ଜ୍ୱଳ ଦିଶୁଥାଏ।

ରୋଷେଇ ଘରର ସମସ୍ତ ଦାୟିତ୍ୱ ସରିତାକୁ ଛାଡ଼ିଦେଇ ସୁଚେତା ଚାଲିଗଲା ତା'ର ଶୋଇବା କୋଠରିକୁ। ଗୋଟିଏ ମାତ୍ର ରଙ୍ଗଛଡ଼ା ପଲଙ୍କ, ବଡ଼ ଟେବୁଲଟିଏ ଓ ଜଙ୍କଲଗା ଦୁଇଟି ଟିଣ ଟ୍ରଙ୍କ- ଏମାନଙ୍କ ସାନ୍ନିଧ୍ୟରେ ସୁଚେତା ବିତାଇଦିଏ ଅନେକ ଉଦାସ ଅପରାହ୍ନ, ସେ କଲେଜ ଛାଡ଼ିବା ପରେ ଓ ସରିତା କଲେଜ ଯିବା ଦିନଠୁ।

ସୁଚେତା ଜାଣିଲା ଦିନରୁ ବାପା ଓକିଲ। କିନ୍ତୁ ଆଜିଯାଏ କୌଣସି କ୍ଲାଏଣ୍ଟ

ତାଙ୍କ ଦ୍ୱାର ମାଡ଼ିବା ସେ ଜାଣେନି। ପ୍ରତିଦିନ ବାପା ଠିକ୍ ଦଶଟାବେଳକୁ ରଙ୍ଗ ଛାଡ଼ି ଆସୁଥିବା କଳାକୋଟ ଖଣ୍ଡିଏ ଗଳାଇ, କାଖରେ ଫାଇଲ୍ ଦୁଇ ତିନି ଖଣ୍ଡ ଜାକି କଚେରୀକୁ ବାହାରନ୍ତି। ଫେରନ୍ତି ବି ବେଶ୍ ଡେରିରେ। ଓକିଲାତିରେ ବାପାଙ୍କ ଏତେଟା ଆନ୍ତରିକତା ସତ୍ତ୍ୱେ ଛାତ୍ରୀ ଥିବାବେଳେ କଲେଜ ଫିସ୍ ଦେବାପାଇଁ ତାକୁ ବାରମ୍ବାର ବାପାଙ୍କୁ କହିବାକୁ ପଡୁଥିଲା। ଘରୁ କଲେଜ ଯିବାପାଇଁ ରିକ୍ସା ଭଡ଼ା ମାଗିବାକୁ ତା'ର କେବେ ସାହସ ହୋଇନି। ସୁଚେତା ବହୁତ ପରେ ବୁଝି ପାରିଥିଲା, ବାପା କଚେରୀକୁ ଯାଇ ଗାଁ ଗହଳିରୁ ମାଲି ମକଦ୍ଦମା ପାଇଁ ଆସିଥିବା ପକ୍ଷ ପ୍ରତିପକ୍ଷମାନଙ୍କୁ ଅନ୍ୟ ଓକିଲମାନଙ୍କଠାରେ ଜୁଟାନ୍ତି। ଏବଂ ସେ ସଂକ୍ରାନ୍ତରେ ଯାହା କିଛି କମିଶନ ମିଳେ, ତାହାହିଁ ବାପାଙ୍କ ଆୟ। ବୋଉ ମରିଯିବା ପରେ ବାପା ପ୍ରାୟ ସବୁବେଳେ ଗମ୍ଭୀର ରହୁଥିଲେ। ତାଙ୍କର ଆଦେଶ ମୁତାବକ ଚା' ତିଆରି, ପାନଭଙ୍ଗା, ସବୁକିଛି ସରିତା କରୁଥିଲା। ଏବେ ବାପା ଓ ସରିତା ଯଥାକ୍ରମେ କଚେରୀ ଓ କଲେଜକୁ ବାହାରିଯିବା ପରେ ସୁଚେତାକୁ ସ୍ୱସ୍ତିରେ ନିଃଶ୍ୱାସ ମାରିବାକୁ ସମୟ ମିଳେ।

ସ୍ୱସ୍ତି ? କେବଳ କେତୋଟି ନିର୍ଜୀବ ବସ୍ତୁ ସହିତ ଆତ୍ମୀୟତା। ହୁଏତ ସେ ସେମାନଙ୍କ ମଧ୍ୟରୁ ଜଣେ। ନିଜ ଦୀର୍ଘଶ୍ୱାସମାନଙ୍କ ମୃଦୁ ଶବ୍ଦ ବ୍ୟତୀତ ତା' କାନରେ ଆଉ କିଛି ଶୁଭେ ନାହିଁ। କୋହଜନିତ ଲୁହ ଭର୍ତ୍ତି ଆଖିମାନଙ୍କରେ ସବୁକିଛି ଝାପ୍‌ସା ଦିଶେ। ଧୀରେ ଧୀରେ ନିଜର ଇନ୍ଦ୍ରିୟମାନଙ୍କ ପ୍ରତି ସୁଚେତାର ବିଶ୍ୱାସ କମି ଆସୁଛି। ପଲଙ୍କ ଉପରେ ଶାୟିତା ସୁଚେତାର ଅଣ୍ଟାରେ ବଳ ହୁଏ ନାହିଁ ଉଠି ବସିବାକୁ। ଯେପରି ତା'ର ମେରୁଦଣ୍ଡ ଦୁର୍ବଳ ହୋଇ ପଡ଼ିଛି। ବାଥରୁମ୍‌ରେ ଦିନେ ସେ ଛାତିରେ ହାତ ଦୁଇଟି ଚାପି ଅନୁଭବ କରିଥିଲା ଦୁଇଟି ଶୀତଳ ଓ ଅନାବଶ୍ୟକ ମାଂସ ପିଣ୍ଡୁଳାକୁ। କାନ୍ଥରେ ଝୁଲୁଥିବା ଦର୍ପଣ ସାମ୍ନାରେ ଛିଡ଼ା ହୋଇ ନିଜ ମୁହଁରେ ହାତ ବୁଲାଇ ଆଣିଥିଲା ଦିନେ ଏବଂ ତାକୁ ଲାଗିଲା, ଯେପରି ସେ ଗୋଟିଏ ବ୍ରୋଞ୍ଜ ମୂର୍ତ୍ତିକୁ ସ୍ପର୍ଶ କରୁଛି। ନିସ୍ପନ୍ଦ ସୁଚେତା ଅସହାୟ ଡଲଫିନ୍। ଥରେ ଥରେ ତା'ର ଆପାଦମସ୍ତକ ପକ୍ଷାଘାତଗ୍ରସ୍ତ ରୋଗୀର ଅଙ୍ଗପ୍ରତ୍ୟଙ୍ଗ ପରି ନିଷ୍କ୍ରିୟ ହୋଇପଡ଼େ। କୌଣସି କାରଣ ଖୋଜି ପାଏନାହିଁ ସୁଚେତା। କେବେ କେମିତି ରାସ୍ତାକୁ ବାହାରିଗଲେ ଏବେବି ଅନେକେ ତା' ଆଡ଼କୁ ଏକ ଅଜବ ଆଖିରେ ଚାହାନ୍ତି। ଆଜିକାଲି ସଙ୍କୋଚରେ ସୁଚେତାର ପାଦରେ ଶାଢ଼ି ଛନ୍ଦି ହୁଏ ନାହିଁ। ସେ କେବଳ ବଲବଲ କରି ସେମାନଙ୍କୁ ଚାହେଁ।

ଯେପରି ସୁଚେତାର ବକ୍ଷଗହ୍ୱରର ହୃଦୟ ଗୋଟିଏ ପେଣ୍ଡୁଲମ୍ ହୋଇ ତା'ର ମୁହଁ ଗୋଟିଏ କାନ୍ଥ ଘଣ୍ଟାର ଡାଏଲ୍ ପାଲଟି ଯାଇଛି। ଘଣ୍ଟା ଓ ମିନିଟ୍ କଣ୍ଟା

ପ୍ରତି ମୁହୂର୍ତ୍ତରେ ଗତିଶୀଳ। ଅକାମୀ ପେଣ୍ଡୁଲମ୍‌ରେ ସାମାନ୍ୟତମ ସ୍ପନ୍ଦନ ନଥାଏ। କାହିଁକି ସମୟ ତାକୁ ଅପେକ୍ଷା କରିବ ଯେ ? ପର ମୁହୂର୍ତ୍ତରେ ସୁଚେତାକୁ ଲାଗେ ଯେପରି ଅତୀତର ଦୁଇଟି କଜଳମଖା ଆୟତ ଆଖି ତାକୁ ବିଦ୍ରୂପ କରୁଛନ୍ତି।

ସତରେ ଏମିତି ଅପରାହ୍ଣରେ ଯଦି କେହି ତା'ର କୋଠରିକୁ ପଶିଆସେ, ଭୟରେ ନହେଲେ ବି କାହିଁକି କେଜାଣି ସୁଚେତାର ଦେହ ଶିତେଇ ଉଠିଲା। ସେ ବାରଣ୍ଡାକୁ ବାହାରିଲା। ଖୁମ୍ବକୁ ଆଉଜି ଚୁପ୍‌ଚାପ୍ ଛିଡ଼ା ହେଲା ଓ ପର ମୁହୂର୍ତ୍ତରେ ପୁଣି ଭାବିଲା ଯେପରି ଏହି ବାରଣ୍ଡାର ଏକ ଉତ୍କଟ ଗନ୍ଧ ତା'ର ନିଃଶ୍ୱାସ ପ୍ରଶ୍ୱାସକୁ ରୁଦ୍ଧ କରି ଦେଉଛି। ସେ ନିଜକୁ ସଜାଡ଼ି ନେଲା, ଯେପରି ଏଇନେ ତାକୁ ଅନ୍ୟ କାହାକୁ ସାମ୍ନା କରିବାକୁ ପଡ଼ିବ। ସୁଚେତା ଆଖି ବୁଲାଇ ନେଲା ସବୁ ଆଡ଼କୁ। ଅମରବାବୁ ଲୋକଟା ଭୂତ ପରି ତା' ମୁଣ୍ଡକୁ ମାଡ଼ି ବସିଛି। ସୁଚେତା ପୁଣି ପଶିଗଲା କୋଠରିକୁ। ଭିତରପଟୁ ଦ୍ୱାର ବନ୍ଦ କଲା। ବୋଧହୁଏ ସେ ଧଇଁସଇଁ ହୋଇ ପଡ଼ିଛି। ମୁହଁ ମାଡ଼ି ଶୋଇଗଲା ତା'ର ସବୁଦିନର ଶୀତଳ ଶେଯରେ।

ସେ ଆଖି ମଳିମଳି ଦ୍ୱାର ଖୋଲିବା ବେଳକୁ ସନ୍ଧ୍ୟା ହୋଇ ଆସିଥିଲା। ବାପା ଇଜି ଚେୟାରରେ ବସି ଖବରକାଗଜ ପଢୁଥିଲେ। ସୁଚେତା ଠିକ୍ କରି ଜାଣେ ବାପା ବାହାରୁ ମାଗି ଆଣିଥିବା ଖବରକାଗଜମାନଙ୍କରୁ କେବଳ ଚାକିରି ବିଜ୍ଞାପନ ଛପା ହୋଇଥିବା ପୃଷ୍ଠାଟି ପଢ଼ନ୍ତି। କାନ୍ଥ ପାଖରେ ଗୋଟିଏ ପରିବା ଭର୍ତ୍ତି ବ୍ୟାଗ୍ ରଖା ହୋଇଥାଏ। ସରିତା ବୋଧହୁଏ ରୋଷେଇ ଘରେ ବ୍ୟସ୍ତ। ସୁଚେତା ବାଥ୍‌ରୁମ୍ ଆଡ଼କୁ ଆଗେଇ ଯାଉଥିଲା। ଅଥଚ ବାପା ପଛରୁ ଡାକିଲେ, 'ସୁଚି, ଶୁଣ ମା'।' ବାଧ ହୋଇ ସେ ଖୁମ୍ବକୁ ଆଉଜି ଛିଡ଼ା ହେଲା। ସରିତା ରୋଷେଇ ଘରୁ ଦି'କପ୍ ଚା' ଆଣି ତାକୁ ଓ ବାପାଙ୍କୁ ବଢ଼ାଇ ଦେଲା। ଏବଂ ପରିବା ବ୍ୟାଗଟି ନେଇ ପୁଣି ରୋଷେଇ ଘରକୁ ପଶିଗଲା। ସବୁକିଛି ସୁଚେତାକୁ ନୂଆ ନୂଆ ଲାଗୁଥାଏ। ଏଥର ବାପା ସିଧାସଳଖ ତା' ମୁହଁକୁ ଚାହିଁଲେ। ଆଜି ତାଙ୍କ ମୁହଁ ବି ଅନେକଟା ଭିନ୍ନ ଦିଶୁଛି।

'ସୁଚି, କାଲି ଗୋଟିଏ ଇଣ୍ଟରଭ୍ୟୁ ଅଛି। ଏଇ ଥରକ ବୋଧେ ଚାକିରିଟା ହୋଇଯିବ। ସକାଳୁ ସହରକୁ ଯିବାକୁ ପଡ଼ିବ।' ବାପାଙ୍କ ସ୍ୱରରେ ଏତେଟା ଆତ୍ମବିଶ୍ୱାସ ସୁଚେତାକୁ ଆଶ୍ଚର୍ଯ୍ୟ କରିଦେବା ପାଇଁ ଯଥେଷ୍ଟ ଥିଲା। ବାପା ଦୁଇଥର ଗଣିସାରି ପାଞ୍ଚଖଣ୍ଡି ଦଶଟଙ୍କିଆ ନୋଟ୍ ଓ ଖଣ୍ଡିଏ ନାଲି ପୋଷ୍ଟକାର୍ଡ଼ ତା' ହାତକୁ ବଢ଼ାଇ ଦେଲେ। ନାଲିକାର୍ଡ଼ ଖଣ୍ଡିକରେ ସେ ଆଖି ବୁଲାଇ ନେଲା। ସହରରେ ନୂଆ କରି ଖୋଲା ହୋଇଥିବା ସ୍କୁଲ ପାଇଁ ମାଷ୍ଟ୍ରାଣୀ ଚାକିରି। ସୁଚେତା ଖୁସି ହେବ କି ଇଣ୍ଟରଭ୍ୟୁ

ପାଇଁ ପ୍ରସ୍ତୁତ ହେବ, କିଛି ଠିକ୍ କରିପାରୁ ନଥିଲା। ଅଥଚ ସେଇ ମୁହୂର୍ତ୍ତରେ ବାପାଙ୍କ ସାମ୍ନାରେ ଛିଡ଼ା ହେବାକୁ ତା'ର ଆଉ ଧୈର୍ଯ୍ୟ ନଥିଲା।

କୋଠରିରେ ଗୋଟିଏ ବୋଲି ଝର୍କା ନଥିବାରୁ ସମୟ କେତେ ହେଲାଣି ସୁଚେତା ଜାଣିପାରୁ ନଥିଲା। ଅଥଚ ଦ୍ୱାରରେ ବାରମ୍ବାର ନକ୍ ହେବାରୁ ସୁଚେତା ଶାଢ଼ି ସଜାଡ୍ତୁ ସଜାଡୁ ଦ୍ୱାର ଖୋଲିଲା। ହଠାତ୍ ଚମକି ପଡ଼ିବା ପରି ସୁଚେତା ଶେଯରେ ଉଠି ବସିଲା। ବାହାରେ ବାପା ସରିତାକୁ କ'ଣ ପଚାରୁଥାନ୍ତି। ସୁଚେତା ସିଧାସଳଖ ବାଥ୍‌ରୁମ୍‌କୁ ଚାଲିଗଲା। ଏବେ ତାକୁ ସହରକୁ ଯିବାକୁ ପଡ଼ିବ। ବାଥ୍‌ରୁମ୍‌ରୁ ଫେରି ସେ ସରିତାର ଟ୍ରଙ୍କ ଖୋଲି ତା'ର କୌଣସି ଦୂର ସମ୍ପର୍କୀୟ ଭାଇ 'ପ୍ରେଜେଣ୍ଟ' କରିଥିବା ଶାଢ଼ି ଖଣ୍ଡିକ ପିନ୍ଧିଲା। ଯେମିତି ସେ ମୁହୂର୍ତ୍ତକ ପାଇଁ ସରିତା ପାଲଟି ଯାଇଛି। ପଛରୁ କାହାର କମେଣ୍ଟ ଶୁଣିଲେ ସେ ଶାଢ଼ିରେ ତା'ର ଗୋଡ଼ ଛନ୍ଦି ହୋଇ ଯାଇପାରେ। ଛାତିତଳେ ସାମାନ୍ୟ ଉତ୍ତାପ ସୃଷ୍ଟି ହୋଇପାରେ। ଅଥଚ ସୁଚେତା ଦୁଇ ପାହୁଣ୍ଡ ଆଗେଇ ଦର୍ପଣ ସାମ୍ନାରେ ଛିଡ଼ା ହେଲା। ସମସ୍ତ ଭାବାନ୍ତରରେ ପୂର୍ଣ୍ଣଚ୍ଛେଦ। ବୋଲମନା ପାପୁଲି ଦୁଇଟିରେ ସରି ଆସୁଥିବା ଟିଣରୁ ସାମାନ୍ୟ ପାଉଡ଼ର ଢାଳି ମୁହଁରେ ଘଷିଲା। ତା'ର ଅଜାଣତରେ ଛିଣ୍ଡି ଯାଇଥିବା ବ୍ଲାଉଜର ବୋତାମ ସ୍ଥାନରେ ପଛପଟୁ ସରିତା ସେଫ୍‌ଟିପିନ୍‌ଟି ମାରି ଦେଇଥାଏ। ବାପା ବାହାରେ ଅପେକ୍ଷା କରିଥାନ୍ତି। ସୁଚେତା କୋଠରିକୁ ବାହାରି କିଛି କହିବା ପରି ସରିତାକୁ ଚାହିଁଲା, ଅଥଚ ତା'ର ଓଠମାନଙ୍କ ଦେଇ ଶବ୍ଦଟିଏ ସ୍ଫୁରିଲାନି। ଚାବିଦିଆ କଣ୍ଢେଇଟିଏ ପରି ସେ ବାପାଙ୍କ ପଛେ ପଛେ ଚାଲିଲା। ସେମାନେ୍ ବସ୍‌ଷ୍ଟାଣ୍ଡରେ ପହଞ୍ଚିବା ବେଳକୁ ପ୍ରଥମ ବସ୍‌ଟି ତାଙ୍କ ଛୋଟ ସହରରୁ ବଡ଼ ସହର ଦେଖିବା ପାଇଁ ଉତ୍କଣ୍ଠିତ ଲୋକମାନଙ୍କୁ ଧରି ଷ୍ଟାଣ୍ଡ ଛାଡୁଥାଏ। ସୁଚେତା ବସ୍‌ର ଝର୍କା ଦେଇ ଚିହ୍ନା ମୁହଁଟିଏ ଦେଖିସାରି ନ ଦେଖିଲା ପରି ବାପାଙ୍କୁ ଚାହିଁଲା। ବାପା ଡାହାଣ ପାପୁଲିଟି ଆନ୍ଦୋଳିତ କରି ସେ ଅମରବାବୁ ଲୋକଟାକୁ ବିଦାୟ ଜଣାଉଥିଲେ। ସୁଚେତା କିଛି ବୁଝିପାରୁ ନଥାଏ।

ସହରାଭିମୁଖୀ ଆଉ ଗୋଟିଏ ବସ୍ ତାଙ୍କ ସାମ୍ନାରେ ଛିଡ଼ା ହୋଇସାରିଥାଏ। ବାପା ନିଜେ ପ୍ରଥମେ ବସ୍‌କୁ ଉଠିଗଲେ ଓ ଭିଡ଼ର ସମ୍ଭାବନା ଦୃଷ୍ଟିରୁ ବୋଧହୁଏ ନିରାପଦ ସ୍ଥାନ ସଂରକ୍ଷଣ କରି ଆସିଲେ। ସୁଚେତା ସେଡ୍‌ର ଅନ୍ୟମାନଙ୍କ ଦୃଷ୍ଟି ଆକର୍ଷଣ କରୁଥିବା ଗୋଟିଏ କ'ଣକୁ ଛିଡ଼ା ହୋଇଥାଏ। କିଛି ସମୟପରେ ବାପା ଟିକେଟ ଖଣ୍ଡିଏ ଆଣି ତା' ହାତକୁ ବଢ଼ାଇ ଦେଲେ। ଯାତ୍ରୀମାନଙ୍କ ପାଇଁ ତିଆରି ହୋଇଥିବା ଆଜବେଷ୍ଟସ୍ ସେଡ୍‌ର ଗୋଟିଏ ପାର୍ଶ୍ୱରେ କେତେଜଣ ଗାଉଁଲି ଲୋକ ଇଟା ଚୁଲୀମାନଙ୍କରେ ନିଆଁ ଲଗାଇ ରନ୍ଧାରୁନ୍ଧି କରୁଥିଲେ। ହଠାତ୍ ସେପଟକୁ ଆଗେଇ

ଯାଇ ବାପା ଉପରେ ପଡ଼ି ସେମାନଙ୍କ ସହିତ କଥାବାର୍ତ୍ତା ଆରମ୍ଭ କଲେ। ପ୍ରଥମେ ଅନେକଟା ନିସ୍ପୃହ ଦିଶୁଥିବା ମଧ୍ୟବୟସ୍କ ଲୋକଟିଏ କେଜାଣି କାହିଁକି ବାପାଙ୍କୁ ବିନୀତ ନମସ୍କାର କଲା। ତା'ପରେ ଦୁହେଁ ପାଖାପାଖି ଗୋଟିଏ ସିମେଣ୍ଟ ବେଞ୍ଚରେ ବସିଲେ। ସୁଚେତା ମନେ ମନେ ବାପାଙ୍କ ଉପରେ ବିରକ୍ତ ହୋଇ ସାରିଥାଏ। ତଥାପି ତା' କାନରେ ସେଇ ଅପରିଚିତ ଲୋକଟିର ପଦେ ଦି'ପଦ ପଡ଼ିଯାଉଥାଏ। 'ଭାଇ ଭଗାରୀବାବୁ। ଏତେ କରି ମଣିଷ କଲି। ଏଇନେ କହୁଛି ଭାଗ। ଧର୍ମ କ'ଣ ସହିବ?' ସୁଚେତା ଆଉ କିଛି ଶୁଣିପାରୁ ନଥିଲା। ଏଥର ବାପା କ'ଣ ଗୁଡ଼ାଏ କହିବାକୁ ଆରମ୍ଭ କଲେଣି। ଆଉ ଜଣେ ଗାଉଁଲି ଯୁବକ ବାପାଙ୍କ ହାତକୁ ବଢ଼ାଇ ଦେଲାଣି ଖଣ୍ଡିଏ ସିଗ୍ରେଟ ଏବଂ ସେଇ ମଧ୍ୟବୟସ୍କ ଲୋକ ଓ ବାପାଙ୍କ ମଝିରେ ଥୁଆ ହେଲାଣି ଦୁଇ କପ୍ ଚା। ବସ୍ ହର୍ନ ଦେବାରୁ ବାପା ସାମାନ୍ୟ ତତ୍ପର ହୋଇ ବଡ଼ପାଟିରେ ଆସୁଛି କହି ବସ୍ ଆଡ଼କୁ ଆଗେଇଲେ। ବସ୍‌ରେ ଉଠିବା ପର୍ଯ୍ୟନ୍ତ ସୁଚେତା ଭାବିପାରୁ ନଥିଲା ଯେ ତାକୁ ଏକା ଯିବାକୁ ପଡ଼ିବ। ଝର୍କା ପାଖ ସିଟ୍‌ରେ ବସିସାରି ସୁଚେତା ନିର୍ବାକ୍ ହୋଇ ବାପାଙ୍କ ମୁହଁକୁ ଅନାଇଲା। ତାଙ୍କ ମୁହଁରେ ସାମାନ୍ୟ ଅସ୍ୱସ୍ତିର ଆଭାସ। ସେ ଚାରିଆଡ଼କୁ ମୁହଁ ବୁଲାଇ ନେଇ ଖାଲି ସୁଚେତାକୁ ଶୁଣେଇଲା ପରି କହିଲେ, 'ଚାରିଟା ସୁଦ୍ଧା ବସ୍ ଫେରି ଆସିବ ମା', ଚିନ୍ତା କରିବାର କିଛି ନାହିଁ। ଅମରବାବୁ ଖୁବ୍ ଭଲ ଲୋକ। ସେ ସବୁ ସାହାଯ୍ୟ କରିବେ। ସେ ତୋ ପାଇଁ ଅପେକ୍ଷା କରିଥିବେ।' ଆଉଥରେ ସନ୍ତର୍ପଣରେ ସବୁଆଡ଼କୁ ମୁହଁ ବୁଲାଇ ନେଇ ବାପା ବୋଧହୁଏ ପୁଣି ଫେରିଗଲେ ସେଇ ଗାଉଁଲି ମହକିଲମାନଙ୍କ ପାଖକୁ। ଏକ ଅଜବ ତନ୍ଦ୍ରାରେ ସୁଚେତା ଆକ୍ରାନ୍ତ ହୋଇ ପଡୁଥାଏ। ଖୋଲା ଆଖିମାନଙ୍କରେ ହରିଦ୍ରା ବିନ୍ଦୁରେ ବି ତା'ର ପରିଚିତ ସହରର ଦୃଶ୍ୟଟିଏ ଧରା ପଡୁନଥାଏ। କେଜାଣି କେତେବେଳକୁ ବସ୍‌ଟି ଗତିଶୀଳ ହୋଇ ସାରିଲାଣି।

ଘାଟି ରାସ୍ତାମାନଙ୍କରେ ମୋଡ଼ ସ୍ଥାନରେ ତା' ଉପରକୁ ଆଉଜି ପଡୁଥିବା ପ୍ରୌଢ଼ା ନାରୀଟାର ଚାପରେ ସୁଚେତା ସଚେତନ ହେଲା। ତା' ଦେହର ଉତ୍ତାପ ସୁଚେତାକୁ ଅସହ୍ୟ ଲାଗୁଥାଏ। ଅନ୍ୟମନସ୍କା ହୋଇ ସେ ବାହାରକୁ ଚାହିଁଲା। ଗତ ରାତିରେ ବୋଧହୁଏ ଝଡ଼ ହୋଇଥିଲା। ଭାଙ୍ଗିପଡ଼ିଥିବା କୃଷ୍ଣଚୂଡ଼ା ଶାଖାର ଫୁଲମାନେ ରାସ୍ତା ଉପରେ ବିଛାଡ଼ି ହୋଇ ପଡ଼ିଥାନ୍ତି। ସାମାନ୍ୟ ସହାନୁଭୂତିରେ ସୁଚେତା ଆକ୍ରାନ୍ତ ହୋଇ ପଡ଼ିଲା। ଅଥଚ ପର ମୁହୂର୍ତ୍ତରେ କାଚ ଝର୍କାରେ ନିଜ ମୁହଁର ଅସ୍ପଷ୍ଟ ପ୍ରତିଫଳନଟିଏ ଦେଖି ଭୁଲ୍‌ଟିଏ କଲାପରି ସାମୟିକ ଆବେଗର ଆକ୍ରମଣରେ ବିଚଳିତ ହୋଇ ପଡ଼ିଲା।

ବସ୍‌ରୁ ଓହ୍ଲାଇ ସାରି ନାଲିକାର୍ଡ଼ ଖଣ୍ଡକ ବାହାର କରିବା ପାଇଁ ଭ୍ୟାନିଟ୍ ବ୍ୟାଗ୍ ଖୋଲିବା ବେଳକୁ ହିଁ ସେ ପଛପଟୁ ପରିଚିତ ସ୍ୱରଟିଏ ଶୁଣିଲା, 'ସୁଚି'। ଅଜାଣତରେ ସୁଚେତାର ପାପୁଲି ଦୁଇଟି ଯୋଡ଼ି ହୋଇଗଲା ଅମରବାବୁଙ୍କ ଉଦ୍ଦେଶ୍ୟରେ। ଗୁଡ଼ାଏ ବସ୍ ଓ ମଣିଷମାନଙ୍କ ଭିଡ଼ କାଟି ଅମରବାବୁ ଆଗେଇଲେ ରିକ୍ସାଷ୍ଟାଣ୍ଡ ଆଡ଼କୁ। ଅନୁଗାମିନୀ ସୁଚେତାକୁ ଲାଗୁଥାଏ, ଯେପରି ସେ ଏଠି କେଉଁଠି ହଜି ଯାଇଥାନ୍ତା। ରିକ୍ସାରେ ଢୁଳାଉଥିବା ରିକ୍ସାବାଲାଟିଏ ଖପ୍ କରି ଡେଇଁ ପଡ଼ିଲା ସେମାନଙ୍କ ସାମ୍ନାକୁ। ଅମରବାବୁଙ୍କ ଇଙ୍ଗିତରେ ସୁଚେତା ରିକ୍ସାରେ ବସିଲା। ତତ୍ପରେ ଅମରବାବୁ ରିକ୍ସାବାଲାକୁ କ'ଣ ଗୁଡ଼ାଏ ନିର୍ଦ୍ଦେଶ ଦେଇ ପର୍ସରୁ ଦୁଇଟଙ୍କିଆ ନୋଟ୍ ଖଣ୍ଡିଏ ବଢ଼ାଇ ଦେଲେ ଏବଂ ଇତିମଧ୍ୟରେ ଅନେକଟା କ୍ଳାନ୍ତ ଓ ଅନ୍ୟମନସ୍କା ହୋଇ ପଡ଼ିଥିବା ସୁଚେତା ଉଦ୍ଦେଶ୍ୟରେ କହିଲେ, 'ନର୍ଭସ ହେବାର କିଛି ନାହିଁ। ଇଣ୍ଟରଭ୍ୟୁ ସରିବାବେଳକୁ ମୁଁ ସେଠି ପହଞ୍ଚିଯିବି। ଗୁଡ଼ାଏ ଏନ୍‌ଗେଜମେଣ୍ଟ। ରିକ୍ସା ଚାଲିବା ଆଗରୁ କେମିତି ଏକ ଶୂନ୍ୟ ଦୃଷ୍ଟିରେ ସୁଚେତା ଅମରବାବୁଙ୍କୁ ଚାହିଁଲା। ଏଥର ଅମରବାବୁ ମୁହଁରେ ସାମାନ୍ୟ ହସ ଫୁଟାଇ କହିଲେ, 'ଅଲ୍ ଦି ବେଷ୍ଟ'।

ଇଣ୍ଟରଭ୍ୟୁ ପାଇଁ ଅପେକ୍ଷା କରିବାକୁ ଉଦ୍ଦିଷ୍ଟ ହଲରେ ପଶିବା ମାତ୍ରକେ ଗୁଡ଼ାଏ ଉତ୍କଣ୍ଠିତ ମୁହଁକୁ ଦେଖି ସୁଚେତା ପ୍ରଥମେ ସାମାନ୍ୟ ଶଙ୍କିଗଲା। ସମସ୍ତେ ଚମକି ପଡ଼ିଲା ପରି ତାକୁ ଅନାଇଲେ ଓ ପୁଣି ନୀରବ ହୋଇ ମୁହଁ ପୋତିଦେଲେ। ସେ ମୁହଁମାନଙ୍କରେ ସୁଚେତା ଏକ ଅଲିଖିତ ଭାଷା ପଢ଼ିବାକୁ ଚେଷ୍ଟା କରୁଥିଲା। ସେମାନଙ୍କ ପାଇଁ ସେ ଅନାକାଂକ୍ଷିତ। ସମସ୍ତେ ପ୍ରାପ୍ତସମବୟସ୍କା ହେଲେ ବି କେହି କାହାରି ସହିତ କଥାବାର୍ତ୍ତା କରୁନଥିଲେ। ତିନୋଟି କାଠ ବେଞ୍ଚରେ ଲଗାଲଗି ହୋଇ ବସିଥିବା ସେହି ତରୁଣୀମାନଙ୍କ ସହିତ ସୁଚେତା ନିଜକୁ ସାମିଲ କରିପାରୁ ନଥିଲା। ତଥାପି ବାଧ୍ୟ ହୋଇ ସେ ଗୋଟିଏ କଣରେ ଚୁପ୍‌ଚାପ୍ ବସିଗଲା। ଉପରେ ପଡ଼ି କାହାରି ସହିତ କଥାବାର୍ତ୍ତା କରିବାକୁ ତା'ର ଆଦୌ ସ୍ପୃହା ନଥିଲା। ସମସ୍ତେ ଯେପରି ପରସ୍ପର ପ୍ରତି ଈର୍ଷାକାତର। ଏ ଅନୁଭୂତି ସୁଚେତା ପାଇଁ ନୂଆ ନୁହେଁ। ସିଲିଙ୍ଗରୁ ଓହଳିଥିବା ଫ୍ୟାନ୍ ତଳେ ବସିଥିଲେ ବି ତା' କପାଳରେ ବିନ୍ଦୁ ବିନ୍ଦୁ ଝାଳ ଜମି ଯାଇଥିଲା। ନୋଟ୍ ବହିର ପୃଷ୍ଠାମାନଙ୍କରେ ଦୃଷ୍ଟିନିବଦ୍ଧ କରିଥିବା ଝିଅମାନଙ୍କୁ ଦେଖି ସୁଚେତା ମନେ ମନେ ହସିଲା। ଏକାଧିକ ଇଣ୍ଟରଭ୍ୟୁରେ ସେ ପ୍ରାୟ ସମାନ ପ୍ରଶ୍ନମାନଙ୍କର ସଠିକ୍ ଉତ୍ତର ଦେଇଛି। ତଥାପି ପହଞ୍ଚେ ନାହିଁ। ଭାରତର ରାଷ୍ଟ୍ରପତି, ଗୋଆର ରାଜଧାନୀ, କୋଣାର୍କର ନିର୍ମାଣ, ଓଡ଼ିଶାର ଲୋକସଂଖ୍ୟା, ବାପାଙ୍କ ପେସା ଇତ୍ୟାଦି ପ୍ରଶ୍ନର ପୁନରାବୃତ୍ତି କେବଳ। କେବେ କେମିତି ତା'ର ଅବୟବରେ ଆଖି

ରଖି କେହି ପ୍ରୌଢ଼ ପ୍ରଶ୍ନକର୍ତ୍ତା ତା'ର ବୟସ ଓ ରୁଚି ସମ୍ପର୍କରେ ପ୍ରଶ୍ନ ପଚାରି ଦିଅନ୍ତି। ହଲ୍‌କୁ ଏକ ମିଶାମିଶି ଗନ୍ଧ ଆଚ୍ଛନ୍ନ କରି ରଖିଥାଏ। ସୁଚେତା ଅନୁଭବ କରୁଥିଲା ଯେପରି ସେ କୌଣସି କଣ୍ଢେଇ ମ୍ୟୁଜିଅମ୍‌ରେ ପହଞ୍ଚି ଯାଇଛି। ପାଖ କୋଠରିରେ କଲିଂ ବେଲ୍ ବାଜିଲେ ମଧ୍ୟ ବୟସ୍କା କାଳୀ ମାଇକିନିଆଟିଏ ଜଣକର ନାଆଁ ଉଚ୍ଚାରଣ କରି ଦୟା କଲା ପରି ଅନ୍ୟମାନଙ୍କ ଉପରେ ଆଖି ବୁଲାଇ ନେଉଥାଏ। ଇଣ୍ଟରଭ୍ୟୁ ପରେ ଫେରି ଆସୁଥିବା ପ୍ରତ୍ୟେକ ପ୍ରାର୍ଥିନୀର ମୁହଁରେ ପ୍ରାୟ ସମାନ ଭାବ, ଯେପରି ସୁଚେତାର ଆଖି ସାମ୍ନାରେ ଗୋଟିଏ ନାଟକର ଦୃଶ୍ୟ ପରେ ଦୃଶ୍ୟ ଭୁଲ୍‌ବଶତଃ ପୁନରାବୃତ୍ତି ହୋଇ ଚାଲିଛି। ଘୂର୍ଣ୍ଣାୟମାନ ସିଲିଙ୍ଗ ଫ୍ୟାନ୍‌କୁ ଚାହିଁ ସୁଚେତା ଝଡ଼ରେ ଭାଙ୍ଗି ଯାଇଥିବା କୃଷ୍ଣଚୂଡ଼ା ଗଛର ଡାଳ ଓ କଳା ପିଚୁ ରାସ୍ତାରେ ବିଞ୍ଚି ହୋଇ ପଡ଼ିଥିବା କୃଷ୍ଣଚୂଡ଼ା ଫୁଲମାନଙ୍କୁ ମନେ କରୁଥିଲା।

ହାତରେ ଘଣ୍ଟାଟିଏ ନାହିଁ ଯେ ସମୟ ଦେଖିବ। ତଥାପି ହଲ୍ ବାହାରକୁ ବାହାରି ଆସିବା ବେଳକୁ ସୁଚେତାକୁ ଭାରମୁକ୍ତ ଲାଗୁଥିଲା। ଅମରବାବୁ ବାରଣ୍ଡାରେ ରଖା ହୋଇଥିବା ଛୋଟ ଫୁଲଗଛ ଲଗା ସିମେଣ୍ଟ ଗାମଲା ଉପରେ ଗୋଟିଏ ପାଦ ଥୋଇ ସିଗ୍ରେଟ୍ ଟାଣୁଥାନ୍ତି। ସୁଚେତା ଯେପରି ତାଙ୍କ ପାଖକୁ ଟାଣି ହୋଇଗଲା। ଅମରବାବୁ ତାକୁ ଚାହିଁ ସାମାନ୍ୟ ହସିଲେ। ରାସ୍ତାକୁ ଓହ୍ଲାଇ ଆସିବା ପରେ ଯାଇ ସୁଚେତା ଜାଣିଲା ଯେ ପ୍ରାୟ ସନ୍ଧ୍ୟା ହେବା ଉପରେ ଏବଂ ତାଙ୍କ ସହରକୁ ଶେଷ ବସ୍‌ଟି ଦୁଇଘଣ୍ଟା ଆଗରୁ ଚାଲିଯାଇଥିବ। ଅମରବାବୁ ରିକ୍ସାଟିଏ ଡାକି ନିଜେ ପ୍ରଥମେ ଉଠିଲେ। ତା'ପରେ ଗୋଟିଏ ପଟକୁ ଘୁଞ୍ଚିଯାଇ କହିଲେ, 'ଆସ'। ସୁଚେତା ଚୁପ୍‌ଚାପ୍ ରିକ୍ସାବାଲାର ଘର୍ମାକ୍ତ ପିଠିକୁ ଚାହିଁଥାଏ। ରାସ୍ତାର ଖାଲ ଢିପରେ ଅମରବାବୁଙ୍କ ଦେହ ତା' ଦେହରେ ଘଷି ହେଉଥିଲା। ପ୍ରଥମଥର ପାଇଁ କୌଣସି ପୁରୁଷର ଏତେଟା ପାଖାପାଖି ହେବା ସତ୍ତ୍ୱେ ବି ସୁଚେତାର ଦେହରେ ସାମାନ୍ୟତମ ସୀତ୍କାର ସୃଷ୍ଟି ହେଉ ନଥାଏ। ତା'ର ସ୍ପର୍ଶେନ୍ଦ୍ରିୟ ହୁଏତ ନିସ୍ପୃହ। ଅମରବାବୁ କ'ଣ ଗୁଡ଼ାଏ କହୁଥାନ୍ତି, ଅଥଚ ସବୁ ଶୁଣି ମଧ୍ୟ ସୁଚେତା କିଛି ବୁଝିପାରୁ ନଥାଏ। ଟ୍ରାଫିକ୍ ଭିଡ଼ ଯୋଗୁଁ ରିକ୍ସାଟି ଅଟକି ଯାଇଥାଏ ଓ ଅନ୍ୟ ରିକ୍ସାମାନଙ୍କରେ ବସିଥିବା ସ୍ତ୍ରୀ ପୁରୁଷମାନଙ୍କୁ ସୁଚେତା ଚାହିଁଥାଏ। ଅନ୍ୟ ସ୍ତ୍ରୀ ଲୋକମାନଙ୍କଠାରୁ ସେ ଅଲଗା। ଅନ୍ୟ ମଣିଷମାନଙ୍କଠାରୁ ତା'ର ଦେହ ସଂଲଗ୍ନ ମଣିଷଟି ଭିନ୍ନ। ସରିତା ଏବେ ବୋଧହୁଏ ବାପାଙ୍କ ହାତକୁ ଚା' କପ୍‌ଟିଏ ବଢ଼ାଇ ଦେଉଥିବ। କିମ୍ବା ରାସ୍ତାର ଚଳପ୍ରଚଳ ଲୋକମାନଙ୍କୁ ଚାହିଁ ସେମାନଙ୍କ ଅଶ୍ଳୀଳ ଇଙ୍ଗିତକୁ ଉପଭୋଗ କରୁଥିବ। ଏଇନେ ରାସ୍ତା କଡ଼ର ନର୍ଦ୍ଦମାର ଗନ୍ଧ ଯୋଗୁ ଅମରବାବୁଙ୍କ ମୁହଁରେ ସିଗ୍ରେଟ୍ ଗନ୍ଧ ତାକୁ ଅଶ୍ୱସ୍ତିକର ଲାଗୁନି। ଅମରବାବୁ ସୁଚେତାକୁ

ସାମାନ୍ୟ ହଲାଇ ଦେଇ ପଚାରିଲେ, 'ତୁମକୁ ବୋଧହୁଏ ଭୋକ ହେଉଥିବ। ଚାଇନିଜ୍ ତୁମକୁ ଭଲ ଲାଗେ ?' ସୁଚେତା ଯଥେଷ୍ଟ କ୍ଳାନ୍ତ ହୋଇ ପଡ଼ିଥାଏ। ସେ ରିକ୍ସା ସିଟ୍‌ରେ ସାମାନ୍ୟ ଆଉଜି ପଡ଼ିଲା। ଅମରବାବୁଙ୍କ ଦେହର ଉତ୍ତାପ ତଥାପି ତା'ର ଶୀତଳ ଅବୟବମାନଙ୍କୁ ସଂକ୍ରମିତ ହୋଇପାରୁ ନଥିଲା। ସୁଚେତା ମନେ ମନେ 'ଚାଇନିଜ୍' ମାନେ କ'ଣ ହୋଇପାରେ ବୋଲି ଚିନ୍ତା କରୁଥାଏ। ସେମିତି ପାଦ ଖସିଯିବା ଭଳି ମସୃଣ ପାହାଚରେ ପହଞ୍ଚିବା ବେଳକୁ ସେ ପାଦମାନଙ୍କୁ ଚେଷ୍ଟାକୃତ ଆରୋହଣରେ କ୍ଳାନ୍ତ କରି ସାରିଥାଏ। ଅମରବାବୁ ସେ ପକେଟରୁ ଚାବି କାଢ଼ି ସିଡ଼ି ପାଖ କୋଠରିଟିଏ ଖୋଲିଲେ। ଅନ୍ଧାର ପାଖ କୋଠରିରେ ପଶିସାରି ସେ ସୁଇଚ୍ ଟିପି ଆଲୁଅ ଜାଳିଲେ। ଧଳା ୟୁନିଫର୍ମ ପିନ୍ଧା ଲୋକଟି ଆଜ୍ଞାଧୀନ ପରି ଛିଡ଼ା ହୋଇଥାଏ ଦ୍ୱାର ପାଖରେ। ତା' ଦୃଷ୍ଟି ଏଡ଼ାଇବାକୁ ସୁଚେତା କୋଠରିକୁ ପଶିଗଲା। ସେଇ ପରିଚିତ ସିଗ୍ରେଟ ଗନ୍ଧ। ଅମରବାବୁ ଦ୍ୱାର ପାଖରେ ଛିଡ଼ାହୋଇ ୟୁନିଫର୍ମ ପିନ୍ଧା ଲୋକଟାକୁ କ'ଣ ଗୁଡ଼ାଏ କହିଲେ। ସୁଚେତା ଇତିମଧ୍ୟରେ କୋଠରି ସାରା ଆଖି ବୁଲାଇନେଲା। ଲଗା ଲଗା ଦୁଇଟି ପଲଙ୍କ। ଡ୍ରେସିଂ ଟେବୁଲର ଦର୍ପଣରେ ନିଜର ସମ୍ପୂର୍ଣ୍ଣ ପ୍ରତିବିମ୍ବ ଦେଖିସାରି ସୁଚେତା ସଚେତନ ହେଲା ଅନେକଟା। ଅଗତ୍ୟା ଅନେକ ନିଃସଙ୍ଗତା ଯେପରି ରକ୍ତାକ୍ତ କରିଦେଲା ତା'ର ସ୍ଥିତିକୁ। କୋଠରିର ଚାରିକାନ୍ଥ ସଂକୁଚିତ ହୋଇ ବୋଧହୁଏ ଯେକୌଣସି ମୁହୂର୍ତ୍ତରେ ତାକୁ ଚାପି ଧରିବ। ସେ ଶେଯ ଉପରେ ଲୋଟି ପଡ଼ିଲା କ୍ଳାନ୍ତିରେ ନା ଅସହାୟତାରେ, କେଜାଣି। ଅମରବାବୁ ଫେରି ଆସିଲେ। ଖୋଲିଦେଲେ ସଂଲଗ୍ନ ବାଥରୁମ୍‌ର ଦ୍ୱାର ଏବଂ ସୁଚେତାକୁ କହିଲେ, 'ବାଥରୁମ୍‌ରେ ତୁମେ ଚେଞ୍ଜ କରିନିଅ, ଫ୍ରେସ୍ ଲାଗିବ।'

ଏଇନେ ତାକୁ ଅମରବାବୁଙ୍କ ସମସ୍ତ କଥାବାର୍ତ୍ତା ଆଦେଶ ପରି ଲାଗୁଥାଏ। ସୁଚେତା ବାଥରୁମ୍‌କୁ ପଶି ଭିତରୁ ଦ୍ୱାର ବନ୍ଦ କଲା। ର୍‍ୟାକ୍‌ରେ ଚଉତା ଚଉତି ହୋଇଥିବା ନୂଆ ଶାଢ଼ିଟିଏ ରଖା ହୋଇଥାଏ। ସାୱାର ଖୋଲି ଦେଲାପରେ ସୁଚେତାକୁ ଲାଗିଲା ଯେପରି ସେ ଅଦିନିଆ ବର୍ଷାରେ ଭିଜି ଯାଇଥିବା ସରିତା ପାଲଟି ଯାଇଛି। ତା'ର ଦେହକୁ ସଞ୍ଚରିଗଲା ଏକ କାଞ୍ଚନିକ ସରିତା ଦେହର ଶିହରଣର ତରଙ୍ଗ। ଅନେକ କ୍ଷଣସ୍ଥାୟୀ। ସାମ୍ନାରେ ସାପଟିଏ ଦେଖିଲା ପରି ଚମକି ପଡ଼ିଲା ସୁଚେତା। ଧାର ଧାର ପାଣିରେ ଯେପରି ଧୋଇ ହୋଇ ଯାଉଛି ତା' ଦେହରୁ ପରସ୍ତ ପରସ୍ତ। ପୁଣି ସେଇ ଦୈନନ୍ଦିନ ଅନୁଭୂତିର ପୁନରାବୃତ୍ତି। ଛାତି ଉପରେ ହାତ ଦୁଇଟି ଚାପି ଧରିବ ଦୁଇଟି ଶୀତଳ ଅନାବଶ୍ୟକ ମାଂସ ପିଣ୍ଡୁଳାକୁ। ମୁହଁ ଉପରେ ବୁଲି ଆସୁଥିବା ପାପୁଲି ଦୁଇଟି ସ୍ପର୍ଶ କରିବେ ଗୋଟିଏ ବ୍ରୋଞ୍ଜ ପ୍ରତିମୂର୍ତ୍ତିକୁ ଏବଂ ବାଥରୁମ୍‌ର କାନ୍ଥ ଘେରା ନିସ୍ପନ୍ଦ

ନୀରବତା ପରିବର୍ତ୍ତିତ ହୋଇଯିବ ଗୋଟିଏ ସୁଗଭୀର ସମୁଦ୍ରକୁ; ଯେଉଁଠାରେ ସୁଚେତା ଏକ ଅସହାୟ ଡଲଫିନ୍। ସରିତାର ଶାଢ଼ିଟି ନିଜର ଦେହରୁ ଫୋପାଡ଼ି ଦେଲାପରେ କେଜାଣି କାହିଁକି ସୁଚେତା ଏଇ ନାତିଦୀର୍ଘ ଉତ୍ତେଜନାରେ ବେଶ୍ ଦୁର୍ବଳ ହୋଇ ପଡ଼ିଥିଲା। ଅଜାଣତରେ ତା'ର ହାତ ବଢ଼ିଗଲା ର୍ୟାକ୍‌ର ଶାଢ଼ିକୁ ଓ ବେଢ଼ିଗଲା ସୁଚେତାର ନଗ୍ନ ଦେହକୁ। ବାଥରୁମ୍‌ରୁ ବାହାରି ଅନ୍ୟ କାହାରି ଉପସ୍ଥିତିକୁ ଭ୍ରୂକ୍ଷେପ ନକରି ସେ ଅନେକଟା ଲୋଟି ପଡ଼ିଲା ଶେଯର ଶୀତଳତାରେ।

ପ୍ରଥମେ ସୁଚେତାକୁ ଲାଗିଲା ସେ ଯେପରି ସ୍ୱପ୍ନ ଦେଖୁଛି କିମ୍ବା ଘରର ରଙ୍ଗଛଡ଼ା ପଲଙ୍କରେ ସରିତା ତା'ର ଦେହ ସଂଲଗ୍ନ ହୋଇ ଶୋଇଛି। ଅଥଚ ସୁଚେତାର କ୍ରମଃ ଉନ୍ମିଳିତ ଆଖିରେ ଏକ ନୂତନ ଦୃଶ୍ୟ। ଏକ ନୂତନ ପୃଥିବୀ। କ୍ଷୀଣ ନୀଳବତୀରେ ଝାପ୍‌ସା କାନ୍ଥମାନଙ୍କର ବନ୍ଧନୀ। ଘ୍ରାଣେନ୍ଦ୍ରିୟରେ ସେ ପରିଚିତ ବାସ୍ନା। କେଜାଣି କେମିତି ଏକ ଅଜବ ମୁହଁର ରେଖାଚିତ୍ର। ସୁଚେତାର ଦୁର୍ବଳ ଓ କ୍ଳାନ୍ତ ଅବୟବରେ କୌଣସି ଇଚ୍ଛାର ଉଦ୍ୟମ ନଥିଲା ନା ପ୍ରତିରୋଧରୁ ପ୍ରତ୍ୟୟ କିମ୍ବା ସମ୍ଭୋଗର ମୋହ। କେବଳ ଏକ ଆକସ୍ମିକ ଝଡ଼ରେ ଉଡ଼ିଯାଇ କେଉଁ ଟେଲିଫୋନ୍ ତାରରେ ଲଟକି ଯାଇଥିବା ଗୁଡ଼ିଟିର ଅସହାୟ ଅନୁଭୂତି। ଭାଙ୍ଗି ପଡ଼ିଥିବା କୃଷ୍ଣଚୂଡ଼ା ଗଛର କଳା ପିଚୁରାସ୍ତାରେ ବିଞ୍ଚି ହୋଇଥିବା କୃଷ୍ଣଚୂଡ଼ା ଫୁଲର ଭାବ।

ଶୀତଳ ସ୍ରୋତଟିଏ ଯେପରି ପ୍ରବେଶ କରୁଥିଲା ସୁଚେତାର ଦେହକୁ। ନିଜସ୍ୱ ଶୀତଳତା ପରିଣତ ହେଉଥିଲା ଏକ ଅସହାୟତାରେ। ସୁଚେତାର ଆଖି ଖୋଲିଲା ଏବଂ ଆକାଶ ଭଳି ସିଲିଂରେ ତା' ଆଖି ସାମ୍ନାରେ ଆଙ୍କି ଦେଲା ବାପାଙ୍କ ଉଜ୍ଜ୍ୱଳ ମୁହଁ। ସେ ତା' ହାତକୁ ବଢ଼ାଇ ଦେଇଥିବା ପାଞ୍ଚଟି ଦଶଟଙ୍କିଆ ନୋଟ୍ ଏବେବି ତା'ର ଭ୍ୟାନିଟି ବ୍ୟାଗରେ ଗଚ୍ଛିତ। ତାଙ୍କ ବାରଣ୍ଡାରେ ବେଶ୍ କିଛିଦିନ ଥୁଆ ହୋଇ ପାରିବ ସେ ସରିତା କଲେଜ ଗଲାବେଳେ, ତା' ହାତକୁ ବଢ଼ାଇ ଦେଇପାରିବ ରିକ୍ସାଭଡ଼ା କିମ୍ବା କ୍ୟାଣ୍ଟିନ୍ ଖର୍ଚ୍ଚ। ଶୀତଳ ସ୍ରୋତ ଏବେ ବେଢ଼େଇ ହେଉଛି ତା'ର ଦେହସାରା। ଅଥଚ ସୁଚେତା ନିଜେ ଅନୁଭବ କରିପାରୁ ନଥିଲା, ଏମିତି ଏକ ଶୀତଳତା କିପରି ଗୋଟିଏ ନାରୀକୁ ହାତ ପାଆନ୍ତାର ମୁଠାଏ ଶୂନ୍ୟତାରେ ପରିଣତ କରିପାରେ କେଉଁ ଶୁଖିଲା ହ୍ରଦ ବନ୍ୟା ପାଣିଲେ ଭରପୂର ହୋଇଯାଏ !

■

ବାଗ୍‌ଦତ୍ତା

ମୁଁ ଜାଣେ ସେ କହିବ, 'ପାର୍କ ଅଛି, ସିନେମା ଅଛି, କିଛି ନହେଲା, ଛକ ପାଖରେ ବସ, ଚା' ପିଇବା। ହସପିଟାଲକୁ ଯିବ କାହିଁକି ? ସେଠାରେ ଥିବା ମୃତ୍ୟୁ-ଅଭିମୁଖୀ ମଣିଷମାନଙ୍କୁ ଦେଖିଲେ ମୋ ଆଖିକୁ ଲୁହ ଆସିଯାଏ।'

ବିଜୟର ହୃଦୟ ବୋଧହୁଏ ଲହୁଣୀରେ ଗଢ଼ା। ନତୁବା ଖବରକାଗଜର ପ୍ରତି ପୃଷ୍ଠାରେ ଅନ୍ୟୁନ ଦଶଟି ମୃତ୍ୟୁ ଖବର ପଢୁଥିବା ଜଣେ ମଣିଷ କେମିତି ହସପିଟାଲଟିଏ ଦେଖିଲେ ଭୟ କରିବ। ବନ୍ଧୁ ବିଜୟର ମୁଁ ଗୋଟିଏ ମାତ୍ର ଦୁର୍ବଳତା ଜାଣେ, ସେ ତତ୍ତ୍ୱ ଓ ଯୁକ୍ତି ପ୍ରତି ବେଶ୍ ଖାତିର କରେ। ମୁଁ ତା' ମନରେ ସାମାନ୍ୟ ଆତ୍ମବିଶ୍ୱାସ ସଞ୍ଚାର କରିବାପାଇଁ କହିଲି, 'ବିଜୟ ଚାଲ। ସେଇ ମୃତ ପ୍ରାୟ ମଣିଷମାନଙ୍କ ମଧ୍ୟରେ ବି ବଞ୍ଚିବା ପାଇଁ ଏକ ଡିଟରମିନେସନ୍ ଥାଏ। ଆ, ଦେଖିବୁ ସେଇ ସଂଗ୍ରାମ। ତୃତୀୟ ବିଶ୍ୱ ମହାସମର ଆମ ଜୀବନ କାଳ ଭିତରେ ଅସମ୍ଭବ। ଏଇ ଯୁଦ୍ଧ ସେ ଯୁଦ୍ଧରୁ ବେଶି ଚିତ୍ତାକର୍ଷକ।'

'ଯୁଦ୍ଧ' ସହିତ 'ଚିତ୍ତାକର୍ଷକ' ଶବ୍ଦଟି ଦେବାବେଳେ ମୁଁ ନିଜେ ବି ଛେପ ଢୋକି ପକାଇଥିଲି ଓ ମୋର ପାଟି ଖନି ମାରିଯାଇଥିଲା। ଅଥଚ ମୋତେ ଖୁସି ଲାଗିଲା ଯେ ମୋର କୃତ୍ରିମ ତାତ୍ତ୍ୱିକ ବକ୍ତବ୍ୟରେ ବିଜୟ ବାଟକୁ ଚାଲି ଆସିଛି। ଆଗକୁ ପାଦ ବଢ଼ାଇ ସେ କହିଲା, 'ଚାଲ୍।'

ହସପିଟାଲକୁ ଯିବା ପାଇଁ ବିଜୟର ଆହୁରି ସାମାନ୍ୟ ଉତ୍ସାହ ଆବଶ୍ୟକ। ମୁଁ ତାକୁ ପ୍ରେରଣା ଦେବାପରି କହିଲି, 'ବିଜୟ, ଏ ଯୁଗରେ କିଏ ରୋଗୀ ନୁହେଁ ? ତୁ, ମୁଁ ବା ଓଡ଼ିଶାକୁମାର, ସମସ୍ତେ ଜଣେ ଜଣେ ରୋଗୀ। ଯୁଦ୍ଧୋତ୍ତର ପୃଥିବୀ ଏକ ବିଶାଳ ହସପିଟାଲରେ ପରିଣତ ହୋଇଛି। ତୁ କ'ଣ ଜାଣିନୁ, ଆମେ ଏକ ପ୍ରକାର ଦୈନନ୍ଦିନ ମୃତ୍ୟୁର ଶିକାର।

ତତ୍ତ୍ୱ ଏବଂ ଯୁକ୍ତି ପ୍ରତି ଏଇ ମଣିଷଟାର ଭୀଷଣ ଅନୁରାଗୀ। ସେ ଲମ୍ବା ଲମ୍ବା

ପାଦ ପକାଇ ଚାଲିବା ଆରମ୍ଭ କରିଦେଲାଣି। ଏବେ ମୁଁ ଚାହିଁଲେ ତାକୁ ହସ୍‌ପିଟାଲର ପ୍ରତିଟି ୱାର୍ଡ଼ ବୁଲାଇ ଦେଇପାରିବି। ରାତି ପ୍ରାୟ ସାତଟା। ହସ୍‌ପିଟାଲ ଛକ ପାଖରେ ଚା' ଖାଇ, ତା'ପରେ ମୁଖ୍ୟଦ୍ୱାରରୁ ଭିତରକୁ ଲମ୍ବି ଯାଇଥିବା ଧାଡ଼ି ଧାଡ଼ି କୃଷ୍ଣଚୂଡ଼ା ଗଛ ତଳେ ସିମେଣ୍ଟ ବେଞ୍ଚରେ ବସି ସିଗ୍ରେଟ ଫୁଙ୍କି ଫୁଙ୍କି ମୁଁ ବିଜୟକୁ ସେଠି ଅନ୍ୟୁନ ଚାରିପାଞ୍ଚ ଘଣ୍ଟା ଅଟକେଇ ଦେଇ ପାରିବି। ବିରକ୍ତିରୁ ତ୍ରାହି ପାଇବା ପାଇଁ ତାକୁ ଖାଲି ଆବଶ୍ୟକ ସାମାନ୍ୟ ଚିନ୍ତାର ଖୋରାକ। କିଛିଟା ସମାଧାନ ନଥିବା ଯୁକ୍ତି; ଅଥଚ ମୁଁ ବିଜୟ ସାମ୍ନାରେ କେଉଁ ସାହସରେ ବଖାଣିବି ମୋର ମୁଖ୍ୟ ଉଦ୍ଦେଶ୍ୟ। ସେ ହୁଏତ ଭୁଲ୍ ବୁଝିପାରେ କିମ୍ବା ସବୁକିଛି ଶୁଣି ସାରିବା ପରେ ବହେ ହସି କହିପାରେ, 'ପାଗଳ'! କିନ୍ତୁ କେତେବେଳଯାଏ ମୁଁ ତା'ଠି ଲୁଚାଇ ରଖି ପାରିବି ଗୋଟିଏ ସାମାନ୍ୟ କଥାକୁ? ମୋ ଭିତରେ ଅନେକଟା ମାନସିକ ଦ୍ୱନ୍ଦ୍ୱ ଆରମ୍ଭ ହୋଇ ଯାଇଥିଲା। ଅନ୍ତତଃ ଏବେ ଥାଉ, ବିଜୟ ପରେ ଜାଣିବ।

ସବୁକିଛି ଜାଣିବ ସୂଚୀ ଛୋଟରାୟର ସ୍ୱାମୀର ମୃତ୍ୟୁ ପରେ। ହୁଏତ ସମସ୍ତେ ଖବରକାଗଜର ଗୋଟିଏ କଲମରେ ଛାପିବେ ମୋର ଦୁଃସାହସିକ କାର୍ଯ୍ୟର ତାରିଫ। ଆମ ବସ୍ତିରେ ସୂଚୀ ଛୋଟରାୟର ଚିହ୍ନା ମୁଁ ଏକମାତ୍ର ସମର୍ଥ ପୁରୁଷ। ବସ୍ତିରେ କେହି ବି ଜାଣନ୍ତି ନାହିଁ ସୂଚୀ ଛୋଟରାୟ କେମିତି ଝର୍କା ଆରକଡ଼ୁ ସନ୍ଧ୍ୟାକୁ ଉପଭୋଗ କରିବା ବାହାନାରେ ମୋତେ ଇ ଉଦାସ ଆଖିରେ ଚାହିଁଥାଏ। ଅବଶ୍ୟ ଆଜିଯାଏ କେବେ ମୋର ସାହସ ହୋଇନାହିଁ ତା' ପାଖକୁ ଯାଇ ପଦିଏ କଥା କହିବା ପାଇଁ। ବିଚାରୀ ହୁଏତ ପବିତ୍ର କୁଳବଧୂ ପରି ଅଭିନୟ କରି ମୋତେ ଲୁଚାଇ ଦେବାପରେ ତା'ର ବୈବାହିକ ଜୀବନର କରୁଣ କାହାଣୀ। ଅଥଚ ମୋର ଆଜିଯାଏ ଠିକ୍ ମନେ ଅଛି, ଏକଦା ମୋର ସହପାଠିନୀ ଥିବା ଏଇ ଝିଅଟି କଲେଜରେ ଅନେକ ରୋମାଞ୍ଚକର ଗସିପ୍‌ର କେନ୍ଦ୍ରବିନ୍ଦୁ ଥିଲା। ଏବେ ତା'ର ଉଦାସ ଆଖି ଦୁଇଟିକୁ ଦେଖିଲେ ମୋର ହୃଦୟ ଭିତରେ ସୃଷ୍ଟି ହୁଏ ଛୋଟ ଧରଣର ଘୂର୍ଣ୍ଣିବାତ୍ୟାଟିଏ, ଉଙ୍କିମାରେ ସମସ୍ତ ସମାଜ ବ୍ୟବସ୍ଥା ବିରୁଦ୍ଧରେ ବିଦ୍ରୋହ କରିବା ପାଇଁ ପ୍ରବଳ ଉତ୍ତେଜନା। ଏତେଦିନ ଧରି ମୁଁ ତାକୁ ନେଇ କେବଳ ସ୍ୱପ୍ନ ଦେଖୁଥିଲି। କେବେ ବି ଆଗଭର ହୋଇ ତା'ର ଦୁଃଖ ମୋଚନ ପାଇଁ ପାଦଟିଏ ବଢ଼ାଇ ନଥିଲି। କେବଳ ମୁଁ ନୁହେଁ, ଆମର ବସ୍ତିର ଛୁଆରୁ ବୁଢ଼ାଯାଏ ସମସ୍ତେ ଜାଣନ୍ତି ସୂଚୀ ଛୋଟରାୟର ହୀନ ସ୍ୱାସ୍ଥ୍ୟ ସ୍ୱାମୀ ଗୋଟିଏ ପ୍ରଚଣ୍ଡ ମାତାଲ। ରାତିରେ କେତେବେଳେ ସେ ଘରକୁ ଫେରେ, ତା'ର ପତ୍ତା କେହି ପାଆନ୍ତିନି। ବସ୍ତିର କେତୋଟି ବୁଲା କୁକୁର ସମସ୍ୱରରେ ଭୁକି ଉଠିଲେ ଓ ତା' ସହିତ ମଦୁଆ ସ୍ୱରର କେଇପଦ ଖଣ୍ଡି ପ୍ରଳାପ ଶୁଣିଲେ, ଆମେ ଜାଣୁ ସୂଚୀର ସ୍ୱାମୀ ଦେବତା ଏଇ

ମାତ୍ର ପ୍ରତ୍ୟାବର୍ତ୍ତନ କରୁଛନ୍ତି। ବିଚାରୀ ସୂଚୀ ଏତେବେଳକୁ ଶୋଇ ସାରିଥିବ। ସତୀ ସାଧ୍ୱୀ ନାରୀମାନଙ୍କ ବିନା ଏବେ ଅତୀତ। ତିନିବର୍ଷର ବିବାହ ପରେ ବି ସେମାନେ ନିଃସନ୍ତାନ। ବିବାହିତ ଜୀବନରେ ସୂଚୀକୁ ଦେଖିବା ପରେ ବି ହିଁ ଭାଗ୍ୟ ପ୍ରତି ମୋର ଏକ ଅଟଳ ବିଶ୍ୱାସ ଆସିଯାଉଛି। ତା' ଭଳି ଗୋଟିଏ ସୁନ୍ଦରୀ, ସ୍ୱାସ୍ଥ୍ୟବତୀ ଝିଅ ଭାଗ୍ୟରେ ଥିଲା ଜଣେ ମଦ୍ୟପ, ହୀନ ସ୍ୱାସ୍ଥ୍ୟ ସ୍ୱାମୀ।

ଅଥଚ ଅତିଶୀଘ୍ର ସୂଚୀ ଛୋଟରାୟର ଭାଗ୍ୟରେ ଏକ ବିଷୟାତ୍ମକ ପରିବର୍ତ୍ତନ ନିଶ୍ଚିତ। ସବୁକିଛି ତା' ମାତାଲ ସ୍ୱାମୀର ମୃତ୍ୟୁ ପରେ।

ସୂଚୀର ସ୍ୱାମୀ ଯେ ଦିନେ ନା ଦିନେ କୌଣସି ଦୂରାରୋଗ୍ୟ ବ୍ୟାଧିରେ ଆକ୍ରାନ୍ତ ହୋଇପଡ଼ିବ, ତା' ସମସ୍ତେ ଜାଣିଥିଲେ। ବେଶ୍ କିଛିଦିନ ହେଲା ସେ ହସ୍‌ପିଟାଲରେ ଆଡ଼ମିଟ୍ ହୋଇଛି। କେଉଁ କେବିନ୍ ବା ଓ୍ୱାର୍ଡ଼ରେ ହୁଏତ ସେ ଅବଶ୍ୟମ୍ଭାବୀ ମୃତ୍ୟୁକୁ ଅପେକ୍ଷା କରିଥିବ ଏବଂ ତା' ପାଖେ ସୂଚୀ ଛୋଟରାୟ ବସି ବସି ଅପେକ୍ଷା କରିଥିବ ତା' ସ୍ୱାମୀର ମୃତ୍ୟୁ। ପଦଧ୍ୱନି ପରି ଶୁଭୁଥିବ ବ୍ୟସ୍ତ ନର୍ସମାନଙ୍କ ହାଇହିଲ୍‌ର ଠକ୍ ଠକ୍ ଏବଂ ଡକ୍ଟରମାନଙ୍କର ଭାରୀ ବୁଟ୍‌ର ଶବ୍ଦ କିମ୍ବା ସୂଚୀର ଲୁହ ଝରୁଥିବ ବୈଧବ୍ୟର ଆଶଙ୍କାରେ। କଳ୍ପନା କରୁଥିବ ଅନିର୍ଦ୍ଦିଷ୍ଟ ଭବିଷ୍ୟତର ବିଷାଦମୟ ଦିନମାନଙ୍କୁ।

କିଛି ସମୟ ପରେ ଡାକ୍ତର ଆସି ପରୀକ୍ଷା କରିବେ ଅସ୍ଥି-କଙ୍କାଳସାର ମଣିଷଟିର ନାଡ଼ି। ହୁଏତ ଷ୍ଟେଥୋରେ ଦେଖିଦେବେ ତା'ର ହୃତ୍‌କମ୍ପ। କିମ୍ବା ନାକ ପାଖରେ ହାତ ରଖି ପରୀକ୍ଷା କରିବେ ତା'ର ନିଃଶ୍ୱାସ। ସେତେବେଳେ ସବୁକିଛି ଶେଷ ହୋଇ ସାରିଥିବ। ମୃତ ଛୋଟରାୟକୁ ଚାହିଁ ସେ ନାଟକୀୟ ସଂଳାପ ପରି କହିବେ, 'ସରି!' ନର୍ସ ଆସି ଧଳା ଚଦର ଖଣ୍ଡିଏ ଘୋଡ଼ାଇ ଦେବ ସୂଚୀର ସ୍ୱର୍ଗତ ସ୍ୱାମୀର ଦେହସାରା ଓ ନର୍ସଟି ବି ହାବୁକା ହାବୁକା କୋହରେ ଭାଙ୍ଗି ପଡୁଥିବା ସୂଚୀ ଛୋଟରାୟକୁ କହିବ, 'ସରି।' ତା'ପରେ ମୃତ ଦେହଟି ଲଦା ହେବ ଷ୍ଟ୍ରେଚର୍‌ରେ ଓ ବୁହାହୋଇ ଯିବ ମଶାଣିକୁ।

ପରଦିନ ଏକା ଏକା ସୂଚୀ ଛୋଟରାୟ ଫେରି ଆସିବ ତା'ର ସ୍ୱର୍ଗତ ସ୍ୱାମୀର ଟାଇପ୍ ଫୋର୍ କ୍ୱାର୍ଟରକୁ। ସାନ୍ତ୍ୱନା ଦେବାକୁ ବା ସାନ୍ତ୍ୱନା ଦେବାର ଅଭିନୟ କରିବାକୁ ଆସିଥିବା କଲୋନୀ ମହିଳାମାନଙ୍କ ଭିଡ଼ ଭାଙ୍ଗିବା ପରେ ହିଁ ମୁଁ ଚୁପ୍‌ଚାପ୍ ହୋଇ ସେହି କ୍ୱାର୍ଟରର ଗେଟ୍ ଖୋଲି ପଶିବି ଓ ବିନା ଗୌରଚନ୍ଦ୍ରିକାରେ ସୂଚୀ ଛୋଟରାୟକୁ ପ୍ରୋପୋଜ୍ କରିବି।

ସେତେବେଳଯାଏ ମୋର ଆଖି ଦୁଇଟି ପୁଷ୍ପିତ କୃଷ୍ଣଚୂଡ଼ାର ଶୀର୍ଷ ଭାଗରେ

ସ୍ଥିର ଥିଲା ଏବଂ ମୋ ଆଖି ସାମ୍ନାରେ ଏମିତି ଏକ ଅଭିନବ ଦୃଶ୍ୟ ଅଭିନୀତ ହୋଇ ଚାଲିଥିଲା। ମୋର ଅନ୍ୟମନସ୍କତାକୁ ଲକ୍ଷ୍ୟ କରି ମୋ ପିଠିରେ ହାତ ଥାପୁଡ଼େଇ ବିଜୟ ପଚାରିଲା, 'କ'ଣ ଦେଖୁଛୁ ?'

ମୁଁ କଥାକୁ ବାଆଁରେଇ ଦେଇ କହିଲି, 'ଏଇ କୃଷ୍ଣଚୂଡ଼ା ଫୁଲ ପ୍ରତି ମୋର ସାଂଘାତିକ ଆକର୍ଷଣ। ଏଇୟାକୁ ତୁ ଗୋଟିଏ ରକମର 'ମାନିଆ' କହିପାରୁ। ଏ ବି ଗୋଟିଏ ମାନସିକ ରୋଗ, ହୁଏତ ତା'ର କୌଣସି ଟ୍ରିଟ୍‌ମେଣ୍ଟ ନାହିଁ। ଯେପରି ତୋର ମୃତ୍ୟୁ ଭୟ...।'

ଧେତ୍ ! ଚାଲ୍ ନା ୱାର୍ଡ଼ ଭିତରୁ ଚକ୍‌କରଟିଏ କାଟି ଆସିବା।

ଏଁ, ମୁଁ ଚମକି ପଡ଼ିଲି। ବିଜୟର କ'ଣ ସତରେ ଏ ଭିତରେ କାୟାକଳ୍ପ ହୋଇ ସାରିଛି ? ରାତି ଦଶଟାରେ ସେ ନିର୍ବିକାର ଭାବେ କହି ପାରୁଛି ୱାର୍ଡ଼କୁ ବୁଲିଯିବା ପାଇଁ।

ଯଦିଓ ମୁଁ ଠିକ୍ କରି ଜାଣେନା ସୂଚୀ ଛୋଟରାୟର ସ୍ୱାମୀ କେଉଁ ୱାର୍ଡ଼ରେ। ତଥାପି 'ଇଣ୍ଟେନ୍‌ସିଭ୍ କେୟାର ୟୁନିଟ୍'ରେ ଘେରାଏ ବୁଲି ଆସିଲେ କ୍ଷତି କ'ଣ ? ଏତେବେଳେ ସୂଚୀକୁ ସାମାନ୍ୟ ମିଛ ସାନ୍ତ୍ୱନା ଦେଇ ଆସିବା ମନ୍ଦ ହେବନି। ମଶାଣିଯାଏ ତାକୁ କମ୍ପାନୀ ଦେବା ପାଇଁ ବି ମୁଁ ନିଜକୁ ମନେ ମନେ ପ୍ରସ୍ତୁତ କରି ନେଉଥିଲି। ହୁଏତ ମୋର ପ୍ରିୟ ବନ୍ଧୁ ବିଜୟ ବି ଏବେଠୁ ଦେଖି ନେଇଥିବ ମୋର ଶୋକଶନ୍ତପ୍ତା ବାଗ୍‌ଦତ୍ତାକୁ।

ଅଥଚ ୱାର୍ଡ଼ ଖୋଜି ସାରିବା ପରେ ବି ଆମେ ବ୍ୟର୍ଥ ହେଲୁ। ହୁଏତ ଏ ଭିତରେ ସୂଚୀର ସ୍ୱାମୀ ବୁହା ହୋଇ ଚାଲିଯାଇଥିବ ମଶାଣିକୁ।

କ୍ଷତି କ'ଣ ଏଇ ହସ୍‌ପିଟାଲ୍‌ରୁ ହିଁ ଗୋଟିଏ ଆଡ଼ଭେଞ୍ଚରର ତାଲିମ ନେଇ ଫେରିବାର ? ମୁଁ ବିଜୟ ମୁହଁକୁ ଚାହିଁଲି। ଏତେ ରାତିରେ ବି ସେ ବେଶ୍ ଉତ୍‌ଫୁଲ୍ଲ ଦେଖାଯାଉଛି। ମୁଁ ତା' କାନ ପାଖରେ କହିଲି, 'ବିଜୟ ଗୋଟିଏ ଆଡ଼ଭେଞ୍ଚର କରିବା ? ତୁ ଜାଣୁ କ୍ଷଣସ୍ଥାୟୀ ମଣିଷ ଜୀବନରେ ମନେ ରଖିବା ଭଳି ଗୋଟିଏ ଦି'ଟା ଘଟଣା ନଥିଲେ ଜୀବନଟା ପ୍ରୋଜାଇକ୍ ହୋଇଯାଏ।'

ତତ୍ତ୍ୱ ଓ ଯୁକ୍ତି ପ୍ରତି ଦୁର୍ବଳ ବିଜୟ ରାଜି ହୋଇଯାଇ ଉତ୍ସାହିତ ସ୍ୱରରେ କହିଲା, 'ମୁଁ ପ୍ରସ୍ତୁତ।'

ସେ ବାଧ୍ୟ ଶିଶୁଟିଏ ପରି ମୋତେ ଅନୁସରଣ କରୁଥାଏ। ପ୍ରତି ୱାର୍ଡ଼ର ଅପେକ୍ଷାକୃତ ନିର୍ଜନ କୃଷ୍ଣଚୂଡ଼ା ଗଛର ଛାୟାନ୍ଧକାର ତଳେ ଛିଡ଼ା ହୋଇ ମୁଁ ତାକୁ ହାତଠାରି ଦେଖାଇ ଦେଲି କୋଲାପ୍‌ସିବଲ୍ ଗେଟ୍ ପାଖରେ ଢୁଳାଉଥିବା ଦରୱାନ୍‌ଟିକୁ।

ଲେବର୍ ରୁମ୍‌ରୁ କୌଣସି ଆସନ୍ନପ୍ରସବା ନାରୀର ଚିତ୍କାର ଶୁଭୁଥାଏ। ବିଜୟ ମୋର ଦେହ-ସଲଂଗ୍ନ ହୋଇ ଗୋଟିଏ ପ୍ରଶ୍ନବାଚକ ଭଳି ଛିଡ଼ା ହୋଇଥାଏ।

ମୁଁ ତାକୁ କହିଲି, 'ଜାଣିଛୁ ଏଇ ଦରଓ୍ୱାନ ପ୍ରତିଦିନ ରାତିରେ ଭୂତ ଦେଖେ।' ଏଥର ବିଜୟ ନିର୍ବୋଧ ପରି ପଚାରିଲା, 'ତେବେ ଆମେ କ'ଣ ରାତିସାରା ଏଠି ଜଗି ବସି ଭୂତ ଦେଖିବା ?'

'ନାଃ... ବେ, ତାକୁ ଭୂତ ଦେଖାଇବା।'

ପୁଷ୍ପିତା କୃଷ୍ଣଚୂଡ଼ା ଅଥର୍ବ ହୋଇ ଛିଡ଼ା ହୋଇଥାଏ। ଧଳା ସ୍କର୍ଟ ପିନ୍ଧା ଏକୁଟିଆ ଜଣେ ନର୍ସ ସିଡ଼ିରୁ ତଳକୁ ଓହ୍ଲାଇଲା। ବୋଧହୁଏ ଏଇମାତ୍ର ତା'ର ଡିଉଟି ସରିଲା। ବାରଣ୍ଡାରେ ତା'ର ହାଇହିଲ୍‌ର ଭୌତିକ ଝଙ୍କାର। ଆମ ପାଖ ଦେଇ ସେ ରାସ୍ତା ଆଡ଼କୁ ଆଗେଇ ଯାଉଥିଲା। ମୁଁ ତା' ପାଖକୁ ଲାଗିଯାଇ ଠିଆ ହେଲି। ସେ ପ୍ରାୟ ଚମକି ପଡ଼ିଲା।

- 'ସିଷ୍ଟର !'
- 'ଓଃ... ଆପଣ ?'
- 'ଆମର ପେସେଣ୍ଟ ଅଛି।'
- 'ମୋର ଡିଉଟି ଏଇନେ ସରିଲା।'
- 'ତଥାପି... ?'
- 'ଡାକ୍ତରଙ୍କୁ ଡାକିବି ? କେବିନ୍‌ରେ ଅଛନ୍ତି।'
- 'ଥାଉ।'

ସେ ବୋଧହୁଏ ଚାଲି ଯାଇଥାନ୍ତା। ମୁଁ ସିଧାସଳଖ ତା' ମୁହଁକୁ ନିରେଖି ଦେଖିଲି। ନିର୍ବିଘ୍ନ ଭାବରେ ଛିଡ଼ା ହୋଇ ସେ ବୋଧହୁଏ ମୋଠୁଁ କିଛି ଶୁଣିବାକୁ ଅପେକ୍ଷା କରିଥିଲା। ମୁଁ ଛେପ ଢୋକି କହିଲି,

- 'ତମେ ଯିବ ?'
- 'ମୁଁ ଆଜି ଭୀଷଣ କ୍ଳାନ୍ତ।'
- 'ଆମେ ମାତ୍ର ଦି'ଜଣ।'
- 'କାଲି, ଆଜି ମୁଡ୍ ନାହିଁ।'
- 'ରାତି ବେଶି ହୋଇନି। ଶୀଘ୍ର ଫେରି ଆସିବା।'

ବୋଧହୁଏ ପଛପଟୁ ଦରଓ୍ୱାନ ଭୟରେ ପ୍ରଳାପ କରୁଥିଲା। ଆଜି ହୁଏତ ସେ ପୁଣି ଭୂତ ଦେଖିଛି। ଅନ୍ଧାରୁଆ ରାସ୍ତାରେ ତିନୋଟି ଛାୟାମୂର୍ତ୍ତି ପରି ଆଗେଇ ଚାଲିଥିଲୁ। ବିଜୟ ଖୁବ୍ ପୋଖତ ପରି ପଚାରିଲା,

- 'ସିଷ୍ଟର, କେତେ ନେବ ?'

- 'ଯାହା ଦେବ।'

- 'କିଛି ନ ଦେଲେ... ?'

- 'ଆପଣ ଜୋକ୍ କରୁଛନ୍ତି ?'

ମୁଁ ପକେଟରୁ ଦୁଇଖଣ୍ଡି ଦଶଟଙ୍କିଆ ନୋଟ୍ ବାହାର କରି ତା' ବ୍ଲାଉଜ୍ ତଳେ ଗୁଞ୍ଜି ଦେଲି। ମୋର ଆଙ୍ଗୁଳିମାନେ ଛାତିର ନରମ ମାଂସ ସ୍ପର୍ଶ କରି କମ୍ପି ଉଠିଲେ। ସେ ଆପେ ଆପେ କହିଲା,

- 'ମୋ ନାଆଁ ଜୀତା। ମନେ ରଖିବେ।'

ଆମେ ରାସ୍ତା କଡ଼ର ଗୋଟିଏ ସାନ ପୋଲ ଉପରେ ବସି ପଡ଼ିଲୁ। ଜୀତା ଆମ ଦୁହିଁଙ୍କ ମଝିରେ ହାଇଫେନ୍ ପରି ବସିଥାଏ। ବେଶ୍ କିଛି ସମୟର ନୀରବତା ପରେ ମୁଁ ଆଗ ପାଟି ଖୋଲିଲି।

- 'ଜୀତା, ପୁରୁଷମାନଙ୍କୁ ତୁମେ ଭୟ କରନି ?'

- 'ନା, ସବୁ ପୁରୁଷ ସମାନ। ଏଇ ଆପଣମାନଙ୍କ ପରି।'

- 'ମାନେ ?'

- 'ନିରୀହ। ଖୁବ୍ ଦୁର୍ବଳ।'

ବିଜୟ ଅନ୍ଧାରରେ ସାମାନ୍ୟ ହସିଲା। ମଧ୍ୟବିତ୍ତ ନୈତିକତାର କ୍ରୀତଦାସ ବନ୍ଧୁ ବିଜୟର ଦୁଃସାହସରେ ମୁଁ ଯଥେଷ୍ଟ ଆମୋଦିତ ହୋଇ ପଡ଼ିଲି। ଜୀତାର ଦେହ ସେତେବେଳଯାଏ ଅସ୍ପର୍ଶିତ। ବିଜୟ ପରିହାସ କଲା ପରି କହିଲା,

- 'ଯଦି କୌଣସି ଚୋର, ଡକାୟତ... ?'

- 'ଏକା କଥା। ମୋ ପାଖରେ କୌଣସି ଦାମୀ ଅଳଙ୍କାର ନାହିଁ।'

- 'ଯଦି ସେ ତୁମଠୁଁ ଅନ୍ୟ କିଛି ଚାହେଁ ?'

- 'ସେଥିପାଇଁ ତ କହିଲି ସବୁ ପୁରୁଷ ସମାନ।'

ଜୀତାର ଯୁକ୍ତିରେ ବିଜୟ ବୋଧହୁଏ ସନ୍ତୁଷ୍ଟ ହୋଇପଡ଼ିଲା। ଏଥର ବି ତା' ପାଇଁ କିଛି ଚିନ୍ତାର ଖୋରାକ ମିଳିଗଲା। ସେ ବହଳ ଅନ୍ଧାର ଭିତରକୁ ଚାହିଁ ହୁଏତ କୌଣସି କାଳ୍ପନିକ ସମସ୍ୟାର ସମାଧାନ ଖୋଜୁଥିଲା। ସାମାନ୍ୟ ରସିକତା କରି ପରିବେଶକୁ ଲଘୁ କରିବାକୁ ଜୀତାକୁ ଚାହିଁ କହିଲି,

- 'ଜୀତା, ମୋତେ ଦେଖ। ମୋର ମୁହଁ ସାରା ଅଯତ୍ନବର୍ଦ୍ଧିତ ଦାଢ଼ି। ମୁଁ ହୀନସ୍ୱାସ୍ଥ୍ୟ। ବୋଧହୁଏ ତୁମ ଭଳି ଗୋଟିଏ ସୁନ୍ଦରୀ ଝିଅ ପାଇଁ ଏକାନ୍ତ ଅଯୋଗ୍ୟ ?'

ଜୀତା ନୀରବ ଅଥଚ ପ୍ରଶ୍ନିଳ ଆଖିରେ ମୋ ମୁହଁକୁ ଚାହିଁଥାଏ। ମୁଁ ପୁଣି କହିଲି,

- '...ଏବଂ ମୋର ବନ୍ଧୁ ବିଜୟ ସୁଶ୍ରୀ, ସ୍ୱାସ୍ଥ୍ୟବାନ୍...'

ଏଥର ଜୀତା ପ୍ରତିବାଦ କଲା, 'ଆପଣ ସମୟ ନଷ୍ଟ କରୁଛନ୍ତି।'

- 'ଆଚ୍ଛା, ଆମ ଦୁହିଁଙ୍କ ଭିତରୁ ବିବାହ କରିବାକୁ ତୁମେ କାହାକୁ ପସନ୍ଦ କରନ୍ତ, ମୋତେ ନା ବିଜୟକୁ?'

- 'ଆପଣ ଜୋକ୍ କରୁଛନ୍ତି।'

ବିଜୟ ଉତ୍ସାହିତ ହୋଇ ଜିଦ୍ ଧରିଲା, 'ଜୀତା ପ୍ଲିଜ୍...।'

ଜୀତା ଆମ ଦୁହିଁଙ୍କ ମଝିରୁ ହଠାତ୍ ଉଠି ପଡ଼ିଲା ଏବଂ ତା'ର ବ୍ଲାଉଜ୍ ତଳୁ ନୋଟ୍ କେତେ ଖଣ୍ଡ ବାହାର କରି ତଳକୁ ଫୋପାଡ଼ି ଦେଇ କଇଁ କଇଁ ହୋଇ କାନ୍ଦି ଉଠିଲା। ତା'ପରେ କ୍ଷିପ୍ର ଗତିରେ ଅନ୍ଧାରୀ ରାସ୍ତାରେ ଅପସୃୟମାନ ନାରୀମୂର୍ତ୍ତିଟିକୁ ଚାହିଁ ଆମେ ସ୍ଥାଣୁପରି ବସି ରହିଲୁ। କେଜାଣି ବିଜୟ ମତରେ, ଜୀତା କେଉଁ କମ୍ପ୍ଲେକ୍ସରେ ଆକ୍ରାନ୍ତ।

■

ବର୍ଷା ଋତୁର ଦୃଶ୍ୟ

ଯେମିତି ଏକ ପ୍ରବହମାନ ସ୍ରୋତ ହଠାତ୍ ବନ୍ଦ ହୋଇଗଲା, ଅନେକ ଧାବମାନ ଅଶ୍ୱ ଥମକି ଛିଡ଼ା ହୋଇପଡ଼ିଲେ କିମ୍ବା ଦ୍ରୁତ ଗତିରେ ପ୍ରବାହିତ ଝଡ଼ କେଉଁଠି ଧକ୍କା ଖାଇଲା...

ଆଃ... ଗୋଟିଏ ଅଜବ ଲୋକ ବିନାଦ୍ୱିଧାରେ କୋଠରିକୁ ପଶି ଆସିଲା। ବାହାରେ କଲିଙ୍ଗ୍ ବେଲ୍ ଟିପି ନାହିଁ କି କାହାକୁ ନାଆଁ ଧରି ଡାକି ନାହିଁ। (ବାପା ଏମିତି ଲୋକଙ୍କୁ ଅଭଦ୍ର କହନ୍ତି) ଆସିଲା, ଏଠି ପୁଣି କାହିଁକି ଛିଡ଼ା ହେଲା ? ଧୀରୁର କାମ ଓ କଳ୍ପନା ବନ୍ଦ ହୋଇଗଲା। ସେ ମନେ ମନେ ବିରକ୍ତ ହେଲେ ବି ବାପାଙ୍କ ତାଗିଦ ମନେ କରି ଲୋକଟାକୁ ସମ୍ମାନ ଦେଖାଇବାକୁ ଚୌକି ଛାଡ଼ି ଛିଡ଼ା ହୋଇ ପଡ଼ିଲା। ତା' ହାତ କାମ ଛାଡ଼ିବାକୁ ନାରାଜ-ଦୁଇଟି ଆଙ୍ଗୁଠି ସନ୍ଧିରେ ରଙ୍ଗଭରା ତୂଳି। ମନ କଳ୍ପନାରୁ ବିଚ୍ୟୁତ ହେବାକୁ ପ୍ରସ୍ତୁତ ନୁହେଁ। ଆଖିମାନେ ଅନ୍ୟମନସ୍କ। ତଥାପି ଲୋକଟା ଆଗକୁ ଯାଉନି କି ପଛକୁ ଫେରୁନି। ଧୀରୁକୁ ରାଗ ମାଡୁଥିଲା।

'ନମସ୍କାର'।

ଅନିଚ୍ଛା ସତ୍ତ୍ୱେ ତା' ପାଟିରୁ ବାହାରି ପଡ଼ିଲା। ଲୋକଟି ଚାରିଆଡ଼କୁ ଭଲ କରି ଦେଖିଲା। ଧୀରୁ ବି ତଳୁ ମୁହଁ ଉଠାଇ ତାକୁ ନିରୀକ୍ଷଣ କଲା। ନା, ଅପରିଚିତ ନୁହେଁ। ତାଙ୍କ ଘରକୁ ଅନେକଥର ଆସିଛି। ଧୀରୁର ଆଖି ତା' ମୁହଁରେ ଲାଖି ରହିଲା। 'ଠିକ୍ ଏମିତି ମୁହଁ', ସେ ମନେ ମନେ ଉଚ୍ଚାରଣ କଲା। ତା'ପରେ ଧୀରୁ ତା' ଆଙ୍ଗୁଠି ସନ୍ଧିର ତୂଳିକୁ ଦେଖିଲା। କଳା ରଙ୍ଗର ଧାରଟିଏ ତୂଳିରୁ ତା' ହାତକୁ ବୋହି ଆସୁଥିଲା। ଲୋକଟି ଧୀରୁ ଆଖିରେ ଆଖି ମିଳାଇ ସାମାନ୍ୟ ହସିଲା। ହସ ନୁହେଁ ତ, ଅଜବ ଭଙ୍ଗୀରେ ଦୁଇଟି ମୋଟା ମୋଟା କଳା ଓଠ ସାମାନ୍ୟ ବ୍ୟବଧାନ ସୃଷ୍ଟି କଲେ ଓ ଭିତରୁ ଉଙ୍କି ମାରିଲା ଧାଡ଼ିଏ ଦାନ୍ତ। ଧୀରୁ ପୁଣି ଥରେ ମନେ ମନେ ଉଚ୍ଚାରଣ କଲା, 'ଠିକ୍ ଏଇ ମୁହଁ ତ'। ତା'ପରେ ସେ ଗୋଟିଏ ଦୀର୍ଘ ନିଃଶ୍ୱାସ ତ୍ୟାଗ କଲା, ଯେପରି ତା'ର ଏକ ବିରାଟ ସମସ୍ୟାର ସମାଧାନ ହୋଇଯାଇଛି। ଲୋକଟାର ମୋଟା ପାପୁଲି

ଧୀରୁର ପିଠିକୁ ଧୀରେ ଧୀରେ ସ୍ପର୍ଶ କଲା, ପୁଣି ହସିବାର ଉଦ୍ୟମ। ଧୀରୁ ସାମାନ୍ୟ ଶଙ୍କିଗଲା। ତୂଳିରୁ କେଇବୁନ୍ଦା କଳା ରଙ୍ଗ ଚଟାଣରେ ଟପ୍ ଟପ୍ ନିଗିଡ଼ି ପଡ଼ିଲା। ଲୋକଟା ଏଥର କହିଲା–

'ଧୀରୁ, ପିକାଶୋ କିଏ ଜାଣିଛୁ ?'

'ନା'।

'ଡଲି ?'

'ନା'।

'ତୁ ପିକାଶୋ ହେବୁ, ପିକାଶୋ। ବୁଝିଲୁ ?'

ଲୋକଟି ପୁଣି ଧୀରୁର ପିଠି ଥାପୁଡ଼େଇ ହସି ଉଠିଲା। ଧୀରୁ ମନେ ମନେ ସ୍ଥିର କଲା। ପିକାଶୋ ନିଶ୍ଚୟ କୌଣସି ମଣିଷର ନାଆଁ; କିନ୍ତୁ ଏମିତି ଲୋକଟାଏ ହୋଇ ନଥିଲେ ରକ୍ଷା। ଧୀରୁ ଆଉ ଥରେ କିଛି ଜାଣି ନଥିବାରୁ ଲୋକଟାକୁ ଚାହିଁଲା। 'ମୁଁ ଆସିଛି, ବାପାଙ୍କୁ କହିବୁ।'

ଧୀରୁ ସେଠାରୁ ଯିବା ଆଗରୁ ବାପା ଆସିଲେ। ଲୋକଟି ସହିତ ବାପା ଚାଲିଗଲେ ପାଖ କୋଠରିକୁ। ଧୀରୁ ଶୁଣିଲା, ତାକୁ ଚାହିଁ ଲୋକଟାର ଅଟ୍ଟାହାସ। ଶେଷଥର ପାଇଁ ସେ ଦେଖିଲା, ତା'ର ବିକୃତ ମୁହଁକୁ। 'ଏଇ ମୁହଁ ତ' ! ଧୀରୁ ଏଥର ନିଜକୁ ଶୁଣାଇବା ପରି କହିଲା।

ପାଖ କୋଠାରିରୁ ବଡ଼ ପାଟିରେ କଥାବାର୍ତ୍ତା ଓ ହସ ଶୁଭୁଥାଏ। ଧୀରୁ ସ୍ୱୟଂଚାଳିତ ଯନ୍ତ୍ର ପରି ଚୌକିରେ ବସି ପଡ଼ିଲା। ଟେବୁଲରେ ହାମୁଡ଼େଇ କାନଭାସ୍‌ରେ ତୂଳି ଗାରେଇ ଚାଲିଲା। ଆଖିମାନେ କାନ୍‌ଭାସ ଉପରେ ସ୍ଥିର, ଅଥଚ ଧୀରୁର ମୁଣ୍ଡ ଭିତରେ ଯେପରି ଅନେକ ସ୍ରୋତ ଦ୍ରୁତ ଗତିରେ ପ୍ରବାହିତ ହେଉଥାଏ। ଏକ ପ୍ରଚଣ୍ଡ ଅସ୍ଥିରତା ତାକୁ ବାରମ୍ବାର ଅତିଷ୍ଠ କରୁଥାଏ। ଧୀରୁ ଅନୁଭବ କଲା, ସେ ଯେପରି ଗୋଟିଏ ଚକା ଭଉଁରୀର ଆବର୍ତ୍ତରେ ପଡ଼ି ଯାଇଛି। ତା'ର ଚାରିଆଡ଼େ ଅନେକ ଅନେକ କାହାଣୀ, ଅନେକ ସ୍ୱପ୍ନ। ଅନେକ ସ୍ଥିର ଓ ଅସ୍ଥିର ଦୃଶ୍ୟ। ଅସଂଖ୍ୟ ମୁହଁ ଭୟାନକ, ବିକୃତ ସୁନ୍ଦର, ଶାନ୍ତ। ପ୍ରଚୁର ଆଲୋକ ଓ ଆଲୋକର ବର୍ଣ୍ଣାଳୀ। ଧୀରୁ ଘୂରି ଚାଲିଛି ସେହି ଆବର୍ତ୍ତରେ। ଆଃ... ଗତ ରାତିରେ ସେହି ସ୍ୱପ୍ନ। ଗୋଟିଏ ଅସୁରର ଭୟାବଳି ମୁହଁ। ଧୀରୁ ମନେ ମନେ ଶଙ୍କିତ ହୋଇ ପଡୁଥାଏ। ସତେ ଯେପରି ସେହି ବିକୃତ ମୁହଁ ଓ ଭୟାନକ ଦାନ୍ତମାନେ ତା' ମୁଣ୍ଡକୁ ଚୋବାଇ ପକାଉଛନ୍ତି।

ଧୀରୁ ମୁହଁ ଟେକି କାନ୍ଥକୁ ଚାହିଁଲା, କାନ୍ଥରୁ ଝର୍କାଦେଇ ଆକାଶକୁ। ଆକାଶରେ ଅନେକ କଳା କଳା ମେଘ। ଘନ ଘନ ବିଜୁଳି। ସେ ନିରେଖି ଦେଖିଲା

ସେହି ଅସୁରର ମୁହଁ ମେଘ ଭିତରୁ ଉଙ୍କିମାରୁଛି ଓ ତା'ର ମୁନିଆଁ ଦାନ୍ତମାନଙ୍କରୁ ଛାଟି ଥରା ଅଟ୍ଟହାସ ସୃଷ୍ଟି ହେଉଛି। ଧଳା କାନଭାସ ଉପରେ ଧୀରୁର କଳାରଙ୍ଗଭରା ତୂଳି।

'ଧୀରୁ ପିକାଶୋ ହେବ, ପିକାଶୋ'। ଆଉ ଘରୁ ଶୁଭୁଛି।

ସେଇ ଲୋକଟା କହୁଛି। ତା'ର ମୋଟା ମୋଟା କଳା ଓଠ ଏବଂ ଧଳା ଧଳା ଦାନ୍ତ ସନ୍ଧିରୁ ଝରି ପଡୁଛି କେତୋଟି କ୍ଷତ ବିକ୍ଷତ ଶବ୍ଦ। 'ଠିକ୍ ସେମିତି ମୁହଁ', ଧୀରୁ କାନ୍ଥମାନଙ୍କୁ, କୋଠରିର ସମସ୍ତ ନିର୍ଜୀବ ବସ୍ତୁକୁ ଶୁଣାଇବା ପରି କହିଲା।

ବାହାରେ ପ୍ରଚୁର ବର୍ଷା। ଘଡ଼ଘଡ଼ି। ବିଜୁଳି। କେଉଁଠି ବଜ୍ରପାତରେ ଗଛ ଭାଙ୍ଗି ପଡ଼ିବାର ଶବ୍ଦ। (ନା, ଅସୁରର ଅଟ୍ଟହାସ)। କୋଠରିକୁ ପଶି ଆସୁଛି ହାବୁକା ହାବୁକା ପବନ। ଧୀରୁର ଯେପରି ପକ୍ଷ ଲାଗି ଆସୁଥିଲା। ଗୋଟିଏ କୁଦାରେ ଚୌକିରୁ ଡେଇଁ ବାହାରକୁ ଦୌଡ଼ି ଚାଲିଗଲା।

ପଛରୁ ତାକୁ ଗୋଡ଼ାଇଥାଏ ସେଇ ଲୋକଟାର କିଳିକିଳା ଅଟ୍ଟହାସ। ଚମକି ଛିଡ଼ା ହୋଇଥିବା ଅଶ୍ୱମାନେ ଯେପରି ବିଶୃଙ୍ଖଳ ହୋଇ ମାଡ଼ି ଚାଲିଲେ...

ଧୀରୁର ଭ୍ରୂକ୍ଷେପ ନାହିଁ ବର୍ଷା ପବନ, ବଜ୍ରପାତକୁ। ଗୋଟିଏ ପ୍ରବହମାନ ସ୍ରୋତ ତାକୁ ଯେପରି ତା'ର ଅଜାଣତରେ ଠେଲି ନେଉଛି।

ଧୀରୁ ବିନି ମାଉସୀଙ୍କ ଘରର ବାରଣ୍ଡାକୁ ଉଠିଗଲା। ବାରଣ୍ଡାରୁ ଦେଖିଲା ଶୂନ୍‌ଶାନ୍ ରାସ୍ତାକୁ, ବିନି ମାଉସୀଙ୍କ ବଗିଚାକୁ। ବର୍ଷା ପାଗଳ ପରି ରାସ୍ତା ଓ ବଗିଚାରେ ନୃତ୍ୟ କରୁଥାଏ। ସାନ ବଗିଚାର ଅସହାୟ ଫୁଲମାନେ ମୁଣ୍ଡନଇଁ ବର୍ଷାର ମଧୁର ଅତ୍ୟାଚାରକୁ ସହ୍ୟ କରି ନେଉଥାନ୍ତି। ଧୀରୁର ଓଦା ପୋଷାକରୁ ବୋହି ପଡୁଥାଏ ଧାର ଧାର ବର୍ଷା ପାଣି। ବର୍ଷା। ବର୍ଷା। ଧୀରୁ ମନେ ମନେ ବର୍ଷାକୁ କୃତଜ୍ଞତା ଜଣାଇଲା। ବର୍ଷା ଯୋଗୁଁ ଏ ନିର୍ଜନତା। ବର୍ଷା ଯୋଗୁ ହୁଏତ ରାସ୍ତାମାନେ ନଦୀ ପାଲଟି ଯିବେ ଓ ବିନି ମାଉସୀଙ୍କ ସାନ ବଗିଚା ହେବ ଗୋଟିଏ ହ୍ରଦ।

ପୁଣି କେଉଁଠି ବ୍ରଜପାତ। ଆଃ... ସେହି ଅସୁରର କିଳିକିଳା ରଡ଼ି। ଅସୁରର ମେଘ ମୁହଁ ଦାନ୍ତ ନିକୁଟି ଚାହିଁଛି। ଧୀରୁ ଦରଜାରେ ହାତ ବାଡ଼େଇଲା।

ମୁଗ୍ଧ ହୋଇ ଶୁଣିଲା ଚୁଡ଼ିର ସାମାନ୍ୟ ରୁଣଝୁଣ। ଦେଖିଲା ଗୋଟିଏ ସୁନେଲି ହାତ। ଦର୍ଜା ଖୋଲିବା କ୍ଷଣି ଧୀରୁ କୁଦା ମାରି ପଶିଗଲା କୋଠରି ଭିତରକୁ। (କୋଠରି ନୁହେଁ ତ ଗୁମ୍ଫା...) ଅନ୍ଧାରର ଗୋଟିଏ ପାତଳ ପରଦା ବସ୍ତୁମାନଙ୍କୁ ଅସ୍ପଷ୍ଟ କରି ଦେଇଛି। ବିନି ମାଉସୀ ଧୀରୁକୁ ଆଶ୍ଚର୍ଯ୍ୟ ହୋଇ ଚାହିଁ ରହିଲେ। ତାଙ୍କର ନୀଳ ପଣତରେ ଧୀରୁର ମୁହଁରୁ ପୋଛି ଦେଲେ ବୁନ୍ଦା ବୁନ୍ଦା ପାଣି। ଧୀରୁ ମନେ ପକାଇଲା

ସେଇ ମେଘପରି ମୁହଁକୁ। ଗତ ରାତିର ସ୍ୱପ୍ନକୁ। ତା'ର ଧଳା କାନଭାସ ଓ କଳାରଙ୍ଗର ତୂଳିକୁ, ବିନି ମାଉସୀଙ୍କୁ। ବିନି ମାଉସୀ ତା' ସାମ୍ନାରେ। ଧୀରୁର କମିଜ୍ ଖୋଲି ସେ ଗୋଟିଏ ଲୋମଶ ଟାୱେଲରେ ତା' ଦେହରୁ ପାଣି ପୋଛୁଥିଲେ।

ଧୀରୁ ମନେ କରିଥିଲା-

ଶିଶୁ ଚିତ୍ରକଳା ପ୍ରତିଯୋଗିତାରେ ତା'ର 'ବର୍ଷା ଋତୁର ଦୃଶ୍ୟ' ଛବିକୁ ମୁଗ୍ଧ ଆଖିରେ ଚାହିଁ ରହିଥିବା ବିନି ମାଉସୀଙ୍କୁ। ତା' ଛବିର ଗଛମାନଙ୍କ ପରି ସବୁଜ ରଙ୍ଗର ଶାଢ଼ି ପିନ୍ଧି ବିନିମାଉସୀ ନିଜେ ସେଦିନ ଛବିର ଗୋଟିଏ ଅଂଶରେ ପରିଣତ ହୋଇ ଯାଇଥିଲେ। ଛବିର ନିଃଶବ୍ଦ ପକ୍ଷୀମାନଙ୍କ ପରି ବିନିମାଉସୀ ଅନେକ ସମୟ ଧୀରୁ ପାଖରେ ଛିଡ଼ା ହୋଇ ରହିଥିଲେ। ତା'ପରେ ହଠାତ୍ ସେ ନିରବତା ଭାଙ୍ଗି କହିଥିଲେ, 'ଆମ ଧୀରୁ ପିକାଶୋ ହେବ, ପିକାଶୋ'। କିଛି ବୁଝି ନପାରି ଧୀରୁ ବିନି ମାଉସୀଙ୍କ ଲମ୍ବା ଲମ୍ବା ଆଖିକୁ ବୋକାଙ୍କ ପରି ଚାହିଁ ରହିଥିଲା ଏବଂ ବିନି ମାଉସୀ ତା' ଛବିର ମେଘାକ୍ରାନ୍ତ ଉଦାସ ସୂର୍ଯ୍ୟ ପରି ହସୁଥିଲେ।

ଧୀରୁ ମୋହାଚ୍ଛନ୍ନ।

ଅଶ୍ୱମାନେ ବିଶୃଙ୍ଖଳ-

ସେହି ବିନି ମାଉସୀ ଆଉ ଦିନେ ତାକୁ ସିଧା ଡାକି ନେଇଥିଲେ ତାଙ୍କର ଶୋଇବା ଘରକୁ। ତାଙ୍କର ସାନ ବଗିଚା ପରି ଫୁଲ ପକା ଚଦର ବିଛା କୋମଳ ଶେଯ। ଧୀରୁ ନିର୍ବୋଧ ପରି ଦେଖୁଥାଏ ସିଲିଙ୍ଗ୍‌ରେ ନିରବଚ୍ଛିନ୍ନ ଘୂରୁଥିବା ପଙ୍ଖାକୁ, ସିଲିଙ୍ଗର ନୀଳରଙ୍ଗକୁ, କାନ୍ଥର ପେଣ୍ଟିଙ୍ଗମାନଙ୍କୁ, ବିନି ମାଉସୀଙ୍କ ଫୁଲପକା ଶାଢ଼ିକୁ, ଧୀରୁ ସମସ୍ତ ଦୃଶ୍ୟ ଓ ବସ୍ତୁ ସହିତ ନିଜକୁ ଯୁକ୍ତ କରି ପୁଣି ବିଚ୍ଛିନ୍ନ କରୁଥାଏ। ବିନିମାଉସୀ କୌଣସି ଗୋପନୀୟ କଥା କହିବା ପରି ତା' କାନ ପାଖରେ କହିଥିଲେ, 'ଆମ ଧୀରୁ ପିକାଶୋ ହେବ, ପି...କା...'

ବୋଧହୁଏ ଶେଷ ଅକ୍ଷର ଉଚ୍ଚାରିତ ହେବା ଆଗରୁ ବିନି ମାଉସୀଙ୍କ ଓଠ ଦୁଇଟି ଧୀରୁର କପାଳ ଛୁଇଁଥିଲା ଓ ଗୋଟିଏ ଭାରି ଦୀର୍ଘଶ୍ୱାସ ତା'ର ମୁଣ୍ଡ ଉପର ଦେଇ ବହି ଯାଇଥିଲା। ଧୀରୁ କିଛି ନ ଜାଣିଲା ପରି ଆଖି ବୁଜି ବିନି ମାଉସୀଙ୍କ ଶାଢ଼ିର ଫୁଲ, ଓଠର ଗୋଲାପୀ ରଙ୍ଗ, ମୁହଁ ଓ ହାତର ସୁନେଲି ରଙ୍ଗ ଏବଂ ତାଙ୍କ କପାଳର ସିନ୍ଦୂର ବିନ୍ଦୁକୁ ମନେ ପକାଉଥିଲା। ଅଥଚ ତା'ର ଛାତି ପ୍ରଚୁର କମ୍ପୁଥିଲା। ନିଦରୁ ଉଠିବା ପରି ସେ ଚିତ୍କାର କରିଥିଲା, 'ପାଣି'।

'ବର୍ଷା ଋତୁର ଦୃଶ୍ୟ' ଛବିର ଗୋଟିଏ ଅବିଚ୍ଛିନ୍ନ ଅଂଶ।

ବିନି ମାଉସୀଙ୍କ ହାତରେ ଗ୍ଲାସେ ଗରମ ଦୁଧ। ଧୀରୁ ଏକ ନିଃଶ୍ୱାସରେ

ଦୁଧତକ ପିଇଗଲା। ତା'ପରେ ଆଖି ଟେକି ବିନି ମାଉସୀଙ୍କୁ ଚାହିଁଲା। ବୋଧହୁଏ ସେ ଚିତ୍କାର କରିଥାନ୍ତା, 'ସେଇ ମୁହଁ', ଅଥଚ ଦାନ୍ତ ସନ୍ଧିରେ ଶବ୍ଦ ଅଟକି ଗଲା।

ଗତ ରାତିରେ ଭୟଙ୍କର ସ୍ୱପ୍ନ।

ବିକଟାଳ ଅସୁରଟିଏ ଅନ୍ଧାର କିଟ୍‌ମିଟ୍ ଗୁମ୍ଫା ସାମ୍ନାରେ ବସିଛି। ଧୀରୁ ଅସୁରର ମୁନିଆଁ ଦାନ୍ତମାନଙ୍କୁ ଖାତିର ନ କରି ଗୁମ୍ଫାରେ ପ୍ରବେଶ କରୁଛି। ତା'ର ଗୋଟିଏ ହାତରେ ଜ୍ୱଳନ୍ତ ମଶାଲ ଓ ଅନ୍ୟ ହାତରେ ତୂଳି। ଗୁମ୍ଫା ଭିତରେ ଗୋଟିଏ ସୁନ୍ଦର ରାଜକୁମାରୀ ବସି କାନ୍ଦୁଛି। ତା' ହାତରେ ଅଦା ଗୁନ୍ଥା ଫୁଲମାଳ। ଲମ୍ବା ଲମ୍ବା ଆଖିରୁ ଝରି ପଡୁଛି ବର୍ଷା ପରି ଧାର ଧାର ଲୁହ। ତା' ମୁହଁ ବର୍ଷା ଋତୁର ସୂର୍ଯ୍ୟ ପରି ଉଦାସ।

'ଠିକ୍ ଏଇ ମୁହଁ', ଧୀରୁ ସ୍ପଷ୍ଟ ସ୍ୱରରେ ଉଚ୍ଚାରଣ କଲା। ବିନି ମାଉସୀ ବୋଧହୁଏ ସାମାନ୍ୟ ଚମକି ପଡ଼ିଲେ। ସେ ଧୀରୁର ମୁଣ୍ଡରେ ହାତ ମାରିଲେ।

ଧାବମାନ ଅଶ୍ୱମାନେ ବାଟବଣା ହୋଇ ଯିଏ ଯାହା ପଥରେ ମାଡ଼ି ଚାଲିଥିଲେ...

ଅଥଚ ଧୀରୁ ବହୁ ସମୟ କିଛି ଖୋଜିବା ପରେ ହଠାତ୍ ତାହା ପାଇଥିବା ପରି ଆତ୍ମହରା ହୋଇ ପଡ଼ିଲା। ତା'ର ଆଖିମାନେ ଗଭୀର ଆତ୍ମବିଶ୍ୱାସରେ ବିନି ମାଉସୀଙ୍କ ମୁହଁ ଉପରେ ସ୍ଥିର ହୋଇଗଲେ। ସେ ବୋଧହୁଏ ସାମାନ୍ୟ ଆଶ୍ୱସ୍ତି ଅନୁଭବ କରୁଥିଲେ। ତଥାପି ସେ ନୀଳ ଶାଢ଼ି ପିନ୍ଧି ବିସ୍ତୀର୍ଣ୍ଣ ଆକାଶ ପରି ଧୀରୁ ସାମ୍ନାରେ ଦଣ୍ଡାୟମାନ। ଧୀରୁ ନିଃଶବ୍ଦ ପକ୍ଷୀ ପରି କେବଳ ଅସଂଯତ ହୋଇ ବାହାର ଆଡ଼କୁ ଟାଣି ହୋଇଗଲେ। ଆଃ... ଏ କେମିତିକା ଘର ଯେ ଝର୍କାଟିଏ ବି ନାହିଁ। ଖାଲି କାନ୍ଥ। କାନ୍ଥ ଧୀରୁର ଆଖିକୁ ଅଟକାଇ ଦେଲା। ବିନି ମାଉସୀ ମୁକ୍ତି ପାଇଲା ପରି ସୋଫାରେ ବସି ପଡ଼ିଲେ- ଧୀରୁର ଦେହକୁ ଲାଗି। ସେ ଅନୁଭବ କଲା ଗୋଟିଏ କ୍ଷୀଣ ଉତ୍ତାପର ସ୍ରୋତ ତା' ଦେହ ଭିତରକୁ ଧୀରେ ଧୀରେ ପ୍ରବେଶ କରୁଛି। ଧୀରୁ ଉତ୍ତାପର ଉତ୍ସକୁ ଦେଖିବା ଆଗରୁ କାନ୍ଥମାନଙ୍କରେ ଆଖି ବୁଲାଇ ନେଉଥିଲା।

ଭୟରେ ତା'ର ଛାତି ଥରି ଉଠିଲା। ସେଇ ମୁହଁ। ସେଇ ଲୋକଟା। ମେଘ ପରି ମୁହଁ। ମୁନିଆଁ ଦାନ୍ତ। ଲୋକଟା ସହିତ ପୁଣି ବିନି ମାଉସୀଙ୍କ ଫଟୋ। ଆଃ... ବିଚାରୀ ବିନି ମାଉସୀ। ଧୀରୁର ନିଃଶ୍ୱାସ ବୋଧହୁଏ ବନ୍ଦ ହୋଇଯିବ। ସେ କ୍ଷଣକରେ ଭୁଲିଗଲା, ତା' ଦେହରେ ସଞ୍ଚରି ଯାଉଥିବା ଉତ୍ତାପର ସ୍ରୋତକୁ, ଉତ୍ତାପର ଉତ୍ସକୁ।

ଅଶ୍ୱମାନେ ଛିନ୍ନଛତ୍ର...

ବାହାର ଦର୍ଜାରେ କିଏ ନକ୍ କରୁଛି। ନକ୍ ନୁହେଁ ତ ମେଘର ଘଡ଼ଘଡ଼ି ପରି

ଶବ୍ଦ। ବିନି ମାଉସୀ ଉଠିଗଲେ। ଅଗତ୍ୟା କୋଠରିକୁ ପଶି ଆସିଲା ସେଇ ଭୟଙ୍କର ଲୋକଟା, ଯିଏ ଧୀରୁର ପିଠି ଥାପୁଡ଼େଇ ତାକୁ 'ପିକାଶୋ' ହେବାକୁ କହୁଥିଲା। ସେଇ ଲୋକ। ମେଘ ପରି ସେ ମାଡ଼ି ଆସୁଛି। ପଛରେ ବିନିମାଉସୀ, ଖଣ୍ଡିଏ ଅସହାୟ ଆକାଶ। ଲୋକଟିର ଜ୍ୱଳନ୍ତ ଆଖିମାନେ ଧୀରୁକୁ ଗିଳିଯିବା ପରି ଚାହିଁଲେ। ଧୀରୁ ହଠାତ୍ ବସିଥିବା ସ୍ଥାନରୁ ଦ୍ୱାର ଆଡ଼କୁ ଡେଇଁ ପଡ଼ିଲା।

ଦୁଇଟି ଲମ୍ୱା ଲମ୍ୱା ଉଦାସ ଆଖି ଓ ଦୁଇଟି ଜ୍ୱଳନ୍ତ ଆଖି ତାକୁ ବିସ୍ଫାରିତ ହୋଇ ଚାହିଁ ରହିଥାନ୍ତି।

ଧକ୍କା ଖାଇ ଥମି ଯାଇଥିବା ଝଡ଼ ପୁଣି ଯେପରି ଦ୍ରୁତ ଗତିରେ ବହି ଚାଲିଲା...।

■

ବେବି ଓ ଅପରାହ୍ନର ପ୍ରଜାପତିମାନେ

ଅଗଣାର ନୀରବତାରେ ବେବି ଛିଡ଼ା ହୋଇଥିଲା। ଗୋଟିଏ ଦଣ୍ଡାୟମାନ ପ୍ରଶ୍ନର ଗାମ୍ଭୀର୍ଯ୍ୟ। ରବିବାର ଅପରାହ୍ନର ସ୍ୱାଭାବିକ କ୍ଳାନ୍ତି। ନିଃଶ୍ୱାସ ପ୍ରଶ୍ୱାସ ଭାରି ଭାରି। ଆଖିମାନେ ତନ୍ମୟ। ଆକାଶ ଆଜି ଖୁବ୍ ସଫା ଓ ପାଲିସ୍ ଦିଶୁଛି। ମୁହଁ ଦିଶିବ। ଥଣ୍ଡା ପବନ, ଅଥଚ ଉଷୁମ ଶିହରଣ। (କେତେଦିନ ହେଲା ?) ଆକାଶର ଅଜସ୍ର କଟାକ୍ଷରେ ବେବି ମ୍ରିୟମାଣ ହେଲା। ପବନରେ ଭାସିଲା ପରି ଦୋହଲିଲା। ଅଗଣାରୁ ଜାନୁଆରୀ ଓ ଜିନିଆ ଫୁଲମାନଙ୍କୁ ଦେଖିଲା। ଜାନୁଆରୀ ଖାଲି ମାସଟିଏର ନାଆଁ ବୋଲି ବେବିର ଆଦୌ ବିଶ୍ୱାସ ହେଉ ନଥିଲା। ଜାନୁଆରୀ ମାନେ ଇ ତ ସ୍ନାୟୁମାନଙ୍କରେ ଏକ ନୂତନ ସିତ୍କାର। ନୂଆ ଅନୁଭବ। ଆଗାମୀ ବର୍ଷଟିଏ ପାଇଁ ନିଜକୁ ନିଜେ ଭଲ ପାଇବାର ଖୋରାକ। ଆଛା, ଜିନିୟାର ତେତ୍ରିଶ କୋଟି ଦେବତାଙ୍କର ହସ ଓ ସ୍ମିତର ଜାଗତିକ ଅବତାରଣା ଏବଂ ଜାନୁଆରୀ ଓ ଜିନିଆର ସାନ୍ନିଧ୍ୟରେ ଛିଡ଼ା ହୋଇଥିବା ବେବି ? ସକାଳ ପବନରେ ଦୋହଲି ଦୋହଲି ମିଶି ଯାଉଥିବା ହାଲୁକା ନିଃଶ୍ୱାସଟିଏ। ପାଣିରେ ପ୍ରତିବିମ୍ବର ଆଖି ସହିତ ଆଖି ମିଳାଉଥିବା ହରିଣିଟିଏ।

ବେବି।

ବେବି ନିଜ ନାଆଁ ନିଜେ ଉଚ୍ଚାରଣ କଲା। ପବନକୁ ଆପ୍ୟାୟିତ କଲା ସରୁ ସରୁ ପ୍ରଶ୍ୱାସ। ଓଠରେ ଏକାଧିକ କମ୍ପନ। ନୂଆ କରି ଶାଢ଼ି ପିନ୍ଧି କଲେଜ ଯାଉଥିବା ବେବି। ତା'ର ପାଦକୁ ସ୍ତାବକ ପାହାଚମାନେ ବାରଣ୍ଡାକୁ ଉଠାଇ ଦେଲେ। ଇଜି ଚଉକି ତା'କୁ ଅଭିନନ୍ଦନ କଲା। ଅପରାହ୍ନ ଆଦେଶ ଅପେକ୍ଷାରେ ନତମସ୍ତକ। ପରିତ୍ୟକ୍ତାର ଗ୍ଲାନି ନେଇ ଖରାରେ ଶୁଖୁଛି ଫ୍ରକ୍‌ଟିଏ। ବେବି ଫ୍ରକ୍ ଛାଡ଼ିଛି। ଫ୍ରକ୍‌ର ନୀଳ ନୀଳ ଫୁଲମାନଙ୍କରେ ସେ ଦେଖୁଥିଲା ବିଗତ ବର୍ଷର ଶବ୍ଦମାନଙ୍କୁ। ଅଥଚ ଶାଗୁଆ ଫ୍ରକ୍ ତାକୁ ଚାହିଁ ହସୁଛି, ଯେମିତି ହସନ୍ତି ଭାଉଜ ଓ ଜିନିଆମାନେ।

'ବେବି ଲୋ, ମୁଁ କିମିତି ?'

ଅପରାହ୍ନ ପଚାରିଲା।

'ଶୁଭଭାଇ ପରି ମାଇଚିଆ।'

'ଆଉ ମୁଁ?'

'ଫ୍ରକ୍ ପିନ୍ଧା ଦିନମାନଙ୍କ ପରି ଫାଙ୍କା।'

ଶୂନ୍ୟତା ଓ ଅପରାହ୍ନ ବେବିକୁ କୋଳେଇ ନେଲେ। ଲୋରି ଗାଇ ଦେଲେ। ତନ୍ଦ୍ରା ଓ ତନ୍ମୟତା। ଶୁଭଭାଇ ଓ ସୁର ଭାଇମାନେ ଯେପରି ବାରଣ୍ଡାରେ ଚଲାବୁଲା କରୁଥିଲେ ଶୂନ୍ୟତାରେ ପହଁରୁଥିଲେ। ଅପରାହ୍ନରେ ଧୂସର ପଡ଼ିଆରେ ହାଇକମ୍ପ କରୁଥିଲେ। ବେବି ବାରଣ୍ଡାର ଶୂନ୍ୟତାରେ ନିଜକୁ ଖୋଜି ପାଉ ନଥିଲା। ନିଜ ନାଆଁ ଧରି ଚିତ୍କାର କରି ଡାକୁଥିଲା।

ଆଖି କ'ଣ ନ ଦେଖିଲା? ମୃତ ପ୍ରଜାପତିଟିଏ। ପୂଜାଏ ବେପରୁଆ ଫୁର୍ତ୍ତି ଯେପରି ଉପେକ୍ଷିତ ହୋଇ ପଡ଼ିଛି। କେତେଜଣ ଅପ୍ସରାଙ୍କ ଅଂଶବିଶେଷରେ ପ୍ରଜାପତି ଗଠିତ? ସୃଷ୍ଟିର ଉଦ୍ଦେଶ୍ୟ କ'ଣ? ବେବି ଏମିତି ପ୍ରଶ୍ନମାନଙ୍କର ତର୍ଜମା କରୁଥିଲା ଓ ମୃତ ପ୍ରଜାପତିଟିକୁ ଚାହୁଁଥିଲା। ଏକଦା ଏଇ ପ୍ରଜାପତିମାନଙ୍କୁ ସେ ଈର୍ଷା କରୁଥିଲା। ସେମାନେ ଜିନିଆରୁ ଗୋଲାପ ଫୁଲକୁ ଉଡୁଥିବାବେଳେ ମୁହଁ ମୋଡ଼ି ନେଉଥିଲା। ଶୁଭଭାଇ ଓ ସୁର ଭାଇମାନେ ତାକୁ ପ୍ରଜାପତି ଧରି ଆଣି ଦେଉଥିଲେ ଓ ତା' ଆଗରେ ଛାତି ଫୁଲାଇ ଛିଡ଼ା ହେଉଥିଲେ। ବେବି ପ୍ରଜାପତିମାନଙ୍କ ଡେଣାର ରଙ୍ଗିନ ଧୂଳିରେ ପାପୁଲି ରଙ୍ଗ କରୁଥିଲା। ତା'ର ଦରବାରକୁ ଆହୁରି ଅଧିକ ପ୍ରଜାପତି ଧରା ହୋଇ ଆସୁଥିଲେ। ଅଗଣାରେ ମୃତ ପ୍ରଜାପତିଟିଏ। ବେବିର ଆଖିମାନେ ଓଦା ହୋଇ ଆସୁଥିଲେ। ଆଜିକାଲି ସେ ପ୍ରଜାପତିମାନଙ୍କୁ ଭଲ ପାଉଛି। ସେମାନେ ବଗିଚାରେ ଜିନିଆ ଓ ଗୋଲାପ ଭିତରେ ସମ୍ବାଦ ନେଲାବେଳେ ଉଦାସ ହୋଇ ଚାହୁଁଛି। ନିର୍ଜନ ବଗିଚାରେ ଛିଡ଼ା ହୋଇଥିବା ବେବିର ସାଙ୍ଗ ଏଇ ପ୍ରଜାପତିମାନେ, ସେମାନେ ତାକୁ ଅନେକ ନୂଆ ରଙ୍ଗର ସନ୍ଧାନ ଦିଅନ୍ତି। ବେବି ସେମାନଙ୍କୁ ଆପାତତଃ ଭଲ ପାଏ (କେବେଠୁ?) ଯେଉଁଦିନୁ ସେ ଫ୍ରକ୍ ଛାଡ଼ି ଶାଢ଼ି ଧରିଲା, ନିଜକୁ ଜାନୁଆରୀର ଜିନିଆଟିଏ ବୋଲି ଭାବିଲା, ଅନେକ ନିଶୁଆ ମୁହଁ ଦେଖିଲା, ଲଘୁ ମନ୍ତବ୍ୟ ଶୁଣିଲା, ଅର୍ଥପୂର୍ଣ୍ଣ ଇଙ୍ଗିତ ଦେଖିଲା... ଏବଂ ଅପରାହ୍ନରେ ବଗିଚାରେ ଠିଆ ହୋଇ ପ୍ରଜାପତିମାନଙ୍କୁ ଦେଖିଲା। ସେମାନେ ଭିନ୍ନ ଦିଶୁଥିଲେ, ନିଶୁଆ ମୁହଁ, ଇଙ୍ଗିତ କଳା ଆଖି ଓ ମନ୍ତବ୍ୟ ଅଜାଡୁଥିବା ସିଗାରେଟ ପୋଡ଼ା ଓଠମାନଙ୍କ ପରି।

ବେବି ନିଜ ବ୍ୟତୀତ ଡଲିଅପାକୁ ମନେ କଲା। କଲେଜରେ ସ୍ପୋର୍ଟ୍ସ ଚାମ୍ପିଅନ୍ ଡଲିଅପା ବି ଘଣ୍ଟା ଘଣ୍ଟା ଧରି ଆକାଶକୁ ଚାହିଁପାରେ। କବିତା ଲେଖି ଜାଣେ। ତା'କୁ

ସେମାନେ ଭୟ କରନ୍ତି- ନିଶୁଆ ମୁହଁ, ସିଗାରେଟ୍ ପୋଡ଼ା ଓଠ ଓ ଇଙ୍ଗିତକଳା ଆଖିମାନେ। ବେବିର କିନ୍ତୁ ତାଙ୍କୁ ଦୟା କରିବାକୁ ଇଚ୍ଛା ହୁଏ। ଦର୍ପଣ ଆଗରେ ବସି ପ୍ରସାଧନ କରୁଥିବା ଡଲିଅପା ଖୁବ୍ କରୁଣ ଦିଶୁଥିଲେ। ବଗିଚାର ପ୍ରଜାପତିମାନେ ତା' ମୁହଁ ଛୁଇଁ ଚକ୍କର କାଟୁଥିଲେ। ବେବି ସାମନାରେ ଯେପରି ଛିଡ଼ା ହୋଇଥିଲା ଡଲିଅପାଟିଏ। ସାମାନ୍ୟ ହସ। କିଛି ହଜାଇଲା ପରି ଆଖି।

- ବେବି ଲୋ, ଆକାଶ କିମିତି ?

- ଖୁବ୍ ନୀଳ।

- ଆଉ ଶଙ୍ଖଚିଲ ?

- ସୁନ୍ଦର !

- ବେବି, ସେମାନେ କିମିଆ ଜାଣନ୍ତି। ମୁଁ ବି ଦିନେ ଠକେଇ ହୋଇଲି। ସେମାନଙ୍କୁ ହାତରେ ପାଇବା ଖୁବ୍ କଷ୍ଟ।

ବେବି ସାମ୍ନାରେ ଡଲିଅପାର ମାଂସପେଶୀମାନେ ଯେପରି ତରଳି ଯାଉଥିଲେ ବରଫ ପରି। ଓଠମାନେ ନୀଳ ହେଉଥିଲେ। ଆଖିମାନେ ତାମ୍ରବର୍ଣ୍ଣ ଦିଶୁଥିଲେ। ତା' ଚାରିପାଖେ ଘୂରୁଥିବା ପ୍ରଜାପତିମାନେ ଖସି ପଡୁଥିଲେ। ଅଗଣା ସାରା ସେମାନଙ୍କ ଶବ। ଅପରାହ୍ନର ଛାଇଗୁଡ଼ିକ ଅଗଣା, ବାରଣ୍ଡା ଓ ଆକାଶରେ ପ୍ରସରି ଯାଉଥିଲେ। ଆହୁରି ଗାଢ଼ ହେଉଥିଲେ। ବେବି ଆଶ୍ଚର୍ଯ୍ୟ ହେଉଥିଲା ପର୍ବତ ଶୃଙ୍ଗାରୋହଣରେ କୃତିତ୍ୱ ଅର୍ଜନ କରିଥିବା ଡଲିଅପା ବି ପ୍ରେମ କରି ଠକେଇ ହୋଇପାରେ। ନୀଳ ଆକାଶ ଓ ଶଙ୍ଖଚିଲକୁ ଅକସ୍ମାତ୍ ଅବିଶ୍ୱାସ କରିପାରେ। ସେ ବୋଧହୁଏ ଏକମାତ୍ର ଝିଅ ଯିଏ ପ୍ରେମରେ ପ୍ରତାରିତ ହୋଇ ପୁଣି ଦୁଃସାହସୀ ହୋଇପାରେ।

ବେବି କିନ୍ତୁ ସହଜରେ ବିଶ୍ୱାସ କରେ। ପ୍ରଜାପତିମାନେ ନିଶ୍ଚୟ ମୁହଁମାନଙ୍କ ପରି, ଆକାଶ ନୀଳ ଓ ଶଙ୍ଖଚିଲ ସୁନ୍ଦର।

■

ବୃତ୍ତ ଭଙ୍ଗ

ସାଧ୍ୟାତୀତ ବୋଲି ସିନା; ନହେଲେ ବାଲି ଉପରେ ଠିଆ ହୋଇ ପଡ଼ନ୍ତି କିମ୍ବା ନିଜ ବାହୁର ମାଂସପେଶୀରେ ପାପୁଲି ବୁଲାଇ ପରାଜିତ ପକ୍ଷପରି ପଳାୟନପନ୍ଥୀ ଭୀରୁ ସ୍ରୋତକୁ ଚାହିଁ ମୁରୁକେଇ ହସନ୍ତି। ଅଥଚ ଅଥଳ ଜଳରେ ମୁଁ ଭାସମାନ। ସ୍ରୋତର ଅକ୍ତିଆରରେ। ସ୍ରୋତ ମୋତେ ଉପରକୁ ଟେକି ନେଉଛି ଓ କଚାଡ଼ି ଦେଉଛି। ଏମିତି ନିରବଚ୍ଛିନ୍ନ। ଯୁବତୀର ବିବସ୍ତ୍ର ପିଠି ପରି ସ୍ରୋତ। ମୁଲାୟମ। ଇଚ୍ଛା ହେଉଛି, ମୁଁ ବୁଡ଼ ଦିଅନ୍ତି ଓ ମହୁରାଳୀ ପରି ଖଣ୍ଡେ ଦୂରରେ ଉଠନ୍ତି। ମୁଁ ତ ନିଜ ଇଚ୍ଛା ମୁତାବକ ପହଁରି ଆସିନି, ଭାସି ଆସିଛି। ଖସି ପଡ଼ିଲି ଉଜାଣି ସ୍ରୋତରେ। ଭାସି ଆସିଲି ଏଠିକାର ଅଥଳ ଜଳକୁ। ସ୍ଥିର ହୋଇ ଭାସୁଛି ଯେ ଉଠୁଛି ପଡୁଛି, ଉଠୁଛି ପଡୁଛି। ଉର୍ଦ୍ଧ୍ୱଗତି ଅଧୋଃଗତି। ସେମାନେ ମୋତେ ଠେଲି ଦେଲେ କରାଳ ସ୍ରୋତକୁ ଓ କୂଳରେ ତାଳିମାରି ନାଚୁଛନ୍ତି।

କାନ୍ଥରେ ଫେମିଲି ଫଟୋ। ମୋ ସାଥିରେ ତଥାକଥିତ ବାପା ଅବିନାଶ ବାବୁ, ବୋଉ ସରିତା ଦେବୀ, ଭଉଣୀ ରୀତା। ସେମାନଙ୍କ କାହାରି ସହିତ ମୋର ମୁହଁରୁ ସାମଞ୍ଜସ୍ୟ ନାହିଁ। ଅବିନାଶ ବାବୁ ମୋର ପ୍ରକୃତ ପିତା ନୁହଁନ୍ତି। ସୁରେଶ ବାବୁ ବା ବିନୟ ବାବୁ କାହାର ସହିତ ସରିତା ଦେବୀଙ୍କ ଅବୈଧ ସମ୍ପର୍କ ଅସମ୍ଭବ ନୁହେଁ। ରୀତା ଏବେ ଯୁବତୀ। ସେ ମୋର ପ୍ରକୃତ ପିତାଙ୍କ ସନ୍ତାନ ନୁହେଁ। ହସିବାବେଳେ ତା'ର ଗାଲରେ ସୃଷ୍ଟି ହେଉଥିବା ଭଉଁରୀରୁ ଜଣାପଡ଼େ ସେ ଅବିନାଶ ବାବୁଙ୍କ ଝିଅ, ସନ୍ଦେହ ନାହିଁ। କିନ୍ତୁ ମୋର ବୈଧତା ?

ମୁଁ ସମସ୍ତ ସହରବାସୀଙ୍କ ବୈଧତା ସମ୍ପର୍କରେ ସନ୍ଦିହାନ ହୋଇ ପଡୁଛି।

ମୂହୁର୍ତ୍ତମାନେ ମୁହଁମାରି ଉଭେଇ ଯାଉଛନ୍ତି। ଏତେ ନିଃସଙ୍ଗତା ? ମୋର ପିତା, ମାତା, ଭଗ୍ନୀ କେହି ସାଥି ନୁହଁନ୍ତି। ମୁଁ ଅସହାୟ ଭାବେ ଏକା। ମୋର ଛାତି ଭିତରେ ଶୂନ୍ୟତାର ବିସ୍ତୃତି ବଢ଼ି ବଢ଼ି ଚାଲିଛି। ଶୂନ୍ୟତାରେ ଅଙ୍କା ହୋଇଥିବା ଗୁଡ଼ିଏ ଐକ୍ୟ କେନ୍ଦ୍ରିକ ବୃତ୍ତ ମଧ୍ୟରେ ମୁଁ ଏକା। ଆଃ...

୨୨ ଜୁନ୍‌ର ଡାଏରୀରେ ମୁଁ ନାଲି ଅକ୍ଷରରେ ଲେଖିଲି, "ମୁଁ ଏକ ଜାରଜ ସନ୍ତାନ। ଯୌବନରେ ସୁନ୍ଦରୀ ସରିତା ଦେବୀ ସ୍ପୋର୍ଟସମ୍ୟାନ୍ ବିନୟ ବାବୁ ବା ଉଚ୍ଚପଦସ୍ଥ ସୁରେଶ ବାବୁଙ୍କ ସହିତ ସମ୍ପର୍କିତ ଥିଲେ। ସମସ୍ତେ ରୀତାକୁ ମୋର ଭଉଣୀ କହନ୍ତି। ତା'ର ନିର୍ବୋଧ ମୁହଁ ଦେଖିଲେ ମୋର କ୍ରୋଧ ହୁଏ ଓ ଗୋରା ତକ ତକ ଗାଲରେ ଚାପୁଡ଼ା ମାରି ପାଞ୍ଚୋଟି ଆଙ୍ଗୁଳି ଦାଗ ଛାଡ଼ି ଆସିବାକୁ ମନ ହୁଏ। ଓଃ... ଆଜିର ଅସରାଏ ବର୍ଷା ପରେ ଖୁବ୍ ରୁଗ୍‌ଣ ଲାଗୁଛି। ମୁଁ ଛାତି ଭିତରେ କେମିତି ଗୋଟିଏ ପ୍ରକାର ଯନ୍ତ୍ରଣା ଅନୁଭବ କରୁଛି। ଦୈହିକ ଯନ୍ତ୍ରଣା ହେଲେ ମୁଁ ଉଲଗ୍ନ ରହିବାକୁ ପସନ୍ଦ କରେ।"

ଆକାଶରେ ଦୁଇ ତିନିଖଣ୍ଡ ମେଘ ପରସ୍ପରକୁ ଗୋଡ଼ାଗୋଡ଼ି ହେଉଛନ୍ତି। ପାଖ ଛକରେ ପାଣିକଳ ଓ ପାନ ଦୋକାନ ପାଖରେ ଭିଡ଼ ବଢ଼ି ଆସୁଛି। ଏଇପରି ଅପରାହ୍ନମାନଙ୍କରେ ଦୂରରୁ କୋଳାହଳ ଶୁଣିଲେ ନିଃସଙ୍ଗତାର ଯନ୍ତ୍ରଣା ଆହୁରି ବଢ଼ିଯାଏ। ପାନ ଦୋକାନ ବେଞ୍ଚରେ ଏତେବେଳେ ସବୁଦିନ ଲୁଙ୍ଗୀ ପଞ୍ଜାବୀ ପିନ୍ଧା ମଧ୍ୟବୟସ୍କ ଚନ୍ଦା ଲୋକଟିଏ ବସି ପାଣିକଳର ଭିଡ଼ରୁ ଧ୍ୟାନ ଦେଇ ଦେଖେ ବୋଧହୁଏ ବିନୟ ବାବୁଙ୍କ ପନ୍ଦର ବର୍ଷର କିଶୋରୀ କନ୍ୟା ଇନାକୁ। ସେ କ'ଣ ଘରଯୋଗ୍ୟା ? ଚନ୍ଦା ଲୋକଟି ଦୀର୍ଘଶ୍ୱାସ ଛାଡୁଥିବ ଓ ବିଡ଼ି ଫୁଙ୍କୁଥିବ। ଇନା ଧାଡ଼ିର ଶେଷକୁ ଶୂନ୍ୟ ବାଲ୍‌ଟିଟିଏ ଧରି ଇତସ୍ତତଃ ହେଉଥିବ। ମୋର ମନେ ହେଲା, ଯେପରି ଲୋକଟି ମୋ ସାମ୍ନାରେ ମୋର ନିଜ ଭଉଣୀକୁ ରତିଭିକ୍ଷା କରୁଛି। ତା'ର ଚନ୍ଦା ମୁଣ୍ଡକୁ କବନ୍ଧଚ୍ୟୁତ କରିବାର ପ୍ରବଳ ଇଚ୍ଛା ମଧ୍ୟରେ ମୁଁ ଝର୍କା ବନ୍ଦ କଲି।

ପଦ୍ମ ଫୁଲଟିଏ। କେତୋଟି ରକ୍ତାକ୍ତ ପାଖୁଡ଼ା। ବାସ୍ନା ଓ ପରାଗ। ଛିଣ୍ଡେଇ ଆଣନ୍ତି କି ? ପଦ୍ମ ଘୁଞ୍ଚି ଘୁଞ୍ଚି ଯାଏ ଓ ମୁଁ ହାତ ବଢ଼ାଇଛି। ଅକ୍ଟୋପାସ୍‌ର ହିଂସ୍ର ପ୍ରବୃତ୍ତି ମୋର ପାପୁଲିରେ। ହାତରେ ଦଳି ଦିଅନ୍ତି ପାଖୁଡ଼ାମାନଙ୍କୁ। ପରାଗକୁ ମୁହଁରେ ମାଖି ବାସ୍ନାରେ ମୁଗ୍‌ଧ ହୁଅନ୍ତି। ସ୍ରୋତ ତଳେ ସ୍ରୋତ ଓ ଚକ୍ରଗତି। ପଦ୍ମଫୁଲ ବହରେଇ ହେଉଛି। ହସି ଦେଉଛି। ଆ ମୋ, ପାଖକୁ ଆ।

ପଦ୍ମ ନାଡ଼କୁ ଖୁମ୍ପୁଛି ଏକ ହଂସ। ଚଞ୍ଚୁରେ କରୁଣ ଆବେଗ। ଏ ଆବେଗର ସ୍ରୋତ ସଂକ୍ରମିତ ମୋର ହୃଦୟକୁ। ଆବେଗ ଥରେ ଥରେ ଫୁଲ ହୋଇ ଫୁଟେ। ମୋର ସ୍ମୃତିରେ ଏକ ବିସ୍ତୀର୍ଣ୍ଣ ବଗିଚା, ଅନେକ କୃଷ୍ଣଚୂଡ଼ା ଗଛ ଓ ଆବେଗ ରୂପାନ୍ତର କୃଷ୍ଣଚୂଡ଼ାମାନେ। କସ୍ମିଚିତ୍ ଅଶ୍ଳୀଳ ଆଷାଢ଼ର ଅଚାନକ ବଜ୍ରପାତରେ କୃଷ୍ଣଚୂଡ଼ା ଡାହିମାନେ ଭାଙ୍ଗିଗଲେ ଓ ତା'ପରେ ବଜ୍ରାହତ ଡାହିରେ ଫୁଲ ସ୍ୱପ୍ନ।

ସ୍ରୋତମାନେ ମୋର ନାଭିତଳର ସୀତ୍କାର। ସଂକ୍ରମଣରେ ମୋର ଗୋପନୀୟ

ଅଙ୍ଗମାନଙ୍କରେ ସଂତ୍ରାସ। ଏବଂ ଧୀରେ ଧୀରେ ସ୍ରୋତ ଅନେକ ଶୂନ୍ୟ ବୃତ୍ତ ଆଙ୍କୁଛି ଓ ଉଭେଇ ଯାଇଛି। କେନ୍ଦ୍ରରେ ମୋର ଅସହାୟ ଅସ୍ତିତ୍ୱ। ଭାଙ୍ଗି ଯାଆନ୍ତି କି? ବିଞ୍ଛି ହୋଇ ପଡ଼ନ୍ତି କି?

ଓଦା ଅନ୍ତର୍ବାସକୁ ଫିଙ୍ଗି ଦେଲା ପରେ ଇଲିମା ହଠାତ୍ ମନେ ପଡ଼େ। ଇଲିମା ମୋର ପଡ଼ୋଶିନୀ। ସୁରେଶ ବାବୁଙ୍କ ଝିଅ। ତା' ସହିତ ବାର୍ତ୍ତାଳାପ ମୋର ଜାଣିଲା ଦିନରୁ କ୍ୱଚିତ୍। ଇଲିମା ମୋତେ ଝର୍କା ଦେଇ ଚାହେଁ। ଝର୍କା ଦେଇ ଚାହିଁଲାବେଳେ ତା'ର ମୁହଁ ଆକାଶ ପରି ଶେତା ଦିଶେ ଓ ଧୀରେ ଧୀରେ ଲାଲ ହେବାକୁ ଆରମ୍ଭ କରେ। ଏତେଟା ଆବେଗ ମୋ ପାଇଁ ଅସହଣୀୟ। ଇଲିମା ପୋଷାକ ପରିବର୍ତ୍ତନ କରୁଥିବା ବେଳେ ମୁଁ ଝର୍କା ଦେଇ ଏକାଧିକ ଥର ତା'ର ଉଲଗ୍ନ ଦେହ ଦେଖିଛି। ମୁଁ ବୋଉର ସ୍ତନ ସହିତ ପରିଚିତ। ଇଲିମାର ସ୍ତନ ତା'ଠାରୁ ଭିନ୍ନ। ଦୁଇଟି କପୋତ ଜାକିଜୁକି ବସି ପଡ଼ିଥିବା ପରି ଇଲିମାର ସ୍ତନ। ରୀତା ଖୁବ୍ ଚିପା ବକ୍ଷ ବନ୍ଧନୀ ବ୍ୟବହାର କରେ ନ୍ୟାଷ୍ଟି! ସୁରେଶ ବାବୁ ମୋର ବାପା ହୋଇଥିଲେ ଇଲିମା ମୋର ରକ୍ତ ସମ୍ପର୍କିତ ଭଉଣୀ। ଅଥଚ ମୁଁ ତାକୁ ବିବାହ କଲେ ପ୍ରଜନନ ଓ ପ୍ରସବ ସ୍ୱାଭାବିକ।

୨୭ ଜୁନ୍ ଡାଏରୀରେ ମୁଁ ଲେଖିଲି, "ମୁଁ ବ୍ୟାଧିଗ୍ରସ୍ତ ନା ନଂପୁସକ? ଆଜି ମନେ ହେଉଛି ଯେମିତି ମୋର ଅଣ୍ଟା ଧୀରେ ଧୀରେ ଦୁର୍ବଳ ହୋଇ ଯାଉଛି। ଛାତି ଭିତର ଶୂନ୍ୟତା ବଢ଼ି ବଢ଼ି ଚାଲିଛି। ତା' ହୋଇପାରେ ମୋର ହୃଦୟକୁ କେନ୍ଦ୍ର କରି ଗଢ଼ି ଉଠିଥିବା ସମସ୍ତ ବିଶ୍ୱାସ ଖଣ୍ଡ ଖଣ୍ଡ ହୋଇ ଭାଙ୍ଗି ଯାଇଛି। ଇଲିମା ସହିତ ଆଜି ସନ୍ଧ୍ୟାରେ ଛାୟାନ୍ଧକାର ସିଢ଼ିରେ ଦେଖା ହୋଇଥିଲା। ଇଲିମାର ମୁହଁ ଦେଖିଲେ ମନେ ହେଉଛି ସେ ମୋ ବିରୁଦ୍ଧରେ ଏକ ଭୀଷଣ ଷଡ଼ଯନ୍ତ୍ର କରୁଛି। (କହିଦେବି କି- ଇଲିମା, ମୁଁ ତୋର ଭାଇ କିମ୍ବା ମୁଁ ନଂପୁସକ!) ସୁରେଶ ବାବୁ ନିଜର ଘରଯୋଗ୍ୟା ଝିଅକୁ ଜବତ କରିପାରନ୍ତେ ବା ମୋର ତଥାକଥିତ ପିତା ଅବିନାଶ ବାବୁଙ୍କ ସହିତ ଆମର ବିବାହ ତାରିଖ ନିର୍ଦ୍ଦିଷ୍ଟ କରିପାରନ୍ତେ। ସୁରେଶ ବାବୁ ପକ୍ଷାଘାତଗ୍ରସ୍ତ ରୋଗୀ ଓ ଅବିନାଶ ବାବୁ ଭାଗ୍ୟବାଦୀ। ଏ ସମସ୍ତ ଚିନ୍ତା ମଧ୍ୟରେ ମୁଁ ଥମକି ଛିଡ଼ା ହୋଇଥିବା ଇଲିମାକୁ ସିଢ଼ିତଳର ଅନ୍ଧାର କୋଠରିକୁ ଟାଣିନେଲି। ଇଲିମା ଯନ୍ତ୍ରଣା କାତର ଚିତ୍କାର ବାସ୍ତବିକ ଚମତ୍କାର।

ରୀତା ଗତ ଦୁଇତିନି ଦିନ ହେଲା ଖୁବ୍ ଫୁର୍ତ୍ତି ଦିଶୁଛି। ହୁଏତ ସେ କାହାକୁ ପ୍ରେମ କରିବା ଆରମ୍ଭ କଲାଣି। ହୁ ଇଜ୍ ଦାଟ୍ ବାଷ୍ଟାର୍ଡ୍? ଆଉ କିଛି ଦିନ ପରେ ରୀତାର ଗର୍ଭପାତ ପାଇଁ ବ୍ୟସ୍ତ ହେବେ। ବାଷ୍ଟାର୍ଡ୍ ବିଜୟ ହୁଏତ ରୀତାର ଅକସ୍ମାତ୍

ଫୁର୍ତ୍ତିର କାରଣ। ବିଜୟ ନିହାତି ଭାଗ୍ୟବାଦୀ। (ସମସ୍ତ ଭାଗ୍ୟବାଦୀମାନେ ମାଇଚିଆ।) ସେ ରୀତାକୁ ପ୍ରେମ କରିବା ଆଗରୁ କୋଷ୍ଠୀ ଓ ହସ୍ତରେଖା ଗଣନା କରିଥାଇପାରେ। କିମ୍ବା ସମ୍ଭାବ୍ୟ ବୈବାହିକ ଜୀବନକୁ ସୁଖମୟ କରିବାକୁ ପ୍ରଥମ ପ୍ରେମ ଦିନ ଲଟେରୀ ଟିକଟ କିଣିଥାଇପାରେ। ରୀତା ଦିନ ଦିନ ବୋଉ ପରି ବ୍ୟସ୍ତ ଜଣା ପଡୁଛି। ସେ ପ୍ରସାଧନ ପ୍ରତି ଖୁବ୍ ସଚେତନ ରହୁଛି। ମୁଁ ମାଇଚିଆ ବିଜୟକୁ ବିଷଦେଇ ହତ୍ୟା କରିବି ନା ଉତ୍ସାହିତ କରିବି ? କିନ୍ତୁ ଅପାତତଃ ମୋର କୌଣସି କର୍ତ୍ତବ୍ୟ ନାହିଁ।"

ଏକଦା ଜନୈକ ବିପ୍ର ଦିଗ୍‌ବଳୟକୁ ସାମ୍ନା କରି ଛିଡ଼ା ହେଲା। ଦିଗ୍‌ବଳୟର ଆରପଟେ ଏକ ନଗ୍ର ଅଛି, ସେ ଶୁଣିଛି। ସେ ସେଠି ଏକ ସୀସ୍‌ମହଲର କଳ୍ପନା କଲା। ସେ ଅନୁଭବ କଲା ତା'ର ଚତୁର୍ଦ୍ଦିଗରେ ଅନେକ କାଚର ପ୍ରିଜମ୍ ଜମା ହୋଇଯାଇଛି ଓ କାଚର କାନ୍ଥମାନଙ୍କ ଦେଇ ଆଲୋକର ବିଛୁରଣ। ବର୍ଣ୍ଣାଳୀରେ ଆପାତତଃ ଅନ୍ଧ।

ଅନ୍ଧତ୍ୱର ପ୍ରଥମ ପର୍ଯ୍ୟାୟରେ ସେ ଶୁଣିଛି ନୂପୁରର ସିଞ୍ଜନୀ। ନାସାଗ୍ରକୁ ଉତ୍ତେଜିତ କରୁଛି ପଦ୍ମିନୀ ରମଣୀର ଆଘ୍ରାଣ। ସ୍ପର୍ଶକାତରତା ଓ ସ୍ପର୍ଶ। ଦ୍ୱିତୀୟ ପର୍ଯ୍ୟାୟରେ ତା'ର ଶ୍ରବଣେନ୍ଦ୍ରିୟ ଅକର୍ମଣ୍ୟ। ଆଖି ଆଗରେ ନଗ୍ନ ନାରୀ। ନାସାଗ୍ର ଆମୋଦିତ। ସ୍ପର୍ଶେନ୍ଦ୍ରିୟ ଆପ୍ୟାୟିତ। ତୃତୀୟ ପର୍ଯ୍ୟାୟ: ପଞ୍ଚଇନ୍ଦ୍ରିୟ କ୍ଲାନ୍ତ। ଅକର୍ମଣ୍ୟ ଓ ସମାଧି।

ସଚେତନ ବିପ୍ର ଆବିଷ୍କାର କଲା, ତା'ର ଆଞ୍ଜୁଳାରେ ଇଚ୍ଛାମାନଙ୍କର ନୀଳ ନୀଳ ଶବ୍ଦ। ସେ ନିର୍ଲଜ ହୋଇ ହସି ଦେଲା। ଦିଗ୍‌ବଳୟ ନୀରବ ଦ୍ରଷ୍ଟା।

ଅବିନାଶ ବାବୁ ଆଜି ପ୍ରଚୁର ପିଇଛନ୍ତି। ସେ ମାତାଲ ଅବସ୍ଥାରେ ଖୋଜନ୍ତି କେବଳ କେତୋଟି ଉଦଗ୍ରୀବ କାନ। ଅନୁଜ୍ଜ୍ୱଳ ଡ୍ରମ୍ ଜଳୁଛି ଏବଂ ତଳେ ତିନୋଟି ଚକ୍ ଚକ୍ ଚନ୍ଦା ମୁଣ୍ଡ ଓ ତିନିଯୋଡ଼ା କାନ। ଅବିନାଶ ବାବୁ ଆତ୍ମ ତୃପ୍ତିରେ ଖଣ୍ଡିକାଶ ମାରୁଛନ୍ତି।

'ମୋର ମାମୁ' ସେ ଆରମ୍ଭ କଲେ। ବୋଧହୁଏ ବିଦଗ୍ଧ ଚନ୍ଦା ମୁଣ୍ଡମାନେ ଶିହରି ଉଠିଲେ।

'ମୋର ମାମୁ ଥିଲେ ପାଟଣାଗଡ଼ର ଦେଓ୍ୱାନ। ରାଜାଙ୍କ ଡାହାଣ ହାତ। ଆଉ ମୋର ବୋଉ ଥିଲେ ସେତେବେଳେ ଯୁବତୀ। ରାଜଜେମାଙ୍କ ଅନ୍ତରଙ୍ଗ ବାନ୍ଧବୀ। ମାମୁଙ୍କ ପ୍ରଚଣ୍ଡ ପ୍ରତାପ। ଗର୍ଭିଣୀ ଗାଈ...'

ଅବିନାଶ ବାବୁ କାଶିଲେ ଓ କିଛି ପାନୀୟ ଢଳାଯିବା ଶବ୍ଦ।

ପ୍ରଶ୍ନ: 'ତାଙ୍କ ନାଆଁ ?'

ଉତ୍ତର: ପ୍ରତାପଚନ୍ଦ୍ର। କାମରେ ବି ପ୍ରତାପୀ। ଥରେ ଖସି ଆସିଲା ସୁନ୍ଦର

ବନର ପ୍ରତାପୀ ମହାବଳ। ସାଥିରେ ପତ୍ନୀ। ଚତୁର୍ଦ୍ଦିଗରେ ହାଲ୍ଲୋଳ। ଏକା ଦିନକେ ଗଡ଼ର ଏକୋଇଶି ଜଣ ଶିକାର। ଦେୱାନ୍ ବାହାଦୂର ପ୍ରତାପଚନ୍ଦ୍ରଙ୍କ ପାଖେ ଅଧିଆ ପଡ଼ିଲେ ନଗ୍ରଜନ। ମାମୁ ହସି ଦେଲେ। ଛାର କଥା। ସେ ଗଡ଼ ଦାଣ୍ଡରେ ବାହାସ୍ଫୋଟ ମାରି ଛିଡ଼ା ହେଲେ। ନଗ୍ରଜନଙ୍କ ଜୟଗାନରେ ଗଗନ ପବନ ପ୍ରକମ୍ପିତ। ପରଦିନ ସକାଳେ ସିଂହଦ୍ୱାରରେ ମହାବଳର ଶବ। ବାର ହାତ ଲମ୍ୱ କାୟା। ମହାବଳର ମଥାରେ ପାଦ କଚାଡ଼ି ଦଣ୍ଡାୟମାନ ମାମୁ। ଅବିନାଶ ବାବୁ ଅଟ୍ଟହାସ କଲେ।

ପ୍ରଶ୍ନ: 'ତା'ପରେ ?'

ଉତ୍ତର: 'ମହାବଳର ପତ୍ନୀ କି ଛାଡ଼େ ? ମାମୁ ଯେତେବେଳେ ସାଂଧ୍ୟ ଭ୍ରମଣରେ ଓ ନିରସ୍ତ୍ର, କୁଦି ପଡ଼ିଲା ବିରହିଣୀ ଗର୍ଭିଣୀ ବାଘୁଣୀ; ଅଥଚ ମାମୁ ଚମକି ପଡ଼ିଲେ। କିଏ ଏ ଯୁବକ ? ହୁଙ୍କାର ଛାଡ଼ି ଖେଦିଗଲା। ଦେଖ ଯୁଦ୍ଧ। ସିଏ କ'ଣ ତମ ଆମ ପରି ? ବାଘୁଣୀ ଦୌଡ଼ିଲା ଅଗ୍ନାଅଗ୍ନି ବନସ୍ତକୁ ଲାଙ୍ଗୁଡ଼ ଜାକି...

ପ୍ରଶ୍ନ: 'ଯୁବକ କିଏ ?'

ଉତ୍ତର: 'ମୋର ପିତୃଦେବ। ଦେୱାନ ବାହାଦୂର ତାଙ୍କ ଉପରେ ପ୍ରୀତ ହୋଇ ଅଲିଅଳ ଭଉଣୀକୁ ତାଙ୍କୁ ହାତରେ ସମର୍ପି ଦେଲେ।'

ନିରବଚ୍ଛିନ୍ନ ହସ।

ଅସହ୍ୟ। କୌଣସି ଚନ୍ଦାମୁଣ୍ଡ ଡ୍ରଇଂ ରୁମ୍‌ର ପର୍ଦ୍ଦା ଆଡ଼େଇ ଦେଲେ ଦେଖନ୍ତା ଗୋଟିଏ ଶୀର୍ଣ୍ଣକାୟ ବୃଦ୍ଧର କାଚବନ୍ଧା ଛବି। ସେ ମୋର ତଥାକଥିତ ବାପା ଅବିନାଶ ବାବୁଙ୍କର ଯୋଦ୍ଧୁ ପିତୃଦେବ। ମୁଁ ଅତିଷ୍ଠ।

୧ ଜୁଲାଇ। ଡାଏରୀରେ ମୁଁ ଦେଖିଲି, "ଅବିନାଶ ବାବୁଙ୍କ ଚନ୍ଦା ମୁଣ୍ଡକୁ କବନ୍ଧଚ୍ୟୁତ କରି କୌଣସି ଛକରେ ରଖିଦେବାକୁ ଆଜି ଅକସ୍ମାତ ମନେ ହେଲା। ଅବଶ୍ୟ ତଦୁପରେ ଏକ ନାରୀ, ସରିତା ଦେବୀ ଟ୍ରାଜିକ୍ ରୋଲ୍‌ରେ ଅଭିନୟ କରୁଥିବା କୌଣସି ବିରହିଣୀର ଚିତ୍ରପରି ଦିଶନ୍ତେ। ଏବଂ ରୀତା ନାମ୍ନୀ ଯୁବତୀଟି ଖାଲି ପାଦରେ ଚାଲି ଚାଲି ଆମ ଘର ସହ ଅନାଥାଶ୍ରମକୁ ଯୋଡୁଥିବା ରାସ୍ତା ପରିକ୍ରମା କରନ୍ତା। ହୁଏତ ତା'ପରେ ମୁଁ; କୌଣସି ଜନାକୀର୍ଣ୍ଣ ଫୁଟପାଥ ବା ନିର୍ଜନ ପାର୍କରେ ଚୁପ୍‌ଚାପ୍ ହୋଇ ପଡ଼ନ୍ତି। ଏପରି ଏକ ଏକ୍ସପେରିମେଣ୍ଟ ସତରେ କଲେ କେମିତି ହୁଅନ୍ତା !"

ସ...ସେ...ମି...ରା...। ଏକାଧିକ ପ୍ରଶ୍ନର ଏକଇ ଉତ୍ତର। ଏକ ବିରାଟ ଫ୍ଲପ୍। ନୁହେଁ? ସ...ସେ...ମି...ରା... ମୁଁ ଉଚ୍ଚାରଣ କଲି ଓ ଦିଗପାଳମାନେ ଶୁଣିଲୁ ଶୁଣିଲୁ କହି ସ୍ୱୀକାର କଲେ।

ମୁଁ ଖାତାରେ ଅଧ୍ୟାପକଙ୍କର କାର୍ଟୁନ୍ ଆଙ୍କୁଥିଲି। ଅଧ୍ୟାପକ ପ୍ରଗଲ୍‌ଭ। କୁଆଡ଼େ

ଆମେ ଆମର ଜୀବନକୁ ଜୀଇଁବା ମଧ୍ୟରେ, ଦର୍ଶନକୁ ଜ୍ଞାନ ମଧ୍ୟରେ, ଜ୍ଞାନକୁ ସମ୍ବାଦ ମଧ୍ୟରେ ହଜେଇ ସାରିଛୁଁ। ଅଧ୍ୟାପକ ଭ୍ରୁରୁ ନଚାଇଲେ ଓ ଚଷମା ଖୋଲି ଟେବୁଲରେ ଥୋଇଲେ। ତାଙ୍କ ଆଖିରେ ଅଜଣା ଆଶଙ୍କା।

'ଇଲିଅଟ୍ କହିଛନ୍ତି, କୋଡ଼ିଏ ଶତାବ୍ଦୀର ଚକ୍ର ଆମକୁ ଭଗବାନଙ୍କ ପାଖରୁ ତୁଚ୍ଛ ଧୂଳିକଣା ପାଖକୁ ଟାଣି ଆଣିଛି...'

ସେ ଚଷମା ପିନ୍ଧିଲେ। ଆଖିରେ ଲୁହ। ଯେପରି ଗୁଡ଼ାଏ କୋହ ଉଠି ଆସୁଛି। ସେ ଆର୍ଦ୍ର କଣ୍ଠରେ କହିଲେ।

କବି କହିଛନ୍ତି, 'ଗୋଟିଏ ଟୁକୁରା ରୁଟି ପାଇଁ ଦୁଇଜଣଙ୍କ ମଧ୍ୟରେ ଦ୍ୱନ୍ଦ୍ୱ'। ମୁଁ ଅଧ୍ୟାପକଙ୍କ ସମ୍ପୂର୍ଣ୍ଣ କାର୍ଟୁନରେ କାଳି ଢାଳି ଦେଲି।"

୧୩ ଜୁଲାଇ। ମୁଁ ଡାଏରୀରେ ଲେଖିଲି, "ବାଇଶି ବର୍ଷ ହେଲା ଦଳେ ଲୋକ ମୋର କାନ ପାଖରେ ସ...ସେ...ମି...ରା, ସସେମିରା ଚିତ୍କାର କରୁଛନ୍ତି। ମୁଁ ଅତିଷ୍ଠ। ଆଜି ସନ୍ଧ୍ୟାବେଳେ ମୁଁ ସେଲ୍ଫର ସବୁ ବହିକୁ ଅଗଣାରେ ଥୋଇ ନିଆଁ ଲଗାଇ ଦେଲି। ନିଆଁର ଧାସରେ କାକୁସ୍ଥ। ଆରିଷ୍ଟୋଟଲ୍, ଇଲିଅଟ୍, ନିଉଟନ୍, ଭୀମ ଭୋଇ ଇତ୍ୟାଦି। ବୋଧହୁଏ 'ମୁଁ ପରିସ୍ରା କରି ନିଆଁକୁ ଆୟତ୍ତ କଲି ଓ ଅଧାଜଳା ପୋଥି ଓ ପୁସ୍ତକମାନଙ୍କର ମଲାଟକୁ ଚାହିଁ ଅଟ୍ଟହାସ କଲି।'

ମୁଁ ଦଣ୍ଡାୟମାନ ଏକ ବିସ୍ତୀର୍ଣ୍ଣ ପ୍ରାନ୍ତରରେ। ଏକା। ମୋର ଖିଆଲ ମୋର ପିଠିର ବୋଝ। ଖୁବ୍ ଭାରି। ଆଉ... ଚକ୍ଷୁ ତୋଳି ଚାହିଁଲି ପୂର୍ବ ଉତ୍ତର ପଶ୍ଚିମ ଦକ୍ଷିଣ ନୈରତ ଇଷାଣ। ଉର୍ଦ୍ଧ୍ୱରେ ଆକାଶ। ନୀଳିମାରେ ବୁଡ଼ି ଚକ୍କର କାଟୁଛି ଏକ ଚିଲ। ଚି...ଇଇଲ। ମୁଁ ମୋର ଆଙ୍ଗୁଳିକୁ ଚିଲର ଗତି ସହିତ ମିଳାଇ ଘୂରାଇଲି। କ୍ରମେ କ୍ରମେ ହାତ। ତା'ପରେ ମୁଁ ସ୍ୱୟଂ ଘୂର୍ଣ୍ଣାୟମାନ ପ୍ରାନ୍ତରର ଚଉଖୁଣ୍ଟି। କ୍ଳାନ୍ତ ହୋଇ ଆକାଶକୁ ଚାହିଁଲି। ଚିଲ ଅଦୃଶ୍ୟ ଓ ଅନୁଭବ କଲି ପୃଥିବୀର କକ୍ଷାନ୍ତର ଗତି। ଅନୁରୂପ ଅନ୍ୟାନ୍ୟ ଗ୍ରହଙ୍କ। ନକ୍ଷତ୍ର ଗଣ ଅନ୍ତର୍ଦ୍ଧାନ।

ଛକରେ ନିର୍ଭୀକ ଭାବେ ଛିଡ଼ା ହେଲି। ଉଦ୍‌ଗ୍ରୀବା ଶ୍ରୋତା ପରି ମୋର ଚତୁର୍ଦ୍ଦିଗରେ ଛିଡ଼ା ହୋଇଗଲେ ଅଜସ୍ର କାର୍, ସ୍କୁଟର। ସାଇକେଲ ଓ ମଣିଷ। ସେମାନେ ମୋତେ ସମବେତ କୁର୍ଣ୍ଣିଶ କଲେ।

ଅଙ୍ଗୀକାର: 'ସବୁ ବ୍ୟର୍ଥ, ମଣିଷ ଓ ମୋଟର ଗଣ, ତୁମର ଦୌଡ଼। ତୁମର ବ୍ୟସ୍ତତା ଅନର୍ଥକ। ନାରୀଗଣ, ତୁମର ପ୍ରସାଧନ ନିଷ୍ପ୍ରୟୋଜନ। ଏ ସମ୍ପର୍କରେ ମୁଁ ଦୀର୍ଘ ବାଇଶି ବର୍ଷ ଧରି ତପସ୍ୟା କରିଛି। ସମସ୍ତ ଜ୍ଞାନକୁ ପୋଡ଼ି ଜାଳି ଦେବା ପରେ ମୋର ଜ୍ଞାନୋଦୟ।

ମୁଁ ପ୍ରଫେଟ୍। ଅବଶ୍ୟମ୍ଭାବୀ ଓ ନିଶ୍ଚିତ 'ଦିଗମ୍ବର ଚେତନା'ର ଆଗମନର ବାର୍ତ୍ତାବହ। ଗୁଡ଼ାଏ ଶତାବ୍ଦୀର ଶ୍ମଶାନରେ ମୁଁ ସାଧନା କରିଛି। ଥର ଧର ପୂର୍ବାଶରେ ସନ୍ତ୍ରାସ।'

ମୁଁ ଆପାତତଃ ବିବସ୍ତ୍ର।

ଆଃ... ଅବୈଧ ନଗ୍ରଜନ କୋରସ୍‌ରେ ଚିତ୍କାର କରୁଛନ୍ତି ପାଆଗଲ, ପା...ଆ...ଗ...ଲ...।

■

ମହାପୁରୁଷ

ସମ୍ବାଦପତ୍ରର ଗୋଟିଏ ଆକର୍ଷଣୀୟ ସ୍ତମ୍ଭରେ ସୁବ୍ରତ ମହାନ୍ତିଙ୍କୁ ଆବିଷ୍କାର କରିବା ପରେ ବାସ୍ତବିକ ମୋତେ ଖୁବ୍ ଆଶ୍ଚର୍ଯ୍ୟ ଲାଗିଥିଲା। ୧୯୭୪ ମସିହା ଛାତ୍ର ଆନ୍ଦୋଳନ ପରେ ତା'ର ନାଆଁ ଓ ଠିକଣା ମୁଁ ପ୍ରାୟ ଭୁଲି ଯାଇଥିଲି। ସେତେବେଳେ ଥରଟେ ଜେଲ୍ ଯାଇ ଛାତ୍ରନେତା ସୁବ୍ରତ ଆଉ କଲେଜକୁ ଫେରି ନଥିଲା। ମୁଁ ଖାଲି ଶୁଣିଥିଲି, ସେ ପୋଲିସ୍ ଲାଠିରେ ଜଖମ ହେବା ପରେ ଡାକ୍ତରଖାନାରେ ଚିକିତ୍ସିତ ହେଉଥିଲା। ତା' ନାଆଁ ମନେ ପଡ଼ିଲେ ଏବେ ବି ହୀନ ସ୍ୱାସ୍ଥ୍ୟ ଓ ସୁଉଚ୍ଚ ମଣିଷଟିଏ ଆଖି ଆଗରେ ଦିଶି ଯାଉଛି। ସୁବ୍ରତର ଅନେକଟା ଖାମ୍‌ଖିଆଲୀ ଭାବ ଓ ତା'ର ମୋଟା ଲେନ୍‌ସ ତଳର ଆଖି ଦୁଇଟି ସର୍ବଦା ଚଞ୍ଚଳ। ସବୁବେଳେ ମୁହଁରେ ସ୍ମିତ ହସ ଟିକିଏ ଲାଗି ରହିଥାଏ। ଛାତ୍ରଜୀବନ ସାରା ମୁଁ କେବେ ବି ସୁବ୍ରତକୁ ଏକା ଦେଖି ନାହିଁ। ସର୍ବଦା ତାକୁ ଘେରି ଦଳେ ଛାତ୍ର- ତା'ର ସ୍ତାବକ ଓ ଅନୁଚର। ନେତା ହେବାର କେତେକ ଜନ୍ମଗତ ଗୁଣ ସୁବ୍ରତ ପାଖରେ ସେତେବେଳେ ଜଣା ପଡୁଥିଲା। ସତକୁ ସତ ଏବେ ସୁବ୍ରତ ସହରର ପ୍ରଖ୍ୟାତ ଶ୍ରମିକ ନେତା। ହୁଏତ ସେ ବେଶ୍ କିଛି ଦିନ ସହରରୁ ନିରୁଦ୍ଦିଷ୍ଟ ହେବା ପରେ ଫେରି ଆସିଛି। ନତୁବା ତା' ସମ୍ପର୍କରେ ମୁଁ କିଛି ନା କିଛି ସମ୍ବାଦ ଆଗରୁ ପାଇଥାନ୍ତି।

ମୁଁ କେବେ କଳ୍ପନା କରି ନଥିଲି ଯେ ଏକ ଅଭାବନୀୟ ପରିସ୍ଥିତିରେ ସୁବ୍ରତ ସହିତ ମୋର ଦେଖା ହେବ। ମୁଁ ପାଞ୍ଚଟା ବେଳକୁ ଟାଉନ୍ ହଲ୍‌ରେ ଲୋକ ଭରପୂର ହୋଇ ସାରିଥାଆନ୍ତି। ସହରର ଏକମାତ୍ର ସାଂସ୍କୃତିକ ଅନୁଷ୍ଠାନ ଓ ତା' ଦ୍ୱାରା ଆୟୋଜିତ ଯେ କୌଣସି ସଭା ସମିତିରେ ଟାଉନ୍ ହଲ୍ ଭରିଯାଏ। ସେହି ଦର୍ଶକମାନଙ୍କ ଭିତରେ ସୁବ୍ରତ ମହାନ୍ତି ପ୍ରଥମ ଧାଡ଼ିରେ ବସି ଚୁପ୍‌ଚାପ୍ ସଭାକାର୍ଯ୍ୟ ଲକ୍ଷ୍ୟ କରୁଥାଏ। ମଞ୍ଚ ଉପରେ ସହରର ପ୍ରତିଷ୍ଠିତ ଲେଖକ ଲେଖିକାମାନଙ୍କ ଉପସ୍ଥିତି ସଭାକୁ ବେଶ୍ ମନୋଜ୍ଞ କରିଥାଏ। ଜଣକ ପରେ ଜଣେ କବି ସ୍ୱରଚିତ କବିତା ପାଠ କରୁଥାନ୍ତି। ପ୍ରତିଟି

କବିତା ଆବୃତ୍ତି ପରେ ଅନବରତ କରତାଳିରେ ସଭାଗୃହ କମ୍ପି ଉଠିଥାଏ। ମୁଁ ପ୍ରଥମେ ଉଦ୍ୟମ କରି ବି ସୁବ୍ରତର ଦୃଷ୍ଟି ଆକର୍ଷଣ କରିପାରିଲି ନାହିଁ। ତା' ସ୍ଥାନ ଏବେ ସହରରେ ଅନୁଷ୍ଠିତ ଉତ୍ସବମାନଙ୍କର ପ୍ରଥମ ଧାଡ଼ିରେ। ହୁଏତ ସେ ଏତେଦିନ ପରେ ମୋତେ ଚିହ୍ନି ନପାରେ, କିମ୍ବା ତା'ର ଏତେଟା ପ୍ରତିଷ୍ଠା ପରେ ସ୍ୱଭାବ-ସୁଲଭ ନେତାମାନଙ୍କ ପରି ଚିହ୍ନି ବି ନ ଚିହ୍ନିବାର ଅଭିନୟ କରିପାରେ। ମୋର ମାନସିକ ଦ୍ୱନ୍ଦ୍ୱ ଭିତରେ ସଭାକାର୍ଯ୍ୟ ସମାପନ ହେଲା। ଜନତା ଠେଲାପେଲା ହୋଇ ହଲ୍‌ରୁ ନିର୍ଗତ ହେଲେ। ଅଥଚ ସାଧାରଣ ଲୋକଙ୍କଠାରୁ ପୃଥକ୍ ହୋଇ ବେଶ୍ ଗାମ୍ଭୀର୍ଯ୍ୟ ସହ ସୁବ୍ରତ ଏକା ଏକା ହଲ୍‌ରୁ ବାହାରିଲା। ମୁଁ ତା'ର ନିକଟବର୍ତ୍ତୀ ହୋଇ କ୍ଷୀଣ ସ୍ୱରରେ ଡାକିଲି, 'ସୁବ୍ରତ ଚିହ୍ନୁଛ ?' ଚାହିଁ ଆନନ୍ଦରେ ମୋତେ କୁଣ୍ଢାଇ ପକାଇଲା। ଟାଉନ୍ ହଲ୍ ପାହାଚରେ ଓହ୍ଲାଇଲା, 'ତୁମେ ଏ ସାହିତ୍ୟ ସଭାରେ' ?

'କ'ଣ ଆଶ୍ଚର୍ଯ୍ୟ ଲାଗୁଛି ?'

'କିନ୍ତୁ...'

'ମୁଁ ସୁପ୍ରିୟା ଦେବୀଙ୍କ କବିତାର ଜଣେ ବିଦଗ୍ଧ ପାଠକ।'

ସୁବ୍ରତ ଏବେ ବି ତା'ର ରସିକତା ଛାଡ଼ି ନାହିଁ। ସବୁବେଳେ ରୋକ୍‌ଠୋକ୍ ଉତ୍ତର। ବୋଧହୁଏ ଏହି ଗୋଟିଏ ଗୁଣ ପାଇଁ ସେ ମୋର ପ୍ରିୟ ଥିଲା। ମୁଁ ଲଘୁ ସ୍ୱରରେ ପଚାରିଲି, 'ଖାଲି ସୁପ୍ରିୟା ଦେବୀଙ୍କ କବିତା ଭଲ ଲାଗେ ନା ଆଉ କିଛି ?'

ଏଥର ସୁବ୍ରତ ମନ ଖୋଲି ହସିଲା। ଦୀର୍ଘ ବାରବର୍ଷ ପରେ ବି ତା'ର କୌଣସି ବ୍ୟତିକ୍ରମ ମୋ ଆଖିରେ ଦିଶିଲାନି। ହସ ବନ୍ଦ କରି ସୁବ୍ରତ ଏଥର ଆଗ ପଚାରିଲା, 'କ'ଣ କରୁଛ ଏବେ ?'

'ଅଧ୍ୟାପନା।'

କିଛି ସମୟ ସେ ଚୁପ୍ ହୋଇଗଲା। ମୁଁ ତା'ର ଆଖିର ଭାବକୁ ପଢ଼ିବାକୁ ଚେଷ୍ଟା କରୁଥିଲି। ମୁହଁ ଦେଖି ସୁବ୍ରତର ଚିନ୍ତାଧାରା ଜାଣି ପାରିବା ଅସମ୍ଭବ। ସେ କଲେଜ ଜୀବନରେ ଜଣେ ପ୍ରଖ୍ୟାତ ଅଭିନେତା ବି ଥିଲା। ଆମେ କଥା ପ୍ରସଙ୍ଗରେ ସହରତଳି ଅଞ୍ଚଳରେ ଗୋଟିଏ ଶ୍ରମିକ ବସ୍ତି ପାଖକୁ ଚାଲି ଆସିଲୁଣି। ପାଖରେ ଚା' ଦୋକାନଟିଏ ଦେଖି ଆମେ ଦୋକାନର ବେଞ୍ଚ ଉପରେ ବସିଲୁ। ସୁବ୍ରତକୁ ଚା' ଦୋକାନୀର ନମସ୍କାରରୁ ମୁଁ ଜାଣିଗଲି ଯେ ଏ ଅଞ୍ଚଳରେ ସେ ବେଶ୍ ପରିଚିତ। ଅଗତ୍ୟା କେତୋଟି ଅସନା ଛୁଆ ସୁବ୍ରତକୁ ଘେରି ଗଲେ। ସେ ନିର୍ବିକାର ଭାବେ ସମସ୍ତଙ୍କ ହାତରେ ଗୋଟିଏ ଗୋଟିଏ ଦଶପଇସି ଦେଇ ସେମାନଙ୍କୁ ବିଦାୟ କରିଦେଲା। ମୁଁ କେବଳ ତାକୁ ଲକ୍ଷ୍ୟ କରୁଥାଏଁ। ଇତିମଧ୍ୟରେ ସନ୍ଧ୍ୟା ହୋଇ ସାରିଥାଏ

ଓ ସେ ଛକର ଏକମାତ୍ର ଲ୍ୟାମ୍ପ ପୋଷ୍ଟରେ ଗୋଟିଏ ଅନୁଜ୍ଜ୍ୱଳ ବଲ୍‌ବ ଜଳୁଥାଏ।

ଦୂରରୁ ପାଟି କରି ଆସୁଥିବା ଦୁଇଜଣ ମଦ୍ୟପ ଦୋକାନ ପାଖରେ ଛିଡ଼ା ହେଲେ। ସେମାନଙ୍କ କର୍କଶ ପାଟି ତୁଣ୍ଡରେ ମୋତେ ବିରକ୍ତ ଲାଗୁଥାଏ। ହଠାତ୍ ସେମାନେ ସୁବ୍ରତକୁ ଦେଖି ସାମ୍ନାରେ ସାପ ଦେଖିଲା ପରି ଚମକି ପଡ଼ିଲେ। ସୁବ୍ରତ ସାମାନ୍ୟ କୃତ୍ରିମ ରାଗ କରି କହିଲା, 'ଘରକୁ ଯାଅ'।

ପର ମୁହୂର୍ତ୍ତରେ ସେମାନେ ଅନ୍ଧାର ଭିତରେ ହଜିଗଲେ।

ଦୋକାନୀ ଦୁଇ କପ୍ ଚା' ଟେବୁଲ ଉପରେ ରଖିଦେଇ ବିନୀତ ଭାବରେ ଛିଡ଼ା ହୋଇଥାଏ। ହୁଏତ ସୁବ୍ରତ ମହାନ୍ତିଙ୍କୁ ଚା' ପାନରେ ଆପ୍ୟାୟିତ କରିପାରି ଥିବାରୁ ସେ କୃତଜ୍ଞ। ଏସବୁ ଦେଖି ମୋତେ ଖୁବ୍ ଆଶ୍ଚର୍ଯ୍ୟ ଲାଗୁଥାଏ। ଅନତି ଦୂରର ଲାଇଟ୍ ପୋଷ୍ଟ ପାଖରେ ସୁବ୍ରତର ଆଖି ବେଶ୍ କିଛି ସମୟ ଧରି ସ୍ଥିର ଥାଏ। ମୁଁ ଉତ୍ସୁକ ହୋଇ ସେପଟକୁ ନିରେଖି ଦେଖିଲି। ଭଲକରି ଦେଖି ନହେଲେ ବି ଗୋଟିଏ ଅଳ୍ପ ବୟସ୍କା ନାରୀ ସେଇଠି ଛିଡ଼ା ହୋଇ ସୁବ୍ରତକୁ ଚାହିଁଥାଏ। ନିଅଣ୍ଟିଆ ଆଲୋକରେ ମୁଁ ତା' ମୁହଁକୁ ସ୍ପଷ୍ଟ ଭାବରେ ଦେଖିପାରୁ ନଥାଏ। ସୁବ୍ରତର ମୁହଁରେ କୌଣସି ଅସଙ୍ଗତ ଭାବ ନାହିଁ। ସୁବ୍ରତ ଅଗତ୍ୟା ଲାଇଟ୍ ପୋଷ୍ଟ ପାଖକୁ ଉଠିଗଲା ଓ ଅଳ୍ପ ଅଳ୍ପ ସମୟ ଭିତରେ ଫେରି ଆସିଲା। ଖଣ୍ଡିଏ ସିଗ୍ରେଟ୍ ତା' ହାତକୁ ବଢ଼ାଇ ଦେଇ ଓ ନିଜ ପାଇଁ ଖଣ୍ଡିକରେ ଅଗ୍ନି ସଂଯୋଗ କରି ମୁଁ ଚତୁର୍ଦ୍ଦିଗର ଅନ୍ଧକାର ଭିତରୁ କିଛି ଏକ ତଥ୍ୟ ଆବିଷ୍କାର କରିବାକୁ ଉଦ୍ୟମ କରୁଥାଏ।

ସୁବ୍ରତ ମହାନ୍ତି ପରି ସହରତଳିର ଅନ୍ଧାର ବି ଅବୋଧ୍ୟ। ମୋ ପାଟିରୁ ହଠାତ୍ ଖସି ପଡ଼ିଲା, 'ସେ କିଏ'?

ଏବେ ବି ବିଚଳିତ ହେବାର କୌଣସି ଲକ୍ଷଣ ମୁଁ ସୁବ୍ରତ ପାଖରେ ଲକ୍ଷ୍ୟ କରିପାରିଲିନି।

'ଝିଅଟିଏ। ଏଇ ଶ୍ରମିକ ବସ୍ତିର'। ତା'ର ସ୍ପଷ୍ଟ ଉତ୍ତର।

'ମାନେ?'

ଏଥର ସୁବ୍ରତ ସାମାନ୍ୟ ଗମ୍ଭୀର ହୋଇ କହିଲା, 'ମୋ ପାଇଁ ପୃଥିବୀର ସମସ୍ତ ମଣିଷ ସମାନ, ପ୍ରଫେସର ମହାଶୟ।'

ହୁଏତ ସୁବ୍ରତ ସାମାନ୍ୟ ବିରକ୍ତ ହୋଇ ପଡ଼ିଛି। ମୁଁ ପରିବେଶକୁ ଲଘୁ କରିବା ପାଇଁ କହିଲି, 'ନାରୀ ବି'?

ଏଥର ସୁବ୍ରତ ପୁଣି ମନ ଖୋଲି ହସିଲା। ଆମେ ଦୋକାନରୁ ଉଠିଲୁ। ମୁଁ ପର୍ସ ବାହାର କରିବାପାଇଁ ପକେଟରେ ହାତ ଭର୍ତ୍ତି କଲାବେଳେ ସୁବ୍ରତ ମୋର ହାତ ଧରି

ପକାଇ ବାରଣ କଲା । ଚା' ଦୋକାନୀଟି ଯେମିତି କୃତଜ୍ଞ ଭଙ୍ଗୀରେ ଛିଡ଼ା ହୋଇଥାଏ । କିଛିଦୂର ଆଗେଇବା ପରେ ହଠାତ୍ ସୁବ୍ରତ ଅଟକି ଯାଇ କହିଲା, 'ହଉ ଭାଇ, ପରେ କେବେ ଦେଖା ହେବ ।'

ମୁଁ କିଛି କହିବା ଆଗରୁ ସେ ଶ୍ରମିକ ବସ୍ତି ଆଡ଼କୁ ଆଗେଇଲା । ସୁବ୍ରତ ଅନ୍ଧାରରେ ଲୁଚି ଯିବା ଯାଏ ମୁଁ ତା'ର ଗତିପଥକୁ ଚାହିଁ ରହିଥିଲି ।

ହୁଏତ ସୁବ୍ରତ ଆଗାମୀ ନିର୍ବାଚନରେ ବିଧାନସଭାକୁ ନିର୍ବାଚିତ ହୋଇ ମନ୍ତ୍ରୀଟିଏ ହେବ ।

ସେଦିନ ସନ୍ଧ୍ୟାର ସାକ୍ଷାତ ପରେ ମୁଁ ବେଶ୍ କେଇମାସ କାର୍ଯ୍ୟବ୍ୟସ୍ତତା ଭିତରେ ସୁବ୍ରତକୁ ଭୁଲି ଯାଇଥିଲି । ଆଉ ଥରେ ସମ୍ବାଦପତ୍ରରେ ତା' ନାଆଁ ପଢ଼ି ନଥିଲେ ହୁଏତ ସୁବ୍ରତ ମହାନ୍ତି ମନେ ପଡ଼ି ନଥାନ୍ତା ।

ଗତକାଲି ଶ୍ରମିକ ନେତା ସୁବ୍ରତ ମହାନ୍ତି ଓ ସୁପ୍ରତିଷ୍ଠିତା ନାରୀ ଲେଖିକା ସୁପ୍ରିୟା ଦେବୀଙ୍କ ପରିଣୟ ନିରାଡ଼ମ୍ବର ଭାବେ ଅନୁଷ୍ଠିତ ହୋଇ ଯାଇଛି । ସେହି ସମାରୋହରେ ସହରର ଅନେକ ମାନ୍ୟଗଣ୍ୟ ବ୍ୟକ୍ତିଙ୍କ ସମେତ ଦୁଇଜଣ ମନ୍ତ୍ରୀ ମଧ୍ୟ ଯୋଗ ଦେଇ ନବବିବାହିତ ଦମ୍ପତିଙ୍କୁ ଅଭିନନ୍ଦନ ଜଣାଇଥିଲେ ।

ମୋତେ ଆଶ୍ଚର୍ଯ୍ୟ କରିବା ପାଇଁ ଏ ସମ୍ବାଦ ଯଥେଷ୍ଟ ଥିଲା । ଥରେ ଦୁଇଥର ମାତ୍ର ମୁଁ ସୁପ୍ରିୟା ଦେବୀଙ୍କୁ ଦେଖିଛି । ବ୍ୟକ୍ତିଗତ ଆତ୍ମୀୟତା ନଥିଲେ ମଧ୍ୟ ସେ ଅନେକଟା ଆପଣାର ମନେ ହୁଅନ୍ତି । ପାଠକ ମହଲରେ ତାଙ୍କ କବିତା ବେଶ୍ ଆଦୃତ । କିନ୍ତୁ ସୁବ୍ରତ ବିଦ୍‌ଗଧ ପାଠକରୁ ଏକାଥରକେ ତାଙ୍କ ସ୍ୱାମୀ ହୋଇଯିବ ବୋଲି ମୁଁ କଳ୍ପନା ସୁଦ୍ଧା କରିନଥିଲି । ସୁବ୍ରତ ମୋତେ ଦିନକୁ ଦିନ ଆହୁରି ରହସ୍ୟମୟ ମନେ ହେଉଥିଲା ।

ଅଥଚ ସୁବ୍ରତ ସହିତ ପୁଣି ଆଉ ଥରେ ଦେଖାହେଲା । ଏଥର ସହର ଉପାନ୍ତର ଅଳିଆ ଅସନା ଭର୍ତ୍ତି ଶ୍ରମିକ ବସ୍ତିରେ ନୁହେଁ, ସହରର ସବୁଠୁଁ ସମ୍ଭ୍ରାନ୍ତ ଗୋଟିଏ ହୋଟେଲରେ । ମୋର ଜଣେ ବ୍ୟବସାୟୀ ବନ୍ଧୁଙ୍କ ଆମନ୍ତ୍ରଣ କ୍ରମେ ମୁଁ ସେଠାକୁ ଯାଇ ହୋଟେଲର ଲନ୍‌ରେ ବସି ତାଙ୍କ ସହିତ କଫି ପିଉଥାଏ । ସନ୍ଧ୍ୟା ହୋଇ ଆସୁଥାଏ । ଅଗତ୍ୟା ମୁଁ ଲନ୍‌ରେ ଗୋଟିଏ କୋଣରେ ସୁବ୍ରତ ମହାନ୍ତିଙ୍କୁ ଆବିଷ୍କାର କଲି । ମୁଁ ତାକୁ ଡାକିବି କି ନାହିଁ ଠିକ୍ କରିବା ଆଗରୁ ସେ ମୋତେ ଦେଖି ଉଠି ଆସିଲା । ସୁବ୍ରତର ଚାଲିବା ଭଙ୍ଗୀରୁ ମୁଁ ସ୍ଥିର କରିନେଲି ଯେ ସେ ଯଥେଷ୍ଟ ନିଶାରେ ଆକ୍ରାନ୍ତ । ତା' ପଛେ ଆଉ ଜଣେ ସୁକେଶିନୀ ମହିଳା । ମୁଁ ତାଙ୍କୁ ଚିହ୍ନିବାକୁ ଚେଷ୍ଟା କରି ବିଫଳ ହେଲି । ନିଶ୍ଚିନ୍ତ ଭାବେ ସେ ସୁପ୍ରିୟା ଦେବୀ ନୁହଁନ୍ତି ।

ମୁଁ କିଛି କହିବା ଆଗରୁ ସୁବ୍ରତ ଖାଲି ପଡ଼ିଥିବା ଚଉକିଟିଏ ଅଧିକାର କରି

ସାରିଥାଏ। ମୁଁ ସୌଜନ୍ୟ ଦୃଷ୍ଟିରୁ ଭଦ୍ରମହିଳାଙ୍କୁ ମଧ୍ୟ ବସିବାକୁ ଅନୁରୋଧ କଲି। ମୁଁ ପଚାରି ବସିଲି, 'ସୁବ୍ରତ, ତମେ ଏଠି?'

ସେ ସ୍ୱଭାବ ସୁଲଭ ଭଙ୍ଗୀରେ କହିବା ଆରମ୍ଭ କଲା, 'ଏଠି ମୁଁ ଏକ ପ୍ରେସ୍ କନ୍‌ଫରେନ୍ସ ଡାକିଥିଲି।'

ମୁଁ ମନେ ମନେ ଅନୁମାନ କରୁଥିଲି, ହୁଏତ ଭଦ୍ରମହିଳା କୌଣସି ସମ୍ବାଦପତ୍ରର ରିପୋର୍ଟର। କିନ୍ତୁ ମୋର ଅନୁମାନକୁ ଭୁଲ୍ ପ୍ରମାଣିତ କରି ସୁବ୍ରତ ତାଙ୍କର ପରିଚୟ କରାଇଦେଲା। ସେ ସହରର ପ୍ରସିଦ୍ଧ 'ଶୋଭା ଟେକ୍ସଟାଇଲସ୍ ଇଣ୍ଡଷ୍ଟ୍ରିଜ୍'ର ମାଲିକଙ୍କ ଏକମାତ୍ର ଉତ୍ତରାଧିକାରିଣୀ। ମୋତେ ଭାବିବାକୁ ସମୟ ନଦେଇ ସୁବ୍ରତ କହିଗଲା, 'ଦୀର୍ଘ ପନ୍ଦର ଦିନ ଧରି ଟେକ୍ସଟାଇଲ୍ ଶ୍ରମିକମାନଙ୍କ ଧର୍ମଘଟ ଚାଲିଥିଲା। ଆଜି ମାଲିକ ଓ ଶ୍ରମିକମାନଙ୍କର ସାଲିସ୍‌କୁ ଆମେ ଏଠି ସେଲିବ୍ରେଟ୍ କରୁଛୁ।'

ସୁବ୍ରତ ଏଥର ମନ ଖୋଲି ହସି ଉଠିଲା। ମଦ ନିଶାରେ ତା'ର ଆଖି ରଡ଼ନିଆଁ ପରି ଲାଲ୍ ଦିଶୁଥାଏ ଓ ବାଳ ଅସଂଯତ ହୋଇ ପଡ଼ିଥାଏ। ମୁଁ ସାମାନ୍ୟ ଗମ୍ଭୀର ହୋଇ ପଚାରିଲି, 'ସୁପ୍ରିୟା ଦେବୀ?'

'ଓଃ... ମୋର ବାହାଘର। ସେ ସବୁ ମିଛ।'

'ୟୁରୋପ ଭ୍ରମଣରୁ ଫେରିବା ପରେ ମୁଁ ତାଙ୍କର ଠିକଣା ଭୁଲି ଯାଇଛି। ଖୋଜିବାକୁ ବି ଚେଷ୍ଟା କରିନାହିଁ।'

'ତେବେ ତୁମେ ଏବେ କ'ଣ କରୁଛ?'

ସୁବ୍ରତ ଏଥର ଅଟ୍ଟହାସ କରି ଉଠିଲା। 'କାର୍ଲମାକ୍ସ ଆଉ କ'ଣ କରୁଥିଲେ। ଇତିହାସର ଏ ନୂତନ ସୂତ୍ର ଖୋଜୁଛି।'

ମୁଁ କିଛି କହିବା ଆଗରୁ ଭଦ୍ରମହିଳାଙ୍କ ସହିତ ସୁବ୍ରତ ଉଠି ଯାଇଥିଲା। ମୁଁ କିନ୍ତୁ ସୁବ୍ରତକୁ କ୍ଷମା କରିପାରୁ ନଥିଲି। ସତକୁ ସତ ସହର ତଳି ଶ୍ରମିକ ବସ୍ତିର ନିଘଞ୍ଚ ଅନ୍ଧାର ପରି ସେ ରହସ୍ୟମୟ।

■

ମାନଚିତ୍ର

ଓଡ଼ିଶା-୧

କାଠ ପୋଲମାନେ ଗୋଟିଏ ଖରସ୍ରୋତ ଝରଣା, ଯେଉଁଠି ସାମାନ୍ୟ ଅଣଓସାରିଆ, ସେଇଠି ଦୁଇକୂଳର ଦୁଇଟି ପ୍ରଶସ୍ତ ପଥରକୁ ଯୋଗ କରି ପଡ଼ିଥିବା ଚେପ୍‌ଟା ଶାଳ ଗଣ୍ଡି। ପ୍ରଥମେ ଚାରିଜଣ କୁଲି ଅନାୟାସରେ ଡେଇଁ ଗଲେ ଅନ୍ୟ ପଟକୁ। ପରେ ପରେ ପର୍ଶୁରାମ ବାବୁଙ୍କ ସାହସ ହେଲା। ସବୁକିଛି ନିରାପଦ। ସେ ସନ୍ତର୍ପଣ ପାଦ ପକାଇ ପୋଲ ପାରି ହେଲେ। ପଛରେ ତିନିଜଣ ଖଲାସୀ ଅନ୍ୟୂନ ସାତଦିନ ପାଇଁ ଆବଶ୍ୟକୀୟ ଡାଲି, ଚାଉଳ, ଲୁଗାପଟା, ତମ୍ବୁ ସାମଗ୍ରୀ ଇତ୍ୟାଦି ବୋହି ଝରଣା ଡେଇଁଲେ। ପର୍ଶୁରାମ ବାବୁ କପେ ଚା'ର ଆବଶ୍ୟକତା ଅନୁଭବ କରୁଥିଲେ ସେ ମୁହୂର୍ତ୍ତରେ। ଓଡ଼ିଆ ଓ ସ୍ଥାନୀୟ ଗିରିଜନମାନଙ୍କ ଭାଷାରେ ପାରଙ୍ଗମ ଜଣେ ମାତ୍ର ଖଲାସୀ, କଣ୍ଟିଆ ବାବୁ। ସମସ୍ତଙ୍କ ଚାହିଦା ସେ ବୁଝେ। କଣ୍ଟିଆ କହିଲା, "ବାବୁ, ଡାକେ ବାଟ ପରେ ଇସ୍କୁଲ ଘର, ମଦଭାଟି। ସେଠି ଚା' କରିବା।" ଦିନ ଆଠଟା, ପର୍ଶୁରାମ ବାବୁ ଘଣ୍ଟା ଦେଖିଲେ। ସେଠି ଡାଏରୀରେ ଦି'ଧାଡ଼ି ଗାରେଇ ଦେଇଯିବ। ସେ ତନଖି ଦେବେ ସମସ୍ତ କାଗଜପତ୍ର, ତହସିଲଦାର ଦେଇଥିବା ବନ୍ଧୁକ ମାଲିକ, ଗାଁ ମୁଖିଆମାନଙ୍କ ତାଲିକା, ଜଙ୍ଗଲ ଭିତରେ ପଡ଼ିଥିବା ରାସ୍ତା ଓ ଗାଁମାନଙ୍କ ଅବସ୍ଥିତିର ମାନଚିତ୍ର। କଣ୍ଟିଆ କହିଲା, "ବାବୁ, ଡାହାଣ ହାତ।"

ସହଗାମୀ କୁଲି ଓ ଖଲାସୀମାନେ ଠିକ୍ ଜାଣନ୍ତି ଡାହାଣହାତି ରାସ୍ତା କୋଉଯାଏ ଯାଇଛି। ଆଜି ବାବୁ ଅଛନ୍ତି, ଶଳା ମେନେଜର, କ'ଣ ମନା କରିପାରିବ ? ବୋଧହୁଏ ସେଇଥିପାଇଁ ତାଙ୍କ ପାଦମାନେ ଏତେଟା ଚଞ୍ଚଳ। ପର୍ଶୁରାମ ବାବୁଙ୍କ ଅନୁଗାମୀ ଏକା କଣ୍ଟିଆ। ସେ ଅନେକଟା ଘର୍ମାକ୍ତ ହୋଇ ପଡ଼ିଲେଣି। ରୁମାଲରେ ମୁହଁ ପୋଛି ପୋଛି ଘଣ୍ଟାକୁ ଚାହିଁଲେ, ଏଇନେ ସାଢ଼େ ନ'ଟା ହେଲାଣି। କଣ୍ଟିଆ ଉପରେ ବିରକ୍ତ ହୋଇ ପଡ଼ିଲେ ସେ। ଏମାନଙ୍କ ପାଇଁ ଡାକେ ବାଟ ମାନେ କେତେ କିଲୋମିଟର କେଜାଣି।

ସେ ପୁଣି ପଚାରିଲେ, "ଆଉ କେତେ ଦୂର?" ନିର୍ବିକାର ଭାବେ କଣ୍ଟିଆ କହିଲା, "ଏଇ ଆସିଯିବ ବାବୁ।" ପର୍ଶୁରାମ ବାବୁଙ୍କ ତଣ୍ଟି ଅଠାଳିଆ ଲାଗିବାକୁ ଆରମ୍ଭ କଲାଣି। ଦେଢ଼ଫୁଟ ଚଉଡ଼ା ବଙ୍କା, ପଥୁରିଆ, ଉଠାଣି ରାସ୍ତା। ଜଙ୍ଗଲ ଧୀରେ ଧୀରେ ପତଳା ଦିଶିଲାଣି। ଦୁଇ ତିନି ଏକର ଫାଙ୍କା ପଡ଼ିଆ, ପ୍ରାୟ ପଚାଶ ଗଜ ବ୍ୟବଧାନରେ ଦୁଇଟି ଲମ୍ବା ଲମ୍ବା ଘର। ପ୍ରଥମଟି ମାଟିକାନ୍ଥ, ଅନ୍ୟଟି ସିମେଣ୍ଟ ପଲସ୍ତରା ଦିଆ ଓ ଚୂନ ଧଉଳା। ଦ୍ୱିତୀୟ ଘରଟି ପର୍ଶୁରାମ ବାବୁଙ୍କ ଦୃଷ୍ଟି ଆକର୍ଷଣ କରିବା ସ୍ୱାଭାବିକ। ଅଥଚ ସେଇ ଘର ସାମ୍ନାରେ ଜମା ହୋଇଥିବା ଅର୍ଦ୍ଧ ଉଲଗ୍ନ, କୃଷ୍ଣକାୟ, ଗିରିଜନମାନଙ୍କୁ ଦେଖି ସେ ବୁଝିନେଲେ ଯେ ସେଇଟା ମଦଭାଟି। ଏଣୁ ଅନ୍ୟ ନିର୍ଜନ ଘରଟି ସ୍ଥାନୀୟ ସ୍କୁଲ। ପଚା ମହୁଲର ବାସ୍ନାରେ ପର୍ଶୁରାମ ବାବୁଙ୍କ ନାକ ଫାଟି ପଡୁଥାଏ। ରୁମାଲ କାଢ଼ି ମୁହଁ ପୋଛିବା ବାହାନାରେ ସେ ନାକ ବନ୍ଦ କଲେ। ଗୋଟିଏ ନିକଟବର୍ତ୍ତୀ ଗାଁର ସୂଚନା। କଣ୍ଟିଆ ତାଙ୍କ ପାଖକୁ ଚାଲି ଆସି କହିଲା, "ବାବୁ, ଏଠି ଆପଣ ଅପେକ୍ଷା କରନ୍ତୁ।" ଏବଂ ସେ କିଛି ବୁଝିପାରିବା ଆଗରୁ ତା' ନିର୍ଦ୍ଦେଶରେ ଦୁଇଜଣ କୁଲି ଗାଁ ଆଡ଼କୁ ଦୌଡ଼ିବା ଆରମ୍ଭ କଲେ। କଣ୍ଟିଆ ତାକୁ ପଦେ କଥାରେ ବୁଝାଇ ଦେଲା। ନୂଆଁ ଲୋକ ଏତେବେଳେ ଗାଁରେ ପାଦ ଦେଲେ ବିପଦ ଅଛି। ପର୍ଶୁରାମ ବାବୁଙ୍କୁ ସବୁକିଛି ଦୁର୍ବୋଧ୍ୟ ଲାଗୁଥିଲେ ମଧ୍ୟ ସେ ନୀରବ ଥାଆନ୍ତି। ସେ ଧୂମକୁଣ୍ଡଳୀକୁ ନିଷ୍ପଲକ ଆଖିରେ ଚାହିଁଥାଆନ୍ତି। କିଛି ସମୟ ପରେ ଏକକାଳୀନ ଗୁଡ଼ାଏ କୁକୁରଙ୍କ ସାମୂହିକ ଚିତ୍କାରରେ ସେ ସଚେତନ ହେଲେ। କୁଲି ଦି'ଜଣଙ୍କ ନେତୃତ୍ୱରେ ପ୍ରାୟ ଲଙ୍ଗଳା ବାଳକ ଓ ତିନିଜଣ ଲୋକ ତାଙ୍କ ପଟକୁ ଆଗେଇ ଆସୁଥିଲେ। କଣ୍ଟିଆର ମୁହଁରୁ ସାମାନ୍ୟ ଆତ୍ମବିଶ୍ୱାସର ହସ ଦେଖି ପର୍ଶୁରାମ ବାବୁ ନିଶ୍ଚିତ ହେଲେ। ତିନିଜଣ ପ୍ରାପ୍ତବୟସ୍କ ଆଗନ୍ତୁକ ତାଙ୍କୁ ଏକ ଅଜବ ଭଙ୍ଗୀରେ ଦଣ୍ଡବତ କରି ସାରିବା ପରେ କଣ୍ଟିଆ କହିଲା, "ବାବୁ, ଏଇଟା ଫାଗାବାଜୁ।" ସେତେବେଳକୁ ସତରେ ବେଳ ରତରତ। ସବୁକିଛି ପର୍ଶୁରାମ ବାବୁଙ୍କୁ ରହସ୍ୟମୟ ଲାଗୁଥାଏ। କ୍ରମଃକ୍ଷୟିଷ୍ଣୁ ଆଲୁଅରେ ଗାଁର ଓସାରିଆ ଅଥଚ ଖାଲ ଢିପ ରାସ୍ତା ଦୁଇକଡ଼େ ଲମ୍ବିଯାଇଥିବା ଦୁଇଧାଡ଼ି ଅନୁଚ୍ଚ ଚାଳଘର ଓ ଗାଁ ମୁଣ୍ଡର ଅନ୍ଧାରିଆ ପାହାଡ଼ଟିକୁ ଚାହିଁ ଚାହିଁ ପର୍ଶୁରାମ ବାବୁ ଥରୁଟେ ମନେ ମନେ ଉଚ୍ଚାରଣ କଲେ, ଫାଗାବାଜୁ।

ସାମ୍ନାସାମ୍ନି ଥିବା ଦ୍ୱାରହୀନ ଦୁଇଟା ଲମ୍ବାଳିଆ ଘର ମଝିରେ କେବଳ ଗୋଟିଏ କାନ୍ଥ। ଘର ଦୁଇଟିର ତିଆରି କୌଶଳ ପର୍ଶୁରାମ ବାବୁଙ୍କୁ ଆକୃଷ୍ଟ କରି ସାରିଥିଲା। ଗେରୁଆ ମାଟି ଲିପା ବାଉଁଶ ତାଟି ଘରର କାନ୍ଥ। ମୋଟା ନଡ଼ା ଛପର ଏବଂ ଗୋଟିଏ ଘରୁ ଅନ୍ୟ ଘରକୁ ଅନାୟାସରେ ଯାଇହେବ। ଗୋଟିଏ କୁକୁଡ଼ାର ବିକଳ ଚିତ୍କାର

ଧୀରେ ଧୀରେ ପାଖେଇ ଆସୁଥିଲା। କେତେଜଣ ଗ୍ରାମବାସୀଙ୍କ ନେତୃତ୍ୱ ନେଇ ପହଞ୍ଚିଥିବା ଲୋକଟି କୁକୁଡ଼ାକୁ ମାଟିରେ କଚାଡ଼ି ଦେଇ ପର୍ଶୁରାମ ବାବୁଙ୍କୁ ଦଣ୍ଡବତ କଲା। କଣ୍ଟିଆ ତାଙ୍କ ପାଖକୁ ଲାଗି ଆସି କହିଲା, "ବାବୁ, ଗାଁ ମୁଖିଆ। ଜବରଦସ୍ତ ନିଖଣ୍ଡିଆ।" ପରେ ପରେ ଆଉ କେତେଜଣ ଲୋକ ତିନୋଟି ମୋଟା କାଠ ଆଣି ଗୋଟିଏ ଘର ଭିତରକୁ ନେଇଗଲେ। ଘର ଭିତରେ ପର୍ଶୁରାମ ବାବୁ ପଶିବା ବେଳକୁ ମୋଟା କାଠମାନଙ୍କରେ ନିଆଁ ଲାଗି ସାରିଥାଏ। ସେ ଘର ଭିତରେ ଆଖି ବୁଲାଇ ନେଲେ, କାନ୍ଥମାନଙ୍କରେ ଝୋଟି, ଗୋବରଲିପା ଚଟାଣ ଓ ପତଳା ବାଉଁଶ ପତା ବୁଣା ହୋଇଥିବା ପ୍ରାୟ ସାଢ଼େ ଚାରିଫୁଟ ଲମ୍ବା ଏକାଧିକ ଖଟ। ପର୍ଶୁରାମ ବାବୁଙ୍କ ଅନୁସନ୍ଧିତ୍ସା ଦୂର କରିବା ପାଇଁ କଣ୍ଟିଆ କହିଲା, "ବାବୁ ଧାଙ୍ଗଡ଼ା ଘର।" ଅନେକଟା ସ୍ୱସ୍ତିରେ ସେ ନିଜେ ଖଣ୍ଡିଏ ସିଗ୍ରେଟ୍ ଲଗାଇ ଆଉ ଖଣ୍ଡିଏ ଗାଁ ମୁଖିଆ ହାତକୁ ବଢ଼ାଇ ଦେଲେ।

ସକାଳୁ ପର୍ଶୁରାମ ବାବୁଙ୍କ ଆଖିପତା ଖୋଲିଲାବେଳକୁ ବାହାରେ କୋଳାହଳ। ଦ୍ୱାର ମୁହଁରେ ଛିଡ଼ା ହୋଇଥିବା କଣ୍ଟିଆ ବ୍ୟତୀତ ଅନ୍ୟାନ୍ୟ କୁଲି ଓ ଖଲାସୀମାନେ ବୋଧହୁଏ ବାହାରେ। ମୁହଁରେ ସାମାନ୍ୟ ପାଣି ଛିଞ୍ଚି ପର୍ଶୁରାମ ବାବୁ ବାହାରକୁ ବାହାରିଲେ। ଗାଁର ଆବାଳ ବୃଦ୍ଧବନିତା ତାଙ୍କ ପାଇଁ ଅପେକ୍ଷମାଣ। ସଭା ସମିତିରେ ଭାଷଣ ଦେବା ଅଭ୍ୟାସ ନଥିଲେ ମଧ୍ୟ ସେ ସମସ୍ତଙ୍କ ସାମ୍ନାରେ ଛିଡ଼ା ହେଲେ। ସେମାନଙ୍କର ଅବୋଧ୍ୟ ଭାଷା ତାଙ୍କୁ ବୁଝାଇ ଦେବା ପାଇଁ ଏକମାତ୍ର କଣ୍ଟିଆ। ପର୍ଶୁରାମ ବାବୁ ବୁଝି ପାରିଲେ ସମସ୍ତ ଗ୍ରାମବାସୀ ତାଙ୍କ ଆଗମନର ଉଦ୍ଦେଶ୍ୟ ଜାଣିବା ପାଇଁ ଉତ୍ସୁକ। ସେ କଣ୍ଟିଆ ମାଧ୍ୟମରେ ଜଣାଇ ଦେଲେ, "ଫାଗାବାଜୁରେ ବିଶୁଦ୍ଧ ପାନୀୟ ଜଳ ଯୋଗାଣ ପାଇଁ ଦୁଇଟି ନଳକୂପ ଖୋଳା ହେବ। ଛେଳି ଓ କୁକୁଡ଼ା ପାଳନ ପାଇଁ ଲୋକଙ୍କୁ ଋଣ ମିଳିବ। ଉନ୍ନତ ଚାଷ ପାଇଁ ବିହନ ଓ ସାର ଯୋଗାଇ ଦିଆଯିବ। ଗାଁର ଶିଶୁମାନଙ୍କ ପାଇଁ ସ୍କୁଲଟିଏ ବସିବ।" ତାଙ୍କର ସମ୍ପୂର୍ଣ୍ଣ ବକ୍ତବ୍ୟକୁ କଣ୍ଟିଆ ବୁଝାଇ ଦେବାବେଳେ ପର୍ଶୁରାମ ବାବୁ ଜବରଦସ୍ତ ନିଖଣ୍ଡିଆର ମୁହଁର ମାଂସପେଶୀମାନେ କଠୋର ହୋଇ ଆସୁଥିବା ଅନୁମାନ କରିପାରୁଥିଲେ। ଏଥର ଅନେକଟା ଗାଁ ଯାତ୍ରାର ନାୟକ ପରି ଦଳପତି ନିଖଣ୍ଡିଆ ତା'ର ସଂଳାପ ଆରମ୍ଭ କଲାଣି। କଣ୍ଟିଆର ଆଖିମାନଙ୍କରେ ଫୁଟି ଉଠିଥିବା ଆଶଙ୍କାରେ ପର୍ଶୁରାମ ବାବୁ ନିଜେ ସଂକ୍ରମିତ ହୋଇ ପଡ଼ିଥିଲେ। ସେ ବୁଝାଇ ଦେଲା ମୁଖିଆର ସଂଳାପଟି, "ଡଙ୍ଗର ଦେବତା ଆମକୁ ଖାଦ୍ୟ ଦେଉଛି ବାବୁ। ଝରଣାରୁ ପାଣି ପିଉଛି। କାହାରି ମାହାଳିଆ ଟଙ୍କାରେ ନିର୍ଭର କଲେ ଧର୍ମ ସହିବନି। ସ୍କୁଲ ହେଲେ ଆମର ପିଲାଛୁଆ

ସହରୀ ପାଲଟି ଯିବେ। ଗାଁର ଝିଅବୋହୂଙ୍କ ଇଜ୍ଜତ ଯିବ।" ପର୍ଶୁରାମ ବାବୁ ସେହି ବକ୍ତବ୍ୟର ଗୁରୁତ୍ୱ ଅନୁଭବ କରିବା ବେଳକୁ ତାଙ୍କର ଆଖି ପଡ଼ି ସାରିଥିଲା ବୋଧହୁଏ ଜଙ୍ଗଲ ଆଡ଼କୁ ମୁହାଁଇଥିବା ଲୋକମାନଙ୍କ ହାତରେ କୁରାଢ଼ି, ଫାର୍ସା ଉପରେ। ନିଖଣ୍ଡିଆର ସଂକ୍ଷିପ୍ତ ଶେଷ ବାକ୍ୟଟି କଣ୍ଢିଆ ମୁହଁରୁ ପର୍ଶୁରାମ ବାବୁ ଶୁଣିଲେ, "ଆମର କିଛି ଦରକାର ନାହିଁ ସର୍କାର। ତୁମେ ଚାଲିଯାଅ।" ଇତିମଧ୍ୟରେ ଅନ୍ୟ ଖଲାସୀ ଓ କୁଲିମାନେ ପର୍ଶୁରାମ ବାବୁଙ୍କ କୌଣସି ନିର୍ଦ୍ଦେଶକୁ ଅପେକ୍ଷା ନକରି ସମସ୍ତ ବୋଝ ଉଠାଇ ସେମାନେ କାଲି ଆସିଥିବା ରାସ୍ତା ଆଡ଼କୁ ମୁହାଁଇ ସାରିଥିଲେ।

ଓଡ଼ିଶା-୨

ଦିନବେଳା ଷ୍ଟେସନରେ ପ୍ରାୟ ଦୁଇ ତିନି ମିନିଟ ପାଇଁ ପାସେଞ୍ଜର ଟ୍ରେନ୍ କେତୋଟି ଛିଡ଼ା ହୁଏ। ଅପେକ୍ଷା କରିଥିବା କେତେଜଣ ଯାତ୍ରୀ ତରବରରେ ଟ୍ରେନ୍‌କୁ ଉଠିଯାନ୍ତି। ନାତିଦୀର୍ଘ କୋଳାହଳରେ ନୀରବ ପରିପାର୍ଶ୍ୱ କମ୍ପି ଉଠେ। ଅଥଚ ଟ୍ରେନ୍‌ଟି ଚାଲିଗଲା ପରେ ଫେରି ଆସେ। ଚିରାଚରିତ ନୀରବତା ଓ ଅଫିସକୁ ଫେରିଯାନ୍ତି ଷ୍ଟେସନ ମାଷ୍ଟର ପାତ୍ରବାବୁ। ଏକ୍ସପ୍ରେସ ଟ୍ରେନଗୁଡ଼ିକ ରାତିକୁ। ରିଙ୍ଗ୍ ହେଲେ ଫୋନ୍‌ର ରିସିଭର୍ ଉଠାନ୍ତି ପାତ୍ରବାବୁ, ନତୁବା ଅପରାହ୍ଣରେ ପ୍ଲାଟଫର୍ମର କେତେଟା ରୁମଛଡ଼ା କୁକୁରମାନଙ୍କ ଗତିବିଧି ଲକ୍ଷ୍ୟ କରି କରି ସମୟ ବିତାଇ ଦିଅନ୍ତି। ତାଙ୍କର ଏକମାତ୍ର ଅଧସ୍ତନ ନରୋତ୍ତମ ବେଞ୍ଚରେ ଢୁଲାଉଥାଏ କିମ୍ବା ବିଡ଼ି ଟାଣୁଥାଏ। ପ୍ରଥମେ ସବୁକିଛି ବିରକ୍ତିକର ଲାଗୁଥିଲା। ଏବେ କିନ୍ତୁ ବଦଳି ହେଲେ ପତ୍ନୀଙ୍କ ସ୍ୱାସ୍ଥ୍ୟର ନଜିର ଦେଇ ସେ ବଦଳି ବନ୍ଦ କରିବାକୁ କର୍ତ୍ତୃପକ୍ଷଙ୍କୁ ଲେଖିବେ।

ଅନ୍ୟ ଷ୍ଟେସନମାନଙ୍କଠାରୁ ସେରଡ଼ିହ ଭିନ୍ନ। ରାତିର ଏକ୍ସପ୍ରେସ୍‌ଗୁଡ଼ିକ ପ୍ଲାଟଫର୍ମ ଅତିକ୍ରମ କରିଗଲା ପରେ ଅଳ୍ପଦୂରରେ ଅଟକି ଯାଆନ୍ତି। ବିକଳ ହ୍ୱିସିଲ୍ ଓ ଇଞ୍ଜିନ୍ ଶବ୍ଦରେ ପାତ୍ରବାବୁ ପ୍ରଥମେ ଆଶ୍ଚର୍ଯ୍ୟ ହେଉଥିଲେ। ଯେହେତୁ ଲାଇନ୍ କ୍ଲିଅର୍ ଥାଏ। ଅଥଚ ଷ୍ଟେସନଠୁଁ ପ୍ରାୟ ଦୁଇ କିଲୋମିଟର ଦୂରରେ ସବୁଦିନ ଏକ୍ସପ୍ରେସ୍ ସମୟ ବେଳକୁ ନାଲିବତୀଟିଏ ଜଳି ଉଠେ ଏବଂ ଟ୍ରେନ୍ ରହିସାରିବା ବେଳକୁ ଗାର୍ଡ଼ଭେନ୍ ପାଖରେ ବ୍ୟସ୍ତ ହୋଇ ପଡ଼ନ୍ତି ଦଳେ ଲୋକ। ଓଜନିଆ କାଠ ପେଟି ଗୁଡ଼ାଏ ଭର୍ତ୍ତି ହୁଏ ଭେନ୍‌ରେ। ଦୂରକୁ ଲମ୍ବି ଯାଇଥିବା ବାଟଟିଏ ସେଠି ସରିଯାଇଛି। ପାତ୍ରବାବୁ ଦିନବେଳା ସେହି ଅମଡ଼ା ବାଟରେ ଛେଳି ଛୁଆଟିଏ ବି ଦେଖି ନାହାନ୍ତି। ଅଥଚ ସେହି ରାସ୍ତାରେ ଟ୍ରକ୍ ଚକ ଓ ଗୁଡ଼ାଏ ମଣିଷଙ୍କ ପାଦ ଚିହ୍ନ ପଡ଼ିଥାଏ। ସବୁ ରାତିରେ। ସେରଡ଼ିହକୁ ଆସିବାର ବହୁତ ପରେ ଯାଇ ପାତ୍ରବାବୁ ଜାଣିଲେ ରାତିରେ

ଜଳୁଥିବା ନାଳିବତୀଟି ତରଳ ପଦାର୍ଥ ଭର୍ତ୍ତି କାଚ ବୋତଲ ପଛରେ ପଡୁଥିବା ଟର୍ଚ୍ଚ ଆଲୁଅ। ଉତ୍ସୁକ ହୋଇ ଦିନେ ସେ ଏକା ଏକା ସେହି ରାସ୍ତାରେ ମୁଣ୍ଡଯାଏ ଯାଇଥିଲେ। ସେଠି ପହଞ୍ଚିବା କ୍ଷଣି ମଦ ଗନ୍ଧରେ ନାକ ଫାଟି ପଡ଼ିଥିଲା। ଉଠି ଆସୁଥିବା ବାନ୍ତିକୁ ଏଡ଼ାଇବା ପାଇଁ ସେ ଦ୍ରୁତ ପାଦରେ ଷ୍ଟେସନକୁ ଫେରି ଆସିଲେ। ଅଫିସ୍‌ରେ ପଶି ଯନ୍ତ୍ରବତ୍ ଟାଣି ଆଣିଥିଲେ ପ୍ୟାଡ୍‌ର କାଗଜ, ଖୋଲି ସାରିଥିଲେ କଲମ, କର୍ତ୍ତୃପକ୍ଷଙ୍କୁ ଜଣାଇ ଦେଲେ କିଛି ବିହିତ ପ୍ରତିକାର ହେବ। ଅଥଚ ତାଙ୍କ ହାତ କାହିଁକି କେଜାଣି ଅଟକି ଯାଇଥିଲା। ସେତେବେଳେ ସେ ସେର୍‌ଡିହରେ ନୂଆ। ଆଜିକାଲି କିଛି ଅସୁବିଧା ହୁଏ ନାହିଁ। ପ୍ରତିମାସ ପହିଲା ତାରିଖ ବେଳକୁ ଅଜ୍ଞାତ ଦାତାଙ୍କ ପାଖରୁ ପହଞ୍ଚିଯାଏ ତାଡ଼ାଏ ନୂଆ ନୋଟ୍। ନରୋତ୍ତମକୁ ତାଲିକା ଧରାଇ ଦେଲେ ସମସ୍ତ ବ୍ୟବହାର୍ଯ୍ୟ ପଦାର୍ଥ ବିନା ପଇସାରେ ପହଞ୍ଚିଯାଏ। ଦୂରର ଜନବସତି ଷ୍ଟେସନରୁ ଦୃଶ୍ୟମାନ ହେଲେ ବି ବାସିନ୍ଦାମାନଙ୍କ ସହିତ ତାଙ୍କର ବ୍ୟକ୍ତିଗତ ସମ୍ପର୍କ ନଥାଏ। ପାତ୍ରବାବୁଙ୍କ ପାଇଁ ସେରଡିହ ଯେମିତି ଦୂର ଦୂରାନ୍ତରେ ଥିବା ଏକାଟିଆ ଦ୍ୱୀପଟିଏ। ନରୋତ୍ତମ ହୁଲି ଡଙ୍ଗାଟିଏ ପରି ଦିନରେ ଥରେ ସେ ଭାସିଯାଏ ଓ ପୁଣି ଫେରି ଆସେ ତା'ର ଅପେକ୍ଷାମାନ ଏବଂ ଧୂମପାନ କୁଣ୍ଡଳୀ ଭିତରକୁ।

ସେରଡିହକୁ ସହର କହି ହେବନି, କାରଣ ତା'ର ଜନସଂଖ୍ୟା ପ୍ରାୟ ଦୁଇ ହଜାର। ଅନ୍ୟୂନ ଶହେଟି ପରିବାର। ଗାଁ କହିଲେ ଭୁଲ୍ ହେବ, କାରଣ ସହର ପାଇଁ ଆବଶ୍ୟକୀୟ ସମସ୍ତ ସୁବିଧା ସେଠି ମିଳେ। ଚୌଡ଼ା ପିଚୁକରା ସିଧାରାସ୍ତା। ଛକମାନଙ୍କରେ ନଳକୂପ। ସ୍ଥାନେ ସ୍ଥାନେ ଗୋଟିଏ ଦୁଇଟି କୃଷ୍ଣଚୂଡ଼ା ବା ଦେବଦାରୁ। ଗୋଟିଏ ବୋଲି ଛୋଟ ପାର୍କ ଓ ପକ୍କା ଘାଟ ଥିବା ବର୍ଗାକାର ପୋଖରୀ। ଏକାଧିକ ମହଲା ବିଶିଷ୍ଟ କୋଠାମାନେ ଆଧୁନିକ ଶୈଳୀରେ ନିର୍ମିତ। ଦିନବେଳା ପ୍ରାୟ ପ୍ରତି ଘର ସାମ୍ନାରେ ଛିଡ଼ା ହୋଇଥାଏ କ୍ଳାନ୍ତ ଟ୍ରକ କେତୋଟି। ସେରଡିହର ବାସିନ୍ଦାମାନେ ହିନ୍ଦୀରେ ହିଁ କଥାବାର୍ତ୍ତା କରନ୍ତି। ସେଠାକାର ସମସ୍ତ ଦୋକାନ ବଜାର ରେଳରାସ୍ତା ସହିତ ସମାନ୍ତରାଳ ପିଚୁରାସ୍ତାକୁ ପଛେଇ ତିଆରି, ଯେଉଁ କେତୋଟି ଦୋକାନମାନଙ୍କ ଯୋଗୁ ରାସ୍ତା ଉପରେ ଚଲାବୁଲା କରୁଥିବା ଲୋକଙ୍କ ସଂଖ୍ୟା ସ୍ୱଳ୍ପ। ବେଳ ରତରତ ବେଳକୁ ପାସେଞ୍ଜର ଟ୍ରେନଟିଏ ପହଞ୍ଚେ। ପାତ୍ରବାବୁ ଓ ନରୋତ୍ତମ କାର୍ଯ୍ୟବ୍ୟସ୍ତ ହୋଇ ପଡ଼ନ୍ତି କିଛି ସମୟ। ବିରକ୍ତିରେ ଡ୍ରାଇଭରଟି ଡେଇଁପଡ଼େ ପ୍ଲାଟଫର୍ମକୁ। ବିଡ଼ି ଖଣ୍ଡିକରେ ନିଆଁ ଲଗାଏ। ଯାତ୍ରୀ କେଇଜଣ ଚଢ଼ିଯାଆନ୍ତି ତରବରରେ। ନରୋତ୍ତମ ଗେଟ୍‌ରେ ଛିଡ଼ା ହୋଇଯାଏ ଓହ୍ଲାଇଥିବା ଯାତ୍ରୀମାନଙ୍କ ଟିକେଟ ଚେକ୍ କରିବାକୁ। ପାତ୍ରବାବୁ ଦୂରରୁ ଦେଖନ୍ତି। କେହି କେହି ଟିକେଟ ବଦଳରେ ନରୋତ୍ତମ ହାତକୁ ବଢ଼ାଇ ଦିଅନ୍ତି

ମୋଡ଼ାମୋଡ଼ି ନୋଟ୍‌ଟିଏ। ନିର୍ବିକାର ଭାବେ ସେ ଫେରି ଆସେ ସବୁଜ ପତାକାଟିଏ ଧରି। ଡ୍ରାଇଭର ଦରଖଣ୍ଡିଆ ବିଡ଼ିଟି ପାଦରେ ଦଳିଦେଇ ଉଠିଯାଏ ଇଞ୍ଜିନ୍‌କୁ। ହ୍ୱିସିଲ୍ ଶବ୍ଦରେ କମ୍ପିଉଠେ ପ୍ଲାଟଫର୍ମ ଏବଂ ନରୋତ୍ତମ ପତାକା ଉତ୍ତୋଳନ କରି ବିଦାୟ ଦିଏ ଉଭୟ ଟ୍ରେନ୍ ଓ ଅପସୃୟମାନ ସୂର୍ଯ୍ୟକୁ। ନରୋତ୍ତମ ପ୍ଲାଟଫର୍ମର ସମସ୍ତ ଆଲୁଅ ଜାଳିବା ବେଳକୁ ସେରଡିହର ରାସ୍ତାଘାଟରେ ମାଳେ ବାରଲାଇଟ୍ ଜଳି ସାରିଥାଏ। ପାତ୍ରବାବୁ ନିର୍ବାକ୍ ହୋଇ ଜନବସତି ଆଡ଼କୁ ଚାହାନ୍ତି।

ଅଥଚ ସେଦିନ କେଜାଣି କାହିଁକି ସେ ମନ ଭିତରେ ମୁଣ୍ଡ ଟେକିଥିବା ପ୍ରଶ୍ନବାଚୀଟିକୁ ଦବେଇ ଦେଇ ପାରିଲେନି। ଅଗତ୍ୟା ତାଙ୍କ ପାଟିରୁ ଖସି ପଡ଼ିଲା, "ନରୋତ୍ତମ !" ନରୋତ୍ତମ ଅଧାଟଣା ବିଡ଼ିଟି ଦୂରକୁ ଫୋପାଡ଼ି ଦେଇ ତାଙ୍କ ସାମ୍ନାରେ ମୁଣ୍ଡ ନୁଆଁଇ ଛିଡ଼ା ହେଲା। ସେ ଅନେକଟା ମନେ ମନେ ଶଙ୍କି ଯାଇଥିଲା। ବାବୁ ବୋଧହୁଏ ଗେଟରେ ସେ ପାସେଞ୍ଜରମାନଙ୍କଠାରୁ ଟିକଟ ବଦଳରେ ପଇସା ନେବା ଦେଖି ଦେଇଛନ୍ତି। ଛେପ ଢୋକି ସେ କହିଲା, "ସାର୍।" ପାତ୍ରବାବୁ ଅସଲ ପ୍ରଶ୍ନଟି ଏଯାଏ ସ୍ଥିର କରି ନଥିଲେ। ସେ ଚାହିଁ ରହିଥିଲେ ସେରଡିହର ଆଲୋକମାନଙ୍କୁ। ନରୋତ୍ତମ ଏଥର ନିଜେ ମନେ ପକାଇ ଦେଲା "ସାର୍ କିଛି ଦରକାର ଅଛି ?" ପାତ୍ରବାବୁ ତା' ପ୍ରଶ୍ନରେ ସାକ୍ଷମ ହୋଇ ନରୋତ୍ତମର ଶଙ୍କିତ ମୁହଁକୁ ସିଧାସଳଖ ଚାହିଁଲେ। "ନରୋତ୍ତମ ଏହି ଆଦିବାସୀ ଅଞ୍ଚଳରେ ସେରଡିହ କେମିତି ଏକ ବ୍ୟତିକ୍ରମ ?"

"ବ୍ୟତିକ୍ରମ କ'ଣ ବାବୁ, ଏମାନେ କ'ଣ ଏଠି ମଣିଷ ? ଧନ୍ନା ସିଂଙ୍କୁ ଚିହ୍ନନ୍ତି... ?" ପାତ୍ରବାବୁ ମନେ କରିବାକୁ ଚେଷ୍ଟା କରୁଥିଲେ, ଅଥଚ ନରୋତ୍ତମ ତାଙ୍କୁ ମନେ ପକାଇଦେଲା, "ଓ.ଏସ୍.ଏସ୍. ୨୭୭ ଟ୍ରକ୍।" ପାତ୍ରବାବୁ ଏଥର ମନେ ପକାଇଲେ କଦବା କେବେ ଷ୍ଟେସନରୁ ମାଲ ନେବାକୁ ଆସୁଥିବା ଟ୍ରକଟିକୁ। ସେଇ ଟ୍ରକ୍ ମାଲିକ ଧନ୍ନା ସିଂହ। ଆହୁରି ଅଧଡଜନ ଅବଶ୍ୟ ଅନ୍ୟ ଲାଇନ୍‌ରେ ଯାଏ। "ସେ ପ୍ରଥମେ ଏ ଅଞ୍ଚଳକୁ ଆସିଥିଲା ଜଙ୍ଗଲ ଠିକାଦାର ହୋଇ। ତା'ପରେ ତା'ର ମୁନିସ୍ ଗୁମାସ୍ତା ରାଜୁ ଅଗ୍ରୱାଲା, ସୁଧୀର ଗୋୟାଲ, ଅସଲାମ୍ ଖାଁ...।" ନରୋତ୍ତମ ଏଥର ହସି ଦେଲା। ଇତିମଧ୍ୟରେ ରୁମଛଡ଼ା କୁତିଟିଏ ତା' ପାଖରେ ଛିଡ଼ା ହୋଇ ସାରିଥାଏ। ତାକୁ ଜୋରରେ ଲାତଟିଏ ମାରି ସେ ବି ନିର୍ବିକାର ଭାବେ ବିଡ଼ି ଖଣ୍ଡିଏ ମୁହଁରେ ଧରିଲା। ଗାଁ ଯାତ୍ରାର ସୂତ୍ରଧର ପରି ନରୋତ୍ତମ ଗମ୍ଭୀର ହୋଇ ଯାଇଥାଏ ଅନେକଟା। "ସାର୍, ଧନ୍ନା ସିଂ ସେରଡିହ ପାଇଁ କ'ଣ କରିନି, ରାସ୍ତା, ପୋଖରୀ, ସବୁକିଛି। ବୁଢ଼ା ଏବେ ବି ବନ୍ଧୁକଟିଏ କାନ୍ଧରେ ପକାଇ ରାସ୍ତା ଉପରକୁ ବାହାରି ପଡ଼ିଲେ ଯବାନ

ଟୋକା ମୌନ ହୋଇ ଆଡ଼େଇ ହୁଅନ୍ତି । ଏବେ ସିନା ସୁଧୀର ସେଠି ଅନ୍ୟ ଧନ୍ଦାରେ ହାତ ଦେଇଛି । ଯା' ହେଲେ ବି ସେଇଟା ଛୋଟ ଲେକା । ଦୁଇ ପ୍ରାଣୀ କୁଟୁମ୍ବ । ତା' ଦେଶରୁ ଆଣିଛି ପୋଷା ପୁତ୍ରଟିଏ, ବାବୁଲାଲ । ମଣିଷ ପଣରେ ତାକୁ କିଏ ଗଣିବ ? ସଦ୍ୟ ରାକ୍ଷସ, ବାବୁ ।"

ଟେଲିଫୋନ୍ ରିଙ୍ଗ ହେବାକୁ ପାତ୍ରବାବୁ ତରବରରେ ଅଫିସରେ ପଶିଲେ । ୭୭ ଅପ୍ ତିନିଘଣ୍ଟା ଲେଟ୍ । ପାତ୍ରବାବୁ ପୁଣି ଫେରି ଆସିଲେ ପ୍ଲାଟଫର୍ମକୁ । ଏଥର ରୁମ୍ପଛଡ଼ା କୁକୁର କେଇଟା ନରୋତ୍ତମର ଚାରିପଟେ, ଅଥଚ ସେ ଅନ୍ୟମନସ୍କ ହୋଇ ଦୂରର ସିଗ୍ନାଲ ଖୁଣ୍ଟି ଆଡ଼କୁ ଶଙ୍କିତ ଆଖିରେ ଚାହିଁ ଛିଡ଼ା ହୋଇଗଲା । ପାତ୍ରବାବୁଙ୍କ ପାଦଶବ୍ଦରେ ଚମକି ପଡ଼ିଲା ପରି ଆତ୍ମସ୍ଥ ହୋଇ କୁକୁରମାନଙ୍କୁ ଘଉଡ଼ାଇ ଦେଲା । ପାତ୍ରବାବୁ ନିଜେ ସିଗ୍ରେଟ୍ ଲଗାଇ ଆଉଖଣ୍ଡେ ନରୋତ୍ତମ ହାତକୁ ବଢ଼ାଇ ଦେଲେ । ତଥାପି ତା'ର ଶଙ୍କିତ ଭାବ କଟି ନଥାଏ । ସେ ଥରିଲା ସ୍ୱରରେ ପଚାରିଲା, "ଆପଣ କେବେ ଭୂତ ଦେଖିଛନ୍ତି ?" ପାତ୍ରବାବୁ ହୁଏତ ନରୋତ୍ତମର ଆତୁରତାରେ ହସି ପକାଇଥାଆନ୍ତେ । ଅଥଚ, "ଭୂତ, କାହିଁ ନାହିଁ ତ, ମୁଁ ଭୂତପ୍ରେତରେ ବିଶ୍ୱାସ କରେନି । ସେସବୁ ମନର ବିକାର," କହିସାରି ପାତ୍ରବାବୁ ଅଧାଜଳା ସିଗ୍ରେଟ୍‌କୁ ପାଦରେ ଦଳି ଦେଲେ । ତଥାପି ନରୋତ୍ତମର କୌଣସି ଭାବାନ୍ତର ହୋଇନଥାଏ । ଏଥର ସେ ନାଲି ଆଲୁଅ ଜଳୁଥିବା ସିଗ୍ନାଲ ଖୁଣ୍ଟ ପଟୁ ମୁହଁ ଫେରାଇ ଦୂରର ସିମେଣ୍ଟ ବେଞ୍ଚ ଆଡ଼କୁ ଆଙ୍ଗୁଳି ନିର୍ଦ୍ଦେଶ କଲା । ପାତ୍ରବାବୁ ଗୋଟିଏ ଦୀର୍ଘ କାହାଣୀ ଶୁଣିବା ପାଇଁ ଇତିମଧ୍ୟରେ ନିଜକୁ ମନେ ମନେ ପ୍ରସ୍ତୁତ କରି ନେଇଥିଲେ । ମନ୍ଦ ହେବନି ତିନିଘଣ୍ଟାର ବିରକ୍ତିକର ଅପେକ୍ଷା ।

"ବମ୍ବେ ହାଓ୍ୱଡ଼ା ଏମିତି ତିନିଘଣ୍ଟା ବିଳମ୍ବ ଥାଏ, ବାବୁ" ନରୋତ୍ତମ ମୁଣ୍ଡର ବାଳକୁ ଦୁଇ ତିନିଥର ଝାଙ୍କି ହୁଏତ କଅଣ ଭାବୁଥାଏ । "ନା, ସେ ତାରିଖ ଆଉ କ'ଣ ମନେ ଅଛି ? ରାତି ଦଶଟା ହେବ କି କ'ଣ, ଏକ୍ସପ୍ରେସ୍ ଷ୍ଟେସନ ଛାଡ଼ିବା ପରେ ଷ୍ଟେସନ ମାଷ୍ଟର ହୁଏତ କ୍ୱାର୍ଟରକୁ ଫେରିଯାଇଥିବେ ଭାବି ମୁଁ ଶଳା ଢୁଳାଇ ପଡ଼ିଥିଲି । ନରୋତ୍ତମ ପୁଣି ଶଙ୍କିତ ଆଖିରେ ଦପ୍ ଦପ୍ ଜଳୁଥିବା ସିଗ୍ନାଲ ଖୁଣ୍ଟକୁ ଚାହିଁଲା । ପାତ୍ରବାବୁ ଅଯଥା ଗୌରଚନ୍ଦ୍ରିକାରେ ସାମାନ୍ୟ ବିରକ୍ତି ପ୍ରକାଶ କରି କହିଲେ, "କ'ଣ ସେଠି ଭୂତ ଦେଖିଲ ?" ଅଥଚ ନରୋତ୍ତମ ତାଙ୍କ କଥା ଶୁଣି ନଶୁଣିଲା ପରି କହି ଚାଲିଥାଏ, "ନା, ବାବୁ, ସେଇ ସିଗ୍ନାଲ୍ ଖୁଣ୍ଟ ପଟୁ ଆଗେଇ ଆସୁଥିବା କୋଳାହଳରେ ମୋ ନିଦ ଭାଜିଗଲା । ତିନି ଚାରିଜଣ ଖଲାସୀ ଦୁଇଗଡ଼ ହୋଇ କଟିଯାଇଥିବା ମଣିଷକୁ ବୋହିଆଣି ବେଞ୍ଚରେ ଶୁଆଇଦେଲେ । ଷ୍ଟେସନମାଷ୍ଟରକୁ

ଚିହ୍ନିବାକୁ ମୋତେ ଆଉ ବିଳମ୍ବ ନଥିଲା । ପଣ୍ଡାବାବୁ ଦେବତୁଲ୍ୟ ଲୋକ । ସଂସାରରେ ତାଙ୍କର ନିଜର ବୋଲି କେହି ନଥିଲେ ।" ନରୋତ୍ତମର ଆଖିରେ କେଇ ବୁନ୍ଦା ଲୁହ ଢଳ ଢଳ ହୋଇ ଆସିଥିଲା । ପାତ୍ରବାବୁ ସିଗ୍ରେଟ୍ ଖଣ୍ଡିଏ ଧରେଇ ନରୋତ୍ତମକୁ କହିଲେ, "ରେଲୱେ ଚାକିରି କଲାଦିନୁ ଏମିତି ଆତ୍ମହତ୍ୟା ଦେଖି ଦେଖି ଦେହସୁହା ହୋଇଗଲାଣି, ନରୋତ୍ତମ ।" ନରୋତ୍ତମ କିନ୍ତୁ ଏଥର ଚିତ୍କାର କଲାପରି କହିଲା, "ସେଇଟା କ'ଣ ଆତ୍ମହତ୍ୟା, ବାବୁ ?" ଚମକି ପଡ଼ିଲା ପରି ପାତ୍ରବାବୁ ନରୋତ୍ତମକୁ ଅନାଇଲେ,

– "ମାନେ ?"

ଠିକ୍ ତା' ପୂର୍ବଦିନ ଏଠି ଇଞ୍ଜିନ୍ ଗଣ୍ଡଗୋଳ ଯୋଗୁଁ ସିମେଣ୍ଟ ବୁହା ମାଲ୍ ଗାଡ଼ିଟିଏ ରହିଯାଇଥାଏ । ସେହି ବାବୁଲାଲ ସେଠ୍‌ର ଟ୍ରକ୍ ଛିଡ଼ା ହୋଇଗଲା ପ୍ଲାଟଫର୍ମ ଆରକଡ଼େ । ୱାଗନ୍ ଭାଙ୍ଗି ସିମେଣ୍ଟ ବସ୍ତାଗୁଡ଼ିକ ବୁହା ଚାଲିଲା । ଯେପରି ତା' ବୋପାର ସମ୍ପତ୍ତି । ବାବୁଲାଲ ସେଠ୍ ନିଜେ ଅଫିସ ଭିତରକୁ ପଶି ତାଡ଼ାଏ ନୋଟ୍ ଫୋପାଡ଼ି ଦେଲା ପଣ୍ଡାବାବୁଙ୍କ ଟେବୁଲ ଉପରେ । ତା'ପରେ କ'ଣ ଘଟିଲା କେଜାଣି, ମୁଁ ଅଫିସ୍ ଘରୁ ଗୁଡ଼ାଏ ପାଟିତୁଣ୍ଡ ବ୍ୟତୀତ ଆଉ କିଛି ଶୁଣିପାରିନି । ଆମେ ସବୁ ଛୋଟ ଲୋକ ବାବୁ । ସିମେଣ୍ଟ ବସ୍ତାଗୁଡ଼ିକ ଓହ୍ଲାଇ ଟ୍ରକଟି କିନ୍ତୁ ଫାଙ୍କା ଫେରିଗଲା । ରାତିସାରା ପଣ୍ଡାବାବୁ କ'ଣ ଗୁଡ଼ାଏ ଲେଖୁଥିଲେ କେଜାଣି !"

ଇତିମଧ୍ୟରେ ପାତ୍ରବାବୁ ନିଜେ ଯେମିତି ନିର୍ବେଦ ମୂର୍ତ୍ତିଟିଏ ପାଲଟି ଯାଇଥିଲେ । ସେ ବି ସିଗ୍‌ନାଲ ଖୁଣ୍ଟିକୁ ନିଷ୍ପଲକ ଆଖିରେ ଚାହିଁ ରହିଥିଲେ । ତାଙ୍କ ଆଖି ସାମ୍ନାରେ ମଧ୍ୟ ଝୁଲି ଯାଉଥିଲା ମୁହଁଟିଏ ଓ ତା'ର ଦୁଇଟି ଢିମା ଢିମା ନାଲି ଆଖି । ଟେଲିଫୋନ୍ ଶବ୍ଦ ଶୁଣି ସେ ଯନ୍ତ୍ରବତ୍ ଅଫିସ୍ ଆଡ଼କୁ ଆଗେଇଲେ । ପ୍ଲାଟଫର୍ମକୁ ବାହାରି ଆସିବା ବେଳକୁ ସିଗ୍‌ନାଲ ଖୁଣ୍ଟିର ନାଲି ଆଲୁଅ ସବୁଜ ହୋଇ ସାରିଥାଏ । ତାଙ୍କର ଗତାନୁଗତିକ ଜୀବନ ପରି ଏକ ଚକ୍ଷୁ-ଦାନବ ବମ୍ବେ ହାୱଡ଼ା ଏକ୍ସପ୍ରେସ୍ ଷ୍ଟେସନ୍ ଅତିକ୍ରମ କରି ଯାଉଥାଏ । କାଲି ମାର୍ଚ୍ଚ ପହିଲା । ଅଜ୍ଞାତ ଦାତା ପାଖରୁ ମୋଟା ଅଙ୍କ ବିଶିଷ୍ଟ ଖାମଟିଏ ପହଞ୍ଚିଯିବ ତାଙ୍କର ଟେବୁଲ ଉପରକୁ । ନରୋତ୍ତମ ନିର୍ବିକାର ଭାବେ ଫେରି ଗଲାଣି- ତା' ପାଇଁ ଉଦ୍ଦିଷ୍ଟ ବେଞ୍ଚକୁ । କୁକୁରମାନେ ଯେ ଯାହା ସ୍ଥାନରେ ଆସ୍ଥାନ ଜମାଇ ନେଲେଣି । ପାତ୍ରବାବୁ ଅଫିସ ବନ୍ଦ କରି କ୍ୱାର୍ଟରକୁ ଆଗେଇଲେ । ପତ୍ନୀ, ପୁତ୍ର, ସଂସାର ।

ସେରଡିହ ଷ୍ଟେସନରେ ଏତେ ଦିନର ରହଣି ଭିତରେ ଏମିତି ଅଜବ ଅନୁଭୂତି ପାତ୍ରବାବୁଙ୍କ ପାଇଁ ନୂଆ । କ୍ୱାର୍ଟରରୁ ପ୍ଲାଟଫର୍ମ ପଟକୁ ବଙ୍କେଇ ଆସିଥିବା ରାସ୍ତାରେ

ପାଦଦେବା ବେଳକୁ ଗୁଡ଼ାଏ ନାରୀ କଣ୍ଠର କୋଳାହଳରେ ସେ ଉତ୍ସୁକ ହୋଇ ପଡ଼ିଥିଲେ। ଗୁଡ଼ାଏ ଆଦିବାସୀ ଯୁବତୀଙ୍କ ସମାଗମ। ସେମାନଙ୍କ ଖୋସାରେ ସଜ୍ଜିତ ଜଙ୍ଗଲୀ ଫୁଲର ବାସ୍ନାରେ ତାଙ୍କର ଘ୍ରାଣେନ୍ଦ୍ରିୟ ଆପ୍ୟାୟିତ ହୋଇପଡ଼ିଲା। ନରୋତ୍ତମ ସହିତ ଥଟ୍ଟା ପରିହାସରେ ସେମାନେ ନିମଜ୍ଜିତ। ତାଙ୍କର ପ୍ରାଣଖୋଲା ହସରେ ପ୍ଲାଟଫର୍ମ କମ୍ପି ଉଠୁଥାଏ। ପାତ୍ରବାବୁ ଥରୁଟେ ସେ ପଟକୁ ଆଖି ବୁଲାଇ ନେଲେ। ଅନଭ୍ୟସ୍ତ ହାତ ପିନ୍ଧା ଶସ୍ତା ନାଇଲନ୍ ଶାଢ଼ିମାନେ ସେମାନଙ୍କର ସମଗ୍ର ଅବୟବକୁ ଆବୃତ କରିବାରେ ଅସମର୍ଥ। କେବଳ ଏଇ ରଙ୍ଗିନ ମହୋତ୍ସବ। ତାଙ୍କ ଉପରେ ଆଖି ପଡ଼ିବା କ୍ଷଣି ନରୋତ୍ତମ ଗମ୍ଭୀର ହୋଇ ଛିଡ଼ା ହେଲା, ପୁଣି ଏକ ସାମୂହିକ ବେପରୁଆ ହସର ବିସ୍ଫୋରଣ। ସମ୍ପୂର୍ଣ୍ଣ ଦୃଶ୍ୟଟି ପାତ୍ରବାବୁଙ୍କୁ ଦୁର୍ବୋଧ୍ୟ ଲାଗୁଥାଏ। ସେ ତରବରରେ ଅଫିସକୁ ପଶିଗଲେ। ଅଥଚ ସିଗ୍ରେଟର ଧୂମକୁଣ୍ଡଳୀ ଭିତରେ ମସଗୁଲ ହୋଇ ବାରଣ୍ଡାରେ ଆସୀନ ଫିନ୍ ଫିନ୍ ପାଇଜାମା ପଞ୍ଜାବୀ ପରିହିତ ଅଚିହ୍ନା ଚରିତ୍ରଟି ମାତ୍ର ମୁହୂର୍ତ୍ତକ ପାଇଁ ତାଙ୍କର ଦୃଷ୍ଟି ଆକର୍ଷଣ କଲା। ତା'ର "ସଲାମ୍ ସାବ୍" ବଦଳରେ ପାତ୍ରବାବୁ ହାତ ଟେକି ପାରି ନଥିଲେ। ଲୋକଟି ନିର୍ବିକାର ଭାବେ ଅଫିସକୁ ପଶି ଆସିଲା ଓ ତା' ସହିତ ଏକ ଦାମୀ ଏସେନ୍ସର ବାସ୍ନା ଏବଂ ନରୋତ୍ତମ। ସେ ତାଙ୍କର ବିନା ଅନୁମତିରେ ଚେୟାରରେ ବସି ସାରିଥିଲା। ନରୋତ୍ତମର ସ୍ୱରରେ ଅନେକଟା ଆପ୍ୟାୟିତ ଭାବ। "ସାର୍, ଜାନବ୍ ହେଲେ ଅସଲାମ୍ ଖାଁ।" ଅନିଚ୍ଛା ସତ୍ତ୍ୱେ ପାତ୍ରବାବୁ ସାମାନ୍ୟ ହସି କରମର୍ଦ୍ଦନ ପାଇଁ ହାତ ବଢ଼ାଇ ଦେଲେ। ନରୋତ୍ତମ ହୁଏତ ଆହୁରି କିଛି କହିଥାନ୍ତା, ଅଥଚ ଘଣ୍ଟା ଉପରେ ଆଖି ପଡ଼ିବାରୁ ସେ ପ୍ଲାଟଫର୍ମକୁ ଚାଲିଗଲା। ପର୍ସ କାଢ଼ି ଅସଲାମ୍ ଖାଁ ତିନିଖଣ୍ଡ ଶହେ ଟଙ୍କିଆ ନୋଟ୍ ପାତ୍ରବାବୁଙ୍କ ହାତକୁ ବଢ଼ାଇ ଦେଇ କହିଲା, "ରାୟପୁର କୋ ଏକିଶ୍ ଠୋ।" ବାକି ପଇସା ଫେରାଇବା ପାଇଁ ପ୍ରଥମ ଡ୍ରୟର ଓ ପରେ ନିଜର ପକେଟ ଦରାଣ୍ଡିବା ବେଳକୁ ପାତ୍ରବାବୁଙ୍କ ମନୋଭାବ ବୁଝିପାରି ଅସଲାମ୍ ଖାଁ କହିଲା, "କୋଇ ଜରୁରୀ ନେହିଁ।" ପାତ୍ରବାବୁ ଏକୋଇଶ ଖଣ୍ଡ ଟିକେଟ ତା' ହାତକୁ ବଢ଼ାଇ ଦେଲାବେଳକୁ ପାସେଞ୍ଜର ପ୍ଲାଟଫର୍ମରେ ପ୍ରବେଶ କରୁଥାଏ, ଯୁବତୀମାନେ ଡେଇଁ ଡେଇଁ କମ୍ପାର୍ଟମେଣ୍ଟରେ ପଶୁଥାଆନ୍ତି। ପ୍ଲାଟଫର୍ମରେ ଦଣ୍ଡାୟମାନେ ଅସଲାମ ଖାଁ ସହିତ ନିମ୍ନ ସ୍ୱରରେ କଥାବାର୍ତ୍ତା କରୁଥିବା, ଛିଟ କୁର୍ତ୍ତା ପିନ୍ଧି ବେକରେ ନାଲି ରୁମାଲ ଭିଡ଼ିଥିବା ବିଶାଳବପୁ ଚରିତ୍ରଟି ପାତ୍ରବାବୁଙ୍କ ଦୃଷ୍ଟି ଏଡ଼ାଇ ପାରି ନଥିଲା। ଆନ୍ଦୋଳିତ ସବୁଜ ପତାକା ଓ ହ୍ୱିସିଲ୍ ସହିତ ଗତିଶୀଳ ଟ୍ରେନ୍ ଆଡ଼କୁ ଖେପିଯାଇ ଲୋକଟି ଗୋଟିଏ କମ୍ପାର୍ଟମେଣ୍ଟରେ ଚଢ଼ିଗଲା। ଏକ ଅଜବ ତୃପ୍ତିରେ ଅସଲାମ ଖାଁର ମୁହଁ ଉଜ୍ଜ୍ୱଳ ଦିଶୁଥାଏ। ଅଦୂରରେ ଛିଡ଼ା ହୋଇଥିବା

କେଇଜଣ କଙ୍କାଳସାର ବୃଦ୍ଧ ବୃଦ୍ଧାମାନଙ୍କୁ ଚାହିଁ ଅସଲାମ୍ ଖାଁ ପକେଟରୁ ପର୍ସ କାଢ଼ିଲା ଓ ଧୀର ପଦକ୍ଷେପରେ ସେମାନଙ୍କ ଆଡ଼କୁ ଆଗେଇଲା।

ପ୍ଲାଟଫର୍ମକୁ ଫେରି ଆସୁଥିଲା ଗତାନୁଗତିକ ନୀରବତା। ପାତ୍ରବାବୁ ଅଫିସ ଭିତରୁ କଲିଂବେଲ୍ ମାରି ନରୋତ୍ତମକୁ ଡାକିଲେ। ତା' ମୁହଁଟି କାହିଁକି ଗମ୍ଭୀର ହୋଇ ପଡ଼ିଥାଏ। ପାତ୍ରବାବୁ ନିଜେ ଆଗ କଥା ଆରମ୍ଭ କଲେ, "ନରୋତ୍ତମ, କ'ଣ କେଉଁଠି ଯାତ୍ରା ହେଉଛି କି? ଏତେ ଲୋକ।" ଦୀର୍ଘଶ୍ୱାସଟିଏ ଛାଡ଼ି ସେ ପ୍ଲାଟଫର୍ମ ଆଡ଼କୁ ନିର୍ବାକ୍ ହୋଇ ଚାହିଁ ରହିଲେ। ପାତ୍ରବାବୁ ଖଣ୍ଡିକାଶଟିଏ ମାରି ନରୋତ୍ତମକୁ ସଚେତନ କରାଇ ଦେଲେ। "ସେମାନେ କ'ଣ ଆଉ ଫେରିବେ ବାବୁ? ରାୟପୁର, ବିଲାସପୁର ନର୍କ ଭିତରୁ? ... ସବୁ ଏଇ ପାପୀ ପେଟ ପାଇଁ..." ନରୋତ୍ତମର କଣ୍ଠ ବାଷ୍ପାକୁଳ ହୋଇ ପଡୁଥିଲା। ତାଙ୍କ ଅନୁମତିକୁ ଅପେକ୍ଷା ନକରି ସେ ଫେରି ଯାଉଥିଲା ତା'ର ସିମେଣ୍ଟ ବେଞ୍ଚକୁ। ପାତ୍ରବାବୁ ଅନ୍ୟମନସ୍କ ଭାବରେ ଅଗ୍ନି ସଂଯୋଗ କଲେ ସିଗାରେଟରେ।

ମଧ୍ୟାହ୍ନ ଭୋଜନ ପରେ ଅଫିସକୁ ଫେରିବା ବେଳକୁ ପାତ୍ରବାବୁ ଷ୍ଟେସନ ବାହାର ଖୋଲାପଡ଼ିଆ ବାଟେ ମୁହଁ ବୁଲାଇ ନେଇଥିଲେ। ବିଚିତ୍ର ଦୃଶ୍ୟ। ଗୋଟିଏ ପଟେ ଅନୁଚ୍ଚ ମଞ୍ଚଟିଏ ପ୍ରସ୍ତୁତ ହୋଇ ସାରିଲାଣି। ଅସଲାମ୍ ଖାଁ ଓ ଆଉ କେତେଜଣ ଅଚିହ୍ନା ଲୋକଙ୍କ ତତ୍ତ୍ୱାବଧାନରେ ଗୁଡ଼ାଏ ଖୁଣ୍ଟ ପୋତାହୋଇ ତୋରଣମାନଙ୍କରେ ଛାଇ ହୋଇଥିଲା। ଏକ ପରିଚିତ ରାଜନୈତିକ ଦଳର ଅସଂଖ୍ୟ ପ୍ରାଚୀର ପତ୍ର। ମଞ୍ଚ ଉପରେ ଖଞ୍ଜା ହୋଇଥିବା ଏକ ମାଇକ୍ ସେଟ୍ ପାଖରେ ଛିଡ଼ା ହୋଇ କେହି ଜଣେ ପାଟି କରୁଥିଲା, "ହାଲୋ... ୱାନ୍... ଟୁ... ଥ୍ରୀ।" ପାତ୍ରବାବୁ ସଚେତନ ହେଲେ। ମାତ୍ର ଅଳ୍ପଦିନ ପରେ ବିଧାନସଭା ନିର୍ବାଚନ। ସେ ନିର୍ବିକାର ହୋଇ ଅଫିସରେ ପଶିଲେ। କିଛି ସମୟ ପରେ ଶସ୍ତା ଫିଲ୍ମ ସଙ୍ଗୀତର ଶ୍ରୁତିକଟୁ କୋଳାହଳରେ ସମଗ୍ର ଅଞ୍ଚଳ କମ୍ପି ଉଠିଲା। ନରୋତ୍ତମ ତଥାପି ନିଦ୍ରିତ। ପାତ୍ରବାବୁ ତା'ର ନିଦରେ ବ୍ୟାଘାତ ସୃଷ୍ଟି କରିବାକୁ ଚାହିଁଲେ ନାହିଁ। ପ୍ଲାଟଫର୍ମ ଛାଡ଼ି କୁକୁରମାନେ ସଭାସ୍ଥଳ ଆଡ଼କୁ ମାଡ଼ି ଚାଲିଥିଲେ। ସନ୍ଧ୍ୟା ହେବା ପୂର୍ବରୁ ଟ୍ରକ୍ ଟ୍ରକ୍ ଲୋକ ବୁହା ହୋଇ ସଭାସ୍ଥଳରେ ପହଞ୍ଚୁଥାଆନ୍ତି। ଇତିମଧ୍ୟରେ କେଇଟା ଜିପ୍ ଓ କାର୍ ଧାଡ଼ିବାନ୍ଧି ଛିଡ଼ା ହୋଇ ସାରିଥିଲେ। ନରୋତ୍ତମ ବାଙ୍କ ଉଠା ଚା' କପ୍‌ଟିଏ ଧରି ଅଫିସକୁ ପଶି ଆସିଲା। ତା'ର ଭାବଭଙ୍ଗୀରେ ଅଭୁତପୂର୍ବ ଚଞ୍ଚଳତା। ସେ ଉତ୍ସାହିତ ହେଲାପରି ପଚାରିଲା, "ସାର୍, ସଭା ଶୁଣିବେ? ବଡ଼ ବଡ଼ ନେତା ଆସୁଛନ୍ତି।" ଅଥଚ ପାତ୍ରବାବୁଙ୍କ ଗମ୍ଭୀର ଭାବ ଦେଖି ସେ ଚୁପ୍‌ଚାପ୍ ଫେରିଗଲା। ହଠାତ୍ "ଆମର ନେତା... ଜିନ୍ଦାବାଦ୍" ଇତ୍ୟାଦି ଧ୍ୱନିରେ ଚତୁର୍ଦ୍ଦିଗ

ମୁଖରିତ ହୋଇପଡ଼ିଲା। ରିଙ୍ଗ୍ ହେଉଥିବା ଟେଲିଫୋନ୍‌ର ରିସିଭର ଉଠାଇ ପାତ୍ରବାବୁ ଶୁଣିବାକୁ ଚେଷ୍ଟା କରୁଥିଲେ। ଅଥଚ କିଛି ତାଙ୍କ କାନକୁ ଶୁଭୁ ନଥିଲା। ଆରପଟୁ ରିସିଭର କଚାଡ଼ି ଦେବା ଶବ୍ଦ ଶୁଣି ସେ ଆଶ୍ୱସ୍ତ ହେଲେ। ଅଥଚ ମାଇକ୍‌ରୁ ଗମ୍ଭୀର ସ୍ୱରରେ ଶୁଭୁଥାଏ ବୋଧହୁଏ ନେତା ମହାଶୟଙ୍କ ଭାଷଣ, "ସମଗ୍ର ଓଡ଼ିଶାର ମାନଚିତ୍ରରେ ସେରଡିହ ସ୍ୱାଧୀନତା ପରବର୍ତ୍ତୀ ଯୁଗରେ ପ୍ରଗତିର ଏକ ଜ୍ୱଳନ୍ତ ପ୍ରତୀକ। ଏଠି ଏକ ଉଚ୍ଚକୋଟୀର ସ୍କୁଲ୍, ବଣ୍ୟ ସମ୍ପଦର ଉପଭୋଗ ପାଇଁ ବଣ୍ୟଜାତ କଞ୍ଚାମାଲ୍ ଭିତ୍ତିକ ଏକ ଇଣ୍ଡଷ୍ଟ୍ରୀ, ଜନସାଧାରଣଙ୍କ ଧନଜୀବନ ସୁରକ୍ଷା ପାଇଁ ଗୋଟିଏ ପୋଲିସ୍ ଷ୍ଟେସନ ସ୍ଥାପନ କରିବାକୁ ମୁଁ ନିର୍ଭର ପ୍ରତିଶ୍ରୁତି ଦେଉଛି...।" କାଁ ଭାଁ କରତାଳି ସହିତ ନେତା ମହାଶୟ ବୋଧହୁଏ ଆସନ ଗ୍ରହଣ କଲେ। ପାତ୍ରବାବୁ, ଏଥର ଏକ ପରିଚିତ କଣ୍ଠସ୍ୱର ଶୁଣିପାରିଲେ। ଅସଲାମ୍ ଖାଁ ପ୍ରତି ଘୃଣାରେ ତାଙ୍କର ନାସା କୁଞ୍ଚିତ ହୋଇ ପଡୁଥିଲା। "ସେରଡିହ ମେଁ କୁଛ କମି ନେହିଁ। ରାସ୍ତେ ହୈ। ଆଦିବାସୀ ଭାଇଓଁ କୀ କୁଛ୍ କମତି ନହିଁ...।" ଏଥର କରତାଳିରେ କମ୍ପି ଉଠିଲା ସମଗ୍ର ସଭାସ୍ଥଳ। କିଛିଟା ବିରତି ପରେ ନେତା ମହାଶୟ ପୁଣି କହିବାକୁ ଆରମ୍ଭ କଲେ, "ସେରଡିହ ସମଗ୍ର ଓଡ଼ିଶାର ଗର୍ବ। ଆପଣମାନଙ୍କ ପରି ଯେତେବେଳେ ସମଗ୍ର ଓଡ଼ିଶାବାସୀ ସରକାରୀ କଳ ପ୍ରତି ଅପେକ୍ଷା ନକରି ନିଜ ଅଞ୍ଚଳର ପ୍ରଗତି ସାଧନ କରିପାରିବେ, ତେବେ ଯାଇ ଆମେ ଏକ ସମୃଦ୍ଧ ଓଡ଼ିଶା ଗଠନରେ ସଫଳ କାମ ହୋଇପାରିବା...।"

ସମବେତ ଜନତାର ନିରବଚ୍ଛିନ୍ନ କରତାଳି ଓ କୋଳାହଳକୁ ଅପେକ୍ଷା ନକରି ଏକ୍ସପ୍ରେସ ଷ୍ଟେସନ ଅତିକ୍ରମ କରୁଥିଲା।

■

ରାପ୍‌ସୋଡ଼ି: ଏକ ବିକଳାଙ୍ଗ ରାତିର

(ଏକ)

ମୁଁ ଧଳା ଧୋତି ଓ ପଞ୍ଜାବୀ ପିନ୍ଧିଥିଲି ଏବଂ ମୋ ହାତରେ ଥିଲା ଏକ କାରୁକାର୍ଯ୍ୟ ଖଚିତ ତିନିଫୁଟ ଦୀର୍ଘ ଯଷ୍ଟି। ସିଡ଼ିରେ ଓହ୍ଲାଇବାବେଳେ ମୁଁ ଯଷ୍ଟିକୁ ପାହାଚରେ ଆଘାତ କରୁଥିଲି- ଅନୁରୂପ ରାସ୍ତାରେ ମେଟାଲ୍‌ରେ। ଏହା ଫଳରେ ମୁଁ ଆସୁଛି ବୋଲି ଜଣା ପଡୁଥିଲା ଓ ସମସ୍ତେ ଉଭୟ ପାର୍ଶ୍ୱକୁ ଘୁଞ୍ଚି ଯାଉଥିଲେ ପ୍ରିଷ୍ଟ୍, ପଣ୍ଡା ଓ ପୟଗମ୍ବର।

ମୁଁ ଚାଲିଥିଲି ଓ ଚାଲିଥିଲି। ପ୍ରଥମେ ଏକ ଧବଳ ବିନ୍ଦୁ-ତା'ପରେ ଶ୍ୱେତ ବଳାକା, ଧଳା ଭାଲୁ ଓ ଶେଷରେ ମୁଁ (ଅଶୋକ କୁମାର ଚନ୍ଦନ) ଧୋତି ଓ ପଞ୍ଜାବୀ ପରିହିତ ଭଦ୍ରଲୋକ। ହାତରେ ଯଷ୍ଟି, ତିନିଫୁଟ ଲମ୍ବର।

ମୁଁ କହୁଥିଲି, ସେମାନେ ଆଡ଼େଇ ହେଉଥିଲେ- କେଦାରଗୌରୀ ମନ୍ଦିରରୁ ଫେରୁଥିବା ବନ୍ଧୁମାନେ। ସେମାନେ ଦୀପଶିଖା ପରି ଜଳୁଥିଲେ, ଅଥଚ ଶାଗୁଆ ଶାଢ଼ି ଦ୍ୱାରା ସେ ଶିଖମାନ ଘୋଡ଼ା ହୋଇଥିଲା। ଜ୍ୱଳନ ଯେ ବନ୍ଦ ହୋଇଥିଲା ତା' ନୁହେଁ। ବରଂ ଶାଢ଼ିମାନେ ପୋଡ଼ି ଯାଇଥିଲେ। ଅତଏବ ସେମାନେ ମୁଣ୍ଡ ନୁଆଁଇ ଚାଲିଥିଲେ। ପୁନଶ୍ଚ ମୁଁ ଦେଖିଲି ଗଙ୍ଗଶିଉଳି ଫୁଲ ପରି ଅନେକ ନର୍ସ। ମୋ ସ୍ତ୍ରୀ ପ୍ରଥମଥର ଗର୍ଭବତୀ ହେବା ଦିନଠାରୁ ମୋ ସହିତ ପରିଚିତ ଓ ଘନିଷ୍ଠ ପ୍ରାପ୍ତ ବୟସ୍କା ନର୍ସଟିଏ ମୋତେ ଦେଖି ହସିଲା ଓ ମୁଁ ତାକୁ ଚୁମା ଦେଲି। ଉଦ୍‌ଭ୍ରାନ୍ତ ଅପେକ୍ଷା ସେ ଚୁମ୍ବନରେ ଶ୍ଳୀଳତା ହିଁ ବେଶୀ ଥିଲା।

ପୁଣି ମୁଁ ଆଗେଇ ଚାଲିଲି। ଏପରି ଏକାବନ ବର୍ଷ ଧରି ମୁଁ ଚାଲି ଆସିଛି। ଯେପରିକି ଚାଲିବା ହିଁ ମୋର ଏକମାତ୍ର କାମ ଓ କାମ୍ୟ। ଏଥର ମୁଁ ଦେଖିଲି ଗୋଟିଏ ବୁଲାଷଣ୍ଢ ବେପରୁଆ ପାକୁଳି କରୁଛି। ଆଗେଇବା ପାଇଁ ପଥ ନାହିଁ।

ମୁଁ କହିଲି, ରାସ୍ତାରୁ ଉଠିଯା।

ସେ କହିଲା....

ମୁଁ ରାଗରେ ଆଉଥରେ ଆଦେଶ ଦେଲି।

ଅଥଚ ସେ ହସି ହସି କହିଲା, 'ମୁଁ ଉଠିବି ନାହିଁ। ତୁମେ କାହିଁକି ଭାବୁଛ ଯେ ମୋ ଆଧିପତ୍ୟ ହସ୍ତାନ୍ତରିତ ହୋଇଛି, ମୁଁ ଜୀଇଁଛି ଓ ତୁମକୁ ଆଗେଇବାକୁ ଦେବି ନାହିଁ। ତୁମେ ଫେରିଯାଅ।'

ରାଗରେ ମୋ ଦେହ ଥରୁଥାଏ। ମୁଁ ତାକୁ ଯଷ୍ଟିରେ ଆଘାତ କଲି। ସେ ନିର୍ବାକ୍ ହୋଇ ସହି ଯାଉଥାଏ। ବିରାଟ ଦେହରେ ଅନେକ ରକ୍ତାକ୍ତ ଚିହ୍ନ। ଅଥଚ ସେ ନିର୍ବିକାର। ପ୍ରତି ଆକ୍ରମଣ ପାଇଁ ନାହିଁ ଉଦ୍ୟମ କିମ୍ବା ରାସ୍ତାରୁ ଉଠିଯିବାର ପ୍ରକ୍ରିୟା। ମୁଁ ଆଖି ବୁଜି ବାଡ଼େଇ ଚାଲିଗଲି ଓ ସେ ହସୁଥିଲା। ଅଟ୍ଟହାସ କରୁଥିଲା ଏବଂ ମୋ ମୁଣ୍ଡକୁ ପିତ୍ତ ଚଢ଼ିଗଲା।

ସେ ଚିତ୍କାର କରୁଥିଲା, 'ପାରିବନି ମଣିଷ। ତୁମେ ମୋତେ ହତ୍ୟା କରିପାରିବ ନାହିଁ।'

ଏତେବେଳେ ସମସ୍ତ ପ୍ରିଷ୍ଟ, ପଣ୍ଡା ଓ ପୟଗମ୍ବର ସେଠାରେ ଜମା ହୋଇଗଲେ। କେତେବେଳେ ଆଖିରୁ ଲୁହ ଗଡ଼ାଉଥିଲେ, କେତେବେଳେ ତାଳି ମାରୁଥିଲେ। ଶାଗୁଆ ଶାଢ଼ି ପିନ୍ଧିଥିବା ନାରୀମାନଙ୍କ ଶାଢ଼ି ଅଧା ଅଧା ଜଳି ଯାଇଥିଲା। ଅଥଚ ସେମାନେ ମୋତେ ଦେଖୁଥିଲେ। ନର୍ସମାନେ ମୋ ନିଶ ଓ ପଞ୍ଜାବୀର ଇସ୍ତ୍ରୀ ଦେଖି ଦୁଷ୍ଟାମୀର ହସ ହସୁଥିଲେ ଓ ଚୁମ୍ବନ କରିବାକୁ ପ୍ରାର୍ଥନା କରୁଥିଲେ।

କିନ୍ତୁ ଷଣ୍ଢ ଯେ ନଛୋଡ଼ବନ୍ଧା। ତା'ର ଅପୂର୍ବ ଜୀବନୀଶକ୍ତି ଦେଖି ମୁଁ ଓ ଉପସ୍ଥିତ ସଭାଜନ ଆଶ୍ଚର୍ଯ୍ୟ ହେଉଥିଲେ। ନା, ଏଥର କିଛି ନୂତନ ଉପାୟ ଉଦ୍‌ଭାବନ କରିବାକୁ ହେବ।

ସେ ଷଣ୍ଢ ମୂର୍ଚ୍ଛା ହୋଇ ଯାଇଛି ଓ ମୁଁ ତା' ଦେହରେ ପଦାଘାତ କରି ଅପର ପାର୍ଶ୍ୱକୁ ଚାଲି ଆସିଛି। ମୁମୂର୍ଷୁ ଷଣ୍ଢ ପାଚେରି ପରି ପଡ଼ିଛି ଏବଂ ନରନାରୀମାନେ ମୋତେ ହାତ ହଲାଇ ବିଦାୟ ଦେଉଛନ୍ତି। ମୋ ସହିତ ଅନେକ ଏଇପଟକୁ ଚାଲି ଆସିଛନ୍ତି।

(ଦୁଇ)

ଏଥର ନୂତନ ଅଭିଯାନ। ସି' ଭଏଜ୍।

ରାତି ଗୋଟିଏ ହୋଇପାରେ। ମୁଁ ଦେଖିଲି, ମୋ ଦେହସାରା ନିଆଁ ଲାଗି ଯାଇଛି। ମୋର ଧୋତି ଓ ପଞ୍ଜାବୀ ଜଳି ଯାଇଛି। କହିବା ବାହୁଲ୍ୟ ମାତ୍ର, ମୁଁ ଉଲଗ୍ନ।

ସମୁଦ୍ରକୁ ଲମ୍ଫ ଦେଲେ ରକ୍ଷା ନାହିଁ। ଗୋଟିଏ ହୁଲି ଡଙ୍ଗା ଏବଂ ମୋ ପାଖରେ ଅଛି ତିନି ଫୁଟ ଲମ୍ବର ଯଷ୍ଟି। ଯାହାକି ଆହୁଲାର କାମ ତୁଲାଇ ନେଇପାରେ।

ମୁଁ ସମୁଦ୍ର ଯାତ୍ରା ପୂର୍ବରୁ ମୋ ସହିତ ଚାଲି ଆସିଥିବା ସମସ୍ତ ନରନାରୀମାନଙ୍କୁ ପଚାରିଲି, ମୋ ଦେହରେ କିଏ ନିଆଁ ଲଗାଇଲା ?

ନରମାନେ ଜୋର ଦେଇ ମନା କଲେ।

ଅଥଚ ତୁଙ୍ଗସ୍ତନୀମାନେ ମୁଣ୍ଡ ନୋଇଁଲେ।

ଏତଦ୍‌ପରେ ମୁଁ ସମୁଦ୍ରକୁ ଯିବି। ହାତରେ ତିନିଫୁଟ ଲମ୍ବ ଯଷ୍ଟି।

(ତିନି)

ଏକ ନୂତନ ରାଜ୍ୟର ଉପକୂଳରେ ମୁଁ ପହଞ୍ଚିଛି। ମୋର ନିଃଶ୍ୱାସ ବନ୍ଦ ହୋଇ ଆସୁଛି ଏବଂ ସମୁଦ୍ର ଢେଉରେ ଅନେକ ଉଲଗ୍ନ ଶାବକଙ୍କ ଶବ ଭାସୁଛି। ହୁଏତ ମୁଁ ବି ମରିଯାଇ ପାରେ।

ଏହା ମୃତ୍ୟୁ ଦ୍ୱୀପ।

ନା ମୋତେ ଲେଉଟି ଯିବାକୁ ହେବ। ଦାରା ତନୟାଦି କାହାକୁ ସମର୍ପି ଆସିନାହିଁ।

ବରଂ ସେ ଦୀପ ଶିଖା ପରି ନାରୀମାନେ ଭଲ,

ବରଂ ସେ ନର୍ସକୁ ଚୁମ୍ବନ କରିବା ଭଲ,

ବରଂ ସେ ନିଆଁରେ ପୋଡ଼ିବା ଭଲ,

ମୋତେ ନୂତନ ବନ୍ଦରଟିଏ ଆହ୍ୱାନ କଲା। ତା'ର ଦୁଇଟି ହାତ ବଢ଼ାଇ ମୋତେ (ଓ ମୋର ଡଙ୍ଗାକୁ) ଆଲିଙ୍ଗନ କରି ନେବା ପାଇଁ ପ୍ରୟାସ କଲା।

ମୁଁ ମୁହୂର୍ତ୍ତେ ଅଟକି ଲକ୍ଷ୍ୟ କଲି।

ନା, ଯାଇ ଲାଭ ନାହିଁ।

ଏଇ କାମାତୁରା ବନ୍ଦରର ଆଶ୍ଲେଷରେ ହୁଏତ ମୋର ନିଃଶ୍ୱାସ ବନ୍ଦ ହୋଇଯିବ। ତା'ର ଗୋଜା ଗୋଜା ନଖ ମୋର ତଣ୍ଟି କଣା କରି ରକ୍ତ ପିଇବ ଏବଂ ପରଦିନ ସୂର୍ଯ୍ୟ ମୋର ଉଲଗ୍ନ ଶବକୁ ଏଇଠାରେ ଭାସୁଥିବା ଦେଖିବ।

ଦାରା ତନୟାଦି ମୁଁ କାହାକୁ ସମର୍ପି ଆସିନାହିଁ। ପୁନଶ୍ଚ ଏବେ ବିଚରାର ହୋସ ଫେରି ଆସିଥିବ ଓ ସେ ଚିତ୍କାର କରୁଥିବ... 'ଧର୍ମ ସଂସ୍ଥାପନାର୍ଥାୟ ସମ୍ଭବାମି ଯୁଗେ ଯୁଗେ...।' ତା'ର ବାତ୍ସଲ୍ୟ ଭରା ଦୁଇଟି ଆଖି ଏବେ ବି ମୋର ହୃଦୟକୁ ମନ୍ଥି ପକାଉଛି।

ମୋତେ ଫେରିଯିବାକୁ ହେବ।

ମୁଁ ବରଂ ସେ ଶାଗୁଆ ଶାଢ଼ି ପିନ୍ଧିଥିବା ବଧୂ ଓ ଗଙ୍ଗଶିଉଳି ଫୁଲ ପରି ନର୍ସମାନଙ୍କୁ ବାଇବେଲ ଉପହାର ଦେବି।

ହଁ, ମୁଁ ଫେରିବି।

ଏକ ନୂତନ ରାହା।

ମୁଁ କାତ ମାରି ଆଗେଇ ଚାଲିଥିଲି। ବନ୍ଦରର ବିଳାପ ଦୂରେ ଦୂରେ ମିଳାଇ ଯାଉଥିଲା। ଅଥଚ ସେ ଆହ୍ୱାନର ଶେଷ କେଉଁଠି? ମୁଁ ଦେଖୁଥିଲି ସମୁଦ୍ର ସାରା ମୋର ଚିହ୍ନା ଜଙ୍ଘମାନେ ବତୀଘରର କାର୍ଯ୍ୟ ତୁଲାଉଥିଲେ। କିଏ ସେ ଜଙ୍ଘମାନଙ୍କୁ ବତୀଘର କଲା?

ସେମାନେ ମୋତେ ଚିତ୍କାର କରି ଡାକୁଥିଲେ।

ପ୍ରଥମ ଜଙ୍ଘରେ ଗୋଟିଏ ତିଳ ଚିହ୍ନ, ଅନ୍ୟର ଏକାଧିକ।

ଆଉ ଏକ ଜଙ୍ଘ, ଏକ ସାନ କଟାଚିହ୍ନ।

ଅନ୍ୟତ୍ର ଜଙ୍ଘର ରଙ୍ଗ ପିଙ୍ଗଳ ଅବା ଶ୍ୟାମଳ।

ସବୁଯାକ ମୋର ଚିହ୍ନା।

ମୁଁ ବେଖାତିର ଭାବରେ ଆଗେଇ ଚାଲିଲି। ମୋର 'ଯଷ୍ଟି' ବେଶ୍ 'କାତର' କାମ କରୁଥିଲା। ଏହା ମୋତେ ସର୍ବଦା ସାହାଯ୍ୟ କରିଛି। ଷଣ୍ଢକୁ ଆଘାତ କରିବାଠାରୁ...

ଆହା ବିଚରା ଷଣ୍ଢ।

ପୁନଶ୍ଚ ଏ କ'ଣ?

ଏବେ ମୋର ଚିହ୍ନା ଛାତିମାନେ ସମୁଦ୍ରର ଢେଉ ହେଉଛନ୍ତି। ପ୍ରାୟ ପ୍ରତ୍ୟେକ ଛାତିରେ ମୋର ଦାନ୍ତ ବା ନଖର ଚିହ୍ନ ଅବା କୁତ୍ସିତ ଟିଟାନସ୍। ସେମାନେ ଚିତ୍କାର କରି କ୍ରନ୍ଦନ କରୁଥିଲେ ଓ ମୋର ସାନ୍ନିଧ୍ୟ ଖୋଜୁଥିଲେ।

ମୁଁ କିନ୍ତୁ ନାରାଜ। ରକୁଣା ରଥ।

ଷୋଡ଼ଶୀର ସ୍ତନ ପରି ଢେଉମାନେ ପୁଣି ମିଳାଇ ଯାଉଥିଲେ।

ମୁକ୍ତି। ଶାନ୍ତି। ତୃପ୍ତି।

ମୁଁ କୂଳରେ ପାଦ ଦେଲି। ସେ ଷଣ୍ଢ ମୋତେ ଅପେକ୍ଷା କରିଥିଲା। ମୁଁ ତା'ର ପାଦ ଧରି ପ୍ରଣାମ କଲି। କିନ୍ତୁ ତା' ଆଖିରେ ଗୁଡ଼ାଏ ଲୁହ। ସେ ମୋତେ ଦେଖାଇ ଦେଲା ମୋର ପ୍ରିୟ ସହରକୁ। ସହର ଜଳି ଯାଇଥିଲା କେଇ ଶତାବ୍ଦୀ ତଳେ। ନିଃଶେଷ ପଇଡ଼ ପରି ରାସ୍ତାରେ ଖପୁରୀମାନ ଗଡୁଥିଲା ଓ ଝାଞ୍ଜି ପବନ ବହୁଥିଲା। ମୋର ସହର ଦିଶୁଥିଲା ବିଧ୍ୱସ୍ତ ହିରୋସିମା, ନାଗାସାକି ବା କୁରୁକ୍ଷେତ୍ର ପରି।

ମୁଁ ଯଷ୍ଟିରେ ନିଜକୁ ଆଘାତ କଲି। ଷଣ୍ଢ ଚୁପ୍‌ଚାପ୍ ଛିଡ଼ା ହୋଇଥିଲା। ମୁଁ ଆଘାତ କରି ଚାଲିଥିଲି। ମୃତ୍ୟୁ ମୋର କାମ୍ୟ- ମୃତ୍ୟୁ ମୋର ପ୍ରାପ୍ତି ଓ ତୃପ୍ତି। ଆହା ଶୀତଳ ମୃତ୍ୟୁ।

ଅଥଚ ଷଣ୍ଢଟା ଚିତ୍କାର କରି ଉଠିଲା, 'ଏଥର ମଧ୍ୟ ତୁମେ ବିଫଳ ହେବ, ମଣିଷ।'

ସେ ହସୁଥିଲା।

■

ଶୋଭାଯାତ୍ରା

ଏହି ଅଥର୍ବତାକୁ ଅବିନାଶବାବୁ ଘୃଣା କରନ୍ତି । ଅଥଚ ସେ ଇଜି ଚେୟାରରେ ଚୁପ୍‌ଚାପ୍ ବସିଛନ୍ତି, ରୋଗୀ ପରି, ନିଷ୍ପ୍ରାଣ ଶବ ପରି, ପ୍ରତିମା ପରି । 'ବର୍ତ୍ତମାନ' ଏବେ ଘୃଣ୍ୟ ଏବଂ ତା'ର ଘୃଣିତ ସାନ୍ନିଧ୍ୟରେ, ବରଂ ଅକ୍ଟୋପାସୀ ଆଲିଙ୍ଗନ ଭିତରେ ପେଷି ହେଉଛନ୍ତି ପ୍ରୌଢ଼ ଅବିନାଶ । ଏବେ ସେ ଶୁଣିବାକୁ ଚାହୁଁ ନଥିବା ଦୃଶ୍ୟମାନ ଦେଖୁଛନ୍ତି, ପଢ଼ିବାକୁ ଚାହୁଁ ନଥିବା ପୃଷ୍ଠାମାନ ପଢୁଛନ୍ତି । ତାଙ୍କ ଭିତରୁ କିଏ ଜଣେ ବାରମ୍ବାର ପ୍ରତିବାଦ କରୁଛି, ଅଥଚ ଅବିନାଶବାବୁ ଅଭିଭାବକ ପରି ତାକୁ କେତୋଟି ହିତୋପଦେଶ ଦେଇ ଶାନ୍ତ କରି ଦେଉଛନ୍ତି । ଅବିନାଶବାବୁ ନିଷ୍ପଲକ ଆଖିରେ ଦେଖୁଛନ୍ତି ଅସନ୍ତୁଷ୍ଟୀ ସୁଷମା ଦେବୀଙ୍କୁ । ସେ ତାଙ୍କର ଗୋଟିଏ ବି ଶବ୍ଦ ବୁଝିପାରୁ ନାହାନ୍ତି । ଜୋତା କଚାଡ଼ି ତାଙ୍କ ପାଖରେ ଠିଆ ହେଲା ସୁବ୍ରତ ।

– 'ଯାଉଛି ।'

ଅବିନାଶବାବୁଙ୍କ କର୍ଣ୍ଣପଟରେ ଧକ୍କା ଖାଇଲା ସୁବ୍ରତର ବଳିଷ୍ଠ ସ୍ୱର । ସେ ଯିବା ପାଇଁ ଅନୁମତି ମାଗୁନାହିଁ, ବରଂ ଅନିଚ୍ଛାସତ୍ତ୍ୱେ ବାପା ବୋଉଙ୍କୁ ଜଣେଇ ଦେଉଛି । ଜୋତା ଶବ୍ଦମାନେ ବାରଣ୍ଡାରୁ ଓହ୍ଲାଇ ରାସ୍ତା ଉପରେ କ୍ରମେ ଅସ୍ପଷ୍ଟ ହୋଇ ମିଳେଇ ଗଲେ । ସୁଷମା ଦେବୀ ଅତିଷ୍ଠ ହୋଇ ଅନ୍ୟ କୋଠରିକୁ ଚାଲିଗଲେ ।

ଏମିତି ନିଃସଙ୍ଗ ମୁହୂର୍ତ୍ତମାନଙ୍କରେ ଅବିନାଶବାବୁ ନିଜକୁ ଅନେକ ଅନର୍ଥକ ଚିନ୍ତାରେ ବୁଡ଼ାଇ ରଖନ୍ତି । ଅତୀତର ଘଟଣାମାନଙ୍କୁ ବୁକ୍ ସେଲ୍‌ଫରୁ ଗୋଟିଏ ପରେ ଗୋଟିଏ ପୁସ୍ତକ ଟାଣି ଆଣିଲା ପରି ଖେଳାଇ ଯାଆନ୍ତି ସମସ୍ତ ପଠିତ ପୁସ୍ତକ ପରି । ସେଇ ଘଟଣାମାନେ ଅଦରକାରୀ ହେଲେ ବି ଏକାନ୍ତ ଆତ୍ମୀୟ । ସେଇ ଘଟଣାମାନଙ୍କ ସହିତ ନିଜକୁ ମୁହୂର୍ତ୍ତକରେ ଯୁକ୍ତ କରି ପୁଣି ପର ମୁହୂର୍ତ୍ତରେ ବିଯୁକ୍ତ କରି ଆଣିବାର ଦୟନୀୟ ଆନନ୍ଦ ଅବସରରେ ଅବିନାଶବାବୁଙ୍କ ମୁଖ୍ୟ ସଉକ । ସେ ଭାବନ୍ତି ହୁଏତ

ତାଙ୍କର ଅନେକ କିଛି କରିବାର ଥିଲା ବା କରିବାକୁ ଅଛି, କିନ୍ତୁ ଏକ ଅହେତୁକ ଜଡ଼ତା ତାଙ୍କୁ ତାଙ୍କର ଇଜି ଚେୟାରରେ ବାନ୍ଧି ରଖେ। ପ୍ରଚଣ୍ଡ ମାନସିକ ଗ୍ଲାନି ସତ୍ତ୍ୱେ ସେ ତାଙ୍କର ଜଡ଼ତାକୁ ଗ୍ରହଣ କରି ନିଅନ୍ତି। ହୁଏ ତ ସେ ସମସ୍ତ ଗତିଶୀଳତା ଓ କର୍ମମୁଖରତାରୁ ପ୍ରଚୁର ପଛରେ ପଡ଼ି ଯାଇଛନ୍ତି; ବୋଧହୁଏ କୌଣସି ଅଦୃଶ୍ୟ ହାତ ତାଙ୍କୁ ଭିଡ଼ି ଧରିଛି। ଅବିନାଶବାବୁଙ୍କ ମନ ପୁଣି ବିଦ୍ରୋହୀ ହୋଇ ଉଠେ।

ତାଙ୍କର ଛାତ୍ରମାନେ ତାଙ୍କୁ ଭ୍ରୁକ୍ଷେପ ନ କରି, ତାଙ୍କ ସାମ୍ନାରେ ସ୍ଲୋଗାନ ଦେଇ ଶୋଭାଯାତ୍ରାରେ ଆଗେଇ ଗଲେ। ସେମାନଙ୍କ ତାରୁଣ୍ୟର ଔଦ୍ଧତ୍ୟକୁ ଅବିନାଶବାବୁ ତାରିଫ କରନ୍ତି। ବୋଧହୁଏ ସେହି ଶୋଭାଯାତ୍ରା ସହ ତାଙ୍କର କଣ୍ଠ ଫୁଟାଇ ସ୍ଲୋଗାନମାନ ନିର୍ଗତ ହୋଇଥାନ୍ତି। ଅଥଚ ସେହି ଜଡ଼ତା ତାଙ୍କର ଅନିଚ୍ଛୁକ ପାଦମାନଙ୍କୁ ଅଚଳ କରିଦେଲା। ଶୂନ୍ୟକୁ ପାପୁଲି ଉଠାଇ ସେ ତରୁଣମାନଙ୍କର ଶୁଭ କାମନା କରିଥିଲେ।

ଏବେ ଆଉ ସ୍ଲୋଗାନର କିଳିକିଳା ଶୁଭୁ ନାହିଁ। ସବୁଆଡ଼େ ଶୁନ୍‌ଶାନ୍। କିନ୍ତୁ ଅବିନାଶ ବାବୁଙ୍କ ମାନସିକ ସ୍ଥିରତାକୁ ଖିନ୍‌ଭିନ୍ କରି ଖୁବ୍ ଦୂରରୁ ଶୁଭୁଥିଲା ତାଙ୍କ ନିଜ ସ୍ୱର।

ଅବିନାଶ ନାମକ ଜଣେ ସବୁଜ ତରୁଣ ଅନ୍ୟମାନଙ୍କ ସହ କଣ୍ଠ ମିଳାଇ ଚିତ୍କାର କରୁଥିଲା; ଇନ୍‌କିଲାବ୍ ଜିନ୍ଦାବାଦ୍! ସେହି ଅବିନାଶ ଶୋଭାଯାତ୍ରାରେ ଅଗ୍ରଗାମୀ। ତା'ର ଆଖିମାନେ ସ୍ୱପ୍ନାବିଷ୍ଟ। ଲାଠି ଗୁଳିକୁ ବେଖାତିର୍ କରି ସେ ଆଗେଇ ଚାଲିଥିଲା। ଦାସତ୍ୱର ବେଡ଼ି ଭାଙ୍ଗିବାକୁ ପ୍ରତିଜ୍ଞାବଦ୍ଧ। ତରୁଣ ଅବିନାଶର ମନରେ ସ୍ୱାଧୀନତା ଥିଲା ଏକ ଦିଗନ୍ତବିସ୍ତାରୀ ସବୁଜ ପ୍ରାନ୍ତର। ସେହି ସବୁଜ ପ୍ରାନ୍ତରର ମୁକ୍ତ ବାୟୁ ସେବନ କରିବାକୁ, ସେଠାରେ ଏକ ସ୍ୱାଧୀନ ଜାତିର ନଭଚୁମ୍ବୀ ମୀନାର ଗଢ଼ିବାକୁ ଅନ୍ୟମାନଙ୍କ ସହ ଅବିନାଶ ବି ବାହାରିଥିଲା। 'ଭାରତ ମାତା କି ଜୟ' ଉଚ୍ଚାରଣ କଲେ ଏକ ଚମତ୍କାର ଆବେଗତାର ଆପାଦମସ୍ତକ ଅଚ୍ଛନ୍ନ କରୁଥିଲା।

ସେଦିନର ସ୍ଲୋଗାନମାନଙ୍କୁ ମନେ ମନେ ଆବୃତ୍ତି କରୁଥିଲେ ପ୍ରୌଢ଼ ଅବିନାଶ। ପୁରାତନ ଦିନମାନଙ୍କର ଗୋଟିଏ ଜୀବନ୍ତ ମୂର୍ତ୍ତି ତାଙ୍କ ଆଖିରେ ଝାପ୍‌ସା ଦିଶୁଥିଲା।

ବୋଉ। ଅବିନାଶବାବୁ ମନେ କରୁଥିଲେ ସେହି ମମତାମୟୀ ମୂର୍ତ୍ତିକୁ। ବୋଉ ରାସ୍ତାର ଧୂଳିରେ ଟାଆଁସ ହୋଇ ଯାଇଥିବା ତାଙ୍କ ମୁଣ୍ଡରେ ହାତ ବୁଲାଇ ଆଣୁଥିଲା। ଜିଦ୍ କରି, ରାଣ ନିୟମ ପକାଇ ପେଟ ଭରି ଖାଇବାକୁ ବାଧ କରୁଥିଲା। ଅବିନାଶ ରାସ୍ତାରେ ପାଦ ଦେଲେ ଅଦୃଶ୍ୟ ହେବାଯାଏ ସତୃଷ୍ଣ ଆଖିରେ ଚାହିଁ ରହୁଥିଲା।

ସେତେବେଳେ ତରୁଣ ଅବିନାଶ ଅନୁଭବ କରୁଥିଲା ସେ 'ଭାରତ ମାତା କୀ ଜୟ' କହିବାବେଳେ ନିଜ ବୋଉର ହିଁ ପ୍ରଶସ୍ତି ଗାଉଛି। ବୋଉ ଆଜି ନାହିଁ। ବୋଉ ମାନେ ଆଜି ଠାକୁର ଘରର ଅନ୍ଧକାରରେ ପରସ୍ତେ ମଇଳା ଜମି ଯାଇଥିବା ଏବଂ ଚିହ୍ନି ହେଉ ନଥିବା କାଚବନ୍ଧା ଫଟୋ। ସୁଷମା ଦେବୀ କ'ଣ ଗୁଡ଼ାଏ କହୁଛନ୍ତି।

ଅବିନାଶବାବୁ ତଥାପି ନିର୍ଲିପ୍ତ।

ସୁବ୍ରତ ଯାଇଛି ତାର ଶୋଭାଯାତ୍ରାକାରୀ ବନ୍ଧୁମାନଙ୍କ ମେଳକୁ। ହୁଏ ତ ରାତି ବାରଟାରେ ଫେରିବ, ନତୁବା ବେଶ୍ କେତୋଟି ଦିନ ପରେ। ତାର ଗତିବିଧି ଉପରେ ମନ୍ତବ୍ୟ ଦେବାକୁ ଅବିନାଶବାବୁଙ୍କ ସାହସ ନାହିଁ। ସେ ଘରେ ସୁବ୍ରତର ଉପସ୍ଥିତି ଅନୁଭବ କରନ୍ତି ତା'ର ସ୍ଲୋଗାନ ଦେଲା ପରି ଚିତ୍କାରର କିମ୍ବା ତାର ଭାରୀ ଜୋତାର ଆବାଜରେ। ଅନେକ ସମୟରେ ସେ ସୁବ୍ରତଙ୍କୁ ସାମାନ୍ୟ ଖବରକାଗଜ ପଢ଼ି ଉତ୍ତେଜିତ ହୋଇ ପଡୁଥିବା ଅବସ୍ଥାରେ ଦେଖନ୍ତି। ସେହି ସୁବ୍ରତ ମଧ୍ୟରେ ବିଗତ ଦିନର ଅବିନାଶଙ୍କୁ ଖୋଜନ୍ତି। ବୋଧହୁଏ ଖୋଜି ପାଆନ୍ତି ନାହିଁ। ନିଜର ଅନିସନ୍ଧିତ୍ସୁ ମନକୁ ଅବିନାଶବାବୁ କ୍ରମେ ସଙ୍କୁଚିତ କରି ଆଣନ୍ତି। ସେ ନିଜକୁ ବିଗତ କେତେ ବର୍ଷ ତଳର ଅନ୍ୟ ଏକ ଚରିତ୍ରର ସ୍ତରକୁ ଉତ୍ତୀର୍ଣ୍ଣ କରିବାକୁ ବିଫଳ ଉଦ୍ୟମ କରନ୍ତି।

ସେ ତାଙ୍କର ବାପା।

ପ୍ରୌଢ଼ତ୍ୱର ସ୍ନାୟବିକ ଶିଥିଳତା ସତ୍ତ୍ୱେ ବାପା ଓ ତାଙ୍କର ଘଟଣାବହୁଳ ଜୀବନ ମନେ ପଡ଼ିଲେ ଅନିନାଶବାବୁଙ୍କ ଦେହସାରା ଏକ ତଡ଼ିତ୍ ପ୍ରବାହିତ ହୁଏ। ସେହି ହୀନସ୍ୱାସ୍ଥ୍ୟ, ଖଦଡ଼ ପରିହିତ ମଣିଷ ସହିତ ଜଡ଼ିତ ସମସ୍ତ ଘଟଣା ଥିଲା ଏକ ମହାନ୍ ଆନ୍ଦୋଳନର। କୌଣସି ନିର୍ଦ୍ଦିଷ୍ଟ ଲକ୍ଷ୍ୟ ସାଧନ ପାଇଁ ସେ ପ୍ରତି ମୁହୂର୍ତ୍ତରେ ନିଜକୁ ତିଳ ତିଳ କରି ହତ୍ୟା କରୁଥିଲେ। ତରୁଣ ଅବିନାଶ ପାଇଁ ସେ ଥିଲେ ଏକ ରହସ୍ୟମୟ ଚରିତ୍ର। ଏଣୁ ତାଙ୍କର ଗତିବିଧିକୁ ସେ ଅନ୍ଧପରି ଅନୁକରଣ କରୁଥିଲେ। ଅନିନାଶବାବୁଙ୍କ ଦେହ ଅଗତ୍ୟା ଶୀତେଇ ଉଠିଲା। ସେ ମନେ କରିବାକୁ ଚେଷ୍ଟା କଲେ ଯେତେବେଳେ ବାପାଙ୍କୁ ଶେଷଥର ପାଇଁ ଦେଖିଥିଲେ, ଯେତେବେଳର କରୁଣ ଦୃଶ୍ୟ ସଫେଦ୍ ଖଦଡ଼ରେ ଶୁଖି ଆସିଥିବ ଧାର ଧାର ରକ୍ତରେ ସେ ଦେଖିଥିଲେ ଏକ ସ୍ୱାଧୀନ ଦେଶର ମାନଚିତ୍ର। ବାପାଙ୍କ ମୃତ୍ୟୁରେ ଅନିନାଶ ଟୋପାଏ ବି ଅଶ୍ରୁପାତ କରି ନଥିଲେ। ବାପାଙ୍କ ମୁହଁରେ ଲାଗି ରହିଥିଲା ସାମାନ୍ୟ କରୁଣ ହସ ଓ ଆଖିମାନେ ଦିଶୁଥିଲେ ମୋହାଚ୍ଛନ୍ନ। ସେହି ମୋହ ଭିତରେ ବାପା ଚାଲି ଯାଇଥିଲେ। ଚିତାଗ୍ନିରେ ତାଙ୍କ ଦେହକୁ ଥୋଇ ସର୍ବଗ୍ରାସୀ ଶିଖାମାନଙ୍କୁ ଚାହିଁ ଚାହିଁ ଅବିନାଶ ରାତିସାରା ଛିଡ଼ା ହୋଇଥିଲେ। ଚିତା ସମ୍ପୂର୍ଣ୍ଣ ନିର୍ବାପିତ ହେବା ବେଳକୁ ପୂର୍ବ ଦିଗ ଲାଲ ହୋଇ ଆସୁଥିଲା। ନିର୍ବାପିତ ଚିତାଗ୍ନି ସହିତ ପୂର୍ବ

ଦିଗର ଲାଲ ରଙ୍ଗକୁ ସଂଯୋଗ କରି ଅବିନାଶ ଶିହରି ଉଠିଥିଲେ। ସେ ପ୍ରାୟ ଦୌଡ଼ି ଦୌଡ଼ି ଘରକୁ ଫେରି ଆସିଥିଲେ।

ଅବିନାଶ ସେତେବେଳଠୁ ଅନୁଭବ କରିଥିଲେ, ଅନେକ ଶୂନ୍ୟବୃତ୍ତ ତାଙ୍କୁ କେନ୍ଦ୍ର କରି ଘୂର୍ଣ୍ଣାୟମାନ। ସେ ଏକାନ୍ତ ଭାବେ ଅସହାୟ। ଯେଉଁ ମୋହ ତାଙ୍କୁ ଏତେଦିନ ଧରି ଆଚ୍ଛନ୍ନ କରି ରଖିଥିଲା; ତାହା ବାପାଙ୍କ ମୋହଗ୍ରସ୍ତ କରୁଣ ହସ ଟିକକ ସହିତ ଚିତାଗ୍ନିରେ ଜଳି ଯାଇଥିଲା। ତାଙ୍କ ଆଖି ଆଗରେ ଗୁଡ଼ାଏ ସ୍ୱପ୍ନର ମିନାର, ପ୍ରାଚୀର ଭୁଷୁଡ଼ି ପଡ଼ିଥିଲେ। ସେ ଦିନମାନଙ୍କୁ ଆଖି ଖୋଲି ଦେଖିବା ଶିଖିଲେ। ଅନେକ ଶୋଭାଯାତ୍ରା ତାଙ୍କୁ ଅତିକ୍ରମ କରି ଅଜଗରମାନଙ୍କ ପରି ଆଗେଇ ଯାଉଥିଲା। ଅବିନାଶଙ୍କ ମନେ ହେଉଥିଲା ସେଗୁଡ଼ା ଗୋଟିଏ ନାଟକ, ଅନେକ ଲୋକଙ୍କ ସାମୂହିକ ଅଭିନୟ ଏବଂ ଶୋଭାଯାତ୍ରାରୁ ବିଚ୍ଛିନ୍ନ ହୋଇ ରହି ଯାଇଥିବା ଏକା ସେ ହିଁ ସତ୍ୟ। ଅବିନାଶ ଅନୁଭବ କରିଥିଲେ ବାପାଙ୍କ ପ୍ରଚଣ୍ଡ ଆଦର୍ଶବାଦ ଓ ଶୋଭାଯାତ୍ରାମାନଙ୍କ କବଳରୁ ମୁକ୍ତ ହୋଇ ତାଙ୍କର ଏକ ନିଜସ୍ୱ ବ୍ୟକ୍ତିତ୍ୱ ଧୀରେ ଧୀରେ ଆତ୍ମପ୍ରକାଶ କରୁଛି।

ତା'ପରେ ଆସିଥିଲେ ସୁଷମା।

ଅନ୍ତତଃ ଜଣକଠାରୁ ଅବିନାଶବାବୁଙ୍କ ବ୍ୟକ୍ତିତ୍ୱ ସ୍ୱୀକୃତି ଓ ସମ୍ମାନ ପାଇଲା। ସେ ଅନୁଭବ କଲେ ନିଜର ସ୍ୱାଧୀନତା। ଆଜିକାଲି ପ୍ରତ୍ୟହ ସକାଳୁ ତାଙ୍କ ସାମ୍ନାରେ ଗୋଟିଏ ଦାବି ତାଲିକା ଉପସ୍ଥାପନ କରୁଥିବା ସୁଷମା ଭିତରେ ସେ ଖୋଜୁଥିଲେ ଦୀର୍ଘ ପଚିଶ ବର୍ଷ ତଳର ସୁଷମାକୁ। ବିଗତଯୌବନା ସୁଷମାର ଧୂସର କେଶ, ପୁଷ୍ଟତା ହରାଇଥିବା ମୁହଁ, ଲୋଚାକୋଚା ହୋଇ ଆସୁଥିବା ମାଂସପେଶୀମାନଙ୍କ ଭିତରେ ଅବିନାଶବାବୁ ଦେଖୁଥିଲେ କ୍ଷୟର ସଙ୍କେତ।

ସୁଷମା ତଥାପି ପ୍ରଗଲ୍‌ଭା।

ଅସହାୟ ଆଖିରେ ଅବିନାଶବାବୁ ତାଙ୍କୁ ଚାହିଁଲେ। ଯେଉଁ ନାରୀର ସାନ୍ନିଧ୍ୟରେ ସେ ସ୍ୱାଧୀନତାର ଶାନ୍ତି ପାଉଥିଲେ, ଆଜି ସେଠି କେବଳ ଦାବି ଓ ପ୍ରତିବାଦ।

ସୁଷମାର ପ୍ରତିଟି ଉଚ୍ଚାରିତ ଶବ୍ଦ ଓ ଗତିବିଧି ଯେପରି ତାଙ୍କ ବ୍ୟକ୍ତିତ୍ୱ ପ୍ରତି ଗୋଟିଏ ଗୋଟିଏ ପ୍ରଚଣ୍ଡ ଆଘାତ। ହୁଏତ ଅବିନାଶବାବୁ ତାଙ୍କର ମମତାମୟୀ ବୋଉ ଭିତରେ ଯେଉଁ ଦେଶର ପ୍ରତିଛବି ଦେଖୁଥିଲେ, ବୋଧହୁଏ ତାହା ଆଜି ସୁଷମା ପରି ବିକୃତ, କଦାକାର, ଅସନ୍ତୁଷ୍ଟ।

ତେବେ ସୁବ୍ରତ କାହା ବିରୁଦ୍ଧରେ ସଂଗ୍ରାମ କରୁଛି ?

– 'ମଣ୍ଟୁକୁ ଟିକିଏ ଦେଖ।'

ସୁଷମା ଦେବୀଙ୍କ ଚିତ୍କାରରେ ଅବିନାଶବାବୁ ଚମକି ପଡ଼ିଲେ। ବୋଧହୁଏ ସେ ରାଗି ଯାଇଛନ୍ତି। ସେ ଇଜି ଚେୟାରରୁ ଅଣ୍ଟା ସଳଖି ଉଠିଲେ।

ଅବିନାଶବାବୁ ସ୍ୱୟଂକ୍ରିୟ ଯନ୍ତ୍ରପରି ରାସ୍ତାରେ ଚାଲୁଥିଲେ। ଯେପରି ସେ ବିଗତ ଦିନର ଉଦ୍ଦାମତା ଫେରି ପାଇଛନ୍ତି। ସେ ଅତିକ୍ରମ କରି ଚାଲିଲେ ରାସ୍ତା କଡ଼ରେ ଭଙ୍ଗାରୁଜା ହୋଇଥିବା କେତୋଟି ଦୋକାନ ଘର, ରାସ୍ତା ଉପରେ ବିଛାଡ଼ି ହୋଇ ପଡ଼ିଥିବା ପଥର ଓ ଇଟାର ଟୁକୁରା ! ଯେପରି କିଛି ସମୟ ଆଗରୁ ଏଠି ପ୍ରବଳ ବାତ୍ୟା ବହିଯାଇଛି। ସବୁଆଡ଼େ ହାହାକାର ଓ ଆତଙ୍କ। ମଝିରେ ମଝିରେ ପୋଲିସ୍ ଭ୍ୟାନ୍ ବା ଜିପ୍‌ଟିଏ ତାଙ୍କୁ ପଛରେ ପକାଇ ଆଗେ ଆଗେ ଯାଉଥାଏ। ଅବିନାଶବାବୁ ଦେଖିଲେ ନିର୍ମେଘ ଆକାଶକୁ ଓ ଆକାଶର ଜ୍ୱଳନ୍ତ ସୂର୍ଯ୍ୟକୁ। ସେ ଆହୁରି ଉଦ୍ଦାମ ହୋଇପଡ଼ିଲେ। ଗୁଡ଼ାଏ ଆତଙ୍କିତ ଲୋକ ତାଙ୍କ ଆଡ଼କୁ ଦୌଡ଼ି ଆସୁଥିଲେ। କେହି ଜଣେ ତାଙ୍କ ପାଖରେ ଚିତ୍କାର କଲା;

"ସେପଟେ ଯାଆନ୍ତୁନି ଆଜ୍ଞା।"

ତଥାପି ଅବିନାଶବାବୁଙ୍କ ଗତି ନିରବଚ୍ଛିନ୍ନ। ସେ ଦେଖି ପାରୁଥିଲେ ଗୋଟିଏ ଉଚ୍ଚ ଶିଖା। ବସ୍‌ଟିଏ ଜଳି ଯାଉଛି। ଦଳେ ଲୋକ ନିଷ୍କ୍ରିୟ ହୋଇ ଉପଭୋଗ କରୁଛନ୍ତି, ସେହି ଦୃଶ୍ୟ। ଦଳ ଦଳ ସଶସ୍ତ୍ର ପୋଲିସ ଉତ୍ତେଜିତ ଯୁବକମାନଙ୍କୁ ତଡ଼ି ଦେଉଛନ୍ତି। ତଥାପି ଯୁବକମାନଙ୍କ ଶୋଭାଯାତ୍ରା ଆଗେଇ ଚାଲିଛି। କ୍ଷଣକେ ଅବିନାଶବାବୁ ତା' ଭିତରେ ନିରୁଦ୍ଦିଷ୍ଟ ହୋଇଗଲେ। କେତୋଟି ଆଶ୍ଚର୍ଯ୍ୟ ଆଖି ତାଙ୍କୁ ଚାହିଁଲା। ସେମିତି ଭ୍ରୂକୁଞ୍ଚନକୁ ଅବିନାଶବାବୁ କେବେ ଖାତିର କରି ନାହାନ୍ତି। ଅନ୍ୟମାନଙ୍କ ପରି ସେ ବି ମୁଷ୍ଟି ଉତ୍ତୋଳନ କରି ସ୍ଲୋଗାନ ଦେଲେ। ହଠାତ୍ ସମଗ୍ର ଶୋଭାଯାତ୍ରା ଗୋଟିଏ କୋଠା ସାମ୍ନାରେ ଥମିଗଲା। ପୋଲିସ ସହିତ ଖଣ୍ଡ ଯୁଦ୍ଧ ଆରମ୍ଭ ହୋଇଗଲା। ଅବିନାଶବାବୁ ବିସ୍ମିତ ହୋଇ କୋଠା ଉପରେ ଉଡୁଥିବା ତ୍ରିରଙ୍ଗା ପତାକାକୁ ଚାହିଁଲେ। ସେ ଅନୁଭବ କଲେ ତାଙ୍କର ଆଖିରୁ ଝରି ଆସୁଛି ଧାର ଧାର ଲୁହ। ଆଖିରେ ପ୍ରଚୁର ଯନ୍ତ୍ରଣା। ତଥାପି ସେ ଗଣ୍ଡଗୋଳର କେନ୍ଦ୍ରକୁ ଅଗ୍ରସର ହେଉଥିଲେ।

ଲୁହ ପୋଛି ଅବିନାଶବାବୁ ଆଖି ଖୋଲିଲେ। ଆଃ... ସେ କାହାକୁ ଦେଖୁଛନ୍ତି ? ସୁବ୍ରତ ? ନା, ସୁବ୍ରତ ନୁହେଁ। ନିଜକୁ। ଦୀର୍ଘ ତିରିଶ ବର୍ଷ ତଳର ଅବିନାଶ। ଅସଂଯତ କେଶବାସ, ଅଯତ୍ନବର୍ଦ୍ଧିତ ଶ୍ମଶ୍ରୁ। ଘର୍ମାକ୍ତ ମୁହଁର କଠୋର ମାଂସପେଶୀରେ ଅସମ୍ଭବ ଉତ୍ତେଜନା। ଅବିନାଶବାବୁ ନିଜକୁ ଯେପରି ଖୋଜି ପାଇଛନ୍ତି। ସେ ଏକ ଚମତ୍କାର ଆବେଗରେ ମୁହ୍ୟମାନ ହୋଇ ପଡ଼ିଲେ। ଏ କ'ଣ ? ସୁବ୍ରତ ହାତରେ ଗୋଟିଏ ଇଟା ଟୁକୁରା। ସେ ନିକ୍ଷେପ କରିବାକୁ ଉଦ୍ୟତ। ଅବିନାଶବାବୁ ତା'ର ହାତ ଧରି ପକାଇଲେ।

ଅଜାଣତରେ ସୁବ୍ରତ ତାଙ୍କ ହାତ ଛୁଆଁଡ଼ି ସାମାନ୍ୟ ଚାହିଁ ଚମକି ପଡ଼ିଲେ। ତା'ର ଆଖି ତଳକୁ ହୋଇଗଲା।

– 'କାହାକୁ ଟେକା ଫିଙ୍ଗୁଛ ?'

– 'ଜାଣେନା'।

ସେହି ବିଭୀଷିକା ମଧ୍ୟରେ ବି ଅବିନାଶବାବୁ ଜୋର୍‌ରେ ହସି ଉଠିଲେ। ସୁବ୍ରତ ହାତରୁ ଖସି ପଡ଼ିଲା ଇଟା ଖଣ୍ଡକ। ସେ ଭିଡ଼ ଭିତରୁ ବାହାରି ଆସିଲେ ଖୋଲା ଜାଗାକୁ। ନିରାପଦ ଦୂରତ୍ୱରେ ଛିଡ଼ା ହୋଇ ସୁବ୍ରତ ଲଜ୍ଜିତ ଆଖିରେ ଚାରିଆଡ଼କୁ ଚାହିଁଲା। ସତରେ କାହାକୁ ସେ ଆକ୍ରମଣ କରୁଥିଲା ? କାହିଁକି ଆକ୍ରମଣ କରୁଥିଲା ? ଅବିନାଶବାବୁ ସୁବ୍ରତକୁ ଦେଖୁଥିଲେ, ବୋଧହୁଏ ତା' ଭିତରେ ତିରିଶ ବର୍ଷ ତଳର ଅବିନାଶକୁ।

ସେ ଫେରୁଥିଲେ ତାଙ୍କର ଇଜି ଚେୟାରର କୋଳକୁ। ସେହି ଘୃଣ୍ୟ ଅଥର୍ବତାର ବଳୟକୁ, ବିଗତଯୌବନା, ବିକୃତ ସୁଷମା ଦେବୀଙ୍କ ସାନ୍ନିଧ୍ୟକୁ। ସେ ତାଙ୍କୁ ଅପେକ୍ଷା କରୁଥିବେ ଗୋଟିଏ ବିକଳାଙ୍ଗ ସ୍ୱପ୍ନର ଭଗ୍ନାବଶେଷ ପରି। ଅବିନାଶବାବୁ ଦେଖୁଥିଲେ ହାହାକାରମୟ ସହରକୁ, ଜଳି ଯାଉଥିବା ବସ୍‌କୁ, ଭଙ୍ଗାରୁଜା ଘରମାନଙ୍କୁ, କ୍ଷୁଧିତ ଶୋଭାଯାତ୍ରାକୁ। ସେ ସମସ୍ତ ମଧ୍ୟରେ ଅସନ୍ତୁଷ୍ଟ ଖାଲି ପ୍ରତିବାଦ ଓ ଅଭିଯୋଗ।

ଅବିନାଶବାବୁ ଫେରି ଆସୁଥିଲେ ଖଞ୍ଜ, ମୂକ, ବଧିର ପରି, ଯେପରି ତାଙ୍କର କରିବାକୁ କିଛି ନାହିଁ।

■

ଶ୍ମଶାନ

ବାୟୁ ପରିବର୍ତ୍ତନ ପାଇଁ ବମ୍ବେରେ ଦୁଇମାସ। ଆରବ ସାଗରୀୟ ବାୟୁକୁ କିନ୍ତୁ ଇଲିମା ଆଦୌ ସହ୍ୟ କରିପାରୁ ନଥିଲେ। ଝର୍କା ଖୋଲିଦେଲେ ପରଦାର ସ୍ପ୍ରିଙ୍ଗ୍ ଛିଣ୍ଡିଯିବ। ପେପରୱେଟ୍ ଓଲଟି ଟେବୁଲ୍‌ର କାଗଜପତ୍ର ଇତସ୍ତତଃ ଉଡ଼ି ବୁଲିବ, ଏପରିକି ବିଛଣା ଚଦର ଓ ଛାତିର ଶାଢ଼ିକୁ ସମ୍ଭାଳି ରଖିବା ଅସମ୍ଭବ ହୋଇ ପଡ଼ିବ। ଲୋକଟାର କିଛି ପରିବର୍ତ୍ତନ ପାଇଁ ପଶ୍ଚିମ ଉପକୂଳ ସାମୁଦ୍ରିକ ବାୟୁର ଆବଶ୍ୟକତା ଥିଲା। ଅଥଚ ଏବେ ତା'ର ଗଞ୍ଜି ଖୋଲି ଦେଲେ ଗଣି ହୋଇଯିବ ଛତିଶିଟି ପଞ୍ଜରା ହାଡ଼ ଏବଂ ଲୋକଟା ଶେଯ ଛାଡ଼ିଲେ ବନ୍ଧୁକରେ ଗୋଟାକ ପରେ ଗୋଟିଏ କ୍ୟାଟ୍ରିଜ୍ ଭରା ହେବ ଓ କିଛି ନହେଲେ ସେଗୁଡ଼ିକ ଆକାଶକୁ ଫୁଟାଯିବ। ବମ୍ବେରେ ଲୋକଟାର ବ୍ୟାଙ୍କ ବାଲାନ୍ସ କମିବା ଅନୁପାତରେ ଶାରୀରିକ ଶୀର୍ଣ୍ଣତା ଓ ମାନସିକ ହିଂସ୍ରତା କିଛି ମାତ୍ରାରେ ଯାହା ବଢ଼ିଗଲା।

ଆଉ ଏଠି ସାମୁଦ୍ରିକ ପବନର ଅତ୍ୟାଚାର ନଥିଲେ ବି ଇଲିମାଙ୍କ ମନରେ ଝର୍କା ଖୋଲିବାର ଭୟ ରହି ଯାଇଛି। ଝର୍କା ଖୋଲିଲେ ବା କ'ଣ ଦେଖିବେ! ଠିକ୍ ଝର୍କାକୁ ଲାଗି ଗୋଟିଏ ନିରପତ୍ୟା ସଜନାଗଛ, ଯାହାର ପତ୍ରମାନଙ୍କରେ ଶୀତ ସକାଳରେ ବିନ୍ଦୁ ବିନ୍ଦୁ ଶିଶିର ଏବଂ ବର୍ଷାଦିନେ ଟୋପା ଟୋପା ପାଣି ଅଥବା ଗ୍ରୀଷ୍ମ ଋତୁରେ କେତୋଟି ଥୁଣ୍ଟା ଡାହି ଲମ୍ବି ଯାଇଥିବ- ଖାଲି ସେତିକି, ନା ଫଳ, ନା ଫୁଲ। ଆଉ ଆକାଶରେ ହୁଏତ କେତେ ଖଣ୍ଡ ନିର୍ଜଳା ମେଘ ଭାସି ଯାଉଥିବ, ତଳେ ଚିରୁଳା ଚିରୁଳା ଫାଟି ଯାଉଥିବା ମାଟିକୁ ଉପହାସ କରି। ଯଦି ରାତିରେ ଝର୍କା ଖୋଲାଯାଏ କୌଣସି ଏକ ଚକ୍ଷୁ ଅପଦେବତାର ଷ୍ଟାଚ୍ୟୁ ପରି ଲାଇଟ୍ ପୋଷ୍ଟଟିଏ ଠିଆ ହୋଇଥିବ ଓ ଜଗିଥିବ ପୁଞ୍ଜିଭୂତ ଶୂନ୍ୟତାକୁ, ଦେଖୁଥିବ ଅନ୍ଧାର ଓ ଆଲୋକର ବିଭତ୍ସ ରତି। ନିରପତ୍ୟା ସଜନା ଗଛ, ନିର୍ଜଳା ମେଘ, ନିଃସଙ୍ଗ ଲାଇଟ୍ ପୋଷ୍ଟ ଇଲିମା କାହାକୁ ସହ୍ୟ କରି ପାରନ୍ତି ନାହିଁ।

ବମ୍ବେରୁ ଫେରିବା ଦିନ ଇଲିମା ଦେଖିଥିଲେ, ପଡ଼ୋଶୀ ଘର ସୁସଜ୍ଜିତ ଲନ୍‌ରେ ଗୋଟିଏ ଚମତ୍କାର ହରିଣୀ ଶାବକ କୁଦାମାରି ଖେଳୁଥିଲା। ତାକୁ ଦେଖିଲେ ହୁଏତ ଲୋକଟାର ହିଂସ୍ରତା ଆହୁରି ବଢ଼ିଯିବ। ବରଂ ଝର୍କା ବନ୍ଦ ଥାଉ।

ମନ୍ଦିର ବା କାରାଗାରର ଝର୍କା ନଥାଏ। ଏହା ମନ୍ଦିର ନା କାରାଗାର? ଝର୍କା ଅଛି, ଖୋଲି ହୁଏ ନାହିଁ।

ମନ ଅଛି, ହାତ ଚଲୁ ନାହିଁ।

ବାଧ କରି ଦୁଇ ଆଖିକୁ କୋଠରିର ପରିଧି ଭିତରେ ବନ୍ଦୀ କରି ରଖିଲେ ବି ଇଲିମା କ'ଣ ଦେଖିବେ, କାଚ ଆଲମାରି ଭିତରେ ଗୋଟିଏ ପାଲଟଣା ଜାହାଜ ଓ ଅନ୍ୟଟି ମାର୍ବଲର ବିକଳାଙ୍ଗ ପରୀମୂର୍ତ୍ତି। ପ୍ରଥମେ ଇଲିମା ଆଲମାରି ଖୋଜି ପ୍ଲାଷ୍ଟିକ୍ ଜାହାଜ ଓ ମାର୍ବଲର ପରୀଟିକୁ ଆଣି ନିଜର ଶେଯରେ ଥୋଉଥିଲେ। ଯତ୍ନରେ ପୋଛାପୋଛି କରୁଥିଲେ, ତା'ପରେ ମୁହଁ ପାଖକୁ ଉଠାଇ ଧରି ଜାହାଜକୁ ପଚାରୁଥିଲେ, ଜାହାଜରେ! ତୋର ପାଲ ଟାଣି ଗଭୀର ସମୁଦ୍ରରେ ଭାସିବୁନି? ଯଦି ତୁ ଦିଗ ଭୁଲିଯାଉ, ତୋର ପାଲମାନେ ଛିଣ୍ଡିଯାଏ। ଇଲିମା ନିଜର ଶିଶୁସୁଲଭ ଜିଜ୍ଞାସାରେ ଲଜ୍ଜିତ ହୋଇ ପଡୁଥିଲେ। ସତେ ଯଦି କୌଣସି ଜିଦ୍‌ଖୋର ଜାହାଜ ସମୁଦ୍ର ଭିତରେ ନିରୁଦ୍ଦିଷ୍ଟ ହୋଇଯାଏ... ତେବେ? ଆଉ ମାର୍ବଲର ବିକଳାଙ୍ଗ ପରୀଟି ପ୍ରତି ଇଲିମା ଖାଲି ସହାନୁଭୂତି ଦେଖାଇଥିଲେ। ତା'ର ଛିନ୍ନ ପକ୍ଷ ଓ ଭଗ୍ନ ଜାନୁରେ ଥରେ ଥରେ ହାତ ବୁଲାଇ ଆଣୁଥିଲେ। ଜାହାଜ କେବେ ସମୁଦ୍ର ଦେଖୁ ନଥିଲେ।

ଏଥର ଇଲିମା ପଲଙ୍କର କଅଁଳ ଶେଯ ଉପରେ ନିଜର ଦରବୁଢ଼ୀ ଦେହକୁ ଲମ୍ବାଇ ଦେବେ। ଦୁଇଟି ବାହୁକୁ ଛକି କରି ତା' ଉପରେ ମୁଣ୍ଡ ଥୋଇବେ। ଗଣ୍ଠି ଫିଟାଇ କେଶକୁ ମୁକ୍ତ କରିବେ। ଆଜିକାଲି ସେ ଅନୁଭବ କରୁଛନ୍ତି ଶେଯର ଉତ୍ତାପ ଅନେକଟା କମି ଗଲାଣି। ତା'ପରେ ହୁଏତ ସେ ଶୁଣିବେ ସଂଲଗ୍ନ କୋଠରିରେ ଲୋକଟାର ବ୍ୟସ୍ତ ପଦଚାଳନା କିମ୍ବା କୌଣସି ମାଗାଜିନ୍‌ର ପୃଷ୍ଠା ଓଲଟା ଶବ୍ଦ। କଦାଚିତ ଲୋକଟାର ବନ୍ଧୁକର ଗୁଳି ଭରିବ ଓ ଘର ସାମ୍ନାରେ ଅସହାୟ ଅପରାଧୀ ପରି ଠିଆ ହୋଇଥିବା ଝାଉଁଗଛକୁ ବାରମ୍ବାର ଗୁଳି କରିବ। ଝାଉଁଗଛରୁ ଖସି ପଡ଼ିବ ଗୋଟିଏ ପରେ ଗୋଟାଏ ଡାଳ। ସବୁକିଛି ଦେହସୁହା ହୋଇଗଲାଣି। ନିଜକୁ ସାନ୍ତ୍ୱନା ଦେବାକୁ ଶୀତଳ ଶେଯରେ ବା କେତେଦିନ ପ୍ରାଣ ସ୍ଫୂର୍ତ୍ତି ଖୋଜା ଯାଇପାରେ।

ଲୋକଟା ଯଦି ଭୁଲ୍‌ରେ କେବେ ଏ କୋଠରିକୁ ପଶି ଆସେ; ତେବେ ଆଉ ରକ୍ଷା ନାହିଁ। ମଇଳା ହାତ ପାଦରେ ସିଧା ଉଠି ଆସିବ ପରିଷ୍କାର ଶେଯ

ଉପରକୁ। ତା'ପରେ ତାଙ୍କର ଦରବୁଢ଼ୀ ଦେହକୁ ବାଧ୍ୟ କରି ନିଜର ନିର୍ଲୋମ ହାଡୁଆ ଛାତିକୁ ଟାଣି ନେବ। ତା'ର ମୁହଁର ପାଇରିଆ ଓ ଦେହର ଝାଳ ଗନ୍ଧରେ ତାଙ୍କର ନିଃଶ୍ୱାସ ପ୍ରଶ୍ୱାସ ବନ୍ଦ ହୋଇ ଆସୁଥିବ। ଏହି ଜାନ୍ତବ ଅତ୍ୟାଚାରରୁ ଅବ୍ୟାହିତ ଖୋଜି ବିଚାରି ଇଲିମା କ୍ଳାନ୍ତ ହୋଇପଡ଼ିବେ। ତା'ପରେ ଲୋକଟା ନିଜ କୋଠରିକୁ ଫେରିଯିବ ଓ ଅନ୍ଧାରରେ ବି ଗୁଳି କରି ଝାଉଁଗଛରୁ ପାଞ୍ଚଟା ଡାଳ ଖସାଇ ପକାଇବ। ଏବଂ ଇଲିମା ଆଲମାରି ଖୋଲି ପରୀଟିକୁ ନିଜ ଶେଯକୁ ଆଣିବେ। ତା'ର ଛିନ୍ନ ପକ୍ଷ ଓ ଭଗ୍ନ ଜାନୁରେ ହାତ ବୁଲାଇ ସେଇ ଲୋଚାକୋଚା ଶେଯରେ ଅଚେତନ ହୋଇ ପଡ଼ିବେ।

ଇତସ୍ତତଃ ସକାଳର ପାଂଶୁଳ ଆଲୁଅ ଇଲିମାଙ୍କ ଆଖିପତା ଖୋଲିଦିଏ। ଶୋଇ ଶୋଇ ସେ ଗତ ରାତିରେ ଦୁଃସ୍ୱପ୍ନକୁ ମନେ ପକାନ୍ତି, ସେଦିନ ଲୋକଟା କ୍ଷୁଧିତ ଜାନୁଆରଟିଏ ପରି ତାଙ୍କ କୋଠରିରେ ଘୂରି ବୁଲୁଥିଲା। ହୁଏତ ସେ ଅପେକ୍ଷା କରିଛି ତା'ର ଶୀକାରକୁ। ଇଲିମା ଦ୍ୱନ୍ଦ୍ୱ ଆଉ ଆଶଙ୍କାରେ ଟାକି ଥିଲେ କେତେବେଳେ ତା'ର ହିଂସ୍ର କର୍କଶ ପାପୁଲି ତାଙ୍କ ଗାଲର କୋମଳ ତ୍ୱକରେ ଅତ୍ୟାଚାର କରି ବା ତାଙ୍କର ଗୋଟିକ ପରେ ଗୋଟାଏ ପୋଷାକ ଉତାରି ଫିଙ୍ଗିଦେବ ଓ ଦରବୁଢ଼ୀ ଦେହକୁ ଚାହିଁ ଅଟ୍ଟହାସ କରି ଉଠିବ। ଇଲିମା ଭୟରେ ତାକୁ ଚାହିଁଲେ ଓ ସେ ଦୟା କଲାପରି ହସିଲା। ହସ ନୁହେଁ ତ ଶୁଷ୍କ ମାଂସପେଶୀମାନଙ୍କର ବିକଳ ହାହାକାର। ସତେ ଯେପରି ଇଲିମାଙ୍କ ଡେଣା ଗଜୁରି ଉଠିଲା। ଶାପମୁକ୍ତା ପରୀଟିଏ ପରି ଆନନ୍ଦ ଅତିଶଯ୍ୟରେ ସେ ଲୋକଟାକୁ ଆଲିଙ୍ଗନ କଲେ, ନିଜ ନିଃଶ୍ୱାସ ବନ୍ଦ ଥିବା ଝର୍କାଟି ଖୋଲିଦେଲେ। କେତେବେଳେ ବର୍ଷା ହୋଇଥିଲା କେଜାଣି, ମାଟି ଗନ୍ଧରେ କୋଠରିର ପବନ ଭାରୀ ହୋଇ ପଡ଼ିଲା। ସଜନା ଗଛରେ ଫୁଲ ଫଳ ଭର୍ତ୍ତି ହୋଇଥାଏ। ଇଲିମା ଲୋକଟାକୁ ଦେଖେଇ ଦେଲେ ପୁଷ୍ପିତା ସଜନା ଗଛତଳେ ଜାକିଜୁକି ହୋଇ ଶୋଇଥିବା ହରିଣୀ ଶାବକଟିକୁ ଏବଂ ଲୋକଟାକୁ ଅଳି କଲା ପରି ପଚାରିଲେ,

: ମୋତେ ସେମିତି ଛୋଟ ଜୀବଟିଏ ଦେଇ ପାରିବ? ଠିକ୍ ସେମିତି ଶାବକଟିଏ।

ଲୋକଟା ସାମାନ୍ୟ ହସି କୋଠରିରୁ ନିର୍ଗତ ହେଲା। ତା'ପରେ ତାଙ୍କର ଆଉ କିଛି ମନେ ନାହିଁ। ସେ ଖୁସିରେ ବନ୍ଦ ହୋଇଥିବା ଆଖି ଦେଖିବା ବେଳକୁ ଲୋକଟା ହରିଣୀ ଶାବକର ରକ୍ତାକ୍ତ ଶବକୁ ହାତରେ ଧରି ଅଟ୍ଟହାସ କରୁଛି।

ଇଲିମା ଭୟରେ ଶୀତେଇ ଉଠୁଥିଲେ। ଏମିତି ବୀଭତ୍ସ ସ୍ୱପ୍ନମାନେ ହିଁ ତାଙ୍କୁ

ପାଗଳ କରିଦେବେ। 'ନାଃ... ଆଉ ନୁହେଁ, ସେ ପ୍ରାୟ ଚିତ୍କାର କରି ଉଠିଲେ। ତା'ପରେ ସତକୁ ସତ ଝର୍କା ଖୋଲିଲେ। ଗତ ରାତିର ପ୍ରଚୁର ବର୍ଷା ପରେ ଏବେ ଆକାଶ ନିର୍ମଳ ଅଛି। କୋଠରିରେ ଖରା ବିଛାଡ଼ି ପଡ଼ିଲା। ସେ ଆଲମାରି ଖୋଲି ପ୍ଲାଷ୍ଟିକ୍ ଜାହାଜକୁ ହାତରେ ଧରିଲେ ଓ ଧୀରେ ଧୀରେ ପଛପଟ ଦରଜା ଦେଇ ବାରିପଟକୁ ଗଲେ। ସରୁ ଧାରରେ ବହିଯାଉଥିବା ବର୍ଷା ପାଣିରେ ଜାହାଜଟିକୁ ଭସାଇ ଦେଇ ଦୃଢ଼ ପଦକ୍ଷେପରେ କୋଠରିକୁ ଫେରି ଆସିଲେ। ଝର୍କା ସେମିତି ଖୋଲାଥାଏ। କୋଠରି ଭିତରେ ହାଲୁକା ପବନ ଓ ପାଣିଚିଆ ଖରାର ବନ୍ୟା ଏବଂ ଇଲିମା ବୋଧହୁଏ ଗୁଣୁଗୁଣୁ ଗୀତ ଗାଉଥିଲେ। ପ୍ରଜାପତି ପରି ଚଞ୍ଚଳ ହୋଇ ପଡ଼ିଥିଲେ। କୋଠରିର ପରିଧିକୁ ଭାଙ୍ଗି ଉଡ଼ି ଯିବାକୁ ମନ କରୁଥିଲେ।

ନାଃ...।

ପାଖ ଘରୁ ଧଇଁ ସଇଁ କାଶ ଓ ଭାରୀ ପାଦ ଶବ୍ଦ ଶୁଭୁଥାଏ। ସେସବୁକୁ ଭ୍ରୂକ୍ଷେପ ନକରି ଇଲିମା ଦର୍ପଣ ସାମ୍ନାରେ ଛିଡ଼ା ହେଲେ। କ'ଣ ସେ ଦେଖୁଛନ୍ତି। ଦରବୁଢ଼ୀ ଦେହ ଉପରେ ଅସଂଜତ ଶାଢ଼ି ଖଣ୍ଡିଏ। ହୁଏତ ଗତ ରାତିର ସ୍ୱପ୍ନରେ ସେ କାନ୍ଦୁଥିଲେ। ଦୁଇଧାର ଲୁହ ଗାଲ ଉପରେ ଶୁଖି ଯାଇଛି। ବହୁତ ଦିନ ପରେ ଇଲିମା ଆଜି ନିଜକୁ ଦେଖୁଛନ୍ତି। ନିଜକୁ ନୁହେଁ ତ-

ତାଙ୍କ ଆଖି ଆଗରେ ଭାସି ଉଠିଲା ଗୋଟିଏ ଧୁ ଧୁ ଶ୍ମଶାନ। ଥୁଣ୍ଟା ଗଛ ଗୁଡ଼ିଏ ନିଜର ପତ୍ରହୀନ ଡାଳମାନଙ୍କୁ ଆକାଶ ଆଡ଼କୁ ଲମ୍ବାଇ ନିସ୍ପନ୍ଦ ହୋଇ ଛିଡ଼ା ହୋଇଛନ୍ତି। ଦଳେ ଶାଗୁଣା କେତୋଟି ଡାଳରେ ବସି ନୀରବ ହୋଇ ପରସ୍ପରକୁ ଚାହିଁ ରହିଛନ୍ତି। କେତୋଟି ଶିଉଳି ଲଗା କବର ଓ ଗୁଡ଼ିଏ ଅନାବନା ଘାସ, ବୁଦା।

ବହୁତ ଦିନ ପରେ ଇଲିମା ଆବିଷ୍କାର କଲେ ତାଙ୍କ ଭିତରେ ହୁଏତ ଗୋଟିଏ ବିରାଟ ଶ୍ମଶାନ ଛପି ରହିଛି। ଅନେକ କାମନାର କବର ଏଇ ଦରବୁଢ଼ୀ ଦେହ ଭିତରେ। ଶିଶୁଟିଏ ପରି ଇଲିମା କାନ୍ଦି ଉଠିଲା। ଲୁହଭର୍ତ୍ତି ଆଖିରେ ନିଜର ପ୍ରତିବିମ୍ବ କାଲୁଆ ଦେଖା ଯାଉଥିଲା। ସତେ ଯେପରି ଦର୍ପଣଟି ଖଣ୍ଡ ଖଣ୍ଡ ହୋଇ ଭାଙ୍ଗି ଯାଉଛି, ତା' ସହିତ ସେ ନିଜେ ଓ ତାଙ୍କର ଦରବୁଢ଼ୀ ଦେହ ବି।

ଅଗତ୍ୟା ତାଙ୍କ ମନ ଗୋଟିଏ ପାଶବିକ ଉତ୍ତେଜନାରେ ଶକ୍ତ ହୋଇଉଠିଲା। ସେ ହସିବାକୁ ଉଦ୍ୟମ କଲେ। ହସି ହସି ବେଦମ୍ ହୋଇପଡ଼ିଲେ। ଦ୍ରୁତ ବେଗରେ ସେ ସଂଲଗ୍ନ କୋଠରିରେ ପ୍ରବେଶ କଲେ। ଚମକି ପଡ଼ିଲା ଲୋକଟି। ଇଲିମା କଠୋର ଦୃଷ୍ଟିରେ ତାକୁ ନିରେଖି ଦେଖିଲେ। ତାଙ୍କର ଆଖି ଦୁଇଟା ଶ୍ମଶାନର ଚିତାଗ୍ନି ପରି ଜଳୁଥାଏ। ଏ କ'ଣ- ଲୋକଟାର ହିଂସ୍ର ଆଖିମାନେ ଧୀରେ ଧୀରେ ଅବନତ

ହୋଇ ପଡ଼ିଛନ୍ତି । ତା'ର ହାଡୁଆ ମୁହଁରେ ପ୍ରଥମଥର ପାଇଁ ଅସହାୟ ଭାବ । ସେ ଥରି ଥରି ମୁଣ୍ଡ ନଇଁ ଇଲିମା ସାମ୍ନାରେ ଦୋଷୀ ପରି ଛିଡ଼ା ହୋଇଥାଏ । ଘର ସମ୍ନାରେ ଝାଉଁଗଛ ଓ ଲୋକଟା ମଧ୍ୟରେ ଇଲିମା କୌଣସି ଅସାମଞ୍ଜସ୍ୟ ଲକ୍ଷ୍ୟ କରିପାରୁ ନଥିଲେ । ସେ କଠୋର ସ୍ୱରରେ ପଚାରିଲେ,

: ତୁମେ ଶ୍ମଶାନ ଦେଖିଛ ?

: ନା ।

: ଏଇ ଦେଖ ।

ଇଲିମା କିନ୍ତୁ ନିଜ ନଗ୍ନତା ସମ୍ପର୍କରେ ଆଦୌ ସଚେତନ ନଥିଲେ ।

■

ଶେଫାଳି, ଚିତାବାଘ ଓ ଗାଉନ୍

ଜଳନ୍ତା ଫସ୍‌ଫରସ୍ ପରି ଦି'ଟା ଆଖି।

ଦେହସାରା ହଳଦିଆ ସ୍କଟ୍।

ଲୋମଶ ଦୀର୍ଘ ଶରୀର।

ଭୟଙ୍କର ଚିତାବାଘଟିଏ। ସୁରେଶ କହୁଥିଲା, ସୁନ୍ଦର ବନରୁ ଧରା ହୋଇଛି। ଦୁର୍ଦ୍ଦାନ୍ତ ଚିତାବାଘ ଏବେ ଚାବୁକକୁ ଭୟ କରି ପ୍ରଭୁଭକ୍ତ ପାଲଟି ଯାଇଛି। ଚିତାବାଘ ନୁହେଁ, ପୋଷା କୁକୁର।

'ନା... ନା...,' ପ୍ରଫେସର ଜୟନ୍ତ ଚିତ୍କାର କରି ଉଠିଲେ।

ଚିତାବାଘ କେବେ କୁକୁର ହୋଇପାରେନା, ଯେପରିକି ପ୍ରଫେସର ଜୟନ୍ତଙ୍କ ବଳିଷ୍ଠ ପୁରୁଷତ୍ୱ। ସୁରେଶ ଏବେ ଶୋଇଥିବ, ନୋହିଲେ ସେ ତା' କାନ ପାଖରେ ଚିତ୍କାର କରି କହିଥାନ୍ତେ, 'ଚିତାବାଘ ଦୁର୍ଦ୍ଦାନ୍ତ... ଅପରାଜେୟ, ତା' କେବେ କୁକୁର ହୋଇପାରେନା।' ହାଏ, ବାଳକ ସୁରେଶ ଜାଣେନା ଏବେ ବି ତା'ର ଅନେକ ଗୋଜା ଗୋଜା ନଖ ଓ ତୀକ୍ଷ୍ଣ ଜିଭଟିଏ ଅଛି।

ଶେଫାଳି ଶୋଇଛନ୍ତି, ସେ ଶୁଅନ୍ତୁ। ସେ ହୁଏତ ସର୍କସ ଦେଖାଇ କ୍ଳାନ୍ତି ଅପନୋଦନ କରୁଛନ୍ତି। ତାଙ୍କୁ ସର୍କସର ବୋଡ଼ା ସାପଟି ଖୁବ୍ ଭଲ ଲାଗିଥିଲା ଏବଂ ସେଇ ଦର୍ପିତ ମଲ୍ଲ ଯୋଦ୍ଧାମାନଙ୍କର ଭାରୋତ୍ତଳନ, ନା, ତାଙ୍କୁ ଉଠାଇ ଲାଭ ନାହିଁ। ଚିତାବାଘକୁ ଦେଖିବା ବଦଳରେ ସେ ହାଇ ମାରୁଥିଲେ ଏବଂ ପାଖ ଭଦ୍ରମହିଳାଙ୍କ ସହ ଗପ କରୁଥିଲେ। ହାୟ, ବିଚାରୀ ଶେଫାଳି!

ଚିତାବାଘଟି ପାଟି ମେଲା କରୁଛି।

(ପୁରୁଷତ୍ୱ କି କେବେ କ୍ଳାନ୍ତ ହୋଇପାରେ।)

ତା'ର ଆଖି ଦୁଇଟି ଏବେ ଜଳି ଉଠୁଛି। ହଁ... ହଁ ହୁତ୍‌ହୁତ୍ ହୋଇ ଜଳିଉଠୁ, ନିଆଁ ପ୍ରସରିଯାଉ ଏବଂ ଜଳିଯାଉ ସେ ନାତିଦୀର୍ଘ ଗ୍ରୀବାର ନେପାଳୀ ଝିଅଟିଏ,

ଯା'ର ଖୋଲା ପେଟରେ ଏକାଧିକ ତିଳ ଚିହ୍ନ। ଗ୍ୟାଲେରୀର ପ୍ରଥମ ରୋ'ରୁ ବେଶ୍ ଲକ୍ଷ୍ୟ କରିଛନ୍ତି ପ୍ରଫେସର ଜୟନ୍ତ।

ବାସ୍ତବିକ ସେଇ ନେପାଳୀ ଝିଅଟି... ନାତିଦୀର୍ଘ ଗ୍ରୀବାର। ସେ ମଧ୍ୟ ଦର୍ଶକଙ୍କ ପାଇଁ ଅନ୍ୟତମ ଆକର୍ଷଣ। ରେସ୍ତୋରାଁ, ସେଲୁନ୍‌ରେ ବେଶ୍ ଆଲୋଚ୍ୟ ବସ୍ତୁ ହୋଇଥିଲା ସେ ଝିଅଟି। ତରୁଣ ଛାତ୍ରଙ୍କ ଅପରିପକ୍ୱ ବିଦଗ୍ଧ ପୁରୁଷତ୍ୱକୁ ପ୍ରଗଳ୍‌ଭ କରିବାପାଇଁ ସେ ବେଶ୍ ସଜେଇଥିଲା ନିଜକୁ। ଅନାକାଙ୍‌କ୍ଷିତ ଭାବେ ତାଳିମାଡ଼ ବଢ଼ି ଚାଲିଥିଲା କନ୍‌ସେସନ୍‌ରେ ଆସିଥିବା ଛାତ୍ରମାନଙ୍କ ଗ୍ୟାଲେରିରେ।

ପ୍ରାୟୋଲଗ୍ନ ଚେହେରାକୁ ଦେଖି ଶେଫାଳି ମୁହଁ ବୁଲାଇ ନେଇଥିଲେ ଓ ପାଖ ଭଦ୍ରମହିଳାଙ୍କ ସହିତ ତାଙ୍କ ବାର୍ତ୍ତାଳାପ ଅସମ୍ଭବ ଭାବେ ବଢ଼ି ଯାଇଥିଲା- ଶେଫାଳି ଯେ କି ସାଂଘାତିକ ଭାବେ ଆଣ୍ଟି-ରୋମାଣ୍ଟିକ୍। ତାଙ୍କ ସ୍ୱଭାବ ମୂଳରୁ ଏମିତି। ଅବଶ୍ୟ ଅନେକଙ୍କ ଧାରଣା ହୋଇଥାଏ ଯେ ପ୍ରେମ-ବିବାହ କରିଥିବା ନାରୀମାନେ ସ୍ୱଭାବତଃ ବେଶ୍ ରୋମାଣ୍ଟିକ୍। ଅଥଚ ଶୋଫାଳି ଏକ ବ୍ୟତିକ୍ରମ। ଅନର୍ସ କ୍ଲାସରେ ଶେଫାଳିଙ୍କ ନୋଟ୍ ମାଗିବାଠୁଁ ଆରମ୍ଭ କରି ବିବାହ ପର୍ଯ୍ୟନ୍ତ ସବୁ ଘଟଣା ଥିଲା ନିହାତି ଅନାଡ଼ମ୍ବର।

- ମିସ୍ ଶେଫାଳି!
- କ'ଣ କହିବେ?
- ହଁ, ମୁଁ ଲିରିକ୍ ଲେଖେଁ।
- ଖୁବ୍ ଭଲ।
- ଚାଲି ଯାଉଛନ୍ତି... ଟିକିଏ ଶୁଣନ୍ତୁ।
- କୁହନ୍ତୁ।
- ଆପଣ ଭଲ ଗାଆନ୍ତି। ମୁଁ ଶୁଣିଛି।
- ଧନ୍ୟବାଦ।

ପୁଣି ଖସିଯିବାର ଉପାୟ। ବାରଣ୍ଡାରେ ଯଦି କୌଣସି ସାଙ୍ଗ ଆସି ଯାଆନ୍ତି? ସେ ତଳକୁ ଚାହିଁଥିଲେ।

- ମୋର କେତୋଟି ଲିରିକ୍ ପାଇଁ କଣ୍ଠଦାନ କରି ପାରିବେ?
- ଚେଷ୍ଟା କରିବି।

ଥରେ ବି ପଛକୁ ନ ଚାହିଁ ସେ ବ୍ୟସ୍ତ ପଦକ୍ଷେପରେ ସିଡ଼ିରେ ଓହ୍ଲାଇ ଯାଇଥିଲେ। ନୋଟ ମାଗିବା, କ୍ଲାସରେ ପଛକୁ ଚାହିଁବା, ବାରମ୍ବାର ଶାଢ଼ି ସଜାଡ଼ିବା ଆଦି ଗତାନୁଗତିକ ଘଟଣା ଭଲ କରି ମନେ ପଡୁନି। ଶେଫାଳି ସହିତ ବିବାହରେ ମଧ୍ୟ କୌଣସି ଆଡ଼ମ୍ବର ନଥିଲା- ଅନୁରୂପ ପରିଣୟୋତ୍ତର ପାଞ୍ଚବର୍ଷ।

ସେ ନିଶ୍ଚିନ୍ତରେ ଶୋଇଛନ୍ତି।

ତାଙ୍କୁ କ୍ଷମା କରାଯାଇ ପାରେନା। ସେ ଯେ କାହିଁକି ଚିତାବାଘକୁ ଦେଖି ହାଇ ମାରିଥିଲେ ଓ ବୋଡ଼ା ସାପର କୁତ୍ସିତ କୁଣ୍ଡଳୀ ପ୍ରତି ଜୟନ୍ତଙ୍କ ଆଦୌ ଆକର୍ଷଣ ନଥିଲା। ମାଟି ପିଣ୍ଡୁଳା ପରି ତାହା ଉପେକ୍ଷିତ।

ଜୟନ୍ତ ଜିରୋ ପାୱାରର ଡୁମ୍ ଜଳାଇଲେ।

ନାତିଜ୍ୱଳ କୋଠରିର କାମନା, କାଠର ପଲଙ୍କ, ବୁକ୍ ସେଲ୍‌ଫ ଓ ଶେଫାଳିଙ୍କ ସକ୍ରିୟ ନାସାଗ୍ରକୁ ଆମୋଦିତ କରି ଜୟନ୍ତ ଚୁରୁଟ୍ ଟାଣିଲେ। 'ପାଉଡ଼ର' ବୋଧେ ଅପେକ୍ଷାକୃତ ଅଧିକ ଷ୍ଟ୍ରଙ୍ଗ ଥିଲା। ମୁଣ୍ଡ ବୁଲାଉଛି।

ବୋଡ଼ା ସାପ ପରି ଶେଫାଳି କର ଲେଉଟାଇଲେ।

ଶେଯ ଛାଡୁ ଛାଡୁ ମୁହଁରେ ବିରାଟ ଦର୍ପଣଟା। ଶେଫାଳି ଅତି ଯତ୍ନରେ ପୋଛିଛନ୍ତି। ସ୍ଲିପିଙ୍ଗ ଗାଉନ୍ ସଜାଡ଼ି ଜୟନ୍ତ ନିଜର ପ୍ରତିବିମ୍ବ ଦେଖିଲେ।

ଇସ୍ ଏ କ'ଣ ?

ଫସ୍‌ଫରସ୍ ପରି ଦି'ଟା ଜଳନ୍ତା ଆଖି।

ଦେହସାରା ହଳଦିଆ ସ୍କଟ୍।

ଲୋମଶ ଶରୀର।

ଭୟଙ୍କର, ଚିତାବାଘଟି ଭୟଙ୍କର।

ଦର୍ପଣରେ ସେ ଚିତାବାଘର ଉପସ୍ଥିତି। ଲାଞ୍ଜ ବାଡ଼େଇ ହେଣ୍ଟାଳ ଛାଡୁଛି। ଆକ୍ରମଣ ପାଇଁ ଉଦ୍ୟତ। ବିଦ୍ୟୁତ୍ ଚାବୁକ୍ ଅଚଳ।

- ଶେଫାଳି... ଶେଫାଳି।

ଚିତାବା...ଘ

- ଉଁ।

ସେ ପୁଣି ନିଶ୍ଚିନ୍ତରେ ଶୋଇଗଲେ।

ନା ଆକ୍ରମଣର ସମ୍ଭାବନା ନାହିଁ। ବ୍ୟାଣ୍ଡ ଆହୁରି ଜୋର୍‌ରେ ବାଜି ଉଠୁଛି। ଇ' ସାଦରେ ବେହେଲା ବାଜୁଛି। ଟ୍ରମ୍ପେଟ୍‌ରେ ମେଘର ହୁଙ୍କାର। କନ୍‌ସେସନରେ ଆସିଥିବା ଛାତ୍ରଙ୍କ ତାଳିମାଡ଼ ବଢ଼ି ଉଠୁଛି। ଚିତା ବାଘ ଚାହୁଁଛି। ଓଠରେ ଜିଭ ବୁଲାଇ ନେଉଛି।

ଆହୁରି ତାଳିମାଡ଼। ନିରୁପାୟ, ନିସ୍ପନ୍ଦ ଚିତାବାଘ।

ଶେଷଥର ପାଇଁ ସେ କୁହାଟ ଛାଡ଼ିଲା।

ଦର୍ପଣ ଚୁରମାର୍ ହୋଇଯାଇପାରେ। ଶେଫାଳି ଶୋଇଛନ୍ତି। ଶୁଅନ୍ତୁ।

ପ୍ଲେ'ଗ୍ରାଉଣ୍ଡ ମାଡ଼ି ଆସୁଛି- ଆସୁଛି ସେଇ ରେସ୍ତୋରାଁ, ସେଲୁନ୍‌ରେ ଆଲୋଚ୍ୟ ନାତିଦୀର୍ଘ ଗ୍ରୀବାର ନେପାଳୀ ଝିଅଟି, ଯାର ଖୋଲା ପେଟରେ ଏକାଧିକ ତିଳଚିହ୍ନ।

ଶେଫାଳି ମୁହଁ ବୁଲାଇ ନେଉଛନ୍ତି। ତାଙ୍କ ଗପ ବଢ଼ିଛି।

ସେ ଝିଅଟି ହାତରେ ବିଦ୍ୟୁତ୍ ଚାବୁକ୍ ଚମକି ଉଠୁଛି। ଚିତାବାଘ ତା' ମୁହଁକୁ ଚାହିଁ ଜିଭ କାଢୁଛି। ଏବେ ସେ ନଇଁ ଯାଇଛି। ଝିଅଟି ତା'ର କାନ ଧରିଛି ଓ ଶୁଆଇ ଦେଉଛି କିନ୍ତୁ ଫସ୍‌ଫରସ୍ ପରି ଜଳୁଥିବା ଆଖ ଦି'ଟାରେ ପରିବର୍ତ୍ତନର ସେ ଚିହ୍ନ ନାହିଁ। ତାହା ଜଳୁଛି.. ଓ କହୁଛି।

ଜିରୋ ପାୱାର ଡୁମ୍‌ଟି ଆହୁରି ନିଷ୍ପ୍ରଭ ହୋଇ ଯାଇଛି। ଜୟନ୍ତ ଗାଉନକୁ ସଳଖି ନେଲେ। ଚିତାବାଘଟି କର ଲେଉଟାଇଲା। ଝିଅଟି ତା'ର କାନ ଛାଡ଼ିନି। ପରାଜୟ।

ଛାତ୍ରମାନେ ତାଳି ମାରୁଛନ୍ତି। ଧିକ୍ ସେମାନଙ୍କର ପୁରୁଷତ୍ୱକୁ। ଚିତାବାଘଟି ସମ୍ପୂର୍ଣ୍ଣ ନଇଁ ଯାଇଥିବା ସତ୍ତ୍ୱେ ସେମାନେ ତଳି ମାରୁଛନ୍ତି। ଏମାନଙ୍କୁ ଆଦୌ କନ୍‌ସେସନ୍ ଦେବା ଉଚିତ ନଥିଲା। ଦେଖାଯାଇଥାନ୍ତା ତାଙ୍କ ପୁରୁଷତ୍ୱକୁ।

ଜୟନ୍ତ ଯେପରି ନିଜ ଦୁଇ କାନରେ ଦୁଇଟି ହାତର ସ୍ପର୍ଶ ଅନୁଭବ କଲେ। ଇସ୍ ଶେଫାଳି ମୁହଁରେ ଅନାକାଙ୍‌କ୍ଷିତ ବ୍ୟଙ୍ଗୋକ୍ତି। ସେ ଉପହାସ କରୁଛନ୍ତି ପୁରୁଷତ୍ୱର ପରାଜୟ ?

ଅସହ୍ୟ, ଅସହ୍ୟ।

ଶେଫାଳିକୁ କ୍ଷମା କରାଯାଇ ପାରେନା।

ଜୟନ୍ତ ଶେଫାଳିଙ୍କ ତଣ୍ଟି ଚିପି ଧରିଲେ। ସେ ପ୍ରତିବାଦ କରୁନାହାନ୍ତି ନାରୀ ଅବଳା- ଶେଫାଳି ମଧ୍ୟ। ପୁରୁଷତ୍ୱର ପରାକ୍ରମ ସମକ୍ଷରେ ସେ ହାରି ଯାଇଛନ୍ତି। ତାଙ୍କୁ ଥରୁଟେ କ୍ଷମା କରାଯାଉ। ବିଚାରୀ ଶେଫାଳି।

ଡୁମ୍ ଆହୁରି ନିଷ୍ପ୍ରଭ ହୋଇ ଉଠୁଛି।

ଶେଫାଳିଙ୍କ ମୁହଁରେ କେତୋଟି ନଖ ଚିହ୍ନ। ବିତ୍ରସ୍ତ ମୁହଁରେ କାକୁସ୍ଥ ଚାହାଣି। ହଁ, ବରଂ ସେ ପରାଜୟର ଗ୍ଲାନି ଭୋଗ କରନ୍ତୁ, ଜୟନ୍ତ ଜୋର୍‌ରେ ହସି ଉଠିଲେ।

ପୁଣି ଜଳି ଉଠିଲା ଆଖି ଦି'ଟା ଫସ୍‌ଫରସ୍ ପରି।

ତାଳିମାଡ଼... ଖାଲି ତାଳିମାଡ଼।

ଚିଅର୍ସ... ଚିଅର୍ସ। ଛାତ୍ରମାନେ ଚିତ୍କାର କରୁଥାନ୍ତି। ଚିତାବାଘ ହେଣ୍ଟାଳ ଛାଡୁଛି।

ଆଗେଇ ଆସୁଛି। ସେ ନାତିଦୀର୍ଘ ଗ୍ରୀବାର ଝିଅଟି। ଚିତାବାଘ ନିଜ ଓଠରେ ଜିଭ ବୁଲାଇ ନେଉଛି ଓ ତା'ର ଖୋଲା ପେଟକୁ ଚାହିଁଛି, ଯେଉଁଠି ଏକାଧିକ ତିଳଚିହ୍ନ।

ଚିତାବାଘ ହସୁଛି। ଲାଞ୍ଜ ବାଡ଼େଇ ହୋ ହୋ ହସୁଛି। ଗାଉନକୁ ସଜାଡ଼ି ନେଲେ ଜୟନ୍ତ। ଆଖି ଦି'ଟା ଦପ୍ ଦପ୍ ହୋଇ ଜଳୁଛି ଏବଂ ଓଠରେ ଶୀତଳ ଜ୍ୱଳନ। ମୁଣ୍ଡରେ ପ୍ରତିଧ୍ୱନିତ ହେଉଛି ତାଳିମାଡ଼। ଦର୍ପଣରେ ଚିତାବାଘ ସ୍ମରଣ କରୁଛି ସେ ନେପାଳୀ ଝିଅକୁ। ଗୋଡ଼ ପେଣ୍ଡାର ଅତୁଟ ସ୍ୱାସ୍ଥ୍ୟକୁ ଜିଭରେ ଚାଟି ନେଉଛି। ଆଃ... କି ତୃପ୍ତି।

ଶେଫାଳିଙ୍କ ପାଲିସ୍ ଗାଲରେ କେତୋଟି ଦାନ୍ତ ଚିହ୍ନ ଆଙ୍କି ଦେଇଛି ଚିତାବାଘ। ବୋଡ଼ାସାପ ପରି କୁଣ୍ଡଳୀ କରି ଛାତିରେ ତକିଆକୁ ଚାପିଧରି ସେ ଶୋଇ ଯାଇଛନ୍ତି। ଆଣ୍ଟି-ରୋମାଣ୍ଟିକ୍ ଶେଫାଳି।

ଅତଏବ ଚିତାବାଘ ସେ ନେପାଳୀ ଝିଅ କଥା ଭାବୁ। ପୁଣି ଇ ସାର୍ପ ପରେ ବେହେଲା ବାଜି ଉଠିଛି। ତା'ର ଦେହରେ ଏବେ ଗୋଲାପୀ ରଙ୍ଗ ପଡ଼ିଛି। ବେପରୁଆ ଝିଅଟି ମଧ୍ୟ ଲାଜରେ ସଢ଼ିଗଲା ପରି ଦିଶୁଛି। ଆଲୋକ ବଦଳି ଚାଲିଛି। ନେଳି... ନାଲି...

ଗୋଲାପୀ ରଙ୍ଗ ପୂର୍ବ ରାଗର;
ନେଳି ରଙ୍ଗ ପ୍ରଗାଢ଼ ପ୍ରେମର,
ଲାଲ୍ ରଙ୍ଗ ହୋମକୁଣ୍ଡର ନିଆଁର।

ଏବଂ ହାଲୁକା ସବୁଜ ରଙ୍ଗ- ବେଡ୍ ରୁମ୍‌ର ଡ୍ରମ୍‌ରେ। ସେ ବିଭିନ୍ନ ମୁଦ୍ରା ପ୍ରଦର୍ଶନ କରୁଛି ଓ ଚିତାବାଘ ହେଷ୍ଟାଳ ଛାଡୁଛି। ସାଇକେଲ ଚଳାଇ ସେ ଏବେ କ୍ରମାନ୍ୱୟରେ ପୋଷାକ ଖୋଲୁଛି।

ଚିତାବାଘର କୁହାଟ ବଢ଼ି ଚାଲିଛି।
ସେ ଝିଅଟି ପ୍ରାୟ ଉଲଗ୍ନ।
ଅସମ୍ଭବ ତାଳିମାଡ଼ କସସେସନ୍ ମିଳିଛି।

ଏବେ ଚିତାବାଘ ମଧ୍ୟ ଭୂମିକାରେ ଅବତୀର୍ଣ୍ଣ ହେବ। ସେ ଲମ୍ବ ହୋଇ ପ୍ଳେ' ଗ୍ରାଉଣ୍ଡରେ ଶୋଇଯାଇଛି। ଝିଅଟି ତା' କାନରେ କ'ଣ କହୁଛି ଓ ଚିତାବାଘ ଜିଭ ହଲାଇ ସମ୍ମତି ଜଣାଉଛି। ଏବେ ତା' ହାତର ଖୁନ୍ଦାଖୁନ୍ଦି ସ୍ୱାସ୍ଥ୍ୟ ଦେଖିବା କଥା। ଚିତାବାଘର ପାଟିରେ ପ୍ରବେଶ କରୁଛି ପାରାବତ ପରି ସାନ ପାପୁଲିଟିଏ।

ଆଉ ଏକ ଖେଳ। ଚିତାବାଘର ଦେହରେ ଝିଅଟି ଲମ୍ବ ହୋଇ ଶୋଇ ଯାଇଛି। ୫୦ କେ.ଜି. ଓଜନକୁ ଚିତାବାଘ ଅନାୟାସରେ ସମ୍ଭାଳି ନେଇଛି।

ଜୟନ୍ତ ଦର୍ପଣକୁ ଚାହିଁଲେ।

ଚିତାବାଘକୁ ଆଖି ପୁନଶ୍ଚ ଜଳୁଛି।

ଏବଂ ଇ ସାର୍ପରେ ବେଖାତିର ବେହେଲାର ବେହାଗ।

ଖେଳ ସରିଛି। ଚିତାବାଘର କାନ ଧରି ଝିଅଟି ଯନ୍ତାକୁ ଓଟାରିଛି ଓ ନିର୍ଲ୍ଲଜ ଚିତାବାଘ ଚାଲିଯାଇଛି କୁକୁର ପରି। ପୁଣି ପରାଜୟର ଗ୍ଲାନିରେ ଦର୍ପଣର ଚିତାବାଘର ମୁଣ୍ଡ ନଇଁ ଆସୁଥିଲା। ଏହି ଅପମାନ ଅସହ୍ୟ। ସେ ତା'ର ବଳିଷ୍ଠ ପୁରୁଷତ୍ୱକୁ ଜାହିର କରିବା ଉଚିତ।

ହଁ, ହଁ, ସେ ପ୍ରତିଆକ୍ରମଣ କରୁ। ଗୋଜା ଗୋଜା ନଖରେ ତିଳଚିହ୍ନ ଥିବା ନାଭିକୁ ଖିନ୍‌ଭିନ୍ କରୁ। ୫୦ କେ.ଜି ମାଂସକୁ ଭୋଜି କରୁ। ନା' ସେ ଯନ୍ତାର ନିରାପତ୍ତାରେ। କାପୁରୁଷ।

ଏ କ'ଣ ଶେଫାଳି କଡ଼ ଲେଉଟାଇଲେ। ବୋଡ଼ା ସାପ କୁଣ୍ଡଳୀରୁ ସିଧା ହେଉଛି। ଚିତାବାଘ ପରେ ତା'ର ଅଖଣ୍ଡ ରାଜତ୍ୱ। ଅସମ୍ଭବ, ପ୍ରତିରୋଧ ଆବଶ୍ୟକ। ଆକ୍ରମଣ।

ଇସ୍, ଶେଫାଳି କି ସାଂଘାତିକ।

ପରାଜିତ ପୁରୁଷତ୍ୱକୁ ବିଦ୍ରୂପ କରୁଛନ୍ତି।

ବୋଡ଼ା ସାପର ପୁଣି ଏତେ ଦୁଃସାହସ।

ନା... ନା... କେବେ ହୋଇପାରେନା।

ପ୍ରଫେସର ଜୟନ୍ତ ଶେଫାଳିଙ୍କ କଅଁଳ ତଣ୍ଟିକୁ ଚିପି ଧରିଲେ। ଅସହାୟ କପୋତ ପରି ସେ ଛାଟିପିଟି ହେଉଛନ୍ତି। ଏଥର କ୍ଷମା କରାଯାଇପାରେନା। ବୋଡ଼ାସାପର ମୃତ୍ୟୁ ଆବଶ୍ୟକ ଏବଂ ସେ ନାତିଦୀର୍ଘ ଗ୍ରୀବାର ନେପାଳୀ ଝିଅଟିକୁ ସନ୍ଧାନ କରିବାକୁ ହେବ। ସେ ମଧ୍ୟ ଦେଖିନେବ ପୁରୁଷତ୍ୱର ପରାକ୍ରମ।

ଶେଫାଳିଙ୍କ ଦୁଧ ଅଳତା ବର୍ଣ୍ଣର ଦେହ ନୀଳ ହୋଇ ଆସୁଛି ମୃତ ବୋଡ଼ା ସାପ ପରି। ଠିକ୍ ହୋଇଛି।

ପ୍ରଫେସର ଜୟନ୍ତ ଛୋଟରାୟ, ପିଏଚ୍.ଡି. ପବନ ପରି ଘରୁ ନିର୍ଗତ ହେଲେ।

■

ଶାହାଜାଁର ରାତ୍ରି

ଅଭିନ୍ନ ଓ ଏକ ହୃଦୟ ଭିତରେ ଏରୋଷ୍ଟ୍ରାଟସ୍ ଓ ନୀରୋ ଉଭୟଙ୍କ ଆବେଗରେ ସହାବସ୍ଥାନ ହୋଇପାରେ, ଏରୋଷ୍ଟ୍ରାଟସ୍ ସବୁକିଛି ଧ୍ୱଂସ କରି ଦେବାକୁ ଆଗଭର ହୁଏ। ନୀରୋ ସାମାନ୍ୟ ଭ୍ରୁକୁଞ୍ଚନ କରି ନିର୍ବିକାର ରହିଯାଏ।

କୁମାର ପୂର୍ଣ୍ଣମୀ।

ତାଜମହଲ ସାମ୍ନାରେ ଠିଆହୋଇ ମୁଁ ଦେଖୁଥିଲି ଜହ୍ନକୁ, ମାର୍ବଲର ସ୍ଥାପତ୍ୟକୁ ଏବଂ ଉଭୟ ଜହ୍ନ ଓ ମାର୍ବଲର କାରୁକାର୍ଯ୍ୟକୁ।

ଅଗତ୍ୟା ଏରୋଷ୍ଟ୍ରାଟସ୍‌ର ଆବେଗ ମୋ ଛାତି ତଳେ ବିଦ୍ରୋହୀ ହୋଇ ଉଠିଲା। ତାଜ୍‌ର ବେକ୍‌ଗ୍ରାଉଣ୍ଡରେ ମୋର ଛାଇକୁ ସେଲୁଲେଡ୍ ଫିତାରେ ଧରି ରଖିବାକୁ ମୋର ବନ୍ଧୁ ଉଦ୍ୟତ କ୍ୟାମେରା ହାତରେ ଛିଡ଼ା ହୋଇଥାଏ। ମୁଁ ତଳୁ ଗୋଟିଏ ଟେକା ଉଠାଇ ତାଜ୍‌ର ଶୀର୍ଷ ଦେଶକୁ ଫିଙ୍ଗିବା ଅବସ୍ଥାରେ ଇ ବନ୍ଧୁ ସ୍ନାପ୍ ନେଲା। ମୁଁ ଜାଣେନା ମୋର ହାତର ଟେକା ତାଜ୍‌କୁ ଆଘାତ କଲା ନା ନାହିଁ। ଆଉ ଗୋଟିଏ ସ୍ନାପ୍- ମୁଁ ପରୀକ୍ଷା କରୁଥିଲି ତାଜ୍‌ର ଗମ୍ବୁଜମାନଙ୍କୁ ଧକ୍କା ଦେଇ ଭୂପତିତ କରାଯାଇ ପାରେ କି ନା ? ବନ୍ଧୁ ବିରକ୍ତ ହୋଇ ସୌନ୍ଦର୍ଯ୍ୟ ପିପାସୁ ଦର୍ଶକମାନଙ୍କ ଭିତରେ ଅନ୍ତର୍ଦ୍ଧାନ ହୋଇଗଲା।

କିଛିକ୍ଷଣ ପରେ ଏରୋଷ୍ଟ୍ରାଟସ୍ ଆବେଗ ଛାତି ତଳେ ମିଳାଇଗଲା। ତା'ର ଆଗମନ ଓ ପ୍ରସ୍ଥାନ ଉଭୟ ଆଶ୍ଚର୍ଯ୍ୟଜନକ।

ମୁଁ ଅନେକ ସମୟରେ ଏକ ଅଦ୍ଭୁତ ରୋଗର ଶିକାର ହୋଇପଡ଼େ। ମୋର ଛାତି ତଳେ କିଛିଟା ଶୂନ୍ୟସ୍ଥାନ ସୃଷ୍ଟି ହୋଇ ତାହା ବଢ଼ି ବଢ଼ି ଚାଲେ ଓ ଶୂନ୍ୟତା କ୍ରମେ ମୋର ମୁଣ୍ଡକୁ ନିହାତି ହାଲୁକା ଓ ଅଣ୍ଟାକୁ ଦୁର୍ବଳ କରିଦିଏ। ଏଇ ରୋଗର ଲକ୍ଷଣମାନେ ଗୋଟିଏ ଗୋଟିଏ ଚମତ୍କାର ଅନୁଭବ। ରୋଗାକ୍ରାନ୍ତ ମୁହୂର୍ତ୍ତମାନଙ୍କରେ

ଜଳି ଯାଉଥିବା ରୋମର ବଂଶୀ ବଜାଇ ପାରୁଥିବା ନିର୍ବିକାର ନିରୋର ସଂଯମଶୀଳ ଆବେଗମାନେ ମୋତେ ଆଚ୍ଛନ୍ନ କରି ପକାନ୍ତି ।

ସେଦିନ ହଠାତ୍ ଏ ରୋଗରେ ଆକ୍ରାନ୍ତ ହୋଇ ପଡ଼ିବା ପରେ ମୁଁ ଗୋଟିଏ ଅଭୁତପୂର୍ବ ଖିଆଲର ଶିକାର ହେଲି । ସୌନ୍ଦର୍ଯ୍ୟ ପିପାସୁ ଦର୍ଶକମାନଙ୍କ ମଧ୍ୟରେ ମୁଁ ଖୋଜି ବସିଲି ଜଣେ ଏକାନ୍ତ ମୁଗ୍ଧ ବ୍ୟକ୍ତିର ସାନ୍ନିଧ୍ୟ । ନାତିଶିତୋଷ୍ଣ ପବନର ସ୍ୱଚ୍ଛନ୍ଦ ସ୍ରୋତଟିଏ ପରି ମୁଁ ଘୂରି ବୁଲୁଥାଏ । ମୋର ମନେ ହେଉଥାଏ ଯେପରି ବିସ୍ତୀର୍ଣ୍ଣ ଆକାଶର ଶୂନ୍ୟତା ସହିତ ମୋର ଚେତନା ଏକୀଭୂତ ହୋଇ ପଡୁଛି । ସୌନ୍ଦର୍ଯ୍ୟ ପିପାସୁ ଦର୍ଶକମାନଙ୍କ ମଧ୍ୟରେ ମୁଁ ପାଗଳ ପରି ଖୋଜି ବସିଲି ଜଣେ ଏକାନ୍ତ ମୁଗ୍ଧ ବ୍ୟକ୍ତିର ସାନ୍ନିଧ୍ୟ ।

* * * * *

ଗୋଟିଏ ଧବଳ ମାର୍ବଲ ସ୍ତମ୍ଭକୁ ଆଉଜି ଯିଏ ଛିଡ଼ା ହୋଇଛି, ସିଏ ନାରୀ ନା ପୁରୁଷ । ? ନାରୀ ତ ? ଶାଢ଼ି ପିନ୍ଧି ସେ ସ୍ତମ୍ଭଠାରୁ ଅଭିନ୍ନ ଦିଶୁଛି । ତା' ହାତରେ କଳା ଭ୍ୟାନିଟି ବ୍ୟାଗ୍ ଖାଲି ସୂଚେଇ ଦେଉଛି ତା'ର ଧାରିଣୀ ଏକ ନାରୀ । ତା'ର ମୁଗ୍ଧ ଆଖିମାନେ ଚାହିଁ ରହିଛନ୍ତି ତାଜ୍‌ର ଶୀର୍ଷକୁ । ମୁଁ ନିରେଖିଲି ତାକୁ, ତା'ର ଆଖିକୁ, ତାଜ୍‌ର ଶୀର୍ଷକୁ ଓ ଜହ୍ନକୁ, ସେ ମୋର ଉପସ୍ଥିତି ସମ୍ପର୍କରେ ସଚେତନ ହେବାଯାଏ । ପାଖରେ ଆଉ କେହି ନାହାନ୍ତି । କେବଳ ଆମେ ଦୁହେଁ ।

ହୁଏତ ମୋର ଆବେଗ ତା'ର ନିଃସଙ୍ଗ, ବିମୁଗ୍ଧ ସାବଲୀଳ ଆବେଗ ସହିତ ଯୋଡ଼ି ହେବାକୁ ଚାହୁଁଥିଲା ।

ମୁଁ ମନ୍ତ୍ରମୁଗ୍ଧ ପରି ଆଗେ କଥା ଆରମ୍ଭ କରିଥିଲି...

– 'ଆପଣ ବୋଧହୁଏ ଏକା ?'

ମୋତେ ଆଶ୍ଚର୍ଯ୍ୟ କରି ତା'ର ସ୍ୱର, 'ମୁଁ ଏଠି ଥାଏଁ ।'

– 'ମାନେ ?'

ଆହୁରି ଆଶ୍ଚର୍ଯ୍ୟ କରି ସେ କହିଲା, 'ମୋ ନାଆଁ ମମତାଜ୍ ।'

ମୁଁ ମନେ ପକାଇଲି ତାଜମହଲ ବେଗମ୍ ମମତାଜ୍‌ର ମଶାଣି । ଅର୍ଥାତ୍ ସେ ଅଶରୀରୀ ମମତାଜ୍‌ର ପ୍ରେତ ନୁହେଁ ତ ? ଅଥଚ ସେ ଦୃଶ୍ୟମାନ ପରି କଥା କହିପାରୁଛି ଏବଂ ମୁଁ ସଚେତନ ଅଛି । ସେ ମୋ ଆଡ଼କୁ ଅଗ୍ରସର ହେଉଥିଲା । ଏପରିକି ମୋଠୁ ସାମାନ୍ୟ ବ୍ୟବଧାନ ରଖି ମାର୍ବଲ ଚଟାଣରେ ବସି ସାରିଥିଲା । ମୁଁ ଖାଲି ନିର୍ବାକ୍ ହୋଇ ତାକୁ ଚାହିଁ ରହିଥାଏ । ସେ ନିର୍ବିକାର ଭାବେ ଭ୍ୟାନିଟି ବ୍ୟାଗରୁ ଘଣ୍ଟା କାଢ଼ି ଦେଖିଲା । ତା'ପରେ ପବନରେ ଉଡୁଥିବା ଅସଂଯତ ବାଳକୁ ସେ ଅଳି କଳାପରି ସେ

କହି ଚାଲିଥାଏ, 'ଧରି ନିଅନ୍ତୁ ଆପଣ ନିଜେ ବାଦଶାହ ଶାଜାହାଁ ଏବଂ ମୁଁ ଆପଣଙ୍କ ସାମ୍ରାଜ୍ଞୀ ମମତାଜ୍!'

ମୁଁ ଅନୁଭବ କରୁଥିଲି ଯେପରି ଏକ ଯାଦୁକରୀ ଶକ୍ତି ମୋତେ ସମ୍ରାଟ ଶାଜାହାଁରେ ପରିଣତ କରାଇ ଏକ ତୀକ୍ଷ୍ଣ ଆବେଗର ତଡ଼ିତ୍ ମୋତେ ଅତିନ୍ଦ୍ରିୟ ଜଗତ ଆଡ଼କୁ ଟାଣି ନେଉଛି। ସେ କହିଲା, 'କହନ୍ତୁ ନା, ଆପଣ କିଏ ?

– 'ଶାଜାହାଁ... ଏକ ପୁରୁଷ।'

– 'ମୁଁ?'

– 'ମମତାଜ୍... ଜଣେ ନାରୀ।'

ଆମେ ଉଭୟ ଚଟାଣରୁ ଉଠିଲୁ...। ଏକ ବେଗବାନ୍ ସ୍ରୋତ ଆମକୁ ଯେପରି ଗୋଟିଏ ଛାୟାନ୍ଧକାର ଲନ୍ ଆଡ଼କୁ ଟାଣି ନେଉଥାଏ। ମୁଁ ଘାସ ଉପରେ ବସିଲି ଓ ସେ ଶୋନେଜ୍‌କୁ ଆଉଜି ବସିଲା। ଅନ୍ଧାରରୁ ତାଜ୍ ଆହୁରି ସ୍ପଷ୍ଟ ଦିଶୁଥାଏ। ଆମ ଚାରିପଟେ ବରଫ ପରି ଜମାଟ ବାନ୍ଧି ଆସୁଥିବା ସ୍ତବ୍‌ଧତାକୁ ଭାଙ୍ଗି ସେ କହିଲା, ଶାଜାହାଁ! ନାରୀ ଓ ପୁରୁଷର ସମ୍ପର୍କର ସ୍ମୃତି ସୌଧ ହେବାକୁ ମୁଁ କହେ ତାଜ ଅସମର୍ଥ। ମୋତେ ତୁମେ ଆଉ ଅଧିକ କିଛି ଦେଇ ପାରିବ ?'

ମୁଁ ନୀରବ ରହିଲି। ସେ ହସି ଉଠିଲା। ତା'ର ହସ ନିସ୍ତବ୍‌ଧତାକୁ ଛିନ୍‌ଭିନ୍ କରିଦେଲା। ଏହା ବାହୁଲ୍ୟ ନୁହେଁ, ବରଂ ତୃପ୍ତି ଓ ସ୍ୱୀକାରୋକ୍ତିର ହସ। ସେ କହିଲା, 'ଉଠନ୍ତୁ, ତାଜମହଲରୁ ଦୂରକୁ ଚାଲିଯିବା। ଭୁଲିଯାନ୍ତୁ ଆପଣ ଶାଜାହାଁ ବା ମୁଁ ମମତାଜ୍। ଆପଣଙ୍କୁ କହୁଛି ଗୋଟିଏ ବାସ୍ତବ ଇତିହାସ। ତା'ପରେ ହଠାତ୍ ମୋତେ ପଚାରି ବସିଲା, 'ମୁଁ ଆପଣଙ୍କ ନାଆଁ ଜାଣିପାରେ କି ?'

'ବିଜନ୍ ମହାନ୍ତି।' ମୁଁ କହିଲି।

ସେ ପୁଣି କହିଲା, 'ଆଚ୍ଛା, ବିଜନ୍‌ବାବୁ, ଯେଉଁ ମମତାଜ୍ ପାଇଁ ଆପଣଙ୍କ ତାଜ୍‌ର ସୃଷ୍ଟି, ସିଏ ଆପଣଙ୍କ ସାନ୍ନିଧ୍ୟରେ ଆସିଲେ ଆପଣ କ'ଣ କରିବେ ?'

ଏହି ଅଦ୍ଭୁତ ପ୍ରଶ୍ନ ପାଇଁ ଆପାତତଃ ମୋର କୌଣସି ଉତ୍ତର ନଥିଲା ଓ ମୁଁ ବୋଧହୁଏ ବାକ୍‌ଶକ୍ତି ହରାଇ ବସିଥିଲି। ସତରେ ମମତାଜ୍‌କୁ ଦେଖିଥିଲେ ମୁଁ ହୁଏତ ଠଉରାଇ ନେଇଥାନ୍ତି, ଏହା ବାସ୍ତବିକ ମମତାଜ ନା ତା' ଭୂତ କିମ୍ବା ଅନ୍ୟ କେହି ?

– 'ଆଚ୍ଛା, ବିଜନ୍‌ବାବୁ, କହିପାରିବେ ଶାଜାହାଁ ବାଦଶାହ ନୁହେଁ, ପୁରୁଷ ଏବଂ ନାରୀ।'

– 'ମୋ ପାଇଁ ଅନ୍ୟ ମତ ପୋଷଣ କରିବାର କିଛି ଅର୍ଥ ହୁଏନା।'

– 'ବିଜନବାବୁ, କେବଳ ଆଜି ରାତିକ ପାଇଁ ଆପଣ ଏକ ଚମତ୍କାର କଳ୍ପନାକୁ

ସତ ବୋଲି ଗ୍ରହଣ କରିନେଇ ପାରିବେ?... ମନେ କରନ୍ତୁ, ଆପଣ ଆଜିଯାଏ ଅଦୂରର ଦୁର୍ଗରେ ଦୀର୍ଘଦିନ ଧରି ବନ୍ଦୀ ରହି ମୃତା ମମତାଜ୍‌ର ସାନ୍ନିଧ୍ୟ ଓ ସମ୍ଭୋଗର ଦିନମାନଙ୍କର ପୁନରାବୃତ୍ତି କାମନା କରୁଥିଲେ ଗୋପନୀୟ ଛିଦ୍ର ପଥରେ ସ୍ମୃତିସୌଧ ତାଜମହଲକୁ ଚାହିଁ ଚାହିଁ। ଅଗତ୍ୟା ଦିନେ ଆପଣଙ୍କୁ ମୁକ୍ତି ମିଳିଗଲା। ମମତାଜ୍ ନିଜେ ଆପଣଙ୍କ ହାତ ଧରି ଟାଣି ଆଣିଲେ ତାଜମହଲର ମାର୍ବଲ ଚଟାଣକୁ। ମୋତେ ଏଇ କବରଖାନାରେ ମମତାଜ୍ କରି ଛାଡ଼ିଛି।'

ସତେ ଯେପରି ମୋର ଗୋଟିଏ ଚମତ୍କାର ସ୍ୱପ୍ନ ଖଣ୍ଡ ଖଣ୍ଡ ହୋଇ ଭାଙ୍ଗିଗଲା। ମୁଁ ତା' ସହିତ ଉଠିଲି, ଆମେ ତାଜ୍‌କୁ ପଛକରି କ୍ରମେ ନିର୍ଜନ ହୋଇ ଅନୁଭବର ରାସ୍ତାରେ ଆଗେଇ ଚାଲୁ। ମୋର ଉଦ୍‌ଗ୍ରୀବ କାନମାନେ ଶୁଣୁଥାନ୍ତି ମମତାଜ୍‌ର ବିଗତ ଦିନର ବେଦନା ଜର୍ଜରିତ ଘଟଣାବଳୀ।

ସୁଦୂର ପୂର୍ବ ବଙ୍ଗଳାର ଗୋଟିଏ କୃଷିଜୀବୀ ମୁସଲିମ୍ ପରିବାରର ଏକମାତ୍ର କନ୍ୟା ମମତାଜ। ଗାଁ ସ୍କୁଲରେ ସାମାନ୍ୟ ଶିକ୍ଷା ସମାପ୍ତ କରି ସେ ତା'ର ଅନ୍ଧକାର ଦିନମାନଙ୍କୁ ଅପେକ୍ଷା କରିଥିଲା। ହଠାତ୍ ଦିନେ ରାତିରେ ବଜ୍ର ପଡ଼ିଲା। ତା'ର ଗାଆଁ, ଘର ଧୂ ଧୂ ହୋଇ ଜଳି ଉଠିଲା। ଖୁବ୍ ପାଖରେ ଗୁଳି ଓ ତୋପ ଫୁଟିବାର ଶବ୍ଦ ଶୁଭୁଥାଏ। ଗାଁର ଅନ୍ୟମାନଙ୍କ ସହିତ ମମତାଜ୍ ଗୋଟିଏ ଖୋଲା ପ୍ରାନ୍ତରରେ ଛିଡ଼ା ହୋଇଥାଏ, ନିଃସହାୟ ହୋଇ। ଏତେବେଳେ କେତୋଟି ସବଳ ହାତ ତାକୁ ଶୂନ୍ୟକୁ ଟେକି ଦେଲେ। ସେ ଭିତରେ ମମତାଜ୍ ଚେତା ହରାଇ ସାରିଥାଏ। ସଚେତନ ହେଲାବେଳକୁ ତା'ର ଛାତି, ଜାନୁ ଓ ନିତମ୍ବରେ ଅସହ୍ୟ ଯନ୍ତ୍ରଣା ହେଉଥାଏ। ସେ ପ୍ରାୟ ବିବ୍ରତ ହୋଇ ଗୋଟିଏ ଅଜଣା ସହରର ରାସ୍ତା କଡ଼ରେ ପଡ଼ିଥାଏ। କେତେବେଳେ ଗୋଟିଏ ଧାବମାନ ଜନସ୍ରୋତରେ ସେ ନିଜକୁ ମିଶାଇ ଦେଇ ସମସ୍ତଙ୍କ ସହିତ ଭାସି ଚାଲିଥାଏ। ଦୀର୍ଘ ଦୁଇଦିନ ଅତିକ୍ରାନ୍ତ ହେବା ପରେ ସେ ଯେଉଁଠି ପହଞ୍ଚିଲା, ସେଠି ତା' ପରି ଅନେକ ନିରାଶ୍ରୟ ପଡ଼ିଥାନ୍ତି। ବେଶ୍ କିଛି ଦିନ ସେ ଅନ୍ୟର ପରଷି ଦେଲା ଆହାର ସେବନ କରି ଆଡ଼କା ଆଶ୍ରୟଦାତା ସମ୍ପର୍କରେ ଆଦୌ ଜିଜ୍ଞାସୁ ନହୋଇ ରହିଥାଏ। ଇତିମଧ୍ୟରେ ଦିନେ ସନ୍ଧ୍ୟାରେ ସେ ଦେଖିଲା, ତା'ର ଖୁବ୍ ନିକଟରେ ଠିଆ ହୋଇ ଜଣେ ପ୍ରୌଢ଼ ଲୋକ ତାକୁ ନିର୍ମିମେଷ ଆଖିରେ ଚାହିଁ ରହିଛି।

ସେ ସଂଭ୍ରମରେ ତାକୁ ପାଖକୁ ଡାକିଲେ। ମମତାଜ୍ କିଛି ଆପତ୍ତି ନକରି ତାକୁ ଅନୁସରଣ କଲା। ଲୋକଟି ତାକୁ ଗୋଟିଏ କାର୍‌ରେ ବସାଇ ଗୋଟିଏ ଅଦ୍ଭୁତ ଘରକୁ ଗଲା। ସେଠି ତାକୁ ପ୍ରଚୁର ଖାଇବାକୁ ଦେଇ ଭଲ ଶାଢ଼ିଟିଏ ପିନ୍ଧିବାକୁ ଦେଲା।

ସେତେବେଳେ ଯାଏ ମମତାଜ୍ କାହାରି ସହିତ ଗୋଟିଏ ପଦ କଥାବାର୍ତ୍ତା କରିନଥାଏ। ସେଦିନ ରାତି ଟ୍ରେନ୍‌ରେ ସେ ଲୋକଟି ତାକୁ ନେଇ ଆସିଲା ଏକ ଭିନ୍ନ ସହରକୁ। ସେଠି ସେମାନେ ଗୋଟିଏ ସମ୍ଭ୍ରାନ୍ତ ହୋଟେଲରେ ରହିଲେ। ମମତାଜ୍ ପ୍ରଚୁର ଦାମୀ ପୋଷାକ ପତ୍ର ପିନ୍ଧୁଥାଏ ଓ ଖୁବ୍ ଭଲ ଖାଇବାକୁ ପାଉଥାଏ। ସେ ହୁଏତ ମନେ ମନେ ଲୋକଟି ପ୍ରତି କୃତଜ୍ଞ ହୋଇ ପଡ଼ିଥିଲା। ଅଥଚ ତା'ର ବିଶ୍ୱାସ ଭାଙ୍ଗି ପଡ଼ିଲା। ସେଇ ନିର୍ଜନ ହୋଟେଲ କକ୍ଷରେ ଲୋକଟି ପ୍ରାୟତଃ ନିଶ୍ଚେଷ୍ଟ ଓ ନିର୍ବାକ୍ ମମତାଜ୍‌କୁ ଆଲିଙ୍ଗନ କଲା। ଏମିତି ବେଶ୍ କିଛିଦିନ ଚାଲିଲା। ଇତିମଧ୍ୟରେ ମମତାଜ୍ ବାହାରକୁ ବୁଲାବୁଲି କରି ସନ୍ଧ୍ୟାରେ ହୋଟେଲକୁ ଫେରି ଯାଉଥାଏ। ସେ ପ୍ରତ୍ୟହ ସେ ଲୋକଟାର ବିଭତ୍ସ କାମନାର ଶିକାର ହେଲେ ବି ତିଳେ ହେଲେ ପ୍ରତିବାଦ କରୁନଥିଲା। ପ୍ରାୟ ମାସେ ପରେ ଲୋକଟି ଦିନେ ତାକୁ ସେଇ ହୋଟେଲରେ ଛାଡ଼ି ନିରୁଦ୍ଦିଷ୍ଟ ହୋଇଗଲା। ମମତାଜ୍ ଏକା ଏକା ଅଶ୍ରୁମୋଚନ କରିବା ପରେ ଅନୁଭବ କଲା ଯେ ତା' ମଧ୍ୟରେ ଏପରି ଏକ ସମ୍ପଦ ଅଛି, ଯାହାଦ୍ୱାରା ସେ ଯଥେଷ୍ଟ ଅର୍ଥ ଉପାର୍ଜନ କରିପାରିବ। ମମତାଜ୍ ଏବେ ବି ସେଇ ହୋଟେଲରେ ଥାଏ।

ମମତାଜର କାହାଣୀ ଶୁଣି ନିର୍ବାକ୍ ହୋଇ ପଡ଼ିଥିବା ମୋର ଆଖିମାନେ ବୋଧହୁଏ ଇତିମଧ୍ୟରେ ସଜଳ ହୋଇ ଉଠିଥିଲା। ଅଥଚ ମୋର ସହାନୁଭୂତିକୁ ଭ୍ରୂକ୍ଷେପ ନକରି ମମତାଜ୍ ନିର୍ଜନ ରାସ୍ତାରେ ହଜି ଯାଉଥିଲା। ତା'ର ଧଳା ପଣତ ମୋ ଦୃଷ୍ଟି ଅନ୍ତରାଳକୁ ଚାଲିଯିବା ଯାଏ ମୁଁ ତା'ର ଅପସୃୟମାନ ଅସ୍ତିତ୍ୱକୁ ଚାହିଁ ରହିଥାଏ।

■

ସବୁ ଫୁଲରେ କ'ଣ ବାସ୍ନା ଥିବା ଏକାନ୍ତ ପ୍ରୟୋଜନ

॥ ୧ ॥

କୌଣସି ନିର୍ଦ୍ଦିଷ୍ଟ ରଙ୍ଗର ଆମନ୍ତ୍ରଣ, ଯାହା ବର୍ଣ୍ଣାଳୀରୁ ବିଚିତ୍ର ଏବଂ ତା'ର ଆବେଦନ ଦର୍ଶନେନ୍ଦ୍ରିୟ ବ୍ୟତିରେକ ସ୍ନାୟୁମାନଙ୍କର ଆପ୍ୟାୟିତ କରିପାରେ ବୋଲି ମୁଁ ଚୋର ପରି ଛପି ଛପି ଦରଜାରେ ନକ୍ କରୁଥିଲି ପ୍ରାୟ ପ୍ରତ୍ୟହ ଓ କଅଁଳ ଆଙ୍ଗୁଠି କେତୋଟି ହୁକ୍ ଖୋଲୁଥିଲା, ମୋ ହାତକୁ ଚା'କପ୍ ବଢ଼ାଇ ଦେଉଥିଲା, 'ଆଃ... କେତେ ଅସଂଜତ ବାଳ' ବୋଲି ମୁଣ୍ଡରେ ହାତ ଦେଉଥିଲା, ଫିଟି ଯାଇଥିବା କୁର୍ତ୍ତାର ବୋତାମ ଲଗାଇ ଦେଉଥିଲା, ତା'ପରେ ଦୁଇଟି ଥରିଲା ଓଠ 'କାଲି ଆସିବ' ଉଚ୍ଚାରଣ କରୁଥିଲା ଏବଂ ଦର୍ଜା ଠେଲି ମୁଁ ଅନିଚ୍ଛା ସତ୍ତ୍ୱେ ରାସ୍ତାରେ ପାଦ ଦେବାବେଳେ ନିର୍ଦ୍ଦିଷ୍ଟ ରଙ୍ଗର ପାପୁଲିଟି ତରଙ୍ଗାୟିତ ହେଉଥିଲା ଆଃ... ! ଆଶ୍ଚର୍ଯ୍ୟ ମୁଁ ଏ ସମ୍ପର୍କର ସଂଖ୍ୟା ଓ ସ୍ୱରୂପ ନିରୂପଣ ତ ଦୂରର କଥା, ଜିଜ୍ଞାସା ଇ କରିନାହିଁ। ଅଥଚ ଏକ ଅସହଣୀୟ ବ୍ୟବଧାନ ମୋର ଛାତିତଳେ ଲୁକ୍କାୟିତ 'ହୃଦୟର ଧାରଣା'କୁ ରକ୍ତାକ୍ତ କରୁଛି।

ପୁଷ୍ପା ମୋତେ ଯନ୍ତ୍ରଣାର ଅ, ଆ, କ, ଖ ଏବଂ କାନ୍ଦିବାର ସା, ରେ, ଗା, ମା ସହିତ ପ୍ରଥମେ ପରିଚିତ କରାଇ ଦେଇଥିଲା ଓ ଆହୁରି କହିଥିଲା ଯନ୍ତ୍ରଣାର ବର୍ଣ୍ଣମାଳା ତା'ର ମୁଖସ୍ଥ, ଯେପରି କାନ୍ଦିବାର ସ୍ୱରଲିପି ଏବଂ ସ୍ୱରଲିପିରେ ରିଆଜ୍ କରି କରି ତୁମେ ମୋଠାରୁ ବିଚ୍ଛିନ୍ନ ହୋଇଗଲ ପୁଷ୍ପା।

॥ ୨ ॥

ତାରିଖ କାହିଁକି ମନେ ରଖନ୍ତି। କୌଣସି ନିର୍ଦ୍ଦିଷ୍ଟ ସମୟର ମାନଦଣ୍ଡରେ ମାପି ଆମର ଜୀବନର ସବୁଠୁଁ ସ୍ମରଣୀୟ ଦିନକୁ କାହିଁକି ସ୍ମୃତିର ଗୋଟିଏ କୋଠରିରେ ଆବଦ୍ଧ କରନ୍ତି, ବରଂ ସେ ଦିନ ମୋ ସ୍ମୃତି ଓ ଚେତନା ସାରା ଅବାଧ ମନିପ୍ଲାଣ୍ଟ ପରି ମାଡ଼ିଥାଉ। ଭଲ। ଭଲ, ତୁମେ ମୋତେ ଭୁଲି ଗଲ ପୁଷ୍ପା। ଦୁର୍ଘଟଣାରେ ମୃତ ତୁମର ମଦ୍ୟପ ସ୍ୱାମୀ ସୁକାନ୍ତର ମୁହଁରେ ଧୋବ ଚଦର ଆବୃତ୍ତ କରି ନିର୍ଜୀବ ଦେହକୁ ବ୍ୟବଚ୍ଛେଦ ପାଇଁ ପଠାଇ ଦେବାପରେ ତୁମର ସଜୀବ ହୃତପିଣ୍ଡର ମଧ୍ୟ ବ୍ୟବଚ୍ଛେଦ କରିବାକୁ ଯାଇ ନିର୍ଦ୍ଦୟ ଭାବେ ଦୁର୍ଘଟଣାର ଦୁଃସମ୍ବାଦ ତୁମ କାନରେ ଅଜାଡ଼ି ଦେଲି। ଆଃ... ଯେଉଁ ରଙ୍ଗମାନଙ୍କୁ ନିଜ ଆଖି ସାମ୍ନାରେ ବିବର୍ଣ୍ଣ ହୋଇଯିବାର ଦୃଶ୍ୟ ମୁଁ ଦେଖିଲି, ସେଇ ରଙ୍ଗମାନେ ଇ ତ ମୋତେ ଆମନ୍ତ୍ରଣ କରି ଅତି ଆପଣାର କରିଥିଲେ। ତୁମର ହୃତପିଣ୍ଡ ହୃଦୟ ମୋର ଏକ ଧାରଣା। ଉଭୟ ରକ୍ତାକ୍ତ ହେଲେ। ଦର୍ଜା ଠେଲି କୋଠରିକୁ ବହିର୍ଗତ ହେଲି ସତ, କିନ୍ତୁ ତୁମର ଓଠମାନଙ୍କରେ 'କାଲି ଆସିବ' ଅନୁଚ୍ଚାରିତ ଅତଏବ ପାଦ ଫେରିଗଲା। ତଥାପି ଆମେ ଅନ୍ଧାରରେ ପରସ୍ପରଠାରୁ ଅଦୃଶ୍ୟ। ମୋର ଉପସ୍ଥିତି ଯଦି ତୁମ ପାଇଁ ସାନ୍ତ୍ୱନା, କ୍ଷତି କ'ଣ ?

ସମସ୍ତ ଆକର୍ଷଣୀୟ ରଙ୍ଗ ମୋ ଆଖିରୁ ଅନ୍ତର୍ଦ୍ଧାନ। ଖାଲି ଅନୁଭବ ଏକ ସଚଳ ଛାୟା। ତାହା ମୋର ସଂଲଗ୍ନ ହେଉଛି ଓ ତା'ର ଧମନୀର ସୀତ୍କାରକୁ ମୋ ଛାତିରେ ଶୁଣିଲି। କୋହମାନେ ଲୁହ ହୋଇ ମୁହଁରେ ବନ୍ୟା। ମୂର୍ତ୍ତିମନ୍ତ ଯନ୍ତ୍ରଣା ମୋର ଆଶ୍ଳେଷରେ। ମୋର ସାନ୍ନିଧ୍ୟ ଯଦି ତୁମ ପାଇଁ ସାନ୍ତ୍ୱନା, କ୍ଷତି କ'ଣ ? ଆମର ବିବସ୍ତ୍ର ଅସ୍ତିତ୍ୱମାନଙ୍କର ଆଧିଭୌତିକ ଅନୁଭୂତି ଯଦି ତୁମ ପାଇଁ ସାନ୍ତ୍ୱନା, କ୍ଷତି କ'ଣ ?

: ସୁକାନ୍ତ।

ନିଷ୍ପ୍ରଦୀପ କୋଠରିର ବାୟୁମଣ୍ଡଳକୁ ଆନ୍ଦୋଳିତ କରିଥିବା ତୁମ ଉଚ୍ଚାରଣ ଯେ ତୁମର ଛାତି ଗହ୍ୱରକୁ ଆନ୍ଦୋଳିତ କରି ବାହାରି ଆସିଛି, ସନ୍ଦେହ ନାହିଁ। ହୁଏତ ଭୌଗୋଳିକ ଆକୃତି ଅନ୍ଧାର ଗର୍ଭସ୍ଥ; ତଥାପି ପୁଷ୍ପା, ସୁକାନ୍ତ ନାମକ ଯେଉଁ ମଧ୍ୟବିତ୍ତ ସ୍ୱାସ୍ଥ୍ୟର ଯୁବକଟି ଫୁଲଗଛ ତଳର ଦି'ଟା ଦୁବଘାସ ଓପାଡ଼ିବାଠାରୁ ଆରମ୍ଭ କରି ମୋଟା ମୋଟା ବହି ପଢ଼ିବା ପର୍ଯ୍ୟନ୍ତ ସବୁ ଘଟଣାକୁ ଦୀର୍ଘଶ୍ୱାସମାନଙ୍କରେ ସ୍ୱାଗତ ଓ ଭାରାକ୍ରାନ୍ତ କରୁଥିଲା ସେ ବିଫଳ ପ୍ରେମିକ, ପ୍ରଚଣ୍ଡ ମଦ୍ୟପ, ମୋର ବନ୍ଧୁ ଏବଂ ତୁମର ସ୍ୱାମୀ। ସୁକାନ୍ତ, ସୁକାନ୍ତ। ମୁଁ, ମୁଁ। ଆବେଗ ତୁମ ଆଖିର ଅନ୍ଧ ପୁତୁଳି।

ଏ ସ୍ୱର ତୁମର ନା ଅନ୍ଧାରର ?

: ତୁମେ ଆତ୍ମହତ୍ୟା କରି ମୋ ପ୍ରତି ପ୍ରଚଣ୍ଡ ଅବିଚାର କଲ ସୁକାନ୍ତ। ମୁଁ ଜାଣିଥିଲି ସେ ଦୂରାରୋଗ୍ୟ ବ୍ୟାଧିର ଜୀବାଣୁମାନେ ତୁମେ ହୃତପିଣ୍ଡକୁ ଖିନ୍‌ଭିନ୍ କରି ସାରିଥିଲେ। ତୁମର ପ୍ରତିବାଦ ସତ୍ତ୍ୱେ କଣ୍ଠ ସଂଲଗ୍ନ ହେଲେ ତୁମେ ଅସମ୍ଭବ କମ୍ପୁଥିଲ। କାଶ ଆସିଲେ ବାଥରୁମ୍‌କୁ ଧାଇଁ ପଳାଇବାବେଳେ ମୁଁ ଚଟାଣରେ ଅନେକ ଥର ତୁମର ତାଜା ରକ୍ତ ଦେଖିଛି। ମୋତେ କେତେଦିନ ଲୁଚାଇଥାନ୍ତ ମୁଁ ଏତେଟା ଦୁର୍ବଳ ନୁହେଁ ସୁକାନ୍ତ। ପିଞ୍ଜରା ତଳେ ରହସ୍ୟକୁ ସବୁଦିନ ଗୋପନୀୟ ରଖିବ ବୋଲି ସିଦ୍ଧାନ୍ତ କଲ କାହିଁକି ?

ମନେ ଅଛି, ନିଜକୁ ତୁମଠୁ ଓ ନିଜର ହିଂସ୍ରତାଠାରୁ ମୁକ୍ତ କଲାପରେ ମୁଁ ଅନୁଭବ କଲି ଦୀର୍ଘ ସମୟ ଧରି ଦୁଇଟି ଭାବପ୍ରବଣ ଆଙ୍ଗୁଠି ଗୋଟିଏ ହିଂସ୍ର ଶାଣିତ ବ୍ଲେଡ୍‌ର ଧାତବ ଅସ୍ତିତ୍ୱକୁ ଚାପି ଧରିଥିଲେ ଓ ଆପେ ଆପେ ରକ୍ତାକ୍ତ ହେଉଥିଲେ ଏବଂ ଏକ ନିର୍ଦ୍ଦିଷ୍ଟ ଆବେଗ ରକ୍ତ ସ୍ରୋତରେ ତରଳି ଯାଉଥିଲା, ଯଦିଓ କୋଠରି ବାହାରର ମୁହଁମାନେ ଏ ଆବେଗାନୁଭୂତିକୁ ନାସାକୁଞ୍ଚନ କରିବେ, ତଥାପି ଆବେଗ ଓ ତା'ର ଦୈର୍ଘ୍ୟ ପ୍ରସ୍ଥ କଳନା କରିବାକୁ ଆମର ହାତମାନେ ଅସମର୍ଥ, ବିରୋଧାଭାସ ଅସମ୍ଭବ, ଏକମାତ୍ର ସତ୍ୟ ବିନା ଦ୍ୱିଧାରେ, ସ୍ରୋତରେ ଅନୁକୂଳରେ।

॥ ୩ ॥

ସେହି ପାଶୋରି ଯାଇଥିବା ତାରିଖରେ ପୁଷ୍ପା ସହିତ ଶେଷ ଦେଖା। ମୁଁ ସେଦିନ ଫେରି ଆସିଥିଲି ଅନ୍ଧକାର ରାସ୍ତା ପରିକ୍ରମ କରି ମୋର ଆଲୋକିତ କୋଠରିକୁ ଯେଉଁଠି ସ୍ଥିତି ବେଶ୍ ନିଶ୍ଚିତ ଓ ନିରାପଦ। ପରଦିନ ମୋର ଏକାନ୍ତ ପରିଚିତ ଘର, ଘରର ବଗିଚା, ବଗିଚାର ଫୁଲ, ଫୁଲର ରଙ୍ଗ, ରଙ୍ଗର ସମାହାର ସମସ୍ତଙ୍କୁ ସଙ୍ଖୋଳି ଆସିବା ପାଇଁ ଭିଡ଼ିମୋଡ଼ି ଶୋଇଥିବା ରାସ୍ତାରେ ଠିଆ ହେବାବେଳେ ସବୁ ଅଦୃଶ୍ୟ ରଙ୍ଗ ଏବଂ ଆମନ୍ତ୍ରଣ।

ମୁଁ ରାସ୍ତାରେ ହଜିଯାଇଥିବା ପାଦଚିହ୍ନ ଖୋଜିନାହିଁ। ନା, ସେ ରାସ୍ତା ମୋର ପରିଚିତ ନୁହେଁ, ସେ ଘର ଅନେକ ଅପରିଚିତ ମୁହଁମାନଙ୍କ, ସ୍ମୃତିର କୌଣସି ପ୍ରଗଣାରେ ତା'ର ସ୍ଥାନ ନାହିଁ। ପୁଷ୍ପା, ସାନ୍ନିଧ୍ୟ ଚାହିଁଥିଲା, ଆପତ୍ତି ନଥିଲା। ବ୍ୟବଧାନ ଚାହିଁଲେ, ସେ ଭଲ।

ଯଦିଓ ତୁମ ନୂତନ ସହରର ଠିକଣା ମୁଁ ଜାଣେ, ତୁମକୁ ସ୍ୱାଗତ କରିଥିବା ମୁହଁମାନେ ମୋର ପରିଚିତ, ତଥାପି ତୁମର ସ୍ମୃତିକୁ କୁର୍ତ୍ତାର ଧୂଳି ପରି ଝାଡ଼ି

ଦିଆଯାଇପାରେ । ଯେଉଁ ବର୍ଣ୍ଣାଢ଼୍ୟ ମୋତେ ଆମନ୍ତ୍ରଣ କରି ଆପଣାର କରିଥିଲା ସମୟର ଧୂସର ଆଞ୍ଜୁଳାରେ ସଁପି ଦେଲେ, ତାହା ବିବର୍ଣ୍ଣ ହୋଇଯିବ । ମୁଠା ମୁଠା ଖେଳିଥିବା ରଙ୍ଗମାନଙ୍କୁ ମୁଁ ଧୋଇ ଦେବି ଆଗାମୀ ମୌସୁମୀରେ । ନୂତନ ସହରର କୌଣସି ଉପଗଳିରେ ଖଣ୍ଡିଏ ଅନୁଚ୍ଚ ଖପରୁଲିକୁ ଆତ୍ମୀୟ କରି ତୁମେ ବରଂ ସୁଖୀ ହୁଅ ପୁଷ୍ପା ।

॥ ୪ ॥

ପୁଷ୍ପା, ଖୁବ୍ ବିଳମ୍ବରେ ତୁମ ସହରକୁ, ତୁମ ଉପଗଳିକୁ ଯାଇଥିଲି । ଫେରୁଛି ।

ଫେରୁଛି ଅନ୍ଧକାର ଅତିକ୍ରମି, ଆୟତାକାର ପ୍ରାନ୍ତରରେ ଜ୍ୟା ଟାଣି । ତୁମର ଶେଷ ଚିଠି ଏଯାଏ ବି ମୋର ଛାତି ପକେଟରେ । ସୁକାନ୍ତର ଆତ୍ମହତ୍ୟା ମୁହୂର୍ତ୍ତକର ଖିଆଲ ଥିଲା, କିନ୍ତୁ ଆତ୍ମହତ୍ୟା କରିବା ପାଇଁ ମୋତେ ଜଣାଇ ଦେଇଥିଲ ଆତ୍ମହତ୍ୟା ପର୍ବ, ଅୟମାରମ୍ଭର ତାରିଖ, ଯେଉଁ ତାରିଖକୁ ମୁଁ ଜାଣି ଜାଣି ଭୁଲି ଯିବାକୁ ଚେଷ୍ଟା କରୁଛି । ନିଜର ସ୍ଥିତି ପ୍ରତି ଏତେଟା ଅତ୍ୟାଚାର କରି ତୁମେ କେତେ ବେପରୁଆ ରହିପାରିଲ ପୁଷ୍ପା ।

ତୁମର ସଙ୍ଗିନୀମାନଙ୍କୁ ଦେଖିଲି, ଯେଉଁମାନେ ମୋତେ ତୁମର ଆତ୍ମହତ୍ୟା ପର୍ବ ସମାପ୍ତିର ତାରିଖ କହିଲେ ଓ ମୋ ସାଥିରେ ଦରକଷିବା ଆରମ୍ଭ କଲେ । ଶୁଣିଲି ତୁମର ବର୍ଜିତ ଖପରୁଲିର ଖୁନ୍ଦାଖୁନ୍ଦି ଅନ୍ଧାର ଭିତରେ କେତୋଟି ଗରମ ନିଃଶ୍ୱାସ ଛନ୍ଦାଛନ୍ଦି ହେଉଛନ୍ତି । ଅଗତ୍ୟା ତୁମ ଅଗଣାର ଗନ୍ଧ ବାସହୀନ ଫୁଲମାନେ, ତୁମ ଉପଗଳିର କୁକୁରମାନେ, ତୁମର ସଙ୍ଗିନୀମାନେ ସମସ୍ତେ ମୋ ପ୍ରତି ଅଟ୍ଟହାସ କରିବା ଆରମ୍ଭ କଲେ ।

ଏବେ ମୁଁ ଠିଆ ହୋଇଛି ପ୍ରାନ୍ତରର ଉପକଣ୍ଠରେ, ଆଲୋକ ଓ ଅନ୍ଧାରର ଉପକଣ୍ଠରେ । ଏଠି ବରଂ ତୁମ ଶେଷ ଚିଠିର ପଂକ୍ତିମାନଙ୍କୁ ଆଉ ଥରେ ପଢ଼ାଯାଉ । ଆଉ ସାମ୍ନାରେ ପ୍ରାନ୍ତର, ଯେଉଁଠାରେ ବସନ୍ତର ସ୍ୱରୂପ ସମ୍ପର୍କରେ ମୁଁ ଜିଜ୍ଞାସୁ ପୁଷ୍ପା, ଅସହାୟ ପତର, ଅନେକ କୁକୁର, ଅନେକ ଗନ୍ଧବାସହୀନ ଫୁଲ ।

ସଂଲଗ୍ନ ଚର୍ଚ୍ଚରେ ବି ଅନ୍ଧାର ।

ମୁଁ ତୁମ ପାଇଁ ପ୍ରାର୍ଥନା କରିବାକୁ ଅସମର୍ଥ ।

ମୋତେ କ୍ଷମା କରିଦେବ ପୁଷ୍ପା ।

■

ସଫଳ ସରୀସୃପ

ଏ କେମିତିକା ଜୀବନଟିଏ ଯେ, ଏତେଟା ବୈଚିତ୍ର୍ୟହୀନତା ମଧ୍ୟରେ ବଞ୍ଚିବା ଅପେକ୍ଷା ବରଂ... ପ୍ରତିଦିନ ସକାଳ ନ'ଟା ହେଲେ ପ୍ରଶାନ୍ତବାବୁ ଏମିତି ଏକ ନାତିଦୀର୍ଘ ଚିନ୍ତାରେ ଆକ୍ରାନ୍ତ ହୋଇ ପଡ଼ନ୍ତି। ସକାଳର ଖବରକାଗଜ ଠିକ୍ ସେତେବେଳେ ପଢ଼ା ସରେ। ମୁଷ୍ଟିମେୟ କେତେଜଣଙ୍କ ବ୍ୟତୀତ ପ୍ରଚଳିତ ସମାଜ ବ୍ୟବସ୍ଥା ବିରୁଦ୍ଧରେ ସର୍ବତ୍ର ସଂଖ୍ୟାଗରିଷ୍ଠ ଲୋକ କ୍ରୁଦ୍ଧ କିମ୍ବା ଅସନ୍ତୁଷ୍ଟ। ନିତ୍ୟକର୍ମ ସରେ। ବ୍ରେକ୍‌ଫାଷ୍ଟ ପରେ ଗାଡ଼ିରେ ବସିବା ଯାଏ ସେଇ ଅଜବ ଚିନ୍ତା ତାଙ୍କ ମୁଣ୍ଡରେ ମାଡ଼ି ବସିଥାଏ। ପ୍ରଶାନ୍ତବାବୁ ନିଜେ ନିଜ ଗାଡ଼ି ଡ୍ରାଇଭ୍ କରିବାକୁ ପସନ୍ଦ କରନ୍ତି। ଛୋଟ ପ୍ଲାଣ୍ଟ ଟାଉନ୍‌ସିପ୍। କିନ୍ତୁ ଡେଭଲପ୍‌ମେଣ୍ଟ ପ୍ରସ୍‌ପେକ୍ଟ ଅଛି। ପ୍ରଶାନ୍ତବାବୁ ଜାଣନ୍ତି ଗତ ଦଶବର୍ଷର ଅନୁଭୂତିରୁ। ଟ୍ରାଫିକ୍ ଧୀରେ ଧୀରେ ବଢ଼ି ଆସୁଛି। ଏଇ ସହରରେ ସମସ୍ତେ ତାଙ୍କ କାର୍‌କୁ ରଙ୍ଗରୁ ଚିହ୍ନନ୍ତି। ନମ୍ବର ସମସ୍ତେ ଜାଣନ୍ତି। ସହରବାସିନ୍ଦାଙ୍କ ମାତ୍ର କେଇଜଣ ଭାଗ୍ୟନିୟନ୍ତାଙ୍କ ମଧ୍ୟରେ ସେ ଜଣେ। ପ୍ଲାଣ୍ଟର ଲାଭ କ୍ଷତି ସହିତ ଏଠିକାର ସମସ୍ତେ ଜଡ଼ିତ। ଏବଂ ପ୍ରଶାନ୍ତବାବୁଙ୍କ ଭଳି ଅଳ୍ପ କେତେଜଣ ପ୍ଲାଣ୍ଟର ଭାଗ୍ୟ ନିର୍ଦ୍ଧାରଣ କରନ୍ତି। ସେମାନେ ଯୋଜନାବଦ୍ଧ ଭାବେ ବୋନସ୍‌ର ପର୍ସେଣ୍ଟେଜ୍, ପେ'ର ବେସିକ୍ ଇତ୍ୟାଦି ନିର୍ଣ୍ଣୟ କରନ୍ତି। କେବେ ଶ୍ରମିକ ଧର୍ମଘଟ ଭଣ୍ଡୁର କରିବା ପାଇଁ ଟ୍ରେଡ୍ ୟୁନିୟନ୍ ନେତାମାନଙ୍କୁ ହାତପଇଠ କରିବାକୁ ପଡ଼େ ତ କେବେ ଏକ୍ସପୋର୍ଟ ଅର୍ଡ଼ର୍ ସପ୍ଲାଇ ହୋଇ ନପାରିଲେ ଷଡ଼ଯନ୍ତ୍ର କରି ଷ୍ଟ୍ରାଇକ୍‌ଟିଏ ସୃଷ୍ଟି କରିବାକୁ ପଡ଼େ। ଅନେକ ଯୋଜନା।

ବ୍ୟକ୍ତିଗତ ଜୀବନ ପାଇଁ ବି ତ ବେଶ୍ ଖସଡ଼ାଟିଏ ପ୍ରସ୍ତୁତ କରିଛନ୍ତି ପ୍ରଶାନ୍ତବାବୁ। ବଂଲୋ ପାଟର୍ନର କ୍ୱାର୍ଟର। ଯୋଜନାବଦ୍ଧ ଭାବେ ସଜ୍ଜିତ। ଏକ୍‌ଜଷ୍ଟେଡ଼୍ ଫ୍ୟାନ୍ ବ୍ୟବହୃତ ପବନ ନିଷ୍କାସିତ କରି ତାଜା ପବନ ଭରିଦିଏ। ସବୁ ଜାଣି ଏଆର୍ କଣ୍ଡିସନ୍‌ର୍ ରୁମ୍‌କୁ ନାତିଶୀତୋଷ୍ଣ କରି ରଖିଥାଏ। ପତ୍ନୀ ଧୂପକାଠିଟିଏ ଜାଳି ଦେଲେ ବା ତାଙ୍କ ଦେହର ପରଫ୍ୟୁମ୍‌ରେ ନାଆଁ ଜଣା ବା ଅଜଣା କୌଣସି ଫୁଲର ବାସ୍ନା ଘରସାରା

ଛାଇ ହୋଇଯାଏ । ଷ୍ଟେରିଓ ଖୋଲିଦେଲେ ଇଚ୍ଛା ମୁତାବକ ଝରଣାରେ ପାଣି ପଡ଼ିବାର ଶବ୍ଦ କିମ୍ବା ବେଳାଭୂମିର ଶବ୍ଦ ସମୃଦ୍ଧ ମ୍ୟୁଜିକ୍ ବିଛାଡ଼ି ହୋଇପଡ଼େ । କୃତ୍ରିମ ଅଥଚ ଚିରସ୍ଥାୟୀ ବସନ୍ତଟିଏ ତ ! ଜୀବନଯାତ୍ରାର ଯୋଜନା ସମ୍ପର୍କରେ ଚିନ୍ତା କଲାବେଳେ ଗାଡ଼ି ଅଫିସ୍‌ର ପୋର୍ଟିକୋରେ ପହଞ୍ଚି ସାରିଥାଏ । ଦରୁଆନ୍‌ର ସଲାମ୍, ଅଧସ୍ତନମାନଙ୍କ ଦଣ୍ଡବତ ଏବଂ ସିଡ଼ି ଦେଇ ଅନ୍ୟୂନ ପନ୍ଦର ପାହାଚ । ଆଉ ମାତ୍ର ସାତୋଟି ପାହାଚ ବାଇଶିକୁ ।

ଖାସ୍‌କାମକରା କାଶ୍ମିରୀ କାର୍ପେଟରେ ଜୋତାର ସୋଲ୍ ବି ଦବି ଦବି ଯାଏ । କାର୍ପେଟ୍‌ର କାରୁକାର୍ଯ୍ୟରେ ଅନେକ ଅଚିହ୍ନା ଫୁଲର ସମାରୋହ । ଚାଲିଗଲା ବେଳେ ଅସଂଖ୍ୟ ଫୁଲ ଫୁଟି ଉଠିଥିବା ଅନୁଭବ ସ୍ୱାଭାବିକ । ସନ୍‌ମାଇକା ଟେବୁଲ୍‌ର କାଚତଳେ ଟାଉନସିପ୍‌ର ମାନଚିତ୍ର, କମ୍ପାନୀର ଚଳିତ ବର୍ଷର ବାଲାନ୍ସ ସିଟ୍ ଏବଂ କଦବା କେମିତି କୋଣାର୍କର ମର୍ଦ୍ଦଳବାଦିକାର କ୍ଷୁଦ୍ର ଫଟୋଗ୍ରାଫ୍‌ଟିଏ । ଆଙ୍ଗ୍‌ଲୋ ଇଣ୍ଡିଆନ୍ ଷ୍ଟେନୋ ଜେକ୍‌ଲିନ୍‌ର ରୁଚିକୁ ତାରିଫ କରି ଏ ଯାଏ ପ୍ରଶାନ୍ତବାବୁ ଶବ୍ଦଟିଏ ବି ଉଚ୍ଚାରଣ କରିନାହାନ୍ତି । ସି.ସି.ଆର୍.ରେ ଯାହା ଦି'ଧାଡ଼ି । ଏନ୍‌ଗେଜ୍‌ମେଣ୍ଟ ପେଡ୍‌ରେ ଆଖି ବୁଲାଇ ନେଲେ ପ୍ରଶାନ୍ତବାବୁ । କେବଳ କେତୋଟି ଦସ୍ତଖତ ଏବଂ ଫୋନ୍ କଲ୍‌କୁ ଅପେକ୍ଷା । ମନ୍ଦ ନୁହେଁ ।

ଦରଆଉଜା ଦ୍ୱାର ଦେଇ ଜେକ୍‌ଲିନ୍ ଓ ନବନିଯୁକ୍ତ କିରାଣୀର ମୁହଁ ଦୁଇଟି କେବଳ ଦୃଶ୍ୟମାନ ଏବଂ ସେମାନଙ୍କ ମୁଣ୍ଡ ଉପରେ ସିଲିଂ ଓ ଘୂରୁଥିବା ସିଲିଂଫ୍ୟାନ୍ । ଟାଇପ୍ ମେସିନ୍ ସହିତ ଜେକ୍‌ଲିନ୍ ବ୍ୟସ୍ତ । ଟପ୍ ଟପ୍ । କୋଳାହଳ ବିରକ୍ତିକର । ତା'ର କେତୋଟି ଅବିନ୍ୟସ୍ତ କେଶକୁଣ୍ଡଳି କପାଳ ଉପରକୁ ବୋହି ଆସିଛି । ଏଇ ମୁହୂର୍ତ୍ତରେ ଜେକ୍‌ଲିନ୍ ଯଦି ପିଆନୋର ରିଡ୍ ପରେ ରିଡ୍‌ରେ ସ୍ପର୍ଶ ଦେଉଥାନ୍ତା ! ବୋକା ବିନୋଦ କାମରେ ଅନ୍ୟମନସ୍କ ହୋଇ ଜେକ୍‌ଲିନ୍‌କୁ ଚାହିଁଛି । ଅଥଚ ତା'ର ବୋକାଳିଆ ଆଖିରେ ଭିନ୍ନ ପ୍ରତ୍ୟୟ, ଭିନ୍ନ ଆବେଗ । ଆଖି ଦୁଇଟି ଏଥର ସିଲିଂଫ୍ୟାନ୍‌ରେ ନିବଦ୍ଧ । ତା'ପରେ ସିଲିଂରେ । ଘୂର୍ଣ୍ଣାୟମାନ ଫ୍ୟାନ୍ ଉପରେ ସିଲିଂରେ ଝିଟିପିଟିଟିଏ । ବିନୋଦର ପ୍ରତ୍ୟୟରେ ଅନେକଟା ସ୍ୱୟମ୍ବରର ପ୍ରସ୍ତୁତି । ଏବେ ସେ ପେପରୱେଟ୍‌କୁ ଏପଟ ସେପଟ କରୁଛି । କେଉଁ ମୁହୂର୍ତ୍ତରେ ସେ ଘୂର୍ଣ୍ଣାୟମାନ ଫ୍ୟାନ୍ ଦେଇ ପେପରୱେଟ୍ ଫୋପାଡ଼ି ଝିଟିପିଟିକୁ ମାରି ଦେଇ ଗାଁ ଯାତରାର ଅର୍ଜୁନ ପରି ଜେକ୍‌ଲିନ୍‌ଠାରୁ ବରଣମାଳା ଦାବି କରିପାରେ । ଆପେ ଆପେ କଲିଂବେଲ୍ ଆଡ଼କୁ ପ୍ରଶାନ୍ତବାବୁଙ୍କ ହାତ ବଢ଼ି ଯାଉଥିଲା । ଗୋଟିଏ ମାତ୍ର ଇନ୍‌କ୍ରିମେଣ୍ଟ ବନ୍ଦ ହୋଇଗଲେ ବିନୋଦ ବୁଝିଯିବ ତା'ର ଦୁଃସାହସର ପରିଣାମ । ଏମିତି ଏକ ଅଧସ୍ତନ ପ୍ରତି

ଈର୍ଷାପରାୟଣ ହେବା ପ୍ରଶାନ୍ତବାବୁଙ୍କୁ ସାଜେନା। ଏଇ ମୁହୂର୍ତ୍ତରେ ବି ଜେକ୍‌ଲିନ୍‌କୁ ଲିଫ୍ଟଟିଏ ଦେଇ ଯେକୌଣସି ନିର୍ଜନ ରେଷ୍ଟୋରାଁରେ ଲଞ୍ଚ୍ ବାହାନାରେ ତା' ସହିତ ଦୁଇଘଣ୍ଟା ଏକାନ୍ତ ଭାବରେ ବିତାଇ ଦିଆଯାଇପାରେ। କିନ୍ତୁ କିଏ ନ ଜାଣେ ତାଙ୍କ କାରର ରଙ୍ଗ ଓ ନମ୍ବର। ଅବାଧ୍ୟ ଦୀର୍ଘଶ୍ୱାସଟିକୁ ଅଧାରେ ଚାପିଦେଲେ ପ୍ରଶାନ୍ତବାବୁ।

ପୁଣି ପନ୍ଦର ପାହାଚ ଅବତରଣ। ଛାତି ଭିତରେ ସାମାନ୍ୟ ଶୂନ୍ୟତା ସୃଷ୍ଟି ହେଲେ ପାଦ ଦୁଇଟି ଆପେ ଆପେ ଭାରି ହୋଇଯାଏ। ଲଞ୍ଚ୍ ପରେ ଅଫିସ୍‌କୁ ଫେରିବାର ଆଗ୍ରହ ନାହିଁ। ଆବଶ୍ୟକ ହେଲେ ଘରକୁ ବୋଝେ ଫାଇଲ୍ ପହଞ୍ଚି ଯିବ। ଏତେବେଳେ ଆଉ ଟ୍ରାଫିକ୍ ଜାମ୍‌ର ସମ୍ଭାବନା ନାହିଁ। ସାମାନ୍ୟ ଅନ୍ୟମନସ୍କତାରେ ଆକ୍ରାନ୍ତ ହୋଇ ପଡ଼ିଥିଲେ ବି ଡ୍ରାଇଭିଂ ନିରାପଦ। ଅଥଚ ପୁଣି ସେଇ ଘର। ଯୋଜନାବଦ୍ଧ ଭାବେ ସଜ୍ଜିତ। କୃତ୍ରିମ ଅଥଚ ଚିରସ୍ଥାୟୀ ବସନ୍ତ। ଋତୁଚକ୍ରରେ ଅନାକ୍ରାନ୍ତ ବାସ୍ନାମଖା ଓ ନିର୍ଗନ୍ଧ ଅନେକ ଫୁଲର ସମାରୋହ। ଏମିତି ସବୁଦିନ। ପାରମ୍ପରୀଣ ! ବିରକ୍ତିକର ମନୋଟନି। ଘର ସାମ୍ନାରେ ତାଙ୍କ କାର୍ ପହଞ୍ଚିବା କ୍ଷଣି ଦରୱାନ୍ ଗେଟ୍ ଖୋଲିଦିଏ। ହର୍ନ ବଜାଇବା ସୁଯୋଗ ବି ପାଆନ୍ତିନି ପ୍ରଶାନ୍ତବାବୁ।

ଦୀର୍ଘଦିନ ହେଲା ପରିଚିତ ଫଟୋଗ୍ରାଫିଟି ଏବେ ବି ଦୃଷ୍ଟି ଆକର୍ଷଣ କରିବା ସ୍ଥାନରେ ସଜ୍ଜିତ। ତାଙ୍କ ଡ୍ରଇଂ ରୁମ୍‌ରେ। ବୋଧହୁଏ ଫଟୋ ଉଠିଥିଲା, ଯେତେବେଳେ ସେ ମାତ୍ର ବାରବର୍ଷର କିଶୋର। ହାତରେ ଏଆରଗନ୍‌ଟିଏ ଧରି ସେ ବୀରଦର୍ପରେ ଯେପରି ଗୋଟିଏ ଆକ୍ରମଣୋଦ୍ୟୋତ ବାଘ ସହିତ ମୁକାବିଲା କରିବାକୁ ପ୍ରସ୍ତୁତ। ଦୀର୍ଘ ତିରିଶ ବର୍ଷ ତଳେ ଡାଡ଼ି ପ୍ରେଜେଣ୍ଟ କରିଥିବା ଏଆରଗନ୍‌ଟି ଏବେ ବି ସକ୍ରିୟ। ସେତେବେଳେ ପ୍ରଶାନ୍ତ ବା ମଣ୍ଟୁବାବୁ କନ୍‌ଭେଣ୍ଟରେ ମାତ୍ର ସିକ୍ସଥ୍ ଷ୍ଟାଣ୍ଡାର୍ଡ଼ର ଛାତ୍ର। ଅଥଚ ଡାଡ଼ି ସେତେବେଳେ ବି ତାଙ୍କ କ୍ୟାରିୟର୍ ପାଇଁ ଯୋଜନାଟିଏ ପ୍ରସ୍ତୁତ କରି ନେଇଥିଲେ। ଏକାଧିକ ବ୍ୟାଙ୍କରେ ଫିକ୍ସଡ଼ ଡିପୋଜିଟ୍। ଏକାଧିକ କମ୍ପାନୀରେ ସେୟାର୍। ଏକମାତ୍ର ଉତ୍ତରାଧିକାରୀର କୌଣସି ରକ୍ତକଣିକାରେ ଯେପରି ଅର୍ଥନୈତିକ ଅସହାୟତାର ଗୋଟିଏ ମାତ୍ର ଜୀବାଣୁ ପ୍ରବେଶ ନକରେ। ଅଥଚ ମଣ୍ଟୁବାବୁ ଠିକ୍ ନାବାଳକତ୍ୱର ଏରୁଣ୍ଡି ଡେଇଁବା ବେଳେ ଡାଡି ବ୍ଲଡ଼ପ୍ରେସରରେ ଆକସ୍ମିକ ଭାବେ ଚାଲିଗଲେ। ପରେ ପରେ ଗଡ଼ଜାତ ମିଶ୍ରଣ ବେଳକୁ ଭାଗଚାଷୀମାନେ ବାଣ୍ଟି ନେଉଥିଲେ ତାଙ୍କର ପୈତୃକ ଇଷ୍ଟେଟ୍। ସେଦିନଠୁଁ ପ୍ରଶାନ୍ତବାବୁ ଗାଁକୁ ଯାଇଥିବା ରାସ୍ତା ସୁଦ୍ଧା ଦେଖି ନାହାନ୍ତି।

ସାବାଳକତ୍ୱର ପ୍ରଥମ ପର୍ଯ୍ୟାୟରେ ହିଁ ପ୍ରଶାନ୍ତବାବୁ ଅନେକଟା ବାଧ୍ୟ ବାଧକତାରେ ନିଜ କ୍ୟାରିୟର ପାଇଁ ଖସଡ଼ାଟିଏ ପ୍ରସ୍ତୁତ କରି ନେଇଥିଲେ। ଆଗରୁ

ସେ ମାତ୍ର ଅଳ୍ପ କେଇଥର ଦେଖିଥିବା ଡାଡିଙ୍କ ଶୁଭାକାଂକ୍ଷୀ ବନ୍ଧୁ ଜଣେ ତାଙ୍କ କଲେଜ୍ ଗେଟ୍ ପାଖରେ କାର୍‌ରୁ ଓହ୍ଲାଇ ତାଙ୍କୁ ପଦୁଟିଏ ମାତ୍ର କହିଥିଲେ, 'ମଣ୍ଟୁ, ତୁମର ଆଭିଜାତ୍ୟର ମହତ୍ୱ ତୁମକୁ ହିଁ ବଞ୍ଚାଇ ରଖିବାକୁ ପଡ଼ିବ।' ଭଲକରି ତାଙ୍କର ମାପଚୁପ୍ କରା ବାକ୍ୟଟିକୁ ହୃଦୟଙ୍ଗମ କଲାବେଳକୁ ତାଙ୍କ କାର୍ ଗତିଶୀଳ ହୋଇ ସାରିଥିଲା। ନାଲି ବ୍ରେକ୍‌ଲାଇଟ୍‌କୁ ଚାହିଁ ପ୍ରଶାନ୍ତ କେବଳ ଏତକ ବୁଝି ସାରିଥିଲେ ଯେ ଅନ୍ତତଃ ଏଇନେ ତାଙ୍କୁ ଭଲ ଛାତ୍ରଟିଏ ହେବାକୁ ପଡ଼ିବ। ପ୍ରତିମାସ ପହିଲା ତାରିଖରେ ତାଙ୍କ ପାଖକୁ ମୋଟା ଅଙ୍କର ମନିଅର୍ଡ଼ରଟିଏ ପହଞ୍ଚେ। ବନ୍ଧୁ ସଂଖ୍ୟା ସ୍ୱଳ୍ପ। ବିଶ୍ୱବିଦ୍ୟାଳୟରେ ପ୍ରଥମ ଶ୍ରେଣୀରେ ପ୍ରଥମ ହେବାପରେ ପରେ ଆଉଦିନେ ଡାଡିଙ୍କ ଶୁଭାକାଙ୍‌କ୍ଷୀ ବନ୍ଧୁଙ୍କ କାର୍‌ଟି ତାଙ୍କ ହଷ୍ଟେଲ ସାମ୍ନାରେ ଛିଡ଼ା ହେଲା। ପ୍ରଶାନ୍ତବାବୁଙ୍କୁ ଦେଖିବା ମାତ୍ରେ ଭଦ୍ରଲୋକ ଏକମାତ୍ର ଶବ୍ଦ ଉଚ୍ଚାରଣ କଲେ, 'କଙ୍ଗ୍ରାଚୁଲେସନ୍‌ସ'। ତା'ପରେ ସେ କାର୍‌ର କାଚ ଝର୍କା ଦେଇ ତାଙ୍କ ହାତକୁ ବଢ଼ାଇ ଦେଲେ ଗୋଟିଏ ମୋଟା ଏନ୍‌ଭଲପ୍। ପୁଣି ଅପସୃୟମାନ କାର୍‌ର ନାଲି ଆଲୁଅକୁ ଚାହିଁ ପ୍ରଶାନ୍ତବାବୁ ଅବାକ୍ ହୋଇ ଯାଇଥିଲେ। ଏନ୍‌ଭଲପ୍ ଭିତରେ ଥିଲା ନ୍ୟୁୟର୍କକୁ ପ୍ଲେନ୍ ଟିକେଟ, ପାସ୍‌ପୋର୍ଟ, ବିଜ୍‌ନେସ୍ ମ୍ୟାନେଜ୍‌ମେଣ୍ଟ କୋର୍ସରେ ଆଡ଼ମିଶନ ପାଇଁ ନ୍ୟୁୟର୍କ ବିଶ୍ୱାବିଦ୍ୟାଳୟର ଅନୁମତି ପତ୍ର। ବେଶ୍ କିଛି ମୋଟା ଅଙ୍କର ଆମେରିକାନ୍ ଡଲାର ଏବଂ ସେଇ ଭଦ୍ରବ୍ୟକ୍ତିଙ୍କ ନାମ ଓ ଠିକଣା। ଅନେକ ଦିନ ପତ୍ରପତ୍ରିକାରେ ପଢ଼ା ନାଆଁଟିଏ। ବିଶ୍ୱଜିତ୍ ରାୟଚୌଧୁରୀ। 'ବିଜୟ ସ୍ପଞ୍ଜ ଆଇରନ୍ ପ୍ଲାଣ୍ଟ'ର ମ୍ୟାନେଜିଂ ଡାଇରେକ୍ଟର। ପ୍ରଶାନ୍ତବାବୁଙ୍କ ଡାଡ଼ି ଥିଲେ ସେ ପ୍ଲାଣ୍ଟର ସେଆର ହୋଲଡର। ଏବଂ ତାଙ୍କର ଏକମାତ୍ର ଉତ୍ତରାଧିକାରୀ ପ୍ରଶାନ୍ତବାବୁ। ଦୀର୍ଘ ତିନିବର୍ଷ ପରେ ଯେଉଁଦିନ ପ୍ରଶାନ୍ତବାବୁ ଏୟାରପୋର୍ଟରେ ପାଦ ଦେଲେ; ସେତେବେଳେ ତାଙ୍କୁ ଅପେକ୍ଷା କରିଥିଲେ ଖୋଦ୍ ବିଶ୍ୱଜିତ୍ ରାୟଚୌଧୁରୀ ଏବଂ ତାଙ୍କ ସଙ୍ଗରେ ଜଣେ ସୁନ୍ଦରୀ ତରୁଣୀ। ସେ ଚିହ୍ନେଇ ଦେଲେ, ତାଙ୍କର ଏକମାତ୍ର ଝିଅ ସରିତା। ସାମାନ୍ୟ ଲାଜେଇ ସରିତା ତାଙ୍କ ହାତକୁ ବଢ଼େଇ ଦେଲେ ଫୁଲ ତୋଡ଼ାଟିଏ। ପ୍ରଥମ ଥର ପାଇଁ ଭଦ୍ରଲୋକଙ୍କ ସହିତ ସାମ୍ନାରେ ଦିଶୁଥିଲା ଗୋଟିଏ ଅପରିଚିତ ରାସ୍ତା। ଅପରିଚିତ ରାସ୍ତାମାନେ ଅପରିଚିତ ଘରକୁ ହିଁ ନେଇଯାନ୍ତି। ଗାଡ଼ି ପହଞ୍ଚିବା ବେଳକୁ ଗେଟ୍ ଖୋଲି ସାରିଥିଲା ଦରଓ୍ୱାନ୍‌ର ସଲାମ। ପୋର୍ଟିକୋରେ ଛିଡ଼ା ହୋଇଥାଏ ବିଦେଶୀ କାର୍‌ଟିଏ। ବିଶ୍ୱଜିତ୍‌ବାବୁ ଛୋଟିଆ ପ୍ରଶ୍ନଟିଏ ପଚାରିଲେ, 'ବୋଧହୁଏ କାର୍‌ର ରଙ୍ଗ ତୁମ ପସନ୍ଦକୁ ଆସିବ, ଏବଂ ଏଇ ଘରଟା ବି।' କେବଳ ସେ ଦିନ ସେ ଗୋଟିଏ ମାତ୍ର କଥା କହିବାକୁ ଭୁଲି ଯାଇଥିଲେ; ଯାହା ପ୍ରଶାନ୍ତବାବୁ ପରେ ଜାଣିଲେ ଯେଉଁଦିନ ସେ ଗୋଟିଏ ଦାମୀ ୱେଡ଼ିଂ କାର୍ଡ଼ ନିଜ

ଅଜାଣତରେ ନିଜ ଡ୍ରଇଂ ରୁମ୍‌ର ଟି'ପୟରେ ଆବିଷ୍କାର କଲେ। ସରିତା ସହିତ ତାଙ୍କର ବିବାହ ପାଇଁ ମାତ୍ର ସାତୋଟି ଦିନ ବାକି।

ସୁରୁଖୁରୁରେ ବିବାହ। ସୁନ୍ଦର ପତ୍ନୀ। ଦୁଇବର୍ଷ ପରେ ସନ୍ତାନ। ଗେଟ୍ ଖୋଲିବାକୁ ପଡ଼େ ନାହିଁ। ଆପେକ୍ଷମାଣ ଦରୱାନ୍। ପଥରର ପ୍ରାସାଦରେ କେବଳ କେତୋଟି କାଚ ଝରକା। ବୋର୍ଡ଼ ଅଫ୍ ଡିରେକ୍ଟର୍ସ ଚାମ୍ବର ଓ ମ୍ୟାନେଜିଂ ଡିରେକ୍ଟର। ଅଠେଇଶ ଶହ ଶ୍ରମିକଙ୍କ ଭାଗ୍ୟ ନିର୍ମାତା। ପ୍ଲାଣ୍ଟ-ଟାଉନ୍‌ର ଭାଗ୍ୟନିୟନ୍ତା। ଗଣି ହୁଏ ନାହିଁ, କୁର୍ଣ୍ଣିସ୍, ସଲାମ, ଦଣ୍ଡବତ।

ଆଃ... ଦୀର୍ଘଶ୍ୱାସକୁ ନାତିଦୀର୍ଘ କରିବାକୁ ଉଦ୍ୟମ କଲେ ଇ ଆଖିରେ ଜମିଯାଏ କେଇ ବୁନ୍ଦା ଲୁହ।

ସେଦିନ ସକାଳ ନ'ଟା। ଏତେବେଳେ ହିଁ ପ୍ରଶାନ୍ତବାବୁ ଆକ୍ରାନ୍ତ ହୁଅନ୍ତି ସେଇ ଅଜବ ଚିନ୍ତାରେ। ଅଥଚ ଆଜିକାଲି ଟେଲିଫୋନ୍‌ରେ ରିଂ ରିଂ। ରିସିଭର୍ ଉଠାଇବା ଆଗରୁ ସେ ଅନୁମାନ କରିବାକୁ ଚେଷ୍ଟା କଲେ, ପ୍ଲାଣ୍ଟରେ ଦୁର୍ଘଟଣା, ଷ୍ଟ୍ରାଇକ୍... ହଁ। ଜେକ୍‌ଲିନ୍‌ର ସ୍ୱରରେ ଉତ୍କଣ୍ଠା। ଏଥିରେ ବି କିଛି ନୂତନତା ନାହିଁ। ନିତ୍ୟକର୍ମ ସରିବା ବେଳକୁ ସରିତା ଦେବୀ ବୁଝି ସାରିଥିଲେ ସବୁ କିଛି। ସରିତା ଦେବୀଙ୍କ ଆଦେଶରେ ଗାଡ଼ିର ଡେସବୋର୍ଡ଼ରେ ଭର୍ତ୍ତି ହୋଇ ସାରିଥିଲା ଲୋଡେଡ୍ ରିଭଲଭର। ବିଶାଳ ବପୁ ଡ୍ରାଇଭର ବି ଛିଡ଼ା ହୋଇଥିଲା ପୋର୍ଟିକୋରେ। ପ୍ରଶାନ୍ତବାବୁ କୌଣସି ଉଦ୍‌ବିଗ୍ନତା ପ୍ରକାଶ ନକରି ସରିତା ଦେବୀଙ୍କ ପିଠି ଥାପୁଡ଼େଇ କହିଲେ, 'ନୋ ଓରି' ଏବଂ ଡ୍ରାଇଭରକୁ ଆଦେଶ ଦେଲେ, 'ଯାଅ'।

ଅନେକ ପୁରାତନ ଦୃଶ୍ୟର ପୁନରାବୃତ୍ତି। ପ୍ଲାଣ୍ଟ ସାମ୍ନାରେ ଅନ୍ୟୂନ ଦୁଇହଜାର ଶ୍ରମିକଙ୍କ 'ଇନକିଲାବ୍ ଜିନ୍ଦାବାଦ', 'ଆମର ଦାବି ପୂରଣ ହେଉ'ର କୋଳାହଳ। କେତୋଟି ପୋଲିସ୍ ଭ୍ୟାନ୍। କେଇଜଣ ପ୍ରେସ୍ ଫଟୋଗ୍ରାଫର ଓ ସାମ୍ବାଦିକ। ଏମିତି ଜନସମୁଦ୍ର ମଧ୍ୟରେ ବି ପ୍ରଶାନ୍ତବାବୁଙ୍କ କାର୍‌ର ସ୍ପିଡ଼ୋମିଟର କଣ୍ଟା ଷାଠିଏ ତଳକୁ ଖସିନି। ଦୁଇଭାଗ ହୋଇଗଲେ ଜନତା। ହଠାତ୍ କାର୍‌ର ପଛକାଚ ଝଣଝାଣ ହୋଇ ଭାଙ୍ଗି ପଡ଼ିଲା। ପ୍ରଶାନ୍ତବାବୁ ସାମାନ୍ୟ କଣେଇ ଚାହିଁଲେ। ଖପ୍‌ଖପ୍ ଡେଇଁ ପଡ଼ିଲେ ରାଇଫଲଧାରୀ ସିପାହୀମାନେ। ପୋର୍ଟିକୋରେ ଗାଡ଼ି ରଖି ସିଧାସଳଖ ପ୍ରଶାନ୍ତବାବୁ ବାଲକୋନୀକୁ ଉଠିଗଲେ। ସେଇଠାରୁ ହାତ ଠାରି ପୋଲିସ୍ ବାହିନୀର ନେତୃତ୍ୱ ନେଉଥିବା ମାଜିଷ୍ଟ୍ରେଟ୍‌କୁ ଜଣାଇଦେଲେ ଯେ ମୁକାବିଲାର କୌଣସି ଆବଶ୍ୟକତା ନାହିଁ। ଇତିମଧ୍ୟରେ କେହି ଜଣେ ଗୋଟିଏ ଉଚ୍ଚ ମଞ୍ଚକୁ ଆରୋହଣ କରି ବକ୍ତୃତା ଆରମ୍ଭ କଲାଣି। କେତେବେଳେ କେମିତି ସ୍ଲୋଗାନ ଓ ତାଳିମାଡ଼। ମଞ୍ଚରେ ଅଧିଷ୍ଠିତ

ଶ୍ରମିକନେତାଙ୍କୁ ପ୍ରଶାନ୍ତବାବୁ ଚିହ୍ନିଲେ। ଗତ ନିର୍ବାଚନରେ ଅମାନତ ହରାଇଥିବା ରାଧାମୋହନ ଛୋଟରାୟ। ଏବେ କେବଳ ଶ୍ରମିକମାନଙ୍କଠାରୁ ଆଦାୟ କରା ଚାନ୍ଦାରେ ପରିପୁଷ୍ଟ। ସଭା ସରିବା ପରେ ସମସ୍ତେ ପ୍ଲାକାର୍ଡ଼ ଧରି ଦୁଇଧାଡ଼ିରେ ସଜ୍ଜିତ। ହୁଏତ ସହରସାରା ଏମାନେ ଶୋଭାଯାତ୍ରାରେ ପରିକ୍ରମା କରିବେ। ପ୍ରଶାନ୍ତବାବୁ କୌଣସି ଚଳଚ୍ଚିତ୍ରରେ ଅସଫଳ ଦୃଶ୍ୟଟିଏ ଦେଖୁଥିବା ପରି ସାମାନ୍ୟ ହସିଲେ।

ସେ ଜାଣିପାରି ନଥିଲେ ଜେକ୍‌ଲିନ୍ କେତେବେଳୁ ତାଙ୍କୁ ନିର୍ବାକ୍ ହୋଇ ଚାହିଁଛି। 'ସାର୍, ଆପଣଙ୍କୁ କିଛି ଆଘାତ ଲାଗିନି ?' ତା'ର ପଚାରିବା ଭଙ୍ଗୀରେ ଏତେଟା ଉତ୍କଣ୍ଠାର ଅଥଚ ପ୍ରଶାନ୍ତବାବୁ କିଛି ଉତ୍ତର ନଦେଇ କହିଲେ, 'ଅଫିସକୁ ଆସ।' ଆଜ୍ଞାଧୀନ ପରି ସେ ଅନୁସରଣ କଲା। ତା' ହାତରେ ପ୍ୟାଡ୍ ଓ ପେନ୍‌ସିଲ। ରିଭଲଭିଂ ଚେୟାରରେ ବସିସାରି ପ୍ରଶାନ୍ତବାବୁ ଜେକ୍‌ଲିନ୍‌କୁ କହିଲେ 'ଟେକ୍ ୟୋର ସିଟ୍'। ତା' ପାଇଁ ଏଇଟା ପ୍ରଥମ। ତା'ର ବସିବା ଭଙ୍ଗୀରେ ଅନେକଟା କୃତଜ୍ଞତା। ଅଥଚ ପ୍ରଶାନ୍ତବାବୁ ନିଜେ ଅଗତ୍ୟା ଛିଡ଼ା ହୋଇପଡ଼ି ଝର୍କା ଦେଇ ବାହାରକୁ ଚାହିଁଲେ। ଜେକ୍‌ଲିନ୍ ସ୍ଥିର କରିପାରୁ ନଥିଲା ସେ ବସି ରହିବ ନା ଛିଡ଼ା ହେବ। ପ୍ରଶାନ୍ତବାବୁ ତା' ଆଡ଼କୁ ଦୃଷ୍ଟିପାତ ନକରି ଡିକ୍‌ଟେସନ୍ ଦେବା ଆରମ୍ଭ କଲେ, 'ୱାଣ୍ଟେଡ୍ ଏ ଲେଡି ରିସେପ୍‌ସନିଷ୍ଟ... ବୟସ ୨୦ରୁ ୨୫। ଯୋଗ୍ୟତା- ଗ୍ରାଜୁଏଟ୍। ଆଟ୍ ଦି ପେ ସ୍କେଲ୍ ଅଫ୍ ରୁପିସ୍ ଫାଇଭ୍ ହଣ୍ଡ୍ରେଡ୍।' ତା'ପରେ ଇତିମଧ୍ୟରେ ଛିଡ଼ା ହୋଇ ପଡ଼ିଥିବା ଜେକ୍‌ଲିନ୍‌ର ଆଶ୍ଚର୍ଯ୍ୟଚକିତ ମୁହଁକୁ ଚାହିଁ ସେ କହିଲେ, 'ଆଜି ସମସ୍ତ ପତ୍ରପତ୍ରିକାରେ ଯେମିତି ପ୍ରକାଶ ପାଇବ।' ଜେକ୍‌ଲିନ୍ ଭାବିଥିଲା ହୁଏତ ପ୍ରଶାନ୍ତବାବୁ ପ୍ଲାଣ୍ଟରେ 'ଲକ୍ ଆଉଟ୍' ଘୋଷଣା କରିବେ। ପ୍ରଶାନ୍ତବାବୁ ନିର୍ବିକାର ଭାବେ ତାକୁ କହିଲେ, 'ଯାଅ।'

ସେଦିନ ସନ୍ଧ୍ୟାରେ ହିଁ ସମସ୍ତ ଦୈନିକରେ ପ୍ରକାଶ ପାଇଲା ଆଡ଼୍‌ଭାଟାଇଜ୍‌ମେଣ୍ଟ। ମାତ୍ର ତିନିଦିନ ପରେ ଇଣ୍ଟରଭ୍ୟୁ।

ଜେକ୍‌ଲିନ୍ ବ୍ୟସ୍ତ ହୋଇ ପଡ଼ିଥିଲା ଦରଖାସ୍ତଗୁଡ଼ିକୁ ସଜାଇ ରଖିବାରେ। ଅଫିସ୍‌ରେ, ରେସିଡେନ୍‌ସରେ ଅନେକ ଫୋନ୍ କଲ୍। ପ୍ରଶାନ୍ତବାବୁ କେବଳ ପଦିଏ ଉତ୍ତର ଦିଅନ୍ତି, 'ଆଇ ଉଇଲ୍ ସି ଟୁ ଇଟ୍।'

ଇଣ୍ଟରଭ୍ୟୁ ବୋର୍ଡ଼ରେ ପ୍ରଶାନ୍ତବାବୁ ଏକା ଓ ଦରଖାସ୍ତମାନଙ୍କୁ ସଜାଇ ରଖିବା ପାଇଁ ଜେକ୍‌ଲିନ୍। ଜଣେ ପାର୍ଥିନୀ ପାଇଁ ଅନ୍ୟୂନ ପାଞ୍ଚ ମିନିଟ୍। କେବଳ ଲଞ୍ଚ ବ୍ରେକ୍ ପାଇଁ ଘଣ୍ଟାଏ। ଶେଷ ପ୍ରାର୍ଥିନୀର ଦରଖାସ୍ତ ହାତକୁ ବଢ଼ାଇ ଦେବା ବେଳକୁ ଜେକ୍‌ଲିନ୍‌ର ମୁହଁକୁ ଚାହିଁ ସାମାନ୍ୟ ହସିବାରେ ପ୍ରଶାନ୍ତବାବୁ କାର୍ପଣ୍ୟ କରି ନଥିଲେ। ସୁଷମା

ଛୋଟରାୟ। ବୟସ ବାଇଶି। ଗ୍ରାଜୁଏଟ୍। ପିତା, ରାଧାମୋହନ ଛୋଟରାୟ। ଅନେକଟା ସମ୍ଭ୍ରମରେ ସୁଷମା ବସିଲା। ପ୍ରଶାନ୍ତବାବୁ ସିଧାସଳଖ ତା' ମୁହଁକୁ ଚାହିଁଲେ। ହୁଏତ ସେ ଭୟଭୀତ ହୋଇ ପଡ଼ିଲା। ପୁଣି ପ୍ରଶାନ୍ତବାବୁ ଜେକ୍‌ଲିନ୍‌କୁ ଚାହିଁ କହିଲେ, 'ଆପଏଣ୍ଟମେଣ୍ଟ ଲେଟର୍ ଟାଇପ୍ କରି ସୁଷମାକୁ ଦେଇଦିଅ'। ତା'ପରେ ସୁଷମାକୁ କହିଲେ, 'ୟୁ ମେ ଜଏନ୍ ଟୁମରୋ।' ଏବଂ ସୁଷମା କୌଣସି ପ୍ରକାର କୃତଜ୍ଞତା ଜଣାଇବା ଆଗରୁ ସେ ଅଫିସ୍‌ରୁ ବାହାରି ଯାଇଥିଲେ।

ତା'ପରଦିନ କେବଳ ସୁଷମା ରିସେପ୍‌ସନିଷ୍ଟ କାଉଣ୍ଟରରେ ବସି ନଥିଲା, ଠିକ୍ ସମୟରେ ପ୍ଲାଣ୍ଟର ସାଇରନ୍ ବି ବାଜିଥିଲା। ଏବଂ ଯଥାବିଧି ଶ୍ରମିକମାନେ ଆନ୍ଦୋଳନ ପ୍ରତ୍ୟାହାର କରିନେଇ କାମରେ ଯୋଗ ଦେଇଥିଲେ। ହୁଏତ ଆସନ୍ତା ନିର୍ବାଚନରେ ରାଧାମୋହନ ଛୋଟରାୟ ବିଜୟ ସୁନିଶ୍ଚିତ। ବାଷ୍ଟାର୍ଡ଼...। ବାଲ୍‌କୋନି ଦେଇ ପ୍ରଶାନ୍ତବାବୁ ଦେଖିଲେ ପୁଣି ସବୁକିଛି ଗତାନୁଗତିକ। କ୍ଷୀପ୍ର ଗତିରେ ସେ ବାଥରୁମ୍‌ରେ ପଶିଲେ ଓ ଦର୍ପଣ ସାମ୍ନାରେ ଓଠ ଚିପି, ଦାନ୍ତ କାମୁଡ଼ି ଉଚ୍ଚାରଣ କଲେ, 'ଆଇ ଆମ୍ ଏ କାଓ୍ୱାର୍ଡ଼।'

ଜେକ୍‌ଲିନ୍ ଏତେବେଳେ ଯଦି ପଚାରିଥାଆନ୍ତା, 'ସାର୍ ଆପଣଙ୍କୁ କିଛି ଆଘାତ ଲାଗିଲାନି ତ?'

ତା'ପରଦିନ ସକାଳଟାରୁ ହିଁ ପ୍ରଶାନ୍ତବାବୁ ଜୀବନ ଜିଜ୍ଞାସାରେ ଆକ୍ରାନ୍ତ ହୋଇ ପଡ଼ିଥିଲେ। ନ'ଟା ଅପେକ୍ଷା କରିବାକୁ ପଡ଼ି ନଥିଲା। ଅପଠିତ ହୋଇ ରହିଗଲା ସେଦିନର ଖବରକାଗଜ। ସାମାନ୍ୟ ବି ଉତ୍କଣ୍ଠା ସୃଷ୍ଟି କରିପାରିଲାନି ଷ୍ଟକ୍ ଏକ୍ସଚେଞ୍ଜର ସମ୍ବାଦ ବା ନୂତନ ବଜେଟ୍। ନିଜ ମନସ୍କ ଲୋକ ବାହାରକୁ ଅନ୍ୟମନସ୍କ ଦିଶିବା ସ୍ୱାଭାବିକ। ପ୍ରଶାନ୍ତବାବୁ ଭାବୁଥାନ୍ତି, ସେ ଏକ ଯୋଜନାବଦ୍ଧ ଜୀବନର ସବଳ ନାୟକ। ଅଥଚ କେଉଁଠି ଏକ ଶୂନ୍ୟତା ବା ଅଭାବ ରହି ଯାଉଛି। ହୁଏତ ମଣିଷ ଥରଟେ ମାତ୍ର ସଫଳତା ପରେ ମରିଯିବା ଏକାନ୍ତ ପ୍ରୟୋଜନ। ଯେହେତୁ ବଞ୍ଚି ରହିଲେ ତା'ର ସଫଳତାର ଶିକାର ହେବେ ଅନ୍ୟମାନେ। ସାମାଜିକ ଡାର୍‌ଉଇନିଜିମ୍? କିମ୍ବା... ପ୍ରଶାନ୍ତବାବୁ କୌଣସି ଯୁକ୍ତି ନଥାଇ ଆପେ ଆପଣାକୁ କହିଲେ, ସଫଳ ମଣିଷଟିଏ ଅନେକ ସମୟରେ ହାସ୍ୟାସ୍ପଦ ହୋଇପଡ଼େ ଅନ୍ୟପାଇଁ ନହେଲେ ବି ନିଜେ ନିଜ ପାଖରେ। ଏମିତି ଏକ ଚିନ୍ତା ପଛରେ କିଛି ଯୁକ୍ତି ନଥିଲେ ବି ପ୍ରଶାନ୍ତବାବୁ ତାକୁ ମାନି ନେଲେ ଏବଂ ଦରାଣ୍ଡି ହେଲେ ତାଙ୍କର ଅଜବ ତତ୍ତ୍ୱକୁ ସାହାଯ୍ୟ କରିବା ପାଇଁ କିଛି କାରଣ ବା ଯୁକ୍ତି ଖୋଜିବାରେ।

କିନ୍ତୁ ଠିକ୍ ଦଶଟାରେ ତାଙ୍କର କାର୍ ଗେଟ୍ ଅତିକ୍ରମ କଲା। ଗ୍ରାଉଣ୍ଡ ଫ୍ଲୋରର

ରିସେପ୍‌ସନ କାଉଣ୍ଟରରେ ସୁଷମା, ଅଫିସରେ ପାଦ ଦେବାକ୍ଷଣି ତା’ ମୁହଁ। ମନ୍ଦ ନୁହେଁ। ‘ଗୁଡ୍ ମର୍ଣ୍ଣିଙ୍ଗ୍ ସାର୍’ କହି ଛିଡ଼ା ହୋଇ ପଡ଼ିଲା ଓ ପ୍ରଶାନ୍ତବାବୁ ତାକୁ କଣେଇ ଚାହିଁଲେ। ହୁଏତ ପ୍ରଥମ ଥର। ଶ୍ୟାମଳା ଝିଅଟିଏ। ଗଢ଼ଣ ଚମତ୍କାର। ସୁଷମାର ନିଅଣ୍ଟିଆ ହସରେ ପ୍ରଶାନ୍ତବାବୁ ଦେଖୁଥିଲେ ସାମାନ୍ୟ ବିଦ୍ରୂପ। ରାଧାମୋହନ ଛୋଟରାୟଙ୍କୁ ସେ ଭୟ କରନ୍ତି ବୋଲି ବୋଧହୁଏ ସୁଷମାର ବଦ୍ଧମୂଳ ଧାରଣା। ପ୍ରଶାନ୍ତବାବୁ ଦୃଢ଼ପାଦରେ ପନ୍ଦର ପାହାଚ ଅତିକ୍ରମ କଲେ।

ପୁଣି ଯୋଉ ଯୋଜନା ପ୍ରସ୍ତୁତ କରିବାରେ ପ୍ରଶାନ୍ତବାବୁ ଅଗତ୍ୟା ଘାଣ୍ଟିହୋଇ ପଡ଼ିଲେ, ତା’ କେବଳ ସୁଷମାକୁ ତା’ର ବ୍ୟକ୍ତିଗତ ପରିଧିର ସଂକୀର୍ଣ୍ଣତା ବୁଝେଇଦେବା ପାଇଁ ଉଦ୍ଦିଷ୍ଟ। ଜୀବନସାରା ସେ ଖାଲି ଯୋଡ଼ାଯୋଡ଼ା ନଇଁଲା ଆଖି ଦେଖିଛନ୍ତି। ଅଥଚ ସାମାନ୍ୟ ରିସେପ୍‌ସନିଷ୍ଟଟିଏ ସୁଷମା ଛୋଟରାୟ। ସଫଳତାର ଅନେକ ପାହାଚ ଅତିକ୍ରମ କରିଛନ୍ତି ପ୍ରଶାନ୍ତବାବୁ। ପ୍ରତ୍ୟହ ପନ୍ଦର ପାହାଚ ଅତିକ୍ରମ କରିବା ପରି ସଫଳତା ନିରାଡ଼ମ୍ବର ଭାବେ ହାସ୍ୟସ୍ପଦ ଏବଂ ଏକାନ୍ତ ଗତାନୁଗତିକ। ସେ ମେନେଜିଂ ଡିରେକ୍ଟର ହେବାବେଳକୁ ପ୍ଲାଣ୍ଟକୁ ‘ସିକ୍ ୟୁନିଟ୍’ ଘୋଷଣା କରି ସରକାର ଜାତୀୟକରଣ ପାଇଁ ଚିନ୍ତା କରୁଥିଲେ। ଅଥଚ ପ୍ରଶାନ୍ତବାବୁ ମ୍ୟାନେଜରିଆଲ୍ ଷ୍ଟାଫ୍‌ଙ୍କୁ ଉତ୍ସାହିତ କରି ଶ୍ରମିକ ଆନ୍ଦୋଳନମାନଙ୍କୁ ଭଣ୍ଡୁର କରି, ଅନୁନ୍ନତ ଆଦିବାସୀ ଅଧ୍ୟୁଷିତ ଅଞ୍ଚଳ ବୋଲି ବିଦ୍ୟୁତ୍ ସରବରାହ ନିରବଚ୍ଛିନ୍ନ ରଖିବା ପାଇଁ ସରକାରଙ୍କୁ ସନ୍ତୁଷ୍ଟ କରି ମାତ୍ର ଦୁଇବର୍ଷ ପରେ ଚମତ୍କାର ଲାଭ ଦେଖାଇ ପାରିଥିଲେ। ବିଦେଶକୁ ରପ୍ତାନୀରେ ରେକର୍ଡ଼ ସୃଷ୍ଟି କରିଥିଲେ। ଶ୍ରମିକମାନଙ୍କ ବୋନସ୍ ବୃଦ୍ଧି ସହିତ କ୍ରମଶଃ ନିରୁତ୍ସାହିତ ହୋଇ ଆସୁଥିବା ପ୍ଲାଣ୍ଟ ଟାଉନ୍‌ସିପ୍‌ରେ ନୂତନ ଚଞ୍ଚଳତା ଦେଖା ଦେଇଥିଲା।

କେତେବେଳେ ସେ ନିଜ ଚାମ୍ବରରେ ପହଞ୍ଚି ସାରିଥିଲେ ଏବଂ ଶୂନ୍ୟ ଦୃଷ୍ଟିରେ କାଚ ତଳେ ସଜ୍ଜିତ ମାନଚିତ୍ରକୁ ଦେଖୁଥିଲେ। ମସୃଣ ହାତଟିଏ ବଢ଼ି ଆସିଲା। ଟ୍ରେରେ ଗୁଡ଼ାଏ ଚିଠି। ଗୋଟିଏ ବି ଏନଭଲପ୍ ନ ଖୋଲି ପ୍ରଶାନ୍ତବାବୁ ଠିକ୍ ବୁଝି ସାରିଥିଲେ ସେଗୁଡ଼ିକ ବୋର୍ଡ଼ ଅଫ୍ ଡାଇରେକ୍ଟର୍ସ ଏବଂ ଅନ୍ୟାନ୍ୟ ସଦସ୍ୟମାନଙ୍କ ଅଭିନନ୍ଦନ ପତ୍ର। ଶ୍ରମିକ ଆନ୍ଦୋଳନ ପ୍ରତ୍ୟାହୃତ ହୋଇଥିବାରୁ ଆଶ୍ୱସ୍ତ ହୋଇ ସମସ୍ତେ ତାଙ୍କୁ ଅଭିନନ୍ଦନ ଜଣାଇଥିବେ। ସ୍ୱାଭାବିକ।

ପ୍ରଶାନ୍ତବାବୁ ଜେକ୍‌ଲିନ୍‌କୁ ଚାହିଁଲେ। ମାସକରେ ସେ ତିନି ଚାରିଦିନ ଶାଢ଼ି ପିନ୍ଧୁଥିବ ଏବଂ ଆଜି ତନ୍ମଧ୍ୟରୁ ଗୋଟିଏ ଦିନ। ସେ ସିଧାସଳଖ ଜେକ୍‌ଲିନ୍‌ର ଆଖିକୁ ଚାହିଁଲେ। ସେ ସାମାନ୍ୟ ସଙ୍କୁଚିତ ହୋଇ ପଡ଼ିଲା। ହୁଏତ ତା’ର ମନରେ ଛୋଟ ସନ୍ଦେହଟିଏ ସୃଷ୍ଟି ହେଲା ଯେ, ତା’ର ବେଶଭୂଷାରେ କୌଣସି ଭୁଲ୍ ରହିଯାଇଛି।

କିନ୍ତୁ ତାକୁ ତା'ର ଅସହାୟତାରୁ ମୁକ୍ତ ଦେବା ପାଇଁ ପ୍ରଶାନ୍ତବାବୁ ପୁଣି ସହରର ମାନଚିତ୍ରରେ ଦୃଷ୍ଟି ନିବଦ୍ଧ କଲେ। ଅଗତ୍ୟା ତାଙ୍କର ଆଖି ଗୋଟିଏ ଚମତ୍କାର ନିର୍ଜନ ଗେଷ୍ଟ ହାଉସ୍ ସ୍ଥାନରେ ନାଲି ପେନ୍‌ସିଲ୍‌ରେ ସେ କେବେ ସନ୍ତାନଟିଏ ଦେଇଥିଲେ ମନେନାହିଁ। ହୁଏତ ପ୍ରଶାନ୍ତବାବୁ ମୁହୂର୍ତ୍ତରେ 'ୟୁରେକ୍‌କା' କହି ଚିତ୍କାର କରିଥାନ୍ତେ। ଅଥଚ ସେ ଜେକ୍‌ଲିନ୍ ଉପରକୁ ଆଖି ଉଠାଇ କହିଲେ, 'ଆଜି ମୋର ଟୁର୍ ଅଛି। ତୁମେ ମୋ ସାଙ୍ଗରେ ଆସିପାର।' କୌଣସି ପ୍ରତିବାଦ ବା ସଙ୍କୋଚ ବଦଳରେ ଜେକ୍‌ଲିନ୍‌ର ଆଖିରେ ହଠାତ୍ ଫୁଟି ଉଠିଲା କୃତଜ୍ଞତାର ଛାପ। ପ୍ରଶାନ୍ତବାବୁ ଛିଡ଼ା ହୋଇ ପଡ଼ିଲେ। ପନ୍ଦର ପାହାଚ ଅବତରଣ। ଜେକ୍‌ଲିନ୍ ତାଙ୍କର ଅନୁଗାମିନୀ।

ସୁଷମା ବୁଝିବା ଉଚିତ ତାଙ୍କ ପାଇଁ ସେ ହେୟ। ତା' ପାଖରେ କୌଣସି ଆତ୍ମଗର୍ବ ଶୋଭାପାଏନା। ସେ ରିସେପ୍‌ସନ୍ କାଉଣ୍ଟର ପାଖରେ ଅଟକି ଗଲେ। ସମ୍ଭ୍ରମରେ ସୁଷମା ବି ଛିଡ଼ା ହୋଇପଡ଼ିଲା। ପ୍ରଶାନ୍ତବାବୁ ସାଧାରଣ ସ୍ୱରରେ କହିଲେ, 'ମୋ ରେସିଡେନ୍‌ସକୁ ଜଣାଇ ଦେବ ମୁଁ ଟୁର୍‌ରେ ଯାଉଛି। ନାଇଟ୍ ହଲଟ୍।' ଏଥର ସୁଷମା ଜେକ୍‌ଲିନ୍‌କୁ ସାମାନ୍ୟ ଚାହିଁ ମୁଣ୍ଡ ନୁଆଁଇଲା। ପରାଜୟର ଗ୍ଲାନି, ଜେକ୍‌ଲିନ୍ କେବଳ ନିମିତ୍ତ ମାତ୍ର। ପ୍ରଶାନ୍ତବାବୁ ପୁଣି ଏକ ସଫଳ ଦୃଶ୍ୟରେ ଅବିବାଦୀୟ ନାୟକ।

ଡ୍ରାଇଭିଂ ସିଟ୍‌ରେ ବସିସାରି ପ୍ରଶାନ୍ତବାବୁ ଆଦେଶ ଦେବାଭଳି ଜେକ୍‌ଲିନ୍‌କୁ କହିଲେ, 'ସାମ୍ନାରେ ବସ।' ସେ ଗେଟ୍ ଖୋଲି ତାଙ୍କ ସହିତ ଗୋଟିଏ ସିଟ୍‌ରେ ବସିଲା। ହୁଏତ ଜାଣି ଜାଣି ବ୍ୟବଧାନ କମାଇ ବସିଛି ଜେକ୍‌ଲିନ୍। ପ୍ରଶାନ୍ତବାବୁ ସାମାନ୍ୟ ବିରକ୍ତ ହୋଇପଡ଼ିଲେ। ତାଙ୍କ କାର୍‌ର ରଙ୍ଗ ଓ ନମ୍ବର ସହରର ସମସ୍ତେ ଜାଣନ୍ତି। ତାଙ୍କର ଏତେଟା ନିକଟବର୍ତ୍ତୀ ହୋଇ ଜେକ୍‌ଲିନ୍ ହୁଏତ ସମସ୍ତଙ୍କ ସାମ୍ନାରେ ପ୍ରମାଣିତ କରିବାକୁ ଚାହୁଁଛି ତା'ର ଷ୍ଟାଟସ୍। ନାରୀମାନଙ୍କ ଭିତରେ ଏମିତି ଅଜବ କମ୍ପ୍ଲେକ୍ସ ଥାଏ। ଜେକ୍‌ଲିନ୍ କ'ଣ ତାକୁ ତା'ର ସ୍ତାବକ ଗୋଷ୍ଠୀରୁ ଅନ୍ୟତମ ବୋଲି ଭାବୁଛି ? ଗାଡ଼ିର ଗତି ଜୋର୍ କରି ପରମୁହୂର୍ତ୍ତରେ ପ୍ରଶାନ୍ତବାବୁ ଜେକ୍‌ଲିନ୍‌ର ମନରେ ସାମାନ୍ୟ ଭୟ ସଞ୍ଚାର କରିବାରେ ସଫଳ ହେଲେ। ଆଶଙ୍କା ତା'ର ଆଖି ଦୁଇଟିରେ ସୁସ୍ପଷ୍ଟ। ସାମୟିକ ସଫଳତାରେ ପ୍ରଶାନ୍ତବାବୁ ଆଶ୍ୱସ୍ତ ହେଲେ। ଜେକ୍‌ଲିନ୍‌ର ସୁନ୍ଦର କେଶ ଓ ଶାଢ଼ି ପବନରେ ଅସଂଯତ। ଘାଟି ରାସ୍ତାରେ ବ୍ୟକ୍ତିଗତ ନିରାପତ୍ତା ପାଇଁ ସେ ସଜାଗ।

ପ୍ରଶାନ୍ତବାବୁ ମନେ ମନେ ନିଜ ଆଖି ସାମ୍ନାରେ ଗୋଟିଏ ଅଦ୍ଭୁତ ଦେଖା ଦୃଶ୍ୟର ଅବତାରଣା କରୁଥିଲେ। ଯେପରି ନିର୍ବୋଧ ଅନ୍ୟମନସ୍କ ପକ୍ଷୀଟିଏ ଗଛ ଡାଳରେ କ୍ଲାନ୍ତ ହୋଇ ବସିଛି ଏବଂ ଗୋଟିଏ ବିଷାକ୍ତ ସରୀସୃପ ସନ୍ତର୍ପଣରେ ତାକୁ ଦଂଶନ

କରୁଛି। ପକ୍ଷୀଟି ଚମକି ପଡ଼ି ଉଡ଼ି ଯିବାକୁ ଉଦ୍ୟତ କରୁ କରୁ ଖସି ପଡୁଛି ଗଛ ତଳକୁ। ଏବଂ ଅନ୍ୟ ଏକ ଶୀକାର ଖୋଜିବା ପାଇଁ ସରୀସୃପଟି ଆଗେଇ ଯାଉଛି ଭିନ୍ନ ଡାଳକୁ କିମ୍ବା ଭିନ୍ନ ଗଛକୁ।

ଏପ୍ରିଲର ଅପରାହ୍ନ ଅନେକଟା ଉଦାସ ହୋଇ ଆସିଲା। ଯେତେବେଳେ ତାଙ୍କ କାର୍ ସେଇ ନିର୍ଜନ ଗେଷ୍ଟ-ହାଉସ୍‌ର ପୋର୍ଟିକୋରେ ପ୍ରବେଶ କରୁଥିଲା। ତାଙ୍କ ବ୍ୟତୀତ ଜେକ୍‌ଲିନ୍‌କୁ ବି ଚୌକିଦାର ତା'ର ଗତାନୁଗତିକ ସଲାମ୍ କରି କୃତଜ୍ଞତା ଜଣାଇ ସାରିଥିଲା। ଖୋଦ୍ ପ୍ରଶାନ୍ତବାବୁଙ୍କ ସେବା କରିବା ପାଇଁ ସୁଯୋଗ।

ଜେକ୍‌ଲିନ୍ ଚୌକିଦାରକୁ ବରାଦ କରୁଥାଏ, ଡିନରର ମେନୁ। ଆଜ୍ଞାଧୀନ ଚୌକିଦାର କାନମୁଣ୍ଡ ଆଉଁସି ଛିଡ଼ା ହୋଇଥାଏ। ପ୍ରଶାନ୍ତବାବୁ ସାମାନ୍ୟ ହସିଲେ। ହୁଏତ ସରିତା ବି କେବେ ଏମିତି ଉତ୍ସାହିତ ହୋଇ ନଥିବେ।

ସନ୍ଧ୍ୟା। ଅନ୍ୟମନସ୍କା ସ୍କୁଲ ଝିଅଟିଏ ପେନ୍‌ସିଲ୍ କାଟିଲା ବେଳେ ଖସି ପଡ଼ିଥିବା ଟୋପାଏ ରକ୍ତ ଯେମିତି ବ୍ୟାପି ଯାଉଛି ଦିଗ୍‌ବଳୟ ସାରା। ଜେକ୍‌ଲିନ୍‌ର ମସୃଣ ଗାଲରେ ସନ୍ଧ୍ୟାର ପ୍ରତିଫଳନ। ଅଭିସାର? ପ୍ରସ୍ତୁତି? ପ୍ରଶାନ୍ତବାବୁ ନିଃଶବ୍ଦ ହସଟିଏ ହସିଲେ। ହୁଏତ ବିରକ୍ତିରେ ବା ପ୍ରଚ୍ଛନ୍ନ ବିଦ୍ରୁପରେ ନୀରବ ହୋଇ ପ୍ରଶାନ୍ତବାବୁଙ୍କ ଅନୁମତି ନେଇ ନଥିଲା। ହୁଏତ ସେ ମନେ ମନେ ଧରି ନେଇଛି ଏଇ ନିର୍ଜନ ଗେଷ୍ଟ ହାଉସ୍‌ରେ ପ୍ରଶାନ୍ତବାବୁଙ୍କ ସହିତ ଓ ସାମ୍ନାରେ ଯାହା କିଛି କରିବା ପାଇଁ ତା'ର ସ୍ୱାଚ୍ଛନ୍ଦ୍ୟ ଅଛି। ଏବଂ ସେଥିପାଇଁ ପ୍ରଶାନ୍ତବାବୁଙ୍କ ପ୍ରଚ୍ଛନ୍ନ ସମ୍ମତି ଅଛି। ପ୍ରଶାନ୍ତବାବୁଙ୍କ ଆଖି ପହଁରି ଆସିଲା। ପ୍ରଶସ୍ତ ବାରଣ୍ଡା। ସୁସଜ୍ଜିତ ଲନ୍। ନାଆଁ ଜଣା ଓ ଅଜଣା ଅନେକ ଗଛ, ଫୁଲ, ପକ୍ଷୀ। ସେ ଏକମାତ୍ର କୃଷ୍ଣଚୂଡ଼ା ଗଛକୁ ଚିହ୍ନିପାରିଲେ। ପତ୍ରରୁ ନୁହେଁ ଫୁଲରୁ, ତାଙ୍କର ଇଚ୍ଛାହେଲା ସେଇ କୃଷ୍ଣଚୂଡ଼ା ଗଛ ତଳେ ଛିଡ଼ା ହୋଇ ଦୀର୍ଘଶ୍ୱାସ ମାରିବାକୁ। ସେଥିରେ ଯଦି ହଲିଯାନ୍ତା ଫୁଲଟିଏ ବା ପତ୍ରଟିଏ। ସେ ଆଗେଇଲେ। ଏବେ କେଉଁ ଜେକ୍‌ଲିନ୍ ଅନୁସରଣ କଲା, ସେ ଯେପରି ଅଧସ୍ତନ ଆଜ୍ଞାଧୀନ ନୁହେଁ। ହୁଏତ ପ୍ରେମିକା କିମ୍ବା ବାଗ୍‌ଦତ୍ତା। ପ୍ରଶାନ୍ତବାବୁ ଆକାଶକୁ ଚାହିଁଲେ। କେତେଖଣ୍ଡ ବାଦଲ ମଧ୍ୟରୁ ମୁକୁଳି ଆସିବାକୁ ଜହ୍ନର ଉଦ୍ୟମ। ଜହ୍ନର ଅସହାୟତା ସାମାନ୍ୟ ସଂକ୍ରମିତ ହୋଇଗଲା ତାଙ୍କ ଛାତି ତଳକୁ।

ଜୀବନରେ ଅନେକ ପ୍ରେମ କରନ୍ତି, ବିଫଳ ହୋଇ ଆତ୍ମହତ୍ୟା କରନ୍ତି। ସଫଳ ହେଲେ ବିବାହ କରନ୍ତି। ପ୍ରଶାନ୍ତବାବୁ ମନେ ପକାଇବାକୁ ଚେଷ୍ଟା କଲେ ଓ ପ୍ରାକ୍ ବୈବାହିକ ଜୀବନରେ ସେ କେବେ ପ୍ରେମ କରିଛନ୍ତି? ଜୀବନରେ ସଫଳତା ପାଇଁ ଅନେକ ଯୋଜନା ଓ ଖସଡ଼ା ପ୍ରସ୍ତୁତି ମଧ୍ୟରେ ଆବେଗ କେବେ ହୁଏ ତ ମୁଖ୍ୟ

ଭୂମିକା ଗ୍ରହଣ କରି ପାରିନାହିଁ। ତଥାପି କଦାଚିତ୍ ଆରୋପିତ ହେଲେ ବି ଆବେଗର ଆକ୍ରମଣ ସ୍ୱାଭାବିକ। କଲେଜ ଜୀବନ। ମେଧାବୀ ଛାତ୍ରମାନଙ୍କ ପ୍ରତି ସହପାଠିନୀମାନେ ଆକର୍ଷିତ ହୁଅନ୍ତି। ହୁଏତ ସମସ୍ତଙ୍କ ଆଖି ଥାଏ ବିବାହୋତ୍ତର ଜୀବନରେ ଆର୍ଥିକ ନିରାପତ୍ତା ଓ ସାମାଜିକ ପ୍ରତିପତ୍ତି ଉପରେ। ପ୍ରଶାନ୍ତବାବୁ ତାଙ୍କ କଲେଜରେ ସବୁଠୁ ବେଶୀ ପ୍ରମିଜିଂ ଥିଲେ। ସେ ମନେ କରିବାକୁ ଚେଷ୍ଟା କଲେ ଝିଅଟିର ନାଆଁ। ଥରେ ଆକାଶକୁ ଚାହିଁଲେ ପୁଣି ଲନ୍‌କୁ, ଜେକ୍‌ଲିନ୍‌କୁ ଓ କୃଷ୍ଣଚୂଡ଼ା ଗଛରେ ଦୃଷ୍ଟି ନିବଦ୍ଧ ହେବା ବେଳକୁ ସେ ଅପାତତଃ ଧରି ନେଲେ, ନା ସମ୍ଭବ ନୁହେଁ, କଲେଜ କରିଡ଼ର, କ୍ୟାଣ୍ଟିନ୍, ସିନେମା ହଲ୍, କେବଳ ବାର୍ତ୍ତାଳାପରେ ସୀମିତ ଥିଲା ତାଙ୍କ ସମ୍ପର୍କ। କେତେବେଳେ ଟେବୁଲ ତଳେ ଅଜାଣତରେ ପାଦ ଟିକିଏ ବାଜିଯାଏ (ସରି), ବହିଟିଏ ବଢ଼ାଇ ଦେଲାବେଳେ ହାତ ଛୁଇଁ ହୋଇଯାଏ। ବାର୍ତ୍ତାଳାପ ମଧ୍ୟରେ ସନ୍ଧ୍ୟା ନଇଁଯାଏ। ଅନ୍ୟମାନେ ଈର୍ଷା କରନ୍ତି, ସେ ଝିଅକୁ ତା'ର ବାନ୍ଧବୀମାନେ ଓ ତାଙ୍କୁ କଲେଜର ସମସ୍ତେ। ଅଥଚ ଥରେ ଥରେ ହଷ୍ଟେଲ ସମାଚାର ପଚାରି ଭଦ୍ରବ୍ୟକ୍ତି ତାଙ୍କ ହାତକୁ ବଢ଼ାଇ ଦିଅନ୍ତି ମୋଟା ହାତର ଖାମ୍। ତା'ପରେ ଗାଡ଼ି ଗତିଶୀଳ ହେବା ବେଳକୁ ପ୍ରଶାନ୍ତବାବୁ କେବଳ ଚାହାନ୍ତି ତା'ର ରେଲୱେ ସିଗ୍‌ନାଲ ପରି ନାଲି ବ୍ରେକ୍ ଲାଇଟ୍‌କୁ।

ଜାନୁଆରୀର ଏକ ନିରାଡ଼ମ୍ବର ସନ୍ଧ୍ୟା। ଅସଂଯତ ସ୍ପର୍ଶ କାତରତା। ଦରୱାନ ପ୍ରଶାନ୍ତବାବୁଙ୍କ ରୁମ୍‌ରେ ବାରମ୍ବାର ନକ୍ କରି ପାଟି କଲା, 'ବାବୁ ଫୋନ୍।' ପ୍ରଶାନ୍ତବାବୁ ଉତ୍କଣ୍ଠାରେ ଫୋନ୍ ଉଠାଇଲେ। ପରିଚିତ ସ୍ୱର। ସେଇ ଝିଅଟି। ନିରୁତ୍ତର ରହି ସେ ଖାଲି ଶୁଣିଲେ, 'ମୋ ରାଣ ନିଶ୍ଚୟ ଆସିବେ। ସମସ୍ତେ ସିନେମା ଯାଉଛନ୍ତି। ମୁଁ ଅପେକ୍ଷା କରୁଛି। ପ୍ଲିଜ୍...।' ଫୋନ୍‌ଠାରୁ ତାଙ୍କ ରୁମ୍ ଯାଏ ମାତ୍ର ଦଶ ପାହୁଣ୍ଡ। ପ୍ରଥମ ପାଦ ପକାଇବା ବେଳକୁ ହିଁ ପ୍ରଶାନ୍ତବାବୁ ବାହାରକୁ ଚାହିଁଲେ। ବ୍ୟସ୍ତ ଟ୍ରାଫିକ୍। ଆଖି ସାମ୍ନାରେ ତାଙ୍କର ଜଳି ଉଠିଲା ମାଳେ ନାଲି ଆଲୁଅ। ପାଦ ଦୁଇଟି ସେଇଠାରେ ହିଁ ଚେରେଇ ଗଲା। ହୁଏତ ସେ ଝିଅଟା ବିବାହ ପାଇଁ ତାଙ୍କଠାରୁ ପ୍ରତିଶ୍ରୁତି ଅସୁଲ କରିବା ପରେ ତା' ବାପା ବୋଉଙ୍କ ବେଡ଼ରୁମ୍ ବା ତା' ପଢ଼ା ଘରେ ଆତ୍ମସମର୍ପଣ କରିବ। ଯେମିତି ନଭେଲମାନଙ୍କରେ ଥାଏ, ଯେମିତି ସିନେମାରେ ଘଟେ। ଅଥଚ ତାଙ୍କର କ୍ୟାରିଅର୍? ଜୀବନ? ସତରେ ଆତ୍ମସମର୍ପଣ କରିବ କିଏ, ସେ ଝିଅଟା ନା ସେ ନିଜେ?

'ନା', ପ୍ରଶାନ୍ତବାବୁ ଅସ୍ପଷ୍ଟ ସ୍ୱରରେ ଉଚ୍ଚାରଣ କଲେ। ଜହ୍ନ ଉଠି ଆସିଲାଣି। ଚତୁର୍ଦ୍ଦିଗରେ ଆଲୁଅ। ପାଖରେ ଜେକ୍‌ଲିନ୍। ପ୍ରଶାନ୍ତବାବୁ ଅନୁଭବ କଲେ ଯେପରି ସେ ଏକ ଜହ୍ନ ଆଲୁଅରେ ତାଙ୍କର ଷ୍ଟେନୋ ଜେକ୍‌ଲିନ୍ ସାମ୍ନାରେ ନଗ୍ନ ହୋଇ

ପଡ଼ିଛନ୍ତି। ଦ୍ରୁତ ପାଦରେ ସେ ବାରଣ୍ଡାକୁ ଫେରି ଆସିଲେ। ଯେତେବେଳେ ଜେକ୍‌ଲିନ୍ ହାତ ବଢ଼ାଇ କୃଷ୍ଣଚୂଡ଼ା ଶାଖାରୁ ପେଣ୍ଟାଏ ଫୁଲ ତୋଳିବାକୁ ଉଦ୍ୟମ କରୁଥାଏ। ଚୌକିଦାର ଟି'ପୟରେ ଦାମୀ ସିଗ୍ରେଟ ଓ କିଛି ବିଦେଶୀ ପାନୀୟ ରଖି ଯାଇଥାଏ। ପ୍ରଶାନ୍ତବାବୁ ସିଗ୍ରେଟ ଖଣ୍ଡିଏ ଓଠ ସନ୍ଧିରେ ଜାକି ଲାଇଟର୍ ଜାଳିଲେ। ହାଲୁକା ପବନରେ ଲିଭିଗଲା କ୍ଷୀଣ ଶିଖା। ଜେକ୍‌ଲିନ୍ ପୁଣି ଫେରି ଆସିଲାଣି। ତା'ର ଆଖି ଦୁଇଟି ତାଙ୍କ ଉପରେ ସ୍ଥିର। ପାପୁଲିର ନିରାପତ୍ତା ମଧ୍ୟରେ ସେ ଲାଇଟର ଜାଳି ସିଗ୍ରେଟରେ ଅଗ୍ନି ସଂଯୋଗ କଲେ। ଜେକ୍‌ଲିନ୍ ହୁଏତ ତାଙ୍କର ପ୍ରଥମ ବିଫଳତା ଲକ୍ଷ୍ୟ କରିପାରି ନାହିଁ। ପୁଣି ସେ ନୀରବ ହୋଇଗଲେ। ସ୍ତବ୍ଧ ହୋଇଗଲେ ଇଜି ଚେୟାରରେ। ଜେକ୍‌ଲିନ୍ ଗୋଟିଏ ମାତ୍ର ଗବଲେଟରେ ପାନୀୟ ଢାଳୁଛି। ପ୍ରଶାନ୍ତବାବୁ ମନା କରିପାରିଲେନି। କିନ୍ତୁ ତାଙ୍କ ମୌନତାରେ ଉତ୍ସାହିତ ହୋଇ ଜେକ୍‌ଲିନ୍ ତାଙ୍କୁ ବଢ଼ାଇଦେଲା ଗବଲେଟଟି। ଏଥର ପ୍ରଶାନ୍ତବାବୁ ଅପ୍ରକାଶିତ ବିରକ୍ତିରେ କହିଲେ, 'ନୋ'। ଜେକ୍‌ଲିନ୍ ପୁଣି କହିଲା, 'ସାର୍ ଆପଣ କ୍ଳାନ୍ତ, ଡିନର ପ୍ରସ୍ତୁତ ହେଲାଣି।' ଜେକ୍‌ଲିନ୍ ଡାଇନିଂ ରୁମ୍‌କୁ ଆଗେଇଗଲା। ଚୌକିଦାର ସହିତ ତା'ର କଥାବାର୍ତ୍ତା ଅସ୍ପଷ୍ଟ ଶୁଭୁଥାଏ। କିଛି ସମୟ ପରେ ସେ ଫେରି ଆସି ଡାକିଲା, 'ସାର୍'। ଏତେବେଳେ ସରିତା ତାଙ୍କ ଆଗରେ ଚାଲନ୍ତି, ଅଥଚ ଜେକ୍‌ଲିନ୍ ତାଙ୍କୁ ଅନୁସରଣ କରୁଛି। ହୁଏତ ସେ ବୁଝିସାରିଲାଣି ତା'ର ଲିମିଟେସନ୍। କେବଳ ତାଙ୍କ ପାଇଁ ଡିନର୍ ସଜା ହୋଇଥିଲା। ଜେକ୍‌ଲିନ୍ ପାଇଁ ପ୍ରଶାନ୍ତବାବୁ ବରାଦ କଲେନି।

ଖାଇସାରି ବେସିନ୍ ଉପରେ ନଇଁ ପଡ଼ି ହାତ ଧୋଇବାବେଳେ ଚୌକିଦାର ଉଦ୍ଦେଶ୍ୟରେ ପ୍ରଶାନ୍ତବାବୁ କହିଲେ, 'ଉଭୟ ସୁଟ୍ ଖୋଲି ଦିଅ।' ତା'ପରେ ସେ କାହାକୁ ଅପେକ୍ଷା ନକରି ଗୋଟିଏ ସୁଟ୍‌ରେ ପଶିଗଲେ। ଅସ୍ପର୍ଶିତ ଗବଲେଟର ପାନୀୟ ଆଉ ନାହିଁ। ବୋଧହୁଏ ଜେକ୍‌ଲିନ୍...।

ବେଡରୁମ୍‌ର ଦ୍ୱାର ଭିତରୁ ବନ୍ଦ କରି ସେ ଆଲୁଅ ଲିଭାଇ କୋଠରିକୁ ଅନ୍ଧାର କଲେ। ପୋଷାକ ବଦଳାଇ ନରମ ଶେଯ ଉପରେ ଲମ୍ବ ହୋଇ ପଡ଼ିଗଲେ। ନିରବଚ୍ଛିନ୍ନ ଭାବେ ବ୍ୟସ୍ତ କୁଲର ରୁମ୍‌କୁ ଯଥେଷ୍ଟ ଥଣ୍ଡା ରଖିଥାଏ। ଦୁଇଟି ଭିନ୍ନ ସୁଟ୍ ହେଲେ ବି ଉଭୟ ବେଡ଼ରୁମ୍ ଭିତରେ କେବଳ ଗୋଟିଏ କାନ୍ଥର ବ୍ୟବଧାନ। ନିଦ ତାଙ୍କ ପାଇଁ ସବୁଦିନ ଦୂରୁହ। ଶୋଇ ଶୋଇ ସେ ଜେକ୍‌ଲିନ୍‌କୁ ଅପେକ୍ଷା କଲେ। ଯଦିଓ ତାଙ୍କ ଓସାରିଆ ଶେଯରେ ନୁହେଁ, ବରଂ ଅନ୍ୟ ବେଡରୁମ୍‌ରେ।

ନିଃସଙ୍ଗତାର ଆଶ୍ଳେଷ ତାଙ୍କ ପାଇଁ ନୂଆ ନୁହେଁ। ସାମାଜିକ ସିଡ଼ିରେ ସେ ଯେତେ ଉର୍ଦ୍ଧ୍ୱରେ, ସେଠି ଯିଏ ସିଏ ଛିଡ଼ା ହୋଇ ପାରିବା ଅସମ୍ଭବ। ନିଃସଙ୍ଗତା

ପ୍ରଶାନ୍ତବାବୁଙ୍କ ପାଇଁ ସ୍ୱାଭାବିକ। ଅଥଚ ଜେକ୍‌ଲିନ୍ ପରି ଗୋଟିଏ ସୁନ୍ଦରୀ ତରୁଣୀ ପାଇଁ ନିଃସଙ୍ଗତା ହୁଏତ ନିର୍ଦ୍ଦୟ ଭାବେ କ୍ରୂର।

ପ୍ରଶାନ୍ତବାବୁ ଅନ୍ଧାରରେ ହସିଲେ। ଅନ୍ୟୂନ ଅଧଘଣ୍ଟା ପରେ ପାଖ ବେଡରୁମ୍‌ର ଦ୍ୱାର ଖୋଲିବା ଓ ବନ୍ଦ ହେବା ଏବଂ ଝର୍କା ଖୋଲିବାର ଶବ୍ଦାୟିତ ସ୍ପନ୍ଦନରୁ ପ୍ରଶାନ୍ତବାବୁ ଅନୁମାନ କଲେ ଚୌକିଦାର ନୁହେଁ, ଜେକ୍‌ଲିନ୍। ହୁଏତ ଆଜି ରାତ୍ରିର ଅଭିସାର ପାଇଁ ସେ ମନେ ମନେ ନିଜକୁ ଅନେକଟା ପ୍ରସ୍ତୁତ କରି ସାରିଥିଲା। ହୁଏତ କଳ୍ପନା କରି ସାରିଥିଲା, ସେ ବିନା ଦ୍ୱିଧାରେ ନିଜକୁ ସମର୍ପଣ କରିବ ନା ସାମାନ୍ୟ ସମ୍ଭ୍ରମ ରକ୍ଷା କରିବା ପାଇଁ ପ୍ରଥମେ ଲାଜେଇ ଯିବାର ବାହାନା କରିବ। ଏବେ ସେ ସବୁର କିଛି ଅର୍ଥ ହୁଏନା। ତାଙ୍କର ନିବୁଜ ପ୍ରକୋଷ୍ଠକୁ ଜେକ୍‌ଲିନ୍ ପାଇଁ ସମସ୍ତ ବାଟ ବନ୍ଦ। ବିଚାରୀ ହୁଏତ ଆହତ ହୋଇଥିବ।

ପ୍ରଶାନ୍ତବାବୁ ଦ୍ୱାର ଖୋଲିଲେ। ବାରଣ୍ଡାରେ ପହଞ୍ଚିଲେ। ସଂଲଗ୍ନ ଦରଜାରେ ଥରେ ଦୁଇଥର ନକ୍ କଲେ ଖୋଲିଯିବ ଜେକ୍‌ଲିନ୍‌ର ଦ୍ୱାର। କିମ୍ବା ସେ ନିଜ ବେଡରୁମ୍‌ର ଝର୍କା ଖୋଲି ଡାକି ପାରିବେ, 'ଲୀନା, ଲୀନା, ଜେକ୍‌ଲିନ୍...।' ଦୁଇ ବେଡ଼ରୁମ୍‌କୁ ଅଲଗା କରୁଥିବା କାନ୍ଥରେ ଦୁଇ ଚାରିଥର ମୃଦୁ ଆଘାତ କଲେ ବି ହୁଏତ ଜେକ୍‌ଲିନ୍ କିଛି ସମୟ ପରେ ତାଙ୍କ ଦ୍ୱାରରେ ନକ୍ କରିବ। ରବିଶ୍। ତେବେ ସେ କ'ଣ ଚୌକିଦାର ସାମ୍ନାରେ ଛଳନା କରୁଥିଲେ? ପ୍ରଶାନ୍ତବାବୁ ବାମରୁ ଡାହାଣକୁ କଡ଼ ଲେଉଟାଇଲେ। କିଛି ନ ଶୁଣିବାକୁ ଚେଷ୍ଟା କଲେ। ଆଖି ବୁଜି ଶୋଇ ଯିବାକୁ ଉଦ୍ୟମ କଲେ। ନା ଜେକ୍‌ଲିନ୍ ବାଥରୁମ୍‌ରେ। ସାୱାରରୁ ଟପ୍ ଟପ୍ ପାଣି ପଡ଼ିବାର ଶବ୍ଦ। କୃତ୍ରିମ ବର୍ଷା ତଳେ ଛିଡ଼ା ହୋଇ ପଡ଼ିଛି ନିଃସଙ୍ଗ, ଅସହାୟ ନାରୀଟିଏ। ସମ୍ପୂର୍ଣ୍ଣ ନଗ୍ନ। ଦୀର୍ଘଦିନର ଅନୁଭୂତିରୁ ନ ଦେଖିଥିଲେ ବି ଅନୁମାନ କରି ପାରୁଥିଲେ। ଜେକ୍‌ଲିନ୍‌ର ଗୋଡ଼ଯାକ ମସୃଣ, ନିତମ୍ବ ସୁଗଠିତ, ବକ୍ଷ ସୁସ୍ଥ ଓ ଉନ୍ନତ। ମୁହଁର ଗଢ଼ଣ ମନ୍ଦ ନୁହେଁ। ସାୱାର୍ ବନ୍ଦ ହେଲା। ବାଥରୁମ୍‌ରୁ ଜେକ୍‌ଲିନ୍ ଫେରିଲାଣି। ଏବେ ସେ କ'ଣ କରିବ? ଶୋଇ ପଡ଼ିବ। ଶୋଇ ଶୋଇ ସ୍ୱପ୍ନରେ ଅପୂରଣୀୟ ଇଚ୍ଛାମାନଙ୍କୁ ପୂରଣ କରିବ। ଅଲବ୍ଧ ପଦାର୍ଥମାନଙ୍କୁ ହାତରେ ଧରିବ। କିମ୍ବା ନିଦ ନହେଲେ ରାତିସାରା ଅଶରୀରୀ ଆତ୍ମା ପରି ବାରଣ୍ଡାରେ ଘୂରି ବୁଲିବ। ପରିତ୍ୟକ୍ତା ହେବାର ଗ୍ଳାନିରେ ଲୁହ ଗଡ଼ାଇବ। କିମ୍ବା ଆତ୍ମହତ୍ୟା... ଯେ କୌଣସି ତରୁଣୀ ପାଇଁ ନିଃସଙ୍ଗତା, ଅବହେଳା ଅସହ୍ୟ। ଅଥଚ ପ୍ରଶାନ୍ତବାବୁ କ'ଣ କରିପାରିବେ। ଅଫିସ୍‌ର ଜଣେ ଅଧସ୍ତନ ଷ୍ଟେନୋ ସାଙ୍ଗରେ ଗୋଟିଏ ଶେଯରେ ରାତ୍ରିଯାପନ। ଅସମ୍ଭବ। ନିଃସହାୟ ହୋଇ ଏଇନେ ଜେକ୍‌ଲିନ୍ ହୁଏତ ଆତ୍ମସମର୍ପଣ କରିବ। କିନ୍ତୁ ସକାଳୁ

ଶେଯ ଛାଡ଼ିବା ବେଳକୁ ତା' ଆଖିରେ ଖୁନ୍ଦି ହୋଇଥିବ ସଫଳତାର ଆତ୍ମତୃପ୍ତି। ଏବଂ ସେହିଠାରେ ହିଁ ପ୍ରଶାନ୍ତବାବୁ ଅନୁଭବ କରିବେ ସେ ଅନ୍ୟ ଜଣକ ପାଖରେ ବିଜିତ।

ଥାଉ। କାଲି ସକାଳୁ ବିନିଦ୍ର ରାତ୍ରି ବିତାଇଥିବା ଜେକ୍‌ଲିନ୍‌ର ଫୁଲିଲା ଆଖିମାନଙ୍କରୁ ସେ ଦେଖିବେ ତା'ର ପରାଜୟର ସ୍ୱୀକାରୋକ୍ତି। ସୁଷମା ସାମ୍ନାରେ ତାଙ୍କ ସହିତ ଗୋଟିଏ ସିଟ୍‌ରେ ବସି ଆସିବା ବେଳେ, ଜନାକୀର୍ଣ୍ଣ ସହର ମଧ୍ୟରେ ଚୌକିଦାରଙ୍କୁ ଡିନର୍‌ର ବରାଦ ଦେବାବେଳେ, ତାଙ୍କ ସହିତ କୃଷ୍ଣଚୂଡ଼ା ଗଛ ତଳକୁ ଧାଇଁଯିବା ବେଳେ, ତା'ର ଗତିବିଧି ବେଶ୍ ସ୍ପର୍ଦ୍ଧିତ ଥିଲା ତ ! ପ୍ରଶାନ୍ତବାବୁ କେବେ ବିଫଳତା ଜାଣି ନାହାନ୍ତି। ସେ ସର୍ବଦା ସଫଳ। ଏକ ଅଜବ ତୃପ୍ତିରେ ସେ ପୁଣି କଡ଼ ଲେଉଟାଇଲେ। ଆଖିପତା ବୁଜି ହେଉଥାଏ। ସ୍ୱପ୍ନ ନ ହେଲେ ବି କୌଣସି ଏକ ଅତୀନ୍ଦ୍ରିୟ ଚେତନା ସ୍ତରରେ ସେ ଦେଖୁଥିଲେ ସରୀସୃପଟିଏ। ଦୈର୍ଘ୍ୟ ଧୀରେ ଧୀରେ ବଢ଼ି ଚାଲିଛି। ଯେଉଁଠି ଇଚ୍ଛା ସେଇ ଡାଳ ବା ଗଛରେ ହତବାକ୍ ହୋଇ ବସିଥିବା ପକ୍ଷୀମାନଙ୍କୁ ସେ ଦଂଶନ କରି ପାରୁଛି। ତଳକୁ ଖସି ପଡ଼ୁଛନ୍ତି ଅସହାୟ ପକ୍ଷୀମାନେ। ସରୀସୃପଟି ବୃକ୍ଷଶୀର୍ଷରୁ ସେମାନଙ୍କୁ ଚାହିଁ ବିଦ୍ରୂପ କରୁଛି। ନିଜର ସଫଳତାରେ ଆତ୍ମହରା ହୋଇ ପଡ଼ୁଛି।

■

ସାଇଗନ୍

ଡ. ସୁନଥିଉ ମୋର ବନ୍ଧୁ। ଦୀର୍ଘ ଦିନ ଧରି ଆମେ ଗୋଟିଏ ସମ୍ବାଦପତ୍ରରେ ସାମ୍ବାଦିକ କାର୍ଯ୍ୟ କରୁଥିଲୁ। ଆଜିକୁ ତିନି ବର୍ଷ ପୂର୍ବେ ଥିଉ ସାମ୍ବାଦିକତା ଛାଡ଼ି ଇତିହାସ ପ୍ରଫେସର ରୂପେ ସାଇଗନ୍‌ର ଗୋଟିଏ କଲେଜରେ ଯୋଗ ଦେଇଥିଲେ। ସେତେବେଳେ ମୁଁ ସାଇଗନ୍‌ରେ ସାମୟିକ ଭାବେ ସାମ୍ବାଦିକର ଯାଯାବର ଜୀବନରେ କୌଣସି ଗୋଟିଏ ହୋଟେଲରେ ଅବସ୍ଥାନ କରୁଥିଲି।

ସାଧାରଣତଃ ଏହି ଜୀବନରେ କୌଣସି ଗୋଟିଏ ସ୍ଥାନର ବିଶେଷତ୍ୱ ସେପରି କିଛି ଗୁରୁତ୍ୱପୂର୍ଣ୍ଣ ନୁହେଁ; କିନ୍ତୁ ସାଇଗନ୍ ମୋର ମନେ ରହିବ, ବୋଧହୁଏ ସବୁଦିନ ପାଇଁ। ଯୁଦ୍ଧର ବିଭୀଷିକା ନୁହେଁ, ସବୁଜ ବନାନୀ ପରିବେଷ୍ଟିତ ଭିଏତ୍‌ନାମର ପଲ୍ଲୀଶ୍ରୀ ନୁହେଁ, କିମ୍ବା ସାଇଗନ୍‌ରେ କୌଣସି ବର୍ଷୁକ ଅପରାହ୍ନ ନୁହେଁ; ବରଂ କେବଳ ଗୋଟିଏ ସାଧାରଣ ରାତି ଓ ଚରିତ୍ର ପାଇଁ ସାଇଗନ୍ ମୋର ମନେ ରହିଛି, ବର୍ଷ ବର୍ଷ ଧରି ଯୁଦ୍ଧର ବିଭୀଷିକା ଗତାନୁଗତିକତାରେ ପରିଣତ ହୋଇଥିଲା। କୌଣସି ପ୍ରାକୃତିକ ବା କୃତ୍ରିମ ସୌନ୍ଦର୍ଯ୍ୟ ମୋର ମନରେ ପ୍ରାୟ ରେଖାପାତ କରୁ ନଥିଲା। ସେ ଦୁର୍ବଳତା ବା ଭାବପ୍ରବଣତା ମୋର ନଥିଲା କହିଲେ ଚଳେ।

ଯେଉଁ ଗୋଟିଏ ରାତି ଏବଂ ଚରିତ୍ରର କାହାଣୀ ମୁଁ କହିବି, ତହିଁରେ ମଧ୍ୟ ଭାବପ୍ରବଣତାର ଅବକାଶ ନାହିଁ, ଅଛି ବାସ୍ତବତା ଏବଂ ଗଭୀର ଆନ୍ତରିକତାର ପ୍ରଲେପ। ଗୋଟିଏ ରାତି, ଅନେକ ରାତି ମଧ୍ୟରୁ ମାତ୍ର ଗୋଟିଏ ରାତି, ନିଛକ ପାରମ୍ପରିକ ରୂପକଥାରେ କୌଣସି ସ୍ୱପ୍ନିଳ ରାତି ନୁହେଁ। ବରଂ ଅଦ୍ଭୁତ ସାଇଗନ୍‌ର ଅନେକ ଅଶ୍ଳୀଳ ରଜନୀ ମଧ୍ୟରୁ ଗୋଟିଏ ଏବଂ ଗୋଟିଏ ଚରିତ୍ର ସହସ୍ର ସହସ୍ର ଉପେକ୍ଷିତ ଚରିତ୍ର ମଧ୍ୟରୁ ସେ ବି ଗୋଟିଏ। ସମ୍ବାଦପତ୍ରର ପୃଷ୍ଠା ଭର୍ତ୍ତି ପାଇଁ ମୁଁ ଏପରି ଅନେକ ଚରିତ୍ର ଦିନ, ରାତି, ସହର, ରାସ୍ତା, ବଜାର ଉପରେ ଲେଖନୀ ଚାଳନା କରିଛି। ସେ ସମସ୍ତ କର୍ତ୍ତବ୍ୟର ଚେତାବନୀରେ। ମାତ୍ର ଏଇ ରାତି ଆଉ ଚରିତ୍ରର ସମ୍ବାଦ ଏକାନ୍ତ ବାସ୍ତବତାର

ପୃଷ୍ଠଭୂମିରେ ପର୍ଯ୍ୟବସିତ। ଏହା ସମ୍ବାଦପତ୍ରର ପୃଷ୍ଠା ମଣ୍ଡନ ପାଇଁ ନୁହେଁ, ଆପାତତଃ ଚାକିରି ଖଣ୍ଡକର ସୁରକ୍ଷା ଦୃଷ୍ଟିରୁ।

ସେଦିନ ଥିଲା ଥିଉର ପରିଣୟ ଉତ୍ସବ। ସେଇ ଉପଲକ୍ଷେ ହୋଟେଲ କଣ୍ଟିନେଣ୍ଟାଲ ପେଲେସ୍‌ରେ ସେ ଏକ ପାର୍ଟିର ଆୟୋଜନ କରିଥିଲା। ଦିନ ସାରା ଉତ୍ସବରେ ବ୍ୟସ୍ତ ରହି ସୁଦ୍ଧା ଥିଉର ଅନୁରୋଧରେ ମୁଁ ପାର୍ଟିରେ ଯୋଗ ଦେବାକୁ ବାଧ୍ୟ ହୋଇଥିଲି। ରାତି ଆଠଟାବେଳକୁ ସମସ୍ତ ନିମନ୍ତ୍ରିତ ଅତିଥି ପହଞ୍ଚି ଯାଇଥିଲେ। ଖାଦ୍ୟ ପାନୀୟର ଧୁମ୍‌ଧାମ୍ ମଧ୍ୟରେ କିଛି ସଙ୍ଗୀତ ଓ ନୃତ୍ୟର ମଧ୍ୟ ବ୍ୟବସ୍ଥା ହୋଇଥିଲା।

ବାହାରେ 'ବ୍ଲାକ୍ ଆଉଟ୍'। ଗବାକ୍ଷ, ସ୍କାଇଲାଇଟ୍‌ର ଘନକୃଷ୍ଣ ପର୍ଦ୍ଦା ଭେଦ କରିବାକୁ ଆଲୋକ ଅସାମର୍ଥ୍ୟ ପ୍ରକାଶ କରୁଥିଲା। ସଙ୍ଗୀତର ଲଘୁ ମୂର୍ଚ୍ଛନାର ତାଳେ ତାଳେ ହସ୍ତପଦ ସଞ୍ଚାଳନ କରି କେତେଜଣ ନର୍ତ୍ତକୀ ନୃତ୍ୟ ଆରମ୍ଭ କରି ଦେଇଥିଲେ।

ପ୍ଲେଟ, କଣ୍ଟା ଚାମଚ, ପେଗ୍‌ର, ଅସଂଲଗ୍ନ ଶବ୍ଦ, ଗମ୍ଭୀର ଓ କୋମଳ କଣ୍ଠର 'ହାଓ ଡୁ ୟୁ ଡୁ' ଚିଅର୍ସ ଏବଂ ସାମୟିକ ତାଳିମାଡ଼ ମଧ୍ୟରେ ସଙ୍ଗୀତ ମୋର ସ୍ନାୟୁ ତନ୍ତ୍ରୀରେ ରେଖାପାତ କରୁ ନଥିଲା। ଅସ୍ପଷ୍ଟ ଛାୟାଲୋକରେ ନର୍ତ୍ତକୀମାନଙ୍କ ଅର୍ଦ୍ଧନଗ୍ନ ଶରୀର ଅବଶ୍ୟ ଅନେକଙ୍କର ଦୃଷ୍ଟି ଆକର୍ଷଣ କରୁଥିଲା। ମୁଁ କୌଣସି ଫଟୋଗ୍ରାଫ୍ ବହୁଳ ମାଗାଜିନ୍‌ର ପୃଷ୍ଠା ଓଲଟାଉଥିଲି।

ମୋର ସମ୍ମୁଖରେ ଆସୀନ ଆମେରିକାନ୍ ପ୍ରୌଢ଼ ଜଣକ କ'ଣ ଗୁଡ଼ିଏ ପ୍ରଳାପ କରୁଥିଲେ। ଅବଶ୍ୟ ସେଗୁଡ଼ିକ ମୋ ପ୍ରତି ଉଦ୍ଦିଷ୍ଟ ଥିଲା।

ହଠାତ୍ ତାଳି ମାଡ଼ରେ ନିରବଚ୍ଛିନ୍ନ ଶବ୍ଦରେ ମୋର ଭାବନା ବିଚ୍ଛିନ୍ନ ହେଲା। ନୃତ୍ୟ ଶେଷ ହୋଇଥିଲା, ନର୍ତ୍ତକୀମାନେ କଟି ଦୋହଲାଇ କୁର୍ଣ୍ଣିସ୍ କରୁଥିଲେ। ଶକ୍ତିଶାଳୀ ଆଲୋକ ଜଳି ଉଠିଥିଲା। ସଙ୍ଗୀତର ମୂର୍ଚ୍ଛନା କିନ୍ତୁ ଅପ୍ରତିହତ ଥିଲା। କେତେଜଣ ହିପ୍‌ପୀ ଯୁବକ ଟୁଇଷ୍ଟ କରୁଥିଲେ। ଏବେ ସାମୂହିକ କଣ୍ଠରୁ ଏକ ସଙ୍ଗୀତର ବେତାଳ ସ୍ୱର ଲହରୀ ଭାସି ଆସୁଥିଲା।

...Saigan, You are so beautiful
Love, and Laughter so plentiful
Life's so gay and so hectic
And the very air is so poetic...
la la la la la la...

ଅତିଥିମାନଙ୍କ ତାଳି ମାଡ଼ ବାସ୍ତବିକ ପରିସ୍ଥିତିକୁ କାବ୍ୟିକ କରି ତୋଳିଥିଲା। ଥିଉ ହଲ୍ ସାରା ଘୂରି ଅତିଥିମାନଙ୍କ ସହ କରମର୍ଦ୍ଦନ କରୁଥିଲା। ନୀଳ ପୋଷାକ

ପରିହିତା ଥିଉର ସ୍ତ୍ରୀକୁ ଘେରି ଦଳେ ସ୍ତ୍ରୀଲୋକ ଛିଡ଼ା ହୋଇ ଥଟ୍ଟା ପରିହାସ କରୁଥିଲେ ।

ସଙ୍ଗୀତର ମୂର୍ଚ୍ଛନା ସେତେବେଳେ ମଧ୍ୟ ବନ୍ଦ ହୋଇ ନଥିଲା । ଆମେରିକାନ୍ ଭଦ୍ରଲୋକ ଜଣକ ବିରକ୍ତିରେ ଉଠି ଯାଇଥିଲେ । କୌଣସି ଏକ ଅନାମଧେୟ ଏସେନ୍ସର ବାସ୍ନାରେ ଆକର୍ଷିତ ହୋଇ ମୁଁ ମାଗାଜିନ୍ ପୃଷ୍ଠାରୁ ତୋଳି ଚାହିଁଲି, ସ୍ମରଣ କରି ଚିହ୍ନିଲି ।

ସେ ନର୍ତ୍ତକୀମାନଙ୍କରୁ ଜଣେ । ଏବେ ପୋଷାକ ବଦଳାଇ ନେଇଛି, ସିଲ୍କ ଗାଉନ୍ ମଧ୍ୟରୁ ତାକୁ ଚିହ୍ନିବା କଷ୍ଟକର ହେଉଥିଲା । ସେ ମୋ ମୁହଁକୁ ଚାହିଁ ଏକ ପରିଚୟ ହସ ହସୁଥିଲେ । ମୁଁ ଅଦ୍ଭୁତ ପରିସ୍ଥିତିରେ ପଡ଼ିଯାଇଥିଲି ।

– 'ମିସ୍... ।'

– 'ସାଓ' । ସେ ପଦ ପୂରଣ କଲା ।

– 'ମିସ୍ ସାଓ, ଆପଣ ମୋତେ...'

– 'ୟେସ୍ ମି. ଚନ୍ଦନ, ଆଇ ନୋ ୟୁ ।'

ଝିଅର ପ୍ରଗଲ୍‌ଭତାରେ ଆଶ୍ଚର୍ଯ୍ୟ ହେବା କଥା । ସେ ପୁଣି କହୁଥିଲା, 'ମୁଁ ଆପଣଙ୍କୁ ଜାଣେ । ଥିଉ ମୋର ବନ୍ଧୁ । ଆପଣ ଇଣ୍ଡିଆରେ ଏକ ଉଇକ୍‌ଲିର ସାମ୍ବାଦିକ, ଥିଉ ମଧ୍ୟ ସେ ପତ୍ରିକାରେ କାମ କରୁଥିଲା । ଆପଣଙ୍କର କେତୋଟି ଯାଥୋଲିଜି ମୁଁ ପଢ଼ିଛି । ରିଏଲି ଆଇ ଆମ୍ ଗ୍ଲାଡ୍ ଟୁ ମିଟ୍ ୟୁ ।' ସାମୂହିକ କଣ୍ଠ ସଙ୍ଗୀତ ଘନେଇ ଆସୁଥିଲା ।

...Saigan, You are so beautiful !

la la la la la la...

କିନ୍ତୁ ହଠାତ୍ ସାଇରେନ୍‌ର ନିରବଚ୍ଛିନ୍ନ ଚିତ୍କାରରେ ସବୁ ନୀରବ ହୋଇଗଲା । ହୁଏତ କେଉଁଠି ବୋମା ବର୍ଷଣ ଆରମ୍ଭ ହୋଇଥିଲା । ଅତିଥିମାନଙ୍କୁ ସ୍ଥିର ହୋଇ ବସି ଯିବା ପାଇଁ ଥିଉ ଗୋଟିଏ ଉଚ୍ଚ ସ୍ଥାନରେ ଠିଆ ହୋଇ ଅନୁରୋଧ କରୁଥିଲା । ସାଓ କିନ୍ତୁ ମୋ ସାମ୍ନାରେ ଅବିଚଳିତ ଅବସ୍ଥାରେ ବସି ରହିଥିଲା । ସାଓ କହୁଥିଲା, 'ମି. ଚନ୍ଦନ, ମୁଁ ଆପଣଙ୍କୁ ମୋର ରୁମ୍‌କୁ ନିମନ୍ତ୍ରଣ କରିପାରେ କି ? ଇଫ୍ ୟୁ ଡୋଣ୍ଟ ଟେକ୍ ଇଟ୍ ଅଦରୱାଇଜ୍'–

ମୁଁ ନୀରବରେ ଉଠିଲି । ଥାର୍ଡ଼ ଫ୍ଲୋର୍‌ର ପ୍ରାନ୍ତକୁ ସାଓର ରୁମ୍ । ବେଲ୍ ବଜାଇ ବୟକୁ ସାଓ ଦୁଇ କପ୍ କଫି ପାଇଁ ଅର୍ଡ଼ର ଦେଲା ।

ବାହାରେ 'ଅଲ୍‌କ୍ଲିୟର୍' ସାଇରନ୍ ଚିତ୍କାର କରୁଥିଲା, ସଙ୍ଗୀତର ମୂର୍ଚ୍ଛନା ସହିତ ଡାଉନ୍ ଫ୍ଲୋର୍‌ରୁ ଲୋକଙ୍କର ଚିତ୍କାର ପୁଣି ଶୁଭୁଥିଲା । ରାସ୍ତାରେ ଟ୍ୟାକ୍ସିମାନେ ଯାତାୟତ

ଆରମ୍ଭ କରି ଦେଇଥିଲେ। ବୟ କଫି ଦେଇ ଯାଇଥିଲେ। ଅପରିଚିତା ରହସ୍ୟମୟୀ ସାଓକୁ ନେଇ ମୋ ମନରେ ଅନେକ ଅସଂଲଗ୍ନ ପ୍ରଶ୍ନର ଉନ୍ମେଷ ହେଉଥିଲା, ମୁଁ ନୀରବରେ କଫି ପିଉଥିଲି। ରୁମ୍‌ର ଫର୍ନିଚର, ଆଜିର ଯୁଦ୍ଧର ସମ୍ବାଦ, ପାର୍ଟି ବିଷୟରେ ସାଓ କ'ଣ ଗୁଡ଼ାଏ କହୁଥିଲା।

ଅଗତ୍ୟା ସେ ନୀରବ ହୋଇଗଲା। ମୋର ଅନ୍ୟମନସ୍କତା ବୋଧହୁଏ ତା'ର ଦୃଷ୍ଟି ଆକର୍ଷଣ କରିଥିଲା।

– 'ମି. ଚନ୍ଦନ।'

– 'ୟେସ୍।'

– 'ୟୁ ଆର୍ ସୋ ଅନ୍‌ମାଇଣ୍ଡଫୁଲ।'

ମୁଁ ନିଜର ଅନ୍ୟମନସ୍କତା ପାଇଁ ବାସ୍ତବିକ ଲଜ୍ଜିତ ହେଲି। ହଠାତ୍ ପଚାରି ବସିଲି, 'ମିସ୍ ସାଓ, ଏତେବେଳ ଯାଏ ମୁଁ ଆପଣଙ୍କର ପରିଚୟ ତ ପାଇଲିନି।'

– 'ପାର୍ଟିରେ ବୋଧହୁଏ ମୋର ନୃତ୍ୟ ଦେଖିଥିବେ। ଅଫ୍ କୋର୍ସ ସମ୍ଥିଙ୍ଗ ମୋର... ଇଉ ନୋ ଆଇ ଆମ୍ ଆନ୍ ଇଣ୍ଡିଆନ୍... ନୋ ନୋ ଆନ୍ ଓରି ଏଣ୍ଟାଲ ରାଦର୍।'

ମୁଁ ହସି ଉଠିଲି, ସାଓ ମଧ୍ୟ। ପ୍ରାଚ୍ୟ ଲୋକଙ୍କର ଏହା ସ୍ୱଭାବ। ପାରିବାରିକ ଇତିହାସ ସମ୍ବନ୍ଧରେ ସମ୍ପୂର୍ଣ୍ଣ ନ ଜାଣିବା ଯାଏ ବନ୍ଧୁତା ଅସମ୍ଭବ। ହସି ହସି ସାଓ ଆରମ୍ଭ କରୁଥିଲା। ସାମ୍ବାଦିକର ସ୍ୱାଭାବିକ ଆଗ୍ରହ ସହ ମୁଁ ମଧ୍ୟ କାନ ଡେରିଥିଲି। ସଙ୍ଗୀତ ଏତେବେଳେ ଆହୁରି ଉତ୍ତେଜକ ହୋଇ ଉଠିଥିଲା। ବାହାରେ ପବନ ବୋହିବା ଆରମ୍ଭ ହୋଇଥିଲା। ସାଓ କହୁଥିଲା ହୁଏତ ସ୍ୱପ୍ନିଳ ଅବା ଅଶ୍ଳୀଳ ଜୀବନର କାହାଣୀ...

... 'ମେକଙ୍ଗ ନଦୀ କୂଳରେ ଆମର ସାନ ଗାଁଟିଏ, ମୋର ପ୍ରୌଢ଼ ପିତା ଜଣେ ସାଧାରଣ କୃଷକ ଥିଲେ। ବୋଉ ଅଳ୍ପ ବୟସରେ ଚାଲି ଯାଇଥିଲେ। ଦକ୍ଷିଣ ଭିଏତ୍‌ନାମ ସରକାରଙ୍କ ଆଦେଶରେ ଭିଏତ୍‌ନାମ ବାହିନୀ ପାଇଁ ସୈନ୍ୟ ସଂଗ୍ରହ କରୁଥିଲେ। ଯୁଦ୍ଧ ଆରମ୍ଭ ହୋଇଯାଇଥିଲା। ମୋର ଚବିଶ ବର୍ଷ ବୟସ୍କ ଭାଇ। କିନ୍ତୁ ଭିଏତ୍‌କଙ୍ଗ୍ ବାହିନୀରେ ଯୋଗ ଦେଇଥିଲେ।

ମୋର ବୟସ ବୋଧହୁଏ ସେତେବେଳେ ଅଠର ହେବ। ସେ ଦିନଟି ମନେ ପଡୁଛି। ୧୯୬୫ ବୁଦ୍ଧ ଜୟନ୍ତୀ ପାଳନ ହେଉଥାଏ। ଦିନେ ରାତିରେ ଭାଇ ପହଞ୍ଚିଲେ। ମୋର ପିତାଙ୍କର ସହିତ ଅନେକ ସମୟ ଧରି ବାକ୍‌ବିତଣ୍ଡା ହେଲା। ହଠାତ୍ ପିତା ଉତ୍ତେଜିତ ହୋଇ ଗୁଳି ଚଳାଇ ଭାଇଙ୍କୁ ହତ୍ୟା କଲେ। ମୋର ସାମ୍ନାରେ। ତାଙ୍କ ହାତରୁ ବନ୍ଧୁକ ଛଡ଼ାଇବା ପୂର୍ବରୁ ସେ ନିଜେ ମଧ୍ୟ ଆତ୍ମହତ୍ୟା କଲେ।' କହିଲା

ବେଳକୁ ସାଓର ଆଖିରେ ଲୁହ ଜକେଇ ଆସିଥିଲା । ସହାନୁଭୂତିରେ ମୋର ଚକ୍ଷୁ ମଧ୍ୟ ଆର୍ଦ୍ର ହୋଇ ଆସିଥିଲା । ସାଓ ଏକ ଶୁଷ୍କ ହସ ହସିବାକୁ ଚେଷ୍ଟା କରୁଥିଲା ।

'ୟେସ୍ ମିଷ୍ଟର ଚନ୍ଦନ, ଭିଏତନାମ ଯୁଦ୍ଧ ନିଜ ପରିବାର ମଧ୍ୟରେ ଯୁଦ୍ଧ । ଏହା ଆତ୍ମହତ୍ୟା । ଏକ ସ୍ୱାଧୀନ ସୁସଂସ୍କୃତ ଜାତିର ମେରୁଦଣ୍ଡ ଏବେ ଦୁର୍ବଳ ହୋଇ ପଡ଼ିଛି, ବିଦେଶୀ ଅନୁପ୍ରବେଶ ଓ ଚକ୍ରାନ୍ତ ଯୋଗୁଁ ।

ମୁଁ ଶିର ସଞ୍ଚାଳନ କରି ସମ୍ମତି ଜଣାଇଲି । ସାଓ କହୁଥିଲା... 'ବାପା ଭାଇଙ୍କର ମୃତ୍ୟୁ ପରେ ଗାଁ ପ୍ରତି ମୋର ଆଉ କୌଣସି ଆକର୍ଷଣ ନଥିଲା । ମୁଁ ବାଧ୍ୟ ହୋଇ ସହରକୁ ଚାଲି ଆସିଲି, ଜୀବନଧାରଣ ପାଇଁ ପାଥେୟର ଅନ୍ୱେଷଣରେ । ତା'ପରେ ହୋଟେଲ କଣ୍ଟିନେଣ୍ଟାଲ ପ୍ୟାଲେସ୍‌ରେ ନର୍ତ୍ତକୀ ଜୀବନ ।'

ସାଓ ଏକ ଦୀର୍ଘଶ୍ୱାସ ତ୍ୟାଗ କଲା । 'ହୁଏତ ଏଇଠି ଏପରି ମୋର ଜୀବନ ସୁଖରେ ବିତି ଯାଇଥାନ୍ତା, ମାତ୍ର ଜୀବନରେ ଆଉ ଏକ ଭୁଲ୍ । ମୁଁ ସହରରେ ଜଣେ ଯୁବକକୁ ଅଜାଣତରେ ଭଲ ପାଇ ବସିଥିଲି । ନୁ ଡିନ୍‌ଟି ମାଷ୍ଟର ଡିଗ୍ରୀର ଛାତ୍ର ଥିଲା । ଆମେ ସୁଖ-ସ୍ୱପ୍ନ ଦେଖୁଥିଲୁ । କିନ୍ତୁ ତା' ମଧ୍ୟ ଭାଙ୍ଗିଗଲା । ଦୀର୍ଘ ଦିନର ଅନୁପସ୍ଥିତି ପରେ ମୁଁ ଦିନେ ଡିନ୍‌ଠାରୁ ଖଣ୍ଡେ ଚିଠି ପାଇଲି । ଡିନ୍ ଭିଏତ୍‌କଙ୍ଗ୍ ଗରିଲା ବାହିନୀରେ ଯୋଗ ଦେଇଥିଲା, ମି. ଚନ୍ଦନ, କାହାଣୀର ଶେଷ ସେଇଠି ନୁହେଁ । ଅନ୍ୟ ଏକ ଟ୍ରାଜେଡିର ତା' ଅୟମାରମ୍ଭ ମାତ୍ର ।'

ହଠାତ୍ ସାଓ ଠିଆ ହୋଇ ମୋତେ ତା'ର ସ୍କାର୍ଟ(ସାର୍ଟ)ର ପଛ ବୋତାମ ଫିଟାଇବା ପାଇଁ ଅନୁରୋଧ କଲା । ମୁଁ, କି ଅଭାବନୀୟ ପରିସ୍ଥିତିରେ ପଡ଼ି ଯାଇଥିଲି । ସଙ୍କୋଚରେ ମୁଁ ତା'ର ସ୍କାର୍ଟରୁ ବୋତାମ ଖୋଲିଲି । ସେ ଦୃଶ୍ୟ ଏବେ ବି ଚକ୍ଷୁ ସମ୍ମୁଖରେ ନାଚି ଯାଉଛି । ସାଓର ପିଠିରେ ଅନେକ କଳାକଳା ଦାଗ । ନୃତ୍ୟ ପାଇଁ ହୋଇଥିବା ପେଣ୍ଟିଂର ଚିହ୍ନ ଏବେ ବି ସୁସ୍ପଷ୍ଟ । ଭୟରେ ମୋର ଚକ୍ଷୁ ବନ୍ଦ ହୋଇ ଆସୁଥିଲା । ସ୍କାର୍ଟର ବୋତାମ ବନ୍ଦ କରି ମୁଁ କାଚରେ କ୍ଳାନ୍ତ ହୋଇ ବସି ପଡ଼ିଲି ।

ସାଓ କିନ୍ତୁ ହସୁଥିଲା ।

– 'ବେଗ୍ ୟୋର୍ ପାର୍ଡ଼ନ, ମିଷ୍ଟର ଚନ୍ଦନ, କିଛି ଅନୁମାନ କରି ପାରୁଛନ୍ତି ?'

ମୁଁ ଶୂନ୍ୟ ଦୃଷ୍ଟିରେ ସାଓର ମୁହଁକୁ ଚାହିଁଲି । ଏତେବେଳେ ସେ ସଶବ୍ଦରେ ହସୁଥିଲା ।

– 'ଆପଣ ପାରିବେନି, ମାଇଁ ଫ୍ରେଣ୍ଡ । ଏ ଅତ୍ୟାଚାରର ସ୍ୱାକ୍ଷର ଆପଣଙ୍କର 'ଲ୍ୟାଣ୍ଡ ଅଫ୍ ପିସ୍ ଇଣ୍ଡିଆ'ରେ ନାହିଁ । ଡିନ୍ ନିରୁଦ୍ଦିଷ୍ଟ ହେବା ପରେ ସାଇଗନ୍ ପୋଲିସ୍

ମୋତେ ଭିଏତକଙ୍ଗ୍ ସ୍ପାଇ ବୋଲି ସନ୍ଦେହ କଲେ। ମୋତେ ଆରେଷ୍ଟ କରି କଷ୍ଟୋଡ଼ିରେ ଭର୍ତ୍ତି କରାଗଲା। ମୋଠୁଁ ସମ୍ବାଦ ଆଦାୟ ପାଇଁ ଏ ପାଶବିକ ଅତ୍ୟାଚାର। ପରେ ପୋଲିସ୍ କୌଣସି ପ୍ରମାଣ ନ ପାଇ ମୋତେ ଛାଡ଼ିଦେଲେ। କିନ୍ତୁ ଏବେ ମଧ୍ୟ ପ୍ରତି ସପ୍ତାହରେ ମୁଁ ମାର୍‌ସିଆଲ୍ କୋର୍ଟ ଆଟେଣ୍ଡ କରେ। ଜାଣେ ନାହିଁ, ଏମିତି କେତେଦିନ ଚାଲିବ।'

ଏକ ଗଭୀର ଦୀର୍ଘଶ୍ୱାସ ସହ ସାଓ ନୀରବ ହେଲା। ମୁଁ ମୂକ ହୋଇ ଯାଇଥିଲି। ଘଡ଼ିରେ ସେତେବେଳେ ଚାରିଟା ବାଜୁଥିଲା। ଏକ ବିଦ୍ରୁପ ପରି ଏବେବି ମୋର କାନରେ ଶୁଭି ଶୁଭି ଯାଉଥିଲା...

Love, and Laughter so plentiful
Life is so gay and so hectic
la la la la la...

ଅଦମନୀୟ କ୍ଳାନ୍ତିକୁ ଭ୍ରୂକ୍ଷେପ ନ କରି ମୁଁ ଉଠି ପଡ଼ିଲି ଏବଂ ସାଓ ମୋ ସହିତ ଉଠି ଠିଆ ହେଲା।

'ମି. ଚନ୍ଦନ, ଯୁଦ୍ଧ ବିଗ୍ରହର ଅନିଶ୍ଚିତତା ମଧ୍ୟରେ ଯେ ଆଉ କେବେ ଦେଖା ହେବ, ସେ ଆଶା କରିବା ବୃଥା। ମିସେସ୍‌ଙ୍କୁ ମୋର ଶୁଭେଚ୍ଛା ଜଣାଇ ଦେବ। ଅନ୍ତତଃ ମୋ ଭଳି ଜଣେ ନାରୀକୁ ମନେ ରଖିବାକୁ ଚେଷ୍ଟା କରିବେ। ଆପଣ କ୍ଳାନ୍ତ, ଗୁଡ୍‌ନାଇଟ୍...'

– 'ଗୁଡ୍ ମର୍ଣ୍ଣିଂ।'

ମୁଁ ଅଳ୍ପ ପଦକ୍ଷେପରେ ସିଡ଼ିର ପାହାଚ ଅତିକ୍ରମ କଲି।

କୌଣସି ବୌଦ୍ଧ ମନ୍ଦିରରେ ପବିତ୍ର ମନ୍ତ୍ରୋଚ୍ଚାରଣର ଗୁଞ୍ଜନ ଶୀତଳ ବାୟୁମଣ୍ଡଳକୁ ମଥିତ କରି ତୋଳୁଥିଲା।

■

ସଂଳାପ, ଅନ୍ଧାର ଓ ଅରଣ୍ୟର

'ଗେଟ୍ ଲାଇଟ୍‌ରେ କିରାସିନି ନାଇନ', ଚୌକିଦାର କହିଲା।

'କାର୍‌ବୁରେଟର୍‌ରେ ପେଟ୍ରୋଲ ପାଶ୍ କରୁନି', ବନେଟ୍ ତଳୁ ଡ୍ରାଇଭର କହିଲା।

ସେମାନେ ସିଗାରେଟମାନଙ୍କରେ ଅଗ୍ନି ସଂଯୋଗ କଲେ। ଛୋଟ ପଥରମାନଙ୍କୁ କିକ୍ କଲେ। ଓଠ କାମୁଡ଼ି ପରସ୍ପରକୁ ଚାହିଁଲେ। ଭ୍ୟାନିଟି ବ୍ୟାଗରୁ ରୁମାଲ କାଢ଼ି ବିରକ୍ତିକୁ ପୋଛି ଦେଲେ। ଚୌକିଦାର ଓ ଡ୍ରାଇଭର ଆଖିରେ ସନ୍ଧ୍ୟା ହେଉଥିଲା। ଅନ୍ଧାର ଆସନ୍ନ, ଅବସାନ, କୈଫିୟତ, ଯୁକ୍ତି, ବସ୍ତୁ, ବାସ୍ତବତା ଓ ହେତୁର। ତା'ପରେ କେତେ ଦୀର୍ଘଶ୍ୱାସ, କେତେ ଚେମେଣିଆଙ୍କ ଡେଣା ଫଡ୍ ଫଡ୍। ଅନେକ ବିରକ୍ତି, ଅନେକ ଅନ୍ଧାର।

ନିଜ ପ୍ରତିବିମ୍ବ ଦେଖିବା ଭଳି ସେମାନେ ଚାହିଁଲେ ମେଲା ବିସ୍କୁଟ ପ୍ୟାକେଟ, ନିଃଶେଷ କଫିଟିଣ, ବର୍ଜିତ ସିଗାରେଟ୍ ଖୋଳ ଇତ୍ୟାଦିକୁ।

- 'ଉଇ ଉଇଲ୍ ଡାଏ।'
- 'ସହରକୁ ଫେରିବା ଅପେକ୍ଷା ଖୁବ୍ ଭଲ।'
- 'ନନ୍‌ସେନ୍‌ସ।'
- 'ନଭେଲ୍ ଆଇଡ଼ିଆ।'

ତା'ପରେ ଚୌକିଦାର ଡ୍ରାଇଭର ମୁହଁରେ ଓ ଡାକ ବଙ୍ଗଳାର ଅଗଣାରେ ପ୍ରଚୁର ଶୂନ୍ୟତା। ସେମାନେ ଚାଲିଗଲେ, ଉଦ୍ଦାମ ସଙ୍ଗୀତର ଉଚ୍ଚାରିତ ଶବ୍ଦମାନଙ୍କ ପରି। ଜାନୁଆରୀ ରାତିର କମ୍ପିତ ଦୀର୍ଘଶ୍ୱାସ ପରି ଅନେକଟା ଭାଙ୍ଗିବା ଓ ଗଢ଼ିବାର ଅଭିପ୍ସା ନେଇ।

ଏ ସଂଳାପ ରାତିର ? ସେମାନଙ୍କର ? ଅରଣ୍ୟର ?

- 'ଏଠି ପ୍ରସାଧନର କିଛି ମୂଲ୍ୟ ହୁଏନା ମିସ୍... ?
- 'ତୁମେ ମୋତେ ଦେଖି ପାରୁଛ ?'

- 'କେତୋଟି ବକ୍ରରେଖା। ମୁଁ?'
- 'ଅନୁରୂପ ପୁଳାଏ ଅନ୍ଧାର।'
- 'ଆମେ ଯଦି ଅଭିନ୍ନ ହୋଇ ପାରନ୍ତେ!'
- 'ଦେହଜ? କ୍ଷତି କ'ଣ?'
- 'ମୁଁ ଦେହରେ ବିଶ୍ୱାସ କରେନା।'

ହସ/ଉପହାସ/ଅଟ୍ଟହାସ ଅରଣ୍ୟ, ଅନ୍ଧାର ଓ ପାହାଡ଼କୁ ମୁଖରିତ କଲା। ପବନରେ ପ୍ରଖରତା। ଶବ୍ଦ ଘୁଙ୍ଗୁଡ଼ି ପରି ଶ୍ରୁତିକଟୁ। ଏମିତି ପବନ। ଅରଣ୍ୟ। ଅନ୍ଧାର। ସେମାନେ।

- 'ସହରକୁ ଫେରିଯିବା। ଉଇ ଉଇଲ୍ ଡାଇ ହିଅର୍...।'
- 'ଅନ୍‌ରିଏଲ୍ ସିଟି। ମହରଗରୁ କାନ୍ତାର।'
- 'ଆଇ ଉଇଲ୍ ସୋ ୟୁ ଫିଅର୍ ଇନ୍ ଏ ହ୍ୟାଣ୍ଡ ଫୁଲ୍ ଅଫ୍ ଡଷ୍ଟ। ଭୟ। ମୁଠାଏ ଧୂଳି।'
- 'ମୃତ୍ୟୁ?'
- 'ତୁମର ଆଶ୍ଲେଷରେ ଅନୁଭବ କରାଯାଇପାରେ। ଅଭିମାନ।'
- 'ମୃତ୍ୟୁ କ'ଣ?'
- 'ଜୀବନର ଆପେକ୍ଷିକ?'
- 'ଜୀବନ?'
- 'ମୁକ୍ତିର ଅନ୍ୱେଷଣ। ଉପଲବ୍‌ଧ ମୁହୂର୍ତ୍ତର ଉପଯୋଗ।'
- 'ଉଇ ଉଇଲ୍ ଡାଇ...'
- 'ବରଂ ଆସ ପାଗଳ ହେବା।'

■

ସ୍ୱର୍ଗଦ୍ୱାର, ନର୍କଦ୍ୱାର

ନିଜର ସଂଜ୍ଞା ନିରୂପଣ କରିବ, ନିଜେ ? ଅସମ୍ଭବ । ନା, ସମ୍ଭବ । କେଜାଣି ? ନତୁବା କିଏ ଅଛି ? ବନ୍ଧୁ ପରିଜନ । କାହା ସାମ୍ନାରେ ତୁମ ନିଜକୁ ସ୍ଥାପନ କରିବ ମଡ଼େଲ ପରି ଓ ସେ ଅଙ୍କନ କରିବ ତୁମର ସ୍କେଚ୍ କିମ୍ୱା ଗଢ଼ିବ ବ୍ରୋଞ୍ଜର ପ୍ରତିମୂର୍ତ୍ତି । କାହାକୁ ସଁପି ଦେବ ତୁମର ବର୍ଷ ବର୍ଷ ଧରି ଲିଖିତ ଥାକେ ଡାଏରୀ, ସେ ଲେଖିବ ତୁମର ବାଇଓଗ୍ରାଫି । କିମ୍ୱା କେଉଁ ଭଡ଼ାଟିଆ ଭାଟମାନେ ଗାଇବେ ତୁମର ପ୍ରଶସ୍ତି । ପ୍ରଚାର କରିବେ ତୁମର ବାଣୀ ଓ ଦର୍ଶନ । ଅସମ୍ଭବ ।

କୋଠରି

ମିତା, ଗତ ରାତିର ସ୍ୱପ୍ନରେ ମୁଁ ତୁମକୁ ନର୍କରେ ଦହଗଞ୍ଜ ହେଉଥିବା ଅବସ୍ଥାରେ ଦେଖିବା ବେଳୁ ମୋର ଅବଚେତନ ମନରେ ଭୟଙ୍କର ଅନୁଭବ କରୁଛି । ତୁମେ ଗୋଟିଏ ବିରାଟ ତେଲ କଡ଼େଇରେ ଛଟପଟ ହେଉଛ । ମୁଁ କଳ୍ପନା କରି ପାରୁନି ତୁମର ଚମତ୍କାର ଦେହ, ଦେହାନ୍ତରେ ଏହି ପରିଣତି ଭୋଗ କରିବ । ବାସ୍ତବିକ ମୁଁ ତୁମର ଦେହକୁ ଏତେ ଭଲପାଏ । ତୁମର କେଶ ବିନ୍ୟାସରୁ ଆରମ୍ଭ କରି ପାଦର ଅଳତା ଯାଏ ସବୁ ମୋତେ ଭଲ ଲାଗେ । ଯଦିଓ ମୁଁ ଜାଣେ ଯେ ତୁମର ଦେହ ବା ମନ ଉପରେ ମୋର ଅଧିକାର ଏକାନ୍ତ ନୁହେଁ । ତୁମର ଦୂର ସମ୍ପର୍କୀୟ ଭାଇ, ଯିଏ ତୁମର ବାଲ୍ୟ ସାଥି ଓ ପ୍ରଥମ ପ୍ରେମିକ ଏବଂ ବିବାହର ପ୍ରତିଶ୍ରୁତି ଦେଇ ସମ୍ପ୍ରତି ଆର୍ମିରୁ ଫେରିବା 'ମୁଡ୍'ରେ ନାହାନ୍ତି, ସିଏ ହୁଏତ ତୁମକୁ ସ୍ୱର୍ଗଦ୍ୱାର କହି ନର୍କଦ୍ୱାରରେ ଏକା ଛାଡ଼ି ଦେଇଥିଲେ । ସେଇ ଦୋ ଛକି ରାସ୍ତାରେ ମୁଁ ତୁମକୁ ଆବିଷ୍କାର କରିଥିଲି ।

ତା'ପରେ ଆମେ ଗୋଟିଏ ପଥର ପଥିକ । ସେ ପଥ ନର୍କକୁ ଯାଇଛି କି ସ୍ୱର୍ଗକୁ ଯାଇଛି ମୁଁ ଜାଣେ ନାହିଁ ।

ଦରଭୁଲା ସ୍ୱପ୍ନର ସିଦ୍ଧାନ୍ତକୁ ଆଉ ଥରେ ମନେ କରି ମୁଁ ଚମକି ପଡ଼ିଲି ।

କୋଠରିରେ ଖରା ପଡୁଛି। ମୋର ଭୀରୁ ଆଖିପତାମାନେ ଅର୍ଦ୍ଧନିମୀଳିତ। ମୁଁ ଶୋଇଛି ଓ ଶୋଇ ଶୋଇ ବେଡ୍‌ଟିକୁ ଅପେକ୍ଷା କରିଛି। ଗତ ସନ୍ଧ୍ୟାରେ ଅଭାବନୀୟ ଘଟଣାକୁ, ମିତା ଦାସର ମୁହଁକୁ ଏବଂ ସ୍ୱପ୍ନର ସିଦ୍ଧାନ୍ତକୁ ମନେ କରୁଛି। ଆଖିପତା ଧୀରେ ଧୀରେ ଖୋଲି ଆସୁଛି। ସାମ୍ନା କାନ୍ଥରେ ଝୁଲୁଛି ଗୋଟିଏ ପରିଚିତ କ୍ୟାଲେଣ୍ଡର ଏବଂ ତା' ଉପରେ ବେପରୁଆ ଭାବେ ବସିଛି ଗୋଟିଏ ଅନ୍ତଃସତ୍ତ୍ୱା ଝିଟିପିଟି।

ହାତ ବଢ଼ାଇ ରେଡ଼ିଓର ସ୍ୱିଚ୍ ଅନ୍ କଲି। ଟୁଥ୍ ପେଷ୍ଟ, ହେୟାର କ୍ରିମ୍, ନୂତନ ଚଳଚ୍ଚିତ୍ରର ବିଜ୍ଞାପନରେ ମୋର ନୀରବ ପ୍ରକୋଷ୍ଠ କୋଳାହଳମୟ ହୋଇ ଉଠିଲା। କ୍ୟାଲେଣ୍ଡରରେ ଅନେକ ତ୍ରିଭୂଜ, ବୃତ୍ତ ଓ ଅସଂଖ୍ୟ ରଙ୍ଗର ବୈଚିତ୍ର୍ୟ। ଅନ୍ତଃସତ୍ତ୍ୱା ଝିଟିପିଟି ଏବେ ଆହୁରି ରହସ୍ୟମୟୀ ଦିଶୁଛି।

ମିତା ଦାସଠୁଁ ବି ବେଶି ରହସ୍ୟମୟୀ ?

ମୁଁ ପୁଣି ମିତାକଥା ଭାବୁଛି। ମାତ୍ର ଚବିଶ ଘଣ୍ଟା ବ୍ୟବଧାନରେ ତା'ର ଅଜବ ରୂପାନ୍ତର। ପରଦିନ ସନ୍ଧ୍ୟାବେଳେ ମିତା ଦାସ ଥିଲା ଏକ ସରଳ ସୁବୋଧ୍ୟ ଚରିତ୍ର। ଶିକ୍ଷୟିତ୍ରୀ ମିତା ଦାସର ବକ୍ତବ୍ୟକୁ ଅପ୍ରାପ୍ତ ବୟସ୍କା ସ୍କୁଲ ଝିଅମାନେ ବୁଝିପାରନ୍ତି। ଅଥଚ କାଲି ସନ୍ଧ୍ୟାଠାରୁ ମିତା ମୋ ପାଇଁ ଏକ ରହସ୍ୟମୟ ପ୍ରଶ୍ନବାଚୀ।

ଝିଟିପିଟି ଗୋଟିଏ ନାଲି ତ୍ରିଭୂଜ ଉପରେ ବସି ସୁନେଲି ବୃତ୍ତକୁ ନିର୍ମିମେଷ ଆଖିରେ ଚାହିଁଛି।

ମିତା ଯେଉଁ ଭାଷାରେ କଥାବାର୍ତ୍ତା କଲା, ସେ ତା' ନିଜ ଭାଷା ନୁହେଁ। ଯେଉଁ ଧଳାଶାଢ଼ି ସେ ପିନ୍ଧିଥିଲା, ତାହା ବି ହୁଏତ ତା' ନିଜର ନୁହେଁ। ମାତ୍ର କେତୋଟି ଘଣ୍ଟା ଭିତରେ ଗୋଟିଏ ସୁନ୍ଦରୀ ଯୁବତୀର ସମସ୍ତ ଚାଲିଚଳନ, ଚିନ୍ତାଧାରା, କାୟାକଳ୍ପ ଲଭି ଭିନ୍ନ ସ୍ୱରୂପ ଗ୍ରହଣ କରିବା ମୋର କଳ୍ପନାନୀତ। ମୋର ପୃଥୁଳକାୟ ଡାଏରୀର ସମସ୍ତ ଅକ୍ଷର ସାକ୍ଷୀ ଦେଇ ପାରିବେ ମିତା ଦାସ ପୃଥିବୀର ସମସ୍ତ ନାରୀଠୁଁ ସରଳ, ସୁବୋଧ୍ୟ।

ମୁଁ ସିଗ୍ରେଟରେ ନିଆଁ ଲଗାଇଲି। ସକାଳ ଖରାରେ ଧୂଆଁ ବିଭିନ୍ନ ମୁଦ୍ରାରେ ମୋଡ଼ି ହୋଇ ଛାତ ଆଡ଼କୁ ଉଠି ଯାଉଛି ଓ ସ୍କାଇଲାଇଟ୍ ପାଖରେ ପ୍ରବାହିତ ପବନ ତାକୁ ଖିନ୍‌ଭିନ୍ କରି ଦେଉଛି।

ମିତା ଦାସ ମୋ ମୁହଁରେ ଶକ୍ତ ଚାପୁଡ଼ା ମାରି ପାରିଥାନ୍ତା, କିମ୍ବା ତା' ଦ୍ୱାରକୁ ମୋ ସାମ୍ନାରେ ବନ୍ଦ କରି ଯେତେ ନକ୍ କଲେ ବି ଶୁଣି ନଥାନ୍ତା। ଅଥଚ ନା, ସେ ହୁଏତ ମୋ ଉପରେ ପ୍ରତିଶୋଧ ନେବାକୁ ଚାହୁଁଥିଲା। ପ୍ରତିଦିନ ସନ୍ଧ୍ୟାରେ ଏଣିକି ମୋତେ ତା' ଘରୁ ଆହତ ହୋଇ ଫେରିବାକୁ ପଡ଼ିବ। ମିତା ହୁଏତ ମୋ ସହିତ

ସମ୍ପର୍କ ଛିନ୍ନ କରିଦେବାକୁ ଚାହେଁ ନାହିଁ କିମ୍ବା ଅନ୍ୟ ଦିନମାନଙ୍କ ପରି ଶୁଖିଲା ପତର ଭଳି ଉଡ଼ି ଆସି ମୋ ଛାତିରେ ଲାଗିଯିବାକୁ ଚାହେଁ ନାହିଁ। ତେବେ କ'ଣ ଚାହେଁ ମିତା ?

ଦୀର୍ଘ ଦେଢ଼ ବର୍ଷ ସମ୍ପର୍କ ପରେ ତା' ସହିତ ମୋର ସମସ୍ତ ସମ୍ପର୍କ ଆଲୋଚ୍ୟ ବିଷୟବସ୍ତୁ ଶେଷ ହୋଇଯାଇଛି। ସେ ମୋ ମୁହଁକୁ ଏବଂ ମୁଁ ତା'ର ଅବୟବକୁ ଦୀର୍ଘ ସମୟ ଧରି ନିର୍ବାକ୍ ହୋଇ ଚାହିଁ ରହିବା ଏବେ ଦୈନନ୍ଦିନ ବ୍ୟାପାର। ସେଥିରେ ବି ମୁଁ ସନ୍ତୁଷ୍ଟ ଥିଲି। ଯଦିଓ କାଲି ମିତାକୁ ଆଶ୍ଚର୍ଯ୍ୟ କରି ପାରିବା ଭଳି ଅନେକ କଥା ମୋର କହିବାର ଥିଲା। ଗତ ରାତିର ଦରଭୁଲା ସ୍ୱପ୍ନ ଓ ସ୍ୱପ୍ନରେ ନେଇଥିବା ସିଦ୍ଧାନ୍ତକୁ ବାରମ୍ବାର ମନ ଭିତରେ ରୋମନ୍ଥନ କରୁଥିଲି। ସ୍ୱପ୍ନରେ ମିତାକୁ ଦହଗଞ୍ଜ ହେଉଥିବା ଅବସ୍ଥାରେ ଦେଖିବାବେଳେ ମୁଁ ନିଜକୁ ଅନେକଟା ଦୋଷୀ ଭାବୁଥିଲି। ମିତାର ଚମତ୍କାର ଅବୟବମାନେ ଲାଲ୍ ଲାଲ୍ ଅଗ୍ନିଶିଖାରେ ଜଳି ଯାଉଥିଲେ ଓ ବିଚାରୀର ଦୁଇଟି ଆଖି ଯନ୍ତ୍ରଣାରେ ମୋତେ ଇ ଚାହିଁଥିଲେ ଆଶ୍ରୟ ପାଇଁ ଏବଂ ସ୍ୱପ୍ନରେ ହିଁ ମୁଁ ସିଦ୍ଧାନ୍ତ କରିଥିଲି ମିତାକୁ ବିବାହ କରିବା ପାଇଁ।

କାନ୍ଥର ଅନ୍ତଃସତ୍ତ୍ୱା ଝିଟିପିଟି ଓ କ୍ୟାଲେଣ୍ଡରର ଜ୍ୟାମିତିକ ଅଙ୍କନମାନେ ମୋତେ ଉପହାସ କରୁଛନ୍ତି।

କାନ୍ଥମାନଙ୍କୁ ଭାଙ୍ଗି ଦେବାକୁ ଇଚ୍ଛା ହେଉଛି। ଅଥଚ ହାତମାନେ ଅସହାୟ ହୋଇ କେବଳ ମୁଠା ହେଉଛନ୍ତି। ନିରର୍ଥକ। ମୋତେ ଖୁବ୍ ଅସହାୟ ଲାଗୁଛି।

ଆଜି ଦିନକ ମୁଁ ସି.ଏଲ୍. ନେବି ଏବଂ ମିତାକୁ ମୋର ପତ୍ନୀ ଓ ଛୁଆ ପିଲାଙ୍କ ମାଆ ରୂପେ କଳ୍ପନା କରିବି।

ଦର୍ପଣ

ସମସ୍ତ ସାଧାରଣ ସତ୍ୟ ନିଶ୍ଚିତ ଭାବେ ଅସାଧାରଣ ମିଥ୍ୟା କିମ୍ବା ସମସ୍ତ ସାଧାରଣ ମିଥ୍ୟା ନିଶ୍ଚିତ ଭାବେ ଅସାଧାରଣ ସତ୍ୟ... ଅଦ୍ଭୁତ ଚିନ୍ତାମାନେ ମିତା ଦାସ ମନରେ ଅଜବ ପରିସ୍ଥିତିରେ ଆସେ। ସେ ଅନେକ ସମୟରେ ଭାବେ ଇଜି ଚେୟାରରେ ବସିବ, ଛାତର ଘୂର୍ଣ୍ଣାୟମାନ ପଙ୍ଖାକୁ ସ୍ଥିର ଆଖିରେ ଚାହିଁବ, ପବନରେ କେଶବାସକୁ ଅସଜ୍ଜିତ କରିବ, ଗୋଟିଏ ହାତରେ କପେ କଫି ଧରିବ ଏବଂ ଏପରି ଚିନ୍ତା କରିବ।

ଅଥଚ ବାଥରୁମ୍‌ରେ ତା' ମୁଣ୍ଡକୁ ଏପରି ଏକ ଚିନ୍ତା ପଶିବ ବୋଲି ତା'ର ଧାରଣା ନଥିଲା। ସମ୍ପୂର୍ଣ୍ଣ ପ୍ରସାଧନ କରି ମିତା ଆସିଥିଲା ବାଥରୁମ୍‌କୁ। ବାଥରୁମ୍ ନ

ଆସି ସେ ଯଦି ରାସ୍ତାକୁ ବାହାରି ଥାଆନ୍ତା, ଅନେକ ଲୋଲୁପ ଆଖି ତା' ଗତିବିଧିକୁ ସେ ଲୁଚିଯିବା ଯାଏ ଅନାଇ ଥାଆନ୍ତେ। ମିତା ନିଜକୁ ଦର୍ପଣରେ ଗୋଡ଼ରୁ ମୁଣ୍ଡଯାଏ ଦେଖିଲା। ସର୍ବସାଧାରଣ ଆଖିରେ ନିଜକୁ ତନ୍ନ ତନ୍ନ କରି ପରୀକ୍ଷା କଲା, ସେ ସୁନ୍ଦରୀ। ପରମୁହୂର୍ତ୍ତରେ ତା'ର ଅବାଧ୍ୟ ହାତ ସାୱାରକୁ ଖୋଲି ଧରିଲା। ଧାର ଧାର ପାଣି ଝରି ପଡ଼ିଲା ତା'ର ଇସ୍ତ୍ରୀ କରା ଶାଢ଼ି, ସଯତ୍ନ ମେକ୍‌ଅପ୍ ଓ କେଶବିନ୍ୟାସକୁ ଇତସ୍ତତଃ କରି। ମିତା ପୁଣି ନିଜକୁ ଦେଖିଲା, ଏଥର ସର୍ବସାଧାରଣ ଆଖିରେ ନୁହେଁ ନିଜ ଆଖିରେ। ତିରିଶିଟି ବର୍ଷ ତା'ର ମାଂସପେଶୀମାନଙ୍କୁ ଶିଥିଳ ଓ କ୍ଲାନ୍ତ କରି ଦେଇଛନ୍ତି; ଅନେକ କ୍ଷତ ଓ ଅକଳ୍ପନୀୟ କ୍ଷୟର ସମାହାର ମିତା ଦାସ। ସେ ନିଜକୁ ଦୋଷୀ ମନେ କଲା, କାରଣ ସେ ଗୋଟିଏ ଅସାଧାରଣ ମିଥ୍ୟାକୁ ସାଧାରଣ ଆଖିରେ ସତ୍ୟ କରି ତୋଳି ଧରିଥିଲା। ପ୍ରସ୍ତ ପ୍ରସ୍ତ ପ୍ରସାଧନ ବୋଲି ନିଜକୁ ଅନ୍ୟମାନଙ୍କଠାରୁ ଲୁଚେଇ ଥିବାରୁ ମିତା ନିଜକୁ ନିଜେ କ୍ଷମା କରିପାରୁ ନଥିଲା।

ମିତା ପୁଣି ଭାବିଲା ଜୀବନ ସତ୍ୟ ଓ ମିଥ୍ୟାର ତରଙ୍ଗମାନଙ୍କ ଉପରେ ସନ୍ତରଣରତ। କେବଳ ଏକ ଅନ୍ତହୀନ ସନ୍ତରଣ। ମିତା ସାମାନ୍ୟ ହସିଲା। ପୁଣି ଭାବିଲା ହସିବ ନା ନାହିଁ। ହସିବା ଦ୍ୱାରା ସେ କିଛି ଭୁଲ୍ କରୁନି ତ ? ନା। ସେ ଜୋରରେ ହସି ଉଠିଲା। କାହାରି ପ୍ରତି ବିଦ୍ରୂପ କରି ଅଟ୍ଟହାସ କରିଉଠିଲା। କାହାକୁ ? ନିଜକୁ ନୁହଁ ତ ? ନା, ମିତା ନିଜକୁ ଏତେ ଭଲ ପାଏ। ଆତ୍ମ ସମ୍ବରଣ କରି ସେ ନିଜର ବିଭିନ୍ନ ଅଙ୍ଗକୁ ସ୍ପର୍ଶ କଲା। ଏ କି ବିଚିତ୍ର ଅନୁଭବ। ସେ ନିଜକୁ ସ୍ପର୍ଶ କରୁଛି କି ଅନ୍ୟ କାହାକୁ ? ଇତସ୍ତତଃ ଆଙ୍ଗୁଠିରେ ସେ ଅନୁଭବ କଲା, ଏହି ସ୍ପର୍ଶିତ ଗୋପନୀୟ ଅଙ୍ଗମାନେ କ'ଣ ତା' ନିଜର, ନା ଅନ୍ୟ କାହାର ? କୌଣସି ସିଦ୍ଧାନ୍ତରେ ପହଞ୍ଚିବା ଆଗରୁ ତା'ର ଆଙ୍ଗୁଳି ଦେଇ ସମଗ୍ର ହାତକୁ, ହାତ ଦେଇ ସମଗ୍ର ଦେହକୁ ଏକ ଶିହରଣ ପ୍ରସାରିତ ହେଉଥିଲା। ମିତା ଚିନ୍ତା କଲା, ସେଇ ଆଙ୍ଗୁଳିମାନେ ସ୍ପର୍ଶ କରୁଥିବା ଅଙ୍ଗ, ଦେହ ଓ ବ୍ୟକ୍ତିକୁ ସେ ଘୃଣା କରୁଛି। ତା'ର ମୁହଁର ତ୍ୱକ୍ ବିକୃତ ହୋଇ ଉଠିଲା। ଆଃ... ମିତା ଦାସ ନିଜକୁ ହିଁ ଘୃଣା କରୁଛି।

ସେ ବାଥରୁମ୍‌ରୁ ବାହାରି ଆସିଲା।

ପୁଣି ସେଇ କୋଠରି। ତା'ର କାନ୍ଥମାନେ ମିତା ଦାସର ଜୀବନର ଅନେକ ଘଟଣାର ନିର୍ଜୀବ ସାକ୍ଷୀ। ସେଇ ଶେଯ। ସେଇ ଡ୍ରେସିଂ ଟେବୁଲ। ନିୟମିତ ଅଶ୍ଳୀଳ ବ୍ୟାୟାମ ପରେ ତା' ସାମ୍ନାରେ ବସି ମିତାର ହାତ ଯାନ୍ତ୍ରିକ ପ୍ରକ୍ରିୟାରେ କେଶ ପ୍ରସାଧନ କରେ। କେତୋଟି ସୁସଜ୍ଜିତ କଣ୍ଢେଇ। ସେଲ୍‌ଫରେ ଥାକେ ବହି। ମିତା କରୁଣ ଦୃଷ୍ଟିରେ ସମସ୍ତ ବସ୍ତୁକୁ ଚାହିଁଲା। ସେ ଭାବିଲା ଏଇ ବସ୍ତୁମାନେ ତା'ର

ଏକାନ୍ତ ଆପଣାର। ପୃଥିବୀରେ କେବଳ ଏଇ କେତୋଟି ବସ୍ତୁ ଅଛି, ଯାହାକୁ ସେ ଆପଣାର ବୋଲି କହି ପାରିବ। ମଣିଷ ଅପେକ୍ଷା ଏଇ ବସ୍ତୁମାନେ ଅଧିକ ସମ୍ବେଦନଶୀଳ। ଏମାନେ ତାକୁ ପ୍ରତାରଣା କରିନାହାନ୍ତି। ଅଥଚ ମନୁଭାଇ। ମିତା ଏବେ ମନୁଭାଇଙ୍କ ଠିକଣା ଜାଣେ ନାହିଁ। ଏଇ କୋଠରିର ଚାରିକାନ୍ଥର ପିଞ୍ଜରା ଭିତରେ ମନୁଭାଇ ଅନେକ ଥର ଧରା ଦେଇଛନ୍ତି। ଆତ୍ମୀୟ ପରି ଅଭିନୟ କରିଛନ୍ତି। କିନ୍ତୁ ପୁଣି ଛାଟିପିଟି ହୋଇ ଦୂରେଇ ଯାଇଛନ୍ତି। ମିତା ଚାହିଁଲେ ବି ମନୁଭାଇ ଉପରେ ରାଗି ପାରୁନଥିଲା। ଅତୀତ ଖାଲି ତା'ର ଅସ୍ପଷ୍ଟ ମନେ ପଡୁଥିଲା। ମନୁଭାଇଙ୍କ ସହିତ ସେ ଗୋଟିଏ ଅମଡ଼ା ବାଟରେ ଅନେକ ଦୂର ଆଗେଇ ଯାଇଥିଲା। ଦିଗ ଜାଣିନାହିଁ, ଲକ୍ଷ୍ୟ ଜାଣିନାହିଁ। ସେ କେବଳ ମନୁଭାଇଙ୍କ ସାହାସରେ ଚାଲିଥିଲା। ଅଧାବାଟରେ ସେ ତାକୁ ଛାଡ଼ି ହଜିଗଲେ। ଖୋଜିବାକୁ ମିତା ଆଦୌ ଚେଷ୍ଟା କରିନାହିଁ।

ପୁଣି ଏକ ଅପରିଚିତ ହାତ ବଢ଼ି ଆସିଥିଲା। ମିତାର ଗତି ବନ୍ଦ ହୋଇନି। ଯଦିଓ ସେ ଠିକ୍ ଅନୁଭବ କରୁଥିଲା ତା'ରି ଚତୁର୍ଦ୍ଦିଗରେ ଦିନ, ମାସ, ଋତୁ ପାରମ୍ପରିକ ଭାବେ ପରିବର୍ତ୍ତିତ ହେଉଛି। ଉତ୍ତୀର୍ଣ୍ଣ ବୟସ ପାଇଁ ମିତାର ଗ୍ଲାନି ନଥିଲା।

କିନ୍ତୁ ବିଗତ କେତୋଟି ଦିନର ବିଚିତ୍ର ଅନୁଭବ। ମିତା ମନେ ମନେ ଭାବୁଥିଲା ସେଥିପାଇଁ ସେ ଦାୟୀ ନୁହେଁ। କେବଳ ଋତୁଚକ୍ର ନୁହେଁ, ତା'ର ପରିବେଶ ଧୀରେ ଧୀରେ ବଦଳି ଯାଉଛି ଓ ଅସହାୟ ହୋଇ କେବଳ ସମସ୍ତଙ୍କୁ ଚାହିଁଛି।

ଅନ୍ଧାର

ଅନ୍ଧାରରେ ଦର୍ପଣ ଦେଖି ହୁଏନା ଯେ ମୁଁ ମୋର ମୁହଁକୁ ଦେଖି ନିଜର ସ୍ଥିତି ସମ୍ପର୍କରେ ସଚେତନ ହେବି। କୋଠରିର କାନ୍ଥମାନେ ଦୃଶ୍ୟମାନ ହେଲେ ମୁଁ ଜାଣି ପାରନ୍ତି, ମୁଁ ନିରାପଦ, ଅନ୍ଧାର ସମସ୍ତ ଆକୃତିକୁ ଏକାକାର କରି ଦେଇଛି। ମୁଁ ଖାଲି ଅନୁଭବ କରୁଛି, ଅନତି ଦୂରରେ ଗୋଟିଏ ଜୀବନ୍ତ ପ୍ରାଣୀର ଉପସ୍ଥିତି। ଭାରୀ ନିଃଶ୍ୱାସ ପ୍ରଶ୍ୱାସର ଶବ୍ଦ। ମିତା, ମିତା ବଦଳରେ ଯଦି ଅନ୍ୟ କେହି ହୋଇଥିବ ମୁଁ ଜାଣେ ନାହିଁ। ମିତା ଯଦି ଇତିମଧ୍ୟରେ ଗୋଟିଏ ନାଗୁଣୀ ହୋଇଯିବ, ତାହା ବି ଜାଣିବା ଉପାୟ ନାହିଁ। ମୁଁ କେବଳ ଗୋଟିଏ ସାଧନାରତ କାପାଳିକ ପରି ବସିଛି।

: କିଛି କହିବ ? ଅନ୍ଧାରରେ ମିତାର ସ୍ୱର।

: ନା, ମୋର ନିର୍ବିକାର ଉତ୍ତର।

ମୁଁ ହାତ ବଢ଼ାଇ ମିତାକୁ ସ୍ପର୍ଶ କଲି। ମୋତେ ଲାଗିଲା ମୁଁ ଗୋଟିଏ ଶୀତଳ

ଶବକୁ ସ୍ପର୍ଶ କରୁଛି। ଭୟରେ ମୋର ଦେହ ଶୀତେଇ ଉଠିଲା। ଜୀବନରେ ପ୍ରଥମ ଥର ପାଇଁ ମୁଁ ମିତାକୁ ଭୟ କରୁଛି। ମିତା ପୁଣି ନୀରବତା ଭାଙ୍ଗି କହିଲା,

: ଧରିନିଅ ଆମେ ମୃତ।

ମୁଁ ଚିନ୍ତା କରୁଥିଲି ମୃତ୍ୟୁର ଅନୁଭୂତି ଆଉ କ'ଣ ଭିନ୍ନ, ସ୍ଥାଣୁତ୍ୱ ଯଦି ମୃତ୍ୟୁ। ମୁଁ ଅନୁଭବ କରୁଥିଲି, ମୋର ଅଙ୍ଗ ପ୍ରତ୍ୟଙ୍ଗ ସବୁ ଧୀରେ ଧୀରେ ଶିଥିଳ ହୋଇ ଆସୁଛି। ମାଂସପେଶୀମାନେ ଢୁଗୁଲା ହୋଇ ଆସୁଛନ୍ତି। ମୋତେ ଗୋଟିଏ ବେଗବାନ ଶୀତଳ ସ୍ରୋତ ଅଥଳ ସମୁଦ୍ରକୁ ଭସାଇ ନେଉଛି ଏବଂ ଅସହାୟ ହୋଇ ମୁଁ ଭାସି ଯାଉଛି। ଅଥଚ ମୋର ମନେ ହେଉଛି, କେବଳ ଜଣେ ଇ ମୋତେ ମୋର ଅସହାୟତାରୁ ମୁକ୍ତ କରିପାରିବ, ମୋର ଶୀତଳ ଦେହରେ ଉତ୍ତାପ ଭରି ଦେଇପାରିବ। ମୁଁ ଅନ୍ଧକାରର ଶୀତଳ ସମୁଦ୍ରରେ ସାହାଯ୍ୟ ପାଇଁ ହାତ ଦୁଇଟି ବଢ଼ାଇ ଦେଲି।

ଶୂନ୍ୟତା।

■

ହାତ, ବିଲେଇ ଓ ପ୍ରେକ୍ଷାଳୟ

ଲୀନାର ନିଦ ଚାଉଁକିନା ଭାଙ୍ଗିଗଲା। (ଦଶମ ଶ୍ରେଣୀର ମଖଲା କିଶୋରୀଟିଏ ଲୀନା) ତା'ର ଡାହାଣ ହାତକୁ ଯେପରି କିଏ ଚିପି ଦେଲା। ମାଂସଳ ପାପୁଲି ସାମାନ୍ୟ ଦବିଗଲା। ହାତ କାଟୁନି। ବରଂ ରିଷ୍ଟୱାଚ୍ ପିନ୍ଧା ସେଇ ଶକ୍ତ ହାତର ସ୍ପର୍ଶ ଭଲ ଲାଗୁଛି। ଶକ୍ତ, ସୁନ୍ଦର ଉଷୁମ ହାତଗୁଡ଼ିକ ଲୀନାକୁ କେବେ ଛୁଇଁନି। ଭାଇର ଆଖିକୁ ସେ ଭୟ କରେ।

ଏ କିନ୍ତୁ ତା' ଭାଇର ହାତ ନୁହେଁ। (ଅନ୍ୟ କାହାର ?)

ଏତେ ରାତିରେ ପୁଣି ତା' ହାତକୁ କିଏ ଚିପିବ ?

(ସେ କ'ଣ ସ୍ୱପ୍ନ ଦେଖୁଥିଲା ?)

ଲୀନା ନିଜ ଡାହାଣ ହାତରେ ବାଁ ହାତକୁ ବୁଲାଇ ନେଲା। ନା କିଛି ଦାଗ ନାହିଁ। କ୍ଷତ ନାହିଁ। କୌଣସି ଯନ୍ତ୍ରଣା ହେଉନି। ବରଂ ଭଲ ଲାଗୁଛି। ସେ ଡାହାଣ ହାତକୁ ସାମାନ୍ୟ ଚିପିଲା। ରବର କଣ୍ଢେଇଟିଏ ପରି ସଙ୍କୁଚିତ ହେଉଛି, ପୁଣି ଫୁଲି ଉଠୁଛି। ମୁନିଆଁ ନଖ ମାରିଲା। କାଟୁଛି। ଥିରିକିନା ଆଙ୍ଗୁଠି ବୁଲାଇ ନେଲା। ଉଷୁମ ଲାଗୁନି।

ଲୀନାର ବାଁ ହାତ। ସେ ଶକ୍ତ, ସୁନ୍ଦର, ଉଷୁମ ହାତ ନୁହେଁ।

ଦାଉ ଦାଉ ହୋଇ ରେଡ଼ିଅମ୍ ଡାଏଲ୍ ଜଳୁନି।

ସ୍ପନ୍ଦନ ତ ଆଦୌ ନାହିଁ।

(କିଏ ତା' ହାତ ଚିପିଲା ?)

ମୀନା ଅପା ଚିତ୍ ହୋଇ ଶୋଇଛି। ତା' ଛାତି ସମୁଦ୍ର ପରି ଉଠୁଛି ଓ ପଡୁଛି। ସେଥିରୁ ବାମ୍ପ ଉଠୁଛି। ସେ କ'ଣ ତା' ହାତକୁ ଚିପିଛି ? ନା ମୀନା ଅପାର ହାତ ଦୁଇଟା ନିର୍ଜୀବ ନେଉଳ ପରି ଶେଯରେ ଗଡୁଛନ୍ତି। ସେମାନେ ଲୀନାର ହାତ ପରି ନିରୀହ।

କାହିଁ ସେ ଉଦ୍ଧତ ହାତଟି ?

ଲୀନା ଦେଖି ପାରୁନି, କିନ୍ତୁ ଅନୁଭବ କରୁଛି, ତାହା ଏ କୋଠରି ଭିତରେ ଘୂରୁଛି। ଜିରୋ ପାୱାର ବୁମ୍‌ର ଫିକା ଆଲୁଅରେ ସେ ଉଦ୍ଧତ ହାତଟି ଚଲାବୁଲା କରୁଛି। ସେଥିରୁ ଉଷୁମ ବାମ୍ପ ପଡୁଛି। ଓ ଲୀନାକୁ ନିଃଶ୍ୱାସ ନେବାକୁ ଅସୁବିଧା ହେଉଛି। ତା' ଫ୍ରକ୍‌ଟା ଝାଳରେ ଗୋଟାସାରା ତିନ୍ତି ଗଲାଣି।

ସେ ଏବେ ସେଇ ହାତକୁ କୋଠରିରେ ଖୋଜିବ।

ଭାଇଙ୍କ ରୁମ୍‌ର ଆଲୁଅ ଲିଭିନି। ସେମାନେ ସେକେଣ୍ଡ ଶୋ'ରୁ ଫେରିଥିବେ। ଭାଉଜ ଶାଢ଼ି ବଦଳାଉଥିବେ। ସେମାନେ ଚୁପ୍ ହେଲେଣି। ହାତଟା କ'ଣ ତାଙ୍କ ରୁମ୍‌କୁ ଚାଲିଗଲା ? ଅସମ୍ଭବ। ଲୀନା ଅନୁଭବ କରୁଛି, ହାତଟା ଏଇ ଘରେ ଏକା ଛପିଛି। ମୀନା ଅପା କିମ୍ବା ତା'ର ଶେଯ ତଳେ ନତୁବା ତା' ପଢ଼ା ଟେବୁଲ ପାଖରେ। ସେଇ ନିଭୃତ କୋଠରିରେ ଯେପରି ଏକ ବାତ୍ୟା ବହି ଯାଇଛି। ଫ୍ଲାୱାର ଭେସ୍ ଓଲଟି ପଡ଼ିଛି। ବେଡ଼ସିଟି ଲୋଚାକୋଚା। ଫର୍ନିଚରଗୁଡ଼ିକ ସ୍ଥାନଚ୍ୟୁତ ହୋଇଛନ୍ତି। କିଏ ଦାୟୀ ? କ'ଣ ସେ ହାତଟି ? ଲୀନା କୋଠରିରେ ଦରାଣ୍ଡି ହେଲା। ଖୁବ୍ ସାନ ଘଣ୍ଟାଟିଏ ସେଠି ସାଇତା ହୋଇଛି। ଲୀନା ତାକୁ ଓଲଟ ପାଲଟ କଲା, ଚିପି ଦେଖିଲା, ଆଘ୍ରାଣ କଲା।

ସେମାନେ ହଲ୍‌ରେ ପହଞ୍ଚିଲା ବେଳକୁ ଛବି ଆରମ୍ଭ ହୋଇ ଯାଇଥିଲା। 'ଲୀନା, ତୁ ସେଇଠି ବ।'

ବା'ରେ, ସେ ବସିବ ଟୋକାଟା ପାଖକୁ! ମୀନା ଅପା କ'ଣ କଲେଜରେ ପୁଅଙ୍କ ସହିତ କଥା କହେନି। ଟୋକାଟା ପାଖକୁ ସେ ବସି ଯାଇଥିଲେ କ୍ଷତିଟା କ'ଣ ? ଉଃ... ଫୁଲେଇ। ଚୁପ୍‌ଚାପ୍ କଣକୁ ବସି ଗଲାଣି। ପାଖରେ ବସିଛି ତା' ସାଙ୍ଗ ସ୍ମିତା। ସେ ବି ଫୁଲେଇଟା। ମାଉସୀ କହନ୍ତି, ଭାରି ନାକକାନ୍ଦୁରୀ। ଶାଢ଼ି ପିନ୍ଧିଛି, ଅରେ ପୂରିନି।

ଲୀନାର ଫ୍ରକ୍‌ରେ କଣ୍ଟାଟିଏ ଲାଗିଗଲା। (ସବାଖିଆ କଣ୍ଟାଟି ପୁଣି ଏତେବେଳେ ଦାଉ ସାଧିବାକୁ ଥିଲା ?) ସେ ସଜାଡ଼ି ହୋଇ ବସିଲା। ହିରୋ ଗୀତ ଗାଉଛି, ସେ ଟୋକା ଚୁପ୍‌ଟା କରି ବସିଛି। ତା' ମୁହଁ ପୂରା ଦିଶୁନି। ହେଲେ ଧାରମୁହଁ ପିଲାଟା। ନିଶ ଭଲ କରି ଉଠିନି। ଆଖିରେ ପଲକ ପଡୁନି। ସାମାନ୍ୟ ଉଦାସ ଦିଶୁଛି। ମାଇଚିଆ ଚେହେରା। ସେ କିନ୍ତୁ ଟିପ୍‌ଟପ୍ ଡ୍ରେସ୍‌ରେ ଅଛି। ସୁରଭାଇ ବୟସର ହେବ। ସ୍ମିତା, ମୀନା ଅପା କାନରେ କ'ଣ କହୁଛି।

'ମୀନା, ଦେଖୁନୁ...'

ଲୀନା ସେତିକି ଶୁଣିଲା। କିନ୍ତୁ ସେ ଟୋକାଟା ଦେହରେ ଯେପରି ବିଜୁଳି ଲାଗିଗଲା। ସେ ସିଧା ହୋଇ ବସି ସାର୍ଟ କଲରକୁ ଟେକି ନେଲା, ଆଉ ଟିକେ ସ୍ମାର୍ଟ ଦିଶିବା ପାଇଁ।

ହେଲେ ମାଇଚିଆ ଟୋକାଟା। ସ୍ମିତା ପୁଣି କ'ଣ କହୁଛି। ମୀନା ଅପା ହସୁଛି। କିଛି ବୁଝି ହେଉନି। ଟୋକାଟା ଆହୁରି ହଲଚଲ ହେଉଛି। କ'ଣ ବା ଏମାନେ କଥା ହେଉଛନ୍ତି। ଲୀନା ଟୋକାକୁ ସାମାନ୍ୟ କଣେଇ ଚାହିଁଲା। ସେ ଯେପରି ହଠାତ୍ ଗମ୍ଭୀର ହୋଇଗଲା। ଦୁଇ ହାତକୁ ଘସିବାକୁ ଲାଗିଲା। ହାତ ସ୍ପଷ୍ଟ ଦିଶୁନି। କିନ୍ତୁ ରେଡ଼ିୟମ୍ ଡାଏଲ୍ ରିଷ୍ଟୱାଚ୍ ପିନ୍ଧା ହାତଟି ବେଶ୍ ସୁନ୍ଦର ଦିଶୁଛି।

ଲୀନାର ବହେ ନାଚି ଯିବାକୁ ମନ ହେଉଥିଲା। (ମୀନା ଅପାର ହାତ ଦୁଇଟି କିନ୍ତୁ ନିର୍ଜୀବ ନେଉଳ ପରି)

'ଶେଫ୍...'

ଆଗ ରୋ'ରେ ବସିଥିବା ପଞ୍ଜାବୀ ପିନ୍ଧା ଲୋକଟା ତା' ପାଖରେ ସ୍ତ୍ରୀ ଲୋକକୁ ନିମ୍ନ କଣ୍ଠରେ ଡାକୁଛି। ହିରୋ ହିରୋଇନ୍ ପାର୍କରେ ଗୀତ ଗାଉଛନ୍ତି। ଏବେ ବର୍ଷା ହେବ ଏବଂ ସେମାନେ କୌଣସି ନିର୍ଜନ ଡାକବଙ୍ଗଳାକୁ ଧାଇଁବେ। ଇସ୍... 'ଶେଫ୍' ପୁଣି କିମିତି ନାଆଁ। ଲୀନା ମନେ ମନେ ବନାନ ଭାବିଲା। ଏମିତି ନାଆଁ କ'ଣ ଥାଏ ? 'ଶେଫ୍' ଅଧା ନାଆଁ ହୋଇଥିବ ଶେଫାଳିର। ଭାଇ ବି ତ ଭାଉଜକୁ ଏପରି ଅଧା ନାଆଁରେ ଡାକନ୍ତି 'ମିତା'। ଭାଇ ଯେତେବେଳେ 'ମିତା' ଉଚ୍ଚାରଣ କରନ୍ତି, ତାଙ୍କର କଣ୍ଠସ୍ୱର ହଠାତ୍ କଅଁଳ ହୋଇଯାଏ ଓ ମୁହଁ ଭାଉଜଙ୍କ କାନ ପାଖକୁ ଲମ୍ବିଯାଏ। ଶେଫ... ଶେଫ... ବାଜେ... ଉଃ...

ଏପିର ଦିନେ ଲୀନାକୁ ତା' କ୍ଲାସର ଶୁଭେନ୍ଦୁ ଡାକିଥିଲା। ଶୁଭ ଭାଇ ତାକୁ ଖୁବ୍ ଚିଡ଼ାଏ। ଲୀନା ତାକୁ ରାଗି କଥା କୁହେନି। ଶୁଭ ଭାଇ ପୁଣି ଆଗ ଡାକେ। ସେ ପୁଣି କାହିଁକି ଡାକୁଛି ?

'ଲୀନା'।

'ଉଁ।'

'ଲୀନା କିଛି ଭାବିଲୁ କି ?' ଭ୍ରମ ସଂଶୋଧନ କରିବା ପରି ଶୁଭଭାଇ ପୁଣି କହିଲା। ଲୀନା ସେଠାରୁ ଦୌଡ଼ି ଚାଲି ଆସି ନିଃଶ୍ୱାସ ମାରିଲା। ହୁଏତ ଶୁଭଭାଇର ମୁହଁମାନେ ବି ଏ କୋଠରିରେ ଛପିଛନ୍ତି। ମୀନା ଅପାର ଲମ୍ବା ଲମ୍ବା ହାତ ଦୁଇଟା ତା'ର ଛାତି ଉପରେ ଥିରି ଥିରି ଚାଲିଛି। ନା, ମୀନା ଅପାକୁ ପାରି ହେବନି। ଏଥିରୁ ଭଲା ଗୋଟିଏ ହାତ ଶକ୍ତ, ସୁନ୍ଦର, ଉଷୁମ ହୋଇଥାନ୍ତା ଓ ରେଡ଼ିଅମ୍ ଡାଏଲ୍ ରିଷ୍ଟୱାଚଟି

ଜଳୁଥାନ୍ତା । ଧେତ୍... ଲୀନା ନିସ୍ତବ୍ଧ 'ବତୀ'ଟିକୁ ଲିଭାଇ ଦେଇ କୋଠରିକୁ ପୂରା ଅନ୍ଧାର କଲା । ଖାଲି ରେଡ଼ିଅମ୍ ଡାଏଲ୍ ନୁହେଁ, ଏବେ ଯେପରି ସେହି ହାତ ଓ ଘଟଣାଟି ଗୋଟାସାରା ଜଳୁଛି କୋଠରିର ଅନ୍ଧାରରେ, କାନ୍ଥରେ ସେ ଟୋକାର ମାଇଚିଆ (ହଠାତ୍ ସ୍ମାର୍ଟ) ମୁହଁ ବି ଫିକା ଦିଶୁଛନ୍ତି ।

କିଛି ଗୋଟାଏ ଝୁପ୍ କରି ଲୀନାର ଶେଯକୁ ଡେଇଁ ପଡ଼ିଲା । (କ'ଣ ହାତଟା ?) ଊଃ... ସେଇ କଳା ବିଲେଇ । ଇଏ ପୁଣି ଏତେବେଳେ କେଉଁଠି ଥିଲା । ବିଲେଇଟା ଚୁପ୍‌ଚାପ୍ ଲୀନାର ଦେହକୁ ଲାଗି ଶୋଇଗଲା । ଭାରି ତ... ଲୀନା ଆଉ ଯାର କେବେ ପଡ଼େନି । ଶେଯରୁ ତାକୁ ଫିଙ୍ଗି ଦେବାକୁ ସେ ହାତ ବଢ଼ାଇଲା ।

ଇସ୍, ତା' ଦେହଟା କି କଅଁଳ । ଲୀନା ହାତରେ ଟିକିଏ ଚିପିନେଲା । ଆଙ୍ଗୁଳିଗୁଡ଼ିକ ଯେପରି ଖିଲ୍ ଖିଲ୍ କରି ହସି ଉଠିଲେ । ଲୀନା ସେ ଟୋକାର ମୁହଁକୁ କଣେଇ ଚାହିଁଲା । ଇସ୍... ଏବେ ସେ ବେଶ୍ ସ୍ମାର୍ଟ ଦିଶୁଛି । ଆଖିମାନେ ବି ରେଡ଼ିୟମ୍ ଡାଏଲ ପରି ଜଳୁଛନ୍ତି । ଏଁ୍ୟା, ଲାଲ ଅନ୍ଧାରରେ ଲେଖିଥିବା 'ଧୂମପାନ ନିଷେଧ'କୁ ବେଖାତିର କରି ସେ ପୁଣି ସିଗାରେଟ୍ (ଯାହାକି ଅନେକାଂଶରେ ଲୀନାର ବିଶି ଆଙ୍ଗୁଳି ପରି ଦିଶୁଥିଲା)କୁ ଚାପି ଧରିଛନ୍ତି । ଦୁଇଟି ଉଷୁମ ଓଠ ଯେପରି ତା' ହାତକୁ ନିର୍ଭୀକ ଭାବେ ସ୍ପର୍ଶ କରୁଛି । ମୀନା ଅପା ଆଉ ସ୍ମିତା ଲୀନାର ଆଖିରେ ଦିଶୁ ନଥିଲେ, ପଞ୍ଜାବୀ ପିନ୍ଧା ଲୋକଟାର ମୁହଁ ବି । ସାରା ପ୍ରେକ୍ଷାଳୟରେ ଯେପରି ଦୁଇଟି ଓଠ, ଗୋଟିଏ ବିଶି ଆଙ୍ଗୁଳି ଓ ହାତ ବ୍ୟତୀତ ଆଉ କେହି ନଥିଲେ- ଏପରିକି ସେ ଧାରମୁହାଁ ପିଲା ଓ ଲୀନା ବି ।'

ଆଙ୍ଗୁଳି ଓ ହାତ ଏବେ ଅଟ୍ଟହାସ କରି ହଲ୍‌କୁ ମୁଖରିତ କରୁଥିଲେ । ସେମାନେ ଆହୁରି ଛନ୍ଦି ହେଉଥିଲେ, ଶକ୍ତ ଲାଗୁଥିଲେ । ସେ ହାତଟି ଏବେ ଲୀନାର ଛାତି ଉପରେ ।

'ମ୍ୟାଉଁ ।'

ବିଲେଇଟା ଲୀନାର ଛାତିରେ ମିଶି ମିଶି ଯାଉଥିଲା । ଲୀନା ବିଲେଇର ଛାତିର ସ୍ପନ୍ଦନ ଅନୁଭବ କରୁଥିଲା । ମୀନା ଅପାର ବାମ୍ଫ ଉଠା ଛାତିର ଉପସ୍ଥିତି ତା' ଶେଯରେ ଦେଖୁଥିଲା ।

ଲୀନା କୋଠରିର ଅନ୍ଧାରରେ ମିଳେଇ ଯାଇଥିଲା ।

ଲୀନା ପରିଣତ ହୋଇଥିଲା ପ୍ରଖର ନିଃଶ୍ୱାସ ପ୍ରଶ୍ୱାସରେ ଏବଂ ଲୀନା ଶେଯରେ ଶୋଇଥିଲା ଗୋଟିଏ ପ୍ରଚଣ୍ଡ ମୀନା ଅପା । (ଏକ ସୁନେଲି ତରୁଣୀ ଅନ୍ଧାରରେ ବି ଯାହାର ରଙ୍ଗ, ଗଢ଼ଣ ଓ ଆବେଦନକୁ ବେଶ୍ ଅନୁଭବ କରିହୁଏ ।)

ହାତଟା କିନ୍ତୁ ନିର୍ବିଚଳ ଥିଲା। ସମଗ୍ର କୋଠରିର ଅନ୍ଧକାର ଏକୀଭୂତ ହୋଇ ସେଇ ହାତକୁ ଏକ ପୂର୍ଣ୍ଣାଙ୍ଗ ମୁହଁ କରି ଗଢୁଥିଲା ଏବଂ ତାହା ସେ ଟୋକା ବା ଶୁଭଭାଇର ମୁହଁ ପରି ଦିଶୁଥିଲା।

'ମ୍ୟାଉଁ ମ୍ୟାଉଁ' ଶବ୍ଦ 'ଶେଫ'କୁ ପରିବର୍ତ୍ତିତ ହୋଇଥିଲା। ପଞ୍ଜାବୀ ପିନ୍ଧା ଲୋକଟାର ମୁହଁ ଆହୁରି ନଇଁ ଆସୁଥିଲା। ଶୁଭ ଭାଇ ମୁହଁ ଆହୁରି ଲାଲ୍ ଦିଶୁଥିଲା। ଭାଇ 'ମିତା ମିତା' ଚିତ୍କାର କରୁଥିଲେ।

ଆଉ ସେ ଧାରମୁହାଁ ଟୋକାଟା ଶେଯ ପାଖରେ ଛିଡ଼ା ହୋଇ ଉଷୁମ ନିଃଶ୍ୱାସ ଛାଡୁଥିଲା।

■

ୟୁରାନିୟମ୍

ସକାଳ। ସକାଳ ମାନେ ଘଞ୍ଚ ତେନ୍ତୁଳି ଗଛରେ କତିପୟ କାଉଙ୍କ ସାମୂହିକ ସମାବେଶ। କୋଳାହଳ। ଅସଂଖ୍ୟ ଛିଣ୍ଡା କନାର ସ୍ତୂପ ଭିତରୁ ଆତ୍ମପ୍ରକାଶ କରୁଥିବା ଗୋଟିଏ ଅସ୍ଥି କଙ୍କାଳସାର ପାଗଳ। ଡେଙ୍ଗା ଆମ୍ବଗଛମାନଙ୍କ ଗହଳ ଶାଖା ଭେଦ କରି ରାସ୍ତା ଉପରେ ତେର୍ଛା ପଡ଼ିଥିବା ପାଣିଚିଆ ଖରା। ଏକମାତ୍ର ହୋଟେଲରେ ରୋଷେଇ ଘରୁ କୁଣ୍ଡଳୀ କରି ଉଠି ଆସୁଥିବା ଧୂଆଁ। ଏକମାତ୍ର ପାନ ଦୋକାନୀର ଝାଡ଼ୁ କରିବା ଜନିତ କୃତ୍ରିମ ଧୂଳିଝଡ଼। ରାସ୍ତା ଉପରେ ସକାଳ ପରି ସତେଜ କେତୋଟି କୁକୁଡ଼ା। କେଜାଣି କେଉଁଠି "କୋଠ ଭୋଗ ଖିଆ, ହେ ଚକା ଆଖିଆ..." ଏବଂ ତା'ପରେ "ଆକାଶବାଣୀ, ଖବର ପଢୁଛନ୍ତି..."।

ସକାଳ ମାନେ ଏମିତି ଏକ ସକାଳ। ସକାଳ ମାନେ ପ୍ରସ୍ତୁତି। ହୋଟେଲ ମାଲିକ ଯଦୁମଣି ସାହୁ ଅଃ- ଅଃ... କରି ଜିଭ ଛେଲି ଦାନ୍ତକାଠି ଫୋପାଡ଼ି ମୁହଁ ଧୋଇ ଗାମୁଛାରେ ମୁହଁପୋଛି ସାରିବାକ୍ଷଣି ଚାକର ପିଲା ତା' ହାତକୁ ବଢ଼ାଇଦିଏ କପେ ବାମ୍ଫ ଉଠା ଚା' ଏବଂ ବାଁ ହାତରେ ମାଲିକଙ୍କ ପାଇଁ ଭଙ୍ଗା ହୋଇଥିବା ପାନ ଦି'ଖଣ୍ଡ ନେଇଯାଏ। ଯଦୁମଣି ଗୌର ଉଦ୍ଦେଶ୍ୟରେ କହେ, "ବୁଝିଲୁ ଆଜି ଶିବରାତ୍ରି ବୁଢ଼ା। ଏଇନେ ପଙ୍ଗପାଳ ପରି ଯାତ୍ରୀ ପହଞ୍ଚି ପଡ଼ିବେ।" ତା'ପରେ ସେ ରାସ୍ତା ଉପରେ ପାଟି କଲେ, "କିରେ ଗୁଣ, ଜିଲେବି ହେଲା ?" ଗୌର ବି ନିଜକୁ ନିଜେ ଶୁଣେଇଲା ପରି କହେ, "ପ୍ରଥମ ବସ୍‌ରେ ପାନ ପତ୍ର ନ ଆସିଲେ ଆଜି ଦିନକ ମୋର ଗଲା।" ଚା' ପର୍ବର ସମାପ୍ତି ବେଳକୁ... "ଆପଣମାନେ ଖବର ଶୁଣୁଛନ୍ତି ଆକାଶବାଣୀର...।"

ଯଦୁମଣି ହଠାତ୍ ଖିଙ୍କାରି ଉଠିଲା, "ଧେତ୍ ପୁଣି ସେପଟେ ବନ୍ୟା। ହ୍ୟାପ୍ ରିଲିଫ୍ ନାଆଁରେ ହରିଲୁଟ୍। କେଉଁଠି ବନ୍ୟା ହେଉଛି, ଏଇନେ ମୋ ଜମିରେ ଟୋପେ ପାଣି ନାହିଁ। ବିଲରେ ମୂଷା ଗାତ ଖୋଲିଲେଣି।" ଗୌରରାମ ଗରାବନ୍ଦୁ ପଞ୍ଜାବୀ ପକେଟରୁ ସିଗ୍ରେଟ ଖଣ୍ଡିଏ କାଢ଼ି କହିଲା, "କକା ନିଅ।" ସେ ଠିକ୍ ବୁଝେ। ଯଦୁମଣି ହୋଟେଲ ମାଲିକ ଏବଂ ସେ ପାନ ଦୋକାନୀ।

ଦୃଶ୍ୟ ସ୍ଥିର ରହିଯାଏ କିଛି ସମୟ । ଯଦୁମଣି ସାହୁ ଏବଂ ଗୌର ଗରାବନ୍ତୁ ଜ୍ଞାତ ଅଜ୍ଞାତ ଗ୍ରାହକମାନଙ୍କୁ ଅପେକ୍ଷାରେ ପ୍ରସ୍ତୁତ ରହନ୍ତି । ନିର୍ବୋଧ କୁକୁଡ଼ାମାନେ ଜାଣି ପାରନ୍ତି ନାହିଁ ଭାଗ୍ୟ ଲିପି । ପାଗଳ ଆଶା ରଖେ ଗ୍ରାସେ ଭୋଜନ ।

ଏମିତି ଏକ ପ୍ରସ୍ତୁତି ଓ ଅପେକ୍ଷାରେ ସକାଳ ନିତ୍ୟ ନୈମିତ୍ତିକ ସେହି ଗାଁରେ । କାରଣ ତା'ର ଭୌଗୋଳିକ ଅବସ୍ଥିତି । ନାତି ଦୂରରେ ଏକ ଆକର୍ଷଣୀୟ ସ୍ଥାନ, ଟୁରିଷ୍ଟ ସ୍ପଟ୍, ପିକ୍‌ନିକ୍ ସାଇଟ୍, ତୀର୍ଥ, ମନ୍ଦିର, ଜଳ-ପ୍ରପାତ ଇତ୍ୟାଦିର ସମୀକରଣ ।

ବିଭିନ୍ନ ସହରରୁ ଆସୁଥିବା ସମସ୍ତ ଗାଡ଼ି ପ୍ରଥମେ ଯଦୁମଣି ହୋଟେଲ ସାମ୍ନାରେ ଅଟକେ । କାନ୍ଧରେ କ୍ୟାମେରା, କେଇଜଣ ଯୁବକ ଗାଡ଼ିରୁ ଖପ୍‌ଖାପ୍ ଡେଇଁ ପଡ଼ିଲେ ଯଦୁମଣିର ମୁହଁରେ ଫୁଟିଉଠେ ଏକ କୁଞ୍ଚିତ ହସ । କାଗଜ ପୁଡ଼ିଆ ବୋତଲ ଆକୃତିର କେତୋଟି ପଦାର୍ଥ ଚାକର ପିଲା ଗାଡ଼ି ଭିତରକୁ ନେଇ ଆସେ ଏବଂ ଯଦୁମଣି ବୋତଲ ଗଣୁଥାଏ ତଦ୍‌ଲବ୍ଧ ଆୟ । କେବେ କେମିତି ପାନ ଦୋକାନ ପଛପଟୁ ପାଟି କରେ, "ବାବୁ, ନୂଆ ନୋଟ୍" ଓ ଦୋକାନ ସାମ୍ନାରେ ଛିଡ଼ା ହୋଇଥିବା ବୁଢ଼ୀକୁ ବଢ଼ାଇ ଦିଏ ସେଇଥିରୁ ଖଣ୍ଡିଏ । ବୁଢ଼ୀ ସନ୍ତୁଷ୍ଟ ନହେବା ଭଙ୍ଗୀରେ କହେ, "ଗଉର, ମୋର କଅଁଳା ଝିଅଟା । ଏତେ ଲୋକ ।" ଗୌର ବୁଢ଼ୀର ମନୋଭାବ ବୁଝିପାରି ଆଉ ଖଣ୍ଡିଏ ନୋଟ୍ ତା' ହାତକୁ ବଢ଼ାଇ ଦେଇ ପାନ ପତ୍ରରେ ଚୂନ ଦେବାରେ ମନୋନିବେଶ କରେ । କେବେ କେମିତି ବିଦେଶୀ ଟୁରିଷ୍ଟ ଆସିଲେ ଉଭୟ ଗୌର ଓ ଯଦୁମଣି ପରସ୍ପର ଦୋକାନରୁ ସେମାନଙ୍କ ସୁଦୃଶ୍ୟ କାର୍ ଯାଏ ଦୌଡ଼ି ଆସନ୍ତି । ଭାରତୀୟ ନାଗରିକମାନଙ୍କ ଅତିଥି ବତ୍ସଳତା ସମ୍ପର୍କରେ ଟ୍ରାଭେଲଗ୍ ପଢ଼ିଥିବା କୌଣସି ବିଦେଶିନୀ ସେମାନଙ୍କ ମୁହଁକୁ ବଲବଲ କରି ଚାହିଁଲେ ପ୍ରଥମେ ଗୌର ଆରମ୍ଭ କରେ, "ଗୁଡ୍ ପିକ୍‌ନିକ୍ ମେମ୍ ସାହେବ । ଟେମ୍ପୁଲ୍, ୱାଟର୍ ପୁଲ୍ । ନାଇସ୍ । ଇଣ୍ଡିଆନ୍ ବିଟିଲ୍ ନାଇସ୍ ।" ଅଥଚ ତା' ମୁହଁରୁ କଥା ଛଡ଼େଇ ଯଦୁମଣି କହେ, "ଟି, କଫି ମେମ୍ । ଭେରୀ ଗୁଡ୍ । ଫରେନ୍ ଲିକର୍ ।"

ଦିନେ ଉଭୟଙ୍କ ଫଟୋ ଉଠାଇବା ପାଇଁ ଜଣେ ଟୁରିଷ୍ଟ ମନସ୍ଥ କରିଥିଲେ । ଯଦୁମଣି ତରବରରେ ହୋଟେଲକୁ ପଶି ସଫା କୁର୍ତ୍ତା ପିନ୍ଧି ମୁଣ୍ଡ କୁଣ୍ଡାଇ ଆସିବା ବେଳକୁ ସେମାନଙ୍କ ଗାଡ଼ି ଛାଡ଼ି ଦେଇଥିଲା । ସେ ମନେ ମନେ ଅଭିସମ୍ପାତ ହାଣିଥିଲା, ଶଳା ମ୍ଳେଚ୍ଛ !

ଡିସେମ୍ବର, ଜାନୁଆରୀ ବେଳକୁ ଆସନ୍ତି ଦୂର ଦୂରାନ୍ତର ସ୍କୁଲ କଲେଜର ପିକ୍‌ନିକ୍ ପାର୍ଟି । ସେତେବେଳେ ଯଦୁମଣି ଗମ୍ଭୀର ହୋଇ ପଇସା ହିସାବ କରିବାରେ ବ୍ୟସ୍ତ ଥାଏ । ତଥାପି ଦଶ ପନ୍ଦର ହାତରୁ ବାଜିଯାଏ । ଛାଡ଼ । ପିଲାମାନେ ତା' ଓଲଟା କଥା କହିଲେ ବିପଦ ।

ଅଥଚ ସବୁଠୁଁ ସୁବିଧା ଶିବରାତ୍ରି, ନୃସିଂହ ଚତୁର୍ଦ୍ଦଶୀ ଇତ୍ୟାଦି ପର୍ବପର୍ବାଣି। ସେଦିନର ଯାତ୍ରୀମାନେ ଆସନ୍ତି ସରକାରୀ ବସ୍ କିମ୍ବା ବସ୍ତା ଭଳି ଲଦି ହୋଇ ଟ୍ରକ୍‌ରେ। ସମସ୍ତେ ପ୍ରାୟ ଅତିକ୍ରାନ୍ତ ବୟସର। ଯଦୁମଣିର ବାକ୍ସ ଖୁଚୁରା ପଇସାରେ ଭର୍ତ୍ତି ହୋଇଯାଏ। ଗୌର ଗରାବଡ୍ଡୁର ହାତ ଦୁଇଟା ପାଲଟିଯାଏ ମେସିନ୍‌ରେ। ଏ କିସମ ଯାତ୍ରୀଙ୍କ ଚାହିଦା କମ୍, କିନ୍ତୁ ଆମଦାନୀ ପ୍ରଚୁର।

ଯଦୁମଣି ଓ ଗୌରର ଅନ୍ୟମନସ୍କତା ଭାଙ୍ଗି ଦୂରରୁ ଲମ୍ବା ହର୍ଣ୍ଣ ଶୁଭେ। ଏବଂ ଧୂସର ମେଘଟିଏ ମୁଣ୍ଡେଇ ସରକାରୀ ବସ୍ ବୋଝେ ପାସେଞ୍ଜର ବୋହି ହୋଟେଲ ସାମ୍ନାରେ ବ୍ରେକ୍ କସେ। କିଛିଟା କୋଳାହଳ ଓ ବ୍ୟସ୍ତତା। ଗୌର ବସ୍ ଉପରକୁ ଚଢ଼ି ଉତାରି ଆଣେ ପାନପତ୍ରର ଟୋକେଇ। ଡ୍ରାଇଭର ମାହାଲିଆ ଜଳଖିଆ ଖାଇବା ପାଇଁ ହୋଟେଲକୁ ପଶି ଯଦୁମଣି ହାତକୁ ବଢ଼ାଇ ଦିଏ ଗତକାଲିର ଖବରକାଗଜ। ତରବର ଯାତ୍ରୀମାନେ ବସ୍‌କୁ ଉଠି ସାରିଥାନ୍ତି। ଯଦୁମଣି ଓ ଗୌର ସକାଳର ପ୍ରଥମ ପ୍ରାୟ ହିସାବ କରିବା ବେଳକୁ ବସ୍ ଧୂଳି ଉଡ଼ାଇ ଚାଲିଥାଏ। ନୀରବତା ଫେରିଆସେ, ପାଗଳର ଅସଂଲଗ୍ନ ପ୍ରଳାପକୁ ଅବଜ୍ଞା କରି।

ଯଦୁମଣିର ଦୈନନ୍ଦିନ ପ୍ରଥମ ଗ୍ରାହକ ପୂର୍ଣ୍ଣଚନ୍ଦ୍ର ମିଶ୍ର ପହଞ୍ଚନ୍ତି ପ୍ରାୟ ଆଠଟା ବେଳକୁ। ସେ ବେଞ୍ଚରେ ବସିବା ବେଳକୁ ଯଦୁମଣି ତାଙ୍କୁ ଧରାଇଦିଏ ଖବରକାଗଜ ଜଳଖିଆ ସରିବା ବେଳକୁ, ହେଡ୍ ଲାଇନ୍ ଦେଖା ସରିଥାଏ ଏବଂ ଚା' ଗ୍ଲାସରୁ ଢୋକେ ଢୋକେ ପିଇ ମିଶ୍ରେ ଆରମ୍ଭ କରନ୍ତି ପ୍ରାଦେଶିକ, ଜାତୀୟ ଓ ଆନ୍ତର୍ଜାତିକ ସଦସ୍ୟମାନଙ୍କ ସମ୍ପର୍କରେ ତାଙ୍କର ସୁଚିନ୍ତିତ ମତାମତ। କେତେବେଳେ କେମିତି ଗୌରର ପାନ ଦୋକାନ ପଟକୁ ଆଖି ବୁଲି ଯାଉଥାଏ। ସେଦିନ ଚା'ରେ ମିଠା କମ୍ ଥିବାରୁ ତାଙ୍କର ଏକମାତ୍ର ଶ୍ରୋତା ଯଦୁମଣିକୁ ମିଶ୍ରେ ପଦେ ଶୁଣେଇ ଦେଇଥିଲେ, "ସାହୁଏ, ତମେ କ'ଣ ରୁଷିଆ ନୀତି ଧରିଲଣି କି ହେ ? ଭାରତରୁ ସେମାନେ ନେବେ କେତେ କ'ଣ ଶସ୍ତା ଦରରେ, ଆଉ ବିକିବେ ଆଫ୍ରିକାରେ ଦୁଇଗୁଣ ଦାମ୍‌ରେ। ବସ୍ତା ବସ୍ତା ଚିନି ଆମେ ଦେଉଚୁ ତଥାପି ସକାଳୁ ସକାଳୁ ପିଆଇଲ କଷା ଚା'।" ଯଦୁମଣି ମିଶ୍ରଙ୍କ ପାଇଁ ଆଉ କପେ ଚା'ର ବରାଦ କରେ।

କହିବା ବାହୁଲ୍ୟ ମାତ୍ର, ପୂର୍ଣ୍ଣଚନ୍ଦ୍ର ମିଶ୍ର ସ୍ଥାନୀୟ ସରପଞ୍ଚ। ସେ ହଠାତ୍ ମନେ ପଡ଼ିଗଲା ପରି କହନ୍ତି, "ଓଃ, ଆଜି ଶିବରାତ୍ରି ପରା। କ'ଣ ମଣିଷର ମିନିଟିଏ ହେଲେ ଫୁରୁସତ୍ ଅଛି।" ତଥାପି ମିଶ୍ରେ ଖବରକାଗଜ ପଢ଼ାରେ ମନୋନିବେଶ କରିଥାନ୍ତି। କେତେବେଳେ କେମିତି ସେ ଯଦୁମଣି ଉପରକୁ ପ୍ରଶ୍ନଟିଏ ଫିଙ୍ଗି ଦିଅନ୍ତି, "ଧାନ କେମିତି ହେଲା ସାହୁଏ ?" ଅଥଚ ତା'ର ଉତ୍ତରକୁ ଅପେକ୍ଷା ନକରି କାଗଜ ପଢ଼ାରେ

ଧ୍ୟାନ ଦେଇଥାନ୍ତି। ଯଦୁମଣି ମଧ ଅନ୍ୟ କେତେଜଣ ଗ୍ରାହକଙ୍କ ଚର୍ଚ୍ଚାରେ ବ୍ୟସ୍ତ ହୋଇପଡ଼େ।

ପାନ ଦୋକାନରେ ସେତେବେଳେ ଜମା ହୋଇ ସାରିଥାନ୍ତି ଗାଁର ଦୁଇ ଚାରିଜଣ ଦରପାଠୁଆ ଯୁବକ। ଗୌରର ନୂଆ କିଣା ରେଡ଼ିଓରେ ସଶବ୍ଦ ସିନେମା ସଙ୍ଗୀତ। ଘଣ୍ଟା ନ ଦେଖି କହିଦେଇ ହବ ସମୟ ନ'ଟା। କାରଣ ଗ୍ରାମସେବିକା ବିଦ୍ୟୁତ୍‌ଲତା ଠିକ୍ ଏତିକିବେଳେ ପାଖ ବ୍ଳକ କଲୋନୀକୁ ଯାଏ। ପୂର୍ଣ୍ଣଚନ୍ଦ୍ର ମିଶ୍ରଙ୍କୁ ସଂଭ୍ରମ ନମସ୍କାର କରେ। ଯୁବକମାନଙ୍କ ମଧରେ ଆରମ୍ଭ ହୋଇଯାଏ ତା'ର ଚରିତ୍ର ସମ୍ପର୍କୀୟ ଲଳିତ ଆଲୋଚନା। "ବି.ଡି.ଓ. କୁଆଡ଼େ ଯାକୁ ଧରମ ଭଉଣୀ କରିଛି। ସାଢ଼େ ଦଶଟାରେ ଅଫିସ୍। ସରକାର ବେଶି ଦରମା ଦେଉଥିବ।" ଡକାହକାରେ ଗୌରର ସଙ୍ଗୁ ହୋଇଥିବା ଦୀନନାଥ ବ୍ଳକ କଲୋନୀ ଗେଟ୍ ଅତିକ୍ରମ କରୁଥିବା ଗ୍ରାମସେବିକା ଉଦ୍ଦେଶ୍ୟରେ କହିଲା। ଯଦିଓ ସେ ଦୃଷ୍ଟି ଅନ୍ତରାଳକୁ ଯିବା ବେଳକୁ ତା'ର ଆଖି ଦୁଇଟିରେ କିଛି ହଜାଇ ଥିବାର ଭାବ। ବ୍ଳକରେ ପିଅନ ପୋଷ୍ଟ ପାଇଁ ଅମନୋନୀତ ହୋଇଥିବା ଚକ୍ରଧର ହୋଟେଲରେ ଖବରକାଗଜ ପଠନରତ ପଞ୍ଚାନନ ମିଶ୍ରଙ୍କୁ ଶୁଣାଗଲା ପରି କହିଲା, "ବି.ଡି.ଓ.ର ପଞ୍ଝାଏ ଛୁଆ। ବୁଢ଼ୀ ପୁଣି କେନ୍ଦୁ ଗଛର ଗଣ୍ଡି। ବୁଢ଼ାର ତ ମାସକୁ ପନ୍ଦର ଦିନ ଟୁର୍। ଯୁଆଡ଼େ ଗଲେ ସାଥିରେ ରାଧା ଚାଲିଲେ।" ଚକ୍ରଧର ପୁଣି ଚାରିଆଡ଼କୁ ସନ୍ତର୍ପଣରେ ଆଖି ପକାଇ ନିମ୍ନଗଳାରେ କହେ, "ଗଲା ମାସରେ ସେ ସାତଦିନ ଛୁଟି ନେଇ କୁଆଡ଼େ ଯାଇଥିଲା, ଜାଣ ?" ଗୌରର ପାନ ଭଙ୍ଗା ହାତ ଶିଥିଳ ହୋଇ ଆସେ। ଅଚ୍ୟୁନ ପାଞ୍ଚଯୋଡ଼ା ଉତ୍ସୁକ କାନକୁ ଆପ୍ୟାୟିତ କରି ଚକ୍ରଧର କହେ, "ବୁର୍ଲା ନ ଭଙ୍ଗେଇଲେ ବୁଢ଼ା କ'ଣ ତା' ପଞ୍ଝାକରେ ଆଉ ଗୋଟିଏ ଯୋଡ଼ିବ !" ଏଥର ଦୀନନାଥ ଗୌର ଉଦ୍ଦେଶ୍ୟରେ କହେ, "କ'ଣ ସଙ୍ଗୁ, ପାନ ଖଣ୍ଡେ ଖଣ୍ଡେ ପଠାଅ। ପଇସା ପକେଇଲେ କୋଉ ବଡ଼ କଥା ହେ। ଭଉଣୀ ଖଣ୍ଡିଏ କିନ୍ତୁ ହୋଇଛି। ସେଇ ଉପରେ କିନ୍ତୁ ନଜର ପକେଇବନି।" ଚକ୍ରଧର ଗମ୍ଭୀର ହୋଇ କହେ, "ବୁଢ଼ାର ଦାଉରୁ ତିଷ୍ଠିଲେ ତ ! କିଏ ବଡ଼ ଅଫିସର୍ ଆସିଲେ ସେ ବି ଚାଲିଲା ଟୁର୍‌ରେ। ସବୁ ବଙ୍ଗଳାରେ ତ ଦୁଇଟା ସୁଟ୍।"

ଗୌର ଗରାବନ୍ଧୁ ଦୋକାନରୁ ସାମୂହିକ ସ୍ୱରରେ, "ମାମୁ, ନମସ୍କାର।" ଶୁଣିଲେ ପଞ୍ଚାନନ ମିଶ୍ରେ ଚମକି ପଡ଼ି ଆସ୍ଥାନ ଛାଡ଼ନ୍ତି। କେବଳ ଯଦୁମଣି ହୋଟେଲ ସାମ୍ନାରେ ବାସି ବରା ପକୋଡ଼ିର ଭୁରି ଭୋଜନରେ ବ୍ୟସ୍ତ ପାଗଳଟିର ଚାରିପଟେ ଘେରି ଯାଇଥାନ୍ତି ସ୍କୁଲଗାମୀ, ଛିଣ୍ଡାମସିହା ପେଣ୍ଟ ସାର୍ଟ ପିନ୍ଧା ଦଳେ ବାଳକ ବାଳିକା।

ଗୌର ମାମୁଙ୍କ ହାତକୁ ଖବରକାଗଜମାନ ବଢ଼ାଇ ଦେଇ ଦୋକାନରୁ ପାଟି

କରେ, "ଗୁଣ, ମାମୁଙ୍କ ପାଇଁ କପେ ସ୍ପେଶାଲ ଚା' ପଠା।" ମାମୁ ନିର୍ବିକାର ଭାବେ ବେଞ୍ଚ ଉପରେ ବସି ଖବରକାଗଜରେ ଆଖି ବୁଲାନ୍ତି ଏବଂ ସଂଭ୍ରମରେ ଯୁବକମାନେ ମାମୁଙ୍କ ଧ୍ୟାନଭଗ୍ନ ହେବାଯାଏ ଅପେକ୍ଷା କରନ୍ତି।

ମାମୁ ମାନେ ଦଣ୍ଡପାଣି ବିଶ୍ୱାଳ। ଏକଦା ରାଉରକେଲା ଷ୍ଟିଲ୍ ପ୍ଲାଣ୍ଟରେ କ'ଣ ଗୋଟିଏ ଚାକିରି କରୁଥିଲେ। କି ଗୋଟିଏ ମଜଦୁର ସଂଘରେ ସେ ଥିଲେ ସମ୍ପାଦକ। ଏଯାଏ ତାଙ୍କ ଘରେ ପ୍ରମାଣ ସ୍ୱରୂପ ଥାକମରା ହୋଇଛି ନାଲି, ଗୋଲାପୀ ପ୍ରଚାରପତ୍ର ଓ ଆବାହକ ବା ସମ୍ପାଦକ ସ୍ଥାନରେ ମାମୁଙ୍କ ନାଆଁ। ସେ ଏକାଧାରରେ ଜଣେ ସୁବକ୍ତା ଓ ସଂଗଠକ ଥିଲେ ବୋଲି ଲୋକଶ୍ରୁତିରୁ ଶୁଣାଯାଏ। ମାମୁ ମୃତଦାର। ଏବେ ବି ତାଙ୍କର ଏକମାତ୍ର ଝିଅ ସୁଲତା ଟ୍ରେଡ୍ ୟୁନିୟନ୍ କାମରେ ମାତିଛି ବୋଲି ସେ କହନ୍ତି। ତାଙ୍କ ବାଡ଼ିପଟେ ଥିବା ଏକାଟିଆ ଖଜୁରୀଗଛରେ ଝୁଲୁଥିବା ମାଠିଆ ସମ୍ପର୍କରେ ଗାଁର ପୁରୁଖା ଜଣେ ଜଣେ ଚୁପ୍‌ଚାପ୍ ହେବାଟାକୁ ଦଣ୍ଡପାଣି ବାବୁ ଖାତିର କରନ୍ତି ନାହିଁ।

ଚା'କପ୍‌ରୁ ଢୋକେ ପିଇ ଅଥଚ ଖବରକାଗଜରୁ ଆଖି ନ ଉଠାଇ ଦଣ୍ଡପାଣି ବାବୁ ପଚାରନ୍ତି, "ତମ କାମ କେତେ ଦୂର ଗଲା ଚକ୍ରଧର? ଦେଖ୍ ବାବା, ଆମ ଦିନକାଳ ଗଲା। ଭୂପେଶ୍ ଗୁପ୍ତ, ଜ୍ୟୋତିର୍ମୟ ବାବୁ, ପ୍ରମୋଦ, ତା' ସମସ୍ତେ ଏଇଥି ପାଇଁ... ?" ଦଣ୍ଡପାଣି ବାବୁ ବିଡ଼ିରେ ନିଆଁ ଧରେଇ ଦୋଷୀ ଭଳି ଛିଡ଼ା ହୋଇଥିବା ଯୁବମଣ୍ଡଳୀକୁ ଚାହାନ୍ତି। କେବଳ ଗୌର ମାମୁଙ୍କ ହାତକୁ ପାନ ଖଣ୍ଡିଏ ବଢ଼ାଇ ଦେଇ କିଛିଟା ସାହସ ବାନ୍ଧି ପଚାରେ, "ମାମୁ! କଥାଟିଏ ଶୁଣିଥିଲି ଯେ, କେତେଦୂର ସତ କେଜାଣି... ?" ଦଣ୍ଡାପଣି ବାବୁ ମୁହଁରେ ସାମାନ୍ୟ ହସ ଫୁଟାଇ କହିଲେ, "ଆରେ କହୁନୁ, ମୋ ପାଖରେ ପୁଣି ଲାଜ କ'ଣ।" ଗୌର ସାହସ ବାନ୍ଧି ପଚାରେ, "ମାମୁ, ଶୁଣିଥିଲି ଆମ ସୁଲତା ନାନୀ ପରା ସିନେମାରେ ପାର୍ଟ ନେଇଛି?" ଦଣ୍ଡପାଣି ବାବୁଙ୍କ ଅଟ୍ଟହାସରେ ଯଦୁମଣି ବି ଉତ୍କର୍ଣ୍ଣ ହୋଇ ଦୋକାନ ବାହାରକୁ ବାହାରି ଆସିଲା। ସେ ଅନେକଟା ଭାଷଣ ଦେଲା ପରି କହିଲେ, "ଆରେ ବାବା, ତାକୁ ବାଧ୍ୟ କଲେ ପରା। ସିନେମା ମାଧ୍ୟମରେ ତ ପୁଣି ଲୋକଙ୍କ ପାଖକୁ ବାମପନ୍ଥୀ ଚିନ୍ତାଧାରା ପହଞ୍ଚାଇବାକୁ ପଡ଼ିବ। ରୁଷିଆ, ଚୀନ୍‌ରେ କ'ଣ ହେଉଛି?" ସମବେତ ଜନତା ଦଣ୍ଡପାଣି ବାବୁଙ୍କ ବକ୍ତବ୍ୟ ଦେଖି ପରାମର୍ଶ ବୁଝିପାରି ନଥିଲେ ମଧ୍ୟ ଚୁପ୍ ରହିଲେ, କେବଳ କେତେଜଣଙ୍କ ମାନସ-ଚକ୍ଷୁରେ ଭାସି ଉଠୁଥିଲା ସେମାନେ କେବେ ଦେଖି ନଥିବା ସୁଲତା ପାହାଚ ପରେ ପାହାଚ ଉଠି ଦିଲ୍ଲୀ ଦରବାରରେ ପହଞ୍ଚିବାର ଦୃଶ୍ୟ। ବ୍ଲକ କଲୋନୀର ପାଚେରିରେ ମରା ହୋଇଥିବା କୋଡ଼ିଏ ଦଫା ସମ୍ବଳିତ କାର୍ଯ୍ୟସୂଚୀ ସହିତ

ପ୍ରଧାନମନ୍ତ୍ରୀଙ୍କ ହସ ହସ ମୁହଁର ପୋଷ୍ଟର ଆଡ଼କୁ କେଇ ଜଣଙ୍କ ଆଖି ଟାଣି ହୋଇ ଯାଇଥିଲା। ଦଣ୍ଡପାଣି ବାବୁ ପୁଣି ଖବରକାଗଜ ପଢ଼ାରେ ମଜ୍ଜି ଯାଇଥାନ୍ତି।

ଇତିମଧ୍ୟରେ ସୁରଥ ଚୁପ୍‌ଚାପ୍ ସେମାନଙ୍କ ସହ ସାମିଲ ହୋଇ ସାରିଥାଏ। ଗାଁରେ ଯାହା କିଛି ଘଟେ, ସୁରଥ ସେସବୁର ଏକ ନୀରବଦ୍ରଷ୍ଟା। ତାହାର ଉପସ୍ଥିତି ପ୍ରତି କେହି ଗୁରୁତ୍ୱ ଦିଅନ୍ତି ନାଇଁ। କିନ୍ତୁ ସେ ସବୁକିଛି ଶୁଣୁଥାଏ, ଏବଂ ଜୁଲୁଜୁଲୁ କରି ବୋକାଳିଆ ଆଖିରେ ଚାହିଁଥାଏ। ଅନେକ ଦିନ ଗୌର ପାନ ଦୋକାନ କିମ୍ବା ଯଦୁମଣି ହୋଟେଲର ବେଞ୍ଚରେ ବସି ସେ କଟାଇ ଦିଏ ସମଗ୍ର ଅପରାହ୍ନ। ଉଭୟ ଦଣ୍ଡପାଣି ବାବୁ ଓ ପଞ୍ଚାନନ ମିଶ୍ରଙ୍କ ପ୍ରତି ତା'ର ସମାନ ଅନୁରକ୍ତି। ସବୁକିଛି ଶୁଣିସାରିବା ପରେ ସେଦିନ ତା' ପାଟିରୁ ବାହାରି ପଡ଼ିଲା, 'ଏ ଟ୍ରେଡ୍ ୟୁନିଅନ୍ ମାନେ କ'ଣ?' ତା'ର ପ୍ରଶ୍ନରେ ଦଣ୍ଡପାଣି ବାବୁ ଖିଙ୍କାରି ଉଠିଲେ, ଯେମିତି ଗାଁରେ ତାଙ୍କର ଏତେ ଦିନର ରହଣି ଭିତରେ ଦେଇଥିବା ସମସ୍ତ ଅବୈତନିକ ଶିକ୍ଷା ବୃଥା ହୋଇଗଲା। ତାଙ୍କ ମୁହଁରେ ଅସନ୍ତୁଷ୍ଟ ଭାବମିଶା ବିରକ୍ତି ଫୁଟି ଉଠିଲା। ପ୍ରଶ୍ନର ଉତ୍ତର ଦେବାବେଳକୁ କିନ୍ତୁ ତାଙ୍କର ଆଖି ଦୁଇଟା ଚକ୍ରଧର ଉପରେ ଥିଲା। "ବାବା ଚକ୍ରଧର, କେତେ କରି କହୁଛି ମାଇନ୍ କାମ କରୁଥିବା ଶ୍ରମିକମାନଙ୍କୁ ଏକଜୁଟ କର।" ଏଥର ତାଙ୍କର ଦୃଷ୍ଟି ପଡ଼ିଲା, ନିଜକୁ ବୋକା ମନେ କରି ଚୁପ୍‌ଚାପ୍ ବସିଥିବା ଛାତ୍ର ପରି ସୁରଥ ଉପରେ। "ବୁଝିଲୁ ସୁରଥ, ଟ୍ରେଡ୍ ୟୁନିୟନ୍ ମାନେ ଶ୍ରମିକମାନଙ୍କ ସଂଗଠନ।" ସେ ସମ୍ପୂର୍ଣ୍ଣ ସନ୍ଦେହମୁକ୍ତ ହୋଇ ନଥିଲା, "ଏଥିରେ ଲାଭ କ'ଣ ଆଜ୍ଞା? ଦଣ୍ଡପାଣି ବାବୁ ଏଥର ଚରମ ବିରକ୍ତିରେ କହିଲେ, "ଲାଭ! ଆରେ ଏଠି ଯୋଉ କମ୍ପାନୀ ଖଣି ଖୋଲୁଛି ତା'ର କୋଟି କୋଟି ଲାଭ। ଅଥଚ ଖଟୁଛନ୍ତି ତମର ଆଉ ଆଖପାଖ ଗାଁର ଲୋକ। ଖଟିବେ ସେମାନେ, ଲାଭ ନବ ମାରଓ୍ୱାଡ଼ି କମ୍ପାନୀ।"

ଚକ୍ରଧର ଇତିମଧ୍ୟରେ କିଛିଟା ଅନ୍ୟମନସ୍କ ହୋଇ ପଡ଼ିଥାଏ। ତା' ଆଖି ଆଗରେ ନାଚି ଯାଉଥାଏ ହାଟପାଳି ଦିନର ଦୃଶ୍ୟାବଳୀ। ପାଖ ଗାଁମାନଙ୍କରୁ ଧାଡ଼ି ଧାଡ଼ି ହୋଇ ଯୁବତୀ ରେଜାମାନେ ଯାତ୍ରା ଦେଖା ପୋଷାକ ପିନ୍ଧି ହାଟକୁ ଲମ୍ବି ଆସନ୍ତି। ଶସ୍ତା ସ୍ନୋ, ପାଉଡ଼ର, ରିବନ ମିଳୁଥିବା ମନୋହରୀ ଦୋକାନୀଙ୍କ ହାତକୁ ଯାଏ ନୂଆ ନୂଆ ପାଞ୍ଚଟଙ୍କିଆ ନୋଟ୍। କମ୍ପାନୀର ଖଣିରେ କାମ କରୁଥିବା ରେଜାମାନଙ୍କ ସପ୍ତାହକର ଆୟ। ହାଟରୁ ଫେରିଲାବେଳେ ସେମାନେ ହାତ ଧରାଧରି ହୋଇ, ସାମୂହିକ ଗୀତଗାଇ ଅଙ୍କାବଙ୍କା ପାଦଚଲା ରାସ୍ତାରେ ଧୀରେ ଧୀରେ ହଜିଯାନ୍ତି। ଏମାନଙ୍କୁ ଏକଜୁଟ କରିବା ନିଶ୍ଚିତ ଭାବରେ ଏକ ଆକର୍ଷଣୀୟ ଦାୟିତ୍ୱ। ଚକ୍ରଧର ପାଟିରୁ ଅଜାଣତରେ ଖସି ପଡ଼ିଲା, "ନା କିଛି ଗୋଟାଏ କରିବାକୁ ହେବ।" ହଠାତ୍ ତା'

ଉପରେ ସମସ୍ତଙ୍କ ଧ୍ୟାନ ପଡ଼ିଲା। ଦଣ୍ଡପାଣି ବାବୁ ତାଙ୍କର ଏହି ବକ୍ତବ୍ୟଟିକୁ ଯେ କୌଣସି ଆଲୋଚ୍ୟ ବିଷୟ ସହିତ ଯୋଡ଼ି ଦିଅନ୍ତି ଏବଂ ସମସ୍ତେ ପ୍ରାୟ ବୁଝନ୍ତି ମାମୁ କେଉଁ ପରିପ୍ରେକ୍ଷୀରେ ଏହା କହନ୍ତି। ଦୁଇ ତିନି ମାସ ତଳେ ଗୋଟିଏ ଆମେରିକୀୟ ଦମ୍ପତି ଏଠାକୁ ଆସିଥିଲେ। ଅତିଥି ବତ୍ସଳ ବି.ଡି.ଓ ତାଙ୍କର ରହିବା ପାଇଁ କଲୋନୀର ଫାଙ୍କା କ୍ୱାର୍ଟରଟିଏ ଖାଲି କରାଇ ଦେଇଥିଲେ ଏବଂ ସରପଞ୍ଚ ପଞ୍ଚାନନ ମିଶ୍ର ସେମାନଙ୍କ ଅନ୍ୟାନ୍ୟ ଚର୍ଚ୍ଚା କରିବା ଦାୟିତ୍ୱ ନେଇଥିଲେ। ସେମାନେ କୁଆଡ଼େ ସେହି ଆଖପାଖ ଅଞ୍ଚଳର ପ୍ରତ୍ନତାତ୍ତ୍ୱିକ ବିଶେଷତ୍ୱ ସମ୍ପର୍କରେ ଗବେଷଣା କରୁଥିଲେ। ତାଙ୍କର ସତର ଦିନ ବ୍ୟାପି ରହଣି କାଳରେ ମିଶ୍ରଙ୍କର ଆଦୌ ଫୁରସତ୍ ନଥାଏ। ସେ ନିଜର ନନ୍-ମାଟ୍ରିକ ଶିକ୍ଷାଗତ ଯୋଗ୍ୟତାର ବ୍ୟବହାର କ'ଣ ସେମାନଙ୍କ 'ଗାଇଡ଼' ହୋଇଥିଲେ। ତାଙ୍କୁ ଖଣି ଅଞ୍ଚଳ, ପ୍ରାଚୀନ ମନ୍ଦିର, ଗୁମ୍ଫା ଇତ୍ୟାଦି ବୁଲାଇ ଦେଖାଇବା ସମ୍ପର୍କରେ ସେତେବେଳେ କାହାରି କିଛି ଅଭିଯୋଗ ନଥିଲା। କିନ୍ତୁ ଦଣ୍ଡପାଣି ବାବୁ ଏମିତି ଏକ ସକାଳୁଆ ଆସରରେ ସମସ୍ତଙ୍କୁ ଚମତ୍କୃତ କରି ଘୋଷଣା କରିଥିଲେ, "ସେ ଦୁଇଜଣ ସି.ଆଇ.ଏ.ର ଏଜେଣ୍ଟ।" ସି.ଆଇ.ଏ. ସମ୍ପର୍କରେ ମାମୁଙ୍କ ସୌଜନ୍ୟରୁ ସମସ୍ତେ ଅବଗତ।

ଇତିମଧ୍ୟରେ କେତୋଟି ଗାଡ଼ି ପହଞ୍ଚେ ଏବଂ ଆଗନ୍ତୁକମାନଙ୍କ ଚର୍ଚ୍ଚାରେ ଯଦୁମଣି ଓ ଗୌର ଅଧିକ ଧ୍ୟାନ ଦିଅନ୍ତି ଏବଂ ବାହାର ଲୋକଙ୍କ ସାମ୍ନାରେ ଦଣ୍ଡପାଣି ବାବୁ କିଛି କହିବାକୁ ପସନ୍ଦ କରନ୍ତି ନାହିଁ। ଧୀରେ ଧୀରେ ଆସର ଭାଙ୍ଗେ।

ଅପରାହ୍ନରେ ଯଦୁମଣି ଓ ଗୌର ମଧ୍ୟରେ ଆତ୍ମୀୟତା ଯଥେଷ୍ଟ ବଢ଼ିଯାଏ। ଉଭୟେ ଦୁଇପଟୁ ଧରି ଗୋଟିଏ ବେଞ୍ଚ୍ ତେନ୍ତୁଳି ଗଛ ତଳର ଛାଇକୁ ଟେକି ନିଅନ୍ତି ଓ ସେଠି ବସି ପରସ୍ପର ଦୁଃଖ ସୁଖ ହୁଅନ୍ତି। ଯଦୁମଣି ଗୌରକୁ ବାହା ସାହା ହୋଇ ଘର ସଂସାର କରିବାକୁ ଉପଦେଶ ଦିଏ। ଅଥଚ ସମସ୍ତ ବିଷୟ ମଧ୍ୟରେ ଗୋଟାଏ ବିଷୟ ପରସ୍ପରର ଦ୍ୱିତୀୟ ଓ ଗୌଣ ବ୍ୟବସାୟ ସମ୍ପର୍କରେ କୌଣସି ଆଲୋଚନା କେବେ ହୁଏନି।

ଅଥଚ ସେହି ବ୍ୟବସାୟକୁ କେନ୍ଦ୍ର କରି ଦୁହିଁଙ୍କ ମନ ଫଟାଫଟି ହୋଇଗଲା। ସେଥିରେ କାହାର କୌଣସି ଦୋଷ ନାହିଁ। କିନ୍ତୁ ଦିନେ ସକାଳଟାରୁ ହୋଟେଲରେ ନାରୀକଣ୍ଠ ଶୁଣି ଗୌର ଚମକି ପଡ଼ିଥିଲା। କ୍ୟାବିନ୍‌ରୁ ମୁହଁ କାଢ଼ି ସେ ଦେଖିଲା, ସୁମତି ଧାଈ ସାଙ୍ଗରେ ଝିଅଟିଏ, ବିଶାଖା। ସୁମତି ଧାଈ ହୋଟେଲକୁ ଅନେକ ସମୟରେ ଆସେ, କିନ୍ତୁ ଯେବେ ଆସିଲେ ପ୍ରଥମେ ଗୌର ପାଖରେ ଖଇର ଗୁଣ୍ଡି ପାନ ବରାଦ କରିଯାଏ। ସେ ପାଖ ଗାଁର, ଏଠି ଡାକ୍ତରଖାନାରେ ଚାକିରି। ତା'

ସାଙ୍ଗରେ ଯୁବତୀ ଝିଅଟିଏ ଦେଖିଲେ ସମସ୍ତ ତା'ର ମର୍ମ ବୁଝିଯାଆନ୍ତି । ସୁମତି ଯଦୁମଣି ପାଖରେ କ'ଣ ଫେରାଦ କଲାପରି ଫିସ୍ ଫିସ୍ କଥା ହେଉଛି ଏବଂ ଯଦୁମଣି ପାଖରେ ବଡ଼ ପାଟିରେ ହସୁଛି । ଗୌର ବୁଝି ଯାଇଥିଲା । ସେମାନେ ତା' ସମ୍ପର୍କରେ କିଛି କଥାବାର୍ତ୍ତା କରୁଛନ୍ତି । ସତକୁ ସତ କିଛି ସମୟ ପରେ ସୁମତି ଆଉ ବିଶାଖା ତା' ଦୋକାନକୁ ଆସିଲେ । ସୁମତି ଧାଇର ପାନ କଷା ଦାନ୍ତ ସନ୍ଧିରେ ହସ ନଥାଏ କିମ୍ବା ଆଖିରେ ଦୁଷ୍ଟ ଭାବ ନଥାଏ । ବିଶାଖାର ଫୁଲିଲା ଆଖିମାନଙ୍କରୁ ଜଣା ପଡୁଥାଏ, ଗତ ରାତିସାରା ସେ ଶୋଇ କାନ୍ଦୁଥିଲା । ଗୌର ଆଗତୁରା କିଛି ନକହି ପାନ ଖଣ୍ଡେ ଭାଙ୍ଗି ସୁମତିକୁ ଧରାଇ ଦେଲା । ଅଥଚ ସେ ପାନ ନନେଇ କହିଲା, "ଗୌର, ଯାକୁ ପଇସା ଲୋଭରେ ଦଳେ ମଦୁଆଙ୍କ ସାଙ୍ଗରେ ପଠାଇ ଦେଲୁ ?" ଗୌର କିଛି କହିଲାନି, କିନ୍ତୁ ତା'ର କହିବାକୁ ମନ ହେଉଥିଲା, ସେମାନଙ୍କୁ ମଦ କ'ଣ ମୁଁ ଯୋଗାଇଥିଲି ? ତା' ବିରୁଦ୍ଧରେ ଯଦୁମଣିର ପ୍ରଚ୍ଛନ୍ନ ଚକ୍ରାନ୍ତ ସମ୍ପର୍କରେ ନିଶ୍ଚିତ ହେଲା । କିଛି ସମୟ ପରେ ସେ ପାନଭଙ୍ଗା ଡେକ୍ସର ଡ୍ରୟାର ଖୋଲିଲା ଓ ଦୁଇ ମୁହୂର୍ତ୍ତ ବିଳମ୍ବ ନ କରି ସେମାନେ ଚାଲିଗଲେ । ଅଥଚ ଯଦୁମଣି ପ୍ରତି ପ୍ରଚଣ୍ଡ କ୍ରୋଧରେ ଗୌର କମ୍ପୁଥାଏ ।

ଦୂରରୁ ଖଣ୍ଡିକାଶ ଶୁଣି ସେ ନିଶ୍ଚିତ ହେଲା । ଦଣ୍ଡପାଣି ବାବୁ । ସେଇ ମୁହୂର୍ତ୍ତରୁ ଗୌରକୁ ସାହସ ପାଇଲା ପରି ଲାଗିଲା । ଇତିମଧ୍ୟରେ ଚକ୍ରଧର ବି ପହଞ୍ଚି ଯାଇଥାଏ । ମନେ ମନେ ଗୌର ଦୀନନାଥ ଓ ସୁରଥର ଉପସ୍ଥିତି ମଧ୍ୟ କାମନା କରୁଥାଏ । ସେଦିନ ଖବରକାଗଜ ପହଞ୍ଚି ନଥିବା ଯୋଗୁଁ କ'ଣ ଗପିବେ ବୋଲି ବିଷୟବସ୍ତୁ ସ୍ଥିର କରିପାରୁ ନଥାନ୍ତି । ଚକ୍ରଧର କିନ୍ତୁ ସେହି ସମସ୍ୟାର ଆଶୁ ସମାଧାନ କରିଦେଲେ । "ମାମୁ, ଗତକାଲି ବଜାରରେ ଚାଉଳ କିଲୋ କେତେ ହୋଇଥିଲା ଜାଣ, ଚାରିଟଙ୍କା ।" ଦଣ୍ଡପାଣି ବାବୁ ତା' ପାଟିରୁ କଥା ଛଡ଼ାଇ ନେଲେ ଯେପରି, "ଆରେ ଦେଖିବ ଏ ବର୍ଷ ଅବସ୍ଥା କ'ଣ ହେଉଛି । ସରକାରର କ'ଣ ଧ୍ୟାନ ଭାଙ୍ଗୁଛି ? ସମସ୍ତେ ତ ବିଦେଶୀ ଦଲାଲ୍ । ଚେଇଁ ଶୋଇଥିବା ଲୋକକୁ କିଏ ଉଠାଇବ ?" ଦଣ୍ଡପାଣି ବାବୁଙ୍କ ବକ୍ତବ୍ୟକୁ ଗୌର ଯେଉଁ ଅର୍ଥରେ ବୁଝିଲା, ସେଥିରୁ ତାକୁ ଯଥେଷ୍ଟ ସାନ୍ତ୍ୱନା ମିଳିଲା । ମାମୁ 'ଦଲାଲ' ଶବ୍ଦଟି ବିଶେଷତଃ ସି.ଆଇ.ଏ. ଲୋକଙ୍କ ସମ୍ପର୍କରେ ବ୍ୟବହାର କରନ୍ତି ଓ ସ୍ଥାନୀୟ ଭାବେ ତାହା ଏକମାତ୍ର ସରପଞ୍ଚ ପଞ୍ଚାନନ ମିଶ୍ରଙ୍କ ପାଇଁ ପ୍ରଯୁଜ୍ୟ ଏବଂ ଯଦୁମଣି ତାଙ୍କର ସ୍ତାବକ ହୋଇଥିବାରୁ ସେ ମଧ୍ୟ ଦେଶର ବିପର୍ଯ୍ୟୟ ପାଇଁ ଅନେକାଂଶରେ ଦାୟୀ । କେତେବେଳୁ ସ୍କୁଲଗାମୀ ଦଳେ ପିଲା ସମୟ ଭୁଲି ସେଠି ବାଟି ଖେଳିବା ଆରମ୍ଭ କରି ଦେଇଥାନ୍ତି । ଆଉ କେତେଜଣ ଜଳକା ପରି ହୋଟେଲ ଓ ପାନ ଦୋକାନ ଆଡ଼କୁ ଚାହିଁଥାନ୍ତି । କେହି ତାଙ୍କୁ ସ୍କୁଲକୁ ଯିବା ପାଇଁ କହନ୍ତିନି ବା

ମୂଳ ଲାଗିବାକୁ ଯାଉଥିବା ତାଙ୍କର ବାପା, ମା' କିଏ କ'ଣ ପଢୁଛନ୍ତି ସେ ଖବର ରଖନ୍ତିନି। ଦଣ୍ଡପାଣି ବାବୁ ସେମାନଙ୍କ ଆଡ଼କୁ ହାତ ଲମ୍ବାଇ କହୁଥାନ୍ତି, "ଏମାନଙ୍କର ଆଉ କ'ଣ ଭବିଷ୍ୟତ ଅଛି ? ସରକାର ବିଦେଶୀ ଋଣ କରି ଚାଲିଛି। ଆଉ ବିଦେଶୀମାନେ ଦେଶର ଶାସନ ନିୟନ୍ତ୍ରଣ କରୁଛନ୍ତି। ଆମ ଲୋକପ୍ରତିନିଧିମାନେ ତାଙ୍କ ହାତର କଣ୍ଢେଇ।" ଗୌର ବୁଝି ସାରିଥିଲା ଯେ ସେ ଏ ଅଞ୍ଚଳରେ ସରପଞ୍ଚ ମିଶ୍ରେ ହିଁ ଏକମାତ୍ର ଜଣାଶୁଣା ଲୋକ ପ୍ରତିନିଧି। ଗୌର କେବିନ୍‌ରୁ ମୁହଁ କାଢ଼ି ଦେଖିଲା, ଯଦୁମଣି କାନପାତି ସବୁ ଶୁଣୁଛି। ନିର୍ବାଚନବେଳେ ସେ ତ ଥିଲା ମିଶ୍ରଙ୍କର ମୁଖ୍ୟ ଧ୍ୱଜାଧାରୀ। ଗୌର, ଚକ୍ରଧର ବାବୁଙ୍କ ମୁହଁରେ ବାଟୁଳି ବାଜୁ ନଥାଏ। ଚା' ପାନର ସମ୍ଭାବନାରେ ସେ ବେଶି ବେଶି ମୁଖର ହୋଇ ପଡ଼ିଥାନ୍ତି। "ଦେଖିବ, ଏବର୍ଷ ଅନାହାର ମୃତ୍ୟୁ ଅତି ସାଧାରଣ କଥା ହେବ। ଆଉ ଦୁଇମାସ ଗଲେ ସମସ୍ତେ ଠୋ ଠୋ ଭୋକରେ ମରିବେ।" ଇତିମଧ୍ୟରେ ଚିନ୍ତିତ ହେଲା ପରେ ମୁହଁ ଶୁଖାଇ ଦେଇଥାନ୍ତି। ପାଗଳଟି କେତେବେଳୁ ଯୁଟିଯାଇ ଆପେ ବକର ବକର ହେଉଥାଏ। ଚା' ଆସିଲା ଏବଂ ଶେଷ ଢୋକ ଚା'କୁ ଶୀଘ୍ର ଶୀଘ୍ର ପିଇଦେଇ ଦଣ୍ଡପାଣି ବାବୁ ଉଠିଗଲେ। ଖବରକାଗଜ ପଢ଼ିବା ପାଇଁ ସେ ଆଉ ଅପେକ୍ଷା କଲେ ନାହିଁ ଏବଂ ତାଙ୍କ ପଛେ ପଛେ ଚକ୍ରଧର ମଧ୍ୟ କ'ଣ ଟ୍ରେଡ୍ ୟୁନିୟନ୍ କଥା ହୋଇ ଚାଲିଗଲା। ଗୌର ସେତେବେଳକୁ ଯଥେଷ୍ଟ ସାନ୍ତ୍ୱନା ପାଇ ସାରିଥାଏ। ସେ ଚାହିଁଲା ବେଳକୁ ପଞ୍ଚାନନ ମିଶ୍ରେ ହୋଟେଲର ବେଞ୍ଚରେ ବସି ସାରିଥାନ୍ତି। ଆଜି କେମିତି ଏକ ବ୍ୟତିକ୍ରମ। ଅନ୍ୟଦିନମାନଙ୍କରେ ସେ ଆଗ ଆସନ୍ତି।

ଏକା ଏକା ଗୌର ସିଗ୍ରେଟ ଖଣ୍ଡିଏ ଲଗାଇ ରେଡ଼ିଓ ଖୋଲିଲା। ଅଥଚ ତାକୁ କୌଣସି ଗୀତ ଭଲ ଲାଗୁନଥିଲା। ତା'ର ଆଖିରେ ତା' ନିଜର ଉଜ୍ଜ୍ୱଳ ଭବିଷ୍ୟତ ସମ୍ପର୍କୀୟ ଦୃଶ୍ୟାବଳୀ ଦିଶି ଯାଉଥାଏ। ଏ ବର୍ଷ ନାହିଁ ନଥିବା ମରୁଡ଼ି ହେବ। ଖଣି କମ୍ପାନୀ ବା କେତେ ଲୋକଙ୍କୁ କାମ ଦେବ। ଆଖପାଖ ଗାଁ ଝିଅମାନେ ପେଟ ଭୋକ ମାରିବାକୁ ଦି' ପଇସା ରୋଜଗାର ପାଇଁ ଆସିବେ। ଅନେକେ ତା'ର ଆଶ୍ରୟ ନେବେ। ତା'ର ଦ୍ୱିତୀୟ ଓ ଗୌଣ ବ୍ୟବସାୟ ବଢ଼ି ବଢ଼ି ଚାଲିବ। ତା'ପରେ ଯାଇ ଗୌର ବାହା ହେବା ବିଷୟ ଚିନ୍ତା କରିବ। ଏତେବେଳେ ସରକାରୀ ବସ୍ ପହଞ୍ଚିଲା। କିଛି କୋଳାହଳ ଭିଡ଼। ଡ୍ରାଇଭର ଖବରକାଗଜ ଦେଇ ପାନ କେଇଖଣ୍ଡ ନେଇଗଲା। ତଥାପି ଗୌର ନିଜର କଳ୍ପନା ବିଳାସରେ ମଜ୍ଜି ଯାଇଥାଏ।

ହଠାତ୍ ହୋଟେଲ ପଟେ ସ୍କୁଲ ଛୁଆଙ୍କ ସାମୂହିକ ଚିତ୍କାରରେ ତା'ର ଧ୍ୟାନ ଭାଙ୍ଗିଗଲା। ଦୁଇଜଣ ତାଳିମାରି ଡେଉଁଥାଆନ୍ତି ଓ 'ୟୁରାନିୟମ ଖାଇବୁ' ବୋଲି ପାଟି

କରୁଥାନ୍ତି । ଯଦୁମଣି ଓ ଚାକର ପିଲା ଗୁଣମଣି ଉଦ୍ଦେଶ୍ୟରେ ସେ କହୁଥାଆନ୍ତି "କିରେ ଆମେରିକା ନ ହେଲା । ତା' ସାନଭାଇ ଫ୍ରାନ୍ସ ପୁଣି ଏ ଦୁର୍ଦ୍ଦିନରେ ଆମକୁ ୟୁରାନିୟମ୍ ଦବ... ।" ମିଶ୍ରଙ୍କ ବକ୍ତବ୍ୟ ପୂରା ଶୁଣିବା ପାଇଁ ଗୌରର ଧୈର୍ଯ୍ୟ ନଥିଲା । ସେ ମଧ୍ଯ ଖବରକାଗଜରେ ଫ୍ରାନ୍ସ ଭାରତକୁ ୟୁରାନିୟମ୍ ଯୋଗାଇବା ବିଷୟରେ ପରିବେଷିତ ସମ୍ବାଦର ହେଡ୍‌ଲାଇନ୍ ପଢ଼ିଲା ।

ଅଗତ୍ୟା ନିଜ ଭବିଷ୍ୟତ ସମ୍ପର୍କରେ ସେ ପ୍ରସ୍ତୁତ କରିଥିବା ସମସ୍ତ ଯୋଜନା ଯେପରି ମୁହୂର୍ତ୍ତକରେ ଧୂଳିସାତ୍ ହୋଇଗଲା । ଯେମିତି ତାକୁ କିଏ ଜଣେ ଧୋକା ଦେଇଛି । ଗୌର ନିଜକୁ ପ୍ରତାରିତ ଓ ପରାଜିତ ପରି ଅନୁରୋଧ କରୁଥିଲା । କିଛି ସମୟ ଗୁମ୍‌ମାରି ବସି ରହିବା ପରେ ତା' ମନକୁ କ'ଣ ପାଇଲା କେଜାଣି ସେ ତଳକୁ ଓହଳାଇ କେବିନ୍ ବନ୍ଦ କଲା । କେବଳ ଖବରକାଗଜ ଖଣ୍ଡିକ ତା' ହାତରେ ଥାଏ । ଦଣ୍ଡପାଣି ବାବୁ ହୁଏତ କହିପାରିବେ । ଏହି ୟୁରାନିୟମ୍ ପଦାର୍ଥଟା କ'ଣ, ଯାହା ତା'ର କଳ୍ପିତ ଭବିଷ୍ୟତକୁ ଚୁରମାର କରି ଦେଇପାରେ । ସେ ହୁଏତ ତା' ସମସ୍ୟାର କୌଣସି ଏକ ସମାଧାନ କରିପାରିବେ ।

ଗୌର ଯନ୍ତ୍ରବତ୍ ରାସ୍ତାରେ ପାଦ ଦେଲା । ପଛପଟୁ ସରପଞ୍ଚ ମିଶ୍ରେ, ଯଦୁମଣି ଓ ସ୍କୁଲ ଛୁଆଙ୍କ ସାମୂହିକ ହସ ତାକୁ ଦୂରକୁ ଠେଲି ନେଉଥାଏ ।

■

BLACK EAGLE BOOKS

www.blackeaglebooks.org
info@blackeaglebooks.org

Black Eagle Books, an independent publisher, was founded as a nonprofit organization in April, 2019. It is our mission to connect and engage the Indian diaspora and the world at large with the best of works of world literature published on a collaborative platform, with special emphasis on foregrounding Contemporary Classics and New Writing.

www.ingramcontent.com/pod-product-compliance
Lightning Source LLC
Chambersburg PA
CBHW020351110726
47899CB00006B/1671
9781645601890